Carsten Fischer

EXODUS

Die Endzeit Chroniken

Carsten Fischer

EXODUS

Die Endzeit Chroniken

Kontakt: carsten@endzeit-chroniken.de
ISBN-13: 978-1477524015
ISBN-10: 1477524010
Neu überarbeitete Fassung

Covergestaltung:
Stefanie Fischer - www.sfischer.at
Hintergrund: © DirkR/Fotolia.com
Font: Gersan Borge A

Bereits erschienen:
2046 – Die Stunde Null

Die Endzeit Chroniken Buchreihe:
Teil 1 – Exodus
Teil 2 – Revelations
Teil 3 – Nemesis
Teil 4 – Daemon
Teil 5 – Ascension

Die Endzeit Chroniken im Internet:
http://endzeit-chroniken.de

Die Endzeit Chroniken auf Facebook:
https://www.facebook.com/endzeit.chroniken

Das Endzeit Chroniken Wiki:
http://wiki.endzeit-chroniken.de

Folgt mir auf Twitter:
https://twitter.com/Carsten_Fi

»Ich weiß nicht, womit die Menschen im dritten Weltkrieg kämpfen, aber im vierten werden es Keulen und Steine sein.«
ALBERT EINSTEIN

1. SCHICKSAL

Todesangst spiegelte sich in Cassidys saphirblauen Augen, als die Siebzehnjährige die schmale Erdspalte westlich ihres Dorfes entlang hetzte. Sie lehnte sich für einen kurzen Augenblick erschöpft an die Felswand, schon zischten die ersten Kugeln an ihr vorbei. Gut einen Kilometer war sie bereits gerannt, verfolgt von einer barbarischen Gang, die gerade ihre Siedlung überfallen hatte und sie nun wie ein Tier jagte. Ein verzweifelter Blick zum Himmel zerstörte jede Hoffnung auf Flucht. Viel zu steil waren die kahlen Felsen, als dass sie sie gefahrlos hätte erklimmen können. Die tiefe Schlucht war glücklicherweise sehr verwinkelt, so dass die Jäger ihre Beute immer wieder kurz aus dem Sichtfeld verloren.

Cassidy kannte die Spalte gut. Alle Kinder ihres Dorfes spielten hier, geschützt vor Sonne und wilden Raubtieren. Sie kletterte auf einen Felsvorsprung und versteckte sich in einem Loch, gerade groß genug für das drahtige Mädchen. Es dauerte nicht lange, bis die Verfolger an ihr vorbeiliefen und ihr Verschwinden bemerkten. Die meisten von ihnen trugen dunkle Lederkleidung und keuchten vor Erschöpfung, doch die Aussicht auf so ein junges, unschuldiges Ding ließ ihre sadistische Natur über sich hinauswachsen. Zwanzig Minuten suchten sie vergeblich nach ihr. Cassidy konnte sie aus ihrem Versteck sogar beobachten. Kaum ein Kind hatte sie hier je gefunden und auch die Gang schien überzeugt von ihrer Flucht zu sein.

»Die kommt sowieso allein zurück!«, hörte sie einen der Männer rufen. »Wo soll die kleine Schlampe schon hin?«

Er hatte nicht ganz Unrecht. Ihr Heimatdorf lag abgeschieden inmitten der Steppe und die nächste Siedlung befand sich zwei Tagesmärsche weit entfernt. Trotzdem seufzte sie erleichtert, als die Verfolger abzogen und sie ihrem Schicksal überließen. Allmählich gelang es ihrem Unterbewusstsein, Ordnung in das Chaos zu bringen. Ihre Gedanken klarten auf und die Ereignisse, die sie zu der überstürzten Flucht veranlasst hatten, spielten sich erneut vor ihren Augen ab.

Cassidy sah sich selbst über einen Holzeimer gebeugt beim Waschen ihrer hellblonden, strähnigen Haare. In dem trüben Wasser erblickte sie das Spiegelbild ihrer Mutter, die sich bereits mit einem mehrfach geflickten Handtuch abtrocknete. Auf ihrer rechten Gesichtshälfte war deutlich eine tiefe Narbe zu erkennen. Ein Andenken an ihr Dasein in den Großstadtslums zu Zeiten des globalen Zusammenbruchs vor dreiundzwanzig Jahren, ehe Cassidys Eltern den anarchistischen Zuständen in die Steppe entkommen waren. Die Frau schüttelte ihre Kleider in der Morgensonne aus und rief ihrer Tochter etwas zu, aber im Plätschern des Wassers verhallten die Worte ungehört. Cassidy richtete sich auf, um sie besser verstehen zu können. Ihre Mutter rollte mit den Augen, weil sie ihren Satz wiederholen sollte, als sie unterbewusst ein herannahendes Pfeifen vernahm. Ihr Blick wendete sich in die Richtung des Geräuschs, da durchschlug die Gewehrkugel bereits ihren Kopf und ließ sie leblos zusammenbrechen.

Cassidy rief nach ihrem acht Jahre älteren Bruder Caiden, der mit einer Bockflinte bewaffnet und gefolgt von ihrem Vater aus der gemeinsamen Wellblechhütte gestürmt kam. Sie alarmierten die Siedlung, ließen die angeketteten Jagdhunde frei und schrien ihr zu, sich in der Hütte zu verstecken.

Mit lautem Motorengeheul sprangen vier schwarze Wüstenbuggys über den Erdwall, der das Lager vor den häufigen Steppenwinden schützte. Die Besatzung bestand aus je zwei Männern, einem Fahrer und einem Bordschützen, der wahllos in die panisch schutzsuchende Menge schoss. Dreißig Zentimeter lange Klingen funkelten im Sonnenlicht an ihren Felgen. Nur wenige Bewohner des Dorfes verfügten über stabile Behausungen. Dutzende primitive Zelte übersäten den Boden und nicht alle schafften es, sie rechtzeitig zu verlassen. Die verzweifelte Suche nach ihrem Gewehr wurde einem jungen Paar zum Verhängnis, als einer der Buggys quer durch ihr Nachtlager raste. Während die Frau das zweifelhafte Glück hatte, direkt mit dem Kopf in die scharfen Messer zu geraten, wurde ihr Freund um Hilfe schreiend davongeschleift.

Zwei mit Eisenplatten gepanzerte Pick-ups preschten kurz darauf die östliche Zufahrtsstraße herauf und stoppten am Eingang der Siedlung. Eine Handvoll bewaffneter Männer in schwarzer Lederkluft sprang von den Ladeflächen und schnitt den flüchtenden Menschen den Weg ab. Gezielt erschossen sie wehrhafte Bewohner und stießen anschließend unaufhaltsam in das Dorf vor.

Caiden hockte zusammen mit seinem Vater hinter einem Brunnen aus alten Backsteinen, der nahe ihrer Hütte Schutz vor den Angreifern bot. Schon vor Jahren hatten sich die beiden die mit Sandsäcken verstärkte Defensivstellung gebaut, um den gelegentlichen Übergriffen marodierender Banden effektiver entgegentreten zu können. Durch lautes Gebrüll versuchten sie mit ihren Nachbarn eine wirksame Verteidigung aufzubauen, doch im ohrenbetäubenden Motorengeheul der Wüstenbuggys und dem chaotischen Bellen der Jagdhunde gingen ihre Anweisungen ungehört unter.

Cassidy war ins Innere der Wellblechhütte geflüchtet und verfolgte das Geschehen mit einem Auge an der Eingangstür. Als Caiden die Aussichtslosigkeit ihres letzten Aufbegehrens erkannte, klopfte er seinem Vater auf die Schulter und lief anschließend gebückt auf seine eingeschüchterte Schwester zu. Er drückte ihr eine mit Wasser gefüllte Feldflasche in die Hand, die er bereits für die tägliche Jagd vorbereitet hatte. Die Worte, die er ihr dabei zurief, die er ihr ins Gesicht schrie, würde sie nie wieder vergessen können:

»Lauf! LAUF, VERDAMMT NOCHMAL! LOS!«

Sein Befehl hallte noch immer durch ihren Kopf, zusammen mit dem Geschrei der sterbenden Freunde und Nachbarn. Traumatisiert musterte Cassidy die Umgebung. Die spärliche Vegetation bestand aus trockenen Gräsern und verdorrten Überresten von Bäumen, die mit Entstehung der Spalte ihre Lebensgrundlage verloren hatten. Eine bedrückende Stille lag in der Luft. Kein Windhauch, keine Menschen oder Tiere, die Geräusche von sich gaben. Nachdem sie sich beruhigt hatte, konnte sie ihren allmählich langsamer werdenden Herzschlag hören. Cassidy versuchte sich von den grausamen Bildern abzulenken, indem sie sich an die Überlebensstrategien erinnerte, die sie ihr älterer Bruder einst gelehrt hatte. Caiden unternahm hin und wieder Wanderungen zu dem befreundeten Dorf, das zwei Tagesreisen weiter westlich lag. Entgegen dem Willen ihrer Eltern hatte er sich ein paar Mal von seiner

Schwester begleiten lassen, doch nun musste sie den Weg alleine finden, wenn sie überleben wollte.

Cassidy beschloss sich zunächst einen Überblick zu verschaffen und suchte nach einer geeigneten Stelle, um die Felswand hinaufzuklettern. In östlicher Richtung stieg eine gewaltige Rauchwolke in den Himmel. Die Gang hatte ihre Siedlung in Brand gesteckt. Für einen Moment schloss sie die Augen in einem erneuten Anfall von Trauer und Verzweiflung, zwang sich anschließend jedoch, dem Überlebenstrieb Vorrang zu gewähren. Sie blickte gen Westen, wo sich ein seltsam anmutender Wald auf einem Hügel erhob, an dessen Fuße es nichts als kahle Steppe gab. Die Wurzeln der toten Bäume erschwerten die Erosion und hielten so auch Jahrzehnte nach ihrem Tod die Erde an Ort und Stelle. Die trotzigen Gewächse stellten außerdem den ersten Wegpunkt auf der Reise in das Nachbardorf dar.

Vorsichtig ließ sich Cassidy aus ihrem Versteck an der Felswand zurück auf den Grund des Grabens hinabgleiten und begann ihre Wanderung ins Ungewisse. Ohne Nahrung und mit dem spärlichen Wasservorrat musste sie ihre Kräfte einteilen und konzentrierte sich darauf, gleichmäßig einen Fuß vor den anderen zu setzen. Glücklicherweise spendete die Spalte den ganzen Tag lang kühlen Schatten und reduzierte so ihren Flüssigkeitsverlust.

Erst kurz vor Einbruch der Nacht erreichte Cassidy den bewaldeten Pikahügel. Er verdankte seinen Namen den inzwischen verschwundenen Pfeifhasen, die hier vor der Klimaerwärmung gelebt hatten. Die Bäume selbst waren schon vor Jahrzehnten in der Hitze verdorrt, lediglich am Boden behaupteten sich vereinzelte Gräser und Sträucher. Trotzdem konnte sie nirgendwo etwas Essbares finden, um ihren Hunger zu stillen. Das Wasser aus der Feldflasche hatte den Tag nicht überlebt. Zu anstrengend war die Hetzjagd durch die Schlucht gewesen. Als sich die Dunkelheit wie ein kalter Schleier über die Steppe legte und ihr ausgezehrter Körper vor Erschöpfung zu zittern begann, rollte sich das Mädchen in einer weichen Mulde zusammen und schlief binnen weniger Minuten ein.

Während der Nacht wälzte sich Cassidy von Alpträumen geplagt auf dem Boden hin und her. Gern hätte sie sich mit Zweigen oder trockenen Blättern zugedeckt, doch ihr Bruder lehrte sie bereits als Kind, dass derartige Versteckmöglichkeiten Spinnen und ähnlich nachtaktive Jäger magisch anziehen würden. An eine großflächige Räumung ihres Nachtlagers war bei Dunkelheit nicht zu denken, daher blieb ihr nichts anderes übrig, als die bittere Kälte mit angezogenen Armen und Beinen zu ertragen.

***

Als am Morgen endlich die ersten Sonnenstrahlen durch die hölzernen Baumkronen fielen, erinnerte Cassidy jeder einzelne Knochen an den unbequemen Lagerplatz. Die Hilflosigkeit stand ihr ins verschmutzte Gesicht geschrieben, während sie sich ächzend erhob und den Staub aus ihren strähnigen Haaren schüttelte. Kaum ein Windhauch, der in den dürren Ästen rauschte. Keine Menschen, die bereits ihrem Tagwerk nachgingen. Sie war allein. Ihre ausgetrocknete Kehle schmerzte, ihre spröden Lippen brannten wie Feuer und ihre taube Zunge fühlte sich wie Sandpapier an.

Ihr vermeintliches Ziel lag nur noch einen Tagesmarsch entfernt, aber die schattige Zuflucht ohne Wasser vor der heißen Mittagszeit zu verlassen, um quer durch die Steppe zu wandern, wäre glatter Selbstmord gewesen. Sie musste die große Hitze abwarten, wenn sie die Wanderung ins Nachbardorf überleben wollte. Ihre blauen Augen starrten apathisch in den toten Wald hinein, während ihre Gedanken unweigerlich zu den Schrecken des vergangenen Tages zurückkehrten. Der leblose Blick ihrer Mutter und das Blut im Sand direkt vor ihr hatte sich in ihr Gedächtnis eingebrannt. Überfälle auf ihr Dorf gab es, seit sie denken konnte, aber nur selten waren die Gangs so brutal vorgegangen. Meist beschränkten sie sich darauf, ihre Wasserbehälter am Brunnen aufzufüllen, die Dorfbewohner etwas herumzustoßen und das abgehangene Fleisch zu stehlen. War vielleicht noch anderen die Flucht gelungen? Ihr Bruder wäre mit Sicherheit in dieselbe Richtung geflohen, wenn er die Chance dazu erhalten hätte!

In diesem Moment knisterte es plötzlich im Unterholz und riss Cassidy aus ihren Träumen. Sofort legte sie sich flach auf den Boden und presste ihren Körper in die tiefe Mulde hinein. Ihre Hoffnung auf Rettung steigerte sich ins Unermessliche, als sie kurze, schnell aufeinanderfolgende Windstöße vernahm. Ihr Bruder war ihr tatsächlich mit den Jagdhunden gefolgt! Ohne lange nachzudenken, streckte sie den Kopf hoch und wollte gerade laut um

Hilfe rufen, da stach ihr ein Adrenalinstoß mitten ins Herz. Vor ihren Augen erblickte sie weder Caiden noch einen Hund aus ihrem Dorf, sondern einen grauen, ausgemergelten und hungrig knurrenden Steppenwolf! In ihren Augenwinkeln tauchte nach und nach ein ganzes Rudel auf; sie war schon längst umzingelt worden. Der lähmende Schock schnürte Cassidy die Kehle zu. Sie versuchte zu schreien, zu weinen, um Hilfe zu rufen, doch die Worte blieben ihr im Hals stecken. Sie konnte nichts anderes tun, als auf die gefletschten Reißzähne zu starren und ihrem grausamen Ende entgegenzusehen! Vor ihren Augen erschienen Bilder ihrer Kindheit, ihres Bruders, der sie gegen eine Hyäne verteidigte, ihre Wunden nach einem Sturz versorgte und ihr Geschichten vorlas, als sie nach einem Überfall nicht mehr einschlafen konnte. Aber diesmal würde Caiden sie nicht retten können. Diesmal war sie allein!

Da donnerte plötzlich ein ohrenbetäubender Knall durch das Unterholz und schüttelte die letzten vertrockneten Blätter von den verdorrten Ästen. Das halb verhungerte Rudel suchte jaulend das Weite. Nur der Leitwolf brach leblos zusammen und begrub Cassidy unter sich. Sie zitterte am ganzen Leib, als der Kadaver ein paar Augenblicke später von ihr heruntergezogen wurde. Es dauerte einen Moment, bis sie die athletische Silhouette einer Frau erkannte, die in der einen Hand den Wolf und in der anderen ein großes Scharfschützengewehr hielt. Sie ließ das Tier fallen und zog Cassidy aus der Mulde heraus.

»Du kannst rauskommen, sie sind weg.«

Eingeschüchtert stand Cassidy auf und musterte überrascht ihre Retterin. Sie trug eine beigefarbene, flickenübersäte Militäruniform, in deren Ausschnitt man eine alte Kevlarweste erkennen konnte. Als sie ihr hellbraun gemustertes Halstuch herunter zog, offenbarte sich ein lateinamerikanisches Gesicht, das trotz der argwöhnischen Miene zusammen mit ihren langen, dunkelbraunen Haaren eine exotische und gleichzeitig bedrohlich wirkende Schönheit ausstrahlte. Die fremde Schützin untersuchte Cassidy gleichermaßen und zog zweifelnd die linke Augenbraue hoch.

»Wer bist du?«

Ihre tiefe, rauchige Stimme klang ernst, aber nicht aggressiv. Cassidy trat einen Moment zurück und schluckte mit trockener Kehle, bevor sie ihren Namen hervorbrachte.

»Cassidy, hm? Und wie bist du hier hergekommen, Cassidy?«, bohrte die angespannt wirkende Kämpferin unbeeindruckt nach.

Cassidy bekam das ungewisse Gefühl, dass sie nicht nur aus Neugier fragte. Sie umschrieb in groben Zügen, wie ihre Siedlung am Vortag überfallen worden war und ihr Bruder ihr zur Flucht verholfen hatte. Als es auf einmal erneut im Unterholz knackte, verstummte sie abrupt.

»Hey Angel! Butch meint, der Wagen läuft wieder, wir können – das gibt's ja nicht! Du hast schon wieder eine gefunden?«

Grinsend schritt ein gut dreißig Jahre alter Mann mit einer Kalaschnikow in den Händen auf sie zu. Er sah ein wenig schmächtig aus, hatte sich die dunkelbraunen Haare im militärischen Stil abrasiert und trug ebenfalls eine zusammengeflickte Uniform, die sich allerdings durch eine gelbe, mit drei schwarzen Punkten versehene Armbinde von der seiner Kameradin unterschied. Eine Sandschutzbrille mit poröser Gummidichtung verdeckte seine zusammengekniffenen, braunen Augen. Während der Fahrten durch die Wüste oder inmitten heftiger Sandstürme war dieses Utensil zweifelsohne eine große Hilfe, wirkte jedoch genau wie die Armbinde eines Schwerbehinderten nicht besonders kleidsam.

»Ihr Name ist Cassidy«, begann Angel mit genervtem Unterton, ohne auf seine Anspielung zu reagieren. »Sie stammt aus einer Siedlung hier in der Nähe, die gestern überfallen wurde.«

»Überfallen?«, fragte ihr Kamerad, dessen Grinsen augenblicklich verschwunden war. »Von wem denn?«

»Das weiß sie nicht«, antwortete die athletische Frau und wendete sich wieder dem Mädchen zu. »Kannst du dich an irgendwas Besonderes erinnern? Symbole auf ihren Fahrzeugen oder Kleidungen? Auffällige Frisuren?«

Cassidy schüttelte den Kopf. Sie war viel zu ängstlich gewesen, um auf solche Details zu achten, doch plötzlich erinnerte sie sich an die Bilder des Buggys, der durch das Zelt raste und dabei den jungen Mann mitgerissen hatte.

»Messer«, murmelte sie verstört. »Lange Klingen. An den Rädern!«

»Vultures«, sprachen die beiden im Chor und in einem Tonfall, der Cassidy innerlich zusammenzucken ließ.

»Victor«, begann Angel nach einer kurzen Pause. »Sag Butch, dass Vultures in der Gegend sind. Er soll zusehen, dass der Wagen an der nächsten Ecke nicht gleich wieder auseinanderfällt. Sie ist hierher gelaufen, es kann also nicht weit weg sein. Die dürfen uns nicht mit runtergelassenen Hosen erwischen.«

Mit bleichem Gesicht nickte der Mann und stolperte den Pikahügel hinab. Angel hockte sich auf den Boden, untersuchte den Wolf und lächelte zufrieden. Ein Blattschuss! So blieben Fell und Fleisch erhalten.

»Du kommst erstmal bei uns mit«, entschied sie und drückte Cassidy die Hinterpfoten ihrer Beute in die Hand. »Na los, hilf mir tragen!«

Gemeinsam schleppten sie das Tier den Hang hinunter. Am Waldrand parkte der Wagen, von dem Victor gesprochen hatte. Ein alter Pick-up mit vergitterter Frontscheibe und Stahlplatten an den Seitenfenstern, die bei Bedarf an notdürftig aufgeschweißten Scharnieren hochgeklappt werden konnten. Er ähnelte stark den Transportern, die von den Angreifern in Cassidys Dorf verwendet wurden, wirkte aber durch seine ausgeblichene, orange Farbe deutlich einladender. Das geräumige Platzangebot bestand aus einer großen Ladefläche, auf der sich dutzende Kanister für Benzin und Wasser, alte Auspuffrohre, Tierfelle, ein Schlafsack und Unmengen weiteren Gerümpels stapelten. Dazwischen befand sich ein festinstalliertes Maschinengewehr, das von einer grauen Kunststoffplane vor Staub geschützte wurde. Eine zweite Sitzreihe hinter dem Fahrer ermöglichte außerdem den bequemen Transport von bis zu fünf Passagieren. Vor der geöffneten Motorhaube stand ein großer, breitschultriger Mann mit kurz geschorenen, braunen Haaren. Er trug ein ölverschmiertes Hemd und hielt Werkzeug in den schmutzigen Händen. Ohne Zweifel war das Butch, der versuchte, den Pick-up vor dem nächsten Motorschaden zu bewahren. Als Angel und Cassidy sich dem Wagen näherten, hob er den Kopf und blinzelte freundlich.

»Scheint als hätten wir keinen Moment zu früh eine Panne gehabt!«, rief er den beiden zu. Cassidy zog gezwungen die Mundwinkel hoch, obwohl ihr der Schock noch immer in allen Gliedern saß.

»Wir nehmen die Kleine mit«, entgegnete ihm Angel. Butch brummte eine Bestätigung und verschwand wieder unter der Motorhaube. Unterdessen kehrte Victor mit blassem Gesicht von einem der felsigen Hügel der Umgebung zurück.

»Da vorn steigt Rauch auf, etwa zwanzig Kilometer von hier, die Schlucht entlang, wie sie gesagt hat«, meldete er nervös.

»Hm, Rauch bedeutet, dass sie abgezogen sind. Vielleicht finden wir trotzdem noch was Brauchbares«, murmelte Angel, bis sie den bleichen Gesichtsausdruck ihres drahtigen Kameraden bemerkte. »Nun schau nicht so verstört. Die haben sich längst aus dem Staub gemacht! Butch, wie sieht der Wagen aus, hält er mal ein paar Tage durch?«

»Ich denk schon, irgendwas hat uns letzte Nacht die Bremsleitungen durchgekaut. Ich hab sie geflickt und provisorisch aufgefüllt. Wer hatte da eigentlich Wache?«

Angels braune Augen funkelten schuldzuweisend in Victors Richtung.

»Ich hab nichts gehört, oder gesehen – da war nichts!«, stammelte er.

»Das kennen wir ja. Hast dich wie üblich auf deine Spielzeuge verlassen, anstatt aufzupassen«, brummte Butch und schlug die Motorhaube zu.

»Also gut«, seufzte Angel, um die Gruppe zurück auf Kurs zu bringen. »Ich nehm den Wolf auseinander, dann fahren wir zu dem Dorf von der Kleinen und sehn uns da mal um. Und du schläfst demnächst nicht wieder ein, wenn du Wache hältst!« Sie strafte den ertappten Faulpelz mit einem verärgerten Blick, bevor sie auf die Ladefläche kletterte, eine glänzende Aluminiumfeldflasche aus ihrem beigefarbenen Armeerucksack hervorholte und sie Cassidy zuwarf. »Langsam trinken!«

Wasser, endlich Wasser! Cassidy spürte, wie sich wieder Leben in ihr ausbreitete. Zunächst befeuchtete sie vorsichtig ihre spröden Lippen, begann anschließend zögernd zu schlucken und leerte schließlich die ganze Flasche auf einmal. Victor sah sie aus dem Augenwinkel heraus etwas vorwurfsvoll an, behielt aber jeglichen Kommentar für sich. Angel weidete unterdessen den Wolf mit wenigen, groben Schnitten aus und verteilte das Fleisch in transparente Kunststoffdosen. Auf besondere Qualität kam es nicht an, denn die rohen Portionen hielten sich in der heißen Sonne ohnehin höchstens einen Tag. Viel war von dem abgemagerten Raubtier auch nicht zu holen. Kurz darauf setzte sich die kleine Gruppe in Bewegung und Angel reichte ihrem Schützling ein Stück gebratenes Rattenfleisch. Keine Delikatesse, doch Cassidy war so ausgehungert, dass sie es vermutlich sogar roh verschlungen hätte.

Eingeschüchtert verfolgte sie während der Fahrt die vorbeiziehende Steppenlandschaft und versank dabei in Gedanken. Auf der einen Seite wollte sie Gewissheit über das Schicksal ihrer Familie, auf der anderen hatte sie Angst davor, nur ihre Leichen vorzufinden. Außerdem könnte die Gang noch in ihrem Dorf sein. Vielleicht gefiel ihnen der Luxus des tiefen Brunnens, denn Wasser war in dieser Welt viel mehr wert als Benzin. Doch aus irgendeinem Grund fühlte sie sich sicherer als je zuvor in ihrem Leben. Angel machte auf sie einen vertrauenswürdigen Eindruck. Diesmal bekämen es die Vultures wenigstens nicht mit wehrlosen Dorfbewohnern zu tun! Diese Menschen wussten sich zu verteidigen und kannten die Angreifer. Cassidy lehnte sich erschöpft zurück und hoffte, dass es ab jetzt nur noch bergauf gehen konnte.

2. ABSCHIED

Während die Sonne hoch am Himmel stand, bildeten sich in der Weite der Wüste unzählige Spiegelungen, die durstigen Reisenden Wasserlöcher vorgaukelten und angestrengten Beobachtern die Sicht stahlen. Selten wurde die monotone Landschaft von Sträuchern und Bäumen unterbrochen. Eine trostlose Gegend, lebensfeindlich und eintönig.

Allmählich erschienen bekannte Bilder vor Cassidys Augen, eine Hügelkonstellation und eine vor Jahrzehnten abgebrannte Tankstelle. Nur die Verkehrszeichen verrieten noch, welchem Zweck das verfallene Gebäude am Straßenrand einst gedient hatte. Ein Dutzend Autowracks und eine Werbetafel deuteten auf die angrenzende Reparaturwerkstatt hin. Sie kannte diesen Ort gut. Er lag nah an der Erdspalte und nur eine Stunde Fußweg von ihrem zu Hause entfernt. Hier spielten die Kinder des Dorfes, wenn sie sich nicht gerade in der Schlucht versteckten und suchten nach Schätzen aus vergangenen Zeiten.

Butch stoppte den Wagen und beäugte misstrauisch die verfallenen Holzgebäude. »Gibt's da drin noch was zu holen?«, wollte er mit einem Blick auf die Rückbank wissen. »Sowas wie Bremsschläuche zum Beispiel?«

Nun verstand Cassidy die plötzliche Rast. Die ungleiche Gruppe war nicht zufällig in der Gegend unterwegs. Kleine, agile Teams aller Fraktionen suchten in den Wastelands nach verwertbaren Hinterlassenschaften der Zivilisation. Hauptsächlich Munition, Treibstoff und Waffen, aber selbst Bremsschläuche wurden überlebenswichtig, wenn man auf einmal keine mehr hatte.

Mit einem gewaltigen Ruck öffnete Angel ihrem jungen Schützling die Wagentür und musterte anschließend die Ruine durch die Zieloptik ihres Präzisionsgewehrs. Schüchtern zuckte Cassidy mit den Schultern, als Butch sie nochmals fragend ansah.

»Sieht verlassen aus«, sagte Angel mit zusammengekniffenen Augen.

»Tut es doch immer«, kommentierte Victor missmutig ihre Einschätzung und entsicherte vorsichtshalber seine Kalaschnikow. Anschließend machten sich die beiden mit Cassidy im Schlepptau auf den Weg zur Tankstelle abseits der asphaltierten Straße. Butch blieb beim Pick-up zurück und sicherte seine Kameraden mit dem Maschinengewehr auf der Ladefläche.

Während der heißen Tageszeit dienten die heruntergekommenen Gebäude als schattiger Zufluchtsort für allerlei nachtaktive Jäger, was den Kindern schon früh ein gesundes Verhältnis gegenüber Skorpionen und Spinnen gelehrt hatte. Genau wie die beiden erfahrenen Späher berührte Cassidy keinen Kanister oder Regal mit bloßen Händen, sondern nutzte ein langes Kantholz, um sich vor aufgeschreckten Vielbeinern zu schützen. Verletzungen durch Unachtsamkeit führten aufgrund fehlender medizinischer Versorgung häufig zu schweren Erkrankungen oder gar zum Tod. Angel verwendete zusätzlich ihre stabilen Lederhandschuhe, deren Zeigefinger beidseitig abgetrennt worden waren, um ein gleichmäßiges Ziehen des Abzuges zu ermöglichen.

Große Schätze offenbarten sich den Suchenden nicht mehr. Derart exponierte Objekte hatten schon vor vielen Jahren Plünderer angezogen. Die Treibstofftanks empfingen sie mit gähnender Leere und selbst die Glühbirnen in der Deckenbeleuchtung fehlten. Victor konnte trotzdem einen Erfolg vermelden, nachdem er aus einem unblutigen Gefecht mit einem haarigen Wüstenskorpion als Sieger hervorgegangen war, der im Motorblock eins alten Kleintransporters Zuflucht gefunden hatte. Dessen Gummischläuche waren aufgrund des ständigen Schattens im Inneren der Werkstadt gut erhalten und würden mit Sicherheit kompatibel zum Pick-up sein. Stolz präsentierte er Butch seinen Fund als eine Art Entschuldigung für das Versagen bei der Nachtwache, ehe sie die lange Fahrt fortsetzten.

Die Reise hatte deutlich mehr Zeit in Anspruch genommen als geplant, denn die felsige Gegend nahe der Erdspalte erwies sich als unpassierbar und zwang die Gruppe zu einem großen Umweg auf der schlaglochübersäten Landstraße.

»Wir sind fast da«, flüsterte Cassidy nervös in der Abenddämmerung. Sie deutete auf die Bäume am Horizont. »Da vorn, das ist der Wald hinter meiner Siedlung.«

Die gesamte Fahrt über hatte sie versucht, sich selbst zu beruhigen. Angel redete immer wieder auf sie ein, dass die Vultures schon längst verschwunden seien, doch die Gang war nicht der wahre Grund für ihr unangenehmes Herzklopfen. Je näher sie dem

Dorf kamen, desto schwerer belastete sie die Furcht, ihre ganze Familie tot vorzufinden.

Butch scheuchte seinen orangefarbenen Kleintransporter ein paar Meter die Böschung hinauf, um ihn im Unterholz möglichst unsichtbar zu machen. Der Wagen war aber ohnehin dermaßen dreckig, dass ihn wohl sowieso niemand entdeckt hätte, ohne die genaue Position zu kennen. Angel hatte die Gruppe den Tag über fast pausenlos in dem engen Gefährt durch die Steppe gejagt und dementsprechend ächzend zwängten sich ihre Kameraden aus der unbequemen Blechbüchse. Nur Cassidy zögerte etwas, den vermeintlich sicheren Pick-up zu verlassen.

Auf der Fahrt hatte ihre Retterin zunehmend das Gespräch mit ihr gesucht. Anfangs schien es als versuchte sie ihr lediglich Mut zu machen und ein wenig Konversation zu betreiben. Es geschieht ja nicht alle Tage, dass man freundlichen Reisenden in der Steppe begegnet. Je näher sie jedoch ihrem Ziel kamen, desto präziser wurden die Fragen über den Aufbau von Cassidys Siedlung, die Umgebung und selbst die Menschen, die dort lebten. Wie viele davon zählten zu wehrhaften Bewohnern, welche Waffengattungen sie besaßen und ob es Fallen oder einen Minengürtel gab. Angel schien genau zu wissen, worauf sie sich einließ und wollte nichts dem Zufall überlassen.

Im Gegenzug erzählte sie Cassidy von der Welt jenseits ihres relativ begrenzten Horizonts. Die größeren Siedlungen im Osten der bekannten Wastelands hatten sich im Laufe der letzten Jahre zusammengeschlossen, um den immer organisierter agierenden Gangs die Stirn bieten zu können. Gemeinsam bildeten sie Teams zur Materialbeschaffung und Verteidigung aus, die manchmal wochenlang die Steppe nach Munition, Nahrung oder Treibstoff durchkämmten. Auch die Mitnahme von halb verdursteten Anhaltern gehörte zu ihrem Aufgabenspektrum, fügte Angel scherzhaft hinzu, ehe sie sich wieder ihren Männern zuwandte.

»Laut der Kleinen gibt es direkt hinter dem Wald einen steilen Hang, an dessen Fuß das Dorf liegt. Mit etwas Glück können wir uns von oben einen Überblick verschaffen, ohne dass man uns bemerkt – sofern noch jemand da ist«, sagte sie mit ihrer rauchigen Stimme. »Butch du schraubst das MG ab und gibst uns Deckung. Victor du bleibst bei mir.«

Es erschien Cassidy fremd, doch die beiden Männer nickten lediglich und griffen nach ihren Waffen. Es war offensichtlich, wer hier das Sagen hatte. Die Hierarchie ihrer Siedlung sah da ganz anders aus. Die Frauen wurden zwar bei der Entscheidungsfindung respektiert, aber man erwartete von ihnen, daheim bei den Kindern zu bleiben und mit dem Essen auf die Jäger zu warten. Der strenge, weibliche Befehlston wirkte ungewohnt, sogar ein wenig verstörend, jedoch gleichzeitig irgendwie vertrauenserweckend. Die erfahrene Kämpferin schwang sich unterdessen auf die Ladefläche des Pick-ups und kramte in einer Vielzahl von Kisten und Kunststofftüten, bis sie seufzend kapitulierte und Victor fragend ansah.

»Wo ist meine Ersatzpistole?«, rief sie ihm gereizt zu.

»Welche?«

»Die mit dem Schalldämpfer!«

Ihre Stimme klang wie bei Cassidys erster Begegnung mit ihm, genervt aber deutlich. Victor brummte eine unverständliche Antwort, öffnete die Beifahrertür und griff ins Handschuhfach. Er zog eine Handfeuerwaffe mit einem großen Zylinder vorn am Lauf heraus und reichte sie Angel. Nach einer kurzen Funktionsprüfung stieg sie von der Ladefläche herunter und drückte sie Cassidy in die Hand.

»Hier, die ist für dich.«

Cassidy zuckte einen Schritt zurück. »Ich hab sowas noch nie benutzt!«

Waffen waren in der heutigen Zeit absolut keine Seltenheit. Viele Familien in ihrem Dorf besaßen ein Gewehr, aber eine Handfeuerwaffe mit Schalldämpfer war etwas anderes als eine Jagdflinte. Solche Dinge hatten sie nie gebraucht, doch Angel ignorierte ihre Bedenken.

»Das hier ist der Sicherungshebel, nach oben, gesichert, nach unten, schussbereit. Halt den rechten Arm ausgestreckt und die linke Hand zur Stabilisierung von unten an die rechte Hand. Ziele nie auf etwas, das du nicht töten willst. Und solltest du dir in den Kopf gesetzt haben, irgendwann mal Mutter zu werden, gewöhn dir gar nicht erst an, sie zwischen Hose und Gürtel zu klemmen. Zieh den Schlitten zurück und lass ihn wieder los, dann ist sie geladen. Ein Ersatzmagazin gibt es nicht, also schieß nur, wenn es sich auch lohnt. Und keine Sorge, der Schalldämpfer ist drauf, damit du uns nicht aus Versehen verrätst.«

Angel lächelte in sich hinein, als sie Cassidys Unsicherheit in ihren Augen erkannte. Sie strahlten fast so viel Angst vor der Waffe aus wie vor der möglichen Gang in ihrem Dorf. Sie drehte sich wieder zum Wagen um, stöberte kurz auf der Ladefläche und schnappte sich ihr Gewehr. Cassidy hatte am Morgen nicht darauf geachtet, doch jetzt fiel ihr die enorme Größe der Waffe auf. Der Lauf war viel länger als bei normalen Jagdflinten und mit einer soliden Zieloptik versehen. Der Griff bestand aus zerkratztem Holz und kleine Kunststoffklappen schützten die empfindlichen Linsen des Zielfernrohrs.

Während die Gruppe den Wald durchquerte, fragte Cassidy sich, wie sie das Gewirr an Gestrüpp und abgestorbenen Ästen unbeschadet überstanden hatte. Beladen mit schwerem Equipment und ohne Ortskenntnis bei Dunkelheit dauerte es ein paar Minuten, bevor sie die Siedlung erreichten und oberhalb des Hangs in Deckung gingen. Noch immer brannten dutzende Schwelfeuer in den Ruinen. Vereinzelt lagen Körperteile auf dem Boden verstreut. Flammen spiegelten sich in kleinen Blutlachen, die sich auf umgestürzten Wellblechen und Zeltplanen sammelten. Der beißende Gestank von verbranntem Fleisch lag in der Luft und erschwerte das Atmen.

Cassidy brach bei dem grausamen Anblick ihrer Heimat in Tränen aus. Angel drehte sie instinktiv um und drückte sie tröstend an ihre Brust. Flüsternd versuchte sie sie zu beruhigen, doch Cassidy konnte ihre Gefühle nicht länger unterdrücken und kniete sich weinend auf den Boden. Angel holte ihr Gewehr hervor, öffnete die beiden Schutzkappen und legte an. Ein Fernglas hatte sie nicht, aber das Zielfernrohr war genauso nützlich.

Eine bedrückende Stille lag in der Luft, lediglich das Knistern der Glut hallte durch die Nacht. Plötzlich zischte Victor leise und deutete auf einen etwas größeren Scheiterhaufen am nördlichen Ende des Dorfes. Angel schwenkte ihr Visier in die angedeutete Richtung und drehte langsam an den Knöpfen der Zieloptik.

»Scavenger?«, fragte Butch und stellte die Lafette seines Gewehrs auf.

»Die kommen niemals allein«, erwiderte Victor und rieb sich nachdenklich an seiner langen Adlernase.

»Nein. Er kniet vor der Leiche, sieht aus als würde er sich ... unterhalten?«, Angel runzelte misstrauisch die Stirn. »Vielleicht ein Überlebender?«

Cassidys Schluchzen verstummte. Sie blickte ihre Retterin unsicher an, denn auf einmal kam ihr der Gedanke, dass sie möglicherweise in die Fänge eines rivalisierenden Gangkommandos geraten war, und dass die abgebrühte Anführerin sie nur wegen ihrer Ortskenntnis mitgenommen haben könnte.

»Butch, gib uns Deckung!«, befahl Angel flüsternd. »Cassidy, du bleibst hier, bis ich dich rufe! Komm Victor, wir sehn uns das aus der Nähe an!«

Sie schien Cassidys Gedanken gelesen zu haben, denn sie reichte ihr die schwere Dragunow wie einen Pfand für ihr Vertrauen und zückte anschließend ihre Pistole, die keinen Schalldämpfer besaß. In gebückter Haltung schlich Angel sich zusammen mit ihrem drahtigen Kameraden durch die Überreste des Dorfes. Sie hielten nicht direkt auf ihr Ziel zu, sondern gingen einen Bogen an der Südseite der Siedlung entlang. Angel lief voraus, ständig auf den Schutz von Schutthaufen und zerfallenen Hütten bedacht, während Victor ihr rückwärts folgte. Butch blieb im flachen Gestrüpp auf dem Hang liegend zurück. Er atmete schwer und klemmte mit angespannten Muskeln an seinem Maschinengewehr.

Nervös sah Cassidy Angel nach und hoffte insgeheim auf ihren Bruder, doch sie wusste, dass er sich niemals kampflos ergeben hätte. Außerdem war Caiden einfach nicht der Typ für rührende Abschiedszeremonien. Als sie mit zwölf Jahren ihren geliebten Hund verloren hatte, wischte er seiner Schwester mit ernster Miene die Tränen aus dem Gesicht und zwang sie, genau hinzusehen.

»*Alles hat einmal ein Ende, auch du*«, sagte er, nachdem sie das treue Tier gemeinsam begraben hatten. »*Also vergeude deine Zeit nicht länger mit Kinderspielen!*«

Viele Kinder wären bei solchen Worten wohl erneut in Tränen ausgebrochen, doch Cassidy war an diesem Tag erwachsen geworden. Von Stund an lernte sie von ihrem Bruder und versuchte ihm in allem nachzueifern; sehr zum Missfallen ihrer Eltern. Gelegentlich stahlen sich die beiden sogar davon und streiften tagelang durch die Steppe; zum Beispiel in die benachbarte Siedlung um Handel zu treiben. Wenn sie dann erschöpft, schmutzig und manchmal blutend nach Hause zurückkehrten, war sofort das ganze Dorf in heller Aufregung gewesen. Frauen gehörten nun mal nach einhelliger Meinung an den Kochkessel über dem Lagerfeuer und nicht auf die Jagd.

»Hände hoch!«, hörte sie Angel auf einmal rufen. Sie hatte sich hinter ihr Ziel geschlichen und war bis auf wenige Meter herangekommen. Victor hockte im Schutz eines verrosteten Autowracks und behielt die Umgebung im Auge. »Langsam aufstehen!«

Der ausgemergelt wirkende Mann erhob sich, die Hände in Höhe seines Kopfes. Im flackernden Licht der Scheiterhaufen erkannte Angel ein Gewehr, das direkt vor ihm auf dem Boden lag.

»Drei Schritte zurück und umdrehen!«, befahl sie eindringlich, bereit, ihm jeden Moment einen Kopfschuss zu verpassen.

»Wer bist du? Was wird das hier?«, fragte sie mit einer ungläubig hochgezogenen Augenbraue, als sie seinen niedergeschlagenen Gesichtsausdruck bemerkte.

»Stan.«

»Und weiter?«

»Einfach nur Stan«, wiederholte er schulterzuckend. »Wer seid ihr?«

»Ich stell hier die Fragen«, erwiderte Angel ernst und setzte ihm zur Verdeutlichung ihre Pistole auf die Brust. »Wo ist der Rest von dem Dorf?«

»Da könnt ihr aufhören zu suchen, ich bin der einzige Überlebende.« Er drehte den Kopf herum blickte seufzend zu der Leiche hinab, bei der sie ihn gefunden hatten. »Das war meine Frau. Ich war auf der Jagd. Als ich gestern Abend zurückkam, ...« Weiter kam er nicht. Die unmissverständliche Bedrohung schüchterte ihn nicht im geringsten ein, was seiner Geschichte eine gewisse Glaubwürdigkeit verlieh. Sein ganzes Leben lag tot zu seinen Füßen. Plötzlich rollten Stans tief in den Höhlen sitzende Augen in Angels Richtung und versteinerten förmlich. »Wart ihr das?«

Seine Stimme bebte, doch Angel ignorierte die Anschuldigung, überlegte kurz und hob dann die Hand, so als würde sie jemandem zuwinken.

»Okay, alles in Ordnung«, sagte Butch beruhigt und zwinkerte Cassidy zu. »Du kannst runter. Ich bleib hier und pass weiter auf.«

Das ließ sie sich nicht zweimal sagen, rappelte sich auf und stürmte quer durch die Siedlung auf Angel zu.

»Kennst du den Typen?«, rief sie Cassidy entgegen und ließ sich ihr Gewehr reichen.

»Stan? Stan bist du das? Was– wie hast du überlebt?«

»Cassidy! Du lebst! Ich dachte, ich wäre der Einzige!«

Die hageren Gesichtszüge des Mannes wechselten von einem Moment auf den anderen in Freude und Erleichterung, als sie sich einander in die Arme fielen. Angel zückte eine kleine Taschenlampe und leuchtete zweimal kurz zu Butch hinauf, um ihm zu signalisieren, dass von dem erschöpften Jäger keine Gefahr ausging.

»Caiden hat mich davongejagt, als wir angegriffen wurden. Aber was ist mit dir passiert? Du siehst ja furchtbar aus!«

»Ist nicht mein Blut, ist das von … Sarah«, seufzte der Mann bedrückt und blickte auf die Frauenleiche neben seiner Waffe herab. »Ich wollte sie begraben, doch der Boden ist viel zu hart, also hab ich ein paar Holzreste gesammelt, um sie zu verbrennen. Ich kann sie doch hier nicht einfach liegenlassen.«

Im aufgehenden Mondlicht konnte man deutlich erkennen, wie sich das Wasser in seinen Augen sammelte. Sein Gesicht verriet, wie sehr er sich zusammennehmen musste, um nicht in Tränen auszubrechen.

»Was ist mit den anderen? Was ist mit meinem Bruder? Meinem Vater?«

»Ich weiß es nicht. Hier sind sie nicht. Zweiundvierzig Leichen habe ich gezählt, aber außer deiner Mutter war niemand dabei.«

»Sie töten nicht jeden, nur soviel wie nötig ist, um den Widerstand zu brechen«, sagte Angel. »Den Rest nehmen sie gefangen. Sie führen sie zu ihren Camps, meist auf langen Fußmärschen, um die Kranken und Schwachen auszusondern. Diejenigen, die sich als stark genug herausstellen und überleben, werden zu Sklaven, bis sie vor Erschöpfung sterben. Selbst wenn noch jemand von deiner Familie leben sollte, ist ihr Schicksal besiegelt. Es tut mir leid.« Sie ließ ihre Hand einen Moment lang auf Cassidys Schulter ruhen, bevor sie langsam auf den Wald zuschlurfte. Gern hätte sie ihr geholfen, doch sie wusste es besser, als Cassidy falsche Hoffnungen zu machen.

Plötzlich pfiff Butch vom Hang hinunter. Sofort hob Angel den Kopf und blickte in seine Richtung. Er gab Warnzeichen mit einer Taschenlampe.

»Wir kriegen Besuch, fünf bis zehn Mann, keine Fahrzeuge«, übersetzte sie die Signale und ging in die Knie. »Folgt mir und bleibt unten!«

Sie schlich bis zum Waldrand voraus und bewegte sich dabei so geschickt, dass Cassidy kaum hinterherkam. Auf dem Hang angekommen suchte sie gemeinsam mit Stan Deckung hinter ein paar Sträuchern, während Angel weiter zu Butch robbte.

»Wo?«, flüsterte sie und achtete genau darauf, in welche Richtung er schaute.

»Zehn Uhr. Scavenger, vermute ich. Die laufen in einer Reihe, alle gebückt«, meldete der Maschinengewehrschütze. Er hatte seine Waffe direkt auf sie ausgerichtet. Angel holte ihre Dragunow hervor, spähte durchs Zielvisier und runzelte die Stirn.

»Leicht bewaffnet. Sehen aber nicht aus, als wären sie zufällig hier. Der Erste scheint einer Spur zu folgen.«

»Euer neuer Freund?«

Butch warf ihr einen ernsten Blick zu, doch Angel antwortete nicht, sondern kroch zurück zu den anderen.

»Ist dir jemand gefolgt? Hast du irgendwen auf dem Weg hierher gesehen?«

»Was ist? Was sind das für Leute?«, fragte Cassidy mit ängstlicher Stimme.

»Scavenger. Abschaum, der normalerweise in den verlassenen Großstädten herumvegetiert und mit Vorliebe Jagd auf unachtsame Wanderer macht. Ein Jäger hat immer ein Dorf, ein zu Hause. Die werden der Spur deines Freundes nachgegangen sein und auf die Nacht gewartet haben.«

Angel überprüfte ihre Waffen und entsicherte das Gewehr.

»Ich ... Ich hab niemanden gesehen!«, versuchte sich Stan zu verteidigen.

»Sie sind zu sechst. Ihr beide bleibt hier und verhaltet euch ruhig. Wir müssen sie überraschen oder es gibt Verluste. Komm Victor!«

Angel blickte Cassidy noch einmal ermutigend in die Augen, bevor sie sich erhob und eine neue Position suchte. Etwas abseits des Dorfes in östlicher Richtung befanden sich aufeinandergestapelte Autowracks, die sie sich als Deckung auserkoren hatte. Währenddessen musterte Cassidy verwundert ihren einstigen Nachbarn.

»Wo ist dein Gewehr?«

»Verdammt.« Der Jäger senkte beschämt den Kopf und fluchte leise vor sich hin. »Das liegt bei meiner Frau!«

Cassidy rollte mit ihren blauen Augen. Unter Stans staunenden Blicken holte sie ihre schallgedämpfte Pistole hervor und entsicherte sie, wie Angel es ihr gezeigt hatte.

***

Zehn nervenaufreibende Minuten vergingen, ehe die in Lumpen gehüllten Scavenger endlich den Rand des Dorfes erreichten und nacheinander hinter den verbrannten Hütten Deckung suchten. Wie Butch berichtet hatte, bewegten sie sich gebückt im Gänsemarsch. Die ausgemergelten Gestalten versuchten in die Fußabdrücke des jeweiligen Vordermanns zu treten, so dass etwaige Verfolger ihre Stärke nicht einschätzen konnten. Cassidy rechnete jeden Moment damit, dass Angels Falle zuschnappen und sie das Feuer auf die Eindringlinge eröffnen würde, doch sie ließ den Angreifern absichtlich Zeit, die zerstörte Siedlung zu erkunden. Je länger sie warteten, desto mehr reduzierte sich die Aufmerksamkeit der Plünderer, die sich unterdessen über ein größeres Gebiet verteilten. Wild gestikulierend schienen sie von der mageren Ausbeute ihres gescheiterten Überfalls verärgert zu sein. Wahrscheinlich erkannten sie sogar an den Spuren der Schlacht, welche rivalisierende Gang ihnen zuvorgekommen war. Schließlich resignierten sie und durchsuchten die Ruinen nach verwertbarer Ausrüstung, die die Vultures eventuell zurückgelassen hatten. Wie Aasgeier gruben sie sich durch Leichen und Schutt, bis ihr Sichtkontakt zueinander nach zwanzig Minuten beinahe abgebrochen war.

Stan vermutete bereits, dass Cassidys neue Freunde eine diplomatische Lösung anstrebten, als plötzlich ein ohrenbetäubender Knall die Stille der Nacht durchbrach. Angel sorgte mit einem gezielten Startschuss für den Beginn des Gefechts. In den Augen der unerfahrenen Flüchtlinge wirkten die Schusswechsel unkoordiniert und chaotisch, doch in Wirklichkeit folgten sie einem präzise einstudierten Plan. Butch legte ein tödliches Sperrfeuer über die Siedlung und zwang die Scavenger dadurch in Deckung. Angel und Victor hatten sich unterdessen auf der anderen Seite des Dorfes in Stellung begeben und schalteten die Angreifer mit Präzisionsschüssen aus.

Was als Galavorstellung für ihr gebannt zusehendes Publikum geplant war, endete jäh, als Butch im hellen Mondschein eine

Handgranate erblickte, die direkt neben ihm vom Himmel fiel. Instinktiv rollte er sich zum Wald hinunter, gefolgt von dem tickenden Sprengsatz, dessen Detonation den schweren Mann mit einem Aufschrei in das Unterholz schleuderte. Ohne das Sperrfeuer konnten sich die drei verbliebenen Scavenger wieder frei bewegen und entschlossen sich lautstark zum Rückzug in den Wald. Der steile Hang erwies sich dabei jedoch für zwei von ihnen als tödliches Hindernis, da sie für Angels halbautomatisches Scharfschützengewehr im Licht der Feuerstellen hervorragend sichtbare Zielscheiben darstellte. Lediglich ein Angreifer überlebte den Aufstieg. Seine Flucht führte ihn direkt über Cassidys Stellung, die mit der schallgedämpften Pistole hinter ihrem Strauch hockte. Für einen Augenblick erwartete er, jeden Moment von ihr erschossen zu werden, aber sie zögerte. Noch nie in ihrem Leben sah sie sich damit konfrontiert, einen Menschen töten zu müssen! Sie streckte die geöffnete linke Hand aus, um dem Mann zu signalisieren, dass sie nicht schießen würde und er seinen Weg fortsetzen solle, doch der entschied sich für das genaue Gegenteil. Er riss seinen alten Vorderlader hoch und legte auf Cassidy an. Verzweifelt ließ sie sich rückwärts auf den Boden fallen, noch immer die Pistole auf ihn gerichtet. Als er gerade das Feuer eröffnen wollte, donnerte ein Schuss aus dem Dorfzentrum heran und durchschlug seinen ungeschützten Schädel im Nackenbereich, wodurch er leblos zusammenbrach.

Stan griff sofort nach der Waffe des Scavengers und seufzte erleichtert. Cassidys Herz peitschte das Blut rasend schnell durch ihren Hals. Sie hatte das Gefühl, ihr würde ebenfalls gleich der Kopf platzen. Erst als Angel herbeigelaufen kam, ihr Gewehr trotz der gebotenen Eile sanft auf den Boden legte und das zitternde Mädchen an sich drückte, vermochte sie sich langsam zu beruhigen.

»Verdammt!«, rief Victor, der das Unterholz nach Butch absuchte. »Er lebt noch!«

»Du kriegst mein Auto nicht!«, keuchte der zurück. Er sah übel zugerichtet aus und hustete eine ganze Weile, doch das meiste schien Schmutz zu sein. Durch einen glücklichen Zufall war er in seinem waghalsigen Fluchtmanöver unter eine Baumwurzel gerollt, die ihn vor den Splittern der Granate geschützt hatte.

»Haben wir gewonnen?«, fragte er leicht benommen, als Victor ihm auf die Beine half.

»Ja, haben wir«, antwortete Angel erleichtert.

»Okay, dann hätte ich jetzt gern eine Pause!«

***

Allmählich erschien die Sonne am Horizont. Der Morgen war der angenehmste Teil eines Steppentages, die Kälte der Nacht verschwand, das Land begann wie in einem Märchen zu leuchten und man konnte kilometerweit sehen, ohne sich vor dem Licht schützen zu müssen. Aber es war eine grausame Schönheit, denn schon nach wenigen Stunden brannte der grelle Feuerball am Himmel erneut erbarmungslos auf den vertrockneten Planeten.

Butch hockte am Waldrand neben seinem Gewehr, ein Verband am Arm ließ auf die einzig ernsthafte Verwundung der letzten Nacht schließen. Cassidy verarztete ihn, wie ihr Bruder es sie gelehrt hatte. Bei ihren heimlichen Ausflügen in die Steppe waren Verletzungen nicht ausgeblieben und sie wusste daher, was sie tat. Die Kompresse saß fest und die Wunde blutete nicht mehr. Die anderen halfen Stan, die Leichen der Dorfbewohner auf einen Haufen zu schaffen, um sie zu verbrennen. Auch die Scavenger warfen sie ins Feuer. Nichts sollte für die Geier übrig bleiben und später an diesen Ort des Schreckens erinnern.

Angel untersuchte den Brunnen, doch die Vultures hatten jeden Müll, den sie finden konnten, hineingeworfen. Steine, Zeltplanen, Kleidungsreste, Schrott, egal was; Hauptsache die Quelle wurde unbrauchbar. Sie mussten somit ihre eigenen Wasservorräte nutzen. Butch holte unterdessen den Wagen vom anderen Ende des Waldes in das Dorf.

Selbst nach der Plünderung durch die Vultures ließen sich noch einige tauschfähige Gegenstände aus Cassidys Siedlung bergen. Eine stabile Holzfälleraxt, ein Waschbrett und sogar eine benzinbetriebene Kettensäge. Über die freuten sie sich ganz besonders, denn sie war viel wert. Als sämtliche Leichen auf einem Haufen lagen und in Flammen aufgingen, versammelte sich die Gruppe. Eine Feldflasche mit Wasser machte schweigend die Runde. Angel hatte ihren jungen Schützling in den Arm genommen. Niemand sagte etwas, nur das Knistern des Feuers unterbrach die bedrückende Stille.

»Wir können dich ein Stück mitnehmen«, begann Angel und sah Stan dabei mitleidig an. »Wir wollten nach Silver Valley, als wir die Kleine hier gefunden haben. Ist die größte Siedlung in der Gegend, mal abgesehen von den Gangs. Dort könntet ihr neu anfangen.«

Der hagere Mann starrte in den Haufen brennender Leichen, seufzte kurz und nickte Angel zu. Seine grauen Haaransätze deuteten darauf hin, dass ein Neuanfang für ihn äußerst schwierig werden könnte, doch das Schicksal ließ ihm kaum eine Wahl. Einer nach dem anderen wendete sich von den Flammen ab, bis Cassidy allein eine letzte Träne vergoss und ihrer Mutter versprach, ihre verschollene Familie nicht im Stich zu lassen.

Angels Team verstaute die Ausrüstung auf dem Pick-up und Butch überprüfte zur Sicherheit noch einmal die Bremsleitungen. Silver Valley lag zwei Tagesreisen in Richtung Süden und sie wollten ein ganzes Stück von Cassidys Dorf entfernt sein, bevor die Mittagshitze hereinbrechen würde.

3. TEMPLE TOWN

Blinzelnd erwachte Cassidy, als die tief stehende Abendsonne sie durch die Schlitze der heruntergeklappten Fensterschotts in der Nase juckte. Der alte Pick-up wackelte heftig auf der zerstörten Straße und wurde immer wieder von ausgeschlachteten Autowracks und umgekippten Bäumen zu unbequemen Ausweichmanövern gezwungen. Dennoch schien die anstrengende Reise den anderen Passagieren wenig auszumachen. Cassidy sah sich um und stellte erstaunt fest, dass alle außer dem Fahrer eingedöst waren, und auch Butch gähnte gelangweilt. Die Umgebung hatte sich seit ihrem Dorf überhaupt nicht verändert und die ständige monotone Kulisse wirkte zugleich verstörend und einschläfernd.

»Guten Morgen!«, rief Butch ihr zu, als er Cassidy im Rückspiegel erblickte. Sie konnte ihm lediglich ein gezwungenes Lächeln schenken, da ihr nach den zwölf unbequemen Stunden sämtliche Knochen weh taten.

»Wie weit sind wir gekommen?«

»Die Hälfte der Strecke haben wir hinter uns. Siehst du die Ruinen da vorn am Horizont? Das war vor dem Kollaps irgendeine Kleinstadt. Da machen wir heute Nacht Rast«, antwortete der Fahrer schläfrig, als sehnte er sich bereits nach einer Pause.

Cassidy zwängte ihren Kopf an Angels Sitz vorbei und tatsächlich, sie erkannte Mauerreste. Dazwischen stand eine kleine Kirche ohne Dach, jedoch noch als solche wahrnehmbar. »Lebt da wer?«, fragte sie unsicher.

»Nicht direkt«, erwiderte Butch. »Aber die Ranger-Teams und Tauschhändler übernachten gern zwischen den alten Gemäuern. Kann gut sein, dass wir ein paar Bekannte treffen. Der Weg sieht aus, als wäre hier erst vor kurzem jemand entlang gekommen. Ich hoffe, die haben Wasser zum Tauschen. Mit zwei Leuten mehr geht unseres nämlich langsam zur Neige.«

Noch immer beschämt von ihrer unkontrollierten Gier ließ Cassidy sich mit gesenktem Haupt zurück in den Sitz fallen.

»Mach dir mal keine Gedanken. Wir sind keine Barbaren wie die Gangs«, versuchte Butch sie aufzuheitern.

In wenigen Minuten würden sie die ersten Stadtausläufer erreichen und er entschied, dass es Zeit wäre, die anderen zu wecken. Doch anstatt jeden einzeln anzusprechen oder gar wachzurütteln, hämmerte er kurzerhand ein paar Mal auf die Hupe. Angel war sofort hellwach und griff nach ihrer Pistole. Stan schrie vor Schreck auf und knallte mit dem Kopf an die Wagendecke. Nur Victor schien der übertriebene Service nicht zu beeindrucken. Schlaftrunken murmelte er: »Sind wir endlich da?«

»Allerdings!«, erwiderte Butch und amüsierte sich über die Reaktionen seiner Passagiere. Darauf hatte er sich immerhin sechs lange und eintönige Stunden gefreut.

»Na endlich«, seufzte Victor. Dabei versuchte er sich irgendwie zu strecken, was bei dem völlig überladenen Pick-up natürlich absolut hoffnungslos war. »Irgendwer Bekanntes da?«

»Sieht nach Kim aus«, antwortete Butch mit zusammengekniffenen Augen. »Ja … ich glaube, das ist ihr Jeep.«

»Hervorragend«, meinte Angel trocken und streckte ihre Beine aus dem Beifahrerfenster. »Hoffentlich hat sie etwas Wasser für uns übrig.«

»Wer ist Kim?«, wollte Cassidy neugierig wissen.

»Unser Modepüppchen«, erwiderte Angel und tauschte dabei ein süffisantes Schmunzeln mit Butch aus. »Ranger wie wir. Fahren durchs Land und suchen nach allem, was unsere Siedlungen gebrauchen könnten. Außerdem tauschen sie mit umliegenden Ortschaften Nachrichten aus. Temple Town ist nichts weiter als eine Dorfruine aus vergangener Zeit. Sie heißt wegen der alten Kirche so, die man schon aus großer Entfernung erkennen kann.«

»Spricht sich sowas denn nicht herum?«, fragte Cassidy. »Kommen hier keine Gangs her?«

»Aber sicher«, bestätigte Butch ihre Befürchtungen. »Und sie überlassen uns immer die feinsten Tauschgegenstände!«

»Ab und an versuchen es welche. Meist Gangneulinge, denen ein Überfall auf Temple Town als Einstiegstest auferlegt wurde«, pflichtete Angel ihm bei. »Erfahrene Banditen machen einen großen Bogen um die Ruinen. Normale Leute kommen hier nicht her. Nur Ranger und von uns eskortierte Händler und Jäger. Gut bewaffnete Teams, die sich zu verteidigen wissen und keine Bauern, die sie einfach überrennen könnten. Kim ist auch da, also wird schon nichts passieren.«

Wirklich beruhigen konnten Cassidy die Erklärungen nicht. Die feindliche Welt, die sie seit zwei Tagen kennenlernte, schlug ihr stark aufs Gemüt. Geschichten über die brutalen Machtkämpfe in den Wastelands gab es reichlich, häufig erzählt von Reisenden, die durch Zufall oder Hörensagen auf ihr Dorf stießen. Meist wurden sie jedoch als Märchen abgetan, mit denen man Kinder Angst machte, damit sie nicht von zu Hause wegliefen.

Kurz darauf erreichten sie den ehemaligen Ortseingang. Butch kannte den Weg zwischen den Ruinen genau und manövrierte seinen Wagen in der anbrechenden Abenddämmerung problemlos zu den Überresten der Kirche, wo bereits ein Lagerfeuer einladend knisterte. Er parkte seinen verstaubten Pick-up direkt neben dem Geländewagen, den sie schon von weitem erkannt hatten. Dank der trockenen Hitze hielt sich der Rostbefall an Kims Jeep in Grenzen. Trotzdem war das Geländefahrzeug mit über fünfzig Jahren auf dem Buckel kein schöner Anblick mehr. Die Originalbeleuchtung war bei einem Aufprall zerstört und durch eine provisorische Lichtanlage auf dem Überrollbügel ersetzt worden. Auf der Heckablage sowie dem offenen Kofferraum stapelten sich Kisten und Kanister verschiedenster Art. Man konnte nicht erkennen ob sie Benzin, Wasser oder überhaupt etwas enthielten, aber alle waren fest verzurrt, damit sie im felsigen Gelände nicht herunterfielen – oder gestohlen wurden.

Vor dem Lagerfeuer erkannte Cassidy die Silhouette einer schlanken Frau mit kurzen Haaren. Sie hielt die Hände auf dem Rücken und wirkte dadurch angespannt, jedoch nicht feindselig. Erst als Angel den Pick-up verließ und mit ihrer kleinen Stabtaschenlampe ein Signal in ihre Richtung schickte, rührte sie sich.

»Angel? Hab ich's mir doch gedacht!«, rief Kim und drehte sich zu den Überresten der Kirche um, »Kannst rauskommen, Johnny!«

Nun wurde Cassidy klar, warum sie sich unbewaffnet direkt ins Licht gestellt hatte. Aus der Dunkelheit der Mauern trat ein großer, schwerfälliger Mann mit einem stark modifizierten Sturmgewehr hervor. Die Haare seines markanten, rechteckigen Kopfes hatte er bis auf wenige Millimeter abrasiert. Mit schnellen Schritten stampfte er auf die Neuankömmlinge zu, hob Angel hoch in die Luft und drückte sie an sich, während er die anderen begrüßte. Die Situation besaß durchaus eine gewisse unfreiwillige Komik, denn in einer solchen Lage hätte sich Cassidy ihre neue Freundin beim besten Willen nicht vorstellen können.

»Ist ja gut!«, keuchte sie verlegen. »Ich hab euch auch vermisst! Lass mich runter!« Sie musste ihm kräftig auf die Schultern klopfen, bevor er sie zurück auf die Füße stellte. »Seid ihr allein?«, fragte sie und war damit sofort wieder in ihrem Element.

»Ja, außer uns ist niemand hier. Eigentlich sollten wir ja vor euch zu Hause sein, aber wir haben bei der Suche noch ein paar Tage dran gehängt. Dennoch: Ergebnis negativ«, seufzte die rothaarige Frau mit einem niedergeschlagenen Unterton. Angel klopfte ihr anerkennend auf die Schulter und winkte anschließend in Richtung Pick-up.

»Alles klar, ihr könnt aussteigen«, erklärte Butch. Er kramte seine alte Gitarre von der Ladefläche und hielt mit Angels sandfarbenen Rucksack auf das Lagerfeuer zu. Stan und Victor begleiteten ihn. Nur Cassidy hatte Probleme, die Tür zu öffnen. Erst nach einem kräftigen Tritt sprang sie auf. Sie hoffte, dass ihr der Fahrer die zarte Gewalteinwirkung nicht übelnehmen würde, doch zu ihrer Erleichterung schien er es nicht mal bemerkt zu haben.

»Wen habt ihr da wieder aufgegabelt?«, flüsterte Kim neugierig, als die beiden sich an das Feuer setzten.

»Flüchtlinge aus einem der Dörfer im Norden, eine gute Tagesreise von hier«, erwiderte Angel.

»Und warum sind sie geflohen?«

»Vultures«, brummte Butch und beendete damit ungewollt im Vorbeigehen das Gespräch. Bedrücktes Schweigen hielt Einzug, als sich die Ranger am Lagerfeuer dazugesellten. Johnny reinigte geistesabwesend sein Gewehr und Angel schlenderte zum Wagen zurück, um etwas Fleisch zu holen. Der ölverschmierte Fahrer setzte sich neben Victor und teilte eine Feldflasche mit seinem Kameraden.

»Seid ihr die einzigen Überlebenden?«, fragte Kim vorsichtig.

»Die einzigen, die entkommen konnten«, antwortete Cassidy zurückhaltend, woraufhin Kim mitleidig mit dem Kopf nickte.

Angel hatte eine große Bratpfanne von der Ladefläche gekramt und hockte sich neben ihren Schützling an das Feuer. Sie reichte Cassidy eine Frischhaltebox und ein Messer aus ihrem Rucksack, stellte die Pfanne vor sich auf den Boden und begann gemeinsam mit ihr das Wolfsfleisch vom Vortag in kleine Stücke zu schneiden. Kim holte einen Kochtopf aus der Kirchenruine, mit dem sie vor dem Eintreffen des Pick-ups begonnen hatte, Kartoffeln für das

Abendmahl vorzubereiten. Mürrisch fügte sich Johnny dem Befehl, ihr zu helfen, während Butch die Campingstimmung mit geübten Gitarrenklängen abrundete.

»Schau mal, was ich in White Rock bekommen habe!«, rief Kim Angel freudig zu und reichte ihr ein blaues Tongefäß.

»Ist das ... Salz?«, fragte sie nach einer Kostprobe erstaunt. »Seit wann tauschen die denn mit Außenseitern?«

Die Einwohner des weit im Norden gelegenen White Rock, das seinen Namen von den industriell uninteressant gewordenen Salzminen der Umgebung hatte, waren für ihre Fremdenfeindlichkeit bekannt. Eine Mischung aus gesunder Skepsis und verängstigter Paranoia hatte sie im Laufe der Jahre zu Isolationisten werden lassen.

»Wir haben zwei ihrer Leute auf dem Weg nach Eagle Village getroffen, deren Pferde aus Wassermangel verendet waren. Als Dank für die sichere Heimkehr wurde uns gestattet, die Siedlung zu betreten und mit ihnen zu handeln. Die hatten großes Interesse an Victors Sprengsätzen zum Einsatz in den Minen. Im Gegenzug erhielten wir drei Zentner reinstes Speisesalz. Mein armes Auto muss sich seit dem ganz schön abmühen«, erklärte Kim stolz.

Im Licht des Lagerfeuers verstand Cassidy, was Angel mit *Modepüppchen* gemeint hatte. Zwei silberne Ketten mit Anhängern in Form von heidnischen Symbolen schmückten den tiefen Ausschnitt ihres etwas ausgeblichenen rosa Hemdchens, dessen Kragenknopf gänzlich fehlte. Ihre hellblaue Jeanshose wies unzählige Flicken auf, die jedoch einem Muster zu folgen schienen, was ihr Modebewusstsein zusätzlich unterstrich. Zwischen ihren eher depressiv uniformierten Kameraden wirkte der farbenfroh gekleidete Rotschopf wie ein deplatzierter Paradiesvogel, wodurch sie den Neuankömmlingen vom ersten Moment an sympathisch war.

»Gibst du uns was ab?«, erwiderte Angel mit hochgezogenen Mundwinkeln. Kim nickte ihr wie selbstverständlich zu und konzentrierte sich wieder auf ihre Kartoffeln. Vorsichtig löste sie die Schale und gab sich Mühe, so wenig wie möglich von der kostbaren Frucht zu verlieren. Sie bewies großes Fingerspitzengefühl und schon nach kurzer Zeit saß sie vor einem wahren Berg an Kartoffelscheiben.

Cassidy hatte ihren Teil des Wolfsfleisches mittlerweile komplett zerstückelt und auch Angel war fast fertig. Sie zerrte eine dritte

Box aus ihrem Rucksack, in der ein paar saftige Speckschwarten lagen. An sich ungenießbar, sorgten sie als Geschmacksträger für ein angenehmes Aroma. Johnny holte ein grillartiges Gestell hervor und platzierte es über dem Lagerfeuer. Sie gaben die in Scheiben geschnittenen Kartoffeln zum Fleisch dazu, stellten die Pfanne auf den Grill und Kim streute eine Prise Salz darüber. Nachdem sie sich die Hände abgewischt hatten, starrten sie wieder ins Feuer. Um sich die Zeit zu vertreiben, und schneller etwas zu essen zu bekommen, hielten Butch und Victor die größeren Fleischstücke an Holzstöcken direkt in die Flammen.

Stan schien unterdessen zu träumen. Er war in Gedanken bei seiner Frau und versuchte, den schweren Verlust zu verarbeiten. Cassidy ging es dagegen viel besser. In ihr keimte die Abenteuerlust, die beinahe in jedem Teenager steckt. Außerdem gehörten Caiden und ihr Vater zu den kräftigsten Bewohnern ihres Dorfes und würden den Weg zu den Vultures mit Sicherheit durchhalten. Schnell verdrängte sie jedoch die Vorstellung, ihre Familie in Ketten zu sehen. Angel schien bemerkt zu haben, wie weit entfernt Cassidy war, und nahm sie zärtlich in den Arm.

»Was habt ihr zwei nun vor?«, fragte Johnny. Stan hob zum ersten Mal den Kopf und starrte ihn traumatisiert an.

»Ich weiß nicht«, erwiderte er zögernd. »Mir wurde gesagt, wir könnten in diesem *Silver Valley* Zuflucht finden.«

»Dort wird es euch sicher gefallen«, sagte Kim. »Wir haben es uns zur Aufgabe gemacht, eine Alternative zum Leben in Gangs zu schaffen. Unsere Enklave ist die erste größere Siedlung, die dem ständigen Terror getrotzt und überlebt hat.«

Auch wenn sich ihre Worte wie eine einstudierte Werbebotschaft anhörten, so schürten sie dennoch Hoffnung in den beiden Flüchtlingen.

»Wie habt ihr das geschafft?«, fragte Cassidy.

»Sie haben von den Gangs gelernt«, sagte Angel und stocherte mit einem knorrigen Ast in der Glut. »Die meisten davon sind nur ein wahlloser Haufen von Chaoten, die gerne den starken Mann spielen. Gegen wehrlose Dörfer gehen sie so brutal vor, dass allein ihr Ruf die Menschen vor Angst erzittern lässt. Stellt man sich ihnen jedoch entgegen, ziehen sie den Schwanz ein. In Silver Valley gab es jemanden, einen ehemaligen General aus der Armee vor dem Zusammenbruch, der wusste, wie man eine Verteidigung aufbaut.«

»Mein Vater«, seufzte Kim und starrte ausdruckslos in das Lagerfeuer. »Er ist vor einiger Zeit bei einem Gangangriff getötet worden. Doch sein Werk lebt weiter, unsere Siedlung steht noch immer und wir haben anderen Enklaven geholfen, sich ebenfalls zu wehren. Die Wastelands an sich sind so gefährlich, wie du sie erlebt hast, aber es entstehen Jahr für Jahr neue Außenposten der Zivilisation.«

»Morgen sind wir da und ihr werdet sehen, was wir meinen«, sagte Angel.

Mittlerweile waren sowohl Fleisch als auch Kartoffeln gar. Kim zauberte zusätzlich einen Laib Brot hervor und reichte jedem ein großes Stück. Victor holte eine Sammlung aus Metall- und Plastiktellern aus dem Wagen und Angel begann, das Essen gleichmäßig zu verteilen. Gabeln oder Löffel gab es nicht, aber das schien niemanden außer Angel zu stören. Die kramte ihr ganz privates Besteck aus dem Rucksack und vermied es peinlichst, ihr Abendessen zu berühren. Wolfsfleisch aß man in Cassidys Dorf immer dann, wenn die Raubtiere ausgehungert auch Menschen angriffen, doch dank der reichlichen Zugabe von Salz schmeckte es diesmal viel leckerer als sonst. So eine Kostbarkeit hatte es für sie zuvor nur selten gegeben.

***

Es war bereits dunkel, als die ungleich proportionierten Schatten von Kim und Johnny im Licht des Lagerfeuers an der Kirchenmauer flackerten. Die beiden hatten Stan beim Kartenspielen um sein letztes Hemd gebracht, beziehungsweise ihm schon vor seiner Ankunft in Silver Valley den ersten Arbeitsauftrag zugeschoben. Um seine Spielschulden zu begleichen, sollte er ihr Quartier säubern. Zynisch warnte ihn die rothaarige Rangerin, dass er sich besser Handschuhe besorgen solle, ehe er unter das Bett ihres beleibten Freundes kriechen würde.

Angel zog sich eine schwarze Lederjacke über und reichte Cassidy zwei Felle. Die stanken zwar erbärmlich, hielten aber in der Steppenkälte warm. Victor besorgte neues Brennholz und warf einige alte Bretter in das Feuer, bevor er wieder neben Butch Platz nahm. Dem fielen langsam die Augen zu. Die anderen hatten tagsüber schlafen können, doch er war hundemüde.

»Ab ins Bett!«, rief ihm seine Chefin streng zu.

Der Mechaniker schreckte hoch und murmelte eine Bestätigung, wonach Victor erneut zum Pick-up lief und zusätzlich zu weiteren Decken einen großen Armeeschlafsack zur Lagerstätte schaffte. »Der Sack ist für Butch. Der muss morgen wieder fahren.«

»Cassidy und ich übernehmen die erste Wache«, entschied Angel und schnappte sich Johnnys modifiziertes Sturmgewehr. »Ich leih mir das hier mal aus, ja?«

Der Dicke brummte lediglich und lag bereits eingerollt in ein paar Decken vor dem Lagerfeuer. Kim gab Angel zwei Ersatzmagazine für Cassidys schallgedämpfte Pistole und lehnte sich anschließend mit geschlossenen Augen an die Kirchenmauer, um die strahlende Wärme des Feuers zu genießen. Stan überprüfte ungläubig die Spielkarten, konnte aber zu seiner Verwunderung keinen Betrug feststellen, während Victor sich neben Butch zur Ruhe legte.

Angel deutete Cassidy, ihr zu folgen. Sie führte sie zum Pick-up und kramte auf der Ladefläche herum, bis sie ein paar lange Kunststoffstäbe fand. Einen gab sie Cassidy, den anderen steckte sie in die Innentasche ihrer Lederjacke.

»Das sind Knicklichter. Sowas schon mal gesehen?«

Cassidy schüttelte neugierig den Kopf.

»Da sind zwei Flüssigkeiten drin. Eine davon befindet sich in einem kleinen Glasröhrchen im Inneren. Wenn du es zerbrichst und sie vermischt, fängt der Stab an zu leuchten. Steck sie dir irgendwo hin, wo sie nicht aus Versehen kaputt gehen können.«

»Sollten wir nicht in der Nähe des Lagerfeuers bleiben?«, fragte sie und blickte nervös in die Umgebung.

»Nein«, erwiderte Angel, die Johnnys Gewehr mit gezielten Handgriffen einer Funktionsprüfung unterzog. »Das Feuer hält Tiere von alleine fern und eventuelle Angreifer würden sich erst im Dunklen sammeln. Darum müssen wir schon ein bisschen weiter draußen stehen, sonst nimmt uns das Licht die Sicht.« Als sie daraufhin Cassidys zögerndes Nicken bemerkte, fügte sie hinzu: »Keine Sorge, wir übernachten hier häufig und meistens langweilt sich die Wache zu Tode.«

***

Es vergingen mehrere Stunden und es geschah überhaupt nichts, außer dass Victor ins Feuer rollte und mit einem lauten Schmerzensschrei das ganze Camp aufweckte. In der sternenklaren Steppennacht entfernten sich Cassidys Gedanken von der Gruppe. Mit offenen Augen hatte sie Alpträume von ihrem angeketteten Bruder, der in einer Reihe mit ihrem Vater und dem Rest des Dorfes mit Peitschenhieben durch die Wüste getrieben wurde. Erst als Angel sie ermunterte, etwas Zielschießen zu üben, kehrte sie in die Realität zurück.

Bevor ihr Schützling ein paar verrostete Dosen schallgedämpft ins Jenseits befördern durfte, wollte Angel ihr die Funktionsweise der Waffe noch einmal genauer erklären. Zu ihrer großen Verwunderung stellte sie dabei fest, dass eine Patrone fehlte. Sie war sich absolut sicher, Cassidy vor ihrem Dorf ein volles Magazin überreicht zu haben. Unter ihren fragenden Blicken gab Cassidy zu, dass sie bei ihrem Sturz auf den Abzug gekommen war. Aus Unsicherheit darüber, welches Geschoss den Scavenger zuerst getroffen hatte, behielt sie den Vorfall für sich. Die pure Vorstellung einen Menschen getötet zu haben, selbst einen, der im Begriff war sie im nächsten Moment umzubringen, belastete ihr Gewissen. Angel hingegen war froh, dass Cassidy diese Hürde bereits genommen hatte, zumal sie sich beim darauffolgenden Training als talentierte Schützin erwies.

Etwas später saßen sie gemeinsam abseits des Feuers auf einer alten Mülltonne, wo Angel nach Cassidys Einschätzung gelangweilt an Johnnys Gewehr herumspielte.

»Verdammt! Dass er das Ding immer so verdreckt mit sich herumschleppen muss!«, fluchte sie gereizt beim Versuch, den festsitzenden Wüstensand aus den Öffnungen der Waffe zu kratzen.

»Wie habt ihr euch eigentlich zusammengefunden?«, wollte Cassidy wissen.

»Das ist etwas kompliziert«, begann Angel ausweichend. »Butch und Victor haben mir vor ein paar Jahren das Leben gerettet, mich mit gebrochenem Schienbein aus einem brennenden Autowrack geborgen. Kim und Johnny stießen später zu uns und sind nun, neben den beiden Streithälsen da drüben, meine Familie.«

Das glückliche Lächeln, das auf ihren Lippen erschien, während sie von ihren Freunden erzählte, war selbst in der Dunkelheit unübersehbar. Als Cassidy nachbohrte und erfahren wollte, wie es zu dem Unfall gekommen sei, wich Angel ihr abermals aus. Beschämt entschuldigte sie sich für ihre ungezügelte Neugier.

»Nein, ist schon okay«, wiegelte Angel ab. »Es ist nur nicht leicht, mit jemandem wie dir darüber zu reden. Irgendwann erklär ich's dir.«

Cassidy wusste mit der Bemerkung über sie nichts anzufangen, entschied aber, es aus Gründen der Höflichkeit dabei zu belassen.

»Butch und Victor sind echte Brüder«, beendete Angel die daraus resultierende Stille. Erleichtert, dass sie nicht zu weit gegangen war, zog Cassidy überrascht die Augenbrauen hoch. »Sag bloß dir ist nicht aufgefallen, wie die sich ständig streiten«, sagte Angel weiter, woraufhin Cassidy wieder lachen konnte.

»Was bedeutet eigentlich Victors gelbe Armbinde?«, fragte sie. »Fällt die bei der Tarnkleidung nicht auf?«

Angel erklärte, dass Victor als Selfmade-Sprengstoffexperte einmal zu oft direkt neben seinen explodierenden Spielzeugen gestanden hatte und er deshalb nur sehr eingeschränkt hören könnte. Die Armbinde identifiziere ihn als schwerbehindert und er würde jedes Mal darauf verweisen, wenn ihn jemand beschuldigte, nicht richtig zuzuhören. Außerdem war sie ein Geschenk des getöteten Generals Peterson gewesen, weswegen es sein Stolz verbot, sie jemals abzulegen. Nun verstand Cassidy auch, warum er sich als Einziger nicht über das laute Hupen vor Temple Town beschwert hatte.

Mit den letzten Worten kapitulierte Angel beim Versuch, Johnnys Gewehr zu reinigen, und setzte ihren Rundgang fort. Der Patrouillenweg um das Feldlager war ihr bestens bekannt. Sie nutze ihn jedes Mal, wenn ihr Team zwischen den Kleinstadtruinen rastete, und wies Cassidy gelegentlich auf gefährliche Mauervorsprünge, herausragende Stahlrohre und ähnlichen Schrott hin. Eine Zeit lang beobachteten sie einen hellbraunen Skorpion auf der Jagd nach seinem Nachtmahl, bis das grazile Tier in ihre Richtung drehte und sie die Patrouille lieber fortsetzten.

Als Angel nahe der Kirche dem Ruf der Natur folgte, betrat Cassidy das alte Gemäuer und war fasziniert von den verblassten Wandmalereien und bunten Mosaikfensterscherben. Das flackernde Licht des Lagerfeuers fiel durch das zerfallene Eingangstor und reflektierte sich auf einem metallischen Objekt im Staub des zerstörten Altars. Als sie sich auf den Boden hockte und den Schmutz beiseite fegte, offenbarte sich ihr eine goldene Kette mit einem kleinen Anhänger in Form eines Kreuzes. Angel war mittlerweile zurückgekehrt und ließ sich das Schmuckstück zeigen.

»Ein religiöses Relikt aus der Zeit vor dem globalen Kollaps. Die Menschen haben früher zu irgendwelchen imaginären Götzen gebetet, wenn sie mit ihrem eigenen Leben nicht klarkamen oder einen Sündenbock brauchten. Das Symbol hatte irgendwas damit zu tun. Hat mich nie interessiert«, brummte sie mürrisch. »Behalt sie, wenn du willst. Für solches Glitzerzeug bekommst du nicht mal einen Becher Wasser.«

Angel reichte ihr den Anhänger und kehrte zur Patrouillenroute zurück. Cassidy war die Bedeutung des Kreuzes völlig egal. Ihr gefiel der warme Glanz, den das Schmuckstück ausstrahlte. Bevor sie Angel folgte, enträtselte sie den komplizierten Verschlussmechanismus und hängte sich die Kette um den Hals.

Der Mond stand mittlerweile hoch am Himmel. Eine schmale Sichel, die kaum Licht spendete. Nur noch wenige Stunden trennten sie vom Sonnenaufgang. Hatte Angel nicht etwas von erster Wache gesagt? Wäre es da nicht langsam an der Zeit für die Wachablösung? Cassidy war sich nicht sicher, ob sie Angel danach fragen sollte, doch der waren ihre zufallenden Augen nicht entgangen.

»Müde?«, flüsterte sie ihr ins Ohr.

»Nicht wirklich, aber durch den Schlaf im Wagen tun mir sämtliche Knochen weh«, gab Cassidy zu.

»Wenn du willst, wecke ich Kim und sag ihr, sie soll dich ablösen.«

»Nein, es geht schon. So fühl ich mich wenigstens nicht so nutzlos.«

»Wie kommst du denn darauf?«, fragte Angel erstaunt, während sie den Wüstensand aus ihren langen Haaren bürstete.

Cassidy hockte sich auf den staubigen Boden und starrte seufzend auf die schallgedämpfte Pistole. Inzwischen hielt sie die Waffe sicherer in der Hand, aber dass sie einen Menschen erschossen hatte, erschien ihr nach wie vor unwirklich. Bislang war die Flucht immer ihr erster Instinkt gewesen.

Angel verstand, worauf sie hinaus wollte und kniete sich mit einem absichtlich hilflos klingenden Ächzer neben sie. »Eigentlich solltest du mir Vorwürfe machen und nicht dir selbst. Ich hätte dich nie in diese Lage bringen dürfen.«

»Fällt es einem irgendwann leichter?«, fragte Cassidy nachdenklich, ohne den Blick von der Pistole abzuwenden.

»Oh ja«, antwortete Angel stoisch und starrte dabei ins Nichts. »Zu leicht.«

Eine depressive Stimmung hielt Einzug. Für ein paar Minuten fehlten beiden die Worte, bis Angel entschied, das Thema zu wechseln und Cassidy durch die zerzausten Haarsträhnen strich.

»Aber wenn du Glück hast, dann beginnt morgen Abend ein neues Leben für dich mit richtigen Betten, regelmäßigem Essen und gänzlich ohne Schusswechsel!«

Trotz der unwirklich klingenden Worte vermochte sie Cassidy damit aufzumuntern. Gemeinsam setzten sie die Patrouille fort, bei der Angel hin und wieder innehielt, um zu lauschen oder einen Blick durch ihr Scharfschützenvisier zu werfen. Mit geschulten Augen suchte sie am Horizont nach Zeichen von Aktivität. Wie früher Rauch auf hoher See würden Wolken aus Staub alle Fahrzeuge schon aus großer Entfernung preisgeben, doch zu Cassidys Erleichterung seufzte sie mit jedem Rundgang ein wenig enttäuschter.

»Wie lange noch bis Sonnenaufgang?«

»Drei Stunden.«

»Wie ist es so in Silver Valley? Wie viele Menschen leben dort?«

Cassidy hatte Angst, dass sie Angel mit ihrer Fragerei auf die Nerven gehen könnte, doch eigentlich war die ganz froh darüber. Es hielt sie beide wach und sie lernten sich immer besser kennen.

»Es gibt bei uns etwa vierhundert Einwohner. Genau wissen wir es erst, wenn wir da sind. Das ändert sich ständig. Einige ziehen in andere Enklaven um, um dort beim Aufbau zu helfen. Carol war hochschwanger, als wir vor ein paar Wochen aufgebrochen sind und ab und an sterben auch welche. Auf der Jagd oder bei vereinzelten Angriffen oder–«

Angel verstummte abrupt und starrte gebannt durch ihre Zieloptik. Cassidy konnte nichts erkennen doch ihre neue Freundin wirkte plötzlich wie ausgewechselt.

»Wir kriegen Besuch«, flüsterte sie und lief zum Rastplatz. »Weck die anderen!«

Eine sanfte Berührung von Kims Schulter genügte, um sie kerzengerade mit ihrem Gewehr in der Hand vor dem Lagerfeuer stehen zu lassen. Angel kroch zu Johnny und rüttelte an ihm. Cassidy tat dasselbe bei Butch und Victor, aber im Gegensatz zu Kim drehten sich die Männer schlaftrunken herum und grummelten leise vor sich hin.

»Besuch! Zwei oder drei Fahrzeuge, Osten«, flüsterte Angel und hielt den Zeigefinger vor die Lippen. Kim schnappte sich sofort Cassidys Felle und warf sie über das Lagerfeuer, um die Flammen zu ersticken. Unterdessen lehnte sich Angel an die Kirchenmauer und starrte gebannt durch ihr Zielfernrohr.

»Verdammt. Die ändern ihre Richtung, kommen direkt auf uns zu!«, fluchte sie leise. »Sehen aus wie Buggys. Wir haben höchstens ein paar Minuten!«

»Könnten das nicht auch eure Leute sein?«, fragte Stan, der bereits seine Jagdflinte überprüfte.

»Nein, unsere Ranger nutzen die Papierkisten kaum und sind meist allein unterwegs, um weniger Aufmerksamkeit zu erregen. Die haben ihre Scheinwerfer an. Volle Festtagsbeleuchtung! Das sind niemals welche von uns!«

Victor und sein Bruder stolperten schlaftrunken zum Pick-up, um ihre Waffen zu holen.

»Wir benutzen die Wagen als Köder«, entschied Angel. »Butch, ihr nehmt Stan mit in eure Stellung. Wir gehen vor wie in dem Dorf. Lasst sie sich verteilen und wartet, bis ich den ersten Schuss abgebe!«

Sie hatte Cassidy die kleinen Schützengräben bereits gezeigt, in denen sich die Ranger nun versteckten. Die beiden Brüder nahmen den grauhaarigen Jäger mit sich, während Kim zusammen mit Johnny in einem anderen Loch verschwand. Angel wollte ihren Fehler nicht wiederholen und befahl Cassidy, nicht von ihrer Seite zu weichen. Gemeinsam betraten sie ein zerstörtes Haus, das gut hundert Meter vom Lagerplatz entfernt war und durch seine hohen Mauerreste für einen passablen Rundumschutz sorgte.

Neugierig beobachtete Cassidy, wie ihre Angel eine große, beigefarbene Herrensocke aus ihrer rechten Beintasche holte, mit feinem Wüstensand füllte und als Gewehrauflage auf dem Fensterbrett fixierte. Zusätzlich reichte sie ihrem Schützling zwei Ohrstöpsel aus weichem Schaumgummi, die sie vor dem ohrenbetäubenden Knall ihrer Dragunow schützen sollten.

Wie Kim vermutet hatte, dauerte es keine fünf Minuten, bis sie das näherkommende Motorengeheul vernahmen. Kurz nachdem die Buggys verstummt waren, erschien auch schon der erste Besucher am Rastplatz. Er ignorierte die Fahrzeuge und untersuchte zunächst die Feuerstelle. Die warme Asche verriet die Anwesenheit der Ranger, woraufhin er sich sofort zurückzog. Für einen Augenblick hoffte Cassidy, dass sie von einem Überfallkommando der Vultures entdeckt worden wären, das nun aufgrund ihrer Erfahrungen in Temple Town das Weite suchen würde.

»Snakes«, hauchte Angel und zerstörte gleichzeitig jede Hoffnung auf eine friedliche Nacht. »Religiöse Spinner, die alle Menschen für den Niedergang der Zivilisation verantwortlich machen. Die ziehen seit Jahren als Nomaden durch die Steppe. Man erkennt sie am kahl geschorenen Kopf, auf dem nur ein Ring aus Stoppeln übriggeblieben ist. Er symbolisiert eine Schlange, die sie angeblich schützen soll. Hat irgendetwas damit zu tun, dass sich die Erde gegen ihre Bewohner gewehrt hat und die Schlange stellt wiederum die Erde dar. Im Grunde genommen nichts anderes als die Vultures, nur dass sie keine Sklaven nehmen. Sie töten jeden, der nicht zu ihnen gehört und entführen ausschließlich Kinder, um ihre Zahl aufzustocken.«

Cassidy blickte auf ihren Oberkörper herab und versuchte einzuschätzen, ob sie noch als Kind durchgehen würde. Ihre Eltern hätten das zweifelsohne bejaht. Nur ihr Bruder hatte sie schon längst nicht mehr wie ein Kind behandelt, sondern schätzte ihren Rat. Plötzlich realisierte sie, von was für trivialen Dingen sie sich im Angesicht größter Gefahr ablenken ließ. Erschrocken stellte sie fest, dass ihr Verstand den gewaltsamen Tod, der wie ein Damoklesschwert permanent über ihrem Kopf schwebte, allmählich als Dauerzustand akzeptierte.

Ihre Gedanken wurden jäh unterbrochen, als die Schlangenanbeter in größerer Zahl zurückkehrten und das Gelände mit ihren Taschenlampen absuchten. Die überall herumliegenden Wellblechdächer der provisorischen Schützengräben schienen Tarnung genug zu sein, denn schon nach ein paar Minuten versammelten sich die Eindringlinge und begannen damit, die Fahrzeuge zu untersuchen und die Ladung zu sondieren. Cassidy zählte acht Snakes, wovon sich die Hälfte in der Kirche oder den umliegenden

Ruinen verschanzte und je zwei an den Wagen zu schaffen machten.

»Nicht schlecht«, brummte Angel anerkennend, als sie das Scheitern ihrer Strategie feststellte. Entmutigen ließ sie sich davon jedoch keineswegs, und schon kurz darauf donnerte ihr erster Schuss durch die zerstörte Stadt. Sie hatte sich einen außerordentlich ruhig wirkenden Snake ausgesucht, der im Gegensatz zu seinen Kameraden im Inneren einer der etwas besser erhaltenen Ruinen Position bezogen hatte. Die schwarze Tiefe des Raums machte ihn für ungeübte Beobachter nahezu unsichtbar und ihre Freunde hätten ihn mit großer Wahrscheinlichkeit zu spät entdeckt. Die dichte Bebauung verhinderte zudem ein koordiniertes Sperrfeuer, weshalb sich der Rest des Teams eigenständig Ziele suchte und die Fanatiker vom Präzisionsbeschuss aus der Ferne ablenkte. Einer der Plünderer verschanzte sich hinter Butchs orangefarbenem Pickup, weswegen niemand wagte, auf ihn zu schießen. Erst, als er sich auf den Boden hockte, um nachzuladen, riskierte Angel eine Kugel direkt durch den rechten Kotflügel und hoffte dabei inständig, nicht den Reifen getroffen zu haben.

Es war nicht das erste Gefecht, dass von dem erfahrenen Team in Temple Town ausgetragen wurde. Entsprechend routiniert schalteten sie einen Angreifer nach dem anderen aus, bis die letzten beiden ihre Beine in die Hand nahmen und mit einem der Buggys die Flucht antraten. Man sollte meinen, dass es gut zwei Jahrzehnte nach dem globalen Zusammenbruch kaum noch genügend Munition für derart heftige Schusswechsel geben würde, doch die Rüstungsindustrie hatte seit dem Zweiten Weltkrieg ununterbrochen Hochkonjunktur gefeiert und von deren Fleiß zehrten die Überlebenden noch heute.

»Das gefällt mir nicht«, murmelte Angel vor sich hin. »Viel zu leicht.«

Butch schleuderte gerade die letzten Patronen seines Gurts in Richtung des davonfahrenden Wagens, da knallte es mehrfach direkt hinter ihm. Bevor Cassidy verstand, was geschehen war, brach Angel stöhnend zusammen. Instinktiv kauerte sie sich in die Hausecke, ehe sie versuchte, Angel tiefer in die Stellung hineinzuzerren. Inzwischen flogen ihr die ersten unterstützenden Kugeln aus den Schützengräben entgegen, doch das hinderte die Schlangenköpfe nicht daran, die Ruine zu stürmen. Die Pistole in den zitternden

Händen und ihre bewusstlose Freundin in den Armen, verfolgte Cassidy die kratzenden Schritte im Schutt vor dem Eingang. Ihr war klar, dass sie diesmal niemand retten würde und sie sich allein verteidigen musste. Noch einmal überprüfte sie den Sicherungshebel, dann erschien der erste Fanatiker in der Tür. Panisch verfeuerte sie ihr verbliebenes Magazin und ließ die Waffe erschrocken fallen, als der Mann ächzend zu Boden stürzte. Sie hockte wimmernd in der Hausecke und hoffte, dass es die anderen nun nicht mehr wagen würden, ihr zu nahe zu kommen. Doch schon kurz darauf warf ein weiterer Snake seinen Schatten durch den Eingang und schien die Verletzungen seines Kameraden zu mustern, um nicht in dieselbe Falle zu tappen. Verzweifelt versuchte Cassidy nun Angels Seitenwaffe aus ihrem blutverschmierten Holster zu ziehen, aber ihre zittrigen Hände versagten den Dienst und nur ein paar Sekunden später blickte sie zum zweiten Mal in den schwarzen Lauf eines feindlichen Gewehrs. Kapitulierend und in der Hoffnung, noch als Kind wahrgenommen zu werden, hob sie zitternd die Arme.

Im selben Moment griff eine kräftige Männerhand dem Snake von hinten um den Hals, gefolgt von einem Schuss in den Rücken aus Johnnys Pistole. Er schleuderte den toten Angreifer wie eine Schaufensterpuppe zu Boden, verschanzte sich neben dem Eingang und winkte Kim zu, die sich sofort um Angel kümmerte.

Stan und die beiden Brüder hatten ihnen lange genug Feuerschutz gegeben, damit sie sich zur Scharfschützenstellung durchschlagen konnten. Erleichtert rieb Cassidy sich die Stirn, bis sie feststellte, dass Angels Blut überall an ihren Händen klebte. Kim durchtrennte die Lederstreifen des Pistolenhalters am rechten Oberschenkel, reichte der kreidebleichen Cassidy die Waffe und benutzte den Holster zum Abbinden der stark blutenden Beinverletzung. Sie erklärte Cassidy flüsternd, dass sich die Snakes getrennt hatten und hinter der Ruine eine komplette Angriffsgruppe in Stellung gegangen war. In unregelmäßigen Abständen jagte Johnny ihnen Gewehrsalven entgegen, um die Fanatiker zu beschäftigen. Nach der notdürftigen Versorgung unterstützte Kim ihren Freund und wechselte dabei geschickt ihre Position nach einem Zufallsmuster. Jetzt, wo sie nicht mehr allein war, vermochte auch Cassidy sich an der Verteidigung zu beteiligen und schoss immer genau dann, wenn Johnny nachladen musste, um den Snakes keine Möglichkeit zu bieten, sich auf sie einzuschießen.

Auf einmal brausten zwei feurige Geschosse kreischend aus Richtung der Schützengräben über das Schlachtfeld und explodierten mitten in den Stellungen der Angreifer. Die taghellen Lichtblitze durchzuckten die schwarze Nacht und offenbarten für ein paar Sekunden das blutige Ausmaß des Gefechts. Mit dieser Art Feuerkraft konnten es die Snakes nicht aufnehmen und traten einen unkoordinierten Rückzug an, den die Ranger eiskalt ausnutzten, um nicht einen von ihnen entkommen zu lassen. Das ungeschriebene Gesetz aller verbündeten Enklaven lautete, Temple Town als roten Punkt auf jede feindliche Karte zu setzen, den die Gangs meiden sollten, wie einst Seefahrer das Bermuda-Dreieck.

»Den Verbandskasten! Schnell!«, schrie Kim und kehrte in Angels Stellung zurück, um sie genauer zu untersuchen. Drei Kugeln hatten sie getroffen, davon waren zwei von ihrer Kevlarweste aufgehalten worden. Durch die Wucht des Aufpralls nahe der Wirbelsäule war sie vorübergehend bewusstlos geworden. Der dritte Treffer hatte ihren rechten Oberschenkel verletzt, aber Kim konnte keine Austrittswunde finden. Sie untersuchte daraufhin die Patronen und stellte entsetzt fest, dass es sich um Hohlspitzgeschosse handelte, die im Körper des Opfers aufpilzen und dabei, im Gegensatz zu normalen Kugeln, die das Bein einfach durchschlagen hätten, ungleich größeren Schaden anrichten. Zu ihrer Erleichterung war die Blutung nicht stark genug, um von einer Schlagaderverletzung auszugehen. Der Oberschenkel musste unbedingt ruhig gestellt werden, damit das Geschoss sie nicht nachträglich aufreißen würde. Angel brauchte schnellstmöglich einen Arzt, doch Silver Valley war noch eine Tagesreise entfernt!

Johnny hielt es unterdessen für klüger, Cassidy bei der Durchsuchung der gefallenen Gegner bei sich zu haben, als sie Kims blutige Arbeit mit ansehen zu lassen. Routiniert checkte er zunächst mit gezogener Pistole den Puls, um keine bösen Überraschungen zu erleben, und nahm anschließend Munition und Ausrüstung an sich. Cassidy folgte seinem Beispiel und hatte sich bereits zwei Gewehre um die Schulter gehängt, als sie den dritten Snake überprüfte. Zu ihrem Entsetzen spürte sie, wie das Blut durch seine Adern schoss. Als der Mann auch noch seine Augen öffnete, stolperte Cassidy rückwärts, wodurch ihr Schuss ihn verfehlte. Mehr Zeit brauchte der Angreifer nicht, um seine Waffe zu heben und abzudrücken. Mit einem lauten Aufschrei wirbelte Cassidy am Hals getroffen herum und stürzte frontal zu Boden. Johnny stand nur einen Meter vom Geschehen entfernt, hob wütend sein Gewehr wie einen Hammer und zerschmetterte den rasierten Kopf des Schlangenanbeters mit seinem Kolben.

»KIM!«, schrie er lautstark in Richtung seiner Freundin. Er hockte sich neben Cassidy, die entsetzt nach Luft schnappte, behielt aber seine Waffe im Anschlag, falls noch weitere Snakes ihren Tod vortäuschten.

Unterdessen kam Kim mit dem Verbandskasten herbeigeeilt. Das Geschoss hatte Cassidy zum Glück nur gestreift. Eine starke Blutung wies jedoch auf eine schwerwiegende Gefäßverletzung hin, die sofort verbunden werden musste. Sie wickelte eine keimfrei verpackte Binde um Cassidys Hals und nutzte ihr langärmliges Hemd als Druckverband, um die Blutung zu stoppen.

Inzwischen war Stan bei seiner ehemaligen Nachbarin eingetroffen und übernahm die Wache, so dass Johnny sich um die restlichen Snakes kümmern konnte. Butch und Victor trugen unterdessen ihre nach wie vor bewusstlose Anführerin zum Pick-up und legten sie auf die Rückbank. Anschließend bohrten sie kurzerhand die Tanks der Buggys an, um vor dem Aufbruch noch zeitsparend Benzin zu gewinnen.

Mit Angel außer Gefecht fiel Kim die Befehlsgewalt über das Team zu. Sie entschied, bereits in der Dunkelheit die Heimreise nach Silver Valley anzutreten und wies Butch mit ihrer mächtigen Lichtanlage den Weg aus der Ruinenstadt. Trotz der großen Schmerzen meldete Cassidy sich freiwillig, Angel während der Fahrt zu versorgen und hockte neben ihr auf der zweiten Sitzreihe. Obwohl Kim ihr keinerlei Vorwürfe gemacht hatte, fühlte sie sich für die vernachlässigte Rückendeckung verantwortlich. Stan bot an, wegen des mangelnden Platzangebots auf die Ladefläche auszuweichen, doch die beiden Brüder bestanden nach seiner tatkräftigen Unterstützung während des Gefechts darauf, dass er auf dem Beifahrersitz platz nahm. Victor klemmte sich stattdessen hinter das Maschinengewehr auf dem Heck und sicherte ihren Abzug.

4. DER FLIEGENDE HOLLÄNDER

Erst bei Sonnenaufgang wurden die Spuren der vergangenen Nacht sichtbar. Getrocknetes Blut auf Kims bleichem Gesicht pellte sich im Fahrtwind wie Schuppen von der Haut. Ihr rosafarbenes Hemd hatte eine neue Bestimmung als Druckverband um Cassidys Hals gefunden und einzig ihr hauchdünnes Top schützte sie nun vor den erbarmungslosen Sandstürmen. Zusammengekauert, und während der eiskalten Nacht beinahe erfroren, klammerte sie sich an das Lenkrad des Jeeps, starrte auf die Straßenüberreste vor sich und versuchte den allgegenwärtigen Schlaglöchern auszuweichen. Johnny schlief unterdessen tief und fest. Überfälle und Verletzungen stellten die traurige Routine der Ranger dar und so vermochte er sich trotz des blutigen Gefechts zu entspannen.

Butch vergrößerte mit den ersten Sonnenstrahlen den Abstand zum vorausfahrenden Geländewagen. Im aufkommenden Tageslicht konnte er die Straße alleine finden und hatte so eher die Möglichkeit, Unebenheiten zu umfahren. Stan hatte das Schott der Beifahrertür nach oben geklappt und saß stolz mit seiner Flinte auf den Beinen und dem rechten Ellenbogen aus dem Fenster auf dem Beifahrersitz. Die Schlacht in Temple Town und die Chance immerhin eine ehemalige Nachbarin zu verteidigen hatten die Schuldgefühle, sein eigenes Dorf nicht schützen zu können, zumindest teilweise kompensiert. Auch die Achtung, die ihm die Ranger nun entgegenbrachten, schürte seine Motivation, in Silver Valley ein neues Leben zu beginnen. Cassidy fiel es inzwischen unendlich schwer, die Augen offen zu halten. Die lange Nachtwache und der Blutverlust forderten ihren Tribut. Lediglich die lauwarme Zugluft, die durch das Fenster herein wirbelte, und ihr schmerzender Hals hielten sie bei Bewusstsein. Victor versorgte sie mit mehr oder weniger sauberen Leinentüchern von der Ladefläche und suchte die erbärmlichen Wasserreste zusammen, mit denen sie Angels Stirn kühlte und sich selbst zwang, regelmäßig davon zu trinken. Angel erwachte in unregelmäßigen Abständen, stöhnend vor Schmerz und unfähig, einen klaren Gedanken zu fassen.

Butch holte alles aus dem alten Pick-up heraus, doch die Fahrt nach Silver Valley würde noch einige Stunden dauern. Immer wieder sah er besorgt in den Rückspiegel und achtete darauf, dass Cassidy nicht einschlief. Mit einem solchen Angriff hatte niemand gerechnet und er wollte nicht akzeptieren, dass sie so kurz vor ihrem Ziel noch jemanden verlieren könnten. Erleichtert seufzend trat er das Gaspedal bis aufs Bodenblech durch, als sie die asphaltierte Autobahn erreichten, die die nördlichen Wastelands mit ihrer Heimat verband. Kim ließ sich auf der breiten Straße zurückfallen und ging neben dem Pick-up in Formation.

»Wie sieht's bei euch aus?«, rief Johnny herüber, der aufgrund der hohen Geschwindigkeit aus seinen Träumen gerissen worden war.

»Diesmal wird es wirklich eng! Angel hält das nicht mehr lange durch und Cassidy fallen auch schon die Augen zu!«, brüllte Butch zurück und hoffte, dass die anderen ihn bei dem kräftigen Wind überhaupt verstehen konnten.

Die alte Hauptverkehrsader war in erstaunlich gutem Zustand. Eine volle Stunde verlief die Fahrt ausgesprochen ruhig und, von den Verletzungen abgesehen, beinahe angenehm. Nur Kim kauerte sich immer stärker hinter ihrem Steuer zusammen. Der mächtige Fahrtwind machte ihr arg zu schaffen und die Übermüdung ließ sie zusätzlich frösteln. Johnny zog seine graue Armeejacke aus und wickelte Kim vorsichtig darin ein. Seine Freundin warf ihm einen dankbaren Blick zu, klammerte aber weiterhin nahezu regungslos an ihrem Lenkrad.

Eine weitere Stunde ging es auf der Asphaltstraße fast nur geradeaus; mit regelmäßig auftauchenden Strommasten als einzige Begleitkulisse. Sie war eine beliebte Route für Ranger und Gangs gleichermaßen und daher nicht ganz ungefährlich. Da die einen jedoch lieber am Tage reisten und die anderen die Nacht bevorzugten, blieben ernsthafte Zusammenstöße die Ausnahme. Außerdem galt das Interesse der Banden eher leicht bewaffneten Reisenden auf dem Weg nach Silver Valley. Sie boten kaum Widerstand und ihre Ladungen bestanden häufig aus dem kompletten Familienbesitz oder wertvollen Tauschgütern wie Getreide, Treibstoff und Wasser. Die Ausrüstung der Ranger bot einen ebenso verlockenden Köder, allerdings wussten die sich zu verteidigen und, anders als religiöse Fanatiker, besaßen die meisten Gangs einen gesunden Selbsterhaltungstrieb. Nichtsdestotrotz stellte jeder Engpass, jeder Hügel und jede Ansammlung von Bäumen, Sträuchern oder Steinen eine potentielle Falle dar, die von Victor am Heckgeschütz des Pick-ups argwöhnisch begutachtet wurden.

Cassidy stand die Müdigkeit ins staubige Gesicht geschrieben. Sie sorgte sich um Angels Verband. Er war blutgetränkt und musste dringend gewechselt werden. Mehrfach versuchte sie sich erfolglos Gehör zu verschaffen, bis Butch ihre Rufe endlich bemerkte. Er deutete auf die vierzehn Kilometer lange Autobahnbrücke, die über das Tal einer zerstörten Großstadt führte. Ein paar Minuten später versteckte er seinen Transporter zwischen den unzähligen Elektroautowracks, die seit der Abschaltung der Kraftwerke keinen Meter mehr gefahren waren. Im Gegensatz zu einigen paranoiden Weltuntergangspropheten, die große Mengen Treibstoff in ihren privaten Kellern gelagert hatten, verließen sich die meisten Menschen auf die in den Highways eingelassenen Induktionsspulen, um ihre angeblich umweltschonenden Elektrofahrzeuge am Laufen zu halten. Nachdem die als selbstverständlich erachtete Stromversorgung von einem Tag zum anderen versagte, verwandelten sich Millionen von Fahrern in verzweifelte Fußgänger, die Gangs und Naturgewalten gleichermaßen zu entkommen versuchten. Ihre Hinterlassenschaften sah man heute an jeder größeren Straße, auf der sie gehofft hatten, noch etwas Saft aus dem Boden zapfen zu können.

So ganz wohl war Butch nicht, mitten über den unheimlichen Großstadtruinen zu halten. Sie galten gemeinhin als Todeszonen, gefüllt mit meuchelmordendem Abschaum, den keine organisierte Gang in ihre Reihen aufnehmen wollte. Obwohl das Maschinengewehr auf dem Heck seines Pick-ups mit beruhigender Wahrscheinlichkeit jeden waghalsigen Übergriff zurückschlagen konnte, mahnte er seine Passagiere zur Wachsamkeit. Die halb verhungerten Gestalten, die sich in den Schatten der alten Wolkenkratzer von Kakerlaken und ähnlichem Ungeziefer ernährten, waren unberechenbar. Zur selben Zeit kam auch Kims Jeep schnaufend neben dem Transporter zum stehen. Langsam und äußerst behutsam zwängte sie sich aus ihrem kleinen Geländewagen heraus. Ihr schlanker, steif gefrorener Körper wehrte sich gegen die Anweisung, den Wagen zu verlassen, doch die Sonne brannte inzwischen heiß vom Himmel und ließ sie bereits nach wenigen Minuten so sehr schwitzen, dass sie sich aus Johnnys übergroßer Jacke pellte und sie ihm zurückgab.

Victor demontierte die mit Eisenplatten verstärkten Vordersitze des Pick-ups, die sein Bruder anschließend mit Leichtigkeit an die bröckelige Betonwand der Brücke lehnte. Cassidy stellte schockiert fest, dass sie nur je vier Schrauben am Boden festhielten. Bei einem starken Aufprall wären die Gestelle wohl einfach durch die Windschutzscheibe geflogen. Noch ein Grund mehr, warum die Frontscheibe von einem stabilen Gitter unterstützt wurde.

Johnny kam unterdessen mit dem Erste Hilfe Kasten herbeigeeilt. Eine letzte Binde rollte einsam in der roten Kunststoffschachtel umher, Verfallsdatum September 2057. Was kann an einem Verband schon schlecht werden, dachte er sich und riss die Verpackung mit den Zähnen auf. Das Blut in der alten Bandage war durch den Fahrtwind geronnen und klebte auf der Wunde. Als Butch sie vorsichtig abzog, fiel Angel aufgrund der Schmerzen erneut in Ohnmacht. An eine Säuberung der Eintrittswunde war nicht zu denken, da sofort frisches Blut herausquoll.

Cassidy sah dem Geschehen entsetzt zu. Leichte Verletzungen waren für sie nichts Neues, doch ein tiefes Loch im Bein, aus dem das Blut geradezu herausspritzte, hatte sie noch nie gesehen. Sie stieß die Wagentür auf, stolperte ein paar Schritte und übergab sich. Besorgt blickte Kim ihr hinterher. Die gleißende Hitze und der Wassermangel zerrten stark an ihren Kräften. Kim verkniff sich die Frage danach, wie es ihr ging, und nahm sie tröstend in den Arm. Gemeinsam setzten sie sich auf die Brüstung der Autobahnbrücke und starrten auf die deprimierende Großstadtruine, die einst von den gigantischen Strommasten abseits der Straße versorgt worden war.

Von den baulichen Errungenschaften der untergegangenen Zivilisation hatte Cassidy bisher nur aus Erzählungen ihrer Eltern und den Geschichten von Reisenden gehört. Entsprechend groß war ihre Neugier, warum die Einwohner von Silver Valley die komplexen Infrastrukturen und stabilen Gebäude der alten Metropolen nicht für ihre Zwecke nutzten. Etwas wehmütig erklärte Kim, dass es sowohl durch die Gangs als auch Ranger Versuche gegeben hatte, die Städte neu zu bevölkern, was für beide Seiten in einem Desaster endete. Selbst kleine Stadtviertel offenbarten dank ihrer verwinkelten Bauweise und den weit verzweigten Kanalisationsnetzen unzählige Zugänge, die eine längerfristige Verteidigung unmöglich machten. Dazu kamen die Eingeborenen, wie Kim sie scherzhaft nannte, die aus allen Löchern zu kriechen schienen. Menschen, die man kaum noch so nennen konnte, da sie vor Hunger und Durst häufig den Verstand verloren hatten, und die unvorsichtigen Plünderern für eine gefüllte Feldflasche ohne mit der Wimper zu zucken den Kopf einschlugen. Sobald man die Städte betrat, befand man sich in ihrem Territorium, in dem sie jeden Schatten und jedes Versteck kannten. Kleinere Banden beanspruchten mitunter ganze Stadtviertel und verteidigten sie erbittert gegen Eindringlinge. Stolperfallen, plötzlich herabstürzende Waschmaschinen und glaubwürdige Gerüchte über Kannibalismus vervollständigten das Bild der Todeszonen. Außerdem lauerten in den Müllhalden der untergegangenen Zivilisation unzählige Seuchen, für die kaum noch Gegenmittel existierten. Gelegentlich unternahmen die Ranger unter hohem militärischen Aufwand koordinierte Raids zur Materialbeschaffung, die jedoch zeitlich auf die hellen Stunden eines einzigen Tages begrenzt waren. Jede Operation, die darüber hinausging, kam einem kollektiven Selbstmord gleich.

Kim besaß das einzigartige Talent, derartige Schauergeschichten unheimlich gruselig auszuschmücken. Cassidy lief es kalt den Rücken runter, als sie zwischen den Häuserschluchten tatsächlich vorbeihuschende Gestalten erkannte. Außerdem wurde sie das Gefühl nicht los, aus den zersplitterten Spiegelfassaden der Wolkenkratzer beobachtet zu werden, die stellenweise über die Autobahnbrücke hinausragten. Schadenfroh verfolgte Kim den seekranken Blick ihrer jungen Freundin, die sich mit Sicherheit gleich nochmal übergeben hätte, wäre ihr Magen nicht schon leer gewesen.

Von einem Moment zum anderen versteinerte sich ihr Gesichtsausdruck jedoch. Sie starrte an Cassidy vorbei in Richtung der Autobahnauffahrt, die nur ein paar Kilometer hinter ihnen lag. Kommentarlos griff sie nach Angels Scharfschützengewehr auf der Ladefläche und spähte hindurch.

»Was ist? Was siehst du?«, fragte Stan beunruhigt.

»Vultures, zwei Buggys«, erwiderte Kim mit bebender Stimme. »Los, in die Wagen! Victor ans MG!«

Die nette Kim war plötzlich wie ausgewechselt und erteilte routiniert Befehle in Angels Tonfall. Es gab keine Widerrede. Butch und Johnny montierten eilig die Vordersitze des Pick-ups. Drei Schrauben mussten reichen. Victor kletterte auf die Ladefläche und entsicherte das Maschinengewehr.

»Cassidy mach, dass du rein kommst!«, rief sein Bruder aus dem Wageninneren. »Kim! Worauf wartest du!«

Sie antwortete nicht sondern kniete sich neben den Pick-up und legte an. Noch hatten die Späher sie inmitten der Fahrzeugwracks nicht entdeckt, aber Butchs schwer überladener Transporter würde den leichten Geländewagen nie entkommen können. Ihre beste Chance bestand darin, sie aus großer Entfernung aufzuhalten. Ein Auto mit einem konventionellen Schuss explodieren zu lassen ist reiner Unsinn, egal wo die Kugel einschlägt, doch es gibt andere Möglichkeiten. Ein gezielter Treffer aus einer großkalibrigen Waffe kann den Fahrer ausschalten oder zumindest kurzzeitig irritieren, was schon bei mäßiger Geschwindigkeit fatale Folgen haben würde. Kim zielte auf den von ihr aus linken Buggy. Für eine realistische Trefferchance musste sie aber warten, bis ihr Ziel auf unter einen Kilometer an sie herangekommen war.

Noch fünfhundert Meter bis zur Schussweite. Kim atmete bewusst ruhig. Für Angel wäre diese Übung ein Leichtes gewesen. Die erfahrene Scharfschützin hatte schon häufig Fahrzeuge auf große Entfernung aus dem Verkehr gezogen, doch für Kim gab es bisher nur alte Blechdosen auf dem Übungsplatz.

Noch dreihundert Meter, anhand der Brückenmarkierungen ließ sich die Distanz präzise bestimmen. Die gute Nachricht lautete, dass die Wagen in einen Bereich kamen, der relativ frei von Wracks war und sie dadurch direkt auf die Ranger zusteuerten. Außerdem war es völlig windstill. Die Geschwindigkeit der Buggys sollte die Aufprallenergie zusätzlich steigern.

Noch einhundert Meter, sie konnte die Motoren schon hören. Kim atmete ruhig aus, nahm all ihren Mut zusammen und zog den Abzug gleichmäßig zurück, bis sie der laute Knall selbst überraschte. Bei der Entfernung dauerte es knapp zwei Sekunden bis zum Einschlag. Die Welt um sie herum schien stillzustehen. Butch schrie irgendetwas und wirkte dabei äußerst angespannt, Victor klemmte sich hinter das Maschinengewehr auf dem Pick-up und würde jeden Moment das Feuer eröffnen. Es war absolut still. Kim hörte nichts außer ihrem eigenen Atemzug. Sie spürte, wie das Blut durch ihren Hals strömte und von innen an ihre Adern klopfte. Für einen Augenblick glaubte sie zu träumen, die Welt schien so friedlich, so ruhig – so leblos.

Dann traf das Geschoss den Buggy direkt in den Motorblock. Eine Fontäne aus Öl oder Bremsflüssigkeit spritzte dem Fahrer entgegen, doch damit nicht genug. Grollend verfeuerte Kim das gesamte Magazin der halbautomatischen Dragunow. Funkenschlagend scherte der Wagen schlagartig nach links aus und hob sich seitlich ein paar Zentimeter vom Boden ab. Der zweite Buggy bohrte sich frontal unter das getroffene Fahrzeug und überschlug sich mit aufheulendem Motor kopfüber. Die beiden Geländewagen rollten die Straße wie Strohbälle entlang. Hunderte Metallsplitter pfiffen als tödliche Schrapnellgeschosse durch die Luft, bis sich eine gewaltige Staubwolke wie ein undurchsichtiger Schleier über das Blechknäuel legte. Victor hob die Hände und jubelte vor Begeisterung. Kim verfolgte ihr Werk im Zielvisier und lächelte zufrieden.

»Volltreffer«, hauchte sie siegesbewusst. Flammen züngelten zwischen den Resten der Fahrzeuge. Benzin trat aus. Ein Vulture schien den Unfall überlebt zu haben und versuchte aus seinem Wrack zu klettern. Er hatte es ziemlich eilig, denn bald würden beide Wagen Feuer fangen; dennoch dachte niemand daran, ihm zu helfen. Es dauerte nicht mal eine Minute, dann brannte die Unfallstelle lichterloh und eine tiefschwarze Wolke stieg in den Himmel. Der Überlebende schrie eingeklemmt unter dem Überrollbügel seines Wagens um Hilfe, während er allmählich bei lebendigem Leib verbrannte. Butch wendete sich ab und rieb sich das Gesicht, Victor senkte sein Haupt und starrte auf den Boden der Ladefläche. Cassidy blickte Kim erstaunt und zugleich erschrocken an. In ihren funkelnden, unterschiedlich grün und hellblau gefärbten Augen spiegelte sich das fünfhundert Meter entfernte Schauspiel, doch sie zeigte nicht die geringste Gefühlsregung. Nach kurzer Zeit erreichten die Flammen den Kopf ihres Opfers und zerstörten die Luftröhre, so dass die Schreie verstummten und der Mann qualvoll erstickte. Lediglich ein gelegentliches Knistern durchbrach die unheimliche Stille. Kim verstaute Angels Waffe auf der Ladefläche des Pick-ups.

»Deren Benzin verbrennt, da gibt's nichts mehr zu holen«, stellte sie teilnahmslos fest und schlenderte zu ihrem Jeep, um den Abfahrtsbefehl zu erteilen.

Victor deckte das Maschinengewehr gerade wieder zu, als er mit zusammengekniffenen Augen nach einem Grund für das plötzliche Summen in seinen Ohren suchte, doch ehe er eine Erklärung fand, schlugen bereits die ersten Kugeln um ihn herum ein. Die beiden Buggys schienen lediglich Aufklärer gewesen zu sein, denn aus der Rauchwolke der brennenden Wracks tauchten neue Vultures auf. Butch ließ die Reifen qualmen und flüchtete, so schnell er konnte. Victor reichte Cassidy seine Pistole durch den kleinen Schlitz der Heckplatte und entsicherte anschließend erneut das Maschinengewehr. Die Geländewagen der Gang besaßen ebenfalls Bordgeschütze auf ihren Dächern oder Ladeflächen und deckten die Ranger bereits mit Blei und selbstgebauten Pfeilgeschossen ein.

Wie Kim vermutet hatte, war der schwer überladene Transporter den getunten Angriffsfahrzeugen der Vultures nicht gewachsen, aber noch hielt sie der Hindernisparcours aus Elektrofahrzeugwracks auf Abstand. Victor schüttete eine Holzschachtel voller Nägel auf die Straße, die in fleißiger Handarbeit von den Bewohnern Silver Valleys gefertigt wurden. Die filigranen Gestelle bestanden aus vier miteinander verschweißten Dornen, von denen immer eine Spitze nach oben zeigte, egal, mit welcher Seite sie auf den Boden fielen. Anschließend eröffnete er das Feuer aus dem Heckgeschütz und konzentrierte sich auf die zwischen den Pickups fahrenden Motorräder, Trikes und Quads. Er wusste aus Erfahrung, dass die Beifahrer auf den Rücksitzen nur auf eine Chance warteten, ihre Enterhaken auf das Zielfahrzeug zu schleudern, um sich herüberziehen zu können. Seine unschöne Schutzbrille erwies sich in solch staubigen Gefechten immer wieder als ein Segen und er sparte auch nicht mit der Munition, sondern legte ein wahres Sperrfeuer über die Verfolger.

Die hinterhältigen Nägel ließen gleich alle vier Reifen eines vorauspreschenden Jeeps mit ungeheuer lautem Knallen platzen, der kurz darauf scheppernd an der Brüstung zum Stehen kam. Unterdessen schaltete Victor erfolgreich zwei Motorräder aus, bevor das Gewehr heiß lief und er den Lauf wechseln musste. Er wühlte nervös auf der Ladefläche, entdeckte dabei aber etwas viel Interessanteres. Victor war nicht nur von Beruf Sprengstoffexperte, er liebte es geradezu, Dinge explodieren zu lassen. In seiner Freizeit baute er die unterschiedlichsten Sprengsätze. Nagelbomben, Rohrbomben, Minen und natürlich entsprechende Fern- und Zeitzünder.

Victor fand drei seiner schönsten Rohrbomben, die er vor dem Aufbruch aus Silver Valley sorgfältig konstruiert hatte. Angel verbot ihm zwar, sie einfach so auf die Ladefläche zu werfen, doch das hatte ihn noch nie davon abgehalten. Der Wagen gehörte Butch und der wiederum vertraute den Fähigkeiten seines kleinen Bruders vollkommen – jedenfalls meistens. Nun konnte er seine Experimente endlich ausprobieren. Zeitzünder bedeutete hierzulande nur selten ein mechanisches Uhrwerk, ganz zu schweigen von einem digitalen Zähler. Eine einfache Lunte reichte völlig aus. Victor besaß viel Erfahrung damit und vermochte die Dauer auf wenige Sekunden genau einzuschätzen. Er entzündete alle drei Sprengsätze gleichzeitig und wartete kurz, bevor er sie in die Richtung der Vultures schleuderte. Die rechneten zwar mit Handgranaten und ähnlichem Equipment, mussten sich aber bei ihrer hohen Geschwindigkeit auf der engen Brücke arrangieren. Einige versuchten zu bremsen, um so der drohenden Explosion aus dem Weg zu gehen, andere beschleunigten und zwei Wagen entschieden sich tatsächlich für ein gewagtes Ausweichmanöver. Das Ergebnis des unkoordinierten Vorgehens war, dass sich ein Trike überschlug und über die Brüstung in die Tiefe stürzte. Ein bremsendes Motorrad wurde von dem dahinter fahrenden Pick-up gerammt und in Einzelteilen von der Straße geschleudert. Ein weiterer Jeep, der viel zu stark aufs Gas getreten hatte, fuhr genau in eine Rohrbombe hinein. Sie explodierte direkt unter dem Fahrzeug, ließ es kurz vom Boden abheben und anschließend mit einem Motorschaden knirschend an der Brückenmauer ausrollen. Victor grinste gehässig und klemmte sich wieder hinter das abgekühlte Maschinengewehr.

Mittlerweile hatten sie mit etwas Glück drei modifizierte Vehikel und Motorräder ausgeschaltet, was die Vultures sicherlich zur Weißglut trieb, doch der Angriff schien kein Ende zu nehmen. Immer neue Wagen tauchten aus dem Rauch der zerstörten Fahrzeuge auf. Die Verfolger näherten sich und Victor musste trotz seiner schmalen Silhouette unter der Ladung in Deckung gehen, um nicht erwischt zu werden. Zu allem Unglück mündete die Autobahnbrücke in diesem Moment in einen sechsspurigen Highway, was der Gang quasi den Startschuss zur eigentlichen Enteroperation gab.

Cassidy krallte sich an ihrem Sitz fest und starrte gebannt durch den Sichtschlitz des ehemaligen Heckfensters. Einer der Pick-ups ging bereits längsseits und drei furchteinflößend kreischende Vultures warteten auf der Ladefläche nur auf ihre Chance. Der erste trug eine Maske, die wie eine hässliche, asiatische Grimasse aussah, und schwang eine lange Eisenkette, an der ein Enterhaken hing. Als sie direkt neben Cassidy auftauchten, schleuderte er ihn hinüber und traf das Wagendach. Ein Stachel bohrte sich durch das dünne Blech und stoppte nur wenige Zentimeter vor Cassidys Kopf. Erschrocken zuckte sie zusammen und beugte sich schützend über Angel. Plötzlich rissen die Vultures die Wagentür mit einer zweiten Kette aus der Verankerung und versuchten den Pick-up zu entern. Cassidy ließ sich hinter den Fahrersitz fallen, entsicherte ihre Pistole und schoss ungezielt drauf los. Sie erwischte den ersten Angreifer am Hals, so dass sein Blut in den Fahrzeuginnenraum spritzte, während er heulend auf die Straße geschleudert wurde. Der zweite Vulture wollte ihm helfen und hielt sich dabei an der Ankerkette vom Dach fest. Er verfehlte seinen Kameraden jedoch und prallte mit dem Oberkörper gegen Butchs Wagen, schliff ein paar Sekunden auf dem Boden entlang und versuchte erfolglos, sich wieder hochzuziehen. Cassidy raffte sich ächzend auf, wagte einen Blick aus der offenen Tür und prügelte affektartig mit dem Pistolengriff auf seine Finger ein. Mit einem Aufschrei ließ der Mann los und wurde unter das Hinterrad gerissen. Holpernd überrollte ihn der Pick-up und kurz darauf überfuhren ihn seine eigenen Leute ein zweites Mal.

Auf einmal ging die linke Tür direkt hinter Cassidys Kopf auf und ein kleiner Vulture mit einer rot angemalten Fratze schlug laut kreischend mit einem Eispickel auf sie ein. Im letzten Augenblick konnte sie sich wegdrehen und ihm ausweichen, verlor dabei jedoch ihre Pistole. Der Zwerg sah seine Chance, hielt sich am Dachgestell fest und setzte den ersten Fuß in die Tür. Im selben Moment schrie er plötzlich entsetzt auf und wurde auf die Straße geschleudert. Kim hatte sich zurückfallen lassen und Johnny nahm die Angreifer mit ihrem Gewehr unter Feuer. Ihr Vater hatte ihr das handliche, mit vierfacher Zieloptik und Laserlichtmodul versehene Sturmgewehr auf dem Sterbebett vererbt und nur ihr Freund durfte es in Ausnahmefällen benutzen. Nun versuchte er den links neben Butch fahrenden Jeep auszuschalten, doch die mit Stahlplatten verstärkte Front schützte die Verfolger.

Unterdessen suchte Cassidy nach ihrer Pistole. Sie war unter Stans Sitz gerutscht und es dauerte einige Augenblicke, bis sie die Waffe wieder in den Händen hielt. Der Geländewagen an backbord war im Moment beschäftigt, also schaute sie nach dem Pick-up auf der rechten Seite, der inzwischen erneut aufgeschlossen hatte. Cassidy wollte sich aus der offenen Tür lehnen und mit links schießen, doch ihr Hals erinnerte sie sofort an die schmerzhafte Schusswunde. Stattdessen klemmte sich Stan zwischen die beiden Vordersitze und befand sich so in einer idealen Schussposition, um den Fahrer des Transporters auszuschalten. Da der Vulture mit Absicht versuchte, so gleichmäßig wie möglich auf Höhe von Butch zu bleiben, war es für den geübten, wenn auch meist glücklosen Jäger ein leichtes, ihn mit einem Schuss durch das kaputte Seitenfenster zu erwischen. Führerlos schleuderte der Laster von der Straße und überschlug sich mehrfach im Sandbett.

Johnnys Beschuss ließ den Jeep unterdessen auf die große Entfernung völlig kalt, doch sich noch weiter zurückfallen zu lassen wollte Kim nicht riskieren. Butchs Pick-up war an allen Seiten mit Stahlplatten verstärkt worden und vermochte einem Angriff eine Weile standzuhalten, ihr offener Geländewagen wäre jedoch auf kurze Distanz beinahe schutzlos. Cassidy versuchte die linke Tür zu verriegeln, wurde aber von einem erneuten Ankerwurf daran gehindert.

»Victor! Wach auf!«, schrie sie durch den Sichtschlitz der Heckscheibe. Er hob den Kopf und sondierte einen Augenblick lang die Lage. Die restlichen Fahrzeuge der Vultures fielen zurück, um nicht noch weitere Verluste durch ihre eigenen Leute zu riskieren. Der drahtige Ranger erhob sich, richtete das Maschinengewehr nach backbord und eröffnete schnaufend das Feuer. Der angreifende Jeep verfügte genau wie Kims rostiger Geländewagen lediglich über eine Frontpanzerung. Seiten und Heck konstruierte die Gang bewusst offen und so war es nur eine Frage von Sekunden, bis der Wagen führerlos von der Autobahn taumelte. Die Aktion hatte jedoch ihren Preis. Victor schrie von einer Kugel getroffen auf und brach auf der Ladefläche zusammen.

Die Verfolger gaben unterdessen die Mitte der Straße frei und ließen einen großen, schwer gepanzerten Sattelschlepper mit Anhänger durch. Eskortiert von zwei Jeeps kam der Laster immer näher. Er wirkte wie ein Ungeheuer. Wie ein Drache, der sich hinter ihnen aufbäumte. Ein vergilbter, menschlicher Schädel diente dem Ungetüm als Kühlerfigur. Zwei Maschinengewehre vom Kaliber fünfzig ragten aus den Seiten des Aufliegers und über der Fahrerkabine blitzte ein rotierendes Schnellfeuergeschütz auf.

»Verdammt noch mal!«, schrie Butch und hämmerte zornig auf das Lenkrad ein. »Die können doch nicht nur wegen uns hier sein!«

Einer der Jeeps versuchte einen neuen Angriff und ging längsseits. Butch riss wütend das Steuer herum und scherte dabei so schlagartig aus, dass er den überraschten Wagen einfach von der Autobahn rammte. Das kleine Auto hatte gegen den schweren Pick-up im Nahkampf nicht die geringste Chance und musste sich mit quietschenden Reifen zurückziehen. Butch schien der Verzweiflung nahe, er konnte dem Sattelschlepper auf der Straße nicht entkommen, doch es gab keine Alternative. Dies war der einzige Weg nach Silver Valley.

»Feldweg … bei dem Baum … da vorn!«, keuchte Victor durch den Sichtschlitz hindurch.

»Was? Was ist da?«, fragte Cassidy mit verzweifelt Stimme.

»Sag es ihm! Sag es Butch!«, stöhnte der Mann mit letzter Kraft, bevor er wieder auf der Ladefläche zusammensackte.

»Da vorn bei dem Baum! Auf den Feldweg!«, schrie sie dem verschwitzten Mechaniker zu.

»Bist du wahnsinnig? Das überleben wir nicht!«

»Tu es einfach! Dein Bruder hat gesagt, du sollst da lang fahren!«

Butch drehte sich zu Cassidy um. Ihr Gesichtsausdruck ließ keine Zweifel offen. Sie meinte es ernst und ihm gingen allmählich die Alternativen aus.

***

»Was machen die da?«, fragte Kim und sah entsetzt in ihren zersplitterten Außenspiegel. Johnny verfolgte das Schauspiel durch die Zieloptik und grinste gehässig.

»Die werden ihre Verfolger los!«

***

Jede Faser in Butchs Körper sträubte sich dagegen, von der asphaltierten Straße auf den holprigen Feldweg zu wechseln. Angel war immer noch bewusstlos und würde das Geschaukel nicht lange überleben. Cassidy hockte sich neben sie und versuchte ihre Freundin festzuhalten. Was taten sie hier nur? Der Sattelschlepper konnte ihnen auf dem Trampelpfad nicht gefährlich werden, aber für die Jeeps und Motorräder stellte er kein Hindernis dar.

Als Butch kurz davor war, wieder auf die Autobahn zurückzukehren, explodierte einer der Verfolger plötzlich und wurde meterweit durch die Luft geschleudert. Nun leuchtete es ihm ein! Johnny und sein Bruder hatten einst darüber gesprochen, den Weg abseits des Highways zu verminen, um mögliche Angreifer abschütteln zu können. Wer nicht genau auf dem Weg fuhr, sollte von Sprengfallen zerfetzt werden. Er musste den Kurs präzise einhalten, damit sie nicht selbst als Altmetall endeten, doch das war gar nicht so einfach. Häufige Sandstürme sorgten für zufällige Verwehungen, wodurch man den Weg kaum noch erkennen konnte, aber glücklicherweise mündete der enge Pfad schon nach ein paar Kilometern auf der sechsspurigen Asphaltstraße. An der Gesamtsituation hatte sich trotzdem nur wenig geändert. Der Ausflug in die vertrocknete Botanik reduzierte die Zahl der Angreifer zwar um einen Geländewagen und ein übermütiges Quad, doch die Vultures gaben längst nicht auf. Das riesige Wüstenschlachtschiff kam wieder näher, diesmal ohne Eskorte. Sie änderten ihre Taktik. Die kleinen Fahrzeuge waren den Geschützen, Minen und Granaten der lebensmüden Ranger nicht gewachsen, aber der Sattelschlepper besaß eine viel schwerere Panzerung und mit Sicherheit auch einen Unterbodenschutz gegen Sprengsätze.

Kim fuhr inzwischen um einiges voraus und war zunächst kaum noch zu sehen, doch mit der Zeit wurde ihr Jeep wieder größer. Auf den ersten Blick schien es, als hätte sie angehalten, aber dann blitzte ihre Scheinwerferanlage auf und sie kam schnell näher. Cassidy starrte gebannt durch das Schutzgitter der Frontscheibe, als hinter einem kleinen Hügel neue Staubwolken auftauchten. Die Vultures mussten sie eingekreist haben! Der Sattelschlepper war nur noch einen halben Kilometer entfernt und die Besatzung des Frontgeschützes nahm den Pick-up bereits gezielt unter Feuer. Cassidy sah sich panisch um und Butch suchte verzweifelt nach einem Ausweg. Man konnte deutlich hören, wie die Geschosse auf den Stahlplatten rund um den Wagen abprallten. Eine Kugel flog direkt durch den Sichtschlitz des Heckfensters und ließ den Fahrer aufheulen, als sie seine Hand am Schaltknauf streifte.

Doch auf einmal quietschten hinter ihnen die Reifen des Sattelschleppers und er vollführte eine Vollbremsung, bei der der Auflieger so stark zusammengepresst wurde, dass er beinahe vom Boden abhob. Als er fast zum Stillstand gekommen war, begann der Fahrer umgehend zu wenden. Nach einem Blick in den Rückspiegel kniff Butch stirnrunzelnd die Augen zusammen.

»Hey! Das sind keine Vultures! Das sind Ranger! Das sind unsere Leute!«, rief er euphorisch.

Tatsächlich trat der Sattelschlepper den Rückzug an, ebenso wie alle anderen Gangfahrzeuge. Wie ein aufgescheuchter Insektenschwarm flohen sie vor dem herannahenden Konvoi. Leichte Jeeps, waffenstarrende Pick-ups und ein großer Truppentransporter eilten ihnen unter der Führung von zwei gepanzerten Humvees mit schweren Geschützen auf den Dächern in einer Gefechtsformation zu Hilfe.

»Wie lange noch?«, fragte Cassidy ungeduldig, die für die Militärparade momentan kein Auge übrig hatte. »Victor hat's erwischt!«

»Wie schlimm ist es?«, wollte Butch besorgt wissen und drosselte die Geschwindigkeit, um sich umdrehen zu können.

»Ich weiß nicht. Er antwortet mir nicht. Aber er bewegt sich noch!«

»Hau mal mit der Pistole gegen die Platte!«

Kurz darauf hob der Heckschütze auf der Ladefläche den hageren Kopf und blickte durch den Schlitz. »Mir geht's gut, ging nur ins Bein. Alles okay!«, keuchte er und ließ sich zurück auf den Boden fallen.

Butch konzentrierte sich schadenfroh lachend auf die Straße vor ihm. »Das dritte Mal! Und wieder ins Bein. Bald muss ich ihm einen Rollstuhl bauen!«

Cassidy war überhaupt nicht zum Spaßen zu Mute. Sie sackte erschöpft zusammen und sorgte sich um Angel, die seit einer Stunde bewusstlos auf der Rückbank lag.

»Wir sind fast da, ich seh es schon, da vorn!«, rief Butch und winkte Cassidy heran. Als sie die Spitze des Hügels erreichten, breitete sich vor ihnen ein weites Tal aus, in dessen Mitte sich eine Festung trotzig aus der Steppe erhob. Sie konnte eine Tankstelle erkennen, ähnlich der, die es kurz vor ihrem eigenen Dorf gegeben hatte. Es gab sogar ein Verkehrsschild, welches auf eine ehemalige Raststätte hinwies. Cassidy traute ihren Augen kaum. Nach den vergangenen zwei Tagen, in denen sie mehr Gewalt, Tod und Trauer als in ihrem ganzen vorherigen Leben erfahren hatte, gab sie die Hoffnung auf Zivilisation schon beinahe auf.

»Das ist es. Das ist unser zu Hause!«, erklärte Butch stolz. Er selbst vermochte es kaum zu erwarten, nach all den wochenlangen Strapazen, Überfällen, Unfällen und Entbehrungen, die ihnen die Steppe abverlangte, wieder daheim zu sein.

***

Die Sonne stand schon tief am Horizont, als die Schar an Fahrzeugen das Lager erreichte. Cassidy stellte sich auf die kleine Seitenstufe der abgerissenen Hecktür und musterte gemeinsam mit Stan ehrfurchtsvoll die Umgebung. Eine mit Schrott und Stacheldraht verstärkte, gut drei Meter hohe Holzpalisade mit angespitzten Enden umzäunte das Areal. In regelmäßigen Abständen ragten hölzerne Wachtürme über die Mauer, deren Ausguck mit Stahlplatten gepanzert und einem Scheinwerfer bestückt war. Auf jedem Turm stand ein Wachposten, der permanent Ausschau hielt. Ein kurzes Palisadenstück schien notdürftig geflickt worden zu sein und ein ausgebranntes Autowrack ließ vermuten, dass an dieser Stelle ein Angriff stattgefunden hatte.

Als sie in die Siedlung hinein fuhren, musste Cassidy sich gut am Dachgepäckträger festhalten. Der Eingang bestand aus einer Zugbrücke, an dessen Anfang und Ende sich eine handbreite Stufe befand. Im Lagerinneren klappte dem Mädchen endgültig die Kinnlade bis auf den Boden. Die Bewohner hatten ein dutzend Baracken und Hütten in einem Halbkreis errichtet, dahinter erstreckte sich ein weites Ackerland, auf dem Landwirtschaft betrieben wurde. Ein steiler, hunderte Meter hoher Hang bildete einen natürlichen Schutzwall im hinteren Teil des Dorfes. Er gehörte zu dem großen Gebirge, welches die südliche Grenze der bekannten Wastelands darstellte. Gerüchte und wage Berichte über verstrahlte Großstädte, in denen taktische Nuklearwaffen niedergegangen waren, hatten neugierige Plünderer jahrzehntelang vor Expeditionen in das Gebiet abgehalten. Pferde, Rinder, Schafe, Schweine und Ziegen standen auf der Weide neben den Feldern. Sogar einen Hühnerstall mit freilaufendem Geflügel konnte sie erkennen.

In der Siedlung selbst herrschte reges Treiben, Kinder spielten zwischen den Baracken, es wurde Holz gehackt, Wäsche gewaschen und aufgehängt und schon von weitem stieg Cassidy der Duft von gegrilltem Fleisch in die Nase. Die Waschanlage der Raststätte hatten die Bewohner zur Werkstatt umgebaut, in der an mehreren Fahrzeugen gearbeitet wurde. Direkt neben der Palisade befand sich ein kleiner Fuhrpark, der aber leer war, da die Wagen momentan Butchs Eskorte darstellten.

Cassidy konnte es kaum fassen, echte Zivilisation! Sie hatte ein paar nette Menschen in einem eingezäunten Lager erwartet, doch das hier war unglaublich. Im Abendlicht wirkte Silver Valley so freundlich und einladend wie ein glitzerndes Juwel inmitten der feindlichen Steppe. Erst als sie anhielten und der erschöpfte Fahrer nach einem Arzt rief, erwachte Cassidy aus ihrer Trance. Die anderen Wagen stellten sich wie in einem einstudierten Theaterstück auf vorgeschriebene Parkplätze, die Besatzungen stiegen aus und begannen Angel und Victor ins Lazarett zu tragen. In der mit einem großen, roten Kreuz markierten Baracke konnte Cassidy schon von weitem Licht erkennen. Echtes Licht, keine Fackeln oder Lagerfeuer sondern Glühlampen, die mit Strom betrieben wurden. So etwas kannte sie bisher nur von Fahrzeugscheinwerfern, also schwankte sie mit geweckter Neugier darauf zu. Das halbe Dorf eilte herbei, als sich herumsprach, wer nach Hause gekommen war – und vor allem in welchem Zustand. Zunächst schien niemand den blutverschmierten Neuankömmling zu beachten, bis sie kurz vor dem Lazarett stand und ein dunkelhäutiger Mann mit einem Stethoskop um den Hals auf sie zukam.

»Brauchst du Hilfe? Bist du verletzt?«, fragte er besorgt. Nun fiel es Cassidy wie Schuppen von den Augen. Sie war angeschossen worden! Der Schmerz an ihrem Hals erwachte mit einem gewaltigen Stechen zu neuem Leben, Fieber und Erschöpfung übermannten sie, die Knie versagten ihren Dienst, knickten ein und ließen das Mädchen bewusstlos zu Boden stürzen.

5. ERWACHEN

Cassidy erwachte zwei Tage später mit schmerzhaft spröden Lippen, die sie sofort an das unbequeme Nachtlager ihrer Flucht erinnerten. Die lange Ohnmacht hatte ihr jegliches Zeitgefühl geraubt. Sie hob den Kopf und musterte blinzelnd die Umgebung. Um sie herum befanden sich zwölf Feldbetten und Holzpritschen, von denen aber nur fünf belegt waren. Angel lag zu ihrer Linken und schien zu schlafen, oder war noch immer bewusstlos, das konnte sie nicht einschätzen. Ein Tropf stand neben ihrem Bett und injizierte ihr eine klare Flüssigkeit. Cassidy erinnerte sich an den Arzt, der sie nach ihrem Befinden gefragt hatte. Er streckte sich gerade vor einem weiß gestrichenen Safe und führte eine Inventur der medizinischen Vorräte durch. Cassidy räusperte sich absichtlich etwas lauter, um seine Aufmerksamkeit zu erregen.

»Na Cassidy, wie geht's uns denn heute?«, rief ihr der Arzt zu und trat mit einem freundlichen Gesichtsausdruck näher. Er war Anfang fünfzig, hatte kurz geschorene, schwarze Haare und dunkle Haut. Der kleinen Trittleiter nach zu urteilen, die er für die oberen Etagen des Medizinsafes benötigt hatte, war er nicht sehr groß. Er legte Wert auf ein gepflegtes Auftreten. Sein strahlend weißer Arztkittel wies nicht die geringste Verunreinigung auf. Unter dem rechten Arm klemmte die dünne Krankenakte seiner Patientin, die er vor ihrem Bett aufschlug und angestrengt hineinsah.

»Sie ... sie kennen meinen Namen?«, lispelte Cassidy mit trockenem Mund.

»Kim hat uns erzählt, was mit euch passiert ist.«

»Wie lange ...?«

»Du warst zwei Tage unser Gast«, schnitt ihr der Arzt das Wort ab. »Deine Wunde ist nicht sehr ernst. Die Kugel hat deine Halsschlagader um ein Haar verfehlt, aber der Schock und dein Blutverlust haben dich trotzdem ganz schön runtergezogen. Du hattest bis heute Morgen auch so einen Tropf an deinem Arm, damit du wieder zu Kräften kommst. Jetzt, wo du aufgewacht bist, können wir dich aber bald entlassen.«

Er schlug den Ordner zu und lächelte aufmunternd. Cassidy rieb an ihrem Handrücken. Die Einstichstelle hatte sie gar nicht bemerkt, doch nun begann sie auf einmal zu jucken. Der Arzt setzte sich neben Angel und seufzte leise.

»Um sie steht es leider nicht so gut. Angel hat auf eurer Reise viel Blut verloren und die Wunde hat sich entzündet. Der Verband hat seinen Zweck erfüllt, aber die Kugel steckte die ganze Zeit in ihrem Bein. Als wir sie rausgeholt haben, ist ihr Blutdruck in den Keller gerutscht. Glücklicherweise gibt es bei uns immer genügend freiwillige Spender. Sie ist noch nicht über den Berg, doch ich bin zuversichtlich. Jetzt ruh dich etwas aus. Ich sag deinen Freunden Bescheid, dass du aufgewacht bist.«

Cassidy ließ den Kopf erleichtert zurück in ihr Kissen sinken und schlief augenblicklich wieder ein.

***

Am späten Nachmittag erwachte sie erneut. Diesmal allerdings nicht von selbst, sondern dank dem vollschlanken Johnny, der vor ihrem Bett hockte und sie mit einer Feder an den nackten Fußsohlen kitzelte. Diese unvorsichtige Vorgehensweise erwies sich als fataler Fehler, denn Cassidy war an den Füßen äußerst empfindlich. Sie schreckte schlagartig hoch und traf den dicken Ranger an der Nase, der daraufhin rückwärts zu Boden stürzte. Sie öffnete die Augen und erblickte Kim an ihrer Seite sitzend, die sich den Mund vor Lachen hielt. Cassidy schaute nach vorn und zog ein entsetztes Gesicht.

»Entschuldigung!«, keuchte sie durch ihre trockene Kehle. Stöhnend rappelte sich Johnny mit Butchs Hilfe wieder auf, der sein schadenfrohes Gelächter dabei keineswegs zurückhielt.

»Wie geht's unserer Kleinen denn heute?«, fragte Kim und tat währenddessen so, als würde sie ihren Puls nehmen.

»Na wie wird's ihr wohl gehen!«, rief Johnny. »Sie schlägt bereits gestandene Männer k.o.!«

»Ich hab dir gesagt, du sollst das lassen! Das hat dir bei mir damals auch eine blutige Nase eingebracht!«, erwiderte Kim spöttisch.

»W-w … Wasser!«, stammelte Cassidy.

Erfahrungsgemäß erwartete Kim ihren Wunsch schon und zückte im Handumdrehen eine Feldflasche samt hauchdünnem Strohhalm, der sie zwang, langsam zu trinken. Nach einer knappen

Minute tauchte der Arzt in seinem weißen Kittel auf und begann sie zu untersuchen.

»Puls normal, Blutdruck schwach aber okay. Du musst dringend etwas essen, aber ich denke, ich kann dich entlassen. Anthonys Spezialprogramm sollte deine Genesung beschleunigen«, kommentierte er optimistisch sein Untersuchungsergebnis.

Kim half Cassidy vorsichtig aus dem Bett. Noch ein wenig unbeholfen schwankte sie zum Ausgang der Baracke, wo Victor schon auf seine Freunde wartete. Er stand mit Hilfe zweier Krücken direkt in der Tür.

»Das war das dritte Mal, ins selbe Bein!«, rief er mit weit hochgezogenen Mundwinkeln.

»Ja, fang lieber mal an etwas anderes hochzuhalten, wenn du den sterbenden Schwan spielst, sonst ist's bald vorbei mit den Safaris!«, entgegnete ihm Butch.

»War doch nur ein Streifschuss«, brummte Victor beleidigt.

Kurz vor dem Ausgang drehte Cassidy sich besorgt um. Angel hatte bei ihrer Rettung so mächtig und unbesiegbar gewirkt, dass der blasse und leblose Anblick völlig surreal wirkte. Insgeheim hoffte sie, dass ihre Retterin jeden Moment aufstehen und über die Verletzung lachen würde.

»Hat sich ihr Zustand schon verändert?«

»Sie ist heute Mittag kurz aufgewacht und hat sich nach dir erkundigt«, antwortete der dunkelhäutige Arzt nickend. Er saß wieder an seinem Schreibtisch. »Angel besitzt eine außergewöhnliche Willensstärke und ihr Körper vermag die Wunde mit unserer Hilfe rasch zu heilen. Sie wird noch eine Woche brauchen, bevor sie hier raus kann, aber ich denke, sie ist über den Berg.«

Beruhigt drehte Cassidy sich um und balancierte dem Ausgang entgegen. Draußen angekommen hielt sie inne, schloss die Augen und atmete tief ein. Sie vernahm lautstarkes Geschrei von spielenden Kindern, Geräusche eines Holzfällers, eines Jeeps, der vor ihr entlang fuhr und sogar das ausgelassene Geschnatter eines kleinen Vogelschwarms auf den Dächern der Siedlung, begleitet von dem Miauen hungriger Katzen, die um die Baracken herumschlichen. Zum ersten Mal seit dem Angriff auf ihr Dorf fühlte sie sich wahrhaft sicher und geborgen, im Kreise von Freunden und bewacht von einem für ihre Verhältnisse hochmodernen Todesstreifen.

Kim nahm sie an die Hand und führte sie zur Verpflegungsstation. Die drei Männer verabschiedeten sich vorerst in Richtung Werkstatt. Seit ihrer Ankunft arbeiteten sie an der Reparatur des Pick-ups, an dem sie immerhin eine komplette Tür ersetzen mussten.

Silver Valley erwies sich als Hort des Lebens, was besonders am frühen Abend sichtbar wurde, als die Feldarbeiter heimkehrten und sich ein Großteil der Bewohner zum Essen versammelte. Zwischen dem Lazarett und einer der vielen Wohnbaracken gab es zwei lange Reihen von Tischen, die unter freiem Himmel von fleißigen Kinderhänden gedeckt wurden. Am Ende befand sich ein großer Grill auf einem stabilen Steinfundament. Der verführerische Duft von geröstetem Fleisch hing in der Luft und lockte jeden im Umkreis von hundert Metern magisch an. Ein paar Männer verteilten Brotkörbe auf den Tischen. Pfeffer, Salz oder ähnliches suchte man allerdings vergeblich; die verwaltete der Küchenchef persönlich. Kim führte Cassidy an den Kindern vorbei bis vor zum Bratrost und klopfte dem Koch auf die Schulter. Man sah dem großen, dunkelhäutigen Koloss mit seinem dicken Bauch deutlich an, wie sehr er seinen Beruf liebte; doch saubere Kleidung und ein gepflegter Eindruck ließen ihn freundlich und einladend wirken.

Anthonys medizinisches Spezialprogramm bestand aus frischer Kuhmilch und einer kräftigen Hühnerbrühe, die bisher jedem zurück auf die Beine geholfen hatte. Cassidys Unterbewusstsein war bereits auf Grillfleisch eingestellt, so dass sie einen Moment lang enttäuscht die Miene verzog, als ihr der dicke Koch eine Keramikschale mit durchsichtiger Suppe in die Hand drückte, in der nur eine bemitleidenswerte Anzahl von Fleischstücken gelangweilt herumschwappte. Ihr erschöpfter Körper dankte ihr jedoch kurze Zeit später die leicht verdauliche Kost mit einem wohligen Gefühl in der Magengegend. Kuhmilch hatte es in ihrem Dorf seit Jahren nicht mehr gegeben und so wirklich schmecken tat ihr das fette Getränk auch nicht. Nur Kims Warnung vor dem Missachten ärztlicher Anweisungen und dem daraus resultierenden griesgrämigen Arzt ließ sie die weiße Brühe mit geschlossenen Augen hinunterkippen. Um den ungewohnten Geschmack loszuwerden, schlängelte sie sich kurz darauf erneut zur Essensausgabe und verlangte höflich einen Nachschlag. Dank ihres herzzerreißenden Hundeblicks gönnte ihr Anthony zusätzlich ein kleines Hühnerfilet vom Grill, wofür sie aber feierlich schwören musste, dass Doktor

Steven nie davon erfahren würde. Zurück am Tisch wischte sich Cassidy ihre widerspenstigen Haarsträhnen aus dem Gesicht und löffelte artig ihre Suppe, bevor sie sich das verführerische Grillfleisch schmecken ließ.

Das war es, was Angel ihr versprochen hatte. Ein richtiges Bett, gutes Essen und eine neue Familie. Während Cassidy auf dem gesalzenen Stück Fleisch kaute, sah sie sich etwas genauer um. Die Bewohner wirkten in der Tat wie eine große Familie. Sie gingen einander zur Hand, Kinder hörten auf jeden Erwachsenen und nicht nur auf die eigenen Eltern, Spielzeuge lagen zwischen den Baracken verteilt. Auf den ersten Blick schien es wie das Paradies, doch hinter der trügerischen Fassade ragte der verstörend wirkende Palisadenwall aus dem Boden. Schwarze Brandflecke von Flammenwerfern und Granaten zeugten von den ständigen Gefechten mit den Gangs. Angel hielt ihr Versprechen auf ein neues zu Hause, aber auch hier würde sie der Realität nicht gänzlich entrinnen können.

Als es für Cassidy endlich zwei zu null gegen die Hühnerbrühe stand und sie im Kampf mit dem gegrillten Filet ebenfalls als Siegerin hervorgegangen war, rieb sie sich stöhnend den Bauch. Kim und Johnny gesellten sich zu ihr, während sie ihren Magen auf eine bis dahin relativ ungewohnte Dehnungsprobe stellte und sich noch eine weitere Portion vom Grill besorgte. Die beiden lachten ausgelassen und unterhielten sich mit ihren Banknachbarn. Cassidy war zu beschäftigt, um sie zu belauschen, bis sie plötzlich eine Hand auf ihrer Schulter spürte.

»So, du bist also unsere neueste Errungenschaft«, hörte sie eine ruhige Männerstimme sagen. Sie drehte sich mit vollem Mund um und blickte hoch. Vor ihr stand ein älterer Mann, sie schätzte ihn auf etwa sechzig Jahre. Er war nicht sehr groß, wirkte kerngesund und durchtrainiert, hatte nur noch kurze, graue Haaransätze an den Seiten seines Kopfes und ein rundes, wenn auch etwas hageres Gesicht. »Wenn du deiner ärztlichen Anweisung Folge geleistet hast, komm doch mal ins Hauptquartier. Wir sollten uns besser kennenlernen.«

Cassidy hatte es zuvor nicht bemerkt, aber während der Mann mit ihr sprach, waren die Gespräche an den Tischen verstummt. Jeder schien sie nun anzustarren.

»Wer war das?«, flüsterte sie Kim zu, als die Dorfbewohner

wieder zu ihren eigenen Unterhaltungen übergingen.

»Das ist unser Chef. Er lernt Neuankömmlinge gerne persönlich kennen, bevor man offiziell aufgenommen wird«, antwortete Kim. Cassidy war ein wenig unwohl zumute. Der Mann wirkte vertrauensvoll, doch die Reaktion der Leute beunruhigte sie. Er konnte kein einfacher Anführer oder Dorfältester sein.

»Lass dir Zeit und iss erstmal in Ruhe auf«, brummte Johnny, der aus irgendeinem Grund die größte Portion des ganzen Tisches erhalten hatte.

Cassidy blickte dem in Rangerkluft uniformierten Mann verunsichert hinterher, als er in der alten Tankstelle verschwand. Kim stützte den Kopf auf die Arme und schaute dem Mädchen verträumt zu, während sie die letzten Stücke herunterwürgte. Ihr beleibter Freund trottete zurück in Richtung Werkstatt und die Dorfbewohner räumten bereits die Tafeln ab. Die Grillreste wurden an die Hunde und Katzen verfüttert, die den Ort ganztags auf Trab hielten. Schließlich nahm Cassidy all ihren Mut zusammen und erhob sich von der Schulbank.

»Fertig?«, fragte Kim.

»Was erwartet mich denn da drin?«

»Tja, das kommt auf seine Laune an. Wie gesagt, er begrüßt alle Neuen persönlich, aber Angel bringt nicht jeden Tag jemanden mit. Mach dir mal keine Sorgen. Er sieht zwar böse aus, beißt aber nur selten!«

Mit einem Augenzwinkern nahm sie Cassidy an die Hand und führte sie zur alten Tankstelle. Vor dem Eingang stand ein Wachposten. Licht trat aus dem Inneren heraus und es roch nach verbranntem Tabak. Kim nickte dem Mann an der Tür lediglich zu. Er senkte seinen Kopf und ließ sie passieren. Cassidys Augen mussten sich einen Moment lang an die neuen Lichtverhältnisse gewöhnen, dann erkannte sie Landkarten an den Wänden, deren rot beziehungsweise grün eingezeichnete Bereiche die Territorien der Vultures von denen der Freien Enklaven trennten. Zwei große Gebirge begrenzten die bekannten Wastelands im Norden und Süden. Ein vertikaler, weißer Streifen zwischen den Herrschaftsgebieten der verfeindeten Parteien kennzeichnete das Niemandsland, in dem sich auch Cassidys Heimatdorf befunden hatte. Am südöstlichen Ende der Karte lag Silver Valley direkt am Fuße des mächtigen Berges. Im Norden lag Jaguar Bay, Johnnys Heimatsiedlung und ehemaliger Binnenhafen. Noch weiter nördlich markierten grüne Punkte die verbündeten Enklaven Eagle Village und Sienna, mit denen die Ranger seit ihrem Anschluss an die Allianz den Kontakt aufrecht erhielten. Rote Fähnchen auf der Westseite der Wastelands wiesen hingegen auf Außenposten der Vultures hin. Mit Zirkeln um die feindlichen Lager gezogene Kreise zeigten deren durchschnittliche Überfallreichweite basierend auf Infrastruktur und Landschaftsbild. Das Kartenmaterial war über Jahre in mühevoller Handarbeit entstanden. Atlanten der Vorzeit hatten aufgrund der drastischen Klimaveränderungen viel von ihrer Genauigkeit eingebüßt und dienten nur noch als Referenz zum Eintragen gefährlicher Großstadtruinen oder Industriekomplexe.

Auf einem großen Tisch in der Mitte stand ein maßstabsgetreues Modell von Silver Valley, an dem bequem Ausbauarbeiten und Verteidigungsmaßnahmen geplant werden konnten. Zwei Ranger in Uniform beugten sich darüber und diskutierten die Wirksamkeit der minengepflasterten Ausweichroute, die Butch bei der Flucht vor den Vultures wertvolle Minuten geschenkt hatte. Hinter ihnen saß der grauhaarige Mann an einem Mahagonischreibtisch. Neben den vielen Büchern und losen Papierstücken fiel Cassidy sofort das Schachbrett am Rand des wuchtigen Bürotisches auf; eine der wenigen Freizeitaktivitäten ihrer alten Heimat. Die Figuren standen kreuz und quer auf dem Spielfeld verteilt, als wären die Spieler mittendrin unterbrochen worden.

Der charismatische Anführer hatte eine schwarze Lederjacke über den Stuhl gehängt, trug eine graue Armeeuniform, kaute auf einer Zigarre und studierte ein paar Aktenordner, in denen er gelegentlich Notizen machte. Als Kim sich ihm näherte, stand er auf und kam den beiden entgegen.

»Ah, da seid ihr ja«, rief er Cassidy zu. »Satt geworden?« Natürlich rächte sich ihre Völlerei in genau dieser Sekunde und ließ sie hilflos aufstoßen. »Na, das ist Antwort genug«, erwiderte der Mann trocken, während Kim ihr Lachen im letzten Augenblick zu unterdrücken vermochte.

»Verzeihung«, stammelte Cassidy erschrocken und senkte beschämt den Kopf, doch im selben Moment spürte sie einen leichten Schlag auf den Rücken und stand sofort wieder gerade.

Der grauhaarige Anführer stellte sich in militärisch zackiger Stimmlage als General Francis Monroe vor und bestätigte Cassidy damit ihre Vermutung, dass er kein einfacher Dorfältester sein konnte. In Wirklichkeit hatte er das Oberkommando über die Ranger aller Freien Enklaven von Silver Valley bis Sienna. In den Anfangsjahren gehörte er zum Stab von General Peterson, Kims Vater, der in dem bisher schwersten Überfall der Vultures vor dreieinhalb Jahren getötet worden war.

Um Cassidy die Organisationsstruktur ihrer neuen Heimat zu erklären, erzählte er ihr zunächst von der Entstehung dieses einzigartigen Ortes. Nach dem globalen Zusammenbruch schossen brutale Gangs überall auf der Welt wie Pilze aus dem Boden und überzogen das vertrocknete Land mit Anarchie und Gewalt. Für viele zählte nur noch das Recht des Stärkeren und die wenigen, die sich gegen die Entmenschlichung auflehnten, wurden meist ihre ersten Opfer. General Peterson befehligte zur Zeit des Untergangs ein U.S. Army Ranger-Team, das hinter den feindlichen Linien Sabotageakte durchführen sollte. Als es plötzlich keinen Feind mehr gab und sie zu ihren Familien zurückkehren wollten, stellten sie fest, dass ihre Heimatstädte aufgrund der chaotischen Zustände bereits zu Todesfallen geworden waren. Rastlos durchstreiften sie anschließend jahrelang die Wastelands, immer auf der Suche nach marodierenden Banden, die sie dank militärischer Präzision meist spielend überwältigen konnten. Viele befreite Sklaven schlossen sich ihrem Kampf an, doch mindestens ebenso viele Zivilisten waren für Petersons Privatkrieg nicht zu gebrauchen. Eines Tages musste sich der alternde General entscheiden, ob er die Flüchtlinge sich selbst überlassen oder ihnen eine neue Heimat schaffen wollte. Monroe vergaß nicht zu erwähnen, dass es Kims besonderem Einfluss zu verdanken war, der ihren Vater schlussendlich von der Errichtung Silver Valleys überzeugt hatte.

Trotz all der Heroik bestand der von antiker Geschichte und Philosophie geprägte General auf strenge Grundregeln, damit *seine* Stadt nicht die Fehler der zusammengebrochenen Zivilisation wiederholte. Zunächst verwarf er das Prinzip der Demokratie, die ihnen vor dem globalen Zusammenbruch nur Ärger gebracht hätte und für die Gründung einer Nation, so klein sie auch sein mochte, unbrauchbar wäre. Des Weiteren legte er die Messlatte für Neuzugänge auf ein im ersten Moment durchaus unfair erscheinendes Niveau. Um in Silver Valley aufgenommen zu werden, musste man das eigene Gewicht tragen können, also seinen Teil zur Gemeinschaft beitragen. Dabei spielte es keine Rolle, ob sich potentielle Kandidaten den neugegründeten Rangern anschlossen und ihr Leben für die Gemeinde riskierten oder den ganzen Tag am Waschbrett standen. Gangaussteiger hatten aus Gründen innerer Sicherheit besonders schlechte Karten, sofern sie überhaupt lebend das Palisadentor erreichten. Aufgrund dieser Gesetze wurden Saboteure und harmlose – aber auch nutzlose – Krüppel gleichermaßen abgelehnt. Selbst vielen von Petersons engsten Verbündeten erschienen seine drakonischen Maßnahmen unmenschlich und übertrieben, doch seine Stadt stand noch immer, was die meisten Kritiker verstummen ließ.

Mit dem Wechsel in der Kommandostruktur und dem über Jahre erfolgreichen Widerstand gegen die Gangs hatten sich die harten Aufnahmebedingungen etwas gelockert. Monroe erklärte stolz, dass es den Freien Enklaven sogar gelungen war, einige der berüchtigtsten Vultures zu bekehren. Eigentlich wollte er dabei weiter ins Detail gehen, doch Kims eindeutige Gesten des Schweigens hielten ihn zurück. Stattdessen wechselte er das Thema und kam auf Cassidys eigene Erlebnisse zu sprechen.

»Ich habe detaillierte Berichte über deine Abenteuer mit unseren Rangern erhalten. Du hast mein Mitgefühl, was dein Dorf betrifft. Silver Valley wurde errichtet, um genau so etwas zu verhindern und du hast nun die Chance, deinen Teil dazu beizutragen. Kim und ihre drei Männer–«

»Hey!«, fiel ihm der Rotschopf ins Wort, woraufhin der General lachend fortfuhr.

»Also, Kim und ihre drei männlichen Kameraden sind der Ansicht, du wärst ein Naturtalent. Mit etwas Training könnten sie dich durchaus in einer unserer Uniformen sehen, sofern du andere vor deinem Schicksal bewahren helfen möchtest.«

Cassidy blickte Kim erstaunt an. Die biss sich ertappt auf die Unterlippe. Eigentlich hatte sie gar nicht vorgehabt, Cassidy derart zu überfallen, aber Monroe war kein Freund vom Reden um den heißen Brei. Dank der Fürsprache eines kompletten Ranger-Teams war sie fürs Erste offiziell Bürgerin von Silver Valley, wodurch sie sich frei im Lager bewegen durfte. Ihre Zukunft sollte sie später entscheiden.

Der General ließ es sich nicht nehmen, Cassidy persönlich durch die Siedlung zu führen. Zu Beginn erklärte er ihr mit Ausblick auf die Werkstatt stolz, dass sich die Ranger seit Jahren ein erfolgreiches Wettrüsten mit den Vultures lieferten. Lediglich das gepanzerte Wüstenschlachtschiff, der Sattelschlepper mit dem menschlichen Schädel als Kühlerfigur, der sie auf der Heimreise beinahe das Leben gekostet hätte, stellte eine ernstzunehmende Gefahr dar. Allerdings beschränkte der extreme Treibstoffverbrauch in Zeiten knapper Ressourcen dessen Einsatzreichweite. Dass sie von einer derart großen Streitmacht so kurz vor Silver Valley angegriffen worden waren, stimmte Monroe entsprechend nachdenklich.

Unter der Tankstelle befand sich das Treibstofflager, das derzeit gut gefüllt war. Laut dem General hatten zwei Ranger-Teams vor ein paar Wochen einen Tanklaster der Vultures erobert. Woher die Gang den Diesel hatte, konnten sie jedoch nicht in Erfahrung bringen.

In der Werkstatt wurden sie von Butch und Johnny begrüßt, die gemeinsam an dem orangefarbenen Pick-up schraubten. Die Kugel, die quer durch den Wagen geflogen war und Butchs Hand gestreift hatte, hatte das Armaturenbrett durchschlagen und einen Großteil der Elektronik zerstört, die sie nun reparierten. Vor der Tankstelle und der Werkstatt befand sich der Fuhrpark, auf dem jedes Fahrzeug einen festen Stellplatz hatte, genauso wie die Abfahrtsreihenfolge strengen Regeln unterlag, so dass es im Ernstfall nicht zu Unfällen kommen konnte. Monroe erklärte Cassidy die verschiedenen Aufgabengebiete der unterschiedlichen Fahrzeugklassen. Leichte Geländewagen dienten der Fernaufklärung, Pickups wurden häufig auf Langzeitmissionen zum Handel und der militärischen Unterstützung alliierter Enklaven entsandt, durchsuchten die Wastelands nach brauchbarem Material, wie Medizin, Munition, Waffen oder auch Trockennahrung. Die beiden Humvees waren die einzigen mit Langreichweitenfunk ausgestatteten Fahrzeuge, die hauptsächlich den äußeren Perimeter von Silver Valley überwachten und vor zwei Tagen Großalarm ausgelöst hatten. Zusätzlich verwendeten die Ranger Pferde, um mit den näher gelegenen Dörfern in Kontakt zu bleiben oder in der Umgebung auf Jagd zu gehen.

Entzückt beobachtete Cassidy zwei Hundewelpen, die sich unter den parkenden Autos versteckten, während ein ausgewachsenes Tier sie zu suchen schien. Die Menschen lebten in vollständiger

Symbiose mit den Vierbeinern. Für ein paar Stücke Fleisch bewachten die Hunde die Enklave und gaben bei Eindringlingen sofort Alarm. Katzen hielten derweil die Ratten- und Mäusepopulationen auf einem niedrigen Niveau. Zudem erwies sich ein gemeinschaftliches Brieftaubenprojekt mit dem anderthalb Tagesreisen entfernten Jaguar Bay als großer Erfolg.

Monroe bezeichnete kurz darauf das Lazarett als wertvollstes Juwel der Siedlung. Steven hatte bereits vor dem Kollaps als Assistenzchirurg gearbeitet. Außerdem hatte er selbst mehrere Krankenpfleger ausgebildet. Medizinisches Equipment hatte bei allen Missionen absoluten Vorrang, weshalb die Arzneisafes des Dorfes gut gefüllt waren und es kaum an medizinischer Technik mangelte. Zusätzlich erlebte die natürliche Heilmedizin aus Kräutern und verschiedenen Teesorten einen zweiten Frühling. Zum Lazarett gehörte ein eigener Kräutergarten, der von Steven liebevoll gepflegt wurde.

Als sie zwischen den Wohnbaracken entlang schlenderten, wünschte Cassidy sich nichts sehnlicher, als ihrer Familie von diesem Ort berichten zu können. Die Tische waren inzwischen verschwunden und ein Spielplatz entstanden. Die Bewohner errichteten eine alte Tischtennisplatte, eine Schaukel und sogar ein Fußballtor. Mehrere Teenager liefen um den Spieltisch, an dem ein kunstvoll geflochtenes Netz die Mitte markierte. Zwei kleine Mädchen klammerten sich an den Schaukeln fest und eine halbe Fußballmannschaft versuchte das Tor zu treffen, das aber problemlos von Anthony und seiner Wampe verteidigt wurde. Etwas abseits davon tagte die Skatrunde. Als Einsatz galten Essensrationen oder die Pflichten im Lager. Gute Spieler konnten hin und wieder zusätzliche Urlaubstage ergattern. Johnny hingegen hatte schon häufig den Kuhstall ausmisten dürfen.

Monroe erklärte voller Stolz, wie gut das familiäre System der Gemeinschaft funktionierte. Anstatt zu kritisieren, fühlten sich die Dorfbewohner gleichermaßen für das Wohlergehen aller verantwortlich. Natürlich gab es hin und wieder Streit, aber das harte Leben und die permanente Bedrohung aus der Steppe ließen Dispute nur selten eskalieren. Wenn am Ende des Tages die Sonne hinter den Bergen verschwand, war dann doch jeder froh, am nächsten Morgen Nachbarn um sich zu haben, die einander im Kampf gegen die Gangs beistanden. Außerdem verstand Monroe, genau wie vor ihm General Peterson, dass die meisten Menschen in Zeiten großer Not streng geführt werden wollen. Militärische Hierarchien und strukturierte Aufgabenverteilung sorgten für ein Gefühl der Sicherheit, dem persönliche Freiheiten hin und wieder im Wege standen und dem Gemeinwohl geopfert wurden.

Viele Gangs waren aus ehemaligen Militär- oder Polizeieinheiten hervorgegangen. Jede halbwegs organisierte und bewaffnete Gruppierung begann nach dem globalen Zusammenbruch ums Überleben zu kämpfen und Nahrung, Munition, Treibstoff und Waffen zu erbeuten. Nur die wenigsten erhielten sich dabei ihre Menschlichkeit. Um nicht selbst zur marodierenden Bande zu werden, brauchte es harte aber faire Gesetze, an die sich zunächst seine Soldaten und kurz darauf auch die zivilen Flüchtlinge, die sich seinem Trek anschlossen, halten konnten. Wenngleich kompromisslos im alltäglichen Kampf gegen die Gangs, hielten drakonische Strafen seine eigenen Leute von Willkür oder Vergewaltigungen ab. Im Gegenzug sorgte die geforderte Professionalität für beeindruckende Siege, die jeglichen Widerspruch im Keim erstickten. Unter der Führung Monroes hatte sich die Lage etwas entspannt, doch auch er legte großen Wert auf die Einhaltung der militärischen Hierarchie und hielt nichts von demokratischen Mehrheitsbeschlüssen.

Abseits der Wohnbaracken befand sich ein zwölf Meter breiter Holzpavillon, in dem sechs alte Fahrräder auf Stahlgerüsten montiert nebeneinanderstanden. Sie trieben je einen Generator an, von denen wiederum Kabelverbindungen zu einem eingezäunten Gebäude führten. Darin lagerten laut Monroe zwei Dutzend Hochleistungsbatterien aus Elektrofahrzeugen, die den erzeugten Strom speicherten und das Dorf versorgten. Er erklärte Cassidy, dass Benzin, Holz oder Kohle viel zu wertvoll seien, um sie zur Stromversorgung zu verbrennen. Der Pavillon dagegen erfreute sich großer Beliebtheit und stellte zusammen mit einigen anderen Sportgeräten eine Art Freiluftfitnesscenter dar. Als Alternative errichteten die Bewohner gerade eine Solaranlage, die sie in einem alten Kraftwerk erbeutet hatten. Hinter dem Pavillon befand sich ein Hindernisparcours, der von den Rangern zu Trainings- und Ausbildungszwecken genutzt wurde, aber normalerweise auch jedem Zivilisten zur Verfügung stand.

Zehn Minuten später erreichten sie die Ställe und das Feld. Auf der Weide graste eine Kuhherde, die in der Abenddämmerung in die Scheunen getrieben wurden. Die stolzen Reitpferde waren zusammen mit ihren grunzenden Kameraden aus der Schweinezucht bereits verschwunden und auch aus dem Hühnerstall kam kein Laut mehr. Ein paar Männer versuchten einen Bullen mit gutem Zureden und Anschieben von der Stelle zu bewegen, doch es war hoffnungslos. Cassidy prustete unkontrolliert los, als sie Stan erblickte, der verzweifelt an dem Seil zog, das um den Hals des Tiers gewickelt worden war. Die unzähligen Schafe und Ziegen, die dieselbe Weide nutzen durften, schienen den zottelbärtigen Jäger meckernd auszulachen. Der General bestätigte, dass sich Cassidys unglücklicher Nachbar trotz seiner Schicksalschläge recht gut eingelebt hatte.

Während sie dem Schauspiel zusahen, erklärte ihr Monroe, dass sowohl die Ställe als auch das Feld Sperrgebiet seien. Es gab Versuche der Gangs, das Vieh zu vergiften oder Anti-Personenminen auf den Feldwegen zu vergraben. Sie waren genau wie die perforierten Gartenschläuche, die eine dauerhafte Bewässerung überhaupt erst ermöglichten, wiederholt Ziele von Sabotageakten geworden. Zur Entlastung der stromgetriebenen Wasserpumpen hatten findige Mechaniker Powerstepper in das Rohrleitungssystem eingebaut. Mit jedem Schub füllte sich einer der beiden Zylinder unter den Trittflächen mit Wasser, während es aus dem zweiten Zylinder in Richtung Feld gepumpt wurde.

Ihr Rundgang führte sie zu einem großen, aus Natursteinen erbauten Brunnen zwischen den vielen Gewächshäusern. Monroe erklärte voller Stolz, dass er diese Wasserquelle vor fast zehn Jahren gemeinsam mit General Peterson gefunden und mit Hilfe der ersten Siedler erschlossen hatte. Laut seiner Aussage reichte das Wasserloch über dreißig Meter in die Tiefe und es gab noch eine zweite Quelle, die aus Bequemlichkeit inmitten der Wohnbaracken errichtet worden war. Für einen Saboteur wären die Brunnen das Primärziel, daher wurden sie Tag und Nacht von mindestens zwei Dorfbewohnern bewacht. Ein Aquäduktsystem im südlich angrenzenden Bergmassiv versorgte die Siedlung über Kunststoffrohre zusätzlich mit Trinkwasser aus den geschmolzenen Gletschern, deren Überbleibsel nach wie vor in dem gewaltigen Gebirge gespeichert war.

Die letzte Station auf der Touristentour, wie der General seine

Einweisung scherzhaft nannte, war der Schutzwall. Er bestand hauptsächlich aus senkrecht in den Boden gerammten Baumstämmen mit spitzen Enden. Die große Farm war nur auf einer Seite eingezäunt worden, der steile Berghang bildete eine natürliche Grenze am südöstlichen Teil des Ackerlands. Um Überfälle durch Abseilen zu verhindern, liefen nachts zusätzlich zwei Männer Patrouille. Der General wies darauf hin, dass das gesamte Lager von einem breiten Minengürtel und einem künstlichen Graben umgeben war. Der Haupteingang bestand aus einer Zugbrücke, die bei Gefahr einfach hochgeklappt werden konnte und die Siedlung somit hermetisch abgeriegelte. Eventuelle Angreifer müssten durch einen Graben voller Sprengsätze und eine mit Stacheldraht und Stahlspikes übersäte Mauer kommen, während sie aus mehreren Wachtürmen und MG-Nestern unter Feuer genommen wurden. So unwahrscheinlich es auch klang, eine Handvoll Autowracks vor dem Dorf bewiesen, dass selbst diese extremen Sicherheitsmaßnahmen einige Gangs nicht abschrecken konnten. Bei den Versuchungen, die im Inneren des Lagers auf sie warteten, verloren offenbar manche Menschen ihren Überlebenstrieb.

***

Die Führung durch die Siedlung dauerte eine gute Stunde und Kim wurde langsam müde. Cassidy dagegen war, nachdem sie tagsüber hatte schlafen können, hellwach und stellte häufig Fragen über die Ranger, die Vultures und das Leben in Silver Valley, doch der General hielt sich bei den militärischen Themen sehr zurück. Noch immer eingeschüchtert von ihrer neuen Heimat begnügte Cassidy sich mit einer Zusammenfassung. Als sie die Tour vor der Tankstelle beendeten, verabschiedete sich Monroe und meinte, er hätte noch Papierkram zu erledigen. Cassidy wusste nicht, was das bedeuten sollte, fragte aber nicht weiter nach. Gemeinsam mit Kim besuchte sie die Männer in der Werkstatt.

»Na? Ehrenrunde abgeschlossen?«, keuchte Butch, der gerade eine Panzerplatte hielt, damit Johnny sie anschweißen konnte.

»Ja, endlich!«, rief Kim und ließ sich erschöpft in einen Stapel alter Reifen fallen »Man, ich bin froh, dass ich das nicht für jeden machen muss!«

»Wie meinst du das?«, fragte Cassidy erstaunt.

»Naja«, begann Kim. »Frank macht so was nicht für alle Neuankömmlinge. Normalerweise drückt er den Leuten die Grundregeln in der Hand und lässt sie dann von seinen Adjutanten herumführen. Ich denke, er mag dich. Die beiden da drüben haben in ihren Berichten ja auch maßlos übertrieben!«

»Hör bloß nicht auf sie, die ist nur eifersüchtig!«, rief Johnny dumpf unter der Schweißermaske hervor.

Kim gähnte laut und ließ sich tiefer in die Reifen hineinsinken. »Seid ihr bald fertig mit der alten Kiste? Ich will ins Bett!«

»Ist die letzte Platte, dann ist Schluss für heute«, antwortete Butch.

»Na super. Ich geh schon mal vor und zeig Cassidy ihr neues zu Hause!«, sagte Kim und erhob sich wieder.

Cassidy folgte ihr in eine der Wohnbaracken hinein. Licht gab es keins, aber Kim zückte eine kleine Taschenlampe. An den Türen klebten Schilder mit jeweils zwei Namen. Einzelzimmer passten nicht in die Philosophie des Generals, erklärte Kim. Nach ein paar Schritten betraten sie einen beengten Raum in dem ein Doppelstockbett, ein runder Holztisch und ein einzelner Stuhl standen. Das Zimmer wirkte nicht sehr einladend. Eher wie ein leeres Quartier in dem noch niemand wohnte, vermutete Cassidy. Umso mehr erstaunte es sie, als sie erfuhr, dass es sich um Angels privates Reich handeln würde.

»Sie haust hier seit drei Jahren, wenn man das so nennen will. Die Einzige von uns mit Einzelzimmer«, murmelte Kim etwas zurückhaltend. »Sie hat nie irgendwelchen Schmuck an die Wände gehängt oder nach sonstigen Dingen gefragt und verbringt auch nicht viel Zeit hier. Wir dachten, es könnte euch gefallen, zusammenzuwohnen und ...«, sie machte eine kurze Pause. »Naja, vielleicht kannst du dem Raum die depressive Stimmung austreiben.«

Cassidy wusste nicht, wie sie darauf reagieren sollte. Sie würde ohne Angels Einverständnis gar nichts ändern, soviel stand fest! Aber mit ihr in einem Quartier wohnen zu dürfen, erfüllte sie mit Stolz. Nun musste ihre Retterin nur noch gesund werden.

»Ich lass dich jetzt allein. Wenn du was brauchst, Johnny und ich sind gleich links von dir, Butch und Victor zu deiner Rechten. Du kannst mich jederzeit wecken, ich hab ohnehin einen sehr leichten Schlaf«, sagte Kim und verließ den Raum. »Ach ja, Angel schläft unten, also ist das obere Bett für dich. Gute Nacht!«

Sie schloss die Tür hinter sich und stolperte in ihr eigenes Zimmer, wo sie fluchenderweise über Johnnys Gewehr gestürzt war. Cassidy schaute sich neugierig um. Bis auf einen roten Kugelschreiber auf dem Tisch gab es nichts, wodurch man vermuten könnte, dass hier jemand zu Hause war. Sie setzte sich auf das Bett und blickte durch das vergitterte Fenster nach draußen. Unheimliche Stille empfing sie. Die Kinder lagen bereits in ihren Kojen, der Grill war aus und die Lagerfeuer gelöscht. Auf den Wachtürmen leuchteten Fackeln und aus der Tankstelle flackerte ebenfalls schummriges Licht. Der General musste noch an seinem Papierkram arbeiten, überlegte Cassidy. Was er damit wohl gemeint hatte? Das einzige Papier, das sie kannte, waren zwei alte Märchenbücher, die ihr Bruder vor ein paar Jahren für sie ertauscht hatte. Mit ihrer Hilfe lernte sie Lesen und schon nach einem Sommer konnte sie fast jede Geschichte auswendig.

Auf einmal polterte es laut auf dem Flur vor ihrem Quartier. Butch und Johnny wünschten einander eine gute Nacht und verschwanden in ihren Zimmern. Kaum waren sie unter sich, fauchte Kim ihren Freund wegen seiner Unordnung an, bevor sie zu Bett gingen und wieder Ruhe einkehrte.

Cassidy blickte zur Krankenstation, wo Angel bewusstlos an ihrem Tropf hing. Gerade jetzt könnte sie ihren Rat gut gebrauchen. Kim und die anderen wollten sie in die Ranger aufnehmen, vielleicht sogar in ihr eigenes Team. Sie hatte sich geehrt gefühlt, als Monroe ihr das offenbarte, doch in der Stille der Nacht kamen ihr Zweifel. Innerhalb von nur zwei Tagen war sie mehrfach überfallen, angeschossen und fast getötet worden und das alles, ohne sich absichtlich in Gefahr zu begeben; sondern an Orten, die Angel als sicher beschrieben hatte. Talent zum Überleben hin oder her. Auf den Wanderungen mit ihrem Bruder war sie aus gutem Grund jeder Bedrohung aus dem Weg gegangen. Was würde erst passieren, wenn sie das Risiko suchte?

Ihre Schussverletzung am Hals schmerzte und Cassidy verdrängte den Gedanken. Sie kletterte in ihr Bett und war angenehm überrascht. Es bestand aus einer weichen Federkernmatratze, einer warmen Decke und sogar einem Kopfkissen, gefüllt mit echten Geflügelfedern. Eine völlig neue Art von Luxus! Schon kurze Zeit später schlief sie tief und fest.

6. ENTSCHEIDUNGEN

Die Sonne stand schon hoch am Himmel, als Cassidy schurrend die Augen öffnete und zunächst keinen Gedanken daran verschwendete, ihr bequemes Bett zu verlassen. Einen solchen Luxus hatte sie in ihren siebzehn Jahren noch nie genießen dürfen. Als ihr Blick aber über die Bettkante hinaus auf den kleinen Tisch fiel, auf dem saubere Kleidung und eine grüne Zahnbürste auf sie warteten, erwachte ihre jugendliche Neugier und ließ sie schlagartig aus den Federn krabbeln. Es war alles dabei, von einer Unterhose bis zu schwarzen, robusten Lederschuhen. Das beigefarbene Outfit entpuppte sich als zusammengeflickte Armeeuniform mit Wüstentarnmuster. Kim meinte es wirklich ernst. Ihre alten Kleider würden keinen Tag mehr durchhalten, also zog sie die neuen Sachen sofort an. Zu ihrer Erleichterung passten sie wie maßgeschneidert, nichts schien zu lang oder zu eng, die stabilen Militärschuhe saßen äußerst bequem und sicher an ihren Füßen. Irgendjemand musste während ihrer Bewusstlosigkeit im Lazarett Maß genommen haben. Im Kragen des kurzärmligen Hemdes entdeckte sie sogar ihren eingestickten Namen. Frisch angekleidet trat sie aus der Wohnbaracke heraus und fand Kim lesend an einer der Schulbänke vor.

»Guten Morgen, Langschläferin!«, rief sie Cassidy zu, die glücklich zurückgähnte und anschließend fragte, wo man sich in Silver Valley waschen konnte. Kim wies ihr die Richtung zum Waschsalon, wie sie es nannte, und erklärte Cassidy, dass in jedem der vier abgetrennten Abteile je zwei Kunststofffässer standen; ein rotes und ein blaues. Um so wenig wie möglich vom kostbaren Nass zu verschwenden, wusch man sich mit dem Wasser aus dem blauen Fass und kippte es im Anschluss daran in das rote, welches im Laufe des Tages zur Bewässerung der Felder verwendet wurde. Cassidy hatte eigentlich vorgehabt, sich nach ihren Strapazen von Kopf bis Fuß zu waschen, doch als sie sah, wie ihr die vorbeigehenden Menschen neugierige Blicke zuwarfen und auf ihre Uniform zeigten, begnügte sie sich mit einer Katzenwäsche.

Ein paar Minuten später stand sie erneut vor Kim und wirkte immer noch ein wenig irritiert.

»Sag mal Kim«, begann sie. »Wieso habt ihr mir so einen Aufzug gegeben? Die Leute starren mich alle an.«

»Ich ... hab nichts anderes im Schrank gehabt?«, antwortete Kim so gestellt, dass es selbst ein Blinder gesehen hätte. Cassidy wäre erstaunt gewesen, wenn das sogenannte Modepüppchen überhaupt eine Uniform ihr eigen nennen würde. Als sie merkte, dass Cassidy ihr die Erklärung nicht abkaufte, setzte sie erneut an. »Deine Ankunft mit Angel hat sich rumgesprochen. Sie hat schon so einige Ranger rekrutiert und jeder erwartet jetzt, dass du eine von uns wirst. Die Entscheidung liegt letzten Endes bei dir, aber ich dachte, du willst vielleicht mal sehen, wie das so ist in Uniform.«

Cassidy musterte nachdenklich ihre neuen Sachen und setzte sich Kim gegenüber an die Schulbank. Zum ersten Mal seit ihrem schicksalhaften Zusammentreffen in Temple Town war sie Kim nah genug, um ihre unterschiedliche Augenfarbe deutlich zu erkennen. Noch nie zuvor hatte sie einen Menschen mit einem grünen und einem blauen Auge gesehn, was durchaus zu ihrem generell farbenfrohen Auftritt passte. Kim begann sie ihrerseits in Augenschein zu nehmen, wobei ihrem geschulten Blick sofort der goldene Kruzifix-Anhänger aus der Kirchenruine auffiel. Sie selbst trug zwei silberne Amulette in Form eines mystischen Hammers und eines Pentagramms um den Hals.

Kim hatte selten Gelegenheit, sich über Mode und Schmuck zu unterhalten. Die meisten Menschen maßen den schönen Dingen des Lebens keine Bedeutung mehr bei und so wunderte es die modebewusste Frau nicht im geringsten, dass Angel der goldenen Kette einen Becher Wasser vorziehen würde. So gern sich die beiden auch länger über ihre Anhänger ausgetauscht hätten, der Papierstapel auf dem Tisch, auf dem Cassidy die Worte *Einsatzbericht* und *Verluste* erkannte, holten sie in die Realität zurück.

»Und was ist, wenn ich gar kein Interesse daran hab, ständig beschossen zu werden?«, fragte sie.

»Nun, dann kannst du dir hier eine neue Heimat aufbauen«, antwortete Kim aufrichtig. »Wir suchen immer Leute für die anfallenden Arbeiten der Siedlung. Im ersten Moment klingt unser Job aufregend und interessant, aber du hast selbst miterlebt, wie es da draußen wirklich ist. Wir schlafen in stinkende Felle gehüllt in irgendwelchen Ruinen, bekommen manchmal tagelang nichts zu essen, können uns wochenlang nicht waschen und obendrein beschießt man uns, schlägt auf uns ein, versucht uns abzustechen und so weiter. Dazu kommt, dass du nie weißt, was noch alles in deinem Schlafsack herumkrabbelt. Hier in Silver Valley bist du dagegen relativ sicher. Es hat schon seit einiger Zeit keine Verluste mehr aufgrund von Überfällen gegeben. Die Nahrungs- und Wasserversorgung ist gesichert und du hast jederzeit hilfsbereite Menschen um dich herum.«

Cassidy ließ den Blick in Gedanken versunken durch die Siedlung schweifen. Die friedlichen Einwohner führten in der Tat ein glückliches, ausgefülltes Leben. Für alle gab es eine Aufgabe, eine Bestimmung. Unter freiem Himmel lehrte ein Großmütterchen den Kindern das Lesen und Schreiben. Die Mädchen und Jungen saßen aufrecht wie kleine Gartenzwerge vor ihren Schulbänken. Auf einmal wurde die Lehrerin auf einen struppigen Hund aufmerksam, der ihre Schüler ohne jede pädagogische Rücksicht zum Spielen aufforderte. Hinter ihr bereitete sich unterdessen eine Gruppe von Jägern auf einen Ausflug vor. Sie führten ihre Pferde vor dem Aufbruch zur Tränke, füllten ihre eigenen Feldflaschen und diskutierten anhand einer Karte, wo sie wohl heute am ehesten auf Wild treffen könnten. Cassidys Blick wanderte zur Tankstelle, vor der Monroe gerade einem Ranger-Team letzte Anweisungen erteilte. Auf der Brust des Fahrers funkelte ein silberner Anhänger im Sonnenlicht, der sie hin und wieder kurz blendete.

Als eine junge Frau hinter dem silbergrauen Pick-up der dreiköpfigen Gruppe hervortrat, weiteten sich Cassidys blaue Augen. Durch das dünne Brillengestell auf ihrer Nase und dem kurzen, schwarzen Zopf über ihrem Nacken wirkte sie überaus intelligent und gebildet. Vor dem globalen Zusammenbruch wäre sie mit Sicherheit als leicht zerstreute Studentin durchgegangen. Hier aber hielt sie eine kompakte Maschinenpistole in den Händen und schützte ihren zerbrechlich wirkenden Körper mit einer schusssicheren Weste. Zwischen ihren beiden männlichen Kameraden sah sie völlig deplatziert aus und dennoch blickte niemand auf sie herab. Monroe richtete sogar den Großteil seiner Worte an die zierliche Frau und übergab ihr vor der Abfahrt die schriftlichen Einsatzbefehle.

»Lohnt es sich?«, dachte Cassidy laut, als der General sein Team mit einem Handschlag verabschiedete.

Kim hatte ihren Blick verfolgt und konnte sich ausmalen, was Cassidy durch den Kopf ging. »Oh ja«, antwortete sie verträumt und ließ dabei die Abenteuer, die sie zusammen mit ihren Freunden erlebt hatte, vor ihren Augen vorbeiziehen. Es gab Zeiten, da bereute sie es, je eine Waffe in die Hand genommen zu haben, aber dennoch kam für sie ein normales Leben noch nie in Frage.

Cassidy atmete tief ein und aus, lauschte den Kindern, die von ihrer Lehrerin zur Ordnung ermahnt wurden, dem Hundewelpen, der sie anbellte. Irgendwo miaute ein Kater auf der Suche nach einer paarungswilligen Katze.

»Ich muss darüber nachdenken«, sagte Cassidy gedankenversunken. »Gibt's hier auch Wasser zum Trinken?«

Kim zeigte sich erfreut, dass Cassidy reif genug war, diese schwerwiegende Entscheidung nicht aus dem Bauch heraus zu treffen. Sie zog ihre Mundwinkel hoch und fragte, ob Cassidy schon einmal Kaffee probiert hätte.

»Das ist ein schwarzes Zeug, das man heiß trinkt. Schmeckt fürchterlich, aber macht munter! Vor dem Zusammenbruch war die Menschheit süchtig danach, jetzt gibt es nur noch ganz wenige Plantagen irgendwo in den Bergen, hab ich gehört. Team Zwei kam heute Morgen zurück und hat ein paar Säckchen mitgebracht«, erklärte Kim, nachdem Cassidy mit dem Kopf geschüttelt hatte, und führte sie mit ihrer Akte unter dem Arm zur Tankstelle. Dieses Mal wurde sie gar nicht gemustert, sondern durfte einfach passieren. Die neue Uniform gewährte ihr offensichtlich mehr Privilegien, als sie ahnte. Der General war nicht da und der Raum leer. Zielgerichtet stolzierte Kim auf seinen Mahagonischreibtisch zu, öffnete eine Schublade und holte einen kleinen Stoffbeutel heraus.

»Darfst du da einfach so ran?«, fragte Cassidy flüsternd und schaute sich nervös nach den Wachen um.

»Na klar. Onkel Frank hat mir extra gesagt, wo er liegt«, erwiderte Kim ächzend, als sie mit Leibeskräften an dem widerspenstigen Schubfach zog.

Cassidy zog erstaunt eine Augenbraue hoch. »Onkel Frank?«

»Naja, nicht wirklich, aber ich kenne ihn seit meiner Kindheit. Dad und er waren dicke Freunde und darum ist er halt Onkel Frank.«

»Verstehe«, sagte Cassidy. Nun wusste sie, weshalb Kim sich

am Vortag so ungezwungen mit Monroe hatte zanken dürfen. »Was machen wir nun mit dem Zeug?«

»Wir brauchen heißes Wasser. Komm!«

Gemeinsam eilten sie aus der Tankstelle heraus und rempelten den müden Wachmann auf dem Weg zum Fuhrpark beinahe um. Kim kramte im Kofferraum ihres Jeeps, bis sie ihren kleinen Gasbrenner fand. In der Nähe der Autos durfte sie ihn nicht benutzen, also marschierten sie zurück zu den Schulbänken vor ihrer Wohnbaracke. Kim zückte ein Feuerzeug und wies ihre Cassidy an, einen Topf mit Wasser von Anthony zu holen. Kurze Zeit später kochte es und Kim füllte damit zwei Tassen, in die sie zuvor etwas Kaffeepulver gestreut hatte.

»Das müssen wir jetzt mischen und eine Weile ziehen lassen, aber ich warne dich, es schmeckt scheußlich!«

Sie gab Cassidy ihr Messer zum Rühren. Schon nach einer Minute duftete es verführerisch nach frischem Kaffee. Vorsichtig setzten sie die Tassen an und versuchten es zunächst mit kleinen Schlucken. Kims Weissagung erwies sich als korrekt, es schmeckte absolut furchtbar. Sie hatte viel zu viel Pulver verwendet und beide verzogen gleichzeitig das Gesicht, als würden sie unter unvorstellbar großen Schmerzen leiden.

»Guten Morgen, Ladies! Gibt's vielleicht auch einen Kaffee für uns?«, rief Johnny, der zusammen mit Butch in der Barackentür aufgetaucht war.

»Sorry Jungs, das ist ein Getränk für Mädchen!«, entgegnete Kim.

»Dann mach mir lieber einen«, ertönte eine nur allzu bekannte Stimme aus dem Hintergrund. Cassidy verschluckte sich beinahe an dem heißen Gebräu, als Angel auf zwei Krücken in Richtung Tisch balancierte.

»Wie kommt's, dass du schon raus darfst? Steven meinte doch, du liegst noch 'ne Woche im Bett«, fragte Butch, der ihr unterdessen eine Bank zurechtrückte.

»Da drin werd ich nie gesund. Weiß der Kuckuck, was er mir diesmal wieder gespritzt hat.«

Kim nahm derweil die Aufforderung, ihr einen Kaffee zu kochen, wörtlich und setzte das Wasser erneut auf. Cassidy lief los und besorgte noch eine Tasse.

»Hab ich was verpasst? Warum läuft Cassidy in Uniform rum?

Solange war ich doch gar nicht weg.«

»Wir dachten, sie sollte sich schon mal daran gewöhnen«, erwiderte Kim und sah dem Mädchen ein bisschen neidisch hinterher, denn die Tarnkleidung stand Cassidy ihrer modebewussten Meinung nach viel besser als ihr selbst. »Sie hat sich nicht über Nacht entschieden, was immerhin ein gutes Zeichen ist. Die Kleine ist ein Naturtalent. Du hättest sie auf der Heimfahrt sehen sollen.«

Cassidy war inzwischen mit einer Tasse zum Tisch zurückgekehrt und lief knallrot an, als Kim von ihr zu schwärmen begann.

»Freut mich zu hören. Was sagt Frank dazu?«

»Er mag sie. Hat die Tour durchs Lager selbst gemacht.«

Angel nickte andächtig. In ihrem Gesicht war kein Widerspruch zu erkennen, aber sie ließ sich auch nicht zu einer voreiligen Befürwortung hinreißen. »Gibt's sonst noch was Neues?«, fragte sie beiläufig, während Kim ihr den gewünschten Kaffee reichte.

»Nicht wirklich, Team Zwei kam letzte Nacht zurück, Ergebnis negativ. Vier wird in einer Woche zurückerwartet und Sharon ist gerade mit ihren Jungs in den Norden aufgebrochen. Wenn die zurück sind, sehen wir weiter. Victor und du brauchen ohnehin noch Zeit«, berichtete Kim.

»Victor? Was ist mit ihm? Hat er sich mal wieder ins Bein schießen lassen?«

»Ja! Zum dritten Mal in Folge«, brummte Butch.

»Bau ihm doch mal einen Beinpanzer, vielleicht hilft das. Nimm seine Kevlarweste als Ausgangsmaterial, die braucht er eh nicht.«

»Ja danke schön!«, rief Victor, der aus Richtung des Waschsalons auf sie zugehumpelt kam. »Kaum die Augen auf und gleich wieder zickig.«

»Nette Krücken. Steven hatte die sicher schon griffbereit, oder?«, entgegnete ihm Angel schnippisch.

»Na du hast es nötig!«

Sie warfen sich noch ein paar Minuten lang freche Sprüche an den Kopf, informierten Angel über die Verfolgungsjagd und die drei ereignislosen Tage danach, brachten Johnny beim Skat um eine Wochenration Brot und leerten nebenbei eine Keramikschale voll Trockenobst. Die Dorfbewohner gingen unterdessen ihrer Arbeit nach. Es wurde Wäsche gewaschen, Holz gehackt, Geschirr gespült, Geräte gesäubert und Fahrzeuge repariert. Ein paar Ranger trainierten im Pavillon, Johnny und Butch setzten ihre Reparaturen am Pick-up fort, der heute endlich eine neue Tür erhalten sollte, während Victor seinen Verband wechseln ließ. Kim verschwand in Richtung Fitnesscenter und Cassidy war zum ersten Mal mit Angel allein.

»So, sie haben dich also in mein Zimmer gesteckt?«

Cassidy nickte unsicher.

»Gefällt's dir?«

»Nicht wirklich, es ist ziemlich – leer.«

»Na, wenigstens bist du ehrlich. Ich versuch, so wenig Zeit wie möglich in dem Mauseloch zu verbringen. Kommen nur alte Erinnerungen hoch. Richte es dir ein, wie du willst. Solange ich mein Bett finde, ist alles okay.«

Cassidy spürte, wie ihr ein großer Stein vom Herzen fiel. Bis zu diesem Zeitpunkt war ihr unwohl dabei gewesen, ohne Angels Einverständnis in ihrem Quartier zu wohnen. Sie hatte an diesem Morgen jedes Türschild der Baracke überprüft. Ihr Raum war tatsächlich der einzige, der nur von einer Person bewohnt wurde. Der Name *Agnes* an der Tür verwunderte sie umso mehr und ließ sie vermuten, dass Angel nur ihr Spitzname sein könnte.

»Haben sie dir schon gesagt, was auf dich zukommt?«

Cassidy schüttelte den Kopf.

»Wenn du dich entschließt, bei uns mitzumachen, dann werden wir dich erstmal ausbilden müssen. Du hast Talent, aber das alleine wird auf Dauer nicht reichen.«

Ein bisschen Abenteuerblut steckt in allen Menschen, doch nur die wenigsten richten ihr Leben danach aus. Im ersten Augenblick würde wohl beinahe jeder vor Freude in die Luft springen und dem Ruf des Abenteuers folgen, aber einmal dabei, ändert sich diese Sichtweise sehr schnell und entsprechend schwer gestaltete sich Cassidys Entscheidung.

»Komm, lass uns verschwinden, ächzte Angel und erhob sich von der Bank. »Ich muss hier weg, bevor Steven zurückkommt und merkt, dass ich geflüchtet bin.«

Mit Cassidys Hilfe humpelte sie auf der Straße entlang, die mitten durchs Lager zu den Feldern führte. Stan begrüßte sie auf dem Weg zur Arbeit. Er wirkte ruhig und ausgeglichen. Der Schock der vergangenen Tage half ihm, über den Verlust seiner Gattin hinwegzukommen. Er fühlte sich wegen seiner Abwesenheit während des Angriffs schuldig, konnte aber nichts dagegen tun und hatte sich entschieden, sein Schicksal zu akzeptieren. Außerdem hatte er eine sehr offenherzige Frau kennengelernt, die er Cassidy als Mary vorstellte. Die ehemalige Anwaltsgehilfin lebte seit einem halben Jahr in Silver Valley als Farmerin und hatte ihre Familie bei einem ähnlichen Überfall verloren. Das Paar war, wie sie wiederholt betonten, nur Freunde. Mary versuchte aufrichtig, Cassidy ihren präapokalyptischen Beruf zu erklären. Das hoffnungslose Unterfangen endete jedoch schnell in amüsiertem Gelächter seitens der älteren Generation. In Zeiten von Anarchie und Chaos vermochte sich weder Angel noch Cassidy vorzustellen, wie man sich in einem Gerichtssaal ohne Waffengewalt gegen einen Ankläger verteidigen konnte oder warum jahrelanger Freiheitsentzug Menschen auf die rechte Bahn bringen sollte.

Ihr mühseliger Spaziergang führte die beiden anschließend an der Farm vorbei bis hinunter zu den ersten Gebirgsausläufern. Tagsüber gab es hier keine Patrouillen, weshalb Angel die Einsamkeit für ein längst überfälliges Gespräch nutzen wollte.

»Hast du in den letzten Tagen mal an deine Familie gedacht?«, fragte sie.

»Ja, gestern Abend, als ich in dem bequemen Bett lag, welches du mir versprochen hattest«, antwortete Cassidy mit einem Lächeln im Gesicht.

Gemeinsam setzten sie sich auf einen großen Findling, den die Bauern vor Jahren aus dem Feld heraus gerollt hatten. Nun lag er im Schatten des südlichen Gebirgshangs und lud zum gemütlichen Plaudern ein, während man anderen bei der Arbeit zusah, doch Angel wurde auf einmal sehr ernst.

»Du hast mich in Temple Town gefragt, wie es zu dem Unfall kam, bei dem Butch und Victor mir das Leben gerettet haben«, begann sie mit geschlossenen Augen. »Es war kein gewöhnlicher Wagen, in dem ich zu diesem Zeitpunkt saß. Es war ein schwarzer Buggy mit Messern an den Felgen, einem Abfangjäger der Vultures.«

»Die hatten dich gefangen genommen? Als Sklavin?«

Angel atmete einmal tief ein, ehe sie antwortete. »Nein, ich war eine von ihnen«, sagte sie. »Ich war eine der Vultures.«

Normalerweise genoss Angel die Furcht, die ihre pure Gegenwart auslöste, doch im Falle von Cassidy tat es ihr leid, das Mädchen derart enttäuschen zu müssen. Sie stellte jedoch erstaunt fest, dass Cassidy darauf verzichtete sie vorschnell zu verurteilen und stattdessen ihrer jugendlichen Neugier nachgab. Außerdem hatte sie Monroes Anspielung über die bekehrten Gangmitglieder nicht vergessen und war gewissermaßen vorgewarnt gewesen. Zu Beginn ihrer Reise hätte sie Angels düstere Vergangenheit mit Sicherheit zur Flucht veranlasst, besonders in ihrem Heimatdorf, wo sie für einen kurzen Augenblick das Gefühl verspürte, in die Fänge eines feindlichen Gangkommandos geraten zu sein. Inzwischen hatte Angel ihre guten Absichten jedoch mehr als einmal unter Beweis gestellt, wodurch sie in Cassidys Augen zumindest das Recht auf eine Erklärung verdiente.

Aufgrund ihrer starken Ambitionen war Angel keine naive Banditin gewesen, die sich Messer an ihr Auto geschweißt und Vulture genannt hatte. Mit der Befehlsgewalt über eine eigene Kampfgruppe bekleidete sie als einzige Frau den Rang eines Commanders und entsprechend schwer lasteten die damaligen Verbrechen auf ihrem heutigen Gewissen. Sie war nicht einfach mordend durch die Wastelands gezogen, sie hatte die Überfälle befohlen und koordiniert. Auch Silver Valley war eine Zeit lang ihr Ziel gewesen. Cassidy verzichtete auf eine detaillierte Beschreibung ihrer blutigen Karriere und wunderte sich stattdessen, warum die Dorfbewohner ihr trotzdem so großen Respekt zollten.

»Weil ich nicht mehr der Mensch bin, der ich vor vier Jahren war«, erwiderte Angel mit einem defensiven Unterton, als wäre sie es gewohnt, sich aufgrund ihrer Vergangenheit rechtfertigen zu müssen. »In den Gangs wird dir zivilisiertes Verhalten ausgetrieben. Es war für mich normal, die Opferlämmer leiden zu sehn. Ich hab es sogar genossen, bis es mich dann selbst erwischte und die beiden Streithälse meinen Wagen zerstört haben. Ich führte ein Buggyteam, das auf den Verbindungsstraßen nach Opfern suchte und der beladene Pick-up schien mir ein lohnenswertes Ziel zu sein. Nachdem sie den ersten Abfangjäger abgeschossen hatten, wollte ich es lieber selbst machen, aber ich hab nicht mit Victors Überraschungen gerechnet. Er schleuderte eine Haftladung auf meinen Buggy und demolierte damit den Motor. Der Wagen überschlug sich, mein Fahrer war tot, mein rechtes Schienbein gebrochen und ich lag eingeklemmt unter dem Armaturenbrett. Meine Kameraden, wenn du sie so nennen willst, zogen den Schwanz ein und flüchteten. Ich war mir sicher, das wäre mein Ende. Aber du hast eventuell schon bemerkt, dass die beiden Jungs nicht dem üblichen Bild der Wastelandbewohner entsprechen. Sie sind ziemlich gefühlsduselig und haben keine Freude am Leid anderer, nicht mal bei Leuten wie mir. Du hättest mich wahrscheinlich dort liegengelassen, ebenso Kim und Johnny. Denk an das arme Schwein, das in seinem Wagen gegrillt wurde, während ihr danebenstandet! Butch hingegen hob das schwere Wrack an und Victor zog mich raus. Erst dachte ich, dass sie vielleicht ihren Spaß mit mir haben wollten, bevor sie mich sterben ließen, und hätte meinem zukünftigen Sprengstoffexperten dafür fast die Nase gebrochen. Als Butch stattdessen mit einer Beinschiene angelaufen kam, war ich ziemlich verwirrt.«

»Sie haben dir geholfen, obwohl du sie ein paar Minuten vorher ausrauben und umbringen wolltest?«

»Ja genau«, antwortete Angel schulterzuckend, als verstünde sie die Vorgehensweise der beiden bis heute nicht. »Sie haben mir die Schiene angelegt, gaben mir etwas gegen die Schmerzen und setzten mich auf ihre Rückbank; aber sprachen nicht mit mir. Ich hab sie für naive Trottel gehalten, denen ich bei der nächstbesten Gelegenheit die Kehlen aufschlitzen würde. Als wir bei Einbruch der Nacht Rast gemacht haben und sie mich ihre Unterhaltungen mit anhören ließen, begannen sie sich vorzustellen und erkundigten sich nach meinem Wohlbefinden. Wir kamen ins Gespräch und es stellte sich schnell heraus, wo sie herkamen und dass sie mir wirklich helfen wollten. Ich war mir zwar sicher, dass man mich in Silver Valley sofort exekutieren würde, hatte aber keine andere Wahl, als sie zu begleiten. Zu der Zeit führte General Peterson noch das Kommando. Kim hat dir sicher von ihrem Vater erzählt. Er war ein Hardliner der alten Schule und hätte mich am liebsten auf der Stelle erschossen, doch Frank, damals natürlich Colonel Monroe, erkannte den Vorteil, den die Ranger durch mein Wissen über die Vultures gewinnen konnten. Er überzeugte Peterson, mich als Kriegsgefangene zu betrachten. Nach meiner Genesung durfte ich an der Palisade Schwerstarbeit leisten. Während dieser Zeit prägte ich mir jedes Detail der Siedlung ein und wartete nur auf eine Chance zu verschwinden, um mit meiner Armee zurückzukommen. Ich gewann sogar eine Freundin, ihr Name war Agnes. Als Außenseiterin kam sie mit den anderen Dorfbewohnern nur bedingt zurecht, aber zu mir fand sie schon bei der ersten Begegnung einen Draht. Mehrere Monate verstrichen und ich hab bereits gefürchtet, dass ich hier nie herauskommen würde. Doch eines Abends ertönte plötzlich der Alarm. Die Vultures griffen an.«

Cassidy fühlte sich inzwischen eher wie in einer Märchenstunde als bei einer Vergangenheitsbewältigung. Sie erinnerte sich an Agnes' Namensschild an ihrer Zimmertür, von dem sie geglaubt hatte, das es Angels richtiger Name wäre.

»Zunächst hab ich mich natürlich gefreut, dass meine Zeit endlich gekommen war«, fuhr Angel fort. »Selbstverständlich stand ich unter Arrest und durfte mein vergittertes Quartier nicht verlassen, aber der Angriff beschäftigte die Wachen so sehr, dass ich die Tür zertrümmern konnte, um mich meinen Männern anzuschließen. Zumindest war das der Plan, bis ich am Zimmer von Agnes vorbeikam. Drei Vultures vergingen sich an ihr, vergewaltigten sie so brutal, wie ich es kaum noch in Erinnerungen hatte. Sie wollte um Hilfe schreien, doch in ihrem Rausch schlugen und würgten die Bastarde sie bis zur Bewusstlosigkeit. Wenn es einen bestimmten Moment gab, in dem ich die Seiten gewechselt habe, dann war es der Anblick meiner blutüberströmten Freundin. Ich bin in die Baracke reingestürmt und hab ihnen sämtliche Knochen gebrochen. Anschließend rief ich nach Steven, aber er konnte nur noch ihren Tod feststellen.«

Inzwischen war Cassidy sehr froh darüber, Angel nicht sofort an den Hals gesprungen zu sein, sondern sich vorher ihre Geschichte anzuhören. Nach dem Tod von Agnes stürzte Angel sich auf Seiten der Ranger in die Schlacht. Kurz zuvor war General Peterson gefallen und Colonel Monroe, der gerade das Kommando übernommen hatte, freute sich über die unerwartete Unterstützung. Gemeinsam schlugen sie den Angriff in einem blutigen Gefecht zurück. Die Nächte nach dem Überfall verbrachten die beiden vor dem großen Kartentisch, an dem sie Angels fundiertes Wissen der Festungen, Kommandostrukturen, versteckten Lager, Bunker und Abfangrouten der Vultures einzeichneten und einen Großangriff gegen ein Waffenlager der Gang planten. Unter dem Befehl von Monroe sollte Angel die Ranger in die Schlacht führen. Bis zu diesem Tag stand das Team Nummer Eins unter dem Kommando von Kimberley Peterson, die damit überhaupt nicht einverstanden war. Erst Butchs und Victors Beteuerungen erweichten die stolze

Kim schließlich. Der am darauffolgenden Tag stattfindende Angriff lief wie ein Uhrwerk. Monroe stellte sich mit seiner langjährigen Felderfahrung als brillanter Stratege heraus, der aus den detaillierten Informationen einen makellosen Gefechtsplan erstellt hatte. Die Ranger verloren nicht einen einzigen Mann, erbeuteten aber große Mengen an Ausrüstung und Treibstoff. Schwärmerisch erinnerte sich Angel an den Triumphzug, dessen Spitze sie als Galionsfigur schmückte. Monroe erklärte sie an diesem Tag offiziell zu einer Rangerin und zum lebenden Beispiel dafür, dass sich Menschen ändern konnten. Mit leuchtenden Augen erzählte sie, dass sie ihre Entscheidung, die Seiten zu wechseln, nie bereut hätte.

Angel verstand, dass Cassidy nun Zeit brauchen würde, um die Geschichte zu verarbeiten, doch sie hatte ihr die Wahrheit geschuldet, bevor Cassidy ihren Entschluss traf. Auf Angel wartete nun ein mürrischer Arzt mit seinem Vortrag über medizinische Verordnungen und Befehlshierarchie, dessen Wortlaut Angel nach vier Jahren bereits auswendig kannte. Sie humpelte in Richtung Siedlung davon und überließ Cassidy ihren Gedanken.

7. HOFFNUNG

Cassidy verweilte eine Stunde vor dem Berg, ehe sie ins Dorf zurückkehrte. In der Mittagshitze ruhte die Arbeit auf den Feldern. Die Farmer entspannten sich im Schatten ihrer Scheunen, spielten Karten und labten sich an frischem Wasser. Kaum jemand nahm Notiz von Cassidy, als sie auf den Feldwegen an ihnen vorbeischlurfte.

Butch und Johnny kehrten gerade zur Mittagspause aus der Werkstatt zurück und gesellten sich zu Cassidy, als die vor der Rangerbaracke nachdenklich auf einem trockenen Stück Brot herumkaute. Nun, wo sie über Angels dunkle Herkunft informiert war, durfte ihr Team darüber sprechen. Johnny versuchte sie mit Anekdoten von der ersten Zusammenarbeit zwischen Kim und der *Schlächterin*, wie seine Freundin ihre neue Verbündete abwertend genannt hatte, aufzumuntern. Eine Zeit lang fiel es der stolzen Rangerin sehr schwer, ihre Position als Nummer Eins aufzugeben und es entbrannte ein wahrer Zickenkrieg, der hin und wieder sogar in Handgreiflichkeiten endete. Erst als sie merkten, wie ihre drei männlichen Kameraden sich darüber amüsierten und sie zusätzlich anstachelten, vereinigten sie sich gegen den gemeinsamen Feind. Schadenfroh berichtete Butch, wie die beiden Amazonenköniginnen bittere Rache an Johnny übten, der am liebsten Eintrittskarten für die alltägliche Seifenoper verkauft hätte.

Die Erzählungen verfehlten ihre Wirkung nicht, konnten aber die Tragweite von Cassidys schwerer Entscheidung nicht mindern. Mit einem erzwungenen Lächeln auf den Lippen schlenderte sie in der Mittagshitze zur Werkstatt.

Die blutgetränkte Rückbank des Pick-ups lehnte noch immer an der Betonwand und grausame Bilder der vergangenen Tage zuckten durch ihren Kopf. Angel, wie sie von einem Moment zum anderen neben ihr zusammenbrach und sich auf der Heimfahrt vor Schmerzen krümmte, wenn sie für einen Augenblick das Bewusstsein zurückerlangte. Überall Blut, das ihr in hohem Bogen entgegenspritzte. Der Snake, der plötzlich die Augen öffnete, ein Lichtblitz, es donnerte – sie wurde getroffen! Die Wirklichkeit riss sie zurück in die Gegenwart und ließ Cassidy zusammenzucken.

Verstört blickte sie auf die Spuren der Schlacht. Ein Loch im Armaturenbrett erinnerte an die Kugel, die quer durch das Auto flog und die Hand des schweißgebadeten Fahrers gestreift hatte. Dutzende Patronenhülsen lagen auf dem Boden verstreut und eingetrocknetes Blut klebte an der Decke. Es erschien ihr so surreal. Nie würde man vermuten, dass die Insassen dieses Fahrzeugs überlebt hatten, doch der Pick-up wartete mit einigen Überraschungen auf. Eine zentimeterdicke Panzerstahlplatte unter der Sitzverkleidung schützte jeden Passagier gegen Heckangriffe, sofern man sich etwas zusammenkauerte. Durch das enorme Gewicht, welches man dem Wagen von außen nicht ansah, konnte Butch problemlos Motorräder, Jeeps, Buggys und sogar andere leichtgepanzerte Transporter von der Straße rammen, ohne viel von seiner Eigenstabilität einzubüßen.

Cassidy schwang sich auf den Fahrersitz, drehte den Rückspiegel in ihre Richtung und seufzte, als sie sich selbst in ihrer neuen Uniform betrachtete. Sie mochte die Kleidung und die Aura, die sie ausstrahlte. Recht und Gesetz hatten für sie bislang wie Märchen geklungen, doch hier an diesem Ort schienen die Geschichten ihrer Eltern Realität zu sein.

Angel hatte die Situation in ihrem Dorf völlig korrekt eingeschätzt. Allein wäre sie in der Steppe gestorben. Was, wenn sie auch mit anderen Dingen Recht behielt? Als Rangerin hätte sie die Chance, nach ihrer Familie zu suchen, und mit Angels Hilfe wäre es ihr vielleicht möglich, sie aus den Fängen der Vultures zu befreien. Ihre Entscheidung lag auf der Hand und doch fürchtete sie sich davor, wieder hinaus in das unbarmherzige Ödland zu müssen.

Durch das engmaschige Gitter der Frontscheibe erkannte sie, wie sich Butch und Johnny der Werkstatt näherten, um mit ihrer Arbeit am Pick-up fortzufahren. Einer von beiden trug einen Wassereimer. Vermutlich um endlich das Blut wegzuwaschen. Im Hintergrund lag das Lazarett, in dem Cassidys Antwort an einem Tropf hängend auf sie wartete. Ihr Bruder hatte sie einst gelehrt, dass man vor seinen Problemen genauso wenig wie vor einem Raubtier davonlaufen könnte. Sobald man ihm den Rücken zukehrt, greift es an. Cassidy wollte nicht mehr fliehen, nicht länger als das kleine Töchterchen gelten, das beschützt werden musste.

Die beiden Männer wichen verdutzt zurück, als Cassidy sie auf ihrem Sprint zum Lazarett um ein Haar umgerempelt hätte. Angel lag mit geschlossenen Augen brav auf ihrer Krankenliege, aber bevor sie ihre Retterin ansprechen konnte, spürte Cassidy eine Hand auf ihrer rechten Schulter.

»Na Cassidy? Haben wir etwa unseren Termin vergessen?«

Die tiefe, gänsehauterzeugende Stimme gehörte Marcus, einem der Krankenpfleger, der laut Stevens Anweisung ihren Verband wechseln sollte. Mit seinen langen, dunkelbraunen Haaren löste der attraktive Sanitäter sofort Frühlingsgefühle in Cassidy aus. Er bewies großes Fingerspitzengefühl beim Entfernen der eingetrockneten Binden und stellte erfreut fest, dass die Wunde schon fast verheilt war. Ihre Gedanken waren jedoch weit entfernt von ihrer eigenen Genesung. Sie beobachtete Angel und versuchte festzustellen, ob sie wirklich schlief. Dabei wartete sie ungeduldig darauf, mit ihr allein zu sein. Kaum hatte der Frauenschwarm die Krankenstation verlassen, öffnete Angel ihre Augen und winkte Cassidy zu sich.

»Wie hoch war die Überlebenschance eurer Sklaven?«, fragte Cassidy ernst. Im selben Augenblick wurde ihr bewusst, dass sie sich noch nicht mal nach Angels Befinden erkundigt hatte.

Bevor sie ihren Schönheitsfehler korrigieren konnte, richtete Angel sich bereits auf und dachte einen Moment lang angestrengt nach. Zu ihrer Zeit verschlissen Zwangsarbeiter größtenteils nach drei bis vier Wochen, aber aufgrund der Berichte über die massiv gesteigerte Aggressivität der Sklavenjäger schloss sie auf einen Engpass, dank dem Arbeitskräfte an Wert gewannen und dementsprechend sorgfältiger behandelt wurden.

»Die Vultures töten nützliche Sklaven nicht aus Vergnügen und gerade jetzt scheinen sie einem erstaunlichen Mangel zu unterliegen«, sagte sie. »Solltest deine Leute nur halb so talentiert sein wie du, dann werden sie sicher bis zum Winter durchhalten.«

Ihre Antwort beruhigte Cassidy ein wenig, denn sie ließ ihr Zeit für die eigene Genesung. »Wenn du wirklich eine von denen warst, kannst du mir dann helfen, meine Familie zu finden?«

Angel wartete kurz, bevor sie antwortete. Sie nutzte den Moment, um sich in Cassidys Gesicht von ihren Motiven zu überzeugen. »Bist du denn bereit, mir dabei zu helfen?«, fragte sie schließlich.

»Du meinst, ob ich ... ja!«, erwiderte Cassidy. »Ich will nicht am Waschbrett enden! Ich will anderen Menschen helfen und eine von euch werden.«

Angel nickte zufrieden. »Dann hast du mein Wort.« Mit Cassidys Unterstützung schwang sie sich anschließend in einen Rollstuhl mit Beinschiene, auf den Steven als Bedingung für ihre vorzeitige Entlassung bestanden hatte.

***

»Sie ist dabei«, rief Angel ihrem Team entgegen, das Kim bereits in weiser Voraussicht vor der Rangerbaracke versammelt hatte.

»Na toll, noch mehr Frauen«, brummte Johnny und kassierte daraufhin prompt einen Seitenhieb seiner Freundin.

»Hör gar nicht auf ihn, der ist nur eifersüchtig!«, zischte Kim ihn an.

In Wirklichkeit hatten sich die Männer längst an die hohe Frauenquote bei der kämpfenden Truppe gewöhnt. Gemischte Teams erwiesen sich aufgrund des ständigen Konkurrenzkampfes schon kurz nach Gründung der Ranger als Segen für das Durchhaltevermögen. Wer für den einen die Freundin im Schützengraben nebenan war, galt für den anderen als unterbewusster Muttterersatz, wodurch sich das Heimweh auf ein Minimum reduzierte. Auch die häufigen, klischeebehafteten Zankereien zwischen den Geschlechtern steigerten die Moral und den Zusammenhalt der gesamten Gruppe.

»Danke«, erwiderte Cassidy lächelnd. »Womit soll ich anfangen?«

»Steven mag ja eine Nervensäge sein, aber er versteht sein Fach«, keuchte Angel. »Ich werde mein Bein bis zur nächsten Safari schonen müssen. Das heißt, von mir gibt's vorerst nur Theorie. Kim wird dich im Nahkampf unterweisen, Butch ist unser Spezialist für technischen Krimskrams, Johnny darf mit dir zusammen lernen, wie man Waffen reinigt. Victor soll dir beibringen, wie du Minenfelder überlebst und Sachen in die Luft jagst.«

»Zunächst müssen wir dich in Form bringen«, begann Kim schnippisch. »Wir brauchen nämlich keinen zweiten Johnny!«

»Hey!«, rief dieser empört. »Am besten legt ihr sofort los, gleich fangen die wieder mit den Dickenwitzen an!«

Gern hätte sie noch etwas auf ihrem Freund herumgehackt,

aber Kim wollte das restliche Tageslicht ausnutzen. Natürlich musste sie auf Cassidys Halsverletzung Rücksicht nehmen. Die zwar schon gut verheilt war, jedoch noch eine Woche lang geschont werden sollte. Um die wertvolle Uniform durch das kommende Training nicht unnötig zu verschleißen, hatte Kim ihr einen ausgeblichenen, rosafarbenen Trainingsanzug besorgt, zu dem sogar eine passende Jacke mit Kapuze und bequeme Laufschuhe gehörten.

Sie joggten gleichmäßig hinunter zum Feld, an der Felswand entlang, drehten einen Bogen und passierten das Fitnesscenter, folgten dem Weg hinter dem Fuhrpark und kehrten zu den Baracken zurück; zusammen gut drei Kilometer. Cassidy war sehr schlank und dank ihres harten Alltags auch recht sportlich. Die erste Runde machte ihr nichts aus, aber nach der zweiten in der heißen Nachmittagssonne hechelte sie nach Wasser. Die anderen bewegten sich unterdessen keinen Meter sondern schlossen Wetten ab, wann sie nach einer Rast verlangen würde. Auch Kim bediente sich an den Wasserkrügen, doch dann ging es weiter auf die Fahrräder. Nach knapp zehn simulierten Kilometern brach Cassidy schließlich erschöpft vor ihrer Baracke zusammen und verlangte protestierend nach einer Pause, aber Kim stand ohnehin die körperliche Kapitulation ins Gesicht geschrieben.

Den restlichen Nachmittag verbrachte Cassidy gemeinsam mit Butch und Victor, die ihr die Technik der Autos erklärten und ein paar Fahrstunden spendierten. Im Notfall musste jedes Mitglied des Teams die Wagen sicher beherrschen können. Cassidy gefiel der ganze technische Krimskrams, wie Angel es genannt hatte. Interessiert ließ sie sich erklären wie der Motor, die Lenkung und die Bremsen im Einzelnen funktionierten.

Als sich die Sonne dem Horizont zuneigte, trafen sich die Dorfbewohner zum gemeinsamen Abendmahl, was etwas weniger üppig als am Tag zuvor ausfiel. Heute wurde nichts geschlachtet und auch die Jäger waren leer ausgegangen. Stattdessen begnügte man sich mit Brot, ein paar Zwiebeln und Tomaten. Die kamen aus den eigens dafür eingerichteten Gewächshäusern der Farm und nach dem anstrengenden Nachmittag war die frische Kost für Cassidy genau das richtige.

Der Abend wurde ebenfalls nicht verschwendet. Am Lagerfeuer erklärte ihr Johnny wie die Pistolen, die Cassidy bisher benutzt hatte, gereinigt und gewartet werden mussten. Der ständige Sand setzte den Waffen unheimlich zu. Trotz seines Umfangs erwies sich Kims Freund als außerordentlichen geschickt im Umgang mit den kleinen Bauteilen.

Bereits kurz nach Sonnenuntergang fiel Cassidy im scheintoten Zustand in ihr Bett und tat bis zum Morgengrauen kein Auge mehr auf.

***

Der nächste Tag startete für Cassidy schon sehr früh. Bei Sonnenaufgang schüttelte Kim sie aus den Federn. Fünf Minuten später gähnte die junge Rekrutin in ihrem rosafarbenen Jogginganzug vor der Baracke. Die tief stehende Morgensonne blendete sie, so dass sie Kim erst erkannte, als sie direkt vor ihr stand und kurz darauf an der Hand zum Feld schleifte, wo die beiden mit den Aufwärmübungen begannen. Je mehr Runden sie durch die Siedlung liefen, desto mehr Leute gesellten sich zu ihnen. Größtenteils Ranger, aber auch einige ganz normale Dorfbewohner. Stan und seine neue Freundin trainierten gemeinsam, ebenso wie der General. In der kühlen Morgenluft schaffte Cassidy den Kurs problemlos drei Mal, ehe sie die Kraft verließ.

Butch und Victor bereiteten derweil das Frühstück vor, das hauptsächlich aus trockenem Brot, gekochten Hühnereiern und Wasser bestand. Angel saß bereits mit einer dampfenden Kaffeetasse am Tisch und stöberte in einem dicken Buch über Militärstrategie. Kim nahm mit ihrer Schülerin Platz und verschlang ausgehungert ihr Essen.

»Wie kommt es eigentlich, dass ich euch nie laufen sehe?«, fragte Cassidy verschmitzt, bevor sie die Eier probierte.

»Ja Johnny, warum seh ich dich nie trainieren!«, rief Kim mit gespielter Empörung.

Minutenlang versuchten die drei Herren nun Ausreden zu erfinden, um ihr Desinteresse an sportlicher Betätigung zu begründen. Die Argumentation ging von alten Kriegsleiden über Victors Schussverletzung bis hin zu der Tatsache, dass sie als Männer viel weniger Training brauchen würden und sowieso ganz andere Jobs als die Damen hätten.

»Hoffnungslos«, murmelte Cassidy schließlich, woraufhin die

Beschuldigten beleidigt ihre Arme verschränkten.

»Wem sagst du das. Pass nur auf, dass du nicht irgendwann neben einem von ihnen aufwachst!«, pflichtete Kim ihr bei.

»Hey!«, rief Johnny gekränkt, als er merkte, wie ihn nun alle anstarrten. »Sie hat das zwischen uns angefangen!«

Natürlich traf genau in diesem Moment der Pferdekurier aus seiner Heimatsiedlung Jaguar Bay ein und überreichte ihm ein Paket mit Uniformteilen, die seine Mutter extra für ihn geweitet hatte. Als Kim auch noch den Grund für die neuen Spezialanfertigungen preisgab – den verzweifelten Kampf mit einem etwas zu hohen Lattenzaun, der ihrem Freund im wahrsten Sinne des Wortes den Allerwertesten aufgerissen hatte – musste Angel schlichtend einschreiten, um nicht den ganzen Vormittag mit peinlichen Anekdoten zu verschwenden.

Eine halbe Stunde lang saßen sie anschließend gemeinsam am Tisch und unterhielten sich über vergangene Zeiten, kommende Ereignisse und wie sie die Rettung von Cassidys Familie am besten angehen könnten. Angel hatte einen Bericht erhalten, dass es im Norden immer häufiger zu Zwischenfällen mit einer neuen Gang kam. Keine Vultures sondern eine unbekannte Gruppe, was dem General große Sorgen bereitete. Bisher schienen sie sich aber auf Scheinangriffe und Kommunikationsstörung zu beschränken. Angel vermutete, dass eine der kleineren Banden aus den Metropolen den Aufstand probte und die Umgebung nach einem eigenen Herrschaftsgebiet abtastete.

***

Die nächsten Tage glichen einander sehr und sorgten so für ein Gefühl der Stabilität, das Cassidy lange vermisst hatte. Jeder Morgen begann mit einem Lazarettbesuch und darauffolgendem ausgedehnten Fitnessprogramm. Beim Joggen fand sie einen neuen Freund, den Schäferhund Scott, der ihr während des Laufens regelmäßig Gesellschaft leistete. Er hatte einem Ranger gehört, der vor ein paar Monaten bei einem Hinterhalt der Vultures ums Leben gekommen war. Der Mann hatte dem Tier zuvor sogar einige Kunststücke beigebracht. Neben dem üblichen *Sitz!*, *Bei Fuß!* und *Gib Pfötchen!* reagierte der abgerichtete Hund erschreckend schnell auf Anweisungen wie *Fass!* oder *Bring das Gewehr!*. Darunter verstand er jedoch nur eine ganz spezielle Waffe, das alte Sturmgewehr seines Vorbesitzers, das baugleich mit Johnnys Lieblingswaffe war, aber keine persönlichen Modifikationen aufwies. Damit beantwortete Scott kompromisslos die Frage, welche Waffe Cassidy sich aussuchen würde. Er hörte auch nur auf seine neue Herrin. Warum er das tat, vermochte niemand zu erklären und Cassidy freute sich viel zu sehr über ihren treuen Gefährten, um sich mit derlei Nebensächlichkeiten zu beschäftigen. Die Jagdhunde ihres Dorfes waren von Kindestagen an ihre liebsten Spielkameraden gewesen, zum Leidwesen ihres älteren Bruders, der auf der Pirsch keine verspielten Familienhunde gebrauchen konnte.

Im Fitnesspavillon fand ein Wettkampf der Männer im Gewichtstemmen statt. Victor schied sehr früh aus. Seine Stärken lagen in der Technik. Johnny schaffte es in die Riege der letzten Zehn, doch dann rächten sich sein Übergewicht und das mangelnde Training. Am Ende kämpfte Butch mit dem Krankenpfleger Marcus und zwei anderen Rangern um den ersten Platz. Er siegte nach vier schmerzhaften Durchgängen unter dem Beifall seiner Kameraden.

Unterdessen nutzten Angel und Monroe die entspannten Tage für ausgedehnte Schachspiele. Die beiden Strategen konnten stundenlang vor dem karierten Holzbrett verbringen, ohne auch nur einmal mit der Wimper zu zucken. Schon zu ihrer Zeit als Kriegsgefangene besuchte der damalige Colonel Monroe sie häufig mit dem Schachbrett unterm Arm und verbrachte manchmal ganze Nächte in ihrer Zelle. Gerüchte einer romantischen Beziehung zwischen dem stellvertretenden Kommandeur und seiner in Ketten gelegten Gespielin hatten sich lange Zeit hartnäckig gehalten.

Während der Abenddämmerung traf sich Cassidy mit Angel an ihrem Felsen der Wahrheit, wo sie regelmäßig das Trainingsprogramm diskutierten. Die normale Rangerausbildung dauerte sechs Monate, aber sie wussten beide, dass ihr nur wenige Wochen zur Verfügung standen. Im schummrigen Licht der untergehenden Sonne erklärte Angel ihrer Schülerin die Besonderheiten nächtlicher Aufklärung mit Hilfe von Kims kleinem Fernglas. Zur militärischen Beobachtung gehört die Einteilung des Sichtfeldes in mehrere Bereiche, die anschließend rund um die Uhr nach Veränderungen abgesucht werden. Fenster, die sich geöffnet haben, Vorhänge in Bewegung, Gewehrläufe aus getarnten Stellungen; darauf musste ein Späher achten. Cassidy verfolgte stattdessen jedoch entzückt, wie Stan bereits in Begleitung seiner neuen Freundin zum Essen erschien und Johnny den dicken Koch mit einem kleinen Päckchen Salz bestach, um Extrarationen vom Eintopf zu erhalten.

Als ihr Blick auf den Friedhof neben dem Übungsplatz fiel, verschwand ihre heitere Stimmung aber ebenso schnell, wie sie gekommen war. Zwischen den hölzernen Kreuzen und handgefertigten Grabsteinen standen Butch und Victor mit gesenkten Häuptern. Cassidy setzte das Fernglas ab und blickte fragend zu Angel. Beinahe flüsternd begann sie daraufhin von der Zeit kurz nach dem Zusammenbruch zu erzählen, als die meisten Menschen aus den Großstädten flüchteten und sich in der Hoffnung, dass Recht und Ordnung irgendwann zurückkehren würden, auf dem Land versteckt hielten. Leider folgten stattdessen viele Gangs ihrem Beispiel und verließen ebenfalls die unüberschaubaren Ballungszentren, in denen bis heute das Chaos herrschte. Wie Millionen andere Familien wurden Butch und Victors Eltern Opfer blutiger Überfälle auf Flüchtlingskonvois, die planlos durch die immer lebensfeindlicher werdenden Ebenen zogen. Um ein Haar wären die beiden Brüder mit ihren Eltern zu lebenslanger Sklavenarbeit verdammt gewesen, hätte sie nicht Kims Vater, General Peterson, mit seinen Army Rangers befreit. Später endete ihr Nomadendasein im neugegründeten Silver Valley, das zu dieser Zeit ständigen Angriffen ausgesetzt war, die regelmäßig einen hohen Blutzoll forderten. An jenem schicksalhaften Tag, an dem General Peterson und Angels einzige Freundin Agnes von den Vultures ermordet wurden, kamen auch Butch und Victors Eltern ums Leben. Zusammen mit Monroe und der gerade übergelaufenen Angel schworen sie, das Werk ihrer Familien, Kameraden und Freunde fortzusetzen und ihnen durch Taten ein Denkmal zu setzen.

Als Cassidy fragte, ob Agnes ebenfalls in Silver Valley begraben worden sei, schüttelte Angel mit dem Kopf. Ihrer Meinung nach dienten verscharrte Leichen mit einem Grabstein darüber nur den Hinterbliebenen, nicht den Toten. In einer großen Trauerzeremonie hatte sie ihre einzige Freundin in die Wüste getragen und auf einem großen Scheiterhaufen nahe der Stelle verbrannt, an der Angel ein halbes Jahr zuvor von Butch und Victor aufgelesen worden war. Inzwischen hatten die Steppenwinde ihre Asche in alle

Himmelsrichtungen verteilt und damit Agnes die ewige Freiheit geschenkt.

***

Siebzehn Tage lang trainierte Cassidy hart und ausdauernd. Sie wollte jedem beweisen, dass sie mehr als ein Mädchen aus der Wüste war, das beschützt werden musste. Kim zeigte ihr, wie sie ihren eigenen Körper in eine Waffe verwandeln konnte, und lehrte sie Kampftechniken, die sogar den schweren Johnny problemlos auf den Rücken warfen, der während des Trainings als Boxsack missbraucht wurde. Erst führte Kim einen Angriff vor und dann durfte ihre enthusiastische Schülerin es selbst probieren. Als Ergebnis hatte der beleibte Ranger nach ein paar Tagen so viele blaue Flecke, dass er kaum noch geradezusitzen vermochte, aber er nahm es mit Humor und einer heimlichen Überdosis Schmerzmittel.

Butch und Victor bauten für Cassidys Intensivtraining das Fitnesscenter aus. Sie errichteten einen Parcours aus unterschiedlich großen Sandsäcken, mit denen ihre junge Rekrutin Schlagkombinationen auf mehrere Gegner gleichzeitig üben konnte. Daneben montierten sie eine mit Lumpen gepolsterte Stahlstange, durch die sich bequem das Aufrichten aus der Rückenlage trainieren ließ. Angel studierte ihre Akten nun mit Vorliebe im Freien, wo sie ihrem Schützling stolz beim Training zusah. Selbst Monroe informierte sich immer häufiger über ihre Fortschritte.

Vormittags besuchte Cassidy die Schule. Der General hatte eine kleine Bibliothek in der Tankstelle angelegt. Märchenbücher, alte Romane, militärische Fachliteratur und sogar eine sechsteilige, allgemeine Enzyklopädie waren allen Bewohnern zugänglich. Die war zwar schon fünfzig Jahre alt, doch wissenschaftlich hatte sich in den letzten Jahrzehnten ja kaum etwas getan. Cassidy konnte bereits lesen, schreiben und rechnen, aber die Lehrstunden in Geschichte interessierten sie sehr. In ihrem Dorf war sie von der Außenwelt abgeschnitten gewesen und hatte viel nachzuholen. Besonderes Augenmerk legten die Lehrer auf die Entwicklung der Freien Enklaven und der Vultures.

Nachmittags unterwiesen Angel und Johnny sie im Gebrauch von Schusswaffen. Die Mechanik und Funktionsweise von Handfeuerwaffen und Sturmgewehren ist schnell erlernt, doch es dauert seine Zeit, bis man auch dort trifft, wo man hinzielt. Fast jeden Tag stand Cassidy auf dem Schießstand und übte sich darin, immer kleinere Dosen zu treffen. Die Ranger benutzten zu Trainingszwecken ein Fließband, welches von einer Person unterschiedlich schnell gezogen wurde und dadurch bewegliche Ziele bot. Nach einer Woche überraschte Angel ihre rechtshändige Schülerin mit der Aufforderung, das Schießen auch mit links zu üben. Sie erklärte Cassidy, dass man sich im Gefecht nicht aussuchen könnte, wie eine mögliche Deckung verläuft, und dementsprechend beidseitig treffsicher sein müsse.

Die spärliche Freizeit verbrachte sie mit dem Lesen von Märchenbüchern aus der Bibliothek des Generals, was Angel naserümpfend mit den Worten »*Das wird dir da draußen nicht helfen!*« kommentierte. Cassidy bereute schnell, sie nach ihrer Meinung nach sinnvoller Lektüre gefragt zu haben, denn von diesem Moment an durfte sie sich durch schwere Geschichts- und Philosophiewälzer kämpfen. Die ersten Tage verstand sie kaum ein Wort und musste fast auf jeder Seite um eine Erklärung bitten, doch ihr inzwischen unerschütterliches Vertrauen in ihre äußerst überzeugend wirkende Mentorin verschaffte ihr das nötige Durchhaltevermögen.

In den Abendstunden übte Cassidy zusammen mit Kim Kampftechniken nahe der Felswand hinter dem Feld. Hier gefährdeten sie niemanden und Kim zeigte sich höchst zufrieden mit ihrer Schülerin. Angel war ebenfalls sehr beweglich und wusste sich durch besonders harte Schläge zu verteidigen, aber ihr hochmotiviertes Protegé schien gerade in dieser Disziplin ein einmaliges Naturtalent zu sein. Was andere monatelange Arbeit kostete, erreichte sie in gut zwei Wochen. Einen wirklichen Stichtag gab es nicht, jedoch stand fest, dass ihr Team aufbrechen würde, sobald Angel wieder auf den Beinen war.

Als sie am Abend des siebzehnten Tages am Fuße des südlichen Gebirgszuges trainierten, beobachtete sie Angel vom Zaun der Farm aus. Die tief im Westen stehende Sonne wurde von der hellen Felswand reflektiert und blendete sie so stark, dass nur schwarze Silhouetten der beiden erkennbar waren. Einen Unterschied in ihren Bewegungen erkannte Angel nicht mehr. Kim und ihre Schülerin wirkten wie Tänzerinnen in einem einstudierten Ballett, in dem sie ihre Arme und Beine immer wieder gegen einen unsichtbaren

Feind schleuderten.

»Stör ich?«, fragte eine tiefe Stimme hinter ihr.

»Hey Frank«, murmelte Angel, ohne sich dabei umzudrehen. Monroe trat näher und stützte sich auf den Absperrzaun, der Mensch und Tier voneinander trennte.

»Und du bist dir sicher, dass du sie in einem Loch in der Erde gefunden hast?«

»Schon seltsam, oder? Wäre ich ein paar Sekunden später gekommen oder hätte Victor anständig Wache gehalten. Oder ...« Angel seufzte und machte eine kurze Pause. »Du bist doch nicht hergekommen, um den Mädchen beim Training zuzusehen.«

Der General schaute ertappt auf den Boden und schmunzelte für einen Augenblick. »Nein.« Seine Gesichtszüge verhärteten sich, als er ihr seinen Blick zuwendete. »Wir haben ein Problem. Team Vier und Fünf sind längst überfällig.«

»Hm, sie könnten aufgehalten worden sein. Matthew ist auch nicht gerade der beste Mechaniker. Vielleicht ist Sharons Wagen wieder irgendwo liegengeblieben?«

»Möglich, aber mit all den Gerüchten über eine neue Gang, die da draußen ihr Unwesen treibt, gefällt mir das Ganze nicht. Dazu kommt, dass ich beide Teams mit der Suche nach der Militärbasis beauftragt habe«, erwiderte Monroe nachdenklich.

»Du hast uns in dieselbe Richtung geschickt und da war nichts.«

»Wir haben das Suchraster bis zum Hadesgebirge im Norden erweitert. Ich bin davon überzeugt, dass sie auf irgendetwas gestoßen sind.«

»Hoffentlich. Wissen die anderen, wie es um uns steht?«, fragte Angel bedrückt.

»Kim weiß es, sonst niemand – und das soll vorerst auch so bleiben.«

»Verstehe. Wie lautet der Plan?«

»Wie lange braucht ihr noch?«

»Mir geht's wieder ganz gut und unser Wunderkind ... überzeug dich selbst.«

***

Kim und Cassidy waren dazu übergegangen, sich gegenseitig im Angreifen und Abwehren zu trainieren. Cassidy versuchte die Deckung ihrer Lehrerin mit schnellen, präzisen Treffern zu umgehen. Ständig musste Kim ihre Position und Haltung ändern, um nicht von den blitzschnellen Schlägen getroffen zu werden. Das kleine Mädchen vom Lande besaß das außergewöhnliche Talent, Schwachstellen zu entdecken und kompromisslos auszunutzen. Nach ein paar Minuten passierte das Unausweichliche. Cassidy schmetterte ihren Fuß bei einem Rundumtritt gegen Kims Kopf und wirbelte sie durch die Luft. Erschrocken ließ sich sie neben ihr zu Boden fallen.

»Kim! Alles okay?«, rief sie entsetzt.

»Guter Tritt«, keuchte ihre Trainingspartnerin und rollte benommen mit den Augen.

Cassidy grinste übers ganze Gesicht und reichte ihr die Arme. »Ist wohl besser, wenn du angreifst!« Sie lachte und nahm vorsichtshalber etwas Abstand.

»Na warte, Fräulein. Jetzt mach ich dich fertig!«, erwiderte Kim und schwang sich mit einem gekonnten Sprung zurück auf die Beine.

***

Aus der Entfernung betrachtet wirkte das Training sehr ernst. Monroe war erschrocken zusammengezuckt, als seine Adoptivnichte zu Boden ging, und seufzte erleichtert, als sie wieder aufstand und weiterkämpfte.

»Sie wird euch eine große Hilfe sein«, sagte er. »Wie hat sie deine Herkunft denn verkraftet?«

»Wir haben einen Deal«, antwortete Angel, woraufhin Monroe misstrauisch die linke Augenbraue hochzog. »Ich werde ihr helfen, ihre Familie zu finden. Wenn ihr Bruder so zäh ist wie sie, hat er gute Chancen durchzuhalten.«

»Dann würde es mich aber nicht wundern, wenn er aufsteigt wie du«, murmelte der General mit einem pessimistischen Unterton, was Angel mit einem giftigen Blick kommentierte. Er wäre nicht der erste aufrechte Mann, den sie an die Vultures verlören.

»Wie lautet nun dein Plan?«, fragte sie eindringlich, um das Thema zu wechseln.

»Ich muss wissen, was unsere Teams aufgehalten hat. Wir brauchen diese Basis, verdammt!«, erwiderte er und schlug entschlossen auf den Holzzaun, so dass die vertrockneten Bretter beinahe aus den Pfählen gerissen wurden. »Ich gebe ihnen noch zwei Tage, dann ist Sonntag. Sind sie bis dahin nicht wieder hier …«

»Verstanden.«

»Oh und behalt das für dich. Kann ja sein, dass ich überreagiere, und selbst wenn nicht – deine Freunde, und ganz besonders die Kleine da, sollen die Zeit genießen können«, sagte Monroe und wandte sich ab.

Angel nickte ihm gehorsam zu, bevor er den Weg zurück zu seiner Tankstelle antrat. Noch zwei Tage und noch soviel zu tun. Sie rieb sich am rechten Oberschenkel und stöhnte leise. Die Wunde war äußerlich verheilt, doch ihre selbstverordnete Entlassung sorgte bei jeder Bewegung für einen unangenehmen Schmerz, den sie während des gesamten Gesprächs nur mühsam hatte unterdrücken können.

***

Kurz nach Sonnenuntergang lag Cassidy bereits in ihrem Bett. Angel hockte zusammengekauert auf dem einzigen Stuhl im Zimmer und studierte im schummrigen Kerzenlicht ein paar Akten. Sie lieferte sich dabei einen gnadenlosen Kampf mit ihren blinzelnden Augen, deren Verlangen nach Ruhe die erschöpfte Frau bald übermannen würde. Die meisten Dorfbewohner schliefen längst oder unterhielten sich leise auf ihren Quartieren.

»Was liest du da?«, fragte Cassidy neugierig und steckte ihren Kopf aus dem Bett.

»Einsatzberichte«, erwiderte Angel knapp.

Cassidy verzog enttäuscht das Gesicht, ließ sich aber nicht entmutigen und setzte sofort nach.

»Von wem?«

»Team Drei.«

Angel tat es schon wieder! Wahrscheinlich wollte sie nicht darüber reden, also drehte sich Cassidy zur Wand und tat so, als würde sie schlafen. Ein paar Minuten lang konnte sie ihre Neugier zügeln, doch dann hielt sie es nicht mehr aus und streckte erneut den Kopf unter ihrer Decke hervor.

»Und? Was schreiben die so?«

In diesem Moment knallte Angel den roten Kugelschreiber so

laut auf den Tisch, dass ihre Schülerin beinahe aus dem Bett gefallen wäre.

»Sie schreiben, dass sie hundertfünfzig Liter Treibstoff und neunzig Liter Wasser auf ihrer zehntägigen Reise verbraucht haben!«

»Entschuldigung«, stammelte ihre eingeschüchterte Zimmergenossin und drehte sich wieder um.

»Nein, ich muss dich um Verzeihung bitten. Ich hab hier dreieinhalb Jahre alleine gelebt. Nimm es mir nicht übel, aber ich bin Fragen zu so später Stunde nicht gewohnt. Ich erklär es dir ein andermal, einverstanden?«

»Okay. Gute Nacht«, murmelte Cassidy verlegen. Sie wurde das Gefühl nicht los, dass Angel ihr etwas verheimlichte. Es wäre schließlich nicht das erste Mal, doch ihr hartes Trainingsprogramm ließ sie kurz darauf im wahrsten Sinne des Wortes das Bewusstsein verlieren.

***

Der folgende Tag begann wie jeder andere, mit dem Unterschied, dass Angel sich schon früh morgens am Training beteiligte, es aber verständlicherweise noch ruhig anging, so dass ihre Schülerin sie mehrfach überholte.

Während der Mittagszeit stand wie üblich Theorie auf dem Programm. Angel nutzte die heißen Stunden dazu, Cassidy in der Tankstelle ein paar Lehrstunden in Strategie und Taktik zu geben. Anhand der Landkarten und des Dorfmodells erklärte sie ihr, woran man Schwachstellen in den Verteidigungsanlagen erkennen und sie am effektivsten ausnutzten konnte. Es erschien ihr seltsam, mit Angel Krieg gegen Silver Valley zu spielen, doch ihre strategische Weitsicht beeindruckte sie enorm. Cassidy hätte sich niemals vorstellen können, wie viele Schwachpunkte der hochgerüstete Verteidigungsring noch aufwies, aber Angel präsentierte ihr gleich mehrere, vielversprechende Angriffsmöglichkeiten. Monroe gesellte sich nach einer Stunde dazu und half bei der Ausbildung, in dem er seiner jüngsten Rekrutin schlagkräftige Gegenstrategien erklärte und der stolzen Lateinamerikanerin damit gehörig in die Parade fuhr. Cassidy brummte am Nachmittag derart der Schädel, dass sie dringend eine Pause benötigte.

»Naja«, meinte Angel, als Cassidy leise fluchend in Richtung Wohnbaracke verschwand. »Sie kann ja nicht in allem ein Genie sein.«

»Sonst wärst du bald arbeitslos«, erwiderte Monroe amüsiert. Das wohltuende Gelächter verstummte abrupt, als der General die Akten der Aufklärungsmissionen aus seinen Schubladen holte. Auf die Frage nach einem Lebenszeichen der Teams Vier und Fünf konnte er nur mit einem niedergeschlagenen Kopfschütteln antworten.

»Verdammt«, brummte Angel und verließ die Tankstelle. Sie trottete Cassidy hinterher, die an der gewohnten Schulbank neben Kim und Johnny Platz nahm. Die beiden spielten einmal mehr Karten um Nahrungsrationen. Das war Kims Geheimrezept um ihren übergewichtigen Freund auf Diät zu setzen, denn sie gewann fast jede Runde.

»Na, hat sie dir dein Hirn weich geredet?«, fragte der Rotschopf.

»Es dreht sich alles! Mir war als würden die mitten in meinem Kopf ein Gefecht austragen«, murmelte Cassidy und raufte sich die Haare.

»Die schaun ja furchtbar aus! Sieh mal zu, dass du dich heute Abend badest und deine Klamotten wäscht. Morgen ist Feiertag«, erwiderte Kim. »Am Sonntag wird Silver Valley zehn Jahre alt. Da gibt es richtig gutes Essen und Musik! Wirst schon sehen, aber wasch unbedingt deine Sachen und diesen Mopp auf deinem Kopf, sonst will am Ende nur Anthony mit dir tanzen!«

***

An diesem Nachmittag nahm sich Butch Zeit für ein paar Fahrstunden. Er hatte seinen Pick-up bis zur Belastungsgrenze mit altem Schrott vollgestopft, damit Cassidy ein Gefühl für schwere Fahrzeuge bekam. Sie dachte nicht weiter darüber nach und genoss die Möglichkeit, mit dem Auto zu üben. Um niemanden zu überfahren oder auf eine Mine zu treffen, führte Butch sie in die Berge südlich von Silver Valley. Im Parkhaus eines ehemaligen Hotels durfte Cassidy sich nach Herzenslust austoben. Sie war definitiv nicht zum Fahren geboren und ließ den Mechaniker um sein antikes Getriebe fürchten; aber Befehl war Befehl.

Zwei Stunden später kehrten sie ins Lager zurück, wo sich Cassidy neue Kleidung besorgte. Der rosafarbene Jogginganzug war bisher nur ein einziges Mal gewaschen worden und stank erbärmlich nach eingetrocknetem Trainingsschweiß. Angel gab ihr zur Abwechslung ein graues Hemd und eine hellblaue, völlig verwaschene Jeanshose.

Der Abend verlief ungewöhnlich ruhig. Kim und Johnny verließen die Siedlung für ein gemeinsames Picknick, wie sie behaupteten. Cassidy half Butch, den Pick-up zu reinigen. Scott lag mit traurigem Blick und herunterhängenden Ohren auf der Motorhaube des Jeeps neben ihnen, der seinem Vorbesitzer gehört hatte. Victor verschwand abseits vom Lager in einem kleinen Sicherheitsbereich, wo er Sprengsätze, Granaten und Minen zusammenbaute. Angel hielt sich für viele Stunden im Inneren der Tankstelle auf und brütete mit Monroe über den neuesten Berichten aus den verbündeten Enklaven, die sie während ihres Schachspiels diskutierten.

Ein Großteil der Dorfbewohner genoss ausgelassen den Sonnenuntergang. Die Spielstraße wurde aufgebaut, auf dem Grill rösteten ein paar Brote und etwas Fleisch vor sich hin. Die Schulkinder spielten verstecken und eine pechschwarze Katze fegte auf der Jagd nach ihrem Abendessen quer durch das Lager. Die Welt wirkte unglaublich friedlich, wie in einem surrealen Traum.

Kurz bevor Cassidy schlafen ging, joggte sie eine Runde um das Feld gemeinsam mit Angel und Kim. Als sie die Felswand passierten, konnte der Rotschopf seine Neugier nicht mehr zurückhalten.

»Und, was sagt Frank?«

»Wie meinst du das?«, erwiderte Angel ausweichend und tat so, als wolle sie ihren Lauf fortsetzen.

»Na komm, drei Stunden lang habt ihr da drinnen über irgendwas gebrütet. Und erzähl uns nicht, ihr hättet nur Schach gespielt!«, bohrte Kim mit den Händen auf den Hüften nach.

Angel stützte sich auf ihre Knie und keuchte einen Augenblick. »Ich soll euch noch nichts davon sagen«, stammelte sie schuldbewusst.

»Jetzt spuck‘s schon aus!«, forderte Kim.

Angel seufzte entwaffnend. »Kommt mit. Wenn ich euch davon erzähle, dann nur, wenn alle dabei sind.«

Die Frauen versammelten das Team und betraten anschließend geschlossen die alte Tankstelle, wo Monroe wie gewohnt auf seiner Zigarre kauend an dem kunstvoll verzierten Mahagonischreibtisch saß.

»Sie haben dir keine Ruhe gelassen, was?«, sagte er schadenfroh, winkte sie aber gleichzeitig mit freundlicher Mine zum Kartentisch. »Also gut. Wie ihr wisst, sind die Ranger Teams Vier und Fünf seit einiger Zeit überfällig. Angel hat mich überredet, bis Montag zu warten, doch die Planung für euren nächsten Einsatz läuft bereits, seit sie wieder auf den Beinen ist. Beide Späheinheiten hatten den Auftrag nach der Militärbasis zu suchen, die irgendwo am Fuße des Hadesgebirges im Norden liegt. Ebenso wie bei euch war geplant, dass sie nach maximal vierzehn Tagen zurückkehren sollten. Das war vor fast einer Woche. Bis heute haben wir keine Meldung von ihnen erhalten und, wenn sie bis morgen Abend nicht hier sind, gelten sie als im Einsatz vermisst.«

»Du hast uns auch auf die Jagd nach diesem mystischen Stützpunkt geschickt und wir haben nicht einen einzigen Hinweis entdecken können!«, warf Kim ein.

»Das ist richtig, doch wie du hier erkennen kannst ...«, Monroe deutete auf ein Gitternetz, das auf die schematische Karte der Umgebung in der Mitte des Raumes eingezeichnet worden war. »... sind Team Eins, Zwei und Drei um einiges weiter südlich unterwegs gewesen, während Vier und Fünf zwei Tagesreisen weiter nördlich entsandt wurden.«

»Sie glauben, die haben was gefunden?«, fragte Butch stirnrunzelnd, wobei Cassidy sich wunderte, warum gerade der sonst so kumpelhaft wirkende Mechaniker den General siezte.

»Oder etwas hat sie aufgehalten«, bestätigte Monroe seine Vermutung. »Mit normalen Schwierigkeiten würden sie fertig werden und selbst bei Verlusten hätten wir zumindest ein Lebenszeichen von ihnen erhalten müssen. In der Nähe ihres Suchgitters gibt es ein Dorf, das mit uns in Kontakt steht, das wird euer erstes Ziel sein.«

Angel drehte der Karte ihren Rücken zu, rieb sich das Gesicht und seufzte laut. Ihr gefiel die Situation nicht.

»Sprich es schon aus«, brummte Monroe. Sie wendete sich wieder dem Plan zu, starrte auf die Zeichnung und blickte betrübt zu ihren Freunden.

»Frank redet von Sienna. Die haben vor drei Jahren zum ersten Mal Kontakt mit uns aufgenommen und um Hilfe gegen die Vultures gebeten. Wir haben damals Team Vier zu ihnen geschickt, um mit dem Aufbau zu helfen. Victor war dabei und half als Sprengstoffexperte beim Minengürtel«, erklärte Angel.

»Das ist richtig. Wir waren acht Tage lang bei denen. Nette Menschen, ursprünglich ein bisschen naiv im Umgang mit den Gangs«, fügte der Techniker schulterzuckend hinzu. »Die Jahre zuvor hatten sich die Vultures hauptsächlich auf uns im Süden konzentriert. Als sie nach den schweren Verlusten dank Angels Hilfe ihre Aufmerksamkeit von Silver Valley nahmen, wurde es für Sienna aber doch zu ungemütlich.«

»Wir haben anschließend regelmäßig Berichte über die Wirksamkeit der Verteidigung und ihren Widerstand gegen die Überfälle erhalten. Diese Meldungen endeten vor genau zwei Monaten. Irgendwas muss da oben passiert sein«, fasste Angel zusammen und tippte dabei auf den blauen Punkt, der die nördlichste verbündete Siedlung markierte.

»Dazu kommt,«, begann Monroe erneut. »dass sich Gerüchte über eine neue Gang häufen, die in den Wastelands ihr Unwesen treiben soll. Mit den Vultures werden wir mittlerweile ganz gut fertig und sie lassen unsere Enklaven weitestgehend in Ruhe. Es scheint fast als hätten sie momentan andere Probleme, was wiederum zu den Nachrichten passt, dass sich eine bisher unbekannte Gruppe gebildet hat, die die armen Schweine nun unter Druck setzt.«

»Die killen also Vultures. Soll mir Recht sein«, murmelte Johnny mit verschränkten Armen.

»Und wer sagt uns, dass sie vor unseren Dörfern halt machen? Sienna könnte nur die erste Siedlung sein. Die Verteidigungseinrichtungen waren fast so schlagkräftig wie die von Silver Valley. Was, wenn die lediglich einen berechenbaren Gegner zerstören und anschließend mit all dem erbeuteten Material auf uns losgehen?«, erwiderte Monroe und sah Johnny fragend an, der daraufhin seinen Einspruch zurückzog. »Die Vultures sind unmenschliche Bastarde, aber wir kennen sie und können ihnen jederzeit ihre Grenzen aufzeigen. Diese neue Gruppe stellt dagegen ein unberechenbares Risiko dar. Wir müssen unbedingt herausfinden, was dort oben passiert ist.« Der General deutete auf das Gebiet nördlich von Sienna. »Ich weiß, dass ihr eigene Ziele verfolgt, aber dieser Auftrag hat Priorität«, sagte er mit Blick auf Cassidy. »Und wenn ihr schon dabei seid, haltet die Augen nach der Basis offen. Wir brauchen dringend Nachschub an Waffen, sonst haben wir gegen zwei Gangs keine Chance!«

Eine bedrückende Atmosphäre füllte den Raum, jeder starrte nun deprimiert auf die Karte. Gerade Cassidy wurde vom Ernst des Lebens wie von einer kalten Dusche überrascht. Genau davor hatte sie sich bei ihrer Entscheidung, den Rangern beizutreten, gefürchtet, doch nun gab es kein zurück mehr.

»Morgen ist unser zehnjähriges Jubiläum und ich habe Angel versprochen, dass ihr diesen Tag genießen dürft, da es für lange Zeit der letzte in Frieden sein könnte. Wie sieht's eigentlich mit eurem Training aus?«

»Gut … denke ich«, antwortete Cassidy schüchtern.

»Schau dir einfach den armen Johnny an«, sagte Kim. »Ganz grün und blau!«

»Das ist nicht lustig!«, erwiderte dieser empört. Er hatte seit Tagen Probleme eine schmerzfreie Schlafposition zu finden. »Aber sie hat Recht. Dem kleinen Giftzwerg würde ich nachts nur ungern allein in der Wüste begegnen. Bin froh, mit ihr auf einer Seite zu stehen!«

»Ihre Schießübungen sind beendet und der Hund hat auch schon die richtige Waffe für sie gefunden«, sagte Butch.

»Sie hat alle meine Trainingssprengsätze in unter zehn Minuten entschärft und sich dabei nur zwei Mal selbst gesprengt«, erklärte Victor, dem es als Einzigen vergönnt war, etwas Kritik zu üben.

Cassidy lief unterdessen knallrot an, als sie den anderen zuhörte.

»Wir sind bereit«, fasste Angel räuspernd zusammen, um ihre Freundin aus der unangenehmen Lage zu befreien.

»Also gut«, begann Monroe von neuem. »Diesmal gehen wir kein Risiko ein. Ihr bekommt höchste Priorität beim Equipment. Außerdem lasst ihr eure Wagen hier und nehmt stattdessen die beiden Humvees. Die brauchen zwar mehr Sprit, sind aber viel ausdauernder und für den Kampf gegen andere Fahrzeuge besser geeignet. Aufbruch ist Montag früh um null-fünfhundert, also macht morgen nicht zu lang!«

Cassidy verließ die Tankstelle mit einem flauen Gefühl im Magen und überlegte, auf was sie sich da eingelassen hatte. Angel folgte ihr einen Augenblick später und schloss sie in die Arme.

»Was wird jetzt aus meinem Bruder?«, fragte Cassidy.

»Nicht ganz der Auftrag, mit dem du gerechnet hast, hm?«

Cassidy schüttelte den Kopf.

»Merk dir eins«, sagte Angel. »Wo immer es auf unserem Territorium Stress gibt, sind die Vultures nicht fern. Und den ersten, den wir finden, werden wir gemeinsam ausquetschen. Danach sehen wir weiter, einverstanden?«

Cassidy nickte. Angel hatte ihr Versprechen nicht vergessen. »Und was ist, wenn ich noch nicht bereit bin?«, fragte sie vorsichtig.

»Niemand von uns war bereit, als er zum ersten Mal da raus ging. Wir alle machen Fehler. Die Kunst ist, daraus zu lernen und sie nicht zu wiederholen«, philosophierte Angel. »Außerdem haben wir beide einen Deal!«

Ihr Lächeln erweichte Cassidy schließlich und ließ sie optimistisch in die Zukunft schauen. Sie hatte sich für einen Weg entschieden und ihr Bruder wartete mit Sicherheit schon auf seine kleine Schwester.

»So, nun geh ins Bett!«, forderte Angel. »Morgen wird ein langer Tag und eine kurze Nacht.«

»Sollten wir nicht mit der Zusammenstellung der Ausrüstung anfangen?«, fragte Cassidy erstaunt.

»Nein, Spione der Vultures gibt es überall. Wenn die merken, dass wir die Humvees beladen, dann wissen sie, dass wir etwas Größeres planen. Die beiden Wagen sind bei ihnen eine Legende und sie würden uns mit Sicherheit eine Falle stellen, um sie zu erbeuten. Selbst ich hab mal versucht, einen davon in meine Gewalt zu bringen. Sie sind besser als jedes andere Fahrzeug der Gang, mal von dem Schlachtschiff abgesehen. Wir verstauen unser Equipment morgen am Tage auf dem Pick-up und laden es spät in der Nacht in der Werkstatt um«, erklärte Angel mit einem wehmütigen Gesichtsausdruck, während sie an ihre wilde Zeit bei den Vultures zurückdachte.

»Spione? Hier im Lager? Wer denn?«

»Wenn wir das wüssten, gäbe es sie wohl nicht mehr! Als ich noch auf der anderen Seite stand, erreichten uns regelmäßig relativ detaillierte Informationen über Silver Valley und die angrenzenden

Orte; und du kannst dich darauf verlassen, dass sich daran nichts geändert hat.«

Cassidy sah sich verstört um. Diese Nacht würde sie mit ihrer Waffe im Bett schlafen, soviel war mal sicher!

***

Am darauffolgenden Tag herrschte bereits kurz nach Sonnenaufgang reges Treiben im Dorf. Es wurden Tische zusammengestellt, Bänke herbeigeschafft, Feuerholz besorgt und Dekorationen aufgehängt. In der Nähe der Ställe roch es nach frischem Blut. Anthony hatte kräftig das Schlachtbeil geschwungen, um für das besondere Abendmahl gewappnet zu sein. Alle Hunde und Katzen der Umgebung – außer Scott, der wie gewohnt mit Cassidy um die Wette lief – lagen vor der Farm auf der Lauer und hofften auf ein ausgiebiges Frühstück. Der dicke Koch warf alle paar Minuten Innereien und nicht verwertbare Fleischfetzen zum Fenster heraus, um die sich die Tiere wie verrückt stritten.

Eine Stunde später traf sich Angels Team in der Nähe der Werkstatt und begann den Pick-up zu beladen. Der General sparte wirklich an nichts. Es gab so viel Munition, wie vorhanden war, Handgranaten, Sprengsätze und dreihundert Liter Diesel pro Wagen. Brennstoff wurde nur selten so verschwenderisch eingesetzt. Die meisten Botengänge zwischen den Enklaven erledigten berittene Kuriere.

Bei genauerem Hinsehen wäre Beobachtern sicherlich aufgefallen, dass die Ranger den Pick-up falsch herum beluden. Normalerweise stellte man die Benzin- und Wasserkanister nach unten und möglichst nah an die Passagierkabine, so dass sie bei Heckangriffen durch die restliche Ladung geschützt wären. Diesmal jedoch verstauten sie den Treibstoff zum Schluss und sorgten außerdem dafür, dass das Reisegepäck nicht zu fest saß. Kurz nach Mittag warf Butch den letzten Rucksack auf den Wagen. Der offene Kleintransporter sah normal beladen aus. Niemand hätte vermutet, dass das Equipment für zwei Fahrzeuge bestimmt war. Angel hatte entschieden, mit leichtem Gepäck zu reisen. Sienna lag vier Tagesreisen entfernt und sie wollte möglichst beweglich bleiben, um Hetzjagden wie vor gut drei Wochen zu vermeiden und Treibstoff zu sparen.

Den Nachmittag verbrachte Cassidy gemeinsam mit Angel. Sie zeigte Cassidy den verminten Pfad, der durch das Felsmassiv südlich von Silver Valley führte und schon einige Überraschungsangriffe vereitelt hatte. Die beiden unterhielten sich über ihre Vergangenheit und Cassidys Bruder. Angel erzählte ihr, wie sie zu einer Vulture geworden war, dass die Gang sie ursprünglich als Sklavin missbraucht und zum Kampf gegen andere Gefangene gezwungen hatte. Es gab keine offene Rekrutierung, bei der man sich einschreiben konnte. Wer in den brutalen Zweikämpfen um ein paar Liter Wasser als besonders stark oder einfallsreich auffiel, dem wurde angeboten, einer von ihnen zu werden. Nachdem man seine eigenen Mitgefangenen für ein Stück Brot erschlagen hatte, fiel es den meisten nicht mehr schwer, auch noch den letzten Schritt zu tun. Angel erinnerte sich daran, wie schon nach vier Wochen jeder Funke Menschlichkeit in ihr verblasst war. Wie sie begonnen hatte, es zu genießen. Mit jedem Dorf, jeder Siedlung, die sie überfiel, stumpfte sie weiter ab. Nach kurzer Zeit schlachtete sie Männer, Frauen und Kinder gleichermaßen. Es bedeutete ihr nichts. Nur die Anerkennung ihrer Leute zählte. Je lauter die Schreie, je verzweifelter ihre Opfer um Gnade flehten, desto mehr erregte es sie.

Angst breitete sich in Cassidy aus, als Angel ihr vor Augen führte, wie schnell ein Mensch zu einem Monster werden konnte, wenn man ihn aus seinem gewohnten Umfeld riss und in eine Welt voller Hass und Gewalt hineinzwang. Wann immer sie ihre dunkle Retterin ansah, die beinahe sehnsüchtig von ihren einstigen Gräueltaten berichtete, fürchtete sie um ihren Bruder. Auf ihren gemeinsamen Streifzügen durch die Steppe hatte Caiden oft davon geredet, wie gern er aus ihrem zurückgebliebenen Dorf verschwinden und kämpfen würde. Mit oder gegen wen war ihm dabei eigentlich egal gewesen, solange er nur dem tristen Alltag entkommen könnte. Lediglich die unmenschliche Brutalität der meisten Banden hatte ihn abgestoßen und zurückgehalten, genauso wie bei Angel zu Beginn ihrer Karriere, an dessen Ende sie als *Die Schlächterin von Archer Hill* galt.

Nach der gleichnamigen Schlacht von Archer Hill ließ Angel die gesamte Red Dragon Gang, die sie vor den Vultures versklavt hatte, aus Rache für das Schicksal ihrer Familie hinrichten. Den einfachen Mitgliedern zeigte sie Gnade und stellte sie vor ein Erschießungskommando. Die Befehlshaber hatten weniger Glück. An Kreuze geschlagen und vor der Heimatfestung der Vultures aufgereiht starben sie einen tagelangen qualvollen Tod. Das schrecklichste Los aber erwartete ihren Anführer, einen Sadisten namens Maroneth, der für seine widerwärtigen Gelüste berüchtigt gewesen war. Der einäugige und von einem Brand entstellte Tyrann wurde unter den Augen seiner befreiten Opfer bei lebendigem Leib in einen Kessel voll kochendem Wasser getaucht, wo er unter Höllenqualen starb. Sein Schädel diente seit jenem Tag als Kühlerfigur des riesigen Vulturetrucks. Eine Mahnung, die bis zum heutigen Tag nicht an Wirksamkeit verloren hatte.

Bei den letzten Details ihrer blutigen Geschichte stürzte Cassidy plötzlich auf den nächstgelegenen Busch zu und musste sich unkontrolliert übergeben. Das war zu viel für ihren Magen gewesen. Mit einem schadenfrohen Augenrollen verfolgte Angel das Geschehen und meinte zynisch, dass ihre erste Lektion über das Leben in den Wastelands damit abgeschlossen sei.

***

Als die Abenddämmerung hereinbrach, war das Jubiläumsfest bereits in vollem Gange. Anthony entzündete den Grill und warf ein Steak nach dem anderen auf den Rost. Zwischen den Baracken duftete es verführerisch nach getoastetem Brot. Viele Dorfbewohner saßen schon an den Tischen und ließen sich die seltenen Köstlichkeiten schmecken. Der dicke Koch erwies sich als Multitalent, als er plötzlich eine alte Geige hervorholte und wie ein Meister darauf zu spielen begann. Einige Leute unterstützten ihn mit Mundharmonikas und Schellenringen, während Butch sich mit seiner Gitarre dazugesellte. Instrumente wie die filigrane Geige kannte Cassidy überhaupt nicht. Trotzdem wippte sie unbewusst mit ihren Fußspitzen im Takt, und als Kim sie auch noch zum Tanz aufforderte, gab es kein Halten mehr. Kaum jemand aus Silver Valley kannte genaue Schrittfolgen. Man bewegte sich einfach zur Musik und ließ sich von der Stimmung tragen. Stan und Mary kamen sich näher und schlenderten eng umschlungen über die Tanzfläche zwischen den Schulbänken. Angel schonte ihr Bein und begnügte sich mit Zusehen. Victor hingegen ließ sich von der Atmosphäre mitreißen. Kim übergab ihm Cassidy als Tanzpartnerin und zwang sogar den dicken Johnny auf das staubige Wüstenparkett. Für diesen besonderen Abend hatte Monroe schon Tage zuvor Bier brauen lassen und die Kinder erfreuten sich an Limonade aus Brausepulver. Butch und Victor überraschten die Feiernden außerdem mit selbstgebranntem Getreideschnaps.

Als die Sonne endgültig hinter dem Horizont verschwand und das Licht der Lagerfeuer und Fackeln das Dorf erhellte, erreichte das Fest seinen Höhepunkt. Auch die tierischen Untermieter wurden nicht vergessen. Scott lag zu Angels Füßen und kaute genüsslich auf einem saftigen Steak herum. Monroe mischte sich unter die Menge und nutzte die ausgelassene Stimmung, um zwanglose Gespräche mit seinen Leuten zu führen. Bewaffnet mit einem Krug Bier zog er von einer Feuerstelle zur nächsten. Er wirkte wie ein ganz normaler Bürger. Kein Außenstehender hätte in diesem heiter feiernden Mann einen General vermutet. Er ließ es sich nicht nehmen, Angel zum Tanzen aufzufordern, die sich seinem Befehl etwas widerwillig fügte.

Im Zusammenspiel der Musik und einigen Fässern Gerstensaft wichen die Hemmungen der Menschen und die Tanzfläche wurde zum Spielplatz der Gefühle. Gelegentlich verschwanden Pärchen in den Wohnbaracken und tauchten eine halbe Stunde später zufrieden lächelnd wieder auf. Viele soziale Tabus hatten vor zwei Jahrzehnten ihre Bedeutung eingebüßt. In einer Welt, in der jeder Tag der letzte sein konnte, genossen die wenigen Überlebenden lieber den Augenblick und verschwendeten ihre Zeit nicht damit, andere aus Neid oder aufgrund unterschiedlicher Ansichten zu verurteilen. Auch religiöse Barrieren verloren nach dem Kollaps rapide an Wert. Schwangerschaften und Geburten stellten dagegen ein ausnahmslos freudiges, gesellschaftliches Ereignis dar. Durch die komplexe Enklavenstruktur im Sinne einer solidarischen Großfamilie musste sich keine Mutter um ihre Zukunft sorgen oder gar Ausgrenzung befürchten, selbst wenn sie eigentlich gar kein Kind bekommen wollte, sondern konnte sich auf die Hilfe aller Einwohner verlassen. Erst nachdem die Menschheit auf eine übersichtliche Zahl reduziert worden war, begriffen die Leute endlich, dass Kinder in die Welt zu setzen jederzeit ein Segen war.

***

Ein wenig später am Abend kniete Cassidy allein an einem der Lagerfeuer und putzte ihr Gewehr. Die Dorfbewohner feierten nach wie vor, doch die Gedanken an ihren Bruder und die bevorstehende Mission holten die junge Rekrutin ein. Nachdenklich wischte sie mit einem grauen Baumwolltuch immer wieder über dieselbe Stelle. Waffen gehörten in jeder Siedlung der Wastelands zu alltäglichen Werkzeugen, aber normalerweise in primitiverer Ausführung. Schwere Sturmgewehre wie ihres suchten eventuelle Plünderer in den Zivilisationsruinen meist vergeblich. Anfangs erschien ihr die ungewohnte Waffe viel zu groß. Insgeheim hätte sie ein etwas handlicheres Modell bevorzugt, so wie das leichte Gewehr von Kim in Wüstentarnfarbe, mit einer schicken Zieloptik und Laserlichtmodul, das zu Zeiten der Zivilisation gern von polizeilichen Spezialeinheiten in engen Häuserkämpfen eingesetzt worden war, doch Scott ließ ihr keine Wahl. Nahm sie ein anderes Gewehr in die Hand, schnappte er sich die Waffe seines Vorbesitzers, warf sie ihr vor die Füße und erwartete dafür auch noch belohnt zu werden.

Auf einmal tauchte ein schwarzhaariger Junge vor Cassidy auf. Völlig in Gedanken versunken bemerkte sie ihn erst, als sich ihr Hund ausgelassen von ihm streicheln ließ. Scott war ein gutmütiger Zeitgenosse, hielt aber Abstand von den meisten Einwohnern und reagierte allergisch auf unverlangte Berührungen.

»Wer bist du?«, fragte sie erstaunt und legte vorsichtshalber die Waffe beiseite.

»Jesse!«, rief der Junge, während er kichernd mit Scotts Ohren spielte.

»Ist das dein Hund?«

»Nein!«, schallte es dumpf unter Scotts Bauch hervor. Der große Schäferhund hatte inzwischen Gefallen an dem Spiel gefunden und Jesse zu Boden gerungen. »Er gehörte meinem Dad.«

Cassidy fühlte sich von einem Augenblick zum anderen ausgesprochen unbehaglich. Sein Vater war vor einigen Monaten getötet worden und in einem Anflug von Egoismus vermutete sie, dass er ihren neuen besten Freund womöglich zurückfordern wollte. Außerdem sollte sie ihm irgendetwas Nettes sagen, so etwas wie–

»Bitte sag du mir nicht auch noch, dass es dir leidtut und dass alles wieder gut wird«, unterbrach Jesse ihren Gedankengang, nachdem er unter seinem haarigen Versteck hervorgekrochen war.

»Das hatte ich gar nicht vor!«, protestierte Cassidy so spontan und trocken, dass sie vor sich selbst zusammenzuckte.

»Doch! Hattest du. Jeder sagt mir das.«

Cassidy blickte den Jungen verdutzt an, damit hatte sie nun wirklich nicht gerechnet. »Wie alt bist du?«, fragte sie ungläubig.

»Zwölf.«

»Lebst du alleine hier?«

»Nein, mit meiner Mom. Als mein Dad zu den Rangern ging, sind wir hierher gezogen. Aber jetzt, wo er tot ist, will sie zurück nach Eagle Village. Meine Großeltern leben dort.«

Der Junge senkte bedrückt den Kopf. Cassidy wusste nicht, ob sie versuchen sollte, ihn zu trösten. Sein Gesicht sah viel älter aus, als er in Wirklichkeit war und seine Augen leuchteten nicht, wie man es bei einem Kind seines Alters vermuten würde. Bevor sie sich entscheiden konnte, unterbrach er ihre Gedanken erneut.

»Ihr geht auf eine große Mission, oder?«

»Nein, nur … auf Patrouille«, stammelte Cassidy und biss sich für ihre Ungeschicktheit auf die Zunge.

»Schlechter Versuch«, seufzte der selbstbewusste Knabe enttäuscht und zuckte mit seinen etwas unterernährt wirkenden Schultern. »Warum halten mich immer alle für ein kleines Kind und denken, ich wüsste nicht, was hier läuft?«

»Naja, du bist … zwölf!«

»Und? Ich hab noch nie gesehen, dass eine Patrouille aus sechs Leuten besteht. Außerdem habt ihr euren Pick-up rückwärts beladen. Ich wette, dass ihr andere Wagen nehmt! Würde mich nicht mal wundern, wenn euch der General die Humvees versprochen hat«, philosophierte Jesse und zog verschmitzt die Mundwinkel hoch, als er bemerkte, wie Cassidy sämtliche Gesichtszüge entgleisten.

»Keine Sorge, von mir erfährt niemand was. Würde mir ja eh keiner glauben.«

»Woher weißt du das alles?«, fragte Cassidy flüsternd, als fürchtete sie, wegen Geheimnisverrat bestraft zu werden..

»Ich bin zwölf, schon vergessen? Mich beachtet nie jemand, selbst wenn ich direkt neben der Tankstelle spiele, während eine Besprechung läuft.«

»Dann hast du den ganzen Plan mitbekommen?«

»Ja, deswegen hab ich ein so ungutes Gefühl, wieder nach Eagle Village zu ziehen. Was, wenn diese neue Gang dort als nächstes zuschlägt? Ich hab versucht, mit meiner Mom zu reden, aber sie will unbedingt zurück. Sie meint, es war ein großer Fehler von meinem Dad, ein Ranger zu werden. Ich kann ihr aber nichts von den neuen Typen da draußen sagen. Sie erzählt es nur weiter und schon gibt's eine Massenpanik.«

Cassidy stockte der Atem. Stirnrunzelnd wiederholte sie die Frage nach seinem Alter, woraufhin der Junge stolz lachte.

»Mein Vater hat mir viel beigebracht, bevor ihn diese Schweine umgebracht haben. Wir waren oft zusammen mit Scott in der Steppe, manchmal für mehrere Tage!«

Trauer und Wut spiegelten sich in seinen braunen Augen, weshalb Cassidy sich entschied, ihn von dem Thema abzulenken. »Wo liegt Eagle Village?«, fragte sie neugierig. Sie kannte sich in den Wastelands ja immer noch kaum aus.

»Das ist ziemlich weit im Norden, kurz vor dem Hadesgebirge.«

»Hm, vielleicht kann ich dich da besuchen kommen. Wann fahrt ihr denn los?«

»In zwei Tagen, soweit ich weiß. Eines der Ranger Teams will nach White Rock, jetzt wo Kim uns einen Fuß in der Tür beschert hat, und das ist nordöstlich davon«, antwortete Jesse. »Tust du mir einen Gefallen und passt gut auf Scott auf? Er ist ein einmaliger Hund und wird dich nie im Stich lassen!«

»Versprochen. Es wird ihm an nichts fehlen«, versprach Cassidy. Ihr kullerte gerade ein riesengroßer Stein vom Herzen, dass ihr Kamerad sie nicht verlassen musste, als eine Frauenstimme nach dem kleinen Schlauberger rief.

»Das ist meine Mom, ich soll ins Bett«, seufzte Jesse trotzig. »Viel Glück auf deiner Mission. Ich werd in Eagle Village auf dich warten!«

Jesse stand auf, klopfte sich den Staub aus der ausgewaschenen Jeanshose, verabschiedete sich von Scott und hastete seiner Mutter entgegen. Cassidy blickte ihm nach und nahm sich fest vor, sein Dorf zu besuchen, sobald sie ihren Bruder gefunden hatte.

***

Eine Stunde nach Mitternacht neigten sich die Feierlichkeiten dem

Ende zu. Die harte Arbeit des Tages forderte ihren Tribut und die Bewohner von Silver Valley verschwanden einer nach dem anderen in ihren Betten. Angel half Anthony, die Reste des Grillfleischs in Frischhalteboxen zu verstauen. Butch und Kim schliefen bereits, sie sollten die erste Schicht am Steuer übernehmen.

Cassidy spazierte die Route nahe dem südlichen Gebirge zum Abschluss noch einmal alleine entlang. Die Nächte in den Wastelands waren fast immer sternenklar, doch heute genoss sie das Schauspiel der hellen Punkte am Firmament, als wäre es ihr letzter Abend in Freiheit. Sie setzte sich auf den Stein, auf dem Angel ihr schweren Herzens ihre Vergangenheit gebeichtet hatte und versank in Gedanken. Vor ihren Augen erschienen Bilder ihres Bruders in einem Gefangenenlager der Vultures, wie Angel es ihr beschrieben hatte. In Ketten gefesselt lag er in einem Käfig, einem Hundezwinger, zusammen mit einem Dutzend anderer Sklaven. Bei der grausamen Vorstellung schüttelte Cassidy reflexartig ihren Kopf, um die schaurige Vision loszuwerden.

»Alles klar bei dir?«, rief ihr eine rauchige Stimme aus dem dunklen Pfad des Feldes zu. Als ob sie gespürt hatte, dass etwas nicht stimmte, war Angel ihr gefolgt. »Angst vor morgen?«

»Nein, das ist es nicht. Caiden … ich hab ihn gesehen, gefesselt in einem Käfig«, seufzte Cassidy niedergeschlagen.

Angel setzte sich daraufhin zu ihr und legte den linken Arm um ihre Schulter. »Also«, begann sie mit einer trockenen Erzählerstimme. »Wenn unsere Sklaven in ihren Käfigen saßen, dann wurden ihnen die Ketten abgenommen. Würden wir sie gefesselt schlafen lassen, würden sich die Stahlringe immer weiter ins Fleisch bohren und schon nach zwei Tagen Infektionen auslösen, welche uns immerhin auch befallen könnten. Außerdem mindern derartige Verletzungen die Leistungsfähigkeit enorm!«

Bei Angels Wortwahl lief es Cassidy kalt den Rücken runter. Der zynische Unterton verriet jedoch ihren Versuch, Cassidys Stimmung aufzuhellen, und ließ sie beinahe über die bildhafte Darstellung lachen.

»Danke«, schniefte sie mit einem Anflug von Hoffnung.

»Wir finden ihn, versprochen«, flüsterte Angel. »Nun komm, wir brauchen dich beim Umladen der Ausrüstung!«

Gemeinsam joggten sie zur Werkstatt, wo Victor und Johnny bereits mit der Logistik beschäftigt waren. Diesmal platzierten sie die Benzinkanister als erstes auf der Ladefläche. Angel überprüfte mit geschulten Blicken die beiden Geschütze auf den Wagendächern. Das Gepäck hatte zugenommen. Jede Menge Frischhalteboxen und Brotdosen füllten die einst leeren Taschen. Wie geplant zweigte Anthony einen kleinen Teil des Festmahls für die Reise ab. Auch ein Grund, warum sie bis Sonntag gewartet hatten. Sechs Personen benötigen einiges an Verpflegung und durch den großen Grillabend fiel es niemandem auf. Außer Jesse natürlich. Irgendwie vermutete Cassidy, dass der Junge in einer dunklen Ecke hockte und sie heimlich beobachtete.

Die beiden Humvees beeindruckten Cassidy enorm. Sie wirkten viel breiter und stabiler als Butchs Pick-up oder Kims Jeep. Die fest installierten Kaliber-fünfzig Geschütze auf den Dächern waren jedem notdürftig aufgeschweißten Maschinengewehr der Vultures überlegen. Die Panzerung war kein Provisorium, sondern serienmäßige Militärausstattung und die Funkgeräte würden ihnen sehr gelegen kommen. Es gab sogar sechs tragbare Geräte mit Headset, die bis zum Abend noch in den Wachtürmen genutzt worden waren. Monroe sparte wirklich an nichts und nun verstand Cassidy auch, warum Butch ihr Fahrstunden für einen schweren Wagen verpassen sollte.

Kurz vor zwei Uhr zurrte Angel die letzte Tasche auf der Ladefläche fest und zog sich erschöpft mit Cassidy in ihr Quartier zurück.

8. SIENNA

Der Morgen begann wie immer viel zu früh. Schon um halb fünf polterte Kim an Cassidys Tür und schüttelte sie aus den Federn. Ein Frühstück gab es nicht. Das Team sollte längst verschwunden sein, bevor die ersten Dorfbewohner aus ihren Betten stiegen. Ein paar Minuten später schleppte Cassidy sich in ihrer Uniform aus der Rangerbaracke, gefolgt von Scott, der aufgeregt mit dem Schwanz wedelte und sich auf den bevorstehenden Ausflug freute.

Monroe erwartete die Gruppe bereits an den Humvees. Angel fragte ein letztes Mal nach einem Lebenszeichen der vermissten Einheiten, doch der General schüttelte missmutig den Kopf. Anschließend deutete er auf zwei prall gefüllte Leinensäcke vor der Werkstatt.

»Ich hab noch einen kleinen Sonderauftrag für euch«, sagte er und winkte dabei die anderen heran. »Da ist Saatgut für Jaguar Bay drin. Die haben es geschafft ihr altes Flussbett zu bewässern und uns um Getreidesamen gebeten.«

Johnny schnappte sich sofort einen der großen Stoffbeutel. Er begrüßte die Möglichkeit, einen Abstecher in sein Heimatdorf machen zu können, während Angel sich dem Befehl nur widerwillig fügte. Nachdem Butch den zweiten Sack verladen hatte, wünschte Frank seiner Kommandoeinheit eine gute Jagd und umarmte Kim zum Abschied. Wie üblich erinnerte er Angel an ihr offenes Schachspiel. Ein Ritual, mit dem sie nie vergessen sollte, dass zu Hause noch eine unvollendete Herausforderung auf sie wartete. Die Zugbrücke wurde heruntergelassen und eine halbe Minute später passierten sie den äußeren Minengürtel. Cassidy hatte diesmal bei Kim im Wagen Platz gefunden, damit Scott die Fahrt nicht auf der Ladefläche verbringen musste.

Die Sonne erschien am Horizont und die Temperatur stieg schon nach kurzer Zeit auf über vierzig Grad. Cassidy klappte eine der Seitenfensterabdeckungen herunter, als ihr Hund mit seinen Pfoten daran kratzte. Sein Vorbesitzer fuhr einen Jeep, ähnlich dem von Kim, und er war es gewohnt, im Fahrtwind zu sitzen. Die Funkanlage sorgte für etwas Abwechslung auf der langen und eintönigen Reise. Angel ordnete einen Testlauf der Geschütze an und studierte nachdenklich eine Landkarte des Nordens.

Gegen Mittag tauschten Kim und Johnny sowie Butch und Victor die Plätze, während Angel und Cassidy sich auf den Rückbänken schlafen legten. Die Fahrt verlief diesmal viel ruhiger. Die Humvees besaßen stärkere Motoren und trugen im Vergleich zum Pick-up auf der Heimreise nur eine leichte Last. Das Team kam zügig voran und erreichte bereits am späten Nachmittag Temple Town. Niemandem gefiel die Vorstellung, hierher zurückzukehren, doch trotz der schlechten Erfahrungen stellte die Ruinenlandschaft den besten Rastplatz auf dem Weg zu den nördlichen Enklaven dar. Die Fahrzeuge der Snakes waren verschwunden und umso vorsichtiger sicherte die Gruppe zu Fuß die Umgebung, bevor sie die Humvees zur Kirche führten. Scott verhielt sich absolut still und blieb in Cassidys Nähe. Er schnüffelte permanent auf dem Boden, fand aber bis auf eine Ratte, die zeternd Reißaus nahm, nichts Außergewöhnliches. Nach dreißig Minuten gab Angel Entwarnung. Scavenger aus den umliegenden Großstädten hatten sich wahrscheinlich über die beiden Fahrzeuge gefreut.

Victor entzündete bei Einbruch der Dämmerung das Lagerfeuer. Eine bekannte Atmosphäre hielt Einzug in die kleine Runde – mit einem Unterschied. Cassidy saß diesmal als Mitglied des Teams stolz zwischen ihren Kameraden, das große Gewehr in der einen Hand und ein Stück Brot in der anderen. In der Dunkelheit wechselten sie kaum ein Wort miteinander. Der unsichere Auftrag drückte die Stimmung hier draußen viel stärker, als noch am Vortag während des Dorffests. Wenn eine Siedlung von den Vultures überfallen wurde, entkamen meist ein paar Bewohner, wie im Fall von Cassidy und Stan. In von Ranger gesicherten Kolonien erhöhte sich die Chance durch Evakuierungspläne und versteckte Fluchtrouten um ein Vielfaches. Umso mehr beunruhigte es die Gruppe, dass sie absolut nichts von Sienna oder den anderen Teams gehört hatten. Berichte von mutierten Monstern kursierten in den Dörfern, Gerüchte über eine neue Bedrohung. Offiziell nannte man das natürlich Geistergeschichten für abendliche Lagerfeuer, doch so weit draußen, mitten in der dunklen Nacht, erschienen sie auf einmal sehr real. Angel hielt es für eine gute Idee, dass sie erneut die Wache mit ihrer Schülerin übernahm, um den Schrecken, der ihnen hier widerfahren war, zu verarbeiten. Hin und hergerissen entschied Cassidy, dass sie an diesem Ort ohnehin keine Ruhe finden würde. Kurz darauf verkrochen sich die anderen erschöpft in ihre Schlafsäcke.

Die Nacht verlief ruhig. Gelegentlich hatte Cassidy das Gefühl, etwas am Horizont zu sehen. Eine Staubwolke oder ein Paar Scheinwerfer, doch nichts geschah, niemand griff sie an. Sie patrouillierten an Angels alter Stellung vorbei. Ihr Blut klebte deutlich sichtbar an der Wand. Sie rieb sich das Bein und stöhnte leise, als sie einen Moment lang jede Verletzung ihrer blutigen Laufbahn spürte.

»Alles okay?«, fragte Cassidy vorsichtig.

»Geht schon. Ist halt ein komisches Gefühl, an dem Ort zu stehen, wo man fast gestorben wäre. Naja, ist nicht das erste Mal, dass mir sowas passiert.«

»Wie oft hat es dich denn bisher erwischt?«

»So richtig? Drei Mal«, sagte Angel und zwängte sich in ihre Stellung hinein. Zu ihrer Freude entdeckte sie die beigefarbene Sandsocke, die Kim in der Eile vergessen hatte mitzunehmen.

»Ich nehme mal an, das steht mir auch noch bevor?«, fragte Cassidy mit einem morbiden Gesichtsausdruck.

»Vielleicht. Einmal hast du ja schon hinter dir«, erwiderte Angel und schüttelte den Sand aus ihrer Gewehrauflage. »Schau dir Butch an. Der bekommt höchstens mal einen Kratzer ab. Die schießen immer seinem Bruder ins Bein und er muss ihn dann tragen. Kim wurde mal von einem Wolf angefallen. Sah ziemlich übel aus. Sie war gerade auf der Jagd, um den Dicken zu füttern, als sich eins dieser Biester im hohen Gras an sie herangeschlichen und ihr den linken Oberschenkel zerbissen hat, bevor sie ihn abwehren konnte. Seitdem hat sie panische Angst vor den Viechern.«

»Hm, Scott scheint sie aber nicht zu stören«, erwiderte Cassidy überrascht und streichelte ihren treuen Gefährten, der ohne Widerrede an der Nachtschicht teilgenommen hatte.

»Naja, zwischen domestizierten Hunden und freien Wölfen liegt noch ein himmelweiter Unterschied. Bei den vielen Kötern in Silver Valley würde sie es da sonst ja kaum aushalten.«

Angel steckte ihre Sandsocke ein, erhob sich aus ihrer alten Stellung und nahm die Patrouille wieder auf. Damit ihre Schülerin nicht während des Laufens einschlief, erkundigte sie sich nach ihrem Geschichtsstudium. Cassidy verzog das Gesicht. Sie verstand nach wie vor nicht, wie ihr die Philosophien längst verstorbener Feldherren und Politiker beim Überleben in den Wastelands helfen sollten. Angel erklärte ihr, dass es hinter den offensichtlichen Konflikten immer verdeckte Abläufe und Ursachen gäbe, die nur ein geschulter Blick zu erkennen vermochte. Religionen hatten nicht zwangsläufig etwas mit imaginären Göttern zu tun. Schlachten zu gewinnen genügte nicht, um auch aus Kriegen siegreich hervorzugehen. Um wahrhaft über seine Gegner zu triumphieren, müsse man sie verstehen, und da sich Geschichte ständig wiederhole, wäre die Kenntnis darüber der Schlüssel zum Erfolg. Für Cassidy galt bis vor ein paar Wochen die verdorrte Umgebung ihres Dorfes als geistiger Horizont, weswegen sich ihr Verständnis für Angels Gedankenwelt nur zögernd entwickelte. Aber die lange Erfolgsgeschichte schien ihr Recht zu geben, weshalb Cassidy aufmerksam zuhörte, was Angel wiederum zufriedenstellte.

***

Schon kurz nach Sonnenaufgang trafen die beiden Humvees auf die ersten Bahnschienen, die sie bis nach Jaguar Bay begleiteten. Das Gleisnetz mündete in dem alten Rangierbahnhof, der seit der Austrocknung seines Flusses nicht mehr genutzt worden war. Johnnys Heimatdorf war um ein Vielfaches größer als Silver Valley und hauptsächlich von halb verrotteten Lagerhäusern, Getreidesilos und Eisenbahnschuppen geprägt. Die Bewohner hatten sich den Gegebenheiten angepasst und einige der alten Depots zu komfortablen Mehrfamilienhäusern umgebaut. Gigantisch anmutende Lokomotiven und Eisenbahnwaggons zogen während der Einfahrt Cassidys neugierige Blicke magisch an. Ihr Verstand konnte sich nicht mal ansatzweise vorstellen, wie einer dieser Stahlkolosse dutzende der massiven Anhänger fortbewegen sollte.

Routiniert manövrierten Butch und Johnny die Humvees durch das zwischen den Gleisen versteckte Minenfeld. Als Binnenhafen verfügte Jaguar Bay über zwei gewaltige Krananlagen, die ursprünglich zum Beladen der Frachtschiffe gedient hatten und nun hervorragende Aussichtstürme bildeten. Als die Humvees kurz darauf vor den Wohnhäusern zum Stehen kamen, wurden sie bereits von ein paar verschwitzten Arbeitern erwartet.

»Hey Mikey!«, rief Johnny seinem Bruder während des Aussteigens entgegen und umarmte ihn kräftig. Er hatte die ganze

Fahrt von seiner Familie geschwärmt, aber so richtig glauben konnte Cassidy es nicht, denn dem drahtigen jungen Mann fehlten die überflüssigen Pfunde seines älteren Bruders, so dass er glatt als Victors Zwilling durchgegangen wäre. Mike winkte seinen Kameraden zu, die daraufhin die Getreidesäcke auf eine Schubkarre luden und davonschafften.

»Hast dich ja ewig nicht mehr blicken lassen, Dicker! Mutter hat sich schon Sorgen gemacht«, sagte er. Als Kim die Wagentür von außen zuschlug und sich ihnen näherte, räusperte sich der junge Mann und wirkte plötzlich wie ausgewechselt. Er wippte seinen Pferdeschwanz nach hinten und verbeugte sich tief. »Aber für diesen Anblick hat sich das lange Warten natürlich gelohnt!«

Als er kurz davor stand, ihr die Hand zu küssen, griff Johnny mürrisch nach seinem Nacken und zerrte ihn auf den Boden der Tatsachen zurück.

»Er kann's einfach nicht lassen!«, brummte das Schwergewicht und legte seinen Arm um Kims Schultern, als wolle er seinen Besitz verteidigen. »Hast du dich etwa schon wieder mit Jasmin verkracht?«

Grummelnd rieb sich sein Bruder die schmerzende Stelle an seinem Hals, bevor er die Gruppe ins Haus führte. »Wie man's nimmt. Sie ist vor ein paar Wochen mit ihrer Familie nach Sienna gezogen.«

Das Team stand unter striktem Befehl, niemandem von dem Abbrechen des Kontaktes mit der nördlichsten Enklave zu berichten, aber der plötzliche Stimmungswechsel und die ernsten Blicke untereinander blieben dem aufgeweckten Schönling nicht verborgen.

»Was ist? Gibt's Probleme mit der Siedlung?«, fragte er misstrauisch, bevor er die Türklinke zu Johnnys Elternhaus herunterdrückte.

»Die Gangs haben ihre Aktivität im Norden verstärkt und Sienna hat uns gebeten, mal bei ihnen vorbeizuschauen«, antwortete Angel. Ihr stand es als Einzige zu, Informationen preiszugeben, und Funkstille konnte man in diesem Fall durchaus als Hilferuf interpretieren.

»Verstehe«, brummte Mike und zog seinen Bruder beiseite, während die anderen das Haus betraten. »Hey, sag mal, wer ist denn die Neue bei euch?«

Johnny rollte mit den Augen, als der kleine Romeo, vor dem die Mütter Jaguar Bays ihre Töchter warnten, mal wieder sein Fraueninteresse im Minutentakt wechselte. Er wartete, bis das Team außer Hörweite war, bevor er seinen Bruder mit den Schultern an die Wand nagelte, um seinen Worten Geltung zu verschaffen.

»Die Kleine gehört zu Angel. Wenn dir also deine Hände lieb sind, lässt du besser die Finger von ihr!«

Das zeigte Wirkung. Die unzähligen Gerüchte über die ausgefallenen Foltermethoden der ehemaligen Vulturekommandeurin ließen den Jungspund erblassen und zustimmend nicken. Johnny setzte ein diabolisches Grinsen auf und folgte den anderen ins Esszimmer. Seine Mutter hatte keine Zeit verschwendet und gab bereits peinliche Anekdoten ihres älteren Sohnes zum Besten. Zerknirscht zwängte er sich neben Kim auf die purpurfarbene Couch.

»Eines Tages kam mein Großer plötzlich mit zwei Uniformen zur Tür hereingeschneit und meinte, er wäre jetzt Soldat und ich solle daraus doch bitte einen passenden Anzug schneidern!«, erzählte die rüstige Frau mit einem Dutzend Lockenwicklern in den Haaren, so dass ihr Sohnemann wie ein Chamäleon die rote Farbe des Sofas annahm und am liebsten im Boden versunken wäre. Das erklärte auch, warum seine Kleider viel mehr Flicken als die seiner Kameraden aufwiesen.

»Victoria, jetzt lass doch den Jungen in Ruhe! Seine Freunde sollen ihm ihr Leben anvertrauen und du erzählst hier solche Räuberpistolen!«, tadelte Johnnys einbeiniger Vater, von dem er unverkennbar das Übergewicht geerbt hatte. Der schwerfällige, aber gutmütig wirkende Mann lehnte sich in seinem stark ausgebeulten Ledersessel am Fenster zurück und paffte gemächlich an seiner Elfenbeinpfeife, während er sich den Mittagsschweiß mit einem weißen Tuch von seiner spiegelglatten Stirn wischte und damit sein rechtes Holzbein polierte.

Kim kuschelte sich an ihren Liebsten, um ihm die Situation etwas angenehmer zu machen. Butch und Victor hatten sich bewusst an den Kamin gesetzt, um außer Reichweite für etwaige Gespräche zu sein, und waren mit Cassidys Hilfe auf dem besten Weg den Gebäckvorrat des Dorfes aufzubrauchen. Der Marmeladenplätzchenversuchung hatten sie einfach nicht widerstehen können. Nur Angel stand beinahe regungslos am Fenster und musterte die Verteidigungsstellungen durch die vom Staub goldbraun gefärbten

Gardinen hindurch. Im Zentrum der Siedlung befand sich ein großer Vogelkäfig, in dem ein halbes Dutzend Brieftauben auf ihren Einsatz nach Silver Valley warteten. Die fast in Vergessenheit geratene Kommunikationsform erlebte in den postapokalyptischen Wastelands einen zweiten Frühling. Boten auf Pferden oder Motorädern hatten die Gangs immer wieder abgefangen, aber gegen die Luftpost waren sie machtlos.

»Nun erzählt mal, wie geht's euch da unten so? Hat Frank seine Solaranlage zum Laufen bekommen?«, fragte Johnnys Vater neugierig. Erst jetzt bemerkte Cassidy das leise spielende Radio über dem Kamin, was auf eine komfortable Stromversorgung schließen ließ. Mike hatte seinem Bruder inzwischen ein paar Kekse erobert und sich trotz dessen giftigen Blicken neben Kim gezwängt, während sie von der Energiegewinnung in Silver Valley berichtete.

Nach etwa fünfzehn Minuten hielt Angel es nicht länger in der stickigen Wohnung aus. Sie klopfte Kim auf die Schulter und erklärte mit einem Fingerzeig auf die Uhr, dass sie in einer halben Stunde aufbrechen wollte. Anschließend verließ sie das alte Backsteinhaus. Cassidy überlegte, ob sie ihr folgen sollte. Als Butch bemerkte, wie sie immer wieder zur Tür starrte, drückte er ihr einen handtellergroßen, geflochtenen Korb mit Plätzchen in die Hand und winkte mit seinem Kopf in Richtung Tür.

Während der heißen Mittagszeit ruhte das Leben in Jaguar Bay und die meisten Bewohner entspannten sich im Schatten ihrer Häuser. Dementsprechend schnell entdeckte Cassidy ihre bewaffnete Ausbilderin auf der Spitze einer langgezogenen Steinformation, deren unverkennbare Ähnlichkeit mit der ägyptischen Sphinx ihr den Namen *Tigerfelsen* eingebracht hatte. Außerdem diente sie als westlichster Aussichtspunkt der Siedlung.

Der Aufstieg erwies sich beschwerlicher, als Cassidy es aus der Ferne angenommen hatte. Erosion und Wind sorgten im Laufe der Jahrzehnte für glatt geschliffene Kanten, an denen sie kaum Halt fand. Als sie es fast geschafft hatte und den Gebäckkorb auf der Spitze abstellte, erwartete Angel sie bereits und stahl ihr die Plätzchen vor der Nase.

»Warum nimmst du nicht die Treppe?«, murmelte sie mit vollem Mund und zeigte in Richtung des rostigen Geländers, das auf der Südseite des Felsens einen halbwegs sicheren Aufstieg markierte. »Hast es wohl auch nicht mehr ausgehalten, was?«

Keuchend schüttelte sich Cassidy den Staub aus der Uniform. Sie blickte ungläubig auf die in den Stein gehauenen Stufen, die sie von Johnnys Haus aus nicht hatte sehen können, ehe sie vorsichtig nickte.

»Johnnys Familie ist ... interessant«, erwiderte sie zaghaft, um nichts Falsches zu sagen.

»Soweit ich weiß, waren sie nicht gerade begeistert davon, dass er sein Leben dem Kampf gegen die Gangs gewidmet hat«, beschwichtigte Angel ihre Sorgen um Etikette, bevor sie ihr die restlichen Kekse in die Hand drückte und zur Felsenspitze schlenderte. Von hier konnte man die gesamte Siedlung betrachten, doch Angel interessierte sich vorrangig für die Verteidigungsanlagen. Die Bewohner hatten einen Großteil des Gleisnetzes demontiert und im Laufe der Jahre dutzende Panzersperren daraus zusammengeschweißt. Dazwischen hingen mit Stolperdrähten verkabelte Sprengfallen und vergrabene Minen. Maschinengewehrstellungen, Selbstschussanlagen und zwei stationäre Flammenwerfer mit fünfzig Metern Reichweite erwarteten mögliche Angreifer in einem zweiten Gefechtsring.

»Ein wahrer Todesstreifen – sollte man meinen«, murmelte Angel nachdenklich und hockte sich auf den Boden. Als sie Cassidy den Blick zuwendete, nickte ihre Schülerin anerkennend. »Sienna hat eine identische Verteidigung und liegt sogar noch auf einem Hügel. Wenn die jemand überfallen konnte, womit sollen die anderen Enklaven sie dann aufhalten?«

Nun verstand Cassidy, worauf sie hinaus wollte. Ihre Augen weiteten sich bei der Vorstellung, dass keine der Siedlungen mehr sicher sei. Angel offenbarte ihr unbewusst die Naivität ihrer Idee der Uneinnehmbarkeit von Silver Valley, von der sie bis zu diesem Moment überzeugt gewesen war.

»Aber wer weiß, vielleicht haben die Vultures auch nur unser Team erwischt und damit die Kommunikation gestört«, versuchte Angel sie zu beruhigen. »Sowas kommt schon mal vor.«

Kaum hatte sie den Satz beendet, bemerkte sie, wie sie dadurch lediglich Öl in das Feuer von Cassidys Sorgen geschüttet hatte. Ein ermutigender Klaps auf die Schulter war alles, was sie jetzt noch zu retten vermochte.

Angel gönnte sich gerade einen Schluck aus der Feldflasche, als Kim mit dem Rest ihres Teams aus dem Haus heraustrat. Victor tauschte bei den örtlichen Rangern eine Handvoll seiner Rohrbomben gegen knapp zwei Meter lange Stahlstangen ein, aus denen er wieder neue Sprengsätze bauen würde. Angel knurrte gereizt, als er die drei Rohre quer auf der Ladefläche ihres Humvees festzurrte. Johnnys Mutter konnte ihren ältesten Sohn nur schwer ziehen lassen. Erst als sein Vater dazwischen ging und ihm stolz auf die Schulter klopfte, löste sich ihre Umklammerung. Diese Abschiedsszene war einer der Gründe, warum Angel so ungern nach Jaguar Bay kam. Sie selbst hatte keine Familie und empfand das theatralische Getue von Johnnys Eltern als nervtötend und überflüssig; aber ein Auftrag war eben ein Auftrag. Mike öffnete Cassidy die Tür des zweiten Humvees, traute sich jedoch weder sie anzusprechen noch direkt anzusehen, was von seinem Bruder mit einem zustimmenden Schnauben gewürdigt wurde. Zum Abschied reichte er Johnny noch einen Brief durch das hochgeklappte Seitenschott.

»Gib den Jasmin, wenn du sie siehst«, murmelte er verlegen. »Und lies ihn nicht selbst!«

Bevor sich Johnny einen spitzen Kommentar überlegen konnte, riss Kim ihm den Umschlag aus der Hand, vergrub ihn in ihrer Weste und nickte dem kleinen Casanova verständnisvoll zu. Kurz darauf passierten die Geländewagen den äußeren Verteidigungsgürtel und ließen Johnnys Heimat hinter sich. Wehmütig blickte er in den Rückspiegel, bis er seine zum Abschied winkende Familie nicht mehr erkennen konnte. Ihrer Ansicht nach sandte Monroe ihn viel zu selten nach Hause, aber am Ende jedes Besuchs war er wieder mit Angel einer Meinung und bevorzugte die Fernbeziehung.

***

Als sich die Sonne langsam dem Horizont zuneigte, verließ das Team die asphaltierte Straße neben den Bahngleisen und musste sich mit holprigen Feldwegen begnügen. Die Humvees kamen deutlich schwerer voran und die Reise wurde zunehmend unbequemer.

Je mehr sie sich Cassidys zerstörter Siedlung näherten, desto intensiver quälten sie Erinnerungen an die verlorene Heimat und den grausamen Überfall. Außerdem verfluchte sie ihren chronischen Heißhunger auf das süße Gebäck, aufgrund dessen sich ihr Magen mit jedem Kilometer unangenehmer zu drehen begann.

»Cassidy, hast du was dagegen, wenn wir bei dir im Dorf die Nacht verbringen?«, knisterte plötzlich Angels Stimme aus dem Funkgerät.

Sie wusste nicht, was sie antworten sollte. Noch einmal an den Ort des Geschehens zurückkehren und wohlmöglich die verbrannten, halb verwesten Leichen vorfinden? Ein saures Gefühl sammelte sich in ihrer Mundhöhle und sie stand kurz davor, sich zu übergeben.

»Ich weiß, dass das nicht angenehm wird, aber euer Gebiet lässt sich nachts gut verteidigen«, fügte Angel hinzu.

Kim drehte sich mit einem besorgten Blick auf dem Beifahrersitz zur Rückbank um, entschied sich jedoch, in dieser Angelegenheit zu schweigen. Angel hatte Recht. Vom Hang aus konnte die Umgebung gut im Auge behalten und der Wald bot Feuerholz im Überfluss. Schließlich seufzte Cassidy und nickte Kim bestätigend zu.

»Sie ist einverstanden.«

»Okay. Lass Butch vorausfahren, er kennt den Weg!«

Cassidy konnte Angels bedrückten Blick deutlich erkennen, als sie kurz darauf vom zweiten Humvee überholt wurden.

Bei Einbruch der Dämmerung erreichten sie ihr Ziel. Kaum etwas hatte sich verändert. Der große Scheiterhaufen stand nach wie vor in der Mitte des Tals und die verbrannten Hütten klapperten im schwachen Steppenwind. Eine dicke Staubschicht lag über der Siedlung und es dürfte nur noch wenige Wochen dauern, bis man überhaupt nichts mehr erkennen könnte. Wahrscheinlich war es auch gut so, dachte Cassidy im Stillen, während die anderen das Lager unter dem Hang errichteten. Angel teilte Kim und Victor zur Nachtwache ein. Sie wollte Cassidy nicht zumuten, stundenlang in der Dunkelheit vor ihrer zerstörten Heimat zu stehen. Anstatt permanent um das Camp zu tigern, stellte der Sprengstoffexperte ein paar Sprengfallen mit Stolperdrähten auf. Kim unternahm einen erfolglosen Versuch, ihn davon abzubringen, aber solange sie in seiner Nähe blieb, würde schon nichts passieren. Wenige Minuten später schlummerte der Faulpelz bereits neben seinem Bruder.

Vier Stunden lang regte sich kein Lüftchen, bis ein großer Knall die Gruppe plötzlich aus ihren Träumen riss und in den Schlafsäcken stehen ließ. Sie griffen nach ihren Gewehren und legten sich instinktiv flach auf den Boden. Eventuelle Gegner durften sie auf Victors Anweisung hin nicht suchen. Das würde nur weitere Fallen auslösen. Es dauerte knapp eine Minute, aber dann gab er Entwarnung und fragte, ob jemand Appetit auf gegrillten Hasen hätte.

»Irgendwann erschieß ich dich für deine Spielchen!«, rief Angel genervt. »Und ich ziel ein bisschen höher als die Gangs!«

»Lach du nur! Wenn wir das nächste Mal vor einer verschlossenen Tür stehen, wirst du dir eins von meinen Spielzeugen wünschen!«, erwiderte Victor empört. Er stellte eine neue Falle auf und legte sich wieder schlafen. Die restlichen Langohren, sofern noch welche da waren, hatten das Interesse an dem kleinen Team jedoch verloren.

***

Vier Stunden später erschien die Sonne am Horizont. Hungrig verschlangen sie die spärlichen Fleischreste zum Frühstück, denn länger als drei Tage hielten sie sich in einfachen Plastikboxen nicht. Heute würden sie in Sienna eintreffen und die Stimmung der Gruppe erreichte einen neuen Tiefpunkt. Angel studierte den Tag über Berichte und detaillierte Landkarten, die im Laufe des letzten Jahres von Ranger Teams in der nördlichen Gegend erstellt worden waren. Der Weg führte sie in einem weitläufigen Bogen an einem schwarzen Fleck in der Landschaft vorbei, der auf Cassidy bereits aus großer Entfernung bedrohlich wirkte. *Black Forrest* nannte Angel die unheilvolle Erscheinung, die den ganzen Horizont beanspruchte, verweigerte aber weitere Auskünfte.

Erst als Johnny den vorausfahrenden Humvee unvermittelt stoppte, wurde ihre Neugier geweckt. Mitten auf der zweispurigen Straße lag ein aufgerissener Pferdekadaver. Dem Sattelzeug nach zu urteilen ein berittener Kurier, doch vom Boten fehlte jede Spur. Aasfresser hatten sich bereits an dem Tier gelabt, das inzwischen einem ganzen Fliegenschwarm als Brutplatz diente. Der Überfall musste wenigstens eine Woche zurückliegen, wobei Angel sich wunderte, dass der Bote auf der Straße unterwegs gewesen war. Normalerweise nutzten Pferdekuriere abschüssige Routen querfeldein, wo motorisierte Gangs kaum eine Chance hatten, sie einzuholen. Nachdem jedoch auch eine Untersuchung der näheren

Umgebung keine neuen Erkenntnisse zu Tage förderte, ließ Angel ihr Team wieder aufsitzen, um die lange Reise fortzusetzen. Das ungute Gefühl, dass in Sienna etwas nicht stimmte, sollte sie nun aber erst recht nicht mehr loslassen.

Gut zehn Kilometer vor Erreichen des Ziels stoppte Angel den kleinen Konvoi. Die Siedlung lag inmitten einer Hügelkette. Ein abgestorbener Wald umgab das Dorf im Süden und verbarg die Humvees vor neugierigen Blicken, während sich eine Straße durch die Landschaft schlängelte und sie hinauf zur Enklave führte.

»Wir warten bis Sonnenuntergang. Kann sein, dass dort alles in Ordnung ist. Aber wenn nicht, will ich mich erstmal umsehen«, entschied Angel. »Checkt euer Equipment. Victor, gib jedem eine Granate!«

Cassidy reichte Scott das letzte Stück Trockenfleisch und etwas Wasser. Anschließend überprüfte sie ihre Ausrüstung. Ein Magazin im Gewehr, vier Ersatzmagazine, zwei für die Pistole, eine Handgranate, ein geschwärztes Kampfmesser am Gürtel, einen grünen Leuchtstab an der Weste, einen Ersatzstab in einer Seitentasche, eine Taschenlampe und ein Headset. Jetzt fehlten nur noch ein paar Vultures!

Geschockt schüttelte sie sich. Diesen Gedanken wollte sie gleich wieder verdrängen.

Es dauerte einige Stunden, bevor die Nacht ihren Tarnschirm über das Team legte. Sehr lange Stunden, denn es gab nichts zu tun. Angel und Cassidy beschäftigten sich mit Scott, Kim sonnte sich auf der Motorhaube ihres Humvees. Johnny wurde von den beiden Brüdern beim Skat abgezockt und brummte sich damit Extraschichten in der Werkstatt auf.

Kurz nach Einbruch der Dunkelheit starteten sie die Motoren und hielten mit abgeschalteten Scheinwerfern im Schritttempo auf Sienna zu. Victor hatte den Minengürtel vor einem Jahr selbst geplant und dirigierte Butch anhand seiner Karte hindurch. Er ließ sich bei jeder Siedlung einen Hintereingang offen, den außer ihm niemand kannte. Die schwerbewaffnete Enklave befand sich auf einem kleinen Hügel, dessen geografische Lage einen aufwändigen Schutzwall überflüssig machte, da Fahrzeuge nur den Haupteingang nutzen konnten und man zu Fuß sofort von den Wachen entdeckt wurde. Etwas Stacheldraht reichte völlig aus, um Raubtiere fernzuhalten. Angel befahl einen Kilometer vor Sienna, erneut anzuhalten. Sie wollte sich das Dorf zunächst aus der Ferne ansehen. Zusammen mit ihrem Scharfschützengewehr kletterte sie auf das Dach des Humvees, stellte ihre Zieloptik ein und blickte hindurch.

»Hm, ich sehe ein bisschen Rauch. Die Häuser scheinen noch zu stehen, aber es bewegt sich nichts«, murmelte sie nachdenklich.

»Vielleicht schlafen die ja einfach?«, fragte Butch.

»Alle auf einmal? Ich seh nicht eine einzige Wache patrouillieren.«

Kim holte ihren handlichen Feldstecher hervor. Drei Augen sehen mehr als eins. »Da liegt was am Eingang, sieht aus wie ein umgekippter Laster«, sagte sie und zeigte auf die Zufahrtsstraße.

»Möglicherweise konnten die ihre Siedlung vor dem Angriff evakuieren. Ich kann auch in der Umgebung nichts Ungewöhnliches erkennen, scheint alles normal zu sein, nur viel zu friedlich«, sagte Angel stirnrunzelnd.

»Dann gehen wir rein?«, fragte Victor und schulterte bereits seine Kalaschnikow.

»Drei Teams. Victor, Butch – linke Flanke. Findet heraus, was da bei der Auffahrt liegt. Kim, Johnny – rechte Flanke. Klettert hoch und arbeitet euch gegen den Uhrzeigersinn vor. Schaut auch mal nach, ob ihr hinter der Siedlung was erkennen könnt. Cassidy, du kommst mit mir, wir nehmen die Mitte. Vergesst nicht, dass wir nach Überlebenden suchen. Nutzt die Schalldämpfer und checkt eure Ziele, bevor ihr schießt! Irgendwelche Fragen?«

»Was machen wir mit Scott?«, erwiderte Cassidy unsicher. Die Arbeit mit ihrem Gefährten hatten sie in Silver Valley nie geübt.

»Nimm ihn ruhig mit. Der Hund ist solche Einsätze gewohnt. Sonst noch Fragen?«

Als Antwort genügte das Geräusch der durchladenden Waffen. Aus taktischen Gründen entschied sich Angel, die letzten Meter zu Fuß zurückzulegen und die Humvees im Schutz der vertrockneten Bäume zu verstecken. Johnny stöhnte im Angesicht des langen Fußmarsches resigniert. Helfen tat ihm das nicht.

In der Dunkelheit hetzten sie ein paar Minuten direkt auf Sienna zu. Victor übernahm die Führung und brachte sie im Gänsemarsch sicher am inneren Minengürtel vorbei. Viele Sprengsätze waren hier nicht vergraben, aber ein einziger würde schon genügen, um die ganze Operation scheitern zu lassen. Als sie am Fuß des Hügels eintrafen, hockten sich Angel und Cassidy auf den Boden. Sie warteten, bis die anderen ihre Positionen eingenommen hatten. Kurz darauf gab Angel das Startsignal und die drei Teams begannen gleichzeitig mit dem Aufstieg. Butch und Victor erreichten ihr Ziel als Erste, da sie einfach die Straße entlang liefen. Der umgekippte Laster entpuppte sich als improvisierter Gefangenentransporter; und er war leer.

Kim und Johnny erklommen als zweite das Plateau. In gebückter Haltung schlichen sie an den heruntergekommenen Backsteinhäusern vorbei. Sienna war vor dem globalen Zusammenbruch entstanden und bestand hauptsächlich aus zusammengeflickten Ziegelbauten. Kim ging auf der rechten Straßenseite voraus, während ihr wohlgenährter, und dadurch leichter auffallender Freund sie von der gegenüberliegenden Seite deckte. Die Enklave war um ein Vielfaches größer als Cassidys Heimatdorf mit etwa achthundert Metern im Durchmesser. Stacheldrahtzäune, Wachtürme und Geschützstellungen umgaben die Siedlung in regelmäßigen Abständen.

Angels Team kam als letztes oben an. Sie gönnten den anderen absichtlich ein paar zusätzliche Minuten für den Fall, dass jemand die Ankunft der Ranger bemerkt hatte. Scott schnüffelte auf dem Boden entlang und es dauerte nicht lange, bis er sich zu Wort meldete. Anstatt zu bellen, kratzte er leise in die Richtung, in der er Witterung aufgenommen hatte. Angel gab Cassidy mit ihrer Pistole Feuerschutz, während sie Scott in ein mit Zeltplanen und Lumpen geflicktes Haus folgten. Angel bekam gar nicht erst die Chance, einen eigenen Blick zu riskieren, denn schon nach wenigen Sekunden stürzte Cassidy aus der Tür heraus und übergab sich in eine Mülltonne.

»Scheint so, als hätten wir hier ein paar Opfer gefunden«, interpretierte Angel ihre seekranke Miene.

»Der Wagen am Eingang ist ein einfacher Laster mit lauter Ketten auf der Ladefläche. Ein Sklaventransporter«, antwortete Butch über Funk. »Neben der Auffahrt liegen zwei Wachen mit tiefen Stichverletzungen im Rücken. Die müssen woanders reingekommen sein.«

»Die Getreidespeicher im Norden sind alle ausgeräumt worden. Hier ist etwas Blut und ein paar Patronenhülsen. Irgendwer hat die Vorräte verteidigt, aber wohin sind die anschließend verschwunden?«, knisterte Kims Stimme aus den Ohrstöpseln. »Vielleicht ist ja doch wem die Flucht gelungen?«

Cassidys Zustand hatte sich wieder normalisiert, aber ihre Neugier war für die nächsten drei Jahrzehnte befriedigt worden. Von nun an ließ sie Angel vorangehen. Schon im benachbarten Wellblechschuppen wurden sie erneut fündig und entdeckten die Überreste einer Frau, die versucht hatte, sich hinter einem Wasserfass zu verstecken.

»Wir haben Jasmin gefunden«, berichtete Angel. »Sie hat es nicht geschafft.«

Eine große Blutlache in Kopfhöhe wies auf den eingeschlagenen Schädel hin. Während Cassidy entsetzt die Augen schloss und sich gegen die grausamen Bilder zur Wehr setzte, wunderte sich Angel lediglich, dass die Angreifer zwar mit hoher Brutalität vorgegangen waren, ihr junges und durchaus attraktives Opfer jedoch nicht vergewaltigt hatten, wie es bei Gangüberfällen häufig traurige Normalität war.

Die Untersuchung des Dorfes dauerte eine halbe Stunde, währenddessen sie eine Leiche nach der anderen fanden. Nur wenige lagen verstümmelt in ihren Häusern und jedes Mal sah es so aus, als hätten sie sich vor dem Angriff verbarrikadiert, anstatt die Flucht anzutreten. Im Dorfzentrum erwarteten sie ein Dutzend aufgehängte Männer und Frauen, die leblos im sanften Steppenwind an den alten Laternenmasten der Siedlung schwankten. Aufgrund der blutgetränkten Rangeruniformen war es unmöglich zu bestimmen, ob sie durch den Strang oder das Gefecht getötet worden waren. Zwischen den erhängten Verteidigern erhob sich ein einsamer Holzpfahl, auf dessen Spitze ein ebenfalls aus Holz geschnitzter Adler thronte. Der Raubvogel wirkte wie neu, weshalb Angel vermutete, dass ihn die Angreifer als eine Art Aushängeschild zurückgelassen hatten.

»Das muss ja eine höllische Schlacht gewesen sein«, murmelte Kim kopfschüttelnd.

»Das sieht viel schlimmer aus als bei mir im Dorf. Waren das Vultures?«, fragte Cassidy und blickte sich verstört um. Noch fehlte ihr die jahrelange Abhärtung ihrer Freunde für derartige Gräueltaten, die manchmal deren traurigen Alltag darstellten.

»Hm«, überlegte Angel. »Ich glaube nicht. Die machen sich nicht die Arbeit, Warnungen in Form von aufgeknüpften Verteidigern zurückzulassen. Seht euch außerdem mal die Verteilung der Leichen genau an.« Sie holte ihre Taschenlampe hervor und ging auf die Abwehrstellungen nahe der Auffahrt zu. »Bei einem erfolgreichen Angriff der Vultures hätten sich die Ranger irgendwann zurückgezogen und wären nicht in ihren Stellungen gestorben. Die hier wurden aus dem Inneren des Dorfes überrascht. Sie haben die Angreifer nicht mal gesehen. Und die Vultures hinterlassen höchstens aufgespießte Schädel, aber keine geschnitzten Holzfiguren.«

»Unsichtbare Gangs. Als nächstes kommst du uns mit den Zombiegeschichten vom Lagerfeuer«, erwiderte Kim ungläubig, jedoch nicht ohne eine gewisse Vorsicht, denn Angel stellte derartige Behauptungen nie grundlos auf.

Plötzlich knurrte Scott unruhig. Bei vorigen Funden hatte er lediglich auf dem Boden gekratzt. Irgendetwas machte ihn nervös. Die Gruppe verstummte abrupt und Angel nickte ihrer Schülerin bestätigend zu. Cassidy erteilte ihrer vierbeinigen Alarmanlage den Angriffsbefehl, der daraufhin auf eine etwa dreißig Meter weit entfernte Ruine zustürmte, an der ein halb verrostetes Baugerüst auf einen misslungenen Neubau schließen ließ. Er scharrte an einer der Leichen, deren Position bei näherer Betrachtung keinen Sinn ergab. Nicht einmal der naivste Steppenbewohner würde sich eine äußerst labile Stahlkonstruktion mitten in einem Geröllhaufen als Deckung in einem Gefecht aussuchen. Plötzlich kreischte eine panische Männerstimme unter den Kadavern auf, woraufhin das Team die Ruine mit entsicherten Gewehren umstellte. Erst nach Angels Handsignal gab Cassidy ihrem Hund den Befehl, von seinem Opfer abzulassen. Butch wurde bereits nervös und begann sofort, dem Überlebenden auf die Beine zu helfen.

»Keine Sorge Kumpel, du bist in Sicherheit!«, rief Johnny ihm zu. Er hing noch mit einem Fuß zwischen den Leichen, da schlug Angel dem Mann ihren Gewehrkolben ins Gesicht, so dass er vor Schmerz stöhnend zu Boden sackte.

»Was sollte das denn jetzt?«, grollte Victor.

»Sieh ihn dir an! Er ist ein Vulture!«

Kim und Johnny gingen sofort in die Hocke und suchten mit ihren Gewehren im Anschlag die Umgebung ab.

»Wie viele von euch sind noch hier?«, fragte Angel mit ihrer Hand an seiner Kehle.

»Ich …«, keuchte der Mann. »… bin allein!«

»Blödsinn!«, schrie Angel und schlug ihm den rechten Ellenbogen ins Gesicht. »Ihr Typen seid für Soloaktionen viel zu feige! Wie viele! Ich frage nicht noch mal!«

Seine Augen weiteten sich vor Furcht und er starrte seine Peinigerin entsetzt an, die weiterhin ihre Hand auf seine Kehle drückte. Ein solches Vorgehen war er von den Rangern nicht gewohnt.

»Carl! Carl, komm raus! Die killen mich!«, keuchte er verzweifelt. Nichts passierte. Angel holte ihre Pistole heraus, entsicherte sie und hielt sie dem Vulture direkt an die Schläfe.

»Carl, Mann … bitte!«

Wieder nichts. Angel zog den Hammer ihrer Waffe zurück und presste die kalte Stahlmündung auf seine verschwitzte Kopfhaut. Ihr Gefühl sagte ihr, dass sie dem kleinen Dreikäsehoch bereits sämtliche Vorstellungen vom abenteuerlichen Leben in den Gangs ausgetrieben hatte. Er wimmerte mit geschlossenen Augen und war kurz davor, seine eigene Mutter um Hilfe anzuflehen.

Cassidy gab unterdessen ihrer morbiden Neugierde nach und hockte sich neben Angel. Dies waren sicher nicht die Lektionen, die sie sich wünschte, aber der grausam zugerichtete Ort hatte ihr schlagartig einen weiteren Teil ihrer jugendlichen Naivität geraubt.

»Ich zähle bis drei.«

Während der Vulture am ganzen Körper zitterte, stellte Cassidy beunruhigt fest, dass er kaum älter als sie war. Sofort drängte sich in ihr die Frage auf, ob sie ebenso hätten enden können.

»Eins.«

Beide Seiten des postapokalyptischen Stellungskrieges gaben sich in derartigen Situationen keinen Illusionen hin. Wäre Angel in seiner Position, würde sie mit großer Wahrscheinlichkeit sterben.

»Zwei.«

Der Mann begann laut zu schluchzen, Tränen rannen ihm über die Wangen und unter ihm bildete sich eine kleine Pfütze. Den Tod vor Augen, konnte er seinen Harndrang nicht mehr zurückhalten. Vermutlich hatte er bereits eine ganze Weile in der kalten Nacht gelegen.

»Schon gut, Angel!«

Sofort drehten Kim und Johnny sich in Richtung der heiser klingenden Stimme um. Sie sicherten sich gegenseitig ab und liefen gebückt darauf zu. Unter einer Hundehütte kroch kurz darauf ein weiterer Vulture mit erhobenen Händen hervor. Angel stieß unterdessen ihr Verhöropfer mit einem angewiderten Gesichtsausdruck von sich und ließ ihre Pistole zurück in den ledernen Oberschenkelholster gleiten, den Kim in Silver Valley wieder zusammengeflickt hatte. Nach Luft ringend rollte sich der verzweifelte Vulture in der Fötusstellung auf dem Boden zusammen, wobei es ihn überhaupt nicht zu kümmern schien, in seinem eigenen Urin zu liegen.

»Sind noch mehr hier?«, fragte Kim ihren zweiten Gefangenen, während sie ihn bereits im Schwitzkasten hatte.

»Nein«, ächzte er hilflos.

»Ein normales Späherteam, aber ganz schön weit draußen. Schafft sie ins Zentrum!«, befahl Angel und riss ein Stück der Wäscheleine an sich, die zwischen den Häusern gespannt worden war. Kurze Zeit später knieten Carl und sein Kamerad gefesselt vor der Gruppe in der Mitte der Siedlung, ohne einen Ton von sich zu geben.

»Warum seid ihr hier?«, fragte Angel trocken und säuberte ihre Hände mit einem Baumwolltuch. Als die beiden Männer schwiegen, zückte sie ihre Pistole und hielt sie dem Häufchen Elend erneut an die Schläfe, bis Carl seufzend den Kopf hob und ihre ausweglose Situation akzeptierte

»Wir sollen nach Hinweisen über diese neue Gang suchen«, begann er niedergeschlagen.

»Was für eine neue Gang?«, fragte Kim und spielte gekonnt die Ahnungslose.

»Ihr wisst nichts davon? Irgendwelche Typen, die unsere Lager überfallen und uns das Gebiet streitig machen wollen!«, wimmerte der Jüngere so trotzig, dass es fast wie eine Anschuldigung für die ungerechte Behandlung klang.

»Wie süß«, brummte Johnny. »Und was wollt ihr dann hier?«

»Es gibt Gerüchte, dass sie eure Dörfer ebenfalls angreifen. Unser Auftrag lautet, das zu überprüfen.«

»Und? Was Interessantes gefunden?«, fragte Angel beinahe teilnahmslos, während sie vorgab, ihre Pistole zu reinigen.

»Machst du Witze? Seht euch doch mal um, hier sieht's aus wie in unseren Camps! Die sind hier rein, ohne gesehen zu werden, und haben eure Leute in ihren Stellungen abgeschlachtet!«, keuchte Carl, dem Angels berüchtigte Fesselungskünste allmählich zu schaffen machten. Langsam schnitten sich die kratzenden Hanfseile in die Haut der Vultures. Kims fachmännische Behandlung beim Gefangenentransport hatte auch nicht gerade für eine Entspannung seiner Atemorgane gesorgt. »Alles, was zurückbleibt, sind aufgehängte Leichen und diese verdammten Symbole!« Dabei zeigte er mit der Nasenspitze auf den einsamen Pfahl mit dem Holzadler. »Davon haben wir in jedem Lager einen gefunden.«

»Hm«, überlegte Angel, steckte ihre Pistole ein und sah die beiden Gefangenen zum ersten Mal direkt an. »Wie lange greifen sie euch schon an?«

»Ein paar Monate. Wir verlieren immer mehr Leute und selbst mit den neuen Sklaven büßen wir jeden Tag weitere Gebiete ein.«

»Was für neue Sklaven? Von wo? Was für Namen?«, platzte es aus Cassidy heraus.

»Ich frag den Abschaum doch nicht nach ihrem Lebenslauf!«, erwiderte Carl ohne lange nachzudenken, bereute es aber schon eine halbe Sekunde später, als ihn Angels Ellenbogen rückwärts zu Boden schleuderte.

»Ich sehe …«, stöhnte er benommen. »… du hast dich nicht verändert. Dog wird sich freuen, das zu hören.«

»Beantworte ihre Frage«, befahl sie, ohne auf seine Anspielung einzugehen.

»Wir bekommen alle paar Wochen neue Sklaven und jedes Mal aus irgendeinem wertlosen Dorf, von verrückten Nomaden oder anderen Gangs. Wir sind nur Späher, wir haben damit nichts zu tun!«

Cassidy brannten noch weitere Fragen auf der Zunge, doch Angels strenger Blick hielt sie zurück.

»Wie greifen sie eure Camps an?«, wollte sie stattdessen mit verschränkten Armen wissen, die unzweifelhaft demonstrierten, wie wenig Vertrauen sie den Aussagen schenkte.

»Keine Ahnung. Eric versteht nicht, was vor sich geht. Unsere Leute sind einfach tot oder verschwunden, so wie hier. Bevor wir aufgebrochen sind, hat er Dog mit dem Sattelzug nach Norden geschickt, um nach Hinweisen zu suchen«, antwortete Carl und spuckte sein eigenes Blut aus, während Angel überrascht eine Augenbraue hoch zog.

»Wie lange ist das her?«

»Zwei Wochen.«

Beunruhigt schwenkte sie ihren Kopf in Richtung des Verteidigungsrings und befahl ihrem Team, mit ihr zu kommen. Sie hatte genug gehört.

»Seht ihr irgendwo einen der Angreifer?«, flüsterte sie. Ohne Worte schüttelten ihre Kameraden die Häupter. »Ich auch nicht. Sienna verfügte über erstklassige Verteidigungsanlagen. Schaut euch mal um, primärer und sekundärer Minengürtel, MG Stellungen, Wachtürme, Stacheldrahtzäune, sogar Scheinwerfer. Und der Laster gehört mit Sicherheit nicht zum Dorf.«

»Du meinst ... sie haben das Ding mitgebracht, um die Leute wegzuschaffen?«, fragte Kim vorsichtig.

»Genau. Schaut auf die Ladefläche. Genug Ketten für dreißig Gefangene. Die werden die anderen wie Vieh auf solche Transporter getrieben und mitgenommen haben. Die drei Leichen in den Gebäuden hier können nicht alles sein. Sienna zählte fast fünfhundert Einwohner!« Angel ging ein paar Schritte und musterte die Überreste der Verteidiger. »Die wurden alle erschossen, bis auf Jasmin, der man das Gesicht eingeschlagen hat«, murmelte sie nachdenklich.

»Ja und?«, erwiderte Victor gähnend, so dass man ihn durchaus für teilnahmslos halten konnte. Er hatte eine instinktive Abneigung gegen Nachteinsätze. In der Dunkelheit versuchten sowohl Freund als auch Feind, laute Geräusche zu vermeiden, wodurch er häufig die Orientierung verlor.

»Denkt mal nach. Was machen die Vultures, wenn sie ein Dorf in ihrer Gewalt haben?«, fragte Angel und sah aus der Hocke zu ihrem Team hinauf.

»Sie vergehen sich an ihnen«, brummte Butch widerwillig.

»Richtig. Aber hier gibt es nirgendwo Hinweise dafür. Wir haben Jasmin untersucht, keinerlei Anzeichen einer Vergewaltigung.« Sie ging zu einem der MG Nester und deutete auf den Schützen. »Von hinten erstochen. Er liegt sogar noch auf seinem Posten.« An einem der kleinen Holzwachtürme zeigte sie anschließend nach oben. »Der hier wurde aus kurzer Entfernung erschossen. Von jemandem, der direkt vor dem Aufgang stand.«

»Die Bewohner werden wohl kaum ihre eigenen Wachen ermordet haben«, erwiderte Johnny mürrisch. Er wartete ungeduldig auf ihre Erleuchtung.

»Das deckt sich alles mit den Aussagen von Carl. Sie dringen unbemerkt in das Dorf ein, schalten die Verteidiger lautlos aus, um so viele Gefangene wie möglich nehmen zu können«, fasste Angel ihre Untersuchung zusammen.

»Sie hat Recht«, seufzte Cassidy etwas abseits der Gruppe. Sie stand vor einem kleinen Schützengraben und wendete entsetzt den Blick ab. Vor ihr stapelten sich dutzende Leichen, und alle wiesen identische Schussverletzungen am Hinterkopf auf.

»Oh man«, stöhnte Kim und rümpfte geschockt die Nase. »Was ist das denn?«

Die sanfte Brise, die des Nachts durch Sienna strömte, hatte den erbärmlichen Gestank bis eben von ihnen ferngehalten. Noch immer unter Schock stehend übernahm Cassidys Neugier die Oberhand und ließ sie nach einem dunkelblauen Rucksack in der Grube greifen, doch Angel hielt sie mit strengem Blick davon ab.

»Nicht anfassen!« Sie kauerte sich zu ihrer Schülerin hinunter und untersuchte die Leichen genauer, ohne etwas anzurühren. »Alte und Krüppel – unbrauchbar für die Sklavenarbeit. Zumindest hat man sie fachgerecht exekutiert und nicht aufgehängt. Unsere uniformierten Kameraden sollen wohl als Warnung dienen.«

»Der hier wurde angefressen. Sieht aus, als hätte ihm ein Rudel Wölfe das Fleisch von den Knochen gerissen«, brummte Butch und zeigte auf einen halb zerfetzten Kadaver.

»Seid ihr bald fertig?«, würgte Kim hervor und kämpfte mit ihrem labilen Verdauungssystem. Nacheinander wand sich die Gruppe von dem Massengrab ab. Victor und sein Bruder hielten die Köpfe in stillem Gedenken gesenkt, Johnny legte die Arme um seine Freundin und führte sie ein paar Schritte weg, damit ihr der Gestank weniger zusetzte.

»Hier werden wir nichts mehr finden. Lasst uns erstmal nach Team Fünf suchen, vielleicht haben wir bei Sharon mehr Glück«, entschied Angel und verließ als letzte die Grube. Sie blickte durch ihre Zieloptik und musterte misstrauisch die Umgebung. »Außerdem bin ich mir sicher, dass wir beobachtet werden. Seht mal unauffällig zu der Straße über uns.«

Wie auf Kommando drehte ihr gesamtes Einsatzteam die Häupter nach Norden, was ihre Anführerin zu einem entrüsteten Seufzer veranlasste. Neben dem Hauptverbindungsweg zwischen Sienna und Eagle Village stapelten sich dutzende verbrannte Autowracks. Eigentlich ein völlig normales Bild in den Wastelands, doch mit ihrem geschulten Scharfschützenauge hatte Angel kleine

Veränderungen bemerkt. Wagenfenster, die zu Beginn verdeckt waren, gaben auf einmal die Sicht auf die Steppe dahinter preis. Runde Kakteenköpfe, im Allgemeinen unbewegliche Pflanzen, hatten unerwartet ihre Position verändert.

»Die Typen sind noch da draußen?«, stotterte Cassidy verängstigt.

»Ganz ruhig, wenn sie uns angreifen wollten, hätten sie es bereits getan«, beruhigte Angel ihre Schülerin.

»Was wollen die dann?«

»Uns beobachten und Informationen sammeln. Außerdem denke ich, dass ein simpler Angriff nicht ihre bevorzugte Taktik ist. Dann würde die Siedlung völlig anders aussehen«, erklärte Angel. »Aber trotzdem sollten wir verschwinden. Möglich, dass sie Verstärkung gerufen haben.«

Scott setzte sich neben seine Herrin und blickte zu ihr hoch, als ob er ihr Mut machen wollte.

»Holt die Wagen, entsichert die Geschütze und kommt zum Haupteingang. Cassidy und ich warten hier auf euch«, befahl Angel, ohne ihre Kameraden dabei anzusehen.

Kim warf ihr einen ungläubigen Blick zu. Johnny flüsterte ihr etwas ins Ohr und zog Kim sanft aber bestimmt davon. Sie ließ es sich jedoch nicht nehmen ihr Versprechen einzulösen und überreichte Jasmin stumm Mikes Brief aus Jaguar Bay, ehe sie den Rückweg antrat.

Nachdem die anderen in der Dunkelheit verschwunden waren, sprach Cassidy die Frage nach dem *warum* aus. Angel gab ihr keine Antwort und bat sie stattdessen um ihre schallgedämpfte Pistole.

»Was glaubst du passiert mit den beiden, wenn wir einfach gehen?«

»Die Typen werden sie gefangennehmen oder töten?«, antwortete Cassidy, während sie sich fröstelnd die Schultern rieb und ihren Blick nicht von den verdächtigen Autowracks abwenden konnte.

»Ja, möglich. Was meinst du wird geschehen, wenn sie entkommen?«

»Sie werden versuchen zu ihrer Basis zurückkehren und Meldung machen, dass ... wir hier waren?«

»Richtig. Was muss ich also tun?«, bestätigte Angel und lieferte ihr sogleich die nächste Antwort in Form eines funkelnden Blickes, der Cassidy kalt den Rücken runterlief.

»Du ... du willst sie ... einfach so?«

»Was sollte ich deiner Meinung nach tun?«

»Ich weiß nicht. Was würde denn passieren, wenn sie Bericht erstatten?«

»Nun ja, die Vultures wissen, dass ich übergelaufen bin. Ist ja auch kein Geheimnis. Allerdings dürfte ihnen bis dato unbekannt sein, dass diese neue Gang uns ebenso wie sie angreift. Sollte Eric davon Wind bekommen, könnte er wohlmöglich einen Weg finden, ihr Hauptaugenmerk auf uns zu lenken.«

»Wer ist eigentlich dieser Eric?«

»Ihr Anführer. Groß, breit, redet nicht viel und hält rein gar nichts von Körperhygiene.«

»Das heißt, wir können sie nicht entkommen lassen?«, fragte Cassidy. Sie war für Angels Humor einfach nicht in Stimmung. Kurz darauf vernahmen sie sich nähernde Motorengeräusche. Kim und Butch trafen am Eingang der Siedlung ein.

»Ich will nicht, dass die anderen das unbedingt mitbekommen. Du weißt ja, gutes Herz und Mitleid und so«, murmelte Angel etwas verlegen. »Aber ich will, dass du es verstehst.«

Cassidy blickte sie mit großen, verdutzten Augen an. Im Augenblick war sie viel zu schockiert, um ihrer Reaktion eine Wertung hinzuzufügen.

»Heißt das, ich soll es tun?«

»Nein, dafür bist du noch nicht bereit. Du hast verstanden, was getan werden muss. Das war deine Lektion für heute«, antwortete Angel mit unüberhörbarem Stolz. Butch und Kim stiegen gerade aus und würden jeden Moment in Sichtweite kommen.

»Bitte … wir haben doch alles gesagt!«, wimmerte der Dreikäsehoch, als er Angel mit gezogener Pistole auf sich zukommen sah.

Cassidy spürte ein ungutes Gefühl und hätte sich am liebsten abgewendet, doch das Vertrauen in die Philosophie ihrer Freundin ließ sie dem Schauspiel beiwohnen.

»Doch noch nicht so verweichlicht wie wir …«, weiter kam Carl nicht. Zwei schnelle, dumpfe Schüsse durchschlugen die Köpfe der beiden Männer und ließ sie beinahe lautlos auf den staubigen Boden sinken. Cassidy zuckte zusammen und erhielt anschließend ihre rauchende Pistole zurück. Als sich ihre Blicke trafen, schien die Zeit für einen Augenblick stillzustehen. Cassidy erkannte das brutale Monster in Angels euphorisch blitzenden Augen, vor dem sie sich in Silver Valley gefürchtet hatte. Es war nicht tot, sie hatte es besiegt und gezähmt. Sie kontrollierte es und konnte es jederzeit herauslassen, um ungehindert von Emotionen und Mitleid das zu tun, was nötig war. Und das war ihre Lektion gewesen?

»Lass uns gehen, wir müssen hier weg«, flüsterte ihre Mentorin, unterbrach dadurch ihren Gedankengang und führte sie zu den Humvees. Johnny und Victor behielten die ganze Zeit die Umgebung an den Geschützen im Auge, doch auch der Vollmond am Himmel, der sie kilometerweit sehen ließ, konnte ihr Unbehagen nicht lindern.

»Butch fährt voraus, Cassidy kommt mit zu mir«, befahl Angel, die sich dabei ihr braunes Halstuch über den Mund zog. »Wir fahren mal an diesen Wracks vorbei.«

»Was ist mit den beiden Typen?«, murmelte Kim, obwohl sie wusste, wie naiv ihre Frage war.

Angel antwortete nicht, sondern stieg in den anderen Wagen. Butch blickte sie vorwurfsvoll an, behielt aber jeglichen Kommentar für sich. Monroe vertrat die Auffassung, dass jeder seiner Kommandeure absolute Befehlsgewalt besaß, um nicht aufgrund von Unsicherheit oder Furcht vor Repressalien den Auftrag in Gefahr zu bringen. Angel nutzte diese Vollmacht höchstwahrscheinlich am häufigsten, was nicht immer auf Gegenliebe bei ihren Kameraden stieß.

Zügig erreichten sie den Schrottplatz abseits der Landstraße und etwa dreißig Meter davor schalteten sie die Scheinwerfer ein. Für den Bruchteil einer Sekunde konnte man vier glühende Punkte und anschließend zwei Schatten erkennen, die sofort hinter den Wracks in Deckung gingen.

»Victor!«, rief Angel trocken.

Er zückte eine Handgranate und schleuderte sie über die Steine hinweg. Kurz nach der Explosion hörten sie dumpfe Schreie, so als würde jemand vor Wut in ein Kissen hineinbrüllen. Irgendetwas flog durch die Gegend – Körper oder Körperteile. In den Sekundenbruchteilen des grellen Lichtblitzes ließen sich weitere Schatten erkennen, davon mindestens fünf, die sich nicht direkt bei den verrotteten Fahrzeugen befanden.

»Gib Gas Butch, das sind zu viele!«, rief Angel und zückte vorsorglich ihre Pistole. Für einen Moment sah es wirklich so aus, als würden die unheimlichen Silhouetten näherkommen, doch dann heulten die Motoren der Humvees auf und schon nach wenigen Sekunden war keine Spur mehr von ihnen zu sehen.

»Was war denn das?«, keuchte Kim in ihr Funkgerät.

»Die müssen komplett schwarze Klamotten getragen haben. Ich hab sie erst durch den Lichtblitz der Granate gesehen«, erwiderte Angel merklich überrascht.

»Kamen die hinter uns her?«

»Für einen Moment schien es so, ja!«

»Verdammt! Was machen wir nun?«

»Wir fahren mit dem Plan fort und suchen nach Team Fünf. Lass die Scheinwerfer an. In ein paar Stunden ist Sonnenaufgang. Wir bleiben so lange in Bewegung. Sag Johnny, er soll das Geschütz feuerbereit halten, bis wir außerhalb des sekundären Minengürtels sind!«, befahl Angel, sichtlich darum bemüht, etwas Schadensbegrenzung an ihrer eigenen, verhältnismäßig unvorsichtigen Aktion zu betreiben.

»Roger«, erwiderte Kim und ging hinter Butch in Formation.

»Was glaubst du, erwartet uns da oben im Norden?«, fragte Cassidy, die sich ihrer Angst für den Moment völlig ergeben hatte und an ihrem Sitz festklammerte.

»Ja weißt du«, antwortete Angel mit einem zynischen Unterton. »Je mehr ich darüber nachdenke, desto weniger will ich es wissen.«

Cassidy hatte auf eine beruhigende Antwort gehofft, sie hätte sich sogar mit einer Lüge begnügt, doch ihre Ausbilderin hielt es für pädagogisch wertvoller, ihr auf sadistische Weise jedes Gefühl von Routine und Sicherheit zu rauben.

»Scheint als wäre an den Gerüchten über diese neue Gang etwas Wahres dran, aber ohne genauere Informationen würde ein Vergeltungsangriff in einem Himmelfahrtskommando enden. Die haben uns studiert und wollten herausfinden, was wir vorhaben und ob wir eventuell so verrückt sind, da oben zu übernachten«, philosophierte Angel weiter. »Wenn wir Sharons Team gefunden haben, kommen wir zurück und schauen uns in den Ruinen noch mal um; tagsüber.«

Der Gedanke gefiel Cassidy schon besser; bei Tageslicht. Sie kam sich ein bisschen naiv vor. Während ihrer Ausbildung hatte sie sich um Feuergefechte mit den Vultures, Minenfelder und ähnliches gesorgt. Fast wünschte sie sich einen Überfall der nahezu ziellos vorgehenden Barbaren, anstelle des koordinierten Grauens, dessen sie gerade Zeugin geworden war.

9. SPERRBEZIRK

Je weiter sich der kleine Konvoi in den Norden vorkämpfte, desto interessanter wurde die Landschaft. Vergessen waren die monotonen Steppenkulissen und die einschläfernde Wirkung der grenzenlosen Sanddünen. Mit jedem Kilometer in Richtung des Hadesgebirges verdichtete sich die abwechslungsreiche Vegetation aus windflüchtigen Bäumen, hohen Graslandschaften, Insektenkolonien und gelegentlichen Wildtierherden. Ohne ihren einstigen Hauptfeind Mensch hatte sich die Natur innerhalb von zwei Jahrzehnten erholt.

Als die Sonne am späten Nachmittag bereits kurz vor dem Untergang stand, stoppte Angel die Humvees und vertrat sich mit einer Landkarte in den Händen die Beine. Noch waren die Gebäckvorräte frisch und das Wasser reichlich vorhanden, daher fühlte sich das Team trotz der grausamen Bilder aus Sienna wie auf einer Safari anstatt auf einem militärisch organisierten Spezialeinsatz. Blutige Überfälle gehörten einfach zum traurigen Berufsalltag, die man ausblenden musste, um nicht verrückt zu werden. Cassidy beschäftigte ihren Hund im flachen Gras nahe der Straße. Kim ließ sich von ihrem Freund den Nacken massieren, während Angel sich mit Butch über den weiteren Streckenverlauf unterhielt. Nach einer Viertelstunde rief sie die anderen zu einer Lagebesprechung zusammen.

Sie hatte die Humvees mit Absicht auf einem der zwei Zwillingshügel halten lassen, der letzten Kartenmarkierung vor dem Gebirge. Noch nie war ein Ranger-Team so hoch in den Norden vorgedrungen. Mit ihrer Zieloptik konnte sie in der Ferne ein halbes dutzend ausgebrannter Fahrzeugwracks ausmachen, was auf einen Truppenübungsplatz schließen ließ. Hoffnung, aber auch das mulmige Gefühl des Unbekannten lagen in der Luft. Monatelang hatte Monroe jedes verfügbare Team nach der alten Militärbasis suchen lassen, von der er zwar wusste, dass sie existierte, jedoch nicht die genaue Position kannte.

Die Reise bis zum Fuße des Gebirges würde noch einen weiteren Tag in Anspruch nehmen, daher befahl Angel, das Nachtlager aufzuschlagen. Im hohen Gras der Steppe fanden sich viele verholzte Sträucher, die sich hervorragend als Brennmaterial eigneten.

Angel und Victor überprüften in der Zwischenzeit die Gegend, entdeckten bis auf unzählige Tonnen Altmetall aber nichts Außergewöhnliches. Keines der Fahrzeuge war in den letzten zwei Jahrzehnten bewegt worden und auch vom vermissten Team fehlte jede Spur. Enttäuscht kehrten sie bei Einbruch der Dunkelheit zum Lagerplatz zurück.

»Die Hälfte des Wassers ist verbraucht«, rief Butch ihnen entgegen. Er saß bereits gitarrespielend am Lagerfeuer. »Hoffentlich finden wir in der Basis neues.«

»Das ist nicht so wichtig. Zur Not besuchen wir Eagle Village. Das ist nur einen Tag von hier entfernt«, erwiderte Angel. Dabei schnappte sie sich einen selbstgemachten Doseneintopf von der Ladefläche und legte ihn in die Glut.

Cassidy teilte sich gerade ein Stück Brot mit ihrem Hund, als sie den bekannt klingenden Ort vernahm. »Jesse ist da hingezogen, mit seiner Mutter.«

»Der Sohn von dem Ranger, dem Scott gehört hat?«, murmelte Kim nachdenklich und warf Angel einen ernsten Blick zu.

»Traurige Geschichte. Wirklich schade, dass seine Frau Frank die Schuld gibt«, sagte Johnny. Er unterzog derweil seine schmutzigen Fingernägel einer gründlichen Pediküre und schnippte dabei die abgeknipsten Enden ins Feuer.

»Was ist denn mit ihm passiert?«, fragte Cassidy, die ihr Erstaunen über den Bekanntheitsgrad des Jungen nicht leugnen konnte.

»Vor ein paar Monaten gab es Gerüchte, dass die Vultures mal wieder einen Überfall auf Silver Valley planen. Es hieß, sie errichten ein geheimes Lager nahe der Siedlung, von wo aus sie ihren Angriff führen wollten«, erklärte Angel. »Ethan sollte die Sache mit seinem Team untersuchen. Die Meldungen entsprachen den Tatsachen, aber irgendjemand hat sie verraten und direkt in eine Falle laufen lassen. Jesses Vater und ein weiterer Ranger wurden von einer Nagelbombe getötet, ein Dritter konnte entkommen.«

»Zumindest haben wir sie gerächt«, sagte Johnny. »Wir sind mit acht Wagen losgezogen und haben das Camp dem Erdboden gleichgemacht! Über zwanzig von den Dreckskerlen starben an dem Tag.«

»Und seit dem gab es keinen einzigen Angriff mehr«, ergänzte Victor beim Reinigen seiner Schutzbrille.

»Das hat vielleicht gar nichts mit uns zu tun«, sagte Angel, nachdem sie ihren Eintopf aus dem Feuer gefischt hatte und die Dose mit einem Handtuch festhielt. »Frank nahm damals an, dass ihnen unser Gegenangriff einen gewaltigen Schock versetzt hat und sie uns deswegen von dem Tag an in Ruhe gelassen haben. Mittlerweile bin ich mir aber ziemlich sicher, dass anschließend die neue Gang ihren Feldzug gegen die Vultures gestartet hat und sie plötzlich alle Hände voll zu tun hatten.«

»Hm, möglich«, murmelte Victor und senkte den Kopf. »Das Schicksal von Sienna ändert die Sache natürlich.«

»Sie werden jeden Mann brauchen«, pflichtete Kim ihm bei.

»Und was ist, wenn die mit den Vultures fertig sind?«, überlegte Cassidy laut. Die Gruppe sah sie bedrückt an, doch niemand antwortete. Sie hatte die Befürchtungen des ganzen Teams ausgesprochen. Erst nachdem Angel ihre Suppe ausgelöffelt hatte, brach sie das Schweigen.

»Genau deswegen sind wir hier. Wir müssen herausfinden, wie wir diese Holzadlergang wirksam abwehren können und der Schlüssel dazu ist das Equipment aus der Basis«, legte sie entschlossen fest und schleuderte ihre leere Dose auf die Ladefläche des Humvees. Umweltschutz war zwar seit zwei Jahrzehnten ein Fremdwort, aber Spuren zu hinterlassen ging wider ihre Natur als unsichtbare Scharfschützin. Außerdem wurden die wiederverschließbaren Metallzylinder immer stets neu befüllt. »Jetzt ab ins Bett. Ich bin hundemüde. Wer will heute Nacht Wache halten?«

Cassidy und Kim meldeten sich freiwillig, woraufhin der Rest in die Schlafsäcke kroch. Victor sah enttäuscht aus, doch Kim hatte kein Interesse an einem weiteren gegrillten Hasen. Zusammen mit Cassidy stieg sie die Anhöhe hinauf, gut zwanzig Meter von der Feuerstelle entfernt. Patrouillieren mussten sie dieses Mal nicht. Der Hügel war klein und von der Mitte konnten sie die gesamte Umgebung beobachten.

Die Stunden weigerten sich hartnäckig vorüberzugehen, aber Probleme mit Aufmerksamkeitsdefiziten hatten die beiden in dieser Nacht nicht. Die grausamen Bilder aus Sienna zwängten sich in der Dunkelheit zurück in ihr Gedächtnis und ließen sie jeden Schatten zweimal mustern, bevor sie sich selbst Entwarnung gaben.

»Ist doch alles Unsinn!«, begann Kim plötzlich und durchbrach ohne Vorwarnung die stundenlange Stille. Cassidy zuckte erschrocken zusammen und warf ihr einen giftigen Blick zu, ehe sie um eine Erklärung bat. »Diese Geschichten über Mutanten, Zombies und Geistererscheinungen in der Wüste. Hat dir in Silver Valley keiner was darüber erzählt?«

»Nein, eigentlich nicht. Irgendwer hat mich den ganzen Tag durch die Gegend gescheucht, so dass ich abends kaum noch ins Bett kam.«

Kim verstand die Anspielung durchaus und kommentierte sie mit einem Augenzwinkern. Sie verzichtete darauf, Cassidy weitere Gründe für schlaflose Nächte einzureden.

Bis auf das entfernte Knistern des Lagerfeuers war es vollkommen still. Kein Windhauch, der durch das spärliche Steppengras strich, keine Nagetiere, die sich den fremden Reisenden mit leichtsinniger Neugier näherten. Jedes Mal, wenn Cassidy Wache hielt, wünschte sie sich insgeheim einen Überfall von Scavengern oder Snakes, um zu beweisen, was sie inzwischen alles gelernt hatte. Doch am meisten machte ihr die Stille zu schaffen, durch die ihre Gedanken in Eigenregie ständig zu ihrer Familie zurückkehrten.

»Wie bist du eigentlich mit Johnny zusammengekommen?«, fragte sie, um sich selbst abzulenken und weil sie die Entstehungsgeschichte des ungleichen Paares schon seit ihrer Begegnung in Temple Town interessierte.

»Warum ist so ein hübsches Mädchen wie du, die jeden haben könnte, mit dem dicken Johnny zusammen!«, begann Kim mit der Stimme einer hochnäsigen Adelsdame. Offensichtlich war sie diese Frage bereits gewohnt und setzte ohne Unterbrechung zur Erklärung an. »Johnny war einer der Ersten, die sich für die Kurierdienste im Auftrag der Enklaven meldeten. Seine Familie in Jaguar Bay hast du ja selbst kennengelernt. Vor neun Jahren haben sie sich mit Silver Valley verbündet, als mein Vater noch gelebt und die Truppe angeführt hat. Wir haben nach Freiwilligen für die Ranger gesucht. Unsere Anforderungen waren nicht sehr hoch, da es ohnehin kaum jemanden gab, der aus freien Stücken durch die Wüste fahren wollte. Johnny war zu der Zeit einfach abenteuerlustig und dachte sich nicht viel dabei. Butch, er und ich wurden das erste Team, das nicht mehr aus U.S. Army Rangern bestand. Vielleicht hast du es schon mitbekommen, Butch ist eher so der familiäre Typ, der gute Freund, aber niemand, der mit mir mithalten will. Mein Dicker dagegen ist witzig, auf seine Art charmant und kompensiert meine euphorische Natur in der Öffentlichkeit. Butch hat sich je nach Auftrag von uns abgespaltet, nachdem sein Bruder den Rangern beigetreten war. Den Rest kannst du dir denken. Lange, einsame und kalte Wüstennächte, dazu jede Menge Gefechte mit den Gangs. Schon nach wenigen Wochen hatten wir ein Vertrauensverhältnis aufgebaut, das keine Grenzen mehr kannte. Eins hat zum anderen geführt und nun sind wir seit sieben Jahren zusammen.«

Cassidys Gedanken entführten sie unterbewusst in die Vergangenheit, während Kim über ihre Beziehung sprach. In ihrem Dorf gab es auch jemanden, den sie attraktiv fand. William, der beste Freund ihres Bruders und eigentlich viel zu alt für sie; aber das hatte die Phantasien einer Teenagerin mitten in der Pubertät noch nie zurückhalten können. Jedes Mal, wenn sie sich nun an die gemeinsamen Abenteuer mit ihm und Caiden erinnerte, endete die Geschichte in der Zerstörung ihrer Heimat, bei der vielleicht beide gefallen waren.

»Ich denke ...«, fuhr Kim nachdenklich fort und riss Cassidy damit aus ihren depressiven Gedanken. »... in einer normalen Welt, also vor dem Zusammenbruch, hätte es keine Zukunft für Johnny und mich gegeben. Unsere Beziehung ist durch Extremsituationen entstanden. Irgendwie bin ich den ganzen Gangs und durchgeknallten Psychopaten sogar dankbar dafür. Hier draußen willst du jemanden, der dir immer zur Seite steht, vollkommen egal, wie er aussieht oder wie der Rest der Welt auf deine Wahl reagiert.« Als ihr Blick über den Lagerplatz schweifte, auf dem sich Johnnys breiter Schatten deutlich von den anderen abhob, kniff sie ihr grünes Auge zusammen und fügte scherzhaft hinzu: »So unter uns, ich glaub, er ist auch ganz zufrieden mit dem Arrangement.«

Cassidy musste sich eingestehen, anfangs nicht viel von dem trägen Mann gehalten zu haben, bis er ihr in buchstäblich letzter Sekunde das Leben rettete, als sie Angels Pistole nicht aus dem Holster bekam. Sie schämte sich für ihre Vorurteile und war heilfroh, dass niemand davon erfahren hatte. Wo sie aber gerade beim Thema waren, erkundigte sie sich auch gleich nach den Familienverhältnissen ihrer Retterin.

Kim wurde unerwartet still und wendete sich vom Lagerfeuer ab. »Ja, sie hat jemanden. Einen Vulture namens Dog. Seinen richtigen Namen kenne ich nicht«, flüsterte sie bedrückt, als hätte man ihr verboten, darüber zu sprechen.

»Dog? Der eine Typ in Sienna hat doch …«

»Angel würde es nie zugeben, aber es schmerzt, wenn man ihn erwähnt«, unterbrach Kim ihre Neugierde. »Kein Wunder, dass sie die beiden einfach erschossen hat. Aber nach dem, was wir bei den Autowracks mitbekommen haben, hat sie ihnen wahrscheinlich Schlimmeres erspart.«

Cassidy lief beim Gedanken an die Granatexplosionen erneut ein kalter Schauer über den Rücken, doch bevor sie sich wirklich daran erinnern konnte, setzte Kim ihren Monolog fort.

»Sie hat ihn seit vier Jahren nicht gesehen. Tu ihr einen Gefallen und frag sie nicht nach ihm. Sie würde dir mehr erzählen, aber …«

Cassidy nickte. Wieder ein Geheimnis aus Angels Vergangenheit von dem weder gesprochen noch berichtet werden durfte. »Vielleicht macht sie sich Sorgen um ihn. Wenn es stimmt, was der Typ in Sienna …«, weiter wollte sie den Gedanken nicht führen.

»Vielleicht. Das ist eins der Themen, über die sie so gut wie nie redet. Und wir sollten es auch nicht hinter ihrem Rücken tun!«, antwortete Kim und beendete damit die Diskussion. Um die Stimmung zu heben, plünderte sie zusammen mit Cassidy die Reste der Reiseverpflegung. Anthonys Spezialeintopf mit einem schmackhaften Gemüsemix in flüssigen Stampfkartoffeln. Während ihrer Ausbildung hatte Cassidy gelernt, dass heiße Suppen in kalten Nächten ungemein motivierend wirken können, und erhielt nun die leckere Bestätigung.

***

Eine knappe Stunde vor Sonnenaufgang weckten die beiden ihr Team. Angel wollte früh aufbrechen, um möglichst viel Nutzen aus dem Tageslicht zu ziehen. Scott knurrte enttäuscht beim Anblick seines Frühstücks aus Zwieback und trockenem Brot.

»Wir müssen heute irgendwas jagen, sonst meutert der Hund«,

sagte Cassidy und wich vorsichtig zurück. Die anderen lachten, aber niemand äußerte einen Einwand gegen frisches Fleisch zum Abendessen.

Eine mit Schlaglöchern übersäte Straße, aus deren Fugen das widerstandsfähige Steppengras spross, wies dem kleinen Konvoi zielstrebig den Weg durch das militärische Sperrgebiet. Mit großen Augen musterte Cassidy die zerstörten Panzer und Artilleriefahrzeuge, die sie noch nie zuvor gesehen hatte. Sie konnte sich nur schwer vorstellen, was für Kräfte nötig waren, um solche Stahlkolosse in Altmetall zu verwandeln.

Zur Mittagszeit erreichten sie ein Gebiet, in dem ihnen das trockene Gras bis zu den Hüften reichte. Butch drosselte die Geschwindigkeit auf der kurvenreichen Strecke, um nicht von Hindernissen auf der Straße überrascht zu werden. Angel stieg in den Geschützturm und musterte die Landschaft mit ihrer Zieloptik. Es dauerte nicht lange, bis sie auf das Dach trommelte und den Konvoi stoppte.

»Zeit, deinen Hund glücklich zu machen«, flüsterte sie, bevor sie ihre Atmung verlangsamte und am Abzug ihres Scharfschützengewehrs zog. Ehe die anderen genau verstanden, was ihre Anführerin damit meinte, erschütterte ein lauter Knall die Umgebung. Kleine Vogelschwärme erhoben sich aus dem hohen Gras und in der Ferne konnte das Team eine Herde Bisons davon galoppieren hören.

»Butch, Victor, ihr kommt mit! Der Rest bleibt bei den Wagen und hält Ausschau. Kann ja sein, dass ich irgendwas angelockt hab«, befahl Angel, schnappte sich ein paar Frischhalteboxen und führte ihre Kameraden gut zweihundert Meter von der Straße weg, wo das erlegte Jungtier bereits von Aasfressern umzingelt war. Zwei Warnschüsse aus Victors Kalaschnikow ließen die Füchse reiß aus nehmen, trotzdem beeilte sich Angel und trennte nur die besten Fetzen mit gezielten Schnitten heraus. Sie besaßen ohnehin keine Möglichkeit, die Beute länger als einen halben Tag zu lagern. Zufrieden kehrte sie zu den Wagen zurück.

»Heut Abend steht wieder Fleisch auf dem Speiseplan!«, rief sie und warf Scott ein kleines Stück zu. »Hat sich irgendwas bewegt?«

»Nein, aber du warst nicht allein da draußen«, antwortete Kim. Sie kauerte mit ihrem Fernglas auf dem Wagendach. Ein paar Steppenwölfe hatten die Füchse vertrieben und stritten sich bereits um den erlegten Bison. Angel schmunzelte bei Kims Anblick, denn sie fühlte sich selbst zweihundert Meter von dem Rudel entfernt noch sehr unwohl und ließ die Raubtiere keinen Moment aus den Augen.

***

Am späten Nachmittag erreichten sie die ersten Gebirgsausläufer. Am Fuße der Berge säumten verfallene Gebäude die Straße, die wiederum von einem großen, vertrockneten Wald eingeschlossen wurden. Wildtiere hatten sämtlichen Bäumen die Rinden auf der Suche nach Insekten abgerieben, wodurch die hölzernen Gewächse abgestorben waren. Eine ausgeblichene rot-weiße Schranke samt Pförtnerhäuschen markierte den Ortseingang. An der Architektur und den Werbetafeln erkannte man einen Supermarkt, eine Tankstelle und ein erstaunlich großdimensioniertes Paketzentrum. Ein lauer Wind ließ die Fensterläden und Holztüren knarren und durchbrach damit die gespenstische Stille. Nirgendwo ein Zeichen von Gefechten oder Verteidigungsstellungen. Eine einzelne Seitenstraße führte zur Wohnsiedlung, ansonsten gab es nur den Weg in die Berge. Angel dirigierte die Humvees in eine Böschung hinein und ließ absitzen.

»Sieht nicht so aus, als würde hier jemand leben«, murmelte sie mit zusammengekniffenen Augenlidern. »Aber wir riskieren trotzdem nichts. Butch, Victor, ihr bleibt bei den Wagen! Johnny, Kim, linke Straßenseite! Cassidy, du und Scott kommt mit mir! Verhaltet euch ruhig und nutzt eure Schalldämpfer!«

Sie ließ ihr Scharfschützengewehr zurück und nahm sich stattdessen eine leichte Maschinenpistole. Cassidy schulterte ihr Sturmgewehr, für das sie keine Modifikationen besaß, und zückte ihre Handfeuerwaffe. Johnny und Kim schraubten unterdessen lange, schwarze Zylinder auf ihre Gewehrläufe.

Cassidy befahl ihrem Hund, die Suche aufzunehmen und arbeitete sich vorsichtig zum Postamt vor. Die Glasschiebetür des Eingangs lag in Scherben auf dem Boden. Angel schwenkte ihre Stabtaschenlampe quer durch den Raum, bevor sie das Gebäude gemeinsam betraten.

»Jede Menge Papier«, murmelte Cassidy. »Das wäre was für unsere Schule.«

»Schon«, keuchte Angel zur Antwort, die bereits ein Regal unter der Decke durchsuchte. »Aber deswegen sind wir nicht hier.«

Cassidy zuckte erschrocken zusammen, als aus einem der ungeöffneten Pakete eine kleine Schar aufgeschreckter Kakerlaken floh. Sie entschied daraufhin, dass sie die Post fremder Leute nichts anging, und stimmte Angel zu, die Untersuchung andernorts fortzusetzen.

***

Kim überprüfte unterdessen die Zapfsäulen der Tankstelle, während Johnny sie vom Eingang aus deckte.

»Die sehen sogar noch funktionstüchtig aus«, rief sie ihrem Freund mit vorsichtigem Optimismus zu. »Nein, Fehlanzeige. Fehlt wohl der Strom, um sie zu betreiben.«

Gemeinsam arbeiteten sie sich zum Verkaufsraum vor. Die Regale standen säuberlich aufgereiht an den Wänden. Nichts schien verwüstet worden zu sein, lediglich die Lebensmittelreste waren über die Jahre zu Insektenbehausungen mutiert.

»Hm, viel zu holen ist hier ja nicht mehr«, brummte Johnny enttäuscht. »Sieht aber nicht geplündert aus. Die Elektrogeräte sind alle an ihrem Platz und die Glühbirnen in den Lampen.«

Kim schob vorsichtig die Tür zu den Personalräumen mit ihrem Gewehr auf. Der Tischcomputer war unbeschädigt, die Papierkörbe geleert und auf dem Schreibtisch stapelte sich eine Handvoll Datenpads. Als sie die Tankanzeige auf Zehenspitzen erreicht hatte, rief sie euphorisch nach Johnny. Das unterirdische Treibstofflager war noch zur Hälfte gefüllt!

***

Cassidy schlich sich inzwischen an der Wand des Supermarktes entlang und spähte in den Eingang hinein. Nur eine der Fensterscheiben lag in Scherben am Boden. Die anderen trugen noch immer vergilbte Werbebotschaften und schürten ihren Appetit auf leckere Fertiggerichte.

»Komm rein!«, flüsterte Angel ihr zu und riss sie damit aus ihren kulinarischen Phantasien.

Cassidy ließ Scott bei der defekten Automatiktür zurück und

zwängte sich an den leeren Kassen vorbei. Eine klebrige, stark nach Alkohol riechende Schicht überzog die hellgrauen Bodenfliesen. Glassplitter bohrten sich knirschend in ihre Sohlen, während sie über die umgestürzten Regale stieg.

»Im Paketzentrum sah alles normal aus«, sagte Cassidy. »Warum ist gerade dieser Laden so verwüstet?«

Angel zuckte mit den Schultern und untersuchte zwei Paletten an der Wand. »Die hier sind noch intakt. Vierzigprozentiger Scotch!«, rief sie und warf Cassidy eine Flasche zu, die sie erst im letzten Moment aufgefangen bekam. »Gute vierzig Jahre alt. Das wird Butch freuen!«

Cassidy verzog das Gesicht. Alkohol gehörte für manche in ihrem Heimatdorf zum ganz alltäglichen Ernährungsplan, sofern welcher vorhanden war. Ihre Eltern hatten ihr den Genuss jedoch genau aus diesem Grund stets verboten. Da fielen ihre Augen auf etwas Glitzerndes unter einem Regal, wie Metall, das in der Sonne glänzte. Sie steckte ihre Pistole weg und schob das Holzgestell zur Seite.

»Ughh!«, stöhnte sie, ließ die Flasche fallen und rief nach Angel. Vor ihr lagen die Überreste eines Menschen. Der zerfetzten Kleidung nach zu urteilen eines Rangers. Der Körper wies hunderte Bisswunden auf, die teilweise seine blanken Knochen freigelegt hatten. Er lag in einer mit Alkohol vermischten, getrockneten Blutlache, die den Verwesungsgeruch überdeckt hatte. Eine Militärplakette hing um seinen Hals, dessen Reflexion des einfallenden Sonnenlichts Cassidys Aufmerksamkeit erregt hatte. »Was ist das denn?«, würgte sie hervor.

Angel beugte sich über den Körper und riss die Plakette von der Kette. »Matthew Donovan, Fahrer von Team Fünf«, antwortete sie niedergeschlagen. »Auf der Marke steht der Name seines Großvaters, Kyle Donovan Senior, United States Marine Corps. Er hat sie als Glücksbringer getragen.«

Als Cassidy die Erkennungsmarke genauer betrachtete, erinnerte sie sich an den glitzernden Anhänger, der sie auf der Schulbank in Silver Valley geblendet hatte, während sie über ihre Zukunft entschied. Doch nicht der Mann, dem das funkelnde Erbstück gehörte, war der Auslöser für ihren Entschluss gewesen. Die Frau mit ihrer zierlichen Brille, die Monroes Befehle entgegen nahm, hatte sie vom Eintritt in die Ranger überzeugt. Hatte sie ein ebenso grausames Schicksal gefunden?

»Sie heißt Sharon«, sagte Angel. Irgendwie überraschte es Cassidy nicht, dass sie darüber Bescheid wusste. »Sie stammt aus einem Ort jenseits des Hadesgebirges. Vor ein paar Jahren fand ich sie als einzige Überlebende aus einer Gruppe von Flüchtlingen. Sharon hat uns nie erzählt, wovor sie geflohen sind oder warum ihre Leute in den Süden aufbrachen, aber es gibt niemanden, weder in den Enklaven noch bei den Vultures, der ihr intellektuell das Wasser reichen kann. Sie ist ein kleines Genie und ihr Team ist ständig auf der Suche nach Büchern aus der alten Zeit. Sie liest jedes davon, bevor es in Franks Bibliothek wandert. Inzwischen weiß sie bestimmt mehr über die Welt als wir alle zusammen.«

Auf einmal begann Scott wie verrückt zu bellen. Normalerweise machte er sich still und leise bemerkbar, wenn er etwas witterte, doch diesmal rief er lautstark nach Verstärkung.

***

Kim und Johnny verließen gerade freudestrahlend die Tankstelle, als sie sein Bellen vernahmen.

»Cassidy, was ist denn da los?«, sagte Kim in ihr Mikrofon, als plötzlich die Geräusche von zersplitternden Glasscheiben durch das Dorfzentrum schallten.

»SCHUSSWECHSEL! Schusswechsel beim Supermarkt!«, rief Johnny in sein Funkgerät und rannte mit Kim an der Hauswand entlang auf den Lärm zu. Seine Freundin zückte ihr Fernglas und erkannte Scott, der noch immer bellend vor dem Eingang stand.

»Verdammt, was geht da vor?«, knisterte Victor aus den Ohrstöpseln.

»Bringt die Wagen her!«, antwortete Angels verzerrte Stimme. Das war Befehl genug. Schon zehn Sekunden später durchbrachen die Humvees schnaufend den Schlagbaum am Dorfeingang und stürmten wie wütende Bestien zur Rettung ihrer Anführerin. Kim sprang auf den ersten Wagen auf und schwang sich an das Fünfziger, während Johnny auf der Seitenstufe stand und mit dem linken Arm sein Gewehr ausrichtete. Als sie sich dem Laden näherten, schleuderte Angel gerade eine Handgranate in die Böschung auf der gegenüberliegenden Straßenseite.

»Was ist denn da?«, rief Butch ihr durch die offenen Fenster entgegen.

Cassidy sprang auf den vorderen Humvee und deutete in die Richtung, in der die Granate im selben Moment explodierte und das Gestrüpp erschütterte. »Halt drauf, halt einfach drauf!«, rief sie panisch.

Kim überlegte nicht lange, sondern ließ ihr Geschütz aufblitzen. Johnny folgte ihrem Beispiel und gemeinsam sägten sie eine Schneise durch das Unterholz. Erst zwanzig Sekunden später stellten sie das Feuer ein.

Cassidy schnaufte völlig außer Atem und stieg wieder ab. Sie hockte sich neben den rechten Kotflügel auf den Boden, wechselte das Magazin ihres Gewehrs und drückte Scott fest an sich. Der Hund hatte sich beruhigt, schnüffelte aber weiter angespannt in der Luft.

»Was zum Teufel war das?«, rief Kim, ohne ihre Position zu verlassen.

»Ich glaub, wir sind sie erstmal los«, keuchte Cassidy.

Angel nickte ihr zu und schraubte den Schalldämpfer von ihrer Maschinenpistole. »Wir haben Team fünf gefunden, oder besser, was von ihnen übrig ist«, erklärte sie und führte ihre Kameraden zu dem verwesenden Kadaver.

Kim übergab sich beinahe und stürzte entsetzt aus dem Supermarkt heraus. Johnny folgte ihr, während Butch die Wunden genauer untersuchte.

»Irgendwelche Raubtiere würde ich sagen. Vielleicht Wölfe oder wilde Hunde. Da muss ein halbes Rudel über ihn hergefallen sein«, brummte er fassungslos. »Und die haben euch angegriffen?«

Cassidy nickte, noch immer am ganzen Leib zitternd. Victor fand eine alte Kunststoffplane hinter der Theke und deckte Matthews Leiche damit zu.

»Was ist mit den anderen?«, fragte Johnny, als Angel den Supermarkt verließ. Der kurze Sprint hatte ihm bereits den Schweiß ins Gesicht getrieben und der Anblick des zerfetzten Kadavers half seinem überlasteten Kreislauf auch nicht gerade.

»Wissen wir nicht«, antwortete sie. »Sieht aus, als wäre er panisch in den Laden gestürmt. Als hätte ihn etwas verfolgt.«

»Die Tankstelle ist unbeschädigt, die Regale stehen an ihrem Platz und der Tank ist zur Hälfte gefüllt«, berichtete Kim. Sie kämpfte noch immer mit ihrem Würgereiz und gewann nur langsam die Oberhand.

»Hm.« Angel runzelte die Stirn. »Es gibt auch keine Verteidigungseinrichtungen. Keine Spuren von Gefechten oder Überfällen. Diese Siedlung wurde vielleicht schon vor dem Kollaps aufgegeben und geriet wohl seitdem in Vergessenheit.«

»Aber irgendetwas lebt hier. Die Viecher sahen aus wie schwarze Wölfe«, erwiderte Cassidy. »Ohne Scott hätten wir sie sicher erst bemerkt, wenn es zu spät gewesen wäre!«

»Und was jetzt? Zurück nach Silver Valley?«, fragte Kim verstört. Der Anblick ihres Kameraden und das Wissen, dass die Bestien die ihm das angetan hatten, noch in der Nähe waren, ließen sie nicht zur Ruhe kommen.

»Mit leeren Händen?«, konterte Angel.

»Ich will nicht so enden wie Matthew!«

»Scott wird Alarm geben, wenn diese Monster zurückkehren«, versuchte Cassidy sie und sich selbst zu beruhigen.

Angel nickte bestätigend und fügte hinzu: »Außerdem sieht mir das hier sehr nach einer Militärsiedlung aus. Die Wohnanlage liegt abgeschieden. Jeder Besucher wird von einem Wachposten registriert und die Leute haben alles vor Ort. Treibstoff, Lebensmittel und sogar ein eigenes Paketzentrum. Ich bin mir sicher, dass wir direkt vor der Basis stehen.«

»Na gut, aber ich lauf nicht neben den Humvees her und untersuch die Häuser!«

»Cassidy und ich übernehmen mit dem Hund die Führung. Wir sehen uns die Wohnanlage an und folgen dann dem Pfad in die Berge«, entschied Angel.

Die schweren Geländewagen bogen daraufhin im Schritttempo in die Seitenstraße ein und bildeten eine Formation hinter den beiden Frauen, die wiederum dem aufmerksamen Schäferhund folgten. Sie fuhren so nah wie möglich an den Straßenrändern, um ein größtmögliches Sichtfeld abdecken zu können.

Dutzende gleichförmige Parzellen mit identischen Einfamilienhäusern säumten den Weg. Kniehohe Sträucher wucherten in den Vorgärten, die Fenster hingen schief in den Rahmen, die ausgeblichene Farbe der Holzbauten pellte sich im grellen Sonnenlicht ab. Große Spinnweben klebten unter den Dächern, Fliegengittertüren und Fensterläden klapperten im schwachen Wind. Vorsichtig untersuchten Angel und Cassidy die Gebäude, ohne Scott für einen

Moment aus den Augen zu lassen. Erfreut stellten sie fest, dass die Hausapotheken auch nach mehr als zwanzig Jahren noch gut gefüllt waren. Hunderte Vitaminpillen, Antibiotika und Schmerzmittel sammelten sich in den Erste-Hilfe-Kästen der Humvees. Die Haltbarkeit war bei weitem überschritten, doch die meisten der Medikamente verloren ihre Wirkung auch Jahrzehnte nach ihrem Ablaufdatum nicht.

Die Einrichtungen der Häuser entführten die neugierigen Entdecker in eine andere Zeit. Große Spiegelwände mit eingelassenen Fernsehbildschirmen ließen die beiden ihre Kleidung zurechtrücken. Angel hatte außerdem einen antiken Sport-BH entdeckt, der für das vermeintlich schwache Geschlecht unter den Rangern ein unerlässliches Accessoire war. Die Küchen waren bis ins Detail durchgeplant worden. Jeder Topf, jede Pfanne und jedes Messer besaß seine eigene Halterung. Bis auf den Staub der vergangenen Dekaden wirkten die Gebäude sauber und aufgeräumt.

»Definitiv eine Militärsiedlung. Hier sieht's ja aus wie bei Frank«, brummte Angel beim Anblick der beinahe spießerischen Ordnung. Alle Häuser verfügten über ein abgetrenntes Arbeitszimmer. Meist war es der einzige verwüstete Raum. Datenpads und Speichermodule lagen auf dem Boden verteilt, solarbetriebene E-Papers flackerten im einfallenden Sonnenlicht. Neugierig durchwühlten die beiden die Aufzeichnungen der Offiziere.

»Ein Abschiedsbrief«, murmelte Angel, als sie den Schreibtisch in einem der Gebäude untersuchte.

Liebste Nancy,

ich weiß nicht, wie lange wir noch durchhalten können. Der Krieg hat die Versorgungslinien zerstört und wir sind auf uns allein gestellt. Die Vorräte werden knapp und unsere Experimente verbrauchen jeden Tag mehr davon. Der Professor weigert sich, sie einzustellen. Er predigt uns immer wieder, dass nur sie uns retten können. Ich weiß nicht, was ich davon halten soll. Er könnte Recht haben, aber ich fürchte eher, dass er uns alle ins Verderben führen wird. Ich hoffe, dass diese Nachricht noch übertragen ...

»Weiter kam er wohl nicht.«

»Was für Experimente?«, sorgte sich Cassidy.

»Das finden wir früh genug heraus«, sagte Angel. »Hast du sonst noch irgendwas gefunden?«

»Ein paar alte Klamotten, weiße Kittel.«

»Das passt zusammen. Wird ein Wissenschaftler gewesen sein.«

Eine halbe Stunde lang untersuchten sie die Parzellen, die in jedem Haus ein identisches Bild boten: menschenleere Gebäude, in denen seit Jahrzehnten niemand mehr lebte. Der große Unterschied zu anderen verlassenen Siedlungen bestand darin, dass die Bewohner nicht Hals über Kopf geflüchtet, sondern ordnungsgemäß evakuiert worden waren. Die hohe Zahl an depressiven Briefen und Tagebuchaufzeichnungen ließ Angels Stirnfalten ins Unermessliche wachsen und weckte ihre Neugier, doch die flackernden Displays lieferten nur unzureichende Antworten. Außerdem wollte sie die Basis noch vor Einbruch der Dunkelheit erreichen und entschied sich daher für die Weiterfahrt in die Berge.

Die gut ausgebaute Straße schlängelte sich zwischen scharfen Klippen und steilen Hängen hinauf, bevor sie in einen zweihundert Meter breiten Parkplatz mündete. Zwei schwerbewaffnete aber inaktive Kampfroboter bewachten die Zufahrt. Die autonomen Kriegsmaschinen sahen wie überdimensionierte Wachhunde aus. Eine Zwanzig-Millimeter-Kanone stellte die panzerbrechende Primärbewaffnung dar, die von zwei leichten, um fünfundvierzig Grad schwenkbaren Maschinengewehren unterstützt wurde. Auf ihren vier gepanzerten Beinen waren diese Jagdmaschinen vor dem globalen Zusammenbruch ernstzunehmende Gegner im urbanen Gefechtseinsatz oder der Niederschlagung von Volksaufständen. Gut zwanzig Jahre nach ihrer letzten Parkscheinkontrolle gaben sie jedoch keinen Ton mehr von sich. Ein paar dutzend alte Fahrzeugwracks verrotteten hinter ihnen zwischen den verblassten Stellplatzmarkierungen. Eine Schleuse mit Fußgänger- und Wagenkontrollen bildete den Eingang zur Militärbasis. Die geöffneten Metalltore und die eingefahrenen Eisenspikes ließen die Humvees passieren, als gehörten sie zur Stützpunktbesatzung. Im Schatten zweier Kasernen und eines verfallenen Bürogebäudes im Plattenbaustil fuhren sie langsam am Tower des Militärflughafens vorbei. Vor dem Turm flankierten Hubschrauber- und Flugzeugstellplätze die beiden Rollbahnen. Auf der gegenüberliegenden Seite der Gebäudeblöcke und des Kontrollturms standen vier Flugzeughangars und fünf abgerundete Betonbunker, die wie langgezogene Iglus der Arktis aussahen. Wildwuchs von Bäumen und Sträuchern zeigte deutlich, wie lange die Basis auf sich allein gestellt gewesen sein musste. In den Flugzeugwracks hatten ganze Nagetierfamilien Zuflucht gefunden und in den Ästen zwitscherten vereinzelte Singvögel, die es nur noch in der Nähe der Berge gab.

Nachdem sie den Flughafen mit den Humvees einmal komplett umkreist hatten und wieder kein Lebenszeichen fanden, entschied Angel, zunächst eventuell zurückgelassene Aufzeichnungen in den Bürogebäuden durchzusehen, bevor sie mit der Bunkererkundung begannen.

Eine Untersuchung der Plattenbauten ergab, dass es sich um einen Versorgungsflugplatz für Operationen im Norden gehandelt hatte. Die Akten zeigten, dass vor drei Jahrzehnten Unmengen an Waffen und Munition in den vier massiven Hochsicherheitslagern abseits des Rollfeldes lagerten. Die Freude über den schnellen Erfolg ihrer Mission verging jedoch, als sich herausstellte, dass die Basis bereits zwei Jahre vor dem globalen Zusammenbruch geschlossen und die Lagerhallen zuvor geleert worden waren. Mit wachsendem Argwohn entdeckte das Team hunderte von Aufzeichnungen der ersten vier Bunker, aber nicht eine einzige des Fünften. Es schien fast so, als hätte er in den Köpfen der Archivare nicht existiert. Nach einer Stunde angestrengter Suche brach Angel die Analyse der Daten resigniert ab und entschied, den Phantombunker selbst in Augenschein zu nehmen.

Die beiden Humvees hielten vor dem massiven, fünf Meter hohen und zehn Meter breiten Stahlbetontor. Ein weit offenstehender Durchgang erlaubte bereits die Einfahrt, doch Angel wollte das Innere vorerst zu Fuß sichern. Kim und Johnny blieben bei den Fahrzeugen zurück. Der Rest teilte sich zur Erkundung in zwei Gruppen auf. Die riesige Halle verschluckte schon nach wenigen Schritten das einfallende Licht, so dass sich das Team auf eigene Lichtquellen verlassen musste. An den Wänden standen ein paar Dutzend grüne Spinde, wie sie häufig in Kasernen und Sportanlagen benutzt wurden. In den geöffneten Türen klebten noch vereinzelte Familienfotos. Von Motten zerfressene Kleidung hing an den Haken. In der Mitte der Halle warfen lumineszierende, rechteckige Bodenmarkierungen das Taschenlampenlicht zurück. Davor waren deutliche Spuren im Staub erkennbar, die nur wenige Tage alt sein konnten.

Plötzlich ließ ein noch immer funktionstüchtiger Bewegungsmelder acht Lampen an Decke und Wänden aufflackern, die den Bunker umgehend auf Tageslichtniveau erhellten. Sie offenbarten den überraschten Eindringlingen zwei riesige Bodenplatten, die in ihrer Breite beinahe an die Außenmauern heranreichten, samt einem dahinterliegenden Kontrollzentrum. Die Zentrale wirkte steril wie ein Operationssaal, ganz im Gegensatz zum Rest der Halle. Die meisten der alten Computer gaben keinen Ton mehr von sich. Lediglich drei transparente Glasbildschirme nahmen ihren Dienst auf und zeigten nach ein paar Sekunden eine identische Warnmeldung.

»Hm, was meinen die mit *Quarantäneprotokoll in Funktion*? Die Tür stand doch speerangelweit offen«, fragte Butch unsicher, während er versuchte, mehr Informationen zu erhalten. Präapokalyptisches Hightech-Equipment war nicht gerade seine Stärke, daher hämmerte er wild auf den Tastaturen, um eine Reaktion zu provozieren. Die Maschine entschied die Runde für sich und beharrte auf ihrer Warnung, bis der Mechaniker schließlich entnervt aufgab und den Rest der Technik musterte.

Währenddessen analysierten Angel und Cassidy die Papiernotizen und Datenpads auf den Arbeitsplätzen der Schaltzentrale. Sie wurden schnell fündig und entdeckten Hinweise darauf, dass Bunker Fünf ein geheimes Militärlabor war, in dem die Regierung neue Waffensysteme hatte erforschen lassen. Sie fanden Arbeitsaufträge mit Listen dutzender beteiligter Wissenschaftler. Es stellte sich heraus, dass der Flugplatz mitsamt den anderen Hochsicherheitslagern lediglich als Tarnung für das Forschungslabor diente. Woran genau an diesem Ort gearbeitet wurde, ergab sich aus den Unterlagen jedoch nicht.

»Neue Waffensysteme, hm?«, verkündete Angel erfreut und schwenkte das glänzende E-Paper herum, auf dem sich eine dreidimensionale Skizze der mechanischen Wachhunde vom Lagereingang drehte. »Vielleicht ein paar von diesen Kampfrobotern, mit denen Frank uns früher am Lagerfeuer erschrecken wollte? Das würde ihm sicher gefallen.«

Die Stimmung der Gruppe besserte sich etwas, nachdem sie ihrem Ziel wieder ein Stück näher gekommen waren. Butch untersuchte gemeinsam mit seinem Bruder die beiden Bodenplatten, die sie für den Eingang zum unterirdischen Teil der Basis hielten. Victor versuchte abzuschätzen, wie viel Sprengstoff er für ein Loch benötigen würde. Es beunruhigte sie jedoch, dass das Tor vor kurzer Zeit schon einmal geöffnet worden war, da es deutlich weniger Staub aufwies, als der Boden daneben. Eine nähere Untersuchung des Kontrollraums ergab, dass eine Sprengung gar nicht nötig war. Eine Konsole inmitten der Glasbedienelemente schien der Türöffner zu sein, doch auf die Betätigung folgte keine Reaktion und der Statusbildschirm zeigte das Symbol zweier Schlüssel.

Angel hatte schon häufiger Bergungen in militärischen Komplexen durchgeführt und konnte sich denken, was der Computer von ihr verlangte. Nach ein paar Minuten hatte sie die beiden Schlösser außerhalb des Kontrollzentrums an den Bunkerwänden gefunden, die gleichzeitig mit dem Schalter betätigt werden mussten, um zu verhindern, dass ein Einzelner das Tor öffnete. Nun funktionierte die Konsole, doch mit dem ersten Spalt zwischen den Schotten schalteten sich plötzlich rot blinkende Warnleuchten ein. Das ohrenbetäubende Geräusch einer Alarmsirene hallte durch den Bunker, die in regelmäßigen Abständen von einer künstlich klingenden Frauenstimme unterbrochen wurde.

WARNUNG!
QUARANTÄNE DURCHBROCHEN!
DAS GESAMTE PERSONAL IST UMGEHEND ZU EVAKUIEREN!
WARNUNG!

Das Team hielt sich die Ohren zu und versuchte erfolglos, die Lautsprecher ausfindig zu machen. Scott jaulte vor Schmerz, bis Cassidy sich schützend über ihn beugte und sein empfindliches Gehör mit ihren Ellenbogen schützte. Angel zog bereits ihre Pistole, um den Computer mit Schüssen auf die Konsole zum Schweigen zu bringen, da hörte der Alarm plötzlich von selbst auf. Nur die roten Blinklichter flackerten weiterhin ein und aus.

»Hey! Was ist da los bei euch?!«, rief Kim aus dem Funkgerät. »Hier sind gerade ganze Vogelschwärme aus ihren Nestern gefallen!«

»Wir haben einen Geist geweckt«, erwiderte Angel barsch und trat wütend gegen die Schalttafel. Nachdem sie ihren Gleichgewichtssinn wiedererlangt hatte, untersuchte sie das große Betontor im Boden, unter dem eine zweispurige Straße zum Vorschein gekommen war. Der Tunnel war hoch genug, um mit einem kompletten Sattelschlepper hineinzufahren.

»Nicht schlecht«, sagte Butch anerkennend. »Mit dem Flughafen und so einem Zugang können die da unten eine ganze Stadt versorgen.«

»Ein paar gefüllte Waffenkammern würden mir schon reichen«, entgegnete Angel und griff nach dem Funkgerät. »Kim, schafft die Humvees her. Wir gehen rein!«

Beim Anblick des dunklen Schachts lief Cassidy ein kalter Schauer über den Rücken. Auch Scott wimmerte leise und ließ sich nur widerwillig zur Fahrt in die Tiefe überreden. Rote Rundumleuchten wiesen ihnen den Weg durch den gut ausgebauten Tunnel. Moosartige Gewächse wuchsen aus Rissen von der Decke heraus und ein moderiger Verwesungsgeruch lag in der Luft. Schmelzwasser des Gipfelgletschers tropfte zu Boden oder rann an der Wand hinunter. Aufgerissene Kabelverbindungen ragten aus Rohren an den Betonmauern.

»Strom und Wasser«, murmelte Kim nachdenklich über das Funkgerät. »Ob hier noch jemand lebt?«

»Kaum«, versuchte Angel ihre Leute zu beruhigen. »Das Licht wird mit Sicherheit von einem Notfallgenerator versorgt, den wir mit unserer Schleusenöffnung aktiviert haben.«

Die Worte verfehlten ihre Wirkung nicht, konnten jedoch ebenso wenig die Zweifel ausräumen. Eine Quarantäne verhängte das Militär nicht ohne Grund, und schon gar nicht zwei Jahre vor dem eigentlichen Zusammenbruch. Irgendetwas musste hier unten geschehen sein. Etwas, von dem die Menschheit nichts erfahren sollte, nicht einmal kurz vor dem Ende. Etwas, was nie das Tageslicht erblicken durfte – und sie steuerten direkt darauf zu. Alle Worte der Welt hätten das Unbehagen der Gruppe nicht auslöschen können, doch die ernste Lage ihrer Heimat und die Hoffnungen, die in ihrer Mission steckten, trieben sie voran.

Butch fuhr auf der kurvenreichen Strecke absichtlich mit Schrittgeschwindigkeit und rechnete hinter jeder Biegung mit einem Hindernis. Die Scheinwerfer wurden von den mit gelben Streifen bemalten Wänden reflektiert und blendeten ihn so stark, dass er die Augenlider zusammenkneifen musste. Schon nach gut fünfhundert Metern endete die Fahrt vor einer massiven Schleuse.

Im Kontrollposten abseits der Straße lag eine verweste Soldatenleiche. Einschusslöcher im Kopf und ein trockener Blutfleck an der Wand erzählten eine eindeutige Geschichte. Angel schob den Drehstuhl beiseite, um an die Türöffnungskonsole zu gelangen. Ein Sicherheitsscharnier, das normalerweise heruntergeklappt sein sollte, um den Schalter gegen unbeabsichtigte Benutzung zu schützen, lag abgerissen daneben. Der runde, rotleuchtende Kunststoffknopf selbst wies einen Fingerabdruck auf, der erst vor kurzer Zeit entstanden sein konnte.

»Was ist? Stimmt was nicht?«, rief Kim durch das Fenster, als Angel zögerte.

Sie schlug wortlos mit der Faust auf den Türöffner und setzte sich zurück in den Humvee. Hinter der Schleuse erwartete sie ein großzügiger Logistikumschlagplatz mit fünf separaten Dockstationen für LKW. Ein Militärlaster verrottete auf dem zweiten Stellplatz, die anderen waren frei. Durch die zerrissene Plane flackerte rotes Licht aus den gegenüberliegenden Rundumleuchten. Zwei offene Rolltore gaben den Blick ins Innere der Lagerräume preis, wo sich dutzende Holzkisten mit unkenntlichen Aufschriften stapelten. Hunderte Versorgungsgüter lagen wie in einem Baumarkt säuberlich sortiert in aneinandergereihten Metallregalen. Als Butch an dem Militärtransporter vorbeigerollt war, stoppte er den Humvee so plötzlich, dass Johnny ihm beinahe aufgefahren wäre. Ohne einen Ton zu sagen, schwang der dicke Ranger seine Faust aus dem Fenster.

Butch ignorierte ihn und wies Victor lautlos an, das Bordgeschütz zu besetzen. Angel und Cassidy stiegen mit gezogenen Waffen aus und verschwanden hinter dem Laster, ehe Kim mit ihrem Freund neben ihnen auftauchte und Matthews Pick-up erkannte, der in der Logistikstation parkte. Sofort ging Johnny in Deckung und sicherte Victor den Rücken, während Kim die Rolltore im Auge behielt. Auch Scott gab keinen Laut von sich, sondern zog den Kopf ein und versteckte sich im Fußraum des Humvees.

Unterdessen näherten sich Angel und Cassidy dem Kleintransporter mit angelegten Gewehren. Die Türen waren verschlossen und die Abdeckplane ordnungsgemäß verzurrt. Der Wagen wirkte wie ein gewöhnliches, geparktes Fahrzeug. In der Passagierkabine war nichts zu erkennen, was auf einen gewaltsamen Übergriff schließen ließ, die Metallverkleidungen waren heruntergeklappt worden und die Sitze so sauber, als hätte Matthew sie gerade erst gereinigt.

Cassidy gab Angel Feuerschutz, als sie vorsichtig die Plane der Ladefläche löste. Zentimeterweise zog sie die Kunststoffdecke zurück, um nicht von einer Sprengfalle oder einem versteckten Gegner getroffen zu werden. Doch es erwarteten sie lediglich ein paar gefüllte Munitionsbehälter und fabrikneu anmutende Gewehre. Ohne ein Wort zu sagen, kehrte sie mit ihrer Schülerin zum Humvee zurück.

»Scheint, als hätten sie Erfolg gehabt«, flüsterte sie ihrem Team zu. »Die Ladefläche ist voller Waffen und Munition.«

»Aber wo sind Sharon und Jason? Und warum hat Matthew seinen Wagen stehenlassen und ist zu Fuß geflüchtet?«, fragte Kim besorgt. »Er ist einfach nicht der Typ, der seine Kameraden im Stich lässt und davonrennt!«

Darauf wusste Angel keine Antwort, doch das Schicksal von Team Fünf war Teil ihrer Mission. Außerdem kam es nicht in Frage, dass sie ihre Leute ohne einen Rettungsversuch zurückließen. Sie entschied sich daher zu einer genaueren Erkundung der Basis, angefangen mit der Lagerhalle, die als Eingang zum gesamten Komplex diente. In Zweierteams schlichen sich die Ranger durch die engen Gänge zwischen den Regalen entlang. Vieles vom Inhalt war mit den Jahren unbrauchbar oder ungenießbar geworden, aber auch langlebiges Verbandszeug und einst frei verkäufliche Medikamente befanden sich in den Kisten. An den Wänden stapelten sich große, silberne Metallfässer, deren aufgeklebte Totenkopfschilder vor ätzenden und giftigen Chemikalien warnten. Ein paar davon hatten sich im Laufe der Jahrzehnte durch ihr stählernes Gefängnis gefressen. Eine klebrige, giftgrüne Masse hatte sich auf dem Boden mit einer farblosen und bereits eingetrockneten Flüssigkeit vermischt. Am Ende der Halle traf sich das Team vor einem gigantischen Lastenaufzug, dessen Förderkorb in der Tiefe kaum noch zu erkennen war. Gut zwanzig Stockwerke trennten sie vom Untergrund.

»Na toll«, keuchte Angel und wich von dem Fahrstuhlschacht zurück. »Ich hasse Aufzüge!«

Kim sah sie mit geteilter Schadenfreude und Mitleid an, während sie den Schacht genauer untersuchte und eine Leiter entdeckte, die neben der Kabine in die Tiefe führte.

»Da kämen wir runter.«

»Vergiss es!«, zischte Angel, die noch immer mit ihrer Höhenangst kämpfte. »Wo es einen Fahrstuhl gibt, da gibt es auch Stufen! Außerdem können wir Scott nicht so weit abseilen.«

»Dann teilen wir uns auf? Ihr sucht das Treppenhaus, während Johnny und ich schon mal hinabsteigen?«

Obwohl ihr Freund von der Idee gar nicht begeistert war, hatte er eigentlich kein echtes Mitspracherecht, zumal Angel den Vorschlag abnickte. Gemeinsam schwangen sie sich zur Leiter herüber und stiegen vorsichtig die Sprossen hinab.

Unterdessen folgten die anderen der gut sichtbaren Markierung zu den Stufen. Angel band sich ihre schwarze Mähne zu einem langen Pferdeschwanz zusammen und leuchtete anschließend zwischen den Treppen hindurch. Der Förderkorb war bei weitem nicht auf der untersten Ebene zum Stehen gekommen. Selbst im gebündelten Licht ihrer Stabtaschenlampe war der Boden nicht zu erkennen.

Butch und Victor spalteten sich an der Tür zum ersten Untergeschoss von Angel und Cassidy ab. Dahinter offenbarten sich ihnen großräumige Büros mit professionellen Skizziertischen, auf denen die Kampfmaschinen des einundzwanzigsten Jahrhunderts konstruiert worden waren. Modelle von autonomen Kampfrobotern ließen sich auf beinahe jedem Schreibtisch finden. Kalender von 2046 bestätigten, dass die Basis bereits zwei Jahre vor dem globalen Zusammenbruch aufgegeben worden war.

Angel und Cassidy stellten unterdessen fest, dass sich der Verwesungsgeruch proportional zur Tiefe verstärkte. Auch sie entdeckten nur Büros und einen großzügig dimensionierten Präsentationsraum, dessen riesige Leinwand durch die eingebrochene Feuchtigkeit unter starkem Schimmelbefall litt. Fünf Etagen lang fanden sie nichts als Schreibtischarbeitsplätze, Kopierräume und Serverkabinen. Erst das sechste Untergeschoss bot ein anderes Ambiente. Die einst weißen Tapeten wurden von grauen Betonwänden abgelöst und Kabelschächte nicht länger versteckt hinter der Fassade geführt, sondern waren unverblendet unter die Decken montiert worden. Die ganze Zeit über begleiteten die Ranger zusätzlich zur gedimmten Notbeleuchtung die roten Blinklichter, die es überall in der Basis zu geben schien. Massive Panzerglasfenster mit verrosteten Stahlrahmen gaben den Blick auf Großraumlabore preis, an deren Eingängen bunte Markierungen klebten, die vor Giften, Krankheitserregern oder schädlichen Strahlungen warnten. Auf den Tischen befanden sich noch immer Aufbauten für Experimente, die nur auf einen Wissenschaftler warteten, um mit der Arbeit fortzufahren.

Angel durchsuchte die herumliegenden Datenpads nach nützlichen Informationen, während Cassidy die mannshohen Glaskolben untersuchte, die überall im Labor standen. Die trübe, grüne Flüssigkeit in ihnen ließ nur eine Silhouette des Inhalts nach außen dringen. Cassidy wischte den Staub von der Oberfläche, um besser hineinblicken zu können. Im selben Moment verließen ein paar Gasblasen das organische Objekt und stiegen mit einem Blubbern an der Glaswand hinauf. Erschrocken zuckte sie zurück und stolperte beinahe über den Schreibtisch hinter ihr.

»Fleisch«, murmelte Angel. »Das da drin ist nichts weiter als künstlich erzeugtes Fleisch.« Sie kam einen Schritt näher und sah genauer hin. »Völlig verrottet. Unglaublich, dass diese Dinger noch dicht sind.«

Als sie bemerkte, wie fassungslos Cassidy sie daraufhin ansah, ging Angel etwas mehr ins Detail und las aus den Akten vor, dass die Wissenschaftler versucht hatten, eine bestimmte Pheromonart für ein anderes Projekt herzustellen. Sie ließ sich nicht auf herkömmliche Art gewinnen, daher klonten die Forscher Organe und züchteten sie in großen Reagenzgläsern heran. Wofür die Pheromone benutzt wurden, ergab sich aus den Unterlagen nicht. Dafür war die Sicherheitsstufe der hier arbeitenden Abteilung nicht hoch genug.

Die beiden verließen das Labor und folgten dem Flur, an dessen Boden sich im Laufe der Jahre kleine Rinnsale gebildet hatten. Ein halbes Jahrhundert zuvor, als die Basis wahrscheinlich errichtet worden war, hatte man sie unter die Gletscher des Gebirges gebaut. Der Beton hatte die Katakomben vor der einsetzenden Eisschmelze nicht schützen können und nun suchte sich das Wasser seinen eigenen Weg durch den Fels. Es tropfte von der Decke herab und sammelte sich bei den Fahrstühlen, an dessen Türschlitzen es in die Tiefe stürzte. Das rotblinkende Licht und die Taschenlampen spiegelten sich an den feuchten Wänden und hüllten den Gang in ein unheimliches, schummriges Ambiente, in dem das Unterbewusstsein jeden Schatten zu einem blutrünstigen Ungeheuer werden ließ. Während Angel mit geschultem Blick vorausging und nur Sekundenbruchteile benötigte, um gedanklich ganze Räume zu kartographieren, musterte Cassidy argwöhnisch die Labore und versteifte den Griff um ihr Gewehr. Scott dagegen trottete unbeeindruckt hinter seinem Frauchen her. Lediglich das Wasser in seinem Fell schien ihn zunehmend zu stören.

»Wir sind angekommen«, zischte Kims verzerrte Stimme aus dem Funkgerät. »War gar nicht so leicht, die Fahrstuhltüren aufzukriegen.«

»Wir untersuchen gerade die Forschungsanlagen, wie sieht's bei euch aus?«, fragte Angel beiläufig, während sie neugierig in den Wandschränken kramte.

»Alle paar Etagen gibt es einen Ausgang für den Lastenaufzug«, erwiderte Kim. »Wir haben mittlerweile das zweite Großraumlager entdeckt. Hier stapeln sich 'ne Menge Käfigkonstruktionen. Man könnte meinen, die hätten ihren eigenen Zoo hier unten. In einigen davon liegen verweste Hundekadaver.«

Angel blieb abrupt stehen und drehte sich zu Cassidy um. Auch sie hatte verstanden und blickte ihre Freundin nervös an. Allmählich häuften sich die *zufälligen* Wolfsindizien.

»Kannst du Details erkennen? Was für Hunde sind das?«

»Etwa so groß wie Scott, würde ich sagen. Mehr ist nicht zu sehen. Die sind schon lange tot«, antwortete Kim. »Wir haben über uns eine Art Zentrale entdeckt. Ein paar der Monitore laufen noch. Das sollte auf Level siebzehn sein. Seht euch da mal um!«

»Verstanden, wir machen uns auf den Weg«, erwiderte Angel. »Butch! Wo seid ihr?«

»Ebene zwölf, Waffenforschung«, kratzte es aus dem Funkgerät. »Aber hier ist nicht mehr viel übrig. Matthews Team muss das schon auf den Pick-up geladen haben.«

»Wir sehen uns die Zentrale an, ihr untersucht die Ebenen dazwischen!«

Zusammen mit Cassidy und Scott trat sie den Rückweg zum Treppenhaus an, wo in jeder Etage ein rudimentärer Plan der gesamten Basis hing. Zunächst hatten ihr die numerischen Bezeichnungen der verschiedenen Abteilungen nichts gesagt, doch die Überwachungszentrale war durch ihre farbige Kennzeichnung nicht zu verfehlen, wenn man wusste, dass es überhaupt eine gab.

Auf Level siebzehn wiesen ihnen unübersehbare Schilder an den Wänden den Weg, bis sie vor dem Eingang schockiert innehielten. Eine völlig verweste Leiche, an der Uniform als Soldat zu erkennen, lag direkt vor der Tür. Die Pistole in seiner Hand, das Loch im Schädel auf Höhe der Schläfen hinter seiner Gasmaske und der Blutfleck am Zugangsschott in Augenhöhe ließen keinen Zweifel an der Todesursache. Als das Stahltor nicht auf Angels Krafteinwirkung reagierte, untersuchte sie die Überreste genauer und fand einen elektronischen Türöffner. Bevor sich die Türen auf Knopfdruck zur Seite schoben, warnte sie eine freundlich klingende Frauenstimme, dass die Batterie des Senders fast erschöpft sei.

Die beiden betraten die Zentrale, wo ihnen sofort sämtliche Gesichtszüge entglitten. Beißender Gestank entwich aus dem fünfundzwanzig Jahre lang versiegelten Raum.

Es dauerte mehrere Minuten, bis sie sich wieder zu konzentrieren vermochten und das Überwachungszentrum mit vorgehaltener Hand untersuchten. Auf vier der sechs Drehstühle lagen verweste Kadaver, die sich genau wie der Wachsoldat selbst erschossen hatten und ebenfalls Gasmasken trugen. Keuchend schoben sie die Leichen vor die Tür und legten anschließend im Treppenhaus eine Pause ein, damit sich die Luft in der Zentrale mit dem Rest der Basis ausgleichen konnte.

»Was hier wohl passiert ist?«, fragte Cassidy, die ihrem Hund fassungslos zusah, der trotz des widerlichen Gestanks seinen Appetit nicht verloren hatte und auf einem Stück Brot herumkaute. »Wieso haben die sich alle selbst erschossen?«

Angel wischte sich den Schweiß von der Stirn und begnügte sich mit der Feldflasche aus ihrem beigefarbenen Armeerucksack. »Vielleicht fühlten sie sich schuldig, dass ihr Machtgehabe die Welt zerstört hat?«, erwiderte sie zynisch. »Ich frag mich allerdings, warum jeder von denen Gasmasken getragen hat.«

»Wegen dem Gestank?«, überlegte Cassidy.

»Nein, zu Lebzeiten haben die bestimmt besser gerochen«, antwortete Angel und bat anschließend ihre Kameraden um einen Statusbericht.

»Hier sieht‘s aus wie in Franks feuchten Träumen!«, spottete Kims verzerrte Stimme. »Komplettes Einheitsgrau mit beliebig austauschbaren Einheitsuniformen und nicht der geringsten Spur von Individualität!«

Ein kurzes Lächeln erschien auf Angels Lippen. Monroes Sinn für modisches Verständnis endete mit der farblichen Variation seiner Uniform je nach Einsatzgebiet, was regelmäßig mit Kims ausgeprägtem Verlangen nach Einzigartigkeit kollidierte.

»Ob man die Luft da drin schon atmen kann?«, fragte Cassidy. Sie hatte wieder etwas Farbe im Gesicht bekommen.

»Wir können ja mal nachsehen. Wenn nicht, lassen wir das halt die Männer machen!«

Cassidy warf Scott das letzte Stück Brot zu. Sie schüttelte sich das endlos von der Decke tropfende Wasser aus ihren blonden Haarsträhnen und wollte gerade den Rückweg antreten, als sie das Quietschen einer sich öffnenden Tür im Treppenhaus vernahmen. Angel beugte sich mit verschränkten Armen über das Geländer und leuchtete nach unten.

»Kim? Johnny?«, rief sie mit einer Selbstverständlichkeit in die Tiefe, als wäre der unterirdische Stützpunkt ihr Privatdomizil. Ihre Worte wurden hundertfach reflektiert und schallten durch den gesamten Aufgang, doch sie bekam keine Antwort.

Das weckte Cassidys Neugier, die sie daraufhin mit ihrer Taschenlampe unterstützte. Für den Bruchteil einer Sekunde konnten sie einen Schatten erkennen, der blitzschnell aus dem Treppenhaus heraushuschte und aus den tiefsten Etagen zu kommen schien.

»Kim? Butch? Ist einer von euch momentan auf den Stufen unterwegs?«, fragte Angel leise in ihr Funkgerät.

»Negativ«, knisterte die raue Stimme ihres Mechanikers. »Wir sind auf Ebene sechzehn, genau über euch.«

»Die Soldaten haben scheinbar jeden Zugang zu Level einundzwanzig verbarrikadiert«, erwiderte Kim. »Johnny räumt gerade einen Schuttberg aus dem Weg, damit wir weiterkönnen.«

Die romantische Abenteueratmosphäre war Angel sofort vergangen. Mit versteinertem Blick sah sie Cassidy in die Augen, die mit einem Nicken bestätigte, dass sie dasselbe gesehen hatte.

»Wir sind nicht allein!«, hauchte sie in ihr Funkgerät. Für einen Augenblick schwiegen die Ohrstöpsel. Angel und Cassidy starrten zusammen in die Tiefe, doch der Schatten war verschwunden.

»Angel«, begann Kims verunsichert klingende Stimme. »Kannst du das nochmal wiederholen?«

»Auf den Stufen hat sich gerade etwas bewegt, unter euch«,

flüsterte sie zurück. »Es könnten Jason und Sharon sein. Wir versuchen die Überwachungssysteme der Kommandozentrale zu reaktivieren und melden uns dann wieder!«

Gemeinsam mit ihrer Schülerin verließ Angel das Treppenhaus. Sie verhielt sich mit Absicht völlig ruhig, um Cassidy nicht unnötig zu verunsichern. Viel half das jedoch nicht, weshalb sie sie beiseite zog und ihr erklärte, dass wilde Tiere häufig Zugänge zu alten Militärbasen fänden und sie als ihre Behausung verwendeten. Noch nie sei sie auf aggressive Untermieter getroffen und es würden auch hier mit Sicherheit nur ein paar Ratten sein. Cassidys Unterbewusstsein erzeugte eine Vielzahl Ungeheuer, die hinter jeder Ecke auf sie lauerten, doch Angels Worte besänftigten ihr Unbehagen – zumindest für eine Weile. Sie war froh, nicht allein zu sein und klammerte sich fest an das Halsband ihrer wandelnden Alarmanlage.

Die Luft der Zentrale war inzwischen atembar. Die Notstromversorgung speiste einige der Monitore, die verschiedene Teile der Basis zeigten. Man konnte deutlich die oberen Pheromonlabore mit ihren großen Glasalkoven erkennen. Dann entdeckten sie Kim und Johnny, die den Schutthaufen überwunden hatten und auf Ebene einundzwanzig vorstießen. Angel untersuchte die Schalttafeln der Überwachungsanlage, während Cassidy den beiden fasziniert zusah. Sie hatte noch nie ein funktionierendes Bildschirmgerät gesehen und andere zu beobachten, ohne dass die etwas davon wussten, erfüllte sie mit einem seltsam angenehmen Gefühl. Die Überwachungskamera lieferte zwar nur grob aufgelöste, farblose Bilder, aber dennoch konnte Cassidy genau erkennen, wie Kim mit sanften, überlegten Schritten vorausging und Johnny sie mit ein paar Metern Abstand und einem größeren Blickwinkel sicherte. Plötzlich verschob sich der Ausschnitt nach rechts. Angel hatte eine in die Konsole eingelassene Kunststoffkugel entdeckt, mit der sich die Kameras steuern ließen. Der Bildschirm zeigte eine weitere Barrikade aus Schutt und zerstörten Büromöbeln, doch dazwischen konnten sie mindestens ein Dutzend Körper erkennen.

»Was ist das, Kim?«, flüsterte Angel angespannt. »Wir sehen hier ein paar Leichen und jede Menge Müll, sonst nichts.«

Auf dem Monitor verfolgte sie, wie sich ihre Freundin dem Wall näherte und ihn mit ihrem Laserlichtmodul untersuchte. Johnny verschwand im Schatten eines Mauervorsprungs und verschaffte Kim so einen unsichtbaren Feuerschutz, genau so, wie er es in Temple Town getan hatte. Eine einzelne, bildhübsche Frau erschoss man nicht einfach, sondern schlich sich an sie heran und versuchte sie gefangenzunehmen. Jeder Angreifer würde dabei in eine tödliche Falle laufen. Es war ein Spiel, dass Kim schon oft mit Johnny gespielt hatte.

Sie berührte die Leichen nicht, sondern musterte die Formation, in der sie auf der Barrikade verteilt lagen. Schließlich stieg Kim auf eine Kiste an der Wand und leuchtete die andere Seite der Halle ab.

»Wölfe – hier liegen überall Wolfskadaver!«, knisterte es gleichzeitig aus den Lautsprechern der Überwachungsanlage und den Ohrstöpseln.

Das Kinn auf die geballte Faust gestützt, drehte sich Angel in ihrem Sessel von der Konsole weg und überlegte. Einen Augenblick lang sah sie Cassidy in die Augen, dann starrte sie scheinbar durch sie hindurch.

Angel stand auf, ging auf eine der Glasvertäfelung zu und suchte nach einem Schalter. Plötzlich flackerte eine der Scheiben auf und meldete das Bewegungsüberwachungssystem als einsatzbereit und aktiviert. Eine dreidimensionale Ansicht der gesamten Basis erschien zusammen mit der Aufforderung, eine Ebene auszuwählen. Angel berührte die einundzwanzigste Etage mit ihren Fingerspitzen und sofort zoomte die Computerdarstellung in ein zweidimensionales Bild von Kims Aufenthaltsort. Sie war deutlich als blinkender, weißer Punkt zu erkennen, der sich an der Barrikade entlang bewegte. Ein dumpfer, sich ständig wiederholender Ton veränderte seine Modulation, sobald sie sich schneller oder langsamer bewegte. Johnny war nicht zu entdecken. Entweder lag sein Mauervorsprung in einem toten Winkel oder er stand absolut still. Kurz darauf entdeckte Angel zwei weitere Einstellungen, mit denen sie den Fokus der Anzeige vergrößern und verkleinern konnte. Sie reduzierte die Auflösung um ein Gesamtbild der Etage zu erhalten, stockte jedoch schon nach wenigen Augenblicken, als sie noch einen Punkt fand, der sich langsam auf Kim zubewegte.

»Johnny, zwölf Uhr! Da kommt jemand auf euch zu!«, flüsterte sie in ihr Funkgerät.

Für eine Sekunde blitzte eine dritte Markierung auf dem Monitor auf. Es war Kims Leibwächter, der sich neu ausrichtete. Kim suchte sich unterdessen Deckung hinter ihrer Kiste, blieb aber aufrecht stehen.

»Sharon? Jason? Seid ihr das?«, ertönte ihre Stimme aus den Lautsprechern.

Angel lief zur Überwachungssteuerung und drehte die Kamera in die entgegengesetzte Richtung. Mehr als ein Schatten ließ sich nicht erkennen. Unruhig kehrte sie zu den Bewegungsmeldern zurück.

»Zwanzig Meter, Kim! Er ist zwanzig Meter direkt voraus!«

Plötzlich piepte die Anzeige viel schneller als zuvor und der einzelne Punkt raste auf Kim zu. Bevor Angel sie warnen konnte, prasselten Schüsse aus den Lautsprechern der Zentrale. Zwischen den Geschossen vernahm Angel einen panischen Aufschrei von Kim, die sich jedoch sofort wieder meldete.

»Verflucht!«, keuchte sie. »Wo kam der denn her?«

»Wer? Wer oder was war das?«, rief Angel ungeduldig. Sie kam nicht dazu, auf die Antwort zu warten, denn das Alarmsystem begann laut zu piepen. Ein Dutzend blinkender Punkte bewegte sich rasend schnell auf ihre Freunde zu. »Kim! Kim, verdammt, raus da! Da kommen noch mehr!«, schrie sie in ihr Funkgerät. Durch die Kameraüberwachung konnte sie beobachten, wie ihre Kameraden gezielt auf das schossen, was ihnen aus den Tiefen der Basis entgegenkam. »Wie die Soldaten vor fünfundzwanzig Jahren«, murmelte Angel fassungslos. »Butch, Victor! Sofort runter zu Ebene einundzwanzig! Kim und Johnny werden angegriffen!«

Noch schienen Kim und Johnny die Front zu halten, aber die Flut der feindlichen Punkte nahm nicht ab. Angel wäre ihnen am liebsten selbst zu Hilfe geeilt, doch als erfahrene Kommandantin war ihr bewusst, dass sie ihren Leuten in einer derart ausgestatteten Zentrale eine weitaus wirkungsvollere Unterstützung bieten konnte.

Trotz des Kampfgetöses zwang Angel sich, ruhig zu bleiben und studierte die Karte. Sie vermochte sich nun auszumalen, wie die Soldaten an der Barrikade gestorben waren. Die Überlebenden hatten sich zurückgezogen, als die Lage hoffnungslos schien und den Eingang zu Ebene einundzwanzig gesprengt. Genau die Blockade, die Johnny zuvor beseitigt hatte!

»Kim! Zieht euch zurück zu dem Schutthaufen! Victor ist unterwegs, er soll den Zugang neu versiegeln!«

Sie bekam keine Antwort, konnte aber sehen, wie ihr Team den Rückzug antrat. Angel zoomte in das Geschehen hinein und versuchte, die Angreifer zu identifizieren, doch die ständig aufblitzenden Mündungsfeuer bei nahezu völliger Umgebungsdunkelheit verwirrten die Kameras, die daraufhin nur undeutliche, silhouettenhafte Bilder zeigten. Kim gab ihr Bestes, den anderen mehr oder weniger erfolgreich durch Gesten und Zurufe Befehle zu erteilen. Butch war mit seinem Bruder inzwischen eingetroffen und leistete Feuerunterstützung, während Victor bereits erste Sprengladungen platzierte. Aufgrund der vorherigen Detonation waren kaum glatte Flächen vorhanden, an denen seine Sprengsätze hafteten, daher klemmte er sie kurzerhand unter Stahlträger und in alle Löcher, die er auf die Schnelle fand.

Als sie die große Halle der einundzwanzigsten Etage verließen, verlor Angel sie aus den Augen und konnte nur noch ihre Bewegungen und Geräusche verfolgen. Victor warnte die anderen vor der Explosion, dann donnerte ein lauter Knall durch die Basis, den sie auch ohne Lautsprecher und Funkgeräte gehört hätte. Das letzte, was sie auf dem Videomonitor sahen, war eine grell leuchtende Feuerwalze, die sich durch die große Halle rollte und dabei zuerst die rote Notlichtversorgung und dann die Kameras und Bewegungsmelder zerstörte. Die Monitore meldeten einen technischen Defekt der Überwachungsanlage.

»Status!«, rief Angel entsetzt. »Wie ist euer Status, verdammt!« Die Fassungslosigkeit stand ihr ins Gesicht geschrieben, während sie die leblosen Anzeigen absuchte. Als sie auch nach einigen Minuten keine Antwort erhalten hatte, ergriff Cassidy ihre Hand.

»Nein!«, fuhr Angel sie barsch an. »Sie sind *nicht* tot!«

10. HIC IACET

Mit dem Zeigefinger vor den Lippen deutete Angel auf eine stählerne Gitterrosttreppe, die in die Tiefen der Basis führte. Scott gab keinen Laut von sich, sondern folgte ihr behutsam die Stufen hinab und suchte in der Luft nach Anzeichen für Gefahr. Ihm war sichtlich unwohl, denn der modrige Verwesungsgestank, der sich mit jeder Etage verstärkte, begrenzte die Effizienz seiner Spürnase erheblich. Cassidy bildete die Nachhut, immer darauf bedacht, unbemerkt durch die Dunkelheit zu schleichen und gleichzeitig Angels Rücken zu decken. Ihre geweiteten Augen zeugten von großer Anspannung, aber sie verspürte keine Angst. Zum Teil verließ sie sich auf Scott, der sie schon in Sienna unter ähnlichen Umständen vor nahen Feinden gewarnt hatte, zum anderen vertraute sie Angels Erfahrung. Dies war mit Sicherheit nicht die erste unheimliche Begegnung für sie, tief in der Erde, begraben von hunderten Tonnen Stahlbeton!

Eine halbe Stunde lang hatten sie versucht, die Überwachungsanlage zu reaktivieren oder wenigstens ein Signal ihrer Kameraden zu erhalten, aber weder der Funk noch die Bewegungsmelder ließen sich wieder zum Leben erwecken. Angel war entschlossen, selbst nach ihrem Team zu suchen. Sie hatte sich die digitale Karte eingeprägt und war sich sicher, einen zweiten Zugang zu Ebene einundzwanzig entdeckt zu haben.

Plötzlich hockte sie sich auf den Boden und drehte blitzartig den Kopf herum. Sie lauschte und deute mit ihrem Zeigefinger nach oben. Nun hörte auch Cassidy die unbekannten Geräusche. Sie klangen beinahe wie Schritte, aber dumpfer und viel schneller aufeinanderfolgend. Waren sie zunächst deutlich über ihnen zu hören, so verstummten sie bereits nach einer halben Minute. Angel erhob sich und setzte den Weg fort, jedoch langsamer als zuvor und so lautlos, wie es ihre wuchtigen Militärstiefel zuließen.

Auf dem rostigen Catwalk gab es keinerlei Notlichtversorgung. Nur die Taschenlampen wiesen den beiden den Weg. Die drückende Dunkelheit, die sich so schwer wie tausende Meter Erdreich auf ihren Schultern anfühlte, verschlang deren Leuchtkraft schon nach wenigen Schritten. Wasser tropfte auf sie hinab und tat unangenehm weh, wenn es auf eine ungeschützte Körperstelle traf. Über sich konnten sie einen weiteren Gang erkennen, unter ihnen lag nur schwarzes Nichts.

Für einen Moment schien es Cassidy, als hörte sie Geräusche hinter sich, aber weder Scott noch Angel zeigten eine Reaktion. Sie tat es als Einbildung ab, bis Angel sich selbst auf den Boden hockte und mit zusammengekniffenen Augen in ihre Richtung blickte.

»Lauf!«, hauchte sie. Ohne auf ihre Lautstärke zu achten, rannte Angel davon.

Cassidys Sinne hatten sie also doch nicht im Stich gelassen. Nun hörte sie die Geräusche näherkommen, aber wann immer sie sich umdrehte, sah sie nichts als die lähmende Dunkelheit.

Plötzlich unterbrach ein metallisches Knirschen die unkontrollierte Flucht nach vorn, gefolgt von einem verstörten Jaulen. Angels schwere Fußtritte hatten eines der rostigen Bodengitter brechen lassen. Scott heulte vor Schreck auf, rettete sich jedoch mit einem Sprung auf die gegenüberliegende Seite. Cassidys Gewicht ließ dafür gleich mehrere Roste ihren Halt verlieren, so dass sie sich in die Tiefe bogen und Cassidy mit sich rissen. Im letzten Moment griff Angel nach dem Gurt ihres Gewehrs, an dem sich ihre Schülerin festklammerte.

»Nicht loslassen!«

Cassidy japste schockiert und versuchte, die rettenden Gitter mit ihrer linken Hand zu erreichen, rutschte aber allmählich von der feuchten Waffe ab. Angel beugte sich so weit wie möglich zu ihr runter.

»Hab dich ... gleich ...!«

»Angel!«, rief Cassidy verzweifelt. »Ich kann nicht ...!«

Da verlor sie den Halt und stürzte mit einem panischen Aufschrei in die Tiefe. Der gegenüberliegende Gang, auf dem sie gekommen waren, begann zunehmend zu schwanken und die trampelnden Geräusche kamen unbeeindruckt näher. Angel konnte nicht länger warten. Ihre Verfolger hatten sie schon fast eingeholt. Entschlossen schulterte sie Cassidys Gewehr und zerrte den bellenden Schäferhund an seinem Halsband davon.

***

Cassidy spürte einen stechenden Schmerz in der Brust, ausgelöst durch den Schock, ins Unbekannte zu stürzen. Sie wusste nicht, ob ihre Augen geöffnet oder geschlossen waren. Angels Taschenlampe konnte sie nicht mehr erkennen. Ihre Gedanken kreisten einen Sekundenbruchteil lang um ihre Heimat, ihre Familie. Doch so schnell ihre Erinnerungen gekommen waren, so schnell verschwanden sie wieder, als sie plötzlich hart mit dem Rücken aufschlug.

Benommen drehte sie sich zur Seite. Sie lag auf dem Bodengitter eines weiteren Catwalks, beleuchtet von einer der roten Warnlampen. Das Licht kam aus einem offenen Schott ein paar Meter von ihr entfernt. Nacheinander testete sie ihre Gliedmaßen; nichts war gebrochen.

»Angel?«, rief sie. Die Dunkelheit um sie herum antwortete nicht. Cassidy hörte Scott immer leiser bellen, bis plötzlich etwas direkt vor ihr auf den Boden fiel.

Erschrocken rappelte sie sich auf und rannte in Richtung des offenen Schotts. Dort angekommen zog sie ihre Pistole und richtete sie auf den Catwalk. Die Geräusche aus der Finsternis waren zurückgekehrt. Das dumpfe Getapse, das ihr unbarmherzig nachstellte. Aber sie kamen nicht nur von draußen. Entweder spielten Cassidys Ohren verrückt, oder die Monster hatten sie bereits eingekreist. Sie hörte sie von beiden Seiten näherkommen.

Ihr einziger Ausweg schien ein weiterer Sprung in die Tiefe zu sein. Cassidy beugte sich über das Geländer. Nichts. Sie konnte absolut nichts erkennen.

Da sah sie einen Schatten im linken Augenwinkel auf sie zuspringen. Instinktiv verfeuerte sie ihr halbes Magazin. Der Schatten jaulte, stürzte zu Boden und rutschte unter dem Geländer durch.

Hier konnte sie nicht bleiben. Cassidy warf einen letzten Blick in den Tunnel. Sie suchte nach einer Alternative zum Sprung in den sicheren Tod und fand sie in Form einer Müllklappe. Die Schächte führten bis zur Müllverarbeitungsanlage. Vielleicht konnte sie den freien Fall mit Händen und Füßen abbremsen.

Ihr blieb keine andere Wahl. Wie in Zeitlupe sah sie die Monster bereits auf sie zulaufen. Cassidy zog die Klappe auf und verschoss ihr Magazin. Dann sprang sie mit den Füßen voran hinein und ergab sich ihrem Schicksal.

***

Cassidy streckte ihre Hände aus, um die unkontrollierte Reise ins Ungewisse zu verlangsamen. Sie befand sich in einem Rohr mit weniger als einem halben Meter Durchmesser und konnte problemlos die Decke mit ihren Ellenbogen erreichen. Schon einen Augenblick später musste sie ihre Arme jedoch zurückziehen. Aufgrund der Reibung brannten sie wie Feuer. Einzig ihre stabilen Militärstiefel hielten der Belastung stand.

Als sie gerade ihren Kopf heben wollte, endete die Rutschpartie abrupt im freien Fall. Diesmal traf sie bereits nach einer Sekunde auf einen weichen Untergrund, der ihren Sturz abfederte. Trotzdem schmerzten ihr sämtliche Gliedmaßen. Ein paar Minuten lang blieb sie wie gelähmt liegen. Sogar ihre eigentlich verheilte Schusswunde am Hals beschwerte sich pochend über die unsanfte Behandlung.

Ein erster Versuch des Aufrichtens wurde jäh von ihrem verdrehten, rechten Unterschenkel zunichtegemacht, der sie quiekend zurück zu Boden stürzen ließ. Nur mit der Unterstützung ihrer wochenlang trainierten Arme und zusammengebissenen Zähnen vermochte sie ihr Bein aus seiner misslichen Lage zu befreien.

Völlige Dunkelheit umgab sie. Ihre Hände wanderten an der Uniform hinab, bis sie die Tasche mit den Leuchtstäben erreichten. Sie zerbrach den Glaskolben im Inneren und schüttelte das Knicklicht, wie Angel es ihr erklärt hatte. Kurz darauf hüllte sie ein schummriges, giftgrünes Licht ein. Fast erwartete sie, um sich herum blutrünstige Monster zu entdecken, doch nichts dergleichen geschah. Sie befand sich in einem rechteckigen Müllcontainer und war auf den verfaulten Resten des Basisabfalls weich gelandet. Nun verstand sie auch, warum ihr Geruchssinn völlig kapituliert hatte und sich ihre Nase so verstopft anfühlte.

Cassidy krallte sich mit beiden Händen an der Containerwand fest und zog sich daran hoch, aber schon bei der geringsten Kraftanstrengung rächte sich ihr geschundener Rücken für die gewaltsame Reise in die Tiefe und ließ sie jede Unebenheit des Müllschachts zehnfach spüren. Wieder musste sie die Zähne zusammenbeißen, nur um einen Blick aus ihrem stinkenden Landeplatz zu werfen.

Gut fünf Meter trennten sie von einem stabilen Eisentor, in das eine normale Tür eingebaut worden war. Um sie herum befanden sich sieben weitere Müllcontainer, vier davon zugedeckt und zusammengekettet. Cassidy schluckte schwer, als sie sich an den Plan erinnerte, den sie mit Angel durchgegangen war. Ihr Fluchtmanöver hatte sie in die Müllverarbeitungsanlage auf Ebene achtundzwanzig verschlagen – die tiefste Etage der Basis. Sie versuchte nach ihrem Headset zu greifen, doch es war nicht mehr da. Mit einem angewiderten Gesichtsausdruck überwand sie sich, den Müll unter ihren Füßen zu durchwühlen, bis sie es nach ein paar Minuten endlich gefunden hatte. Sie flüsterte Angels Namen, dann rief sie das gesamte Team, aber bis auf ein statisches Rauschen kam kein Geräusch aus dem Ohrstöpsel.

Plötzlich traf es sie wie ein Blitz. Sie war allein! Allein auf der untersten Ebene einer militärischen Forschungseinrichtung für biologische Waffen, zusammen mit Monstern, die bereits zwei ausgebildete Ranger-Teams auf dem Gewissen hatten! Außerdem verfügte sie nicht länger über ihr Gewehr, nur noch ihre Pistole mit zwei Magazinen und eine Handgranate. Die Verzweiflung spiegelte sich im grünen Licht ihrer Augen, als sie die Waffe nachlud. Die Vorstellung aufzugeben und sie auf sich selbst zu richten, um nicht zu sterben wie die anderen, kreuzte ihren Verstand. Angel meinte einmal zu ihr, dass sie der Gedanke an Selbstmord durch so manche schlaflose Nacht in den zahlreichen Gefängniszellen ihrer Laufbahn geholfen hatte. Doch dann erinnerte sie sich an die Flucht aus ihrem Dorf, wo sie vor derselben Entscheidung gestanden hatte, sich aber gegen die Kapitulation entschied und mit einem neuen Leben belohnt worden war.

Cassidys Augen spähten über die Stahlwand hinweg auf den Ausgang zu. Trotzig entsicherte sie ihre Pistole und kletterte aus dem Container heraus. Mit einem lauten Platschen kam sie auf dem Boden auf, wo sich eine zentimetertiefe Wasserschicht aus der Gletscherschmelze des Gebirges gebildet hatte. Ein Gefühl von Dankbarkeit für das feste und vor allem wasserresistente Schuhwerk erfasste sie. In der linken Hand den grünen Leuchtstab und in der anderen die Waffe atmete sie noch einmal tief ein, ehe sie beides vor sich hielt und die Tür öffnete.

Ein markerschütterndes Knarren begleitete die ersten Schritte ihres Fluchtversuches, woraufhin Cassidy erschrocken zusammenzuckte und innehielt.

Erneut schloss sie die Augen, versuchte sich zu beruhigen und zu konzentrieren. Sie durfte nicht an ihre hoffnungslose Situation denken, sondern musste all ihre Energie auf die vor ihr liegende Aufgabe fokussieren. Also startete sie einen neuen Versuch, indem sie sich quer durch den schmalen Spalt der Stahltür zwängte, um nicht noch mehr Lärm zu verursachen. Sie befand sich in einer großen Halle, in der vier angerostete Müllfahrzeuge standen, deren Beschriftungen kaum noch zu erkennen waren. Im sichtbaren Bereich ihres Stabes konnte sie ein halbes Dutzend Tore ausmachen, wie das, aus dem sie gekommen war. Der leblose Wasserteppich, der durch ihre Fußtritte in Bewegung geraten war, spiegelte das grüne Licht an die Decke der gesamten Etage und ließ die Umgebung unheimlich lebendig wirken. Cassidy schlurfte an der grauen Betonwand entlang, um nicht die Orientierung zu verlieren, bis sie auf einen langen Gang traf, der laut einem Wegweiser von der Müllverarbeitungsanlage zu den Aufzügen und einem der Treppenhäuser führte. Dessen Wandverkleidungen bestanden aus engmaschigen Eisengittern, hinter denen sich die schweren Geräte zur Müllverwertung befanden.

Mit einem Mal hatte sie das Gefühl, das Plätschern von Fußstapfen im Wasser zu hören, ähnlich der Schritte, die sie schon auf dem Servicegang wahrgenommen hatte, kurz bevor sie abgestürzt war. Sie hockte sich auf den Boden und lehnte sich an die Wand. Weder vor noch hinter ihr ließ sich ein Lebenszeichen entdecken. Auch die Geräusche waren wieder verstummt. Als sie ihren Weg fortsetzen wollte, spürte sie einen heißen Atem in ihrem Nacken. Für einen Augenblick tat sie das Gefühl als Einbildung ab, doch es verschwand nicht mit dem unheimlichen Plätschern. Es wurde intensiver.

Mit verängstigten Augen drehte sie sich um und richtete den Leuchtstab aus. Da erfasste sie das blanke Grauen. Von der anderen Seite des Gitters starrte sie ein Augenpaar an, groß und grün funkelnd. Zunehmend erkannte sie einen geöffneten Kiefer, gefletschte Zähne und schließlich eine Nase, den gesamten Kopf und Körper. Der schwarze Riesenwolf ließ sie keinen Moment aus seinen glänzenden Augen, die eine unheimliche Entschlossenheit und Intelligenz ausstrahlten.

Cassidys Puls raste. Vermutlich hörte der Wolf ihren Herzschlag sogar. Ihr Instinkt sagte ihr, dass sie das Untier genau da hatte, wo er sie haben wollte.

Plötzlich schoss ihr durch den Kopf, dass er wohl kaum allein sein würde. Cassidy hielt den Leuchtstab in Richtung Ausgang – nichts, in Richtung Müllverarbeitungsanlage – nichts, doch als sie das Licht zurück zur Wand schwenkte, war der Wolf verschwunden und sie vernahm erneut das Plätschern näherkommender Schritte. Nun konnte sie die Laute endlich identifizieren. Es waren weitere hungrige Jäger, die hinter der Gitterwand auf sie gelauert hatten!

Sofort trat sie den Rückzug zum Treppenhaus an, wobei sie ihr schmerzendes Bein viel Zeit kostete. Verunsichert blickte sie sich immer wieder um, aber die lähmende Dunkelheit stahl ihr die Sicht auf die Verfolger. Ein paar Sekunden später schien der rettende Ausgang greifbar nahe, doch sie merkte, wie der Schatten des ersten Wolfs bereits zum Sprung auf sie ansetzte. Verzweifelt wirbelte sie herum und schoss auf die schwarzen Silhouetten, die sie erbarmungslos verfolgten.

Für einen Augenblick hoffte sie, ihr Unterbewusstsein wäre an all dem schuld. Dass sich ihre Angst vor der Dunkelheit in die Schatten verwandelt hatte, die ihr hinterherhetzten. Das schmerzverzerrte Aufheulen, welches kurz nach dem Schuss durch den Tunnel hallte, holte sie jedoch sofort in die Realität des wahren Alptraums zurück.

Endlich erschien das rettende Schild des Ausgangs am Ende des vergitterten Servicegangs, doch die Tür war verschlossen! Ein digitales Zahlenschloss beendete ihren Fluchtversuch in einer Sackgasse, die jeden Moment zur Todesfalle werden würde. Verzweifelt trommelte Cassidy mit den Fäusten gegen die Tür. Sie schrie nach Angel, da tauchten zwei weitere Silhouetten aus der Dunkelheit auf. Erste Tränen der Hoffnungslosigkeit sammelten sich in Cassidys Augen, aber sie biss die Zähne zusammen, zielte auf die Wölfe, deren spitze Fänge sie im rundum reflektierenden Licht bereits erkennen konnte, und verschoss vor Wut schreiend ihr gesamtes Magazin. Im Blitzlichtgewitter des Mündungsfeuers heulten die Tiere auf und wanden sich jaulend im eiskalten Wasser.

Auf einmal war alles still. Cassidy lauschte ihrem eigenen Atem. Schnell und unregelmäßig schnappte sie nach Luft. Ihre Hände zitterten unkontrolliert, als sie den Magazinauswurf betätigte, um ihre Pistole nachzuladen. Sie schaffte es nicht. Ihr Körper kapitulierte unter dem enormen Schock und ließ sie an der Wand zusammenbrechen. Ersatzmagazin und Leuchtstab glitten ihr aus den Fingern. Schluchzend zog sie ihre Knie an die Brust. Der Stab rollte im flachen Wasser vor die verschlossene Tür, woraufhin Cassidy von der allgegenwärtigen Dunkelheit eingehüllt wurde. Sie tastete nach dem Magazin und zog es zu sich heran, während sie schniefend den Kopf hob und in Richtung des vermeintlichen Ausgangs sah.

Das Licht flackerte auf und warf unförmige Schatten über die weiß lackierte Sicherheitstür. Cassidys unterlaufene Augen drehten sich verstört in den Höhlen, bis sie zwei weitere Wölfe erkannte, von denen einer ihr Knicklicht zwischen den schnaufenden Kiefern hielt. Es war der Alphawolf, dessen Atem sie bereits auf ihrer geschundenen Haut gespürt hatte und der deutlich an seinem hoch aufgestellten Schwanz zu erkennen war. Cassidy versuchte nochmals, ihre Pistole nachzuladen, doch das Ersatzmagazin entglitt ihren zitternden Händen. Sie richtete die leere Waffe auf die schwarzen Ungeheuer. Als sie die klickenden Geräusche vernahm, wollte sie benommen aufstehen, um zu fliehen, aber ihre Beine versagten noch immer den Dienst. Sie stürzte rückwärts und prallte mit dem Kopf an die Wand. Ihr Schädel schlug auf etwas hartes und metallisches, als der rangniedere Wolf gerade zum Sprung ansetzte.

Ihr Verstand schaltete sich ab. Die erlösende Nacht empfing sie, bis ein heller Lichtblitz ihr ein letztes Bild auf die Netzhaut brannte. Ein gewaltiger Schlag traf die hungrige Bestie und schleuderte sie an das engmaschige Gitter, woraufhin der Leitwolf mitsamt dem Leuchtstab das Weite suchte. Cassidy schloss die Augen und ergab sich der Finsternis, die sie nun endgültig einhüllte.

***

»… und was, wenn noch mehr hier sind?«, fragte eine dumpf klingende Frauenstimme.

In Cassidys Kopf hämmerte ein unaufhörlicher Schmerz gegen ihre Schädelwand. Sie öffnete blinzelnd die Augenlider und sah die unscharfen Umrisse einer grell leuchtenden Tischlampe. Allmählich kam sie zu sich und spürte, dass sie waagerecht in einem weichen Bett lag. Ihre Hände wanderten über ihre Brust hinauf bis zu dem Verband, der ihre Stirn umgab.

»Niemand weiß, was mit uns geschehen ist! Wieso sollten die also gerade hier nach uns suchen?«, erwiderte eine barsch klingende Männerstimme.

»Du hast ihre Kleidung doch auch erkannt, oder?«, fragte die Frau und schien äußerst überzeugt von ihrem Standpunkt. »Außerdem wird sich die Kleine wohl kaum allein hierher verlaufen haben!«

Cassidy versuchte aufzustehen, aber ihr Kopf stieß unsanft an das über ihr gelegene Federgestell des Doppelstockbetts. Sie stöhnte und ließ sich zurück in ihr Kissen fallen. Das erregte die Aufmerksamkeit der beiden Streithälse. Kurz darauf öffnete sich die Tür und zwei unscharfe Gestalten traten ein, deren Silhouetten vom Licht des Nachbarraums überstrahlt wurden. Reflexartig hielt Cassidy die Hände in einer Abwehrposition vor ihre Brust, beruhigte sich aber wieder, als sie die zarte Berührung einer Frauenhand spürte, die sie sanft festhielt.

»Angel?«, keuchte sie mit heiserer Kehle. Ohne ihr zu antworten, reichte ihr die Frau eine Tasse mit Wasser und stützte ihren Kopf, so dass Cassidy leichter schlucken konnte. Ihre Sicht klarte zusehends auf und sie erkannte das runde, beinahe kindlich wirkende Gesicht einer jungen Frau, deren kurze, dunkelbraune Haare in einem zierlichen Stummelzopf über ihrem Nacken zusammenliefen. Ihre schmalen Brillengläser ließen sie wie eine Wissenschaftlerin wirken. Cassidys Blickwinkel erweiterte sich und sie entdeckte die Rangabzeichen der Ranger auf ihrer ausgewaschenen, hellblauen Jeansjacke. Ihr männlicher Gesprächspartner mit zerzaustem Haupthaar und angehendem Vollbart musterte sie unterdessen argwöhnisch von der Tür aus. Die tief in den Höhlen sitzenden Augen verrieten sein Misstrauen gegenüber dem unerwarteten Gast.

»Hallo Cassidy«, flüsterte die junge Frau, während sie den Kopf ihrer Patientin zurück in das Kissen gleiten ließ. »Ich bin Sharon und der griesgrämige Typ da vorn heißt Jason.«

»S-Sharon?«, stotterte Cassidy benommen und starrte ihr ungläubig in die braunen Augen. »Ihr lebt?«

»Noch sind wir ganz lebendig, ja!«, erwiderte die Frau verspielt und verschränkte die Hände, wie es Psychiater gerne tun, wenn sie sich auf die Erzählung der Lebensgeschichte eines ihrer Patienten vorbereiten. »Sind wir uns schon mal begegnet?«

»Wo ist Angel?«, platzte es plötzlich aus Cassidy heraus, woraufhin Sharon sich zu Jason umdrehte und mit den Schultern zuckte.

»Du kennst Angel? Ist sie etwa auch hier?«

»Auftrag ... wir sollten die Basis suchen ... euch suchen. Matthew ...«

Als sie den toten Ranger erwähnte, sprang Sharon so unerwartet auf, dass die Federkernmatratze zurückfederte und Cassidy die Tasse aus der Hand glitt, wodurch das restliche Wasser ihren Hals hinab tropfte.

»Was ist mit Matthew? Hast du ihn gesehen?«, fragte sie erschrocken und reichte ihr einen Kissenbezug vom oberen Bett als Handtuch.

Ächzend richtete Cassidy sich auf und blieb auf der Bettkante sitzen. Unfähig die richtigen Worte zu finden, holte sie die blutverkrustete Erkennungsmarke hervor, die Angel im Supermarkt an sich genommen hatte. Sharon schlug ihre Hände über dem Mund zusammen, der am liebsten laut losgeschrien hätte. Nun legte Jason seine distanzierte Haltung ab, stellte sich zu ihr und drückte die Frau tröstend an sich.

»Also, wie bist du in diesem Loch gelandet?«, brummte er und blickte Cassidy dabei wie einen ungebetenen Gast an, der schlechte Nachrichten überbracht hatte.

Cassidy klammerte sich am oberen Bett fest und versuchte trotz ihres Schwindelgefühls aufzustehen. Sie griff nach der Wasserflasche auf dem Beistelltisch. »Ich bin mit Angel hier«, stammelte sie mit blinzelnden Augen. Sie hatte nach wie vor Schwierigkeiten damit, scharf zu sehen. »General Monroe hat uns ausgesandt, Sienna zu überprüfen und diesen Stützpunkt und euch zu finden.«

»Na toll. Als wenn wir nicht schon genug Probleme hätten! Jetzt schickt uns der Alte auch noch die Gangschlampe hinterher!«, erwiderte Jason schroff. »Und seit wann nimmt die eigentlich Kinder mit?«

»Was ist mit Sienna?«, unterbrach Sharon ihn schniefend und lenkte Cassidy gleichzeitig davon ab, näher über seinen letzten Kommentar nachzudenken.

»Das gibt es nicht mehr, völlig ...«, ein heftiger Hustenanfall schnitt ihr das Wort ab. »... völlig zerstört.«

Die beiden zeigten sich schockiert über die Nachricht; Jason etwas weniger als Sharon. Cassidy lehnte sich an das Metallgestell und kramte in ihrer Hose, bis sie einen Energieriegel fand, den jedes Teammitglied als Notration bei sich trug.

»Den willst du nicht essen«, seufzte Sharon. »Drüben haben wir richtige Nahrung.«

Niedergeschlagen schlurfte sie in den Nebenraum, in dem sich hunderte Dosen Fertiggerichte in ein paar Regalen stapelten. Das Militär hatte für viele Wochen unterschiedlichste, jahrzehntelang haltbare Vorräte eingelagert. Cassidy konnte zwischen einem Nudeleintopf, einer Kartoffelsuppe, Kohlrouladen, Chili con Carne und gut einem dutzend anderer Köstlichkeiten wählen. Leben breitete sich in ihrem jungen Körper aus, als sie ausgehungert eine Portion Spaghetti Bolognese verschlang, die Jason ihr zuvor in einem kleinen Kasten mit Glastür erwärmt hatte, der dabei ununterbrochen Funken schlug. Für das unbedarfte Mädchen vom Lande grenzte das bereits an die Zauberei aus ihrem Märchenbuch. Sie hatte den Wunderkasten keinen Moment aus den Augen gelassen.

Während Cassidy ihre köstliche Mahlzeit genoss, brachte sie die Vermissten auf den neuesten Stand. Sie berichtete vom Verbindungsabbruch zum Rest ihrer Kameraden und wie sie in der Müllverarbeitungsanlage gelandet war. Jason schien noch immer wenig begeistert darüber zu sein, dass gerade Angel gekommen war, um ihn zu retten, unterbrach sie aber nicht in ihren Ausführungen. Als Cassidy mit der Suche nach den anderen beginnen wollte, hielten die beiden sie jedoch zurück. Sharon fragte ernst, wie lange ihr Team bereits in der Basis war, doch Cassidy hatte keine Uhr und ihr Zeitgefühl unter Tage war denkbar schlecht. Sie erinnerte sich lediglich daran, dass die Sonne kurz davor stand unterzugehen, als sie die Schleuse geöffnet und die Anlage betreten hatten. Jason überprüfte den silbern glänzenden Chronometer an seinem Handgelenk. Der Sonnenuntergang war fast neun Stunden her. Cassidy war über sechs Stunden bewusstlos gewesen. Trotzdem verstand sie die Zurückhaltung nicht, bis Sharon sie darüber aufklärte, dass der Basiscomputer die Quarantäneprotokolle ausgelöst hatte und das Betonschott zur Außenwelt in drei Stunden automatisch schließen würde. Auf die Art hatte die Forschungsstation ihr Team vor einer Woche eingeschlossen, ohne die Möglichkeit die Tür von innen zu öffnen. Bevor das jedoch geschehen war, hatte sich wohl auch ein kleines Wolfsrudel unter die Erde verlaufen und machte seit dem Jagd auf sie. Das notdürftig eingerichtete Quartier war ursprünglich ein Kühlraum gewesen, dessen Isolierung die feinen Ohren der Tiere daran hinderte, sie zu orten. Der überwältigende Verwesungsgestank verdammte ihre Spürnasen gleichzeitig zur Nutzlosigkeit, wodurch die Zuflucht im Lagerraum beinahe völlige Sicherheit bot. Sie verließen ihn nur, wenn es absolut nötig war. Sharon zeigte auf den Müllschlucker im Raum gegenüber, durch dessen Rohr sie Cassidys Schreie beim Sturz in die Tiefe gehört hatten. Ein weiterer Kommunikationsversuch über das Headset endete ebenfalls erfolglos.

Auf die Frage, warum die Wölfe so ungewöhnlich aggressiv und territorial vorgingen, wussten die beiden Überlebenden keine Antwort, aber es spielte ohnehin kaum eine Rolle. Sie hatten nur noch drei Stunden, um der Todesfalle zu entrinnen und wollten nicht eine Minute länger verschwenden. Cassidy erhielt zwei neue Magazine für ihre Pistole, dann öffneten sie vorsichtig die massive Edelstahltür.

Jason hatte ein selbstleuchtendes E-Paper mit einem interaktiven Plan des Stützpunkts bei sich und übernahm die Führung. Farbige Linien auf dem Boden wiesen ihnen zusätzlich den Weg, anhand derer man Ortsfremde zu bestimmten Laboren oder Stationen schicken konnte. Ihr erstes Ziel war Ebene einundzwanzig, wo Kim und ihre Kameraden vermutlich nach wie vor festsaßen. Sie wählten bewusst den Weg durch schmale Korridore und Servicetunnel, da die weißen Wände das Licht dort besonders weit reflektierten und es die Wölfe schwer hätten, sie einzukreisen.

Der Zugang zum Treppenhaus war versperrt und die Sicherheitstür ließ sich nicht aufbrechen. Als einzige Alternative bot sich der Umweg rund um den großen Fahrstuhlschacht an, der fast bis zur Decke als Tragesäule des Komplexes diente. Der Weg bestand aus denselben Bodengittern, durch die Cassidy zuvor in die Tiefe gestürzt war. Bei dem Gedanken an die unheimliche Dunkelheit unter ihren Füßen drehte sich ihr der Magen um. Sie verfluchte Sharon innerlich für die leckeren Nudeln. Jedes noch so kleine Geräusch ließ sie zusammenzucken und nach dem Geländer greifen. Ihr rechter Oberschenkel schmerzte nach wie vor dank der unsanften Landung im Müllcontainer, so dass sie ohnehin alle paar Minuten eine Pause brauchte. Hin und wieder glaubte sie Pfoten zu hören, die sie für kurze Zeit verfolgten und dann im Nichts verschwanden.

»Sagt mal, hört ihr das auch?«, flüsterte Cassidy, nachdem sie den Behelfsweg hinter sich gelassen hatten und durch die Laborkomplexe schlichen.

Sharon und Jason stoppten gleichzeitig und sahen sich einander sprachlos an. Ihre Blicke verrieten, dass sie insgeheim gehofft hatten, sich das Getapse nur eingebildet zu haben. Misstrauisch musterten sie den dunklen Korridor hinter sich, aus dem die Laute ihnen ständig nachzustellen schienen. Sharon schluckte verunsichert und klammerte sich an ihre Maschinenpistole.

Im selben Moment verstummten die Verfolger und eine unheimliche Stille legte sich wie ein dichter Nebel über die Gruppe. Jason leuchtete den Gang mit der Taschenlampe seiner Schrotflinte ab, erkannte aber nur die unbeweglichen Schatten der Türen und Schränke, die sie hinter sich gelassen hatten und von denen ununterbrochen Schmelzwasser heruntertropfte. Mit einem unbedarften Schulterzucken antwortete er auf Cassidys Frage, doch sie gab sich damit nicht zufrieden und tippte auf die beiden Signalfackeln an seinem Gürtel. Murrend schlug er einen der Magnesiumstäbe an, der daraufhin den Korridor gut zwanzig Meter weit in ein rot flackerndes Licht tauchte. Wieder erkannten sie nicht das Geringste, aber nachdem der schroffe Ranger die Fackel in den Gang hinein geschleudert hatte, heulten ihre Verfolger durch die plötzliche Blendung und den beißenden Rauch auf. Ein halbes dutzend funkelnder Augenpaare hetzten auf einmal nur wenige Labortüren entfernt auf sie zu.

»WEG HIER!«, schrie Sharon ihren Kameraden zu, die bereits blind in den Tunnel feuerten. Sie selbst lief auf der Suche nach einem Fluchtweg voraus, doch die unteren Etagen glichen sich wie ein Ei dem anderen und entsprechend planlos stürmten die drei durch die Gänge und Korridore, bis sie ein großes, offen stehendes Stahltor fanden, dessen Kontrolltafel seine Funktionstüchtigkeit mit grünen Leuchtdioden anzeigte. Kaum hatten die anderen die Tür passiert, hämmerte Sharon wie wahnsinnig auf den Notschalter, der das Brandschutzschott in Sekundenschnelle auf den glänzenden Metallboden krachen ließ.

»Verdammt nochmal!«, fluchte Jason und hielt weiterhin seine Schrotflinte auf die Tür gerichtet, an der die Wölfe bereits im Blutrausch emporsprangen und ein Heulkonzert veranstalteten. »Wie lange haben uns diese Mistviecher schon verfolgt?«

Cassidy keuchte vor Erschöpfung und musste sich auf ihren Knien abstützen, um nicht völlig zusammenzubrechen. Sie versuchte ihm zu antworten, doch der Schmerz ihres Oberschenkels übermannte sie und ließ ihre Worte im Halse steckenbleiben. Schnaufend blickte sie zu Sharon und tippte auf ihr Handgelenk, um nach der verbleibenden Zeit zu fragen. Noch zwei Stunden und dreizehn Minuten, bis der Hauptcomputer sie für immer in dieser Hölle einschließen würde. Sie mussten schnellstens einen neuen Fluchtweg finden.

Bei einer ersten Inspektion der Umgebung lief ihnen ein kalter Schauer über den Rücken. An den Wänden stapelten sich Dutzende kleiner Hundezwinger, einige davon gefüllt mit längst verwesten Kadavern, an anderen klebten vertrocknetes Blut und unidentifizierbare Fleischfetzen. Eine Phalanx aus Labortischen durchzog den ganzen Raum, die meisten bedeckt mit Glassplittern ehemaliger Experimentierausrüstungen. Die noch immer funktionstüchtige Beleuchtung hielt sich am eigenen Stromkabel an der Decke und spendete grelles, weißes Licht, so dass der Gruppe zunächst die Augen schmerzten und es ein paar Augenblicke dauerte, bevor sie den Rest der Anlage untersuchen konnten.

An den Wänden standen verschiedenste wissenschaftliche Geräte, die Sharon als Werkzeuge zur biochemischen Forschung identifizierte. Während Cassidy und Jason nach einem Ausgang suchten, hatte ihre Neugier bereits die Oberhand gewonnen. Sie überflog die vielen Datenpads und Laborprotokolle, die überall herumlagen. Alle Unterlagen in diesem Labor trugen die Überschrift »*Projekt Neozoon*« und schienen sich ausschließlich mit den Genen und der Aufzucht von Wölfen zu beschäftigen.

»Oh man«, stöhnte Sharon unbewusst, bis die fragenden Blicke ihrer Kameraden sie zu einer Antwort zwangen. »Diese Viecher … die wurden hier gezüchtet! Da drin!«

Mit der Brille auf der Nasenspitze zeigte sie auf die vielen Käfige, in denen die Kadaver verendeter Tiere schon fast mumifiziert waren. Fassungslos studierte sie ein Pad nach dem anderen und entdeckte, dass die Militärs nach einer aggressiven, eigenständig operierenden und leicht kontrollierbaren biologischen Waffe verlangt hatten. Die Rudeltaktik und das Territorialverhalten von Wölfen bot sich dabei als hervorragende Grundlage an. Aggressivität und Reproduktion wurden genetisch gesteigert, ebenso wie der Wille, jeden der keinen bestimmten Pheromongeruch aussandte, als Feind zu betrachten und zu eliminieren. Der Plan sah vor, ein Wolfsrudel mitten im unzugänglichen Feindesland abzuwerfen und nach ein paar Wochen einen sicheren Brückenkopf vorzufinden, für den nicht ein Menschenleben aufs Spiel gesetzt werden sollte.

»... aber irgendetwas muss schief gelaufen sein. Hier steht, dass sich die Kontrolle der Tiere mit jeder Generation schwieriger gestaltete und sich die Wissenschaftler einig waren, das Projekt einzustellen«, murmelte Sharon und vertiefte sich mit zunehmendem Interesse in die Unterlagen. Für sie war das Labor wie ein Fußballplatz für Männer. Ohne die blutrünstigen Bestien vor der Tür hätte sie Tage oder sogar Wochen in diesem Raum zubringen können, ohne jemals Langeweile zu verspüren.

»Na, das haben sie ja geschmeidig gegen die Wand gefahren«, spottete Jason und erntete für seine Respektlosigkeit an der Wissenschaft sofort einen bitterbösen Blick von Sharon, woraufhin er wieder ernst wurde, um keine Sanktionen zu riskieren. »Das ist ja alles sehr interessant, hilft uns aber nicht dabei, mit den Mistviechern da draußen fertig zu werden.«

»Ich glaub, die haben sich zurückgezogen«, flüsterte Cassidy mit einem Ohr an der Tür. »Vielleicht haben sie uns aufgegeben?«

Die Hoffnung in ihrer Stimme war unüberhörbar, doch arg verfrüht, denn im selben Moment drangen metallisch klingende Kratzgeräusche durch die Zugänge der Klimaanlage in das Labor.

»Die haben nicht aufgegeben«, erwiderte Jason und suchte mit der Schrotflinte im Anschlag die Lüftungsschächte in der Decke ab. »Die nehmen nur einen anderen Weg! Raus hier!«

Er donnerte wild auf dem Türöffner herum, dessen Feuerschutzschott sich im Angesicht der Gefahr unerträglich langsam öffnete, und rollte sich als Erster unter dem Tor durch. Ein kurzer Rundumblick bestätigte, dass keines der Tiere vor der Notfalltür auf sie lauerte. Die Kratzgeräusche in der Decke wurden immer lauter, und als Sharon und Cassidy sich gerade unter dem Schott hindurchquetschten, sprangen die ersten Abdeckungen der Klimaanlage aus ihren Verankerungen und stürzten krachend zu Boden.

Trotz der halsbrecherischen Flucht versuchte Jason die Wegweiser und Hinweisschilder zu lesen, die sie am laufenden Band passierten. Ihre einzige Chance bestand in einer Leiter oder etwas ähnlichem, das sie steil nach oben entkommen ließ und wohin die vierbeinigen Verfolger ihnen nicht sofort folgen konnten. Ein langer Verbindungstunnel, der zum Komplexzentrum führte, schien ihm die beste Option, zumal er nach gut hundert Metern rote Rundumleuchten erkannte, so dass sie nicht mehr komplett im Dunklen unterwegs sein würden. Die Gruppe schöpfte bereits Hoffnung, da tauchte am Ende des Korridors ein Schatten auf. Ihr erster Gedanke galt einem Hinterhalt der Wölfe, doch die Silhouette war zweibeinig!

»RUNTER!«, echote plötzlich eine verzerrte Stimme durch den Tunnel, die so eindringlich war, dass selbst Jason dem Befehl sofort Folge leistete. Noch bevor er den Boden berührte, konnte er eine Handgranate erkennen, die über ihn hinweg in Richtung der Verfolger geschleudert wurde. Er wollte gerade den Kopf herumdrehen, da detonierte der Sprengsatz und schmetterte die überraschten Wölfe gegen die Laborwände. Die Fenster der Forschungsanlagen zerbarsten in tausend Stücke und erfassten die heulenden Bestien zusammen mit den Schrapnellsplittern der Granate in einem tödlichen Gewitter aus Glas und Metall. Jason breitete seine Arme über Cassidys und Sharons Köpfen aus und presste sich so flach wie möglich auf den Boden, bevor die Druckwelle sie überrollte.

»Das wird sie nicht lange aufhalten!«, rief eine nur allzu bekannt klingende Frauenstimme. »Beeilt euch!«

Ein wenig benommen und mit einem starken Pfeifen in den Ohren schüttelten die drei ihre Kleidung aus, auf die unzählige Splitter und Fellreste geschleudert worden waren. Erst als Angel ihnen auf die Beine half und ihr Nachtsichtgerät hochklappte, konnten sie sie erkennen.

»Wie … wie hast du uns gefunden?«, fragte Cassidy erstaunt und schniefte glücklich, als sie ihr Gewehr zurück erhielt, das sie bei ihrem Absturz verloren hatte.

Sharon warf Jason einen schadenfrohen Blick zu, denn bis eben hatten beide die Geschichte des kleinen Mädchens im Team der großen Angel für ein Märchen gehalten. Sein fassungsloses Kopfschütteln war für sie dabei das Sahnehäubchen.

»Na ihr macht einen Höllenlärm!«, erwiderte Angel und tippte auf das Nachtsichtgerät auf ihrer Stirn. »Damit war ich den Mistviechern immer einen Schritt voraus und bin ihnen einfach auf der Jagd nach euch gefolgt.«

»Was ist mit Kim und den anderen? Hast du sie gefunden?«

»Allerdings. Victor hat's mal wieder übertrieben und gleich das halbe Stockwerk einstürzen lassen. Die vier sind wohlauf und konnten sich in ein abgeschirmtes Labor retten, wodurch nebenbei auch der Funkkontakt abgebrochen ist. Seit sechs Stunden graben sie sich durch den Schutt und werden hoffentlich bald fertig sein. Wisst ihr von dem Countdown?«

Sharon setzte sich erschöpft auf den Fenstersims von einem der zerstörten Fenster und nickte ihr zu. Noch knapp anderthalb Stunden, bevor sie für immer eingeschlossen sein würden.

»Wo ist Scott?«, fragte Cassidy. »Du hast ihn doch nicht allein zurückgelassen, oder?«

»Nicht direkt«, antwortete Angel und griff derweil Sharon gemeinsam mit Jason unter die Arme. »Dein Hund hilft bei den Ausgrabungsarbeiten auf Ebene einundzwanzig. Ich musste auf der Suche nach dir über eine ganze Reihe von Leitern klettern, um den Viechern aus dem Weg zu gehen, daher hab ich ihnen die Spürnase als Alarmanlage dagelassen. Du weißt ja, Kim und Wölfe.«

Cassidy gönnte sich nach all den Strapazen der vergangenen Stunden ein hemmungslos schadenfrohes Grinsen. Sie konnte sich lebhaft vorstellen, wie Kim ihren Schäferhund keinen Moment aus den Augen lassen würde. Die beinahe befreiende Stimmung wurde kurz darauf jäh unterbrochen, als die Geräusche dutzender Pfoten in der Dunkelheit heranhallten. Sofort klappte Angel ihr Nachtsichtgerät herunter und untersuchte die Umgebung.

»Unter uns, in einer Minute sind sie hier! Folgt mir!«, rief sie den anderen zu und hastete mit Sharon auf der Schulter die Stahltreppe herauf, die zur Logistikzentrale der Basis führte. Sie riss sich die Brille von der Stirn und reichte sie Cassidy, die ihnen Deckung geben sollte, bis sie sich im Kontrollzentrum verbarrikadieren konnten.

Die eingeschränkte Sicht war für Cassidy ungewohnt, doch als sie den Kopf hob und die vielen Bestien mit grell leuchtenden Augen dreißig Meter hinter sich herhetzen sah, wäre sie am liebsten davongelaufen. Es dauerte einen Augenblick, bis ihr Verstand wieder die Kontrolle an sich riss, aber dann nutzte sie die hervorragende Optik und schaltete gezielt die ersten Verfolger aus. Kurz darauf erreichten sie die Stahltür der Zentrale, wo sich Angel und Jason gegen die Tür stemmten und seine Schrotflinte als notdürftigen Schlossriegel benutzten.

»Ganz toll, große Anführerin!«, schnaufte er. »Jetzt sitzen wir in der Falle!«

Angel ignorierte die Bemerkung und wies Cassidy an, alle Schreibtische und Aktenschränke als Barrikade vor den Eingang zu schieben. Anschließend lief sie zu den Konsolen und bediente gezielt die Kontrollen der Krananlage, von denen aus zwei Brückenkräne zusätzlich zum Lastenaufzug horizontal und vertikal im Zugangsschacht des Komplexes gesteuert werden konnten.

»Damit wurden früher Container von der Laderampe auf Level eins zu der gewünschten Ebene der Forschungsanlage transportiert. Der Kran selbst kann vorprogrammiert und als Notaufzug verwendet werden. Seine Motoren sind unabhängig vom Rest der Basis und benötigen lediglich Strom, den die Notversorgung liefert. Wir klettern auf den Kran und lassen uns einfach hochfahren, wohin die Mistviecher uns nicht folgen können«, erklärte Angel, während sie die Anlage aktivierte und einen der Brückenkräne vor der Zentrale in Stellung brachte.

»Und wie sollen wir da rauf kommen? Das hier ist die einzige verdammte Tür!«, erwiderte Jason. Er lehnte sich mit ganzer Kraft dagegen.

Kommentarlos zog Angel ihre Pistole und schoss auf eines der schrägen Panoramafenster, durch die die Logistikoperationen überwacht werden konnten. »Los, raus da! Haltet euch fest und seht nicht nach unten!«, befahl sie und schob den letzten Schreibtisch vor die Tür.

Nachdem sich Cassidy und Sharon auf dem Ausleger gesichert hatten, startete sie die Anlage und winkte Jason zu sich, bevor sie selbst aus dem Fenster kletterte. Der Brückenkran setzte sich bereits in Bewegung und gewann an Höhe, als die Barrikade einbrach und die Wölfe in die Schaltzentrale eindrangen. Angel griff mit einer Hand nach dem Geländer und hielt die andere in Jasons Richtung, aber das Rudel war schneller und biss sich in seinen

Waden fest. Erschüttert mussten seine Kameraden mit ansehen, wie er schreiend in die Zentrale zurückgezerrt wurde. Cassidy verschoss ihre letzten Patronen und traf sogar eins der Tiere, doch der Rest fiel im Blutrausch wie Heuschrecken über ihr Opfer her. Trotz ihrer Höhenangst überwand Angel sich und kletterte an den Stahlseilen des Kranhakens hinab, um dem hilflosen Mann zu helfen, aber im Licht der Konsolen erkannte sie, wie er sich zum Schutz vor den Untieren zusammengerollt hatte und die Sicherheitsstifte seiner Granaten zog.

»FESTHALTEN!«, schrie sie den beiden auf dem Kran zu, bevor sie sich selbst mit Armen und Beinen an die Krankabel klammerte und ihr Gesicht in der Kevlarweste vergrub.

Einen Augenblick später wurden die Fenster der Zentrale erschüttert und in den Schacht geschleudert, gefolgt von einem grellen Blitz und einer feurigen Schockwelle, die den Haken wie eine Kirsche an einem Ast bei starkem Unwetter hin und her schaukeln ließ. Entsetzt kreischte Sharon beim Anblick der Explosion und wäre beinahe vom Kran gestürzt. Ein paar Sekunden danach, als die unheimliche Dunkelheit wieder Einzug hielt, konnten sie das Geprassel des Glasscherbenregens am Fuße des Komplexes hören. Dann wurde es still. So still, dass Cassidy ihren eigenen Herzschlag vernahm, der unglaublich schnell durch ihren Hals pulsierte.

***

Ruckartig stoppte der Kran zwei Minuten später den erfolgreich abgeschlossenen Aufstieg. Sharon klammerte sich traumatisiert an das Geländer und starrte apathisch in die Tiefe. Cassidy zwängte sich darunter hindurch und ließ sich vorsichtig auf einen Stapel Holzpaletten gleiten, um ihrem rechten Oberschenkel nicht noch mehr Gründe zum offenen Protest zu geben. Angel lehnte mit dem Rücken an der Wand der Ladebucht, das Gesicht mit den Handflächen verdeckt. Erst als sich ihre Schülerin näherte, hob sie den Kopf und sah Cassidy mit einem Blick an, den sonst niemand aus ihrem Team je zu sehen bekam.

»Er hat immer gesagt, ich wäre unser aller Untergang«, sagte sie. »Ich hätte als letzte gehen müssen.«

Cassidy wusste zunächst nicht, wie sie ihr helfen sollte. Psychologie war kein Teil ihres Crashkurses gewesen. Doch dann erinnerte sie sich, dass Angel ihr, als sie nach dem Verlust ihrer Heimat am Boden zerstört war, ein neues Ziel gab, worauf sie hinarbeiten konnte und das ihr wieder Kraft gab.

»Und wer würde uns dann hier raus bringen?«, begann sie flüsternd. Angel besaß deutlich mehr Lebenserfahrung und erkannte natürlich sofort, dass Cassidy ihre eigenen Waffen gegen sie verwendete; doch das schmälerte die Wirkung nicht.

»Eine Stunde und zehn Minuten«, murmelte Sharon, die sich zwar dazugesellt hatte, aber noch immer ausdruckslos in die Tiefe starrte. Mit gutem Zureden war ihr momentan nicht zu helfen, darum verschwendete Angel keine Zeit damit, sondern führte die beiden stumm zur Einsturzstelle. Der Weg dorthin erwies sich als tückisch, da die Notbeleuchtung durch die Detonation zerstört worden war und die grünen Leuchtstäbe allmählich ihren Geist aufgaben. Cassidy konzentrierte sich darauf, ausschließlich in Angels Fußstapfen zu treten, die mit ihrem Nachtsichtgerät voraus ging. Alle paar Meter blieben sie stehen und lauschten, doch außer ihrem eigenen Atem vernahmen sie nicht das geringste Geräusch. Zu ihrer Erleichterung war schon bald ein schummrig leuchtender Punkt am Ende von Ebene zwanzig zu sehen und als Scott die Stimme seines Frauchens hörte, dauerte es keine zehn Sekunden, bevor er durch das Loch herausgeklettert kam und sie freudig begrüßte.

»Okay, da bin ich wieder! Wie sieht‘s bei euch aus?«, rief Angel in den kleinen Tunnel hinein. Im selben Moment vernahmen sie ein zorniges Grollen hinter der Geröllwand, gefolgt von einem mechanischen Aufprall, der einen Teil des Schuttberges zusammenkrachen ließ und das Loch so weit vergrößerte, dass Cassidy bereits hindurchgepasst hätte.

»Fast fertig! Helft mal ein bisschen mit!«, schallte die mürrische Antwort aus der Höhle.

Schon ein paar Minuten später war der Gang breit genug, so dass sich selbst der dicke Johnny aus dem Gefängnis herausquetschen konnte. Verstaubt, verschwitzt und völlig erschöpft hockten sich die vier auf den Boden und genossen ihre letzten Wasservorräte.

»Sharon? Bist du das?«, fragte Kim blinzelnd, nachdem sich ihre Augen an die Dunkelheit gewöhnt hatten. »Was ist mit euch passiert? Wo ist –?«

»Jason hat es nicht geschafft«, unterbrach Angel sie, um die Frage aus der Welt zu schaffen. Ihr war klar, dass sogar der nörgelnde Miesepeter mehr als ein paar Worte verdient hatte, doch die Zeit lief ihnen davon und ihr Plan mit dem Lastenkran war von der Explosion vereitelt worden. Es blieb nur noch die Treppe. Zwanzig Stockwerke, jedes einzelne hoch wie ein Einfamilienhaus, in unter einer Stunde. Die depressive Stimmung verschlechterte sich im Minutentakt, weswegen Angel ihre Kameraden zur Eile antrieb.

Im Treppenhaus angekommen, lauschten sie gemeinsam nach Anzeichen für Bewegung, doch es war absolut still. Kim übernahm mit Cassidy die Vorhut, während Angel als Schlusslicht sicherstellte, dass niemand zurückblieb – und sich nichts an sie heranschleichen konnte. Abenteuer und Entdeckerdrang waren in den Tiefen des Komplexes auf der Strecke geblieben, die Namen und Forschungszweige auf den Schildern vor den Ebenen oder der Inhalt der Lagerräume, die sie bei ihrem Aufstieg passierten, entfachten keinerlei Interesse mehr. Schon nach den ersten fünf Etagen quälte sich Johnny damit, einen Fuß vor den anderen zu setzen. Die stundenlange Schinderei und sein Übergewicht rächten sich nun kurz vor dem Ziel. Auf Level zwölf brach er schließlich zusammen, doch auch Butch und Victor, die den Großteil der Grabungsarbeiten durchgeführt hatten, keuchten vor Erschöpfung und brauchten dringend eine Pause. Sämtliche Wasservorräte waren verbraucht und ihre trockenen Kehlen schmerzten bei jedem Atemzug.

Weniger als fünfunddreißig Minuten bis zum Einschluss und über die Hälfte des Weges lag noch vor ihnen. Nachdenklich grübelte Angel, wie sich der Aufstieg beschleunigen lassen würde.

»Kim, nimm Cassidy und Sharon und sprintet nach oben, so schnell ihr könnt. Bereitet die Wagen vor und stellt sicher, dass sie auch anspringen!«, befahl sie schließlich.

Kim gefiel die Idee überhaupt nicht. Sie wollte Johnny nicht alleinlassen, aber sie verstand, dass sie gerade die Verantwortung für Cassidy und Sharon erhalten hatte und Angel ohnehin das einzig richtige tat. Nichts wäre schlimmer, als rechtzeitig die rettenden Fahrzeuge zu erreichen und dann dank eines Motorschadens trotzdem eingeschlossen zu werden, also machte sie sich sofort auf den Weg.

Unterdessen ließ Angel die Männer rasten, bis sie Kim außer

Hörweite glaubte.

»So Johnny, die Mädchen sind weg!«, spottete sie scherzhaft und erntete verdutzte Blicke, als sie ihm das Gewehr abnahm. »Du wolltest dich doch vor den beiden Leistungssportlerinnen nur nicht lächerlich machen. Los jetzt, Victor und ich nehmen euer Zeug und Butch hilft dir die Treppen hoch!«

»Na komm Dicker, auf geht's!«, brummte der Mechaniker und stampfte Schulter an Schulter mit Johnny die Stufen hinauf.

Angel schmunzelte siegesbewusst. Sie kannte ihre Spezialisten eben. Das stolze Schwergewicht hätte sich unter den Augen seiner Freundin niemals wie ein alter Greis stützen lassen, doch in der Gesellschaft der beiden Brüder ließ er sich gerne helfen. Angels Anwesenheit störte dabei niemanden. Ihr Sonderstatus als absolute Vertrauensperson war wohlverdient. Ohne das vier Kilo schwere Sturmgewehr um den Hals und mit Butchs tatkräftiger Unterstützung schaffte er den Aufstieg in Rekordzeit, so dass den Nachzüglern noch stolze sechs Minuten blieben, als sie die Tür zur obersten Ebene aufschlugen. Kaum erschien Kim in Sichtweite erfuhr Johnny eine wundersame Heilung, verlangte nach seinem Gewehr und konnte plötzlich völlig eigenständig einen Fuß vor den anderen setzen.

»Der Pick-up säuft ständig ab!«, rief ihnen seine Freundin entgegen, die mit ihrer Gruppe schon fleißig die Ladung des Kleintransporters auf die Humvees verteilte.

Die Zeitangabe des Einschlusses war nicht auf die Minute genau, daher wollte Angel kein Risiko mehr eingehen. Schweren Herzens entschied sie, Matthews Wagen in den Tiefen des Stützpunkts zurückzulassen. Trotz des mühsamen Aufstiegs bestand Butch darauf, sich selbst hinters Steuer zu setzen und hetzte die moderige, zweispurige Zugangsstraße hinauf. Kim starrte auf die roten Reflektoren des vorausfahrenden Humvees und folgte ihm wie in einer Trance. Angel rechnete jeden Moment mit einer Warnung des Basiscomputers, dass die Tore geschlossen wurden, doch nach all den Misserfolgen der vergangenen Tage war ihnen das Glück zum ersten Mal freundlich gesinnt. Die schweren Geländewagen sprangen heulend aus der steilen Auffahrt hinaus; wie Delfine, die sich aus dem Wasser herauskatapultieren. Erst als sie die halbrunde Betonbunkerschleuse passiert hatten, nahm Butch den Fuß vom Gaspedal und stellte erleichtert den Motor ab.

Die Morgendämmerung empfing sie mit dem traumhaften Duft sauberer Luft. Tiefe Atemzüge zeugten davon, dass sich niemand dem Zauber der Natur entziehen konnte. Auf den Bunkerdächern zwitscherten Vögel in ihren Nestern und begrüßten lautstark den neuen Tag. Eine Libelle setzte sich auf die warme Motorhaube – doch plötzlich zuckte Cassidy ein wohlbekannter Schock durch die Glieder und ließ sie nach ihrem Gewehr greifen.

Ein schwarzer Wolf war aus den Büschen herausgetreten und starrte die Eindringlinge mit funkelnden Augen an. Sofort stieg Angel an das Fünfziger, aber bevor sie das Feuer eröffnen konnte, war die bewiesenermaßen hochintelligente Bestie bereits verschwunden. Eine unheimliche Stille legte sich über die beiden Humvees, die Vögel waren verstummt und die Libelle davongeflogen. Als auf einmal die Sirene des Forschungskomplexes ertönte und sich die Schleuse zu schließen begann, hätte Angel beinahe vor Schreck den Auslöser betätigt. Unruhig musterte sie die Umgebung und rechnete mit einer Falle. Victor klemmte sich hinter das Geschütz des zweiten Geländewagens und beäugte misstrauisch die wildwuchernde Bepflanzung der Anlage. Mit einem dumpfen Schlag prallten die im Boden verankerten Bunkertore aufeinander. Das ganze Team starrte auf die massive Betonschleuse. Erst jetzt wurde ihnen bewusst, wie knapp sie der Hölle entronnen waren.

»Leb wohl, Jason«, flüsterte Sharon. Ihre Tränen sammelten sich zwischen Augen und Brillengläsern, so dass sie kaum etwas erkennen konnte. Sie hatte ihre zarten Finger durch die Sichtschlitze der seitlichen Metallverkleidung gesteckt, als versuchte sie, nach ihrem Freund zu greifen. Nachdem Angel den Abmarschbefehl erteilt hatte und die Humvees den Stützpunktausgang passierten, kauerte sie sich auf dem Rücksitz zusammen und ließ ihren Tränen leise freien Lauf.

11. NEMESIS

Erst kurz vor Mittag und nach der Rückkehr zu den bekannten Zwillingshügeln war Angel davon überzeugt, in Sicherheit zu sein und ließ Butch für eine Rast anhalten. Die ganze Fahrt über hatten sie kaum ein Wort gewechselt. Im Stillen verarbeitete jeder für sich die Geschehnisse der vergangenen Nacht. Der gemeinsame Marsch durch die dunkle Hölle stand dem ungleichen Team deutlich ins Gesicht geschrieben.

Butch kletterte mit seinem Bruder auf einen Felsen abseits der Straße, wo sie flüsternd den Verlust ihrer Kameraden diskutierten. Die beiden hatten schon vor der Gründung von Silver Valley die Steppe mit Monroe und seinen Rangern durchstreift und waren entsprechend abgehärtet, aber der grausame Tod ihrer langjährigen Freunde lastete dennoch schwer auf ihnen. Kim suchte Trost in Johnnys Armen, der zusammen mit Jason in Jaguar Bay aufgewachsen war. Trotz seines melancholischen Charakters war er, genau wie Matthew, einer von ihnen gewesen. Tagelange Einsätze unter widrigsten Bedingungen ließen persönliche Macken schnell zu unwichtigen Details verkommen.

Cassidy schien äußerlich von den Geschehnissen unberührt. Seit mehr als vier Wochen war sie kaum zur Ruhe gekommen, sondern hatte ständig um ihr Leben kämpfen oder für die Zukunft trainieren müssen, so dass sie einfach keine Zeit zur Traumaverarbeitung fand. Selbst jetzt tröstete sie lieber Sharon, als sich mit ihren eigenen Dämonen auseinanderzusetzen. Angel sorgte sich um ihre Schülerin und nahm sich fest vor, einen Erholungsausflug mit ihr zu unternehmen, sobald sie Monroe über die Ereignisse im Norden informiert hatte.

»Wohin nun?«, rief Kim über den Rastplatz und unterbrach damit ihren Gedankengang. »Nach Hause?«

»Wird das Beste sein«, antwortete Angel und schüttelte den Sand aus ihrem braunen Halstuch, bevor sie es sich für die Fahrt wieder vor den Mund band. »Wir haben unseren Auftrag erfüllt. Team Vier ist im Einsatz verschollen und Team Fünf–«

Die Worte blieben ihr im Halse stecken.

Sharon hatte ihre zierliche Brille mittlerweile geputzt und sich zusammen mit Cassidy der Lagebesprechung angeschlossen. »Team Fünf ist anwesend«, vollendete sie heiser den Satz. Das Gespräch mit Cassidy und der strahlende Sonnenschein hatten ihr sichtlich gutgetan.

»Was ist mit den Psychopaten aus Sienna? Wir können die nicht einfach so davonkommen lassen!«, warf Johnny der Klarheit halber ein, obwohl er einer erfolgreichen Rückkehr in die zerstörte Siedlung keine großen Chancen einräumte.

»Und was schlägst du vor? Mit zwei Wagen und verbrauchter Ausrüstung einen Großangriff starten? Nein, wir müssen uns neu formieren und erstmal herausfinden, wer uns da überhaupt den Krieg erklärt hat«, entgegnete ihm Angel.

Butch kramte die letzte noch verbliebene Feldflasche unter seinem Sitz hervor und ließ sie durch die Runde gehen.

»Eagle Village ist nur ein paar Stunden entfernt, da ruhen wir uns die Nacht über aus und kehren morgen heim«, fuhr Angel erfrischt fort. »Wenn wir wieder in Silver Valley sind, planen wir mit Frank den nächsten Schritt.«

Niemandem gefiel die Idee, die Zerstörung von Sienna fürs Erste auf sich beruhen zu lassen, doch andererseits waren sie viel zu erschöpft, um dagegen zu protestieren. Kim und Cassidy schliefen nach ein paar Minuten auf den Rücksitzen ein, während sich die anderen alle zwei Stunden mit dem Fahren abwechselten.

Die Reise nach Eagle Village verlief ohne Zwischenfälle und bereits zur Nachmittagszeit erblickten sie den Eingang zum Adlertal, in dem sich die Siedlung befand. Es war ein uralter Asteroidenkrater, der lange vor Beginn der Zeitrechnung entstanden war. Bis auf die gut ausgebaute Straße gab es keinen befestigten Zugang. Militärische Schilder warnten vor dem für Rangersiedlungen üblichen Minengürtel, der eventuelle Abseilversuche an den steilen Hängen rund um die Enklave verhindern sollte. Das Dorf selbst war etwa so groß wie Silver Valley, allerdings ohne angrenzende Farm und Ställe. Durch die tiefe Lage gab es zu jeder Jahreszeit genügend Grundwasser. Getreide tauschten sie in den umliegenden Siedlungen gegen Felle, Fleisch oder eben Wasser ein.

Die Landschaft oberhalb des Kraters bestand aus hohem Gras, ähnlich dem Gebiet vor der Militärbasis. Eine Herde Bisons weidete unruhig in der schier endlosen Steppenlandschaft. Hin und wieder waren die Bullen gezwungen, anschleichende Raubtiere zu vertreiben, wodurch die Gruppe ständig hin und her galoppierte. Am Horizont konnte man deutlich drei große Windräder erkennen. Eins davon funktionierte noch und versorgte die Siedlung dank der häufigen Sandstürme mit Strom, was die aufwändige Wartung rechtfertigte. Daran angeschlossen befand sich eine unterirdische Elektrolyseanlage, die immer dann Wasserstoff herstellte, wenn der Strom im Überschuss erzeugt wurde. Bei Windstille verwandelten Brennstoffzellen den Wasserstoff wieder in Energie und wertvolles Wasser. Zusätzlich konnten die Bewohner in begrenztem Maße die Gasflaschen der verbündeten Enklaven auffüllen. Minenfelder und clever platzierte Selbstschussanlagen hatten Sabotageversuche seit der Wiederinbetriebnahme zuverlässig unterbunden.

Auf der Einfahrt nach Eagle Village verlangsamte eine Reihe von Panzersperren aus zusammengeschweißten Eisenbahnschienen die Fahrt. Dahinter ragten zwei MG-Stellungen sowie ein Flammenwerferturm aus dem Boden. Die enge Zugangsstraße bedeutete für jeden übermütigen Angreifer den sicheren Tod. Die beiden Humvees dagegen wurden von den Wachposten militärisch gegrüßt und weitergeleitet. Anders als in Silver Valley gab es hier keine Baracken, da der Ort schon lange vor dem Zusammenbruch als Eigenheimsiedlung für eine gutbetuchte Kundschaft gedient hatte, deren Familien zum Teil noch immer in ihren kleinen Villen lebten. Hauptsächlich Einfamilienhäuser aus Backsteinen und Ziegeldächern reihten sich wie auf dem Reißbrett gezogen aneinander. Sandstürme konnten ihnen durch die tiefe Lage nichts anhaben, dafür mussten die Bewohner jedoch einmal im Monat den Staub aus dem Dorf kehren, um nicht darunter begraben zu werden. Das war ein weiterer Grund, warum niemand das Steppengras gegen Ackerland eintauschte. Die dadurch steigende Erosion hätte Eagle Village binnen weniger Wochen zugeschüttet.

Die Straße führte quer durch den Ort, dessen Zentrum ein öffentlicher Natursteinbrunnen samt elektrisch betriebener Seilwinde mit Eimer markierte. Ein großes, ehemals schneeweißes, inzwischen aber vom Wüstenstaub beige gefärbtes Haus mit kunstvoll verzierten, hölzernen Fensterläden hob sich deutlich von den anderen Villen ab und wurde vom demokratisch gewählten Bürgermeister bewohnt.

Der völlig intakte Ort lebte sichtlich auf, als die Besucher aus ihren Wagen stiegen. Kinder kamen angelaufen und bestaunten die breiten Humvees mit ihren mächtigen Geschützen, die mehr als die Hälfte der Straße beanspruchten. Gerne hätten sie auch mit Scott gespielt, doch der versteckte sich schutzsuchend hinter seinem Frauchen und knurrte bedrohlich. Erst als ein Junge mit zersausten Haaren aus der Menge hervortrat, stand er auf und wedelte freudig mit dem Schwanz.

»Scott!«, rief Jesse euphorisch und klatschte auf seine Oberschenkel, woraufhin ihn der Hund vor Freude beinahe umgeworfen hätte. »Du hast ihn mitgebracht!«

»Na klar, wohlbehalten wie versprochen!«, antwortete Cassidy. Sie schulterte ihr Gewehr und begrüßte Jesse mit einer kräftigen Umarmung. »Und? Wie gefällt dir deine neue Heimat?«

»Ganz gut. Ist nicht so schlimm, wie ich dachte. Meine Großeltern sind echt nett zu mir und die Siedlung ist toll. Hier gibt's Wasser im Überfluss!«, schwärmte er. »Komm mit, ich zeig dir mein neues zu Hause!«

»Aber … Sharon …!«, widersprach Cassidy und sah sich fragend zu Angel um. Jesse ließ sich auf keine Diskussion ein und zog sie am Arm davon.

Angel lächelte ihr nach und wendete sich dem beigefarbenen Gebäude zu, als sich dessen Tür öffnete und ein alter Mann mit einer gepflegten Halbglatze umringt von grauen Haarstoppeln heraustrat.

»Angel! Du hast dich ja ewig nicht mehr blicken lassen«, rief ihnen der Bürgermeister entgegen.

»Hey Paul!«, antwortete sie erschöpft, gab ihm die Hand und drückte ihren langjährigen Freund an sich. Der Alte war über siebzig, doch die erbarmungslose Steppe härtete die Menschen ab und so bewegte sich der rüstige Rentner beinahe wie ein Fünfzigjähriger. Paul schaute ein wenig überrascht, als er den ausgemergelten Zustand seiner Gäste bemerkte.

»Kommt mit rein, ihr habt sicher Hunger!«, rief er den anderen zu.

»Wir brauchen Hilfe für Sharon. Sie hat einiges durchgemacht«, entgegnete Angel und hielt ihn mit einem vorsichtigen Griff an der Schulter zurück.

Paul drehte sich zum Humvee um und blickte die junge Rangerin entsetzt an, die sich gerade gestützt von Butch aus dem Wagen quälte. »Natürlich!«, erwiderte er und begann wild mit den Armen zu rudern, als ob er versuchte, in der Menschenmenge aufzufallen. »Cole! Cole!«

»Sir?«, antwortete die ruhige Stimme eines Mannes in sandfarbener Kampfmontur mit Wüstentarnmuster, die jedoch keine erkennbaren Rangabzeichen aufwies. Mit dunkelbraunem, dicht gekräuselten Haar und einem eisernen, abgeklärten Blick in den blauen Augen näherte er sich der kleinen Gruppe.

»Kümmert euch um sie, ja?«, bat Paul. Sein Tonfall verriet, dass er den angespannt nähertretenden Mann eher als seinen Sohn als einen Untergebenen betrachtete.

Cole nickte bestätigend, griff Sharon unter die Arme und half ihr zur Krankenstation im östlichen Teil des Dorfes. Kurz zuvor traf sein Blick auf Angel. Während ihre funkelnden Augen den Milizionär verfolgten, wandte er sich schweigend ab.

Die Menge vor dem Haus des Bürgermeisters löste sich auf und die Ranger betraten das rustikal eingerichtete Gebäude. Es gab einen Kamin und ein dutzend antike Holzmöbel, in denen sich wiederum unzählige Bücher stapelten. Notdürftig verputzte Einschusslöcher an den Wänden ließen auf lange zurückliegende Angriffe schließen. Der rüstige Gastgeber setzte sich in die Essecke auf der linken Seite des Speisezimmers und bat seine Gäste, neben ihm Platz zu nehmen. Eine ältere Dame kam unterdessen mit einem Tablett aus der Küche angelaufen und stellte Becher mit frischem Wasser auf den Tisch.

»Der Kuchen kommt auch gleich!«, versicherte die leicht untersetzte Hausfrau und rückte derweil ihre Küchenschürze zurecht.

»Mach dir wegen uns keine Mühe, Martha!«, rief Angel ihr hinterher.

Ihre Situation hatte sich schlagartig geändert. Noch vor wenigen Stunden waren sie von blutrünstigen Killerbestien verfolgt worden und nun gab es einen leckeren Nachmittagskuchen. Zum ersten Mal seit ihrem Aufbruch in Silver Valley konnten sie entspannt durchatmen.

»Nun erzählt mal, was führt euch zu uns? Ihr seht ja furchtbar aus!«, begann Paul.

»Wir haben nach zwei unserer Teams gesucht. Sharon ist die einzige Überlebende«, antwortete Angel sachgemäß.

»Das tut mir leid«, erwiderte der Bürgermeister und senkte respektvoll den Kopf. »Vultures?«

Niedergeschlagen schüttelte Angel ihr Haupt und griff nach der Wasserkanne, um sich nachzuschenken.

»Soll ich überhaupt fragen?«

»Besser nicht. Vielleicht morgen. Wir brauchen erstmal eine Pause.«

Paul nickte bestätigend und kurz darauf kam Martha mit dem warmen Kuchen zurück.

»Wenn ich gewusst hätte, dass wir Gäste bekommen, hätte ich natürlich einen größeren gebacken!«, rief sie und reichte Paul ein Messer. Die willkommene Abwechslung, alte Freunde bewirten zu dürfen, stand ihr deutlich ins faltige Gesicht geschrieben.

»Wie geht's Frank?«, fragte Paul beiläufig, während er den Kuchen anschnitt.

»Wie eh und je«, antwortete Kim. »Die Leute lieben ihn.«

»Ein verdammt guter Mann. Ohne ihn gäbe es uns nicht mehr!«, stellte Paul auf den Tisch klopfend fest, was Angel sogar ein wenig aufheiterte. Es geschah immer dasselbe, wenn sie in Eagle Village zu Besuch war. Paul versuchte sie aufzumuntern und würde wahrscheinlich jeden Moment mit alten Kriegsgeschichten anfangen, die Frank und er zusammen erlebt hatten. Momentan war er allerdings damit beschäftigt, das Gebäck zu verteilen. Ein einfacher Sandkuchen mit Puderzuckerüberzug, aber dennoch eine überaus willkommene Abwechslung zu dem halb durchgegarten und meist ungewürzten Fleisch in der Steppe.

***

Währenddessen war Cassidy bei Jesse zu Gast. Seine Mutter erkannte das Mädchen und den Hund natürlich sofort wieder und begrüßte sie freudig. Der Junge schien unheimlich stolz auf seine berühmte Freundin zu sein und hatte seinen Großeltern alles über ihre Abenteuer erzählt. Es brauchte keinen Wissenschaftler, um festzustellen, dass sie erneut durch die Hölle gegangen war. Ihre Hände zitterten, an ihrer beigefarbenen, zusammengeflickten Uniform klebte eine Mischung aus Blut, Fellresten und winzigen Glassplittern und sie reagierte mit deutlicher Verzögerung, als wäre sie in Gedanken ganz woanders.

Sie bekam kein Gebäck, sondern ein paar frisch zubereitete und gezuckerte Eierkuchen. Die Mutter des Jungen wusste aus eigener Erfahrung, dass es unklug war, einen Ranger direkt nach seiner Ankunft über Neuigkeiten oder Erlebnisse auszufragen und schwärmte stattdessen von ihrem neuen Heim und wie richtig ihre Entscheidung hierherzuziehen gewesen sei. Cassidy nickte, ohne ihr genau zuzuhören und verschlang ausgehungert ihre erste süße Mahlzeit seit Monaten.

Nach einer knappen Stunde und einer Katzenwäsche am hauseigenen Wassertrog nahm Jesse sie erneut an die Hand und führte sie zum Spielplatz im Zentrum des Dorfes. Heruntergekommene Reisende stellten in Eagle Village keine Besonderheit dar und so ignorierten die anderen Kinder die zerzauste Rangerin.

»Magst du mir nicht langsam erzählen, was du wieder erlebt hast?«, fragte Jesse bewusst beiläufig, während er sich auf sein Spiel mit Scott konzentrierte.

»Glaub mir, so genau willst du das gar nicht wissen«, antwortete sie zögernd und versuchte, ihre zitternden Hände unter Kontrolle zu bekommen. Während der Reise nach Eagle Village hatte ihr Verstand begonnen, die Erlebnisse zu verarbeiten und ihr Körper reagierte auf die idyllische Ruhe, die dieser Ort wie das Auge eines Sturms ausstrahlte, mit Entzugserscheinungen.

»Ich hätte die Frage doch sonst nicht gestellt!«

Cassidy freute sich über Jesses Direktheit. Er war immer noch derselbe vorlaute Junge, der in Silver Valley heimlich Lagebesprechungen belauscht hatte. Insgeheim genoss sie seine Nähe, denn er stellte ein Stück Heimat dar, so seltsam das nach gerademal vier Wochen Krankenruhe und Training klingen mochte.

»Sienna gibt es nicht mehr.«

»Vultures?«

»Nein, die Neuen.«

»Habt ihr welche von ihnen gesehen? Was sind das für Typen?«, fragte Jesse aufgeregt. Nun ließ er von Scott ab und schenkte ihr seine ungeteilte Aufmerksamkeit.

»Sie …«, begann Cassidy zögernd und bereits das zweite Wort bereitete ihr Schwierigkeiten. Sie konnte ihm nicht erzählen, was sie erlebt hatte. Er war erst zwölf!

»Ich versteh schon, bin zu klein dafür«, maulte der Junge enttäuscht.

»Ich kann nicht darüber reden. Lass mir etwas Zeit«, bat Cassidy wahrheitsgemäß.

»Okay, du bist nicht die Erste, die nichts sagen will.«

»Wie meinst du das?«, fragte sie und hob dabei erstaunt den Kopf.

»Es gibt ein paar Überlebende, die es bis hierher geschafft haben. Kamen gestern zu Fuß hier an, nachdem ihr Wagen kurz vor Eagle Village schlappgemacht hat. Die kriegen den Mund auch nicht auf.«

»Kannst du mir die mal zeigen?«

»Klar! Die hängen immer zusammen bei dem anderen Brunnen herum«, erwiderte der Junge, ergriff Cassidys Hand und führte sie einmal quer durch das Dorf.

Der Zweitbrunnen war weniger zur Wasserversorgung geeignet und diente vor dem globalen Zusammenbruch als Erholungszentrum der Luxussiedlung. Vier Schwäne aus kunstvoll verziertem Marmor spien je einen Wasserstrahl aus ihren Schnäbeln, die sich in einem polierten, mit kleinen Jungschwanenstatuen bestückten Becken sammelten. Große Solarzellenanlagen auf den umliegenden Dächern versorgten die alte Pumpe am Tage mit Strom. Obwohl das Schauspiel eine unglaubliche Ressourcenverschwendung darstellte, bestand Paul auf die tägliche Inbetriebnahme für genau drei Stunden, um seinen Bürgern ein Gefühl von Normalität zu bieten. Auf den Beckenrändern saßen fünf beinahe unbewegliche Gestalten, die in leise Gespräche vertieft ständig die Siedlung zu beobachten schienen. Zu ihren Füßen erkannte Cassidy zwei fest verschnürte Seesäcke, die sie nicht aus den Augen ließen.

»So hocken die da seit gestern rum. Reden mit kaum jemandem und sind genauso verstört wie du«, erklärte Jesse, während er sich hinter einer Hausecke versteckte.

Cassidy näherte sich unterdessen zaghaft der Gruppe und musterte die großen Seesäcke, die ihr irgendwie verdächtig vorkamen. Wer flüchtete zu Fuß mit solch schwerem Gepäck? Mit jedem Schritt fühlte sie sich unbehaglicher, als würde man sie beobachten.

»Hey, ihr seid aus Sienna entkommen?«, rief sie und umklammerte angespannt ihr schwarzes Gewehr.

Als hätte sie eine vorlaute Göre aus dem Winterschlaf geweckt, drehte eine Frau in Angels Alter ruckartig ihren Kopf herum. Ihr kupferfarbener, aus einer Handvoll Haarsträhnen geflochtener

Zopf tanzte dabei über ihre sonnengebräunten Schultern. Andächtig erhob sie sich vom Beckenrand und stolzierte mit tänzerischer Grazie auf Cassidy zu. Sie war ein wenig größer und zog geübt Nutzen aus ihrer athletischen Figur. Ein tiefschwarzer, sanft auslaufender Lidschatten umrandete ihre glitzernden, smaragdgrünen Augen, die das eingeschüchterte Mädchen selbstbewusst von Kopf bis Fuß musterten, bevor sie einer Reaktion für würdig befunden wurde.

»Du bist uns unbekannt. Wie ist dein Name?«, sprach sie mit säuselnder Stimme.

»Cassidy«, erwiderte Cassidy zögernd. Es gelang ihr nur mit großer Kraftanstrengung, den bohrenden Blicken der Fremden standzuhalten. »Wie seid ihr entkommen?«

Erneut versagte ihr die Frau eine Antwort und stolzierte stattdessen wie eine adlige Kundin auf einem Sklavenmarkt um das potentielle Objekt ihrer Begierde. Hinter ihrem Rücken schwenkte sie plötzlich blitzartig den Kopf in Jesses Richtung, der sich wie immer absolut unsichtbar gefühlt hatte. Erschrocken wich er zurück, als ihm die grünen Augen einen amüsiert funkelnden Blick entgegenschleuderten, gefolgt von einem makellosen Wimpernschlag, der seine Kontrahentin zur eindeutigen Siegerin des Versteckspiels erklärte.

»Sie kamen bei Nacht, mit dem Nebel, wie unsichtbare Geister!«, hauchte sie Cassidy ins Ohr. Es klang fast so, als würde sie dabei kichern. »Wir haben tapfer gekämpft, doch unser Schicksal war besiegelt!«

Unruhig schwankte Cassidy von einem Bein aufs andere. Ihr Instinkt riet ihr zum Rückzug, besiegte die berauschende Neugier auf die ungewöhnliche Frau jedoch erst, als sie zum Brunnen zurückkehrte und Cassidy die Silhouetten der anderen in der Abendsonne betrachten konnte. Durch das tiefstehende Licht wirkten ihre Köpfe wie runde Kakteen oder unförmige Felsen, die sie mit einem schmerzhaften Adrenalinschub an das Grauen außerhalb von Sienna erinnerten.

»Geh zu deiner Mutter und verriegelt die Tür!«, befahl sie Jesse und überprüfte ihre Ersatzmagazine, nachdem sie einige Hauslängen entfernt waren.

»Was? Wieso? Was sind das für Typen?«

»Tu einmal, was man dir sagt. Bitte!«

Der unverkennbare Ernst in ihrem Gesicht nahm seinem jugendlichen Trotz den Wind aus den Segeln und ließ ihn die Anweisung kommentarlos ausführen. Anschließend stürmte Cassidy in das Haus des Bürgermeisters und rief keuchend nach Angel.

»Wir haben ein Problem! Die Flüchtlinge aus Sienna, das sind gar keine Flüchtlinge!«

Angel sah Paul mit einer hochgezogenen Augenbraue an. Sie war es gewohnt, über derartige Vorkommnisse schon bei ihrer Ankunft informiert zu werden.

»Aber ...«, begann er sich zögernd zu verteidigen, »... die haben behauptet, sie wären Überlebende! Jawohl, aus Sienna! Halb verhungert und in Lumpen gehüllt kamen sie vor zwei Tagen hier an. Etwas verstört, aber das ist doch zu erwarten nach so einem Erlebnis, darum haben wir nicht nachgefragt. Du wolltest nicht darüber reden, also dachte ich, ich erzähle dir später davon!«

»Nein!«, rief Cassidy kopfschüttelnd. »Schau sie dir selbst an! Das sind niemals Flüchtlinge!«

Angel erhob sich mit einem ungläubigen Stirnrunzeln und schnappte sich ihre Maschinenpistole aus dem Wohnzimmer.

»Wovon redet ihr da?«, fragte Martha nervös.

»Haben euch die Typen erzählt, was in Sienna los war?«, erwiderte Angel, als sie bereits an der Eingangstür stand und ihre Waffe entsicherte.

»Ja! Vultures sollen über die Siedlung hergefallen sein!«, antwortete die alte Frau entrüstet.

»Das waren keine Vultures. Das war die neue Gang. Sie haben die Hälfte der Bewohner entführt – und den Rest abgeschlachtet.«

Paul entgleisten bei den deutlichen Worten sämtliche Gesichtszüge. Angel verließ das Haus und ließ sich die Verdächtigen zeigen. Sie bat Kim um ihr Fernglas und musterte die kleine Gruppe, die sich noch immer am Schwanenbrunnen aufhielten und inzwischen den Inhalt der Seesäcke untereinander verteilten.

»Die haben Waffen in ihrem Gepäck versteckt. Warum habt ihr die nicht gründlicher durchsucht?«, sie setzte den handlichen Feldstecher wieder ab, zog sich ihr beigefarbenes Tuch über den Mund und entschied, dass es für Schuldzuweisungen zu spät war, ehe Paul sich rechtfertigen konnte. »Sucht euch eine günstige Position. Die üblichen Teams. Cassidy und ich übernehmen die Südseite. Kim, ihr geht in die Mitte, Butch nach Norden. Wir kreisen sie ein und versuchen, sie zu überraschen. Wir brauchen Gefangene zum Verhören, also lasst ein paar am Leben!«

»Ich glaub das wird nichts, die verteilen sich bereits. Die wissen, dass wir sie enttarnt haben!«, sagte Kim bei einem Blick durch ihr Fernglas. Die fremde Gruppe löste sich auf und bewegte sich mit verdeckten Pistolen unauffällig schlendernd auf die Wachposten zu.

»Verdammt. Paul, gib Großalarm und sag Cole, dass die Humvees bis unters Dach mit Waffen beladen sind!«, befahl Angel. »Der Rest von euch, auf eure Positionen!«

Paul stiefelte so schnell es seine alten Glieder zuließen hinter sein Haus, wo eine antike Sirene mit Kurbel stand. Doch als er daran drehte, war es bereits zu spät. Die beiden Schützen in den MG Stellungen wurden von Messern in den Rücken getroffen, bevor sie reagieren konnten. Kurz darauf ließ eine Kugel den verschlafenen Wachposten auf dem Flammenwerferturm stöhnend zusammenbrechen.

Angel eröffnete zeitgleich das Feuer und schaltete zwei der unvorsichtigen Angreifer aus, die gerade den eroberten Turm hinaufklettern wollten. Cassidy hockte sich neben sie, während der Rest des Teams Positionen im Dorf bezog. Ein lautes Heulen erklang aus Richtung der Einfahrt und eine große Staubwolke bahnte sich ihren Weg durch die Panzersperren. Die feindliche Verstärkung traf ein. Die Schlacht um Eagle Village hatte begonnen!

***

Panisch flüchteten die Menschen im Kugelhagel aus ihren Häusern und versuchten sich in dem aufgewirbelten Wüstenstaub zu orientieren. Viele wurden von den Angreifern überwältigt, als sie beim Alarmsignal der Sirene überstürzt aus ihren Villen eilten. Die vermummten Männer brachten sie nicht um, sondern zogen ihnen schwarze Säcke über den Kopf und schleiften sie zum Dorfeingang.

Angel und Cassidy hetzten derweil in das Bürgermeisterhaus hinein. Es bestand unter dem Putz aus soliden Ziegelsteinen und bot einen gewissen Schutz gegen die Geschosse. Die beiden schlugen die alten Fenster ein und verschafften den Dorfbewohnern mehr Zeit zur Flucht.

Kim und Johnny verschanzten sich an einem glattgeschliffenen Betonblock, der als wetterbeständige Sitzbank zum Spielplatz gehörte. Die Kinder waren längst in ihren Häusern verschwunden.

Butch versteckte sich mit seinem Bruder hinter aufgetürmten Elektroautowracks an der Nordseite von Eagle Village, die ohne eine großflächige Energieversorgung nur noch Wert als Altmetall hatten. Victor holte zwei seiner selbstgebauten Rohrbomben hervor und schleuderte sie auf die verlorenen Verteidigungsstellungen. Die Explosionen zerstörten beinahe einen der Mannschaftstransporter, die gerade Verstärkungstruppen absetzten. Die kurze Phase der Orientierungslosigkeit des Gegners ließ Angel einen wagemutigen Plan fassen.

»Butch, komm zum Humvee! Ich brauch einen Fahrer!«, befahl sie in ihr Funkgerät.

Victor gab seinem Bruder Deckung, bis er auf halbem Weg außer Sichtweite war. Angel kletterte unterdessen aus einem der Fenster auf der Rückseite heraus, um sich auf dem Weg zum Einsatzfahrzeug nicht unnötig feindlichem Kugelhagel auszusetzen. Erst sprang sie auf die Ladefläche, dann auf das Dach und ließ sich anschließend gekonnt in die Geschützkanzel hinabgleiten.

»Versuch ihnen kein Ziel zu bieten!«, rief sie Butch zu, als sie das mächtige Fünfziger durchlud und entsicherte. Zwei dicke Stahlplatten schützten sie frontal, doch die Seiten standen jedem Angreifer offen. Angel ging ein hohes Risiko ein, aber das schwere Maschinengewehr mit seiner gewaltigen Durchschlagskraft war es wert.

Butch suchte nach Schwachstellen in der Angriffslinie. Sie konnten den Vorteil des Dachgeschützes nur gegen größere Ansammlungen von Feinden zum Einsatz bringen und mussten darauf achten, nicht selbst ausflankiert zu werden. Ein freistehender Lastwagen war ihr erstes Ziel und wurde in wenigen Sekunden zersiebt. Anschließend richtete Angel das Feuer auf die provisorischen Stellungen der Angreifer, deren sichtlich überraschte Besatzungen nun Hals über Kopf Reißaus nahmen.

Cassidy hockte unterdessen in dem ehemals weißen Backsteinhaus auf den Boden und verschoss mittlerweile ihr drittes Magazin. Martha kauerte hinter dem großen Kamin und zitterte am ganzen Leib, als sie dem jungen Mädchen in ihrer dreckigen Uniform zusah, die ohne Gegenleistung ihr Leben für eine Siedlung riskierte, die sie erst eine Stunde lang kannte. Paul humpelte stattdessen mit einem alten Unterhebelrepetierer bewaffnet die Treppe aus dem zweiten Stock hinunter und zwängte sich neben Cassidy an das Fenster.

»Niemand greift ungestraft meine Leute an! Niemand!«, fluchte er lautstark und folgte Cassidys Beispiel.

Inzwischen hatte sich die Dorfmiliz versammelt und unterstützte die Ranger bei der Verteidigung von Eagle Village. Viele waren es nicht, aber Monroe versorgte jedes alliierte Dorf mit den besten Waffen, die ihm zur Verfügung standen, und Cole stellte sich als hervorragender Kommandeur heraus. Seine Männer befolgten die lautlosen Handzeichen wie eine militärische Spezialeinheit und besetzten festgelegte Verteidigungspositionen. Dadurch kam es zum gefürchteten Häuserkampf, den eigentlich die Stellungen vor der Siedlung verhindern sollten, doch ihnen blieb keine andere Wahl. Die Angreifer mussten inzwischen jeden Quadratmeter bitter erkämpfen, was ihren ursprünglichen Blitzkriegsplan ad absurdum führte und den Kampfgeist der leichtbewaffneten Feinde durch unerwartet hohe Verluste deutlich senkte. Trotz der enormen Gegenwehr schafften es die Zugriffskommandos jedoch, mehr und mehr Dorfbewohner aus den Behausungen und hinter ihre eigene Linie zu zerren.

Plötzlich krachte der Humvee gegen den Schwanenbrunnen, nachdem eine glückliche Salve der Angreifer beide Reifen der linken Seite hatte platzen lassen und Butch die Kontrolle verlor. Der Mechaniker hatte sich kurz davor aus dem Fahrzeug rollen können, während Angel ein waghalsiger Sprung aus dem Geschützturm das Leben rettete, bevor der einst so furchteinflößende Geländewagen zusammen mit dem Brunnen im Kugelhagel zerstört wurde.

»Die haben Maschinengewehre!«

»Ach wirklich!?«, rief Butch zurück und untersuchte, ob noch alles an ihm dran war. Wie immer hatte er lediglich ein paar Schrammen durch die zersplitterten Marmorstatuen abbekommen. Nun suchte er mit Angel Deckung in Kims Stellung.

»Wie sieht's aus?«, wollte Angel wissen. Sie zog sofort ihre Pistole und feuerte auf die Angreifer.

»Die sind verdammt gut ausgerüstet, haben mittlerweile zwei MG aufgebaut und unsere eigenen Waffen umgedreht! Wird nicht mehr lange dauern, bis sie den Flammenwerfer gegen uns richten!«, berichtete Kim mit dem Rücken am Betonblock hockend. »Wir könnten noch ein paar von Victors Granaten gebrauchen!«

»Negativ, wir hatten nur die beiden«, erwiderte Butch. Ihm ging der Verlust des Humvees sehr nahe. Immerhin hatte er die Geländewagen einst im Krieg mit der inzwischen zerstörten Chimera-Gang erobert.

»Das gibt's doch gar nicht!«, fluchte Angel beim Nachladen. »Ich brauch mein Gewehr. Butch, hilf deinem Bruder. Kim, wenn die den Turm besetzen, haut ihr ab, egal wer hier sonst noch rum steht, verstanden?«

»Roger!«, antwortete sie knapp, woraufhin Angel ihren Mundschutz wieder hochzog und aufbrechen wollte. Im selben Moment tauchte unerwartet Sharon auf und zwängte sich zwischen Kim und Johnny.

»Was machst du denn hier? Wurde die Krankenstation getroffen?«, fragte Angel erstaunt.

Sharon sah nach wie vor sehr mitgenommen aus. Die Sanitäter von Eagle Village hatten in der kurzen Zeit kaum etwas für sie tun können, da ihre Probleme eher psychologischer Natur waren. Zumindest lenkte sie der Lärm des Gefechts eine Weile von ihrem Trauma ab.

»Im Nachthemd auf der Krankenliege nutze ich euch gar nichts!«, rief sie. »Los! Hol dein Gewehr und zeig uns mal wieder, was du drauf hast!«

Angel blickte Kim fragend an, doch die zuckte nur mit den Schultern, als Sharon sich mit ihrer kompakten Maschinenpistole hinter zwei Steinbrocken klemmte und die Angreifer unter Beschuss nahm.

»Du passt auf sie auf!«, befahl Angel mit einem deutlichen Fingerzeig, verließ die Stellung und drückte auf ihren Ohrstöpsel, um die anderen bei den lauten Hintergrundgeräuschen verstehen zu können. »Cassidy! Lagebericht!«

»Das Haus hält noch. Paul hilft mir so gut er kann, aber gegen die Maschinengewehre haben wir keine Chance!«

»Frag ihn nach seinem Mörser!«

Es dauerte einen Moment, bis sie eine Antwort erhielt. Bis dahin traf Angel bei dem zweiten Humvee ein, füllte ihre eigens präparierte Sandsocke mit Wüstenstaub und schnappte sich ihr Gewehr von der Ladefläche.

»Er sagt, der liegt in dem Schuppen am östlichen Ende des Dorfes, in einer grünen Munitionskiste«, knisterte Cassidys Stimme.

»Verstanden! Butch, Victor, holt euch das Teil, egal wie! Sagt mir Bescheid, wenn er einsatzbereit ist!«, befahl Angel.

Im selben Moment detonierten mehrere Sprengsätze im Inneren der Siedlung und zerstörten beinahe alle Verteidigungsstellungen der Dorfmiliz. Die Vorhut der Angreifer hatte zwei Tage lang Zeit gehabt, Sprengladungen an strategisch wichtigen Punkten zu verstecken. Ohne die unerwartete Unterstützung der Ranger wäre Eagle Village nun nahezu verteidigungsunfähig.

Wütend starrte Cole auf seine um Hilfe schreienden Milizionäre und befahl lautstark den Einsatz der Sanitäter an vorderster Front, als Angel ihm über den Weg lief.

»Ich brauch eine hohe Position!«, rief sie ihm entgegen.

Da er selbst ein geübter Scharfschütze war, musste Cole nicht lange überlegen, sondern zeigte auf einen dreistöckigen Geräteschuppen im östlichen Teil von Eagle Village, der normalerweise von seinen Leuten als Hauptquartier genutzt wurde. Eine recht instabile Holzleiter führte hinauf zum Boden, wo Angel ein kleines Fenster mit alten Uniformfetzen auskleidete, ihre mit Sand gefüllte Socke als Gewehrauflage darüberlegte und kurz darauf unbemerkt die feindlichen Kräfte aufs Korn nehmen konnte.

Ihr erstes Geschoss erwischte den Schützen in der südlichen Maschinengewehrstellung. Mit einer diabolischen Genugtuung verfolgte sie, wie der Mann mitten im Feuern von seinem MG weggeschleudert wurde. Ein zweiter Knall, ein dritter. Angel schoss so schnell es ihre Dragunow zuließ. Nicht jede Patrone traf, aber sie machte Punkte gut. Unglücklicherweise war gerade in dem Moment ihr Magazin leer, als einer der Gegner den Aufstieg zum Flammenwerferturm wagte. Angel hielt überrascht inne, als sie durch ihre Zieloptik das Gesicht einer Frau erkannte, der ein Windhauch den Schleier davongeweht hatte. Sie drehte das Gerät um hundertachtzig Grad und betätigte den Abzug. Ein gut dreißig Meter langer Strahl aus Feuer schoss quer über das Dorf hinweg. Zwei Männer der Miliz, die aus ihrer zerstörten Stellung flüchteten, wurden direkt getroffen und wanden sich kreischend am Boden, ehe die Hitze ihre Luftröhre verbrannte und sie hilflos erstickten.

»Kim! Raus da, verdammt!«, schrie Angel in ihr Funkgerät, bevor sie die Schützin aufs Korn nahm.

Der Rotschopf widersprach nicht, sondern rettete sich mit Johnny und Sharon in eine der massiven Villen, die außerhalb der Reichweite des Turmes lagen. Vier Gebäude standen bereits lichterloh in Flammen. Einige der Dorfbewohner hatten bis zur letzten Sekunde in ihren Häusern ausgeharrt und wagten erst im Angesicht des sengenden Infernos die Flucht, doch die Invasoren kontrollierten inzwischen flächendeckend den Westteil der Siedlung und konnten die orientierungslosen Flüchtenden in der verrauchten, undurchsichtigen Luft ohne Gegenwehr einfangen und hinter ihre Linien zerren. Angel schaffte es aus ihrer erhöhten Stellung, ein paar der Angreifer auszuschalten, doch dann versperrten Rauch und Trümmer auch ihr die Sicht, weswegen sie ihre Position aufgab und sich zur Neugruppierung entschloss.

»Die schnappen sich die Dorfbewohner. Kim, schaff die Leute zum Ostteil der Siedlung, bevor wir noch mehr verlieren! Cassidy, bring die Rentner da raus!«, befahl sie und zog sich zurück.

Die verzierte Holztür des Bürgermeisterhauses öffnete sich. Cassidy gab den beiden Alten Feuerschutz, damit sie wie befohlen in Richtung Osten flüchten konnten. Beim Anblick ihrer Schülerin verspürte Angel großen Stolz und hätte sie am liebsten eine Weile still beobachtet. Cassidy machte keine Fehler, schoss nur, wenn sie auch sicher treffen konnte und wechselte in unregelmäßigen Abständen ihre Deckung. Kim und Sharon dirigierten die Dorfbewohner auf ihrer Flucht zwischen Hauswänden und Fahrzeugen entlang, um den Angreifern keine Ziele zu bieten, während Johnny gemeinsam mit Coles Miliz die Nachhut bildete und ihnen den Rücken freihielt.

»Victor, wo bleibt der verdammte Mörser?«, schrie Angel auf der Suche nach einer neuen Stellung.

»Ein paar Minuten!«, schallte die Antwort aus dem Funkgerät.

»Wir haben keine paar Minuten! Die überrennen uns!«

Gemeinsam mit Cassidy bezog sie Position hinter einem großen Kieshaufen, neben dem ein neues Gebäude errichtet werden sollte. Als Erstes nahm sie den Flammenwerferturm aufs Korn. Es brauchte nur einen gezielten Schuss aus Angels Präzisionswaffe, um den Benzintank explodieren zu lassen, der nur in Richtung eines zu erwartenden Angriffs, also der Zufahrtsstraße, gepanzert worden war. In Sekundenbruchteilen entwickelte sich ein gewaltiger Feuerball, der brüllend zu Boden stürzte und einige der Angreifer in Flammen aufgehen ließ.

Trotz des temporären Erfolges setzten die Eindringlinge ihren Vormarsch diszipliniert fort und durchsuchten weitere Villen, die vom Feuer bisher verschont geblieben waren. Als sie Jesses Haus erreichten, verlor seine Mutter die Nerven und floh mit ihrem Sohn an der Hand, doch die offensichtlich erfahrenen Greifkommandos überwältigten sie binnen weniger Augenblicke und schleiften die beiden davon.

»JESSE!«, rief Cassidy entsetzt und stürzte gedankenlos auf ihren hilflos strampelnden Freund zu.

»Cassidy, nicht!«, schrie Angel ihr nach, aber es war schon zu spät.

Ihre übermütige Schülerin stürmte zum großen Natursteinbrunnen im Dorfzentrum, wo sich der Junge nach Leibeskräften wehrte. Cassidy schwang sich über den Brunnen hinweg und sprang auf die vermummten Invasoren zu. Im Flug spreizte sie ihre Beine und traf so zwei von ihnen gleichzeitig – ein Angriff, den Kim wochenlang vergeblich mit ihr trainiert hatte und der nun plötzlich ganz von allein klappte. Den dritten Angreifer setzte sie mit einem wütenden Rundumschlag außer Gefecht. Sie wies die beiden an, nach Osten zu flüchten, doch es tauchte bereits Verstärkung aus dem verrauchten Dorfeingang auf, und bevor sie sich wehren konnte, schlug ihr jemand einen Baseballschläger von hinten in die Kniekehlen, woraufhin Cassidy zusammenbrach. Jesses Mutter zerrte an ihrem Sohn, der nicht im Traum daran dachte, seine Freundin zurückzulassen. Cassidy versuchte sich mit ihren Händen zu verteidigen, aber der blendende Schmerz lähmte ihre Muskeln. Schon wenige Sekunden später zog man ihr einen schwarzen Sack über den Kopf und schliff sie davon.

Nun gab es für Angel kein Halten mehr. Es dauerte nur ein paar Augenblicke, bis sie die Angreifer erreicht hatte und ihnen kreischend in den Rücken sprang. Ihr erstes Opfer ging sofort zu Boden, dem nächsten zertrümmerte sie mit einem geübten Handkantenschlag den Kehlkopf, einem dritten versetzte sie zwei gezielte Kopfschüsse aus ihrer Pistole, aber die anderen zogen Cassidy und den Jungen mit seiner Mutter bereits von Rauchschwaden verdeckt davon. Sie konnte nichts mehr tun. Hunderte von Kugeln rauschten aus beiden Seiten an ihr vorbei und instinktiv versteckte sie sich hinter einer halb zerfallenen Garagenruine.

»Angel, verdammt, zieh dich zurück!«, schrie Butch aus dem Funkgerät. »Der Mörser ist fertig!«

»Nicht feuern! Nicht feuern!«, befahl sie und drückte ihren Körper mit geschlossenen Augen gegen die Hauswand, die allmählich auf ein gefährliches Niveau schrumpfte.

»Was ist denn nun? Ich hab mir den Arsch aufgerissen, um das Ding aufzubauen!«, hörte sie Victor empört fluchen.

»Die haben Cassidy!«

»Was! Wie ...?«, konnte man Kims ungläubige Stimme hören.

»Fasst den Mörser nicht an!«, bestätigte Angel ihren Befehl und blickte sich beunruhigt um. Links und rechts der Wand zischten Kugeln an ihr vorbei und jeden Moment würde man sie gefangennehmen. Sie hasste solche Situationen!

Da tauchte wie aus dem Nichts Cole mit zwei Milizionären aus der Staubwolke auf. Mit einem schwarzen Maschinengewehr in den Händen schrie er sie an, sich zurückzuziehen. Seine beiden Kameraden trugen schwere Stahlschilde mit Sichtschlitz, die vor dem globalen Zusammenbruch von Elite-Polizeieinheiten bei Häuserkämpfen eingesetzt wurden. Die Geschosse der Angreifer prallten wirkungslos daran ab, während Cole grimmig das Feuer erwiderte. Gemeinsam erreichten sie unverletzt die Ausweichstellung der Verteidiger im Osten der Siedlung.

»Fernglas!«, rief Angel wütend. »Verdammt! Die hauen ab! Der Laster mit den Gefangenen ist schon aus dem Tal raus! Victor, Feuer frei auf den Eingangsbereich!«

Mit einem dumpfen Geräusch nahm der Mörser seine Arbeit auf und sprengte kurz darauf einen Krater in die Zufahrtsstraße.

»Noch mal! Noch mal!«

Eine weitere Explosion erschütterte die Stellungen der Angreifer und ließ auch die hartgesottensten von ihnen die Beine in die Hand nehmen.

»Sie ziehen sich zurück«, seufzte Kim und wischte sich erschöpft über ihr verschwitztes Gesicht.

»Verdammt!«, schrie Angel und hätte den Invasoren am liebsten ihre Pistole hinterhergeworfen.

»Was ist da vorne passiert?«, fragte Johnny fassungslos.

Die unmittelbare Gefahr war vorbei und die Verteidiger erhoben sich aus ihren Stellungen. Paul humpelte aus der Scheune heraus und stützte sich dabei auf seinen alten Unterhebelrepetierer.

»Habt ihr wen verloren?«

»Cassidy«, erwiderte Angel resigniert. »Sie haben Cassidy.« Sie schlurfte zu ihrem Gewehr, dass sie bei der fehlgeschlagenen Rettungsaktion zurückgelassen hatte. Auf halbem Weg hob sie plötzlich den Kopf und schleuderte einen markerschütternden Wutschrei gen Himmel, der die Einwohner von Eagle Village noch einmal zu Tode erschreckte. Kim gesellte sich zu ihr. Sie ahnte bereits, dass die stolze Kriegerin die Entführung ihres Schützlings mehr als persönlich nehmen würde.

Verstört sahen sich die Dorfbewohner um. Viele Häuser standen in Flammen, Leichen pflasterten die Straßen und der Geruch von frischem Blut hing in der Luft. Erst als Paul den Befehl zum Aufräumen gab, gewannen sie ihre Fassung zurück und begannen damit, die Brände zu löschen. Die Milizionäre suchten nach Überlebenden und luden die Toten beider Seiten auf Pferdewagen und Schubkarren; zur späteren Einäscherung außerhalb der Siedlung. Man sah den Menschen an, dass dies nicht ihr erster Überfall war, doch so plötzlich und bei Tageslicht, das hatte Seltenheitswert.

Butch überprüfte in der Zwischenzeit den Humvee und seufzte deprimiert. »Völlig zerstört. Aus dem ist nicht mehr viel rauszuholen. Hat sie aber gut in Schach gehalten!«, brummte er mit einem anerkennenden Klopfen auf der Motorhaube.

»Hey!«, rief Cole, der die Leichen der Angreifer untersuchte. »Hier lebt noch einer!«

Darauf hatte Angel gewartet. Sofort sprang sie auf und stürzte auf Cole zu, der seinen blutverschmierten Gefangenen bereits ins Dorfzentrum schleifte.

»Wo habt ihr sie hingebracht? Wohin?«, schrie sie den Mann an. Ohne auf eine Antwort zu warten, ergriff sie seinen Hals, zerrte ihn zu einer Blechwanne mit Löschwasser, tauchte seinen Kopf hinein und wiederholte die Frage so laut, dass er sie sogar untergetaucht verstanden haben musste. Nachdem das Wasser jedoch das Blut von seiner Haut gewaschen hatte, konnte man die Schussverletzung unterhalb der Kehle erkennen, die ihm das Sprechen unmöglich machte.

»Na großartig!«, fluchte Angel und schlug ihn zu Boden. »Seht nach, ob noch mehr überlebt haben, dann kann ich den hier zur Abschreckung umlegen!«

In ihren Augen funkelte ein gezähmt geglaubtes Feuer. Ungezügelter Hass auf diejenigen, die Cassidy entführt und halb Sienna abgeschlachtet hatten. Ihr Wutschrei war einem Schwur gleich gekommen. Die neuen Invasoren sollten den Tag verfluchen, an dem sie *ihr* den Krieg erklärt hatten!

Coles Männer fanden noch eine weitere Überlebende. Eine an der rechten Schulter blutende Frau mit smaragdgrünen Augen und einem kupferfarbenen, geflochtenen Zopf. Cassidy hatte keine Zeit mehr gehabt, Angel über ihr Zusammentreffen zu unterrichten. Daher maß Angel ihr kaum Bedeutung bei, zumal das vermeintlich schwächere Geschlecht in den meisten Gangs nur eine untergeordnete Rolle spielte und die Gefangene ihr Haupt demütig gesenkt hielt. Erst als Cole das schartige Katanaschwert hervorholte, dass seine Milizionäre in ihrem Besitz gefunden hatten, zog Angel argwöhnisch die linke Augenbraue hoch. Sie ließ sich von Paul eine detaillierte Karte der näheren Umgebung reichen und hielt sie den unbekannten Angreifern unter die Nase.

»WOHIN?«, rief sie die beiden lautstark ins Gesicht und deutete dabei auf die Zeichnung, für den Fall, dass sie ihrer Sprache nicht mächtig wären.

Die Zurückgelassenen verstanden ihre Frage, verweigerten aber die Antwort. Die häufigen, furchtsamen Blicke, die der Mann seiner Kameradin zuwarf, sorgten bei Angel für zunehmende Verwunderung.

»Wenn du mir sagst, wo ihr meine Freundin hingeschafft habt, bekommst du Hilfe ... und wirst leben!«, flüsterte sie dem eingeschüchterten Gefangenen zu. Seine verängstigten Augen suchten in ihrer Mimik nach einer List, einer Lüge, doch Angel hatte ihr Pokerface nicht umsonst ein Jahrzehnt lang geübt. Trotzdem senkte er schon kurz darauf erneut den Kopf, um ihrer Frage auszuweichen. Nun musste ihre Erfahrung entscheiden, welcher Weg eher zum Erfolg führen würde. Nachsicht und Mitleid oder erbarmungslose Folter.

Fast die ganze Siedlung hatte einen Halbkreis um sie herum gebildet und wartete auf das blutige Schauspiel. Die Berichte über Angels Verhöre galten als beliebte Gruselgeschichten am Lagerfeuer und Cole schien bereits Wetten mit seinen Milizionären abgeschlossen zu haben, was für Methoden die berüchtigte Kriegerin diesmal anwenden würde. Dagegen sprach sich so kurz nach der

Schlacht niemand aus.

Es waren die simplen Dinge, die häufig zum Erfolg führten: Messer unter den Fingernägeln, Schnitzkünste am lebenden Objekt, Zahnarztspiele oder das gewaltsame Brechen der Fußknochen aufwärts bis zum Genick. Angel war für ihre konservativen Foltermethoden bekannt. Im Gegensatz zu den kreativeren Techniken konkurrierender Gangs ließen sich ihre einfachen Praktiken leichter per Mundpropaganda verbreiten, wodurch sie sich oft nicht mal die Mühe machen musste. Ihr Ruf allein genügte, um gestandene Männer zu Bettnässern werden zu lassen. Aber ihre heutigen Opfer kannten den berüchtigten Namen Angel noch nicht, weswegen sich etwas Anstrengung wohl kaum vermeiden ließ. Alle ihre Methoden würden wahrscheinlich zu den gewünschten Informationen führen, doch sie alle kosteten Zeit. Zeit, die sie nicht hatte.

Inzwischen war der röchelnde Gefangene blau angelaufen. Aufgrund der Halsverletzung füllten sich seine Lungen allmählich mit Blut und durch den daraus resultierenden Sauerstoffmangel begann er, zu halluzinieren. Darauf hatte Angel geduldig gewartet. In diesem Zustand verlor er jede natürliche Hemmschwelle und blickte mit manisch aufgerissenen Augen auf die Menschentraube, die ihn wie eine Zirkusattraktion angaffte.

»Treffpunkt! Wo treffen wir uns?«, fragte Angel ihn mit einer freundlichen und sehr deutlichen Stimmlage, damit keine Missverständnisse entstehen konnten, und hielt ihm die Karte vor die Nase. »Lager! Übernachten! Wo?«

Nun verstanden auch ihre Kameraden, worauf sie hinauswollte. Mit einem Handtuch trocknete Kim den Hals ihres Gefangenen und ließ sich von Johnny einen Verband reichen, durch den sie ihren Patienten davon überzeugte, dass er medizinische Versorgung erhalten würde. Als wäre er unter seinesgleichen, versuchte der verwirrte Mann ihr zu antworten, was in einem blutigen Gurgeln endete. Es schien ihm unbegreiflich, warum die Worte nicht über seine Lippen kommen wollten. Ängstlich griff er sich an den Hals und wich schockiert zurück, als er das Loch in seiner Kehle mit den Händen ertastete. Erst als Angel seinen Zeigefinger auf die Karte richtete, erinnerte er sich an ihre Frage, vergaß gleichzeitig seine schwere Verletzung und versuchte, die Zeichnung mit zusammengekniffenen Augen zu entziffern.

Plötzlich schlug seine auf dem Boden kniende Mitgefangene

Cole den rechten Ellenbogen zwischen die Beine, riss das blitzende Schwert aus seiner Hand und rammte es ihrem stummen Kameraden in die Brust, bis es auf der anderen Seite wieder herausragte und er leblos zusammenbrach. Keiner der Anwesenden hatte schnell genug reagieren können, um sie von ihrem Vorhaben abzubringen und einen Sekundenbruchteil später drohte die blutige Klinge an ihrem gestreckten Arm bereits Angels Kehle aufzuschlitzen.

»Zurück!«, rief sie mit geübtem, jedoch wohlklingendem Befehlston. »Zurück, oder sie ist tot, bevor sie auf dem Boden aufschlägt!«

Unschlüssig starrten die Zuschauer einander an. Kim zog vorsichtig ihre Pistole aus dem Holster, doch Cole hielt sie mit einem diskreten Kopfschütteln davon ab. Erst als Angel den Befehl mit nach außen gestikulierenden Händen wiederholte, räumte die Menschentraube ihnen raunend mehr Platz ein.

»So, ihr seid also die berühmten Ranger, von denen ich schon so oft gehört habe!«, spottete die Invasorin und ordnete sorgfältig ihre Haarsträhnen, die bei der Schlacht ihren Halt verloren hatten. »Wie viele von euch muss ich umbringen, um hier rauszukommen?«

»Nur einen«, erwiderte Angel nach einer kurzen Pause mit kalter Miene, was erneut von einem beunruhigten Getuschel der Menge quittiert wurde. Trotz der rasiermesserscharfen Klinge an ihrem Hals hatte sie nicht einen Zentimeter nachgegeben.

Ihre Antwort erntete zwei Blicke von Cole und Kim, die unterschiedlicher nicht hätten sein können. Der verschmitzt dreinschauende Anführer der ortsansässigen Miliz verschränkte zuversichtlich die Arme und hielt seine eigenen Männer mit einem Fingerzeig zurück. Gleichzeitig wäre Kim der arroganten Mörderin am liebsten von hinten an den Hals gesprungen.

»Schätzchen, das ist doch viel zu leicht!«, konterte die trotz des Bluts und Schmutzes adelig wirkende Frau mit einem enttäuscht klingenden Unterton. »Außerdem würden deine Leute wie Tiere über mich herfallen!«

Anstatt ihr zu antworten, schob Angel die in der untergehenden Abendsonne blutig glänzende Klinge mit dem rechten Handrücken beiseite und trat einen Schritt zurück, ohne dabei den beiderseitigen Augenkontakt zu verlieren. Anschließend warf sie Cole einen

Blick zu, den Kim beinahe als Angriffsbefehl missverstanden hätte. Stattdessen befahl er seiner Miliz, das Dorfzentrum in der Nähe des Natursteinbrunnens zu räumen, bis lediglich die beiden Kontrahentinnen übrig geblieben waren.

»Willst du etwa mit leeren Händen sterben?«, rief die äußerst selbstbewusst gewordene Gegnerin Angel von der gegenüberliegenden Seite der Wasserstelle zu.

Angel besaß kein Schwert und hätte auch nicht gewusst, wie sie damit umgehen sollte, aber die Frage entbehrte nicht einer gewissen Logik. Fieberhaft suchte sie in den Überresten der Schlacht nach einer geeigneten Nahkampfwaffe ab. Verkohlte Holzbalken oder ähnlich organisches Material würde das Katana wie Butter durchschlagen können. Dann erinnerte sich Victor an seinen Tauschhandel in Jaguar Bay und kramte auf der Ladefläche des zweiten Humvees nach seinen Stahlrohren, aus denen er ursprünglich handliche Rohrbomben herstellen wollte. Die anderthalb Finger dicken, knapp zwei Meter langen Stangen konnten es zwar auch nicht mit einem mehrfach gehärteten Schwert aufnehmen, wogen das jedoch durch Reichweite und Wucht wieder auf.

Angel nickte ihrem Kameraden anerkennend zu, nachdem sie ihre neue Waffe aufgefangen hatte. Im Stabkampf kannte sie sich immerhin etwas aus. Bei den Vultures wurden Streitigkeiten mit den schmerzhaften, aber für gewöhnlich nichttödlichen Kampfstäben in einer Arena ausgetragen. Dispute mit Angel waren meist schnell und einstimmig beendet worden.

Ohne weitere Verzögerungen stürmte ihre Kontrahentin mit einem lauten Kampfschrei auf sie zu, nutzte dabei geschickt ihr Momentum, um über die flachen Steinbänke des Brunnens, die Begrenzungsmauer und die hochliegende Holzwinde hinwegzuspringen, wodurch sie einen Augenblick später wild kreischend mit dem erhobenen Katana auf Angel herabstürzte. Die hatte seit vielen Jahren keinen derartigen Nahkampf mehr geführt und unterschätzte die Wucht des Aufschlags, so dass sie sich nur mit einer simplen Stababwehr und einer Rückwärtsrolle retten konnte.

Die verschmutzte Angreiferin verharrte mit gesenktem Schwert regungslos in ihrer Position und betrachtete die eingeschüchterte Menge aus den Augenwinkeln mit wohliger Genugtuung. Niemand würde sie jetzt noch unterschätzen oder gar verspotten. Allerdings schloss das Angel mit ein, deren Kampfgeist durch den überzeugenden Angriff geweckt worden war. Sie drehte das hohle Stahlrohr vor ihrem Oberkörper im Kreis, was ein dumpfes Pfeifen ertönen ließ, bevor sie selbst in die Offensive ging und eine hohe Attacke vortäuschte. Ihre Gegnerin glaubte, ein Loch ihrer Verteidigung am Torso entdeckt zu haben und wirbelte mit gestrecktem Arm und eingeknickten Knien um dreihundertsechzig Grad herum, doch darauf hatte die stabkampferfahrene Kriegerin nur gewartet. Mit dem unteren Ende ihrer Langwaffe blockte sie das funkenschlagende Schwert ab und vollführte ihrerseits eine Drehung, mit der sie die Beine ihrer gerade wieder aufgerichteten Kontrahentin aus sicherer Entfernung erwischte und sie damit schmerzhaft zu Boden schleuderte. Die Menge klatschte begeistert Beifall, so als hätte ihre Heldin bereits den Sieg errungen. Stattdessen trat Angel abermals einen großen Schritt zurück, stampfte ihre Waffe in das feinsandige Erdreich und ließ ihre Gegnerin unbehelligt aufstehen.

Erneut überließ sie der inzwischen leise keuchenden Schwertkämpferin die Initiative, die nun überlegter vorging und mit einer Hand voll Scheinangriffen nach Schwachstellen suchte. Um an ihre Informationen zu gelangen, durfte Angel sie nicht töten und konzentrierte sich daher hauptsächlich auf ihre Verteidigung. Sie hoffte, ihre blutende und immer erschöpfter werdende Kontrahentin zur freiwilligen Aufgabe bewegen zu können. Als sie jedoch aus heiterem Himmel die Schwerthand wechselte, musste die Menge noch einmal um Angels Leben fürchten.

Drehungen stellten für den Kampfstab keine Bedrohung dar, weswegen die Invasorin mit wuchtigen Stichangriffen gegen Angel vorzugehen begann. Ein paar Mal wurde es verdammt knapp, als das blitzende Katana ihre Kehle nur um wenige Millimeter verfehlte, bevor Angel die Schwerthand ihrer Gegnerin zu fassen bekam. Angel ließ den Stab fallen und führte mit aller Kraft einen Handkantenschlag auf den ungeschützten Unterarm ihrer Kontrahentin aus. Aufgrund des sofortigen Taubheitsgefühls war es Angel ein Leichtes, ihr die Klinge aus der Hand zu schlagen und die Invasorin mit einem Rundumtritt zu Boden zu werfen.

Mit dem Katana am Hals und dem rechten Knie auf dem Brustbein der nach Luft schnappenden Schwertkämpferin wiederholte Angel die Frage nach den entführten Dorfbewohnern. Die Menge jubelte und klatschte ihrer Heldin zu, die ihrer Gegnerin derweil respektvoll auf die Beine half. Sie ließ sich die Karte bringen, auf der ihre Kontrahentin mit dem Eigenblut der Schulterverletzung einen Punkt nördlich der Vultureterritorien markierte.

»Der Ort heißt Brackwood. Im Zentrum der Ruinenstadt werden alle zukünftigen Sklaven gesammelt und aussortiert, aber du wirst dort nichts als den Tod finden. Wahrlich eine Schande«, hustete sie Angel leise zu und betrachtete sie dabei fast mitleidvoll. »Solltest du es dir irgendwann einmal anders überlegen, sag ihnen, Jade schickt dich. Wir Sicarii sind immer auf der Suche nach ... Potential.«

Im Lärm der euphorischen Menge gingen ihre Worte beinahe unter. Mit Handzeichen befahl Angel der Miliz, die geschlagene Schwertkämpferin abzuführen, während Kim ihre siegreiche Freundin bereits mit dem Erste-Hilfe-Kasten in der Hand untersuchte.

»Ihr habt keine Ahnung, was hier begonnen hat – *Angel!*«, flüsterte Jade ihr zum Abschied zu.

Niemand außer Angel merkte etwas davon, dass die widerstandslos zum Gefängnis hinkende Invasorin sie mit ihrem Namen angesprochen hatte. Nur die zusammengekniffenen Augen, mit denen Angel der geschlagenen Gegnerin hinterherblinzelte, verrieten Kim, dass sie trotz ihrer Niederlage noch einen Sieg errungen haben musste.

»Was ist? Was hat sie gesagt?«, fragte sie ungeduldig. Kim hasste es, im Unklaren gelassen zu werden, aber Angel reagierte lediglich mit einem wenig überzeugenden Schulterzucken.

»Wir haben es mit Verrückten zu tun«, murmelte sie geistesabwesend. In ihrem Kopf spielte sie bereits mögliche Rettungsszenarien durch, die bislang alle in einer unausweichlichen Konfrontation endeten und ihr Team der Meuterei nahebringen würde. »Hast du eine Idee, wie wir in kurzer Zeit Truppen in diese Gegend führen sollen?«

Sie tippte mit ihrem Zeigefinger auf ein kleines Kreuz unterhalb der blutigen Markierung von Brackwood, die Kim vor Schreck einen Schluckauf bekommen ließ.

»Das–hick!– ist nicht dein Ernst!«, erwiderte sie kopfschüttelnd.

»Wenn Carl die Wahrheit gesagt hat, sollte sich Dog in der Nähe dieses Vulturecamps herumtreiben«, philosophierte Angel geistesabwesend weiter, bis sie den zögerlichen Blick ihrer sonst so unternehmungsfreudigen Kameradin bemerkte. »Ich werde

Butch und Victor nach Silver Valley schicken, um Frank zu informieren. Du nimmst den Dicken, führst die Leute hier nach Jaguar Bay und warnst die dortigen Ranger vor dem drohenden Angriff. Wenn Dog mich nicht gleich umbringt, treffen wir uns da wieder, nachdem wir Cassidy und die anderen befreit haben.«

Nun änderte sich Kims entsetzter Blick schlagartig in einen schwer beleidigten Gesichtsausdruck. Wie konnte sie es wagen, ihr eine derart wankelmütige Loyalität zu unterstellen!

»Wenn wir dieses Himmelfahrtskommando durchziehen–hick!, dann nur gemeinsam!«, protestierte sie mit verschränkten Armen und versuchte anschließend ihren Schluckauf mit angehaltener Luft loszuwerden.

»Na schön, aber behaupte später nicht, ich hätte dich gezwungen!«, erwiderte Angel. Natürlich hatte sie Kims Reaktion mit Absicht provoziert, sie sorgte sich jedoch um die Antworten der beiden Brüder, deren Gutmenschencharakter eine Zusammenarbeit mit den Vultures nur schwer zulassen würde.

Die Vorstellung war vorbei und Paul trieb seine Leute zurück an die Aufräumarbeiten, bevor er sich mit den Rangern zur Lagebesprechung in sein teildemoliertes Haus zurückzog, von dem immer noch der beigefarbene Putz abbröckelte, sobald ein Windhauch in die Einschusslöcher blies. Während sich die anderen bereits in der Essecke versammelten, fegte Angel quer durch das rustikale Wohnzimmer bis ins Bad und wischte sich mit einem alten Handtuch den Schweiß des Duells aus dem Gesicht.

»Und du bist sicher, dass sie dir nicht einfach irgendeinen Punkt genannt hat, damit du sie nicht trotzdem umlegst?«, fragte Victor.

»Höre ich da etwa Kritik an meiner Vorgehensweise? Wäre euch stundenlange Folter lieber gewesen, bei der man ihr Gekreische bis nach Silver Valley gehört hätte?«, konterte Angel und hob den rechten Zeigefinger. »Paul! Hol deinen Werkzeugkasten! Wir werden ihre Aussage lieber nochmal überprüfen!«

»Ist ja schon gut!«, brummte Butch mürrisch. Er war mit Monroe und seinem Bruder einer Meinung, dass Ehrenduelle in Märchenbücher gehörten, aber Folter lehnten sie weit mehr ab, weswegen er zerknirscht klein beigab. »Und was haben wir nun davon?«

»Na was wohl, wir fahren hin und holen sie raus!«, rief Kim, die inzwischen geringfügig blau angelaufen war. Aber immerhin hatte sie ihren Schluckauf besiegt. Angel warf ihr das Handtuch zu und nickte entschlossen.

»Was ist aus *Wir brauchen mehr Leute!* geworden? Wir haben nur noch einen Humvee und bedeutend weniger Munition als heute Morgen!«, erwiderte Butch mit seinem üblichen Pessimismus.

»Ihr könnt unsere Miliz mitnehmen. Cole wäre euch sicher eine große Hilfe«, bot Paul an. »Das heißt, wenn ihr eure Vergangenheit endlich überstanden habt!«

»Glaub mir, daran liegt es nicht, aber du wirst ihn als Eskorte bitter nötig haben. Ich will, dass ihr innerhalb einer Stunde eure Sachen packt und nach Jaguar Bay aufbrecht. Ich meine das gesamte Dorf«, befahl Angel. Als Stellvertreterin von Monroe stand es ihr zu, derartige Notfallentscheidungen für die alliierten Enklaven zu treffen. Zudem war der rüstige Alte ganz ihrer Meinung und nickte bestätigend. »Warnt unsere Verbündeten vor Flüchtlingen, die sich auffällig benehmen und sich von den anderen Bewohnern isolieren. Nehmt Jade mit und zeigt sie herum wie eine Zirkusattraktion. Anschließend übergebt ihr sie den Rangern vor Ort und lasst sie nach Silver Valley schaffen. Ich glaube zwar nicht, dass sie nach ihrer heutigen Niederlage in absehbarer Zeit angreifen werden, aber sicher ist sicher.«

»Wie meinst du das, Niederlage? Die haben die Siedlung fast ausgelöscht!«, entgegnete Victor verwirrt.

»Sie mögen keine direkte Konfrontation. Wir konnten sie mit gut dreißig Verteidigern aufhalten, da ihre Taktik vollständig auf dem Überraschungsmoment beruht, was dank Cassidys Warnung zum Teil ins Wasser gefallen ist. Sie haben die Wachposten vor Beginn des Kampfes ausgeschaltet, die sichtbaren Verteidigungsstellungen gesprengt, nachdem die Miliz sie besetzt hatte, und unsere eigenen Waffen gegen das Dorf gerichtet. Genauso werden sie auch Sienna überwältigt haben. Erinnert euch an den Mann im MG-Nest mit dem Messer im Rücken.«

»Okay – und was nutzt uns das?«, fragte Butch. »Für einen Großangriff brauchen wir mehr Leute und neues Equipment!«

»Richtig«, stimmte Angel ihm etwas zögerlich zu und nahm am Esstisch platz.

»Also fahren wir zurück nach Silver Valley?«, fragte Johnny verwirrt.

»Nein. Es würde über eine Woche dauern, bis wir mit den Rangern bei Cassidy sind.«

Die anderen warfen sich einander fragende Blicke zu. Kim stand mit gesenktem Haupt hinter ihr und bereitete sich auf die unausweichliche Reaktion ihrer Freunde vor. Angel entfaltete ihre Karte auf dem Tisch. Der blutige Punkt war deutlich zu erkennen, doch darum ging es ihr nicht. Sie zeigte auf das kleine, rote Kreuz, etwas weiter südlich von Brackwood.

»Das meinst du nicht ernst!«, protestierte Butch und schleuderte entsetzt das Papier vom Esstisch.

»Niemals! Niemals fahr ich da hin!«, stimmte Victor entschlossen zu.

»Du kannst von den Vultures keine Hilfe erwarten!«, fügte sein Bruder hinzu. »Dich mit dem Hyänen zu verbünden, um Wölfe zu jagen! Das ist Wahnsinn!«

»Die werden dich umlegen, bevor du überhaupt in ihre Nähe kommst!«, pflichtete Johnny ihm brummig bei. »Butch hat Recht, das wird nie funktionieren!«

»Ich bin dabei!«, verkündete Kim mit kräftiger Stimme und krallte sich an Angels Rückenlehne fest, als erwartete sie, sich nun selbst gegen die Männer verteidigen zu müssen.

»Mist, das hab ich befürchtet«, seufzte Johnny stattdessen, der dadurch schon wieder kein Mitspracherecht erhielt.

»Es liegt mir fern dich zu kritisieren«, begann Paul ruhig. »Aber deine Kameraden haben Recht. Deine alten Freunde werden dich töten oder erneut versklaven, bevor du sie überhaupt um Hilfe bitten kannst!«

»Niemand wird mich je wieder versklaven«, sagte Angel finster. Dann hörte sie sich die Einwände ihres Teams geduldig an. Sie wusste, dass ihr Plan die einzige Chance war, Cassidy rechtzeitig zu befreien. Sie war sich nur nicht sicher, wer sie begleiten würde.

»Wenn Kim geht, komm ich auch mit«, sagte Johnny kleinlaut, wie ein verprügelter Hund. »Da hab ich gar keine Wahl.«

Kim nahm ihn küssend in ihre staubigen Arme. Natürlich hatte sie fest mit seiner Entscheidung gerechnet, aber das machte sie nicht weniger süß.

»Du machst doch sonst keine so verrückten Sachen! Du planst, du untersuchst, du wartest ab! Was bringt dich dazu zu glauben, dass dir diese Schweine helfen werden? Die haben dich rumgereicht wie eine billige Hure, verdammt!«, rief Butch und schlug mit der Faust so stark auf den Esstisch, dass das Kuchengeschirr klirrend zu Boden fiel.

Da stand Angel auf und stellte sich vor den Kamin. »Nach Silver Valley können wir nicht. Bis wir zurück sind, ist Cassidy tot oder über alle Berge«, begann sie mit leicht gesenktem Haupt, wie in einer Trance. »Die Miliz von Eagle Village ist tapfer, aber ich kann die Leute hier nicht ohne Eskorte ziehen lassen. Alleine haben wir keine Chance und die Vultures tun nichts lieber als angreifen.«

Mit einem resignierten Seufzer ergab Butch sich vorerst der bequemen Eckbank und entschied, sich ihre Idee zumindest anzuhören.

»Wenn Carl die Wahrheit gesagt hat, dann sucht Dog nach einer Möglichkeit, gegen die Sicarii vorzugehen. Von Eric abgesehen steht er an der Spitze der Vultures und wie ihr wisst, waren er und ich – befreundet«, erklärte Angel mit geschlossenen Augen.

»Sicarii?«, flüsterte Johnny und blickte Kim fragend an, die mittlerweile auf seinem Schoß saß.

»So nannte sich die Verrückte«, antwortete sie schulterzuckend.

»Das ist fast vier Jahre her und du hast ihn mehr oder weniger sitzengelassen! Woher willst du wissen, dass er dich nicht einfach kalt macht oder in Ketten zurück in seine Höhle schleift?«, wendete Victor trotzig ein, der immer noch nicht von dem Himmelfahrtskommando überzeugt war.

»Ich weiß es nicht«, erwiderte sie, was prompt von einem erneuten Stöhnen aus der Essecke gewürdigt wurde. »Aber ich kenne ihn. Er denkt langfristig. Und wenn es wirklich so schlecht um sie steht, wird er meine Hilfe nicht ablehnen. Diese Mission ist freiwillig. Wer das Risiko nicht eingehen will, kann bei der Evakuierung von Eagle Village helfen oder Silver Valley Bericht erstatten. In dreißig Minuten fahre ich los.«

Angel verließ das Haus, schlurfte zum Eingang des Dorfes und untersuchte die getöteten Eindringlinge genauer, während sie ihren Kameraden etwas Zeit zum Nachdenken gönnte. Sie benutzten ähnliche Waffen wie die Ranger und hüllten sich bis zum Kopf in leichte, sandfarbene Stoffe. Darunter trugen ein paar von ihnen stabile Schutzwesten. Die meisten Angreifer wirkten zudem ein wenig abgemagert. Große Heere in der trockenen Steppe zu unterhalten war eine gewaltige logistische Herausforderung, die auch Angels Unternehmungen hin und wieder dem Scheitern nahegebracht hatten.

Auf einmal huschte ein Schatten in Sekundenschnelle über die Leichen hinweg. Als Angel zum Abendhimmel hinauf blinzelte, erkannte sie die Umrisse eines Vogels, der lautlos und ohne die Flügel zu bewegen über Eagle Village kreiste. Für einen Augenblick wunderte sie sich, warum nur ein einzelner Geier dem Duft frischen Blutes erlegen war, doch dann zog Scott ihre Aufmerksamkeit auf sich, der erschöpft hechelnd die Zufahrt hinuntergetrottet kam. Als treuer Gefährte seines entführten Frauchens hatte er die Invasoren mehrere Kilometer weit verfolgt, bevor er dehydriert aufgeben musste. Er schleppte sich auf Angel zu und brach vor ihren Füßen zusammen. Ohne zu zögern besorgte sie eine Schale mit Löschwasser und kniete sich streichelnd zum besten Freund ihrer Schülerin auf den Boden, bis er auf einmal knurrend den Kopf hob.

»Du verweigerst meine Hilfe, aber fällst ihm in die Arme?«, rief Cole ihr fassungslos zu, nachdem Paul ihn über seine neuen Befehle in Kenntnis gesetzt hatte. »Das Schwein wird dich als Galeonsfigur auf STELLAs Kühler nach Hause schleifen und dich seinem Abschaum zum Fraß vorwerfen!«

Angel wartete, bis er in Reichweite war, bevor sie blitzschnell aufstand und ihm laut schallend die rechte Hand ins Gesicht klatschte. Verdutzt starrten die Milizionäre die beiden an, doch Cole zeigte keinerlei Intention, sich dagegen zu wehren, sondern grinste gehässig.

»Du hast nie verkraftet, dass ich ihn dir vorgezogen habe!«, antwortete ihm Angel. Mit einem Augenzwinkern schlich sie sich hinter ihn, bis sie Rücken an Rücken in den Horizont blickten.

»Ich hätte eben auf die Gerüchte über deinen schlechten Geschmack hören sollen!«

»Er ist unsere einzige Chance«, flüsterte sie plötzlich todernst mit halb herumgedrehtem Haupt, so dass nur Cole sie verstehen konnte. »Diese Typen sind anders als wir. Die haben ihre Leute unter Kontrolle, denken zehn Schritte im Voraus. Wer weiß, wie lange die uns schon observieren. Wir dagegen haben unser Pulver in den letzten Jahren vergeudet und stehen nun vor dem Nichts!«

»Also sind die Berichte wahr«, brummte der erfahrene Einzelgänger, der nur aufgrund einer Blutschuld zum Kommandanten der Miliz geworden war. »Sag Dog, ich hätte versucht, dich davon abzuhalten. Dann wird er die Idee sicher gutheißen!«

Kommentarlos trat Angel den Rückweg an und ließ Cole mit gesenktem Haupt zurück. Ein Kieselstein erhielt kostenlose Flugstunden über eine der im Kugelhagel zersiebten Villen, bevor er seinen Zorn unter Kontrolle bekam und mit seinen Leuten die Evakuierung zu planen begann.

Mit großer Erleichterung stellte Angel kurz darauf fest, dass ihr gesamtes Team bereits mit der Aufmunitionierung und Zusammenstellung des Equipments beschäftigt war. Johnny und Victor schafften die Ladung des zerstörten Humvees herbei, Kim führte eine Bestandsaufnahme der Nahrung und der verbleibenden Waffensysteme durch, während Butch den Motor überprüfte und zur Sicherheit Kühlwasser nachfüllte. Martha räumte unterdessen ihre Küche leer und packte den immerhungrigen Männern frisches Brot, etwas Kuchen, gegrilltes Fleisch und sogar ein paar Karotten und Tomaten aus ihrem Gewächshaus ein.

Nach einer guten halben Stunde war die Ausrüstung komplett verstaut. Die alte Frau schnappte sich ihre steht's gepackte Reisetasche, verschloss ungeachtet der zerstörten Scheiben und luftigen Einschusslöcher die Haustür und verabschiedete sich mit herzlichen Worten des Dankes. Dann geschah etwas, womit Angel nicht gerechnet hatte.

Das gesamte Dorf versammelte sich um den Humvee. Ein junger Mann trat hervor, er hielt einen kleinen Korb in der Hand. Angel dachte zunächst, es sei Fleisch für die Reise, doch als sie genauer hinsah, erkannte sie drei Handgranaten.

»Wir haben gehört, dass ihr versucht, unsere Leute zu retten«, begann er hoffnungsvoll. »Meine Frau und mein Sohn wurden ebenfalls verschleppt. Ich hoffe, die werden euch helfen.«

»Meinen Daddy haben sie auch mitgenommen«, schluchzte ein kleiner Junge, der sein verwaschenes Baumwollhemd zum Tränentrocknen nutzte. »Den hier hat er für Notfälle unter dem Bett aufbewahrt!« Er gab Angel einen Verbandskasten. Dem Gewicht nach zu urteilen war er gut bestückt.

Beinahe jeder Dorfbewohner überreichte ihnen Ausrüstungsgegenstände. Schutzwesten, Granaten, Handfeuerwaffen, Munition, Kanister mit frischem Wasser, Fleisch, Diesel, ein paar Medikamente und Paul vertraute ihnen sogar den Mörser an. Das Team war zutiefst gerührt, als sich die Bewohner bei ihren treuen Verbündeten für die Verteidigung von Eagle Village bedankten und sie baten, ihre Angehörigen zu befreien. Nun gab es selbst für den brummigen Butch kein Halten mehr. Entschlossen hämmerte er auf die Motorhaube des Humvees und gab damit das Signal zum Aufbruch. Raunend und zuversichtlich tuschelnd wich die Menge zurück, als er den kräftigen Motor startete.

»Vertrau mir!«, rief Angel Cole von der Ladefläche zu, bevor der schwere Geländewagen aufbrummte und die Straße hinaufhetzte.

12. PAKT MIT DEM TEUFEL

Drei Stunden lang durchquerten sie wortlos die Steppe. Das großzügige Platzangebot hatte durch den Verlust eines der Humvees deutlich abgenommen. Johnny saß auf dem Beifahrersitz neben Butch. Er gähnte auf der Suche nach einer bequemen Sitzposition. Kim und Victor hatten auf den beiden Rücksitzen Platz genommen. Angel teilte sich mit Scott die kleine Ladefläche. Der Hund genoss den starken Fahrtwind, doch Angel zitterte mit ihrem Halstuch vor dem Mund in der nächtlichen Kälte. Der Temperaturunterschied in der Wüste konnte zwischen Tag und Nacht gut fünfzig Grad und mehr betragen. Übermüdet kramte sie im chaotisch zusammengewürfelten Gepäck, bis sie einen der Schlafsäcke fand und sich darin einwickelte.

Die eisige Dunkelheit war jedoch nicht der einzige Grund, der sie frösteln ließ. Vier Jahre war es her. Vier Jahre, in denen sie sich völlig verändert hatte. Dog war mit Sicherheit nicht mehr derselbe Mann, den sie einmal kannte, dem einst ihr Herz gehört hatte. Selbst als Anführer einer sadistischen Armee bewahrte er sich seinen eigenen Ehrenkodex. Nie trat er einen Sklaven, der am Boden lag, nie vergewaltigte er Frauen oder Kinder. Zwischen all den psychopathischen Freaks stellte er die große Ausnahme dar. Der Einzige, der mehr in Angel sah, als eine Sklavin, die man nach Belieben benutzen konnte.

Vor einem Jahrzehnt sah die Welt ganz anders aus. Die verbündeten Enklaven befanden sich noch in den Kinderschuhen und galten als ein paar einzelne Dörfer, die mit kleinen Befestigungsanlagen versuchten, den Gangs entgegenzutreten. Die Vultures waren zu jener Zeit die stärkte Macht in den Wastelands. Eric, ihr blutrünstiges Oberhaupt, führte seit Jahren Krieg gegen konkurrierende Banden und besiegte eine nach der anderen. Seine einzige Waffe bestand in der zahlenmäßigen Überlegenheit. Taktik und Strategie passten nicht in das Weltbild der kreischenden Überfallkommandos. Der zwei Meter große Koloss mit seiner langen, strohblonden Mähne war ein erbarmungsloser, unangefochtener Anführer, der als vielfach lebenslänglich verurteilter Schwerverbrecher nach dem Zusammenbruch der Zivilisation eine erfolgreiche Gefängnisrevolte ausgelöst und die isoliert gelegene Betonfestung zu seinem Hauptquartier umfunktioniert hatte. Dog war zu jener Zeit der junge, abenteuerlustige Sohn eines Wärters, dessen Vater in den blutigen Tagen des Aufstands ermordet worden war. In einem Alter, in dem sich Söhne gegen ihre Väter auflehnen und alles, für das sie stehen, in Frage stellen, war er berauscht von dem auf seine Art charismatischen Giganten, trat in dessen Dienste und stieg schnell zur unentbehrlichen rechten Hand auf.

Die Vultures respektierten Stärke mehr als alles andere. Es dauerte nicht lange, bis Angel unter den Sklaven auffiel. Sie wurde beinahe täglich vergewaltigt, jedoch nie ohne ihren Peinigern die Nasen blutig zu schlagen oder ein paar Knochen zu brechen. Dog begann sie zu schätzen und stellte sie unter seinen persönlichen Schutz. Niemand außer ihm durfte sie jetzt noch berühren und schon nach kurzer Zeit gab sie sich ihm freiwillig hin. Ihre Beziehung war brutal und gewalttätig, doch beruhte steht's auf Gegenseitigkeit. Er machte sie zu einer Vulture und schenkte ihr die Leben derer, die sie monatelang missbraucht hatten. Keiner blieb verschont. Angel lernte an ihnen die Kunst der Folter.

Monate des Krieges zogen ins Land. Dog tanzte mit seiner Gefährtin auf den blutigen Schlachtfeldern der Wastelands. Ihre Gegner verfluchten den Tag ihrer Geburt, während die Vultures sie wie Helden feierten, wenn sie an der Spitze eines Triumphzuges mit reicher Beute und einer Armee aus Sklaven heimkehrten. Ihre zahllosen Erfolge verschafften ihr den Rang eines Commanders. Sie blühte auf, während die Welt um sie herum zu Staub zerfiel. Es war ihr egal. Alles war ihr egal. Alles – außer Dog.

Der Rausch ihres Lebens endete unerwartet an jenem schicksalhaften Tag, an dem zwei naive Ranger aus Silver Valley ihren Wagen sprengten und sie schwer verletzt mit sich nahmen. Vier Jahre trennten sie nun von dem Mann, dem ihr Herz, ihre Seele und ihr Körper gehört hatten. Nun musste sie zu ihm zurück und ihn davon überzeugen, ihr ein letztes Mal seinen Mut und seine Stärke zu leihen. Insgeheim hoffte sie, dass die Sicarii den Vultures so schwer zugesetzt hatten, dass Dog auf ihre Hilfe angewiesen sein würde.

***

Es war kurz nach Mitternacht, als das Team die erste Pause einlegte. Butch gähnte erschöpft. Sein Rücken schmerzte von der langen, unbequemen Fahrt. Gern hätte er sich für ein paar Stunden in den Schlafsack verzogen, doch diese Option stand für niemanden zur Debatte. Die ganze Gruppe war an Cassidys Ausbildung beteiligt gewesen. Jeder hatte sie eine andere Kunst gelehrt und nun fühlten sie sich gleichermaßen für ihr Schicksal verantwortlich. Das beklemmende Gefühl über das, was vor ihnen lag, ließ sich jedoch nicht leugnen. Butch und Victor hatten einst eine Vulture bekehrt, aber diesmal ging es um mehr als eine einzelne, verletzte Frau, die sich nicht wehren konnte. Dog würde eine halbe Armee anführen. Buggys, Pick-ups, Quads und STELLA – den gepanzerten Sattelschlepper. Sie fuhren direkt in die Höhle des Löwen und hofften, ihn mit der Aussicht auf eine größere Beute von sich selbst ablenken zu können.

»Hört mal«, begann Angel, die sich während der Pause die Beine vertrat und über die Ladefläche beugte. »Wenn wir ihn finden sollten und er uns nicht gleich umlegt, sondern mit mir redet – egal was er mit mir macht oder zu mir sagt, ihr bleibt völlig ruhig. Er wird mit mir sprechen, davon bin ich überzeugt, aber sobald einer von euch eine Waffe zieht, sind wir tot. Verstanden?«

»Ich kann nur hoffen, dass du weißt, was du tust«, brummte Butch und überprüfte zum dritten Mal seit dem Aufbruch das schwere Geschütz auf dem Wagendach.

Selbst Kim wurde mit jeder Minute unsicherer und stand kurz davor, ihre Entscheidung zu bereuen; doch nun gab es kein Zurück mehr. Das galt sowohl für das Aufeinandertreffen mit den Vultures, wie auch der Reise durch Black Forrest, den alle Wastelandbewohner fürchteten wie der Teufel das Weihwasser.

Schon am Horizont war der schwarze Fleck in der sonst so hellen Steppenlandschaft deutlich zu erkennen und je näher sie ihm kamen, desto düsterer und unheimlicher wurde die Landschaft. Im Mondlicht wirkten die verkohlten Überreste des einst majestätischen Forstes wie unförmige Geister, die mit ihren knorrigen Klauen nach den hilflosen Reisenden zu greifen schienen. Waldbrände hatte es bereits vor dem globalen Untergang gegeben, aber mit dem Wegfall der organisierten Feuerwehren konnten schon kleine Brandherde mit der Zeit riesige Landstriche verwüsten. Erbarmungslos verschlangen die Flammenmeere flüchtende Menschen, Tiere und ganze Städte zugleich, bis am Ende Gebiete so groß wie ehemalige Staaten nur noch aus leblosen Aschewüsten bestanden.

Eine bedrückende Stille lag wie ein Leichentuch auf dem Niemandsland, in dem kein Vogel mehr zwitscherte, kein nächtlicher Jäger durch das Unterholz pirschte und kein Wind durch das trockene Laub wehte. Die Hitze hatte den einst vierspurigen Highway schmelzen lassen. Nur ein grauer Korridor aus herabgeregneter Asche wies dem Humvee den Weg. Ein Stau aus verschneit wirkenden Autowracks drängte den mächtigen Geländewagen bis an seine Leistungsgrenzen, als Butch ihn durch das verbrannte Dickicht daran vorbeisteuern musste. Unter den Rädern knackten verkohlte Äste und menschliche Überreste zugleich. Ein quer auf der Fahrbahn liegender Tieflader hatte der motorisierten Massenflucht ein jähes Ende gesetzt, doch zu Fuß waren die Menschen dem Feuersturm schutzlos ausgeliefert gewesen.

Verstummt und eingeschüchtert blickte die Gruppe aus den gepanzerten Fensterschlitzen auf den Ort des Massensterbens, von dem dutzende Gerüchte und Sagen in den Wastelands kursierten. Trotz der alten Landkarten wagte niemand gern die gefährliche Reise durch das unheimliche Niemandsland, denn wer hier vom Wege abkam, war für immer verloren. Zum Glück schrumpfte die Todeszone mit jedem Jahr etwas und in ein paar Dekaden würde nichts mehr an das grausame Schicksal so vieler Zivilisationsflüchtlinge erinnern, aber bis dahin mieden Ranger und Vultures das furchterregende Waldgebiet gleichermaßen. Es galt als natürliche Grenze im Norden ihrer Hoheitsgebiete, dessen stumme Durchquerung beinahe die ganze Nacht in Anspruch nahm.

***

Als die ersten Sonnenstrahlen weit außerhalb von Black Forrest den neuen Tag einläuteten, hockte Angel fröstelnd auf einem der Wasserkanister. Der löchrige Schlafsack war einige Jahrzehnte alt und hatte die eisige Kälte nicht vollständig von ihrem zusammengekauerten Körper fernhalten können. Umsomehr begrüßte sie die warme Morgensonne mit erleichtert blinzelnden Augen. Heute war der Tag der Entscheidung, heute würde sich alles ändern. Vielleicht würden sie an diesem Tag alle sterben. Die Hände über das erschöpfte Gesicht gefaltet seufzte sie leise und hämmerte anschließend mit der Faust auf das Heckfenster des Humvees, damit Butch für eine Rast anhielt. Sie sprang von der Ladefläche und musterte versteift die Umgebung.

»Fernglas, bitte.«

»Kennst du diese Gegend?«, fragte Kim.

»So könnte man es ausdrücken«, sagte Angel, hockte sich auf den Boden und scharrte im feinen Steppensand. »Hier haben sie mich erwischt.«

Scott winselte überrascht, denn normalerweise war er der Einzige, der mit den Pfoten den Lagerplatz verwüstete.

»Was? Hier?«, fragte Johnny erstaunt. »Hier ist doch absolut gar nichts!«

»Es war keine echte Siedlung, sondern ein Nomadencamp«, antwortete Angel. »Vor dreizehn Jahren hörte es auf zu existieren.«

Die Gegend wirkte deprimierend und trostlos. Neben der löchrigen Straße, die sie nahe an das Vulturecamp heranführen würde, erkannte man hin und wieder verrostete Verkehrsschilder, die verschwundene Ortschaften ankündigten. Stellenweise ragten sogar verfallene Gebäude aus dem Steppensand, verwahrloste Hütten, in denen seit Jahrzehnten niemand mehr wohnte. Nach ein paar Minuten entdeckte Angel, wonach sie gesucht hatte. Reste längst vergessener Behausungen in einem Tal, das die Wüste vor vielen Jahren zurückerobert hatte. Sie fand einen alten Kochtopf, ein Küchenmesser und in der Ferne trotzte das Aluminiumskelett eines Wohnmobils den häufigen Sandstürmen.

»Hier haben wir eine Weile gelebt«, flüsterte sie wehmütig. »Etwas zu lange, wie sich herausstellte.«

»So nah an einer Vulturebasis?«, fragte Butch und zog eine Augenbraue hoch.

»Die gab es damals noch nicht«, erklärte Angel. Seit dem Tag ihrer Gefangennahme durch die Red Dragons hatte sie ihre Heimat nicht wiedergesehen. In den Monaten der Sklaverei trieb man ihr das Heimweh auf brutale Weise aus, und als sie sich ein Jahr später Dog anschloss, interessierte es sie längst nicht mehr. Mit ihrem gewaltsamen Austritt aus den Vultures und dem Beginn ihres neuen Lebens kehrte die Erinnerung zurück. Seither hatte sie sich gewünscht, die Wurzeln ihres Schicksals zu besuchen. Da sie jedoch tief im Vulturegebiet lagen, war das nie eine Option gewesen. Die plötzliche Schicksalswende hatte sie nun buchstäblich kalt erwischt. Kim legte die Hand auf ihre Schulter und hockte sich zu ihr auf den Boden.

»Drei Jahre hast du uns geführt, uns nie im Stich gelassen und nie betrogen oder ausgenutzt. Wir stehen an deiner Seite, bis zum Ende!«

Angel verzog das Gesicht, so dass Kim ihr am liebsten eine Ohrfeige verpasst hätte. »Wir sollten aufbrechen, bevor unserer guten Fee hier die Tränen kommen!«, sagte sie und kassierte dafür umgehend einen Tritt in den Allerwertesten. Nach dem Höllentrip durch den unterirdischen Stützpunkt und dem Verlust ihrer Musterschülerin hatte Kim sich wirklich Sorgen um Angel gemacht.

***

Zur Mittagszeit erschien das ersehnte und zugleich gefürchtete Ziel am Horizont. Ein kleiner, beinahe standardisierter Außenposten der Vultures. Da die Gang keine Zivilbevölkerung beherbergte und Sklaven nur kurzzeitig in den primitiven Festungen zum Einsatz kamen, konzentrierten sich die Erbauer auf Defensiveinrichtungen und verschwendeten nur wenig Platz mit Wohnraum. Zwei Palisadenwälle umzäunten das Gebiet, von denen der äußere nur halb so hoch war wie der innere. Auf diese Weise konnten übermütige Aggressoren schon weit vor der eigentlichen Basis gestoppt und beschossen werden. Die Gebäude des Lagers wiesen alle ein schräges Dach auf, welches an einer Seite bis zum Boden reichte und so einen Angriff mit Brandgeschossen erschwerte. Einen Graben oder eine Zugbrücke wie in Silver Valley gab es nicht. Die Einfahrtsstraße stand völlig offen und diente als Köder. Angreifer, die darauf hereinfielen, wurden von zwei versteckten Maschinengewehren und ferngesteuerten Sprengsätzen erwartet. Munition und Treibstoff lagerten in unterirdischen Höhlen, die von Sklaven in monatelanger Handarbeit in den ausgetrockneten Boden gegraben worden waren. Zusätzlich schützte ein spärlicher Minengürtel den gesamten Komplex. Angel wusste natürlich davon und ließ Butch einige Kilometer vor der Anlage im Schutz von ein paar verrosteten Autowracks stoppen. Der Wind stand günstig, so dass der Humvee kaum eine verräterische Staubwolke aufgewirbelt hatte.

»Er ist da«, flüsterte sie, stellte sich auf die Ladefläche ihres Geländewagens und bat um Kims Fernglas. »Der Sattelschlepper steht zwischen den Baracken, aber ansonsten seh ich nur zwei Buggys.«

»Vielleicht sind sie unterwegs?«, fragte Butch optimistisch.

»Nein, nicht um die Uhrzeit. Viel zu heiß für freiwillige Ausflüge«, antwortete Angel. »Außerdem würden sie den Truck nicht so ungeschützt zurücklassen. Keine Wachposten, keine Patrouillen, aber da laufen ein paar Leute herum, die definitiv wie Vultures aussehen. Wir müssen uns aus sicherer Entfernung bemerkbar machen. Victor, stell den Mörser auf und feuer eine Granate etwa zweihundert Meter vor die Anlage!«

»Hattest du nicht was von *nicht provozieren* gesagt?«, erwiderte er verdutzt. Generell gefiel ihm der Plan ja, auch wenn er lieber direkt auf das Lager gezielt hätte.

»Er wird es verstehen, glaub mir.«

»Okay, du bist der Boss«, antwortete Victor und kramte sein neuestes Lieblingsspielzeug hervor. Eine Minute später flog der Sprengsatz seinem Ziel entgegen und erschütterte die Mittagsruhe mit einem lauten Knall, gefolgt von vier kleineren Explosionen.

»Der Minengürtel wurde verstärkt«, kommentierte Angel das Feuerwerk.

»Ja, und nun haben wir ihre volle Aufmerksamkeit! Der Lastzug kommt direkt auf uns zu!«, rief Butch nervös und hoffte insgeheim auf den Rückzugsbefehl.

»Das war der Plan. Ihr wisst Bescheid! Egal was passiert, keine Waffen!«, befahl Angel stattdessen. Sie gab Kim ihr Fernglas zurück, legte ihre Pistole auf die Motorhaube und marschierte selbstbewusst auf den Stützpunkt zu.

»Das kann unmöglich gut enden«, brummte ihr Butch hinterher.

Selbstbewusst setzte Angel einen Fuß vor den anderen. Ihre verschwitzten Haare klebten in der prallen Sonne auf ihren Schultern, während sie mit geschlossenen Augen versuchte, ihre Gedanken zu ordnen. Der Sattelschlepper hatte den Ausgang passiert und war inzwischen nur noch fünfhundert Meter von ihr entfernt. Sie konnte bereits den vergilbten Schädel des Maroneth erkennen, dessen Überreste seit ihrem Rachefeldzug als Kühlerfigur des berüchtigten Wüstenschlachtschiffs diente.

Sie hielt an, wischte sich den Schweiß von der Stirn und wartete. Sie durfte sich jetzt nicht verausgaben. Sie musste ihre Kräfte für *ihn* aufsparen.

Der Lastzug mit dem gewohnt gepflegt glänzenden Nummernschild *STE-LL 4* stoppte gut hundert Meter vor ihr, doch sie konnte bisher nicht ausmachen, wer alles ausstieg. Drei Vultures kamen auf sie zu. Eine Frau, dunkelhäutig, schlank und mit einer Vielzahl an Messern bewaffnet, die im grellen Sonnenlicht funkelten. Ein junger Mann, dem seine dunkelbraune, gekräuselte Mähne bis zum Schulteransatz reichte. Er hielt ein schwarzes, russisches Sturmgewehr in den Händen; ähnlich Victors Kalaschnikow, aber ein neueres Modell. Die beiden flankierten ihren großen, muskelbepackten und auf den ersten Blick unbewaffneten Anführer, dessen an den Seiten kahlrasierten Kopf Angel schon von weitem erkannte.

Angespannt verschränkte sie ihre Arme hinter dem Rücken, streckte die Brust raus und wartete geduldig. Die Eskorte des Hünen blieb stehen, aber er kam bis auf einen halben Meter an sie heran. Angels Herz raste. Sie konnte fühlen, wie ihr das Blut mit ungeheurem Druck durch die Halsschlagadern schoss. Ihre Beine verkrampften, ihre Hände zitterten. Ihre Augen wollten seinem Blick aus dem Weg gehen, doch äußerlich ließ sie sich nichts anmerken. Wie versteinert stand sie direkt vor ihm, sein Gesicht erfüllt von Unverständnis gepaart mit Wut. Die Haut aufgeplatzt und von ständiger Sonneneinstrahlung gezeichnet, die Lederkleidung an mehreren Stellen zerrissen. Er schnaufte wie ein Hund kurz vor seinem Angriff und starrte sie sprachlos an, als traute er seinen Augen nicht.

Auf einmal schlug er Angel seine Faust in den Magen. Stöhnend brach sie zusammen und keuchte hilflos nach Luft. Das war der Moment, vor dem sie ihr Team gewarnt hatte. Wenn ihre Freunde jetzt versuchen würden, ihr zu helfen, wäre alles aus. Sie wollte sich umdrehen, sie wegschicken, ihnen zurufen, sie zu ignorieren, doch sie konnte es nicht. Ihr gesamter Körper schmerzte, wehrte sich gegen die plötzliche Gewalteinwirkung. Ihre Lungen versagten den Dienst, ihr Magen gab ungewohnte Geräusche von sich. Sie hockte einfach da, vor seinen Füßen.

Aber all das war Bestandteil ihres Plans, sie hatte diese Reaktion erwartet und zwang sich unter dem Einsatz sämtlicher Kraftreserven schon einen Augenblick später wieder aufzustehen. Dogs Blick blieb unverändert. Noch immer sah er sie verständnislos an. Seine Eskorte stand regungslos hinter seinem Rücken. Sie sahen ihm nicht mal zu, sondern beobachteten die feindliche Gruppe.

Angel hob ihren Kopf und starrte in die brennenden Augen ihres ehemaligen Gefährten. Ihr Moment war gekommen. Sie nahm alle Kraft zusammen und schlug ihm die rechte Faust direkt ins Gesicht. Dog stürzte mit einem Stöhnen rückwärts zu Boden. Sie keuchte leise, noch immer nach Luft schnappend, und rieb sich die schmerzende Hand.

Nun erwachten seine Leute. Der junge Vulture kniete sich in den feinen Steppensand und nahm die anmaßende Widersacherin ins Visier. Angel drehte sich fast beiläufig um. Ihr Team folgte ihren Anweisungen. Niemand hatte sich gerührt. Ein siegesbewusstes Lächeln erschien auf ihrem Gesicht. Eins zu null für sie!

»Soviel zu den Berichten, sie hätten dich verweichlicht!«, knurrte Dog. Misstrauisch zog er sich an Angels Hand zurück auf die Beine. Sein Unterkiefer war halb taub und ließ ihn beinahe betrunken klingen. Außerdem hatte ihm seine gewalttätige Gespielin denselben Knochen schon einmal gebrochen und wusste daher genau, wo er zu treffen war.

»Ich freu mich auch, dich zu sehen«, ächzte sie bedingt durch seine um einiges überlegene Gewichtsklasse.

»Was willst du hier? Du hast uns verlassen und verraten!«

»Dich um deine Hilfe bitten«, erwiderte sie. Dogs Augen verrieten den tiefen Zwiespalt, darüber zu lachen oder sie erneut zu schlagen. »Ich brauche dich und deine Truppen für eine Rettungsaktion.«

Nun lachte er, aber so leise, so dass ihn seine eigenen Leute nicht hören konnten. Er würdigte sie keines Blickes und wischte stattdessen das Blut von seinen Lippen.

»Ich weiß, dass ihr Probleme mit den Sicarii habt. Ziemlich große Probleme, wenn mich meine Verhörmethoden nicht im Stich gelassen haben«, fuhr sie fort und unterschlug dabei ihre kreative Auslegung des Wortes *Verhör*.

Dog verschränkte die Arme, als würde er auf weitere Erklärungen warten. In den gemeinsamen Jahren mit Angel hatte er viel von seiner Gefährtin gelernt. Immer wieder hatte sie ihm gepredigt, wie dumm es von den Überfallkommandos sei, ohne Aufklärung und Hintergrundwissen Entscheidungen zu treffen und Hals über Kopf anzugreifen. Er hatte ihre Lektionen nicht vergessen.

»Sie haben jemanden entführt. Jemanden, den ich zurückhaben will.«

Dog stolzierte mit verschränkten Armen an ihr vorbei und blickte in die Richtung des Humvees. Er selbst hatte vor ein paar Jahren Kopf und Kragen für die Rettung seiner Männer riskiert, obwohl Eric ihn seinerzeit für verrückt erklärte. Angels Gefühle konnte er nachvollziehen, ihre Motivation jedoch nicht. Noch sah er keinen Grund, ihr zu vertrauen. Er wusste, dass der General aus Silver Valley den Einsatz der Humvees niemals für eine solche Mission genehmigen würde. Viel zu groß war seine Angst, die teuren Spielzeuge mitten in der Steppe an die Vultures zu verlieren. Angel verschwieg offensichtlich ihren wahren Auftrag.

»Wirst du mir helfen?«, fragte sie und sah ihn mit einem Blick an, bei dem man vermuten konnte, dass sie im Falle einer Ablehnung noch ein dutzend Alternativpläne vorbereitet hatte.

»Du verlässt mich, verrätst deine Familie, lässt vier Jahre lang nichts von dir hören, nur um aus heiterem Himmel wieder aufzutauchen und mich um Hilfe zu bitten? Für wen zum Teufel hältst du dich!«, schrie Dog sie plötzlich an, woraufhin Angel einen Moment brauchte, um sich zu sammeln.

»Ich habe eine neue Familie gefunden«, antwortete sie ruhig und achtete dabei peinlich genau darauf, den Augenkontakt nicht zu verlieren.

»Du meinst diese Schwächlinge da hinten?«

»Schwach genug, um euch seit Jahren in Schach zu halten!«, erwiderte sie trotzig und hätte Victor am liebsten das Signal für einen Artillerieangriff auf das verlassene Lager erteilt.

»Wofür brauchst du mich dann?«, rief Dog erbost.

»Es dauert eine Woche, um meine eigenen Leute zu holen. Bis dahin ist sie tot!«

»Ah ich verstehe, du hast wie üblich für alles eine Antwort parat! Nehmen wir für einen Moment an, ich würde auf deine lächerliche Geschichte reinfallen, was bietest du mir als Gegenleistung?«

Angel sammelte ihre Gedanken, bevor sie antwortete.

»Mich.«

Damit hatte sie seinen wunden Punkt getroffen – schon wieder. Verdutzt sah Dog sie aus den Augenwinkeln heraus an und überlegte, wie er darauf reagieren sollte. Viele Nächte hatte er davon geträumt, die Mauern von Silver Valley zu stürmen, um Angel zu befreien. Da die Realität aber freilich anders aussah, versuchte er seit Jahren seine Gefühle zu unterdrücken. Nun war sie ohne Vorwarnung in sein Leben zurückgekehrt und bot sich ihm sogar freiwillig an!

»Cole war nur wenig begeistert von meiner Idee, dich aufzusuchen. Vielleicht hätte ich lieber auf seine Hilfe vertrauen sollen«, murmelte sie in sich hinein und spielte gekonnt die enttäuschte Geliebte, die sich ja auch an die Konkurrenz wenden konnte.

Das traf ihn mitten ins Herz. Dieser eiskalte Schauer, der über seinen gerade aufgeheizten Rücken lief. Das wohlige Kribbeln im Bauch, das binnen eines Herzschlags von einem tonnenschweren Stein ersetzt wurde. Das Kartenhaus von Dogs romantischen Vorstellungen brach beim Namen seines Erzfeindes augenblicklich zusammen. Sofort wollte er einen Schritt zurücktreten, Abstand nehmen, um sich nicht von ihr einwickeln zu lassen, wie sie es viel zu oft getan hatte. Doch es war schon zu spät. Unbemerkt war seine Hand, mit der er sie zuvor fast bewusstlos geschlagen hätte, fest von ihr umklammert worden. Einen Moment lang versuchte er seinen Arm zurückzubekommen, nur um zu merken, dass ihr Griff mit den Jahren noch stärker geworden war. Sein Instinkt sagte ihm, dass sie sich nur über ihn lustig machte. Häufig hatte sie ihre Intelligenz genutzt, um ihm Streiche zu spielen, ihn hereinzulegen oder schlicht zu manipulieren. Schließlich kam er zu der Überzeugung, mehr Informationen zu verlangen, bevor er sie in Ketten legen würde. Aber zumindest erhielt er seine Hand mit einem kräftigen Ruck zurück.

»Wen haben die denn entführt, dass du dich freiwillig opfern willst und die Leben deiner Leute riskierst?«

»Sie ist ein Mädchen aus einem der namenlosen Dörfer. Sie ist eurem Überfall entkommen und mir in die Arme gelaufen. Ich habe sie aufgenommen und ausgebildet. Vor zwei Tagen wurde sie bei einem Angriff der Sicarii auf Eagle Village zusammen mit einigen anderen Dorfbewohnern verschleppt.«

»Diese anderen – willst du die auch rausholen?«, fragte er skeptisch.

»Die sind Sekundärziele. Meine Schülerin hat Priorität. Anschließend komme ich mit dir. Das ist mein Angebot.«

Sie zeigte nicht die geringste Gefühlsregung, woraufhin Dog ungläubig die Arme hochriss.

»Das ist doch ein Witz, oder? Ihr habt es wahrscheinlich nur auf den Truck abgesehen!«

»Wenn ich nur daran interessiert gewesen wäre, hätte ich Victor nicht danebenschießen lassen«, giftete sie ihm zu.

Dog drehte sich zu ihr um und schaute sie mit dem Blick eines Autorität gewohnten Mannes an, der sich einer Frau trotz seiner Allmacht ausgeliefert sah. Ein Teil von ihm wollte den Feuerbefehl geben, die Sache ein für alle Mal regeln und ein schmerzhaftes Kapitel seines Lebens abschließen. Doch die – in seinen Augen äußerst geringe – Chance, dass sie es ernst meinen könnte, hielt ihn zurück.

»Hol deine Leute und folgt unseren Spuren ins Lager, dort reden wir weiter. Aber du hast besser einen anständigen Plan dabei!«

»Lässt du mein Team ziehen, wenn alles vorbei ist?«

»An denen hab ich kein Interesse«, erwiderte Dog und wedelte abwertend mit der linken Hand in Richtung des Humvees. »Die können sogar ihren wertvollen Wagen behalten.«

Er drehte sich um und marschierte haareraufend auf seinen Sattelschlepper zu, während Angel erleichtert zu ihren Leuten zurückkehrte. Als sie nah genug war, zeichnete sie mit ihrem Zeigefinger einen waagerechten Kreis in der Luft und gab so den Befehl zum Aufsitzen. Sie erklärte Butch, dass er exakt den Spuren des Trucks folgen musste, um keine der Minen auszulösen und kletterte anschließend auf die Ladefläche. Die ganze Zeit über blickte Kim sie nervös an. Um ein Haar wäre sie losgestürmt, als ihre Kameradin zu Boden gegangen war, doch dann erinnerte sie sich an die rauen Sitten zwischen Angel und ihrem Liebhaber, von denen ihre Freundin ihr – und nur ihr – erzählt hatte. Hauptsächlich, um Kim dazu zu bringen, ein paar ihrer Rituale an Johnny auszuprobieren. Eine Art später Rache für seine Aufstachelungen nach Angels Überlaufen.

Victor beäugte unterdessen kritisch jede Bodenerhebung auf ihrem Weg und analysierte mit geschultem Blick den Kampfwert des Stützpunkts. So nah kamen ihnen die Ranger selten und er wollte, dass wenigstens etwas Positives aus ihrer Selbstmordmission herauskam.

Zwei Minuten später hielten sie neben dem schwarzen Sattelschlepper, mitten im Palisadenwall. Angels Team musterte unbehaglich die Umgebung. Mehrere bewaffnete Vultures verfolgten ihre Bewegungen mit Neugier und Feindseligkeit zugleich. Ihnen juckte der Finger am Abzug und den ungeladenen Gästen ging es nicht anders.

»Ich denke, das wird der Beginn einer langen Freundschaft.«, kommentierte Angel die misstrauischen Blicke und prüfte damit insgeheim, ob Dogs Autorität nach wie vor unantastbar war. Als die befürchtete Reaktion seiner Untergebenen ausblieb, ließ sie sich mit ihrem Team in den unterirdischen Kommandobunker im Zentrum des Stützpunkts führen.

Daneben hatten die Vultures bereits einen Scheiterhaufen mit ihren gefallenen Kameraden errichtet, die unverkennbare Spuren eines überraschenden Sicariiangriffs aufwiesen. Angel fragte sich, wie sie bei der Gang dieselbe Taktik anwenden konnten. Die Vultures nahmen keine Flüchtlinge auf, höchstens Sklaven, und die wurden durchsucht und eingesperrt.

»Wir sind ganz Ohr«, sagte Dog. Er stand hinter einer großen Steinplatte, die als provisorischer Tisch diente.

Angel breitete ihre kleine Karte aus und zeigte auf den dicken, roten Punkt.

»Dort müssen wir hin.«

»Woher hast du die Position?«, fragte Dog und verglich die Zeichnung mit einem Plan der Vultures. Seine Aufzeichnungen der westlichen Gebiete war detaillierter, doch der Maßstab stimmte nicht überein. Nach ein paar Augenblicken hatte er jedoch genug Anhaltspunkte entdeckt, um Brackwood auf seiner Karte aufzuspüren.

»Wir haben in Eagle Village Gefangene gemacht und verhört.«

»Ich kenne diesen Ort«, murmelte er und hob beunruhigt den Kopf. »Das ist 'ne Kleinstadt, hauptsächlich verfallene Wohnblöcke. Drum herum gibt es keinerlei nennenswerte Vegetation. Die werden uns entdecken, bevor wir überhaupt ansatzweise in Schussweite kommen. Was hast du dir denn für einen Angriff vorgestellt?«

Für einen Moment fühlten sich die beiden in die Vergangenheit zurückversetzt. Wie vor einem halben Jahrzehnt genossen sie die strategische Planungsphase ebenso wie die Ausführung. Dogs Gespür für Talent und Angels taktische Finesse hatten den Vultures zur rechten Zeit den entscheidenden Vorteil geliefert, um alle konkurrierenden Gangs der bekannten Wastelands unterwerfen zu können. Häufig war Eric mit dröhnendem Schädel vom Kartentisch aufgesprungen und hatte sie für ihre theoretischen Spiele verflucht, schätzte ihre brutale Effizienz am Ende jeder Schlacht aber dafür umso mehr.

»Ein Sturmangriff bei Nacht. Sie mögen keine direkte Konfrontation. Vor ihrer Attacke infiltrieren sie das Ziel, um die Verteidigungsstellungen zu sabotieren, die Siedlung ist anschließend nahezu schutzlos. Wenn ich mich hier so umsehe, dann wenden sie bei euch eine ähnliche Taktik an. Wir schlagen hart und schnell zu, holen unsere Leute raus und verschwinden wieder«, erklärte Angel. Dog verschränkte die Arme und ging langsam um den Tisch herum, studierte die Karte und überlegte.

»Für einen solchen Angriff bräuchten wir eine Armee.«

»Das wäre die Hilfe, die ich von dir benötige.«

Seufzend rieb er sich über das verschwitzte Gesicht, an dem immer noch das verkrustete Blut ihrer Begrüßung klebte. »Wir haben nur, was du hier siehst.«

»Was ist mit dem Rest? Vor einem Monat habt ihr uns mit einem Dutzend Wagen direkt vor Silver Valley verfolgt!«, rief Kim ungläubig und verlieh damit der Überraschung ihres ganzen Teams Ausdruck. Die Sicarii zu unterschätzen, wäre den Rangern nie in den Sinn gekommen, aber der Verlust einer kompletten Vulturearmee, die selbst Monroes ausgeklügelter Verteidigung hätte gefährlich werden können, gestattete ihnen einen unheilvollen Blick in die mögliche Zukunft der bekannten Wastelands.

»Diese Typen sind anders. Sie kämpfen hinterhältig und feige, sie kommen bei Nacht, schleichen sich als Vultures verkleidet in die Lager und schlachten uns im Schlaf! Es gibt nur noch die Festung, in der Eric sich verschanzt hat und das, was ihr hier seht. Unsere Stützpunkte wurden bereits vor Wochen zerstört oder aufgegeben«, seufzte Dog und setzte sich auf den Tisch.

»Dann bleibt uns keine Wahl«, begann Angel mit einem abwesend wirkenden Blick, der wie in Eagle Village mögliche Szenarien analysierte. »Wir greifen mit dem an, was wir haben. Ist der Truck einsatzbereit?«

»Er ist voll aufgetankt und bewaffnet«, antwortete der junge Vulture mit den schulterlangen, dunkelbraunen Haaren.

Dog sah sich um. Seine fünf Männer und die dunkelhäutige Frau nickten ihm einstimmig zu. Eine bessere Chance auf Rache für die schmachvollen Niederlagen würde sich ihnen wohl kaum bieten, weswegen sie alte Differenzen vorerst beiseiteschoben. Für sie stellte sich die Frage überhaupt nicht. Angel drehte sich zu ihren eigenen Leuten um. Für die Ranger war die Situation absolutes Neuland. Unter General Monroe gab es keine Selbstmordmissionen und keinen Heldentod.

»Ihr wisst, die Mission ist freiwillig. Wer aussteigen will, nimmt den Humvee und kehrt nach Silver Valley zurück.«

Kim war dabei. Ihre enge Freundschaft mit Cassidy ließ sie jede Vorsicht verdrängen und Johnny blieb dadurch ebenfalls keine Wahl. Butch und Victor fühlten sich in ihrer neuen Gesellschaft äußerst unwohl und scheuten sich nicht, das auch zu zeigen, wollten Angel aber nicht an die Vultures verlieren. Nacheinander nickten sie ihr entschlossen zu.

Ermutigt wendete sie sich wieder dem Kartentisch zu. »Also gut, ohne Armee müssen wir uns etwas anderes überlegen«, begann sie in ihrem üblichen Befehlston und studierte die Karte der Gang. »Wie alt sind eure Aufklärungsdaten von Brackwood?«

»Etwa ein halbes Jahr. Mit den Kriegen im Süden war die Stadt für uns uninteressant. Mehr als die Bebauung und die Vegetation hab ich mir nicht gemerkt«, erläuterte Dog, woraufhin Angel verständnisvoll nickte.

»Dann brauchen wir Informationen aus erster Hand. Wenn wir sofort aufbrechen, können wir morgen Abend dort sein.«

»Du willst sie bei Nacht angreifen?«, fragte Kim erstaunt.

»Was ist so falsch daran?«, erwiderte Dog.

»Die Typen sind nachtaktiv, rennen in der Dunkelheit mit schwarzen Umhängen rum und sind sehr schwer zu entdecken. Das wäre ein Fehler!«, erklärte sie sachlich.

»Kim hat Recht, aber das hab ich auch nicht vor«, fuhr Angel fort. »Wir werden die Nacht nutzen, um uns einen Überblick zu verschaffen, Wachposten, Aufenthaltsort der Gefangenen, eventuelle Minengürtel. Kim, das wird deine Aufgabe sein. Du hast Erfahrung im Erstellen taktischer Geländekarten und wir haben außerdem noch das Nachtsichtgerät aus der Basis. Ich brauche Markierungen für alle relevanten Gebäude und Entfernungsmessungen für Victor und mich.«

»Ich soll alleine um das Lager herumschleichen? Bei Nacht?«, erwiderte Kim nervös.

»Faith wird dich begleiten«, befahl Dog trocken, hob den Kopf und sah die rothaarige Frau mit einem selbstverständlichen Blick an.

Die junge, dunkelhäutige Vulture trat aus dem Schatten hervor und zwinkerte Kim beinahe schadenfroh zu. Sie ließ sich absichtlich von den Rangern mustern, um jede Widerrede im Keim zu ersticken. Ihr Körper war absolut makellos, ihr Gesicht strahlte eine atemberaubende Schönheit aus und ihr orientalisch angehauchter Gang allein genügte, um die anwesenden Männer in Trance zu versetzen. Im durch die Decke einfallenden Sonnenlicht funkelten unzählige Messer und Wurfsterne an ihrem hautengen Lederkorsett. Dazu trug sie gleich zwei schallgedämpfte Pistolen in den kunstvoll verzierten Lederholstern unter den Armen. Selbst Kim schien für einen Augenblick benommen, trat Johnny jedoch instinktiv ans Schienbein.

»Wenn wir zusammenarbeiten wollen, ist das der erste Schritt«, fügte Dog hinzu. Faith schlich derweil um Kim herum, atmete tief ein und schnupperte an ihrem Nacken. Angel war sich sicher, dass die schwarze Amazone jeden Moment bewusstlos auf dem Boden liegen würde, doch nichts dergleichen geschah.

»Wir werden uns arrangieren«, erwiderte Kim stattdessen und zwang sich mit aller Kraft, Ruhe zu bewahren.

Angel zog erstaunt ihre linke Augenbraue hoch. So viel Selbstbeherrschung hatte sie ihrer temperamentvollen Freundin überhaupt nicht zugetraut. »Habt ihr Funkgeräte?«, fragte sie, um die angespannte Situation zu beenden.

»Mitch, zeig sie ihnen!«, befahl Dog und nickte einem seiner Männer zu.

»Der Rest von euch kann schon mal zusammenpacken«, fügte Angel hinzu. Die Ranger und Vultures verließen gemeinsam die Höhle, bis nur noch die beiden Anführer am Tisch standen. Sie faltete ihre Karte zusammen und wendete sich gerade dem Ausgang entgegen, da griff der Hüne bestimmt nach ihrer Hand.

»Ich hoffe du weißt, was du tust. Meine Leute sind bereit zu sterben, deine nicht.«

»Ihr könnt gerne draufgehen, wenn ihr wollt, aber mein Team hat vor anschließend nach Hause zu fahren!«, konterte sie.

Misstrauisch sah Dog sie an, noch immer unsicher über ihre wahren Motive. »Ah, ich verstehe! Am besten hol ich mir ein paar zusätzliche Schutzwesten, bevor wir aufbrechen, um nicht zufällig von hinten erschossen zu werden!«, erwiderte er beleidigt, woraufhin Angel unschuldig mit den Wimpern klimperte.

Plötzlich sprang sie auf ihn zu, warf ihn rückwärts auf den Steintisch und küsste ihn so leidenschaftlich, wie sie es sich seit vier Jahren gewünscht hatte.

»Das mit den Schutzwesten ist eine gute Idee. Ich hab nämlich nicht vor als Witwe heimzufahren!«, flüsterte sie ihm ins Ohr und zog sich fest an seine Brust.

Butch betrat unterdessen gemeinsam mit Mitch den Auflieger des Sattelschleppers. Für einen Moment blieb er stehen und starrte beeindruckt in den hervorragend ausgestatteten Innenraum. Das schwarze Wüstenschlachtschiff, wie es die Ranger ehrfürchtig nannten, war für sie so etwas wie der Fliegende Holländer für Seefahrer aus dem Mittelalter. Eine gefürchtete Legende, an die man jedoch erst wahrhaftig glaubte, wenn man sie mit eigenen Augen erblickte. Anschließend konnten nur die wenigsten über ihr Zusammentreffen berichten, denn die fahrende Festung bedeutete meist einen schnellen, grausamen Tod.

Mitch zeigte ihm die Werkbank, auf der die Funkgeräte aufgereiht in einer Ladestation standen. Butch erfragte einige technische Daten wie Reichweite, Lebensdauer der Akkus und den Frequenzbereich, in dem sie sendeten. Der kurzhaarige Jungspund schien Spezialist für die Ausrüstung zu sein und konnte jede seiner Fragen präzise beantworten.

Unterdessen wartete Kim vor dem Kommandobunker und sah Johnny und Victor zu, wie sie das Equipment des Humvees neu ordneten und die Wasservorräte mit Dogs Erlaubnis am Vorratstank des schwarzen Trucks aufstockten. Plötzlich spürte sie einen Windhauch direkt hinter sich.

»Hör auf, dich an mich heranzuschleichen!«, giftete sie, ohne sich umzudrehen.

»Haben wir ein Problem?«, flüsterte Faith. Sie trat aus dem Schatten heraus und stellte sich neben Kim, vermied dabei aber jeglichen Augenkontakt.

»Wir arbeiten zusammen, doch ich bin nicht hier, um Freunde zu finden! Tu, was Dog dir sagt! Und wenn alles vorbei ist, verschwinde wieder aus meinem Leben!«

»Wie du meinst«, zischte Faith und verschwand zurück in den Schatten der umliegenden Ruinen.

Kim knurrte leise vor sich hin. Sie hasste die Vultures, aber diese Frau trieb sie aus irgendeinem Grund in den Wahnsinn.

»Du solltest sie besser behandeln«, sprach eine ruhige Stimme hinter ihr. »Eines Tages könntest auch du ihr dein Leben schulden – so wie wir alle.«

Kim drehte sich erstaunt um und erblickte den jungen Mann mit seiner schulterlangen, dunkelbraunen Mähne. Er war attraktiv, jedoch vom Alltag der Gang gezeichnet. Eine frische Narbe lief über sein linkes, stahlblaues Auge; wahrscheinlich ein Andenken an Gefechte mit den Sicarii.

»Wer bist du?«, fragte sie überrascht.

»Ist das wichtig? Wir sind doch ohnehin nur Abschaum für dich!«

Darauf fiel ihr keine Antwort ein. Mürrisch zwängte sich der unscheinbare Vulture an ihr vorbei und betrat den Sattelschlepper. Unsicher blickte Kim ihm nach und versuchte zu verstehen, was gerade passiert war.

»Probleme?«, hörte sie eine bekannte Stimme fragen und zuckte instinktiv zusammen.

»Könnt ihr mal aufhören, euch ständig von hinten an mich heranzuschleichen?«, giftete sie und drehte sich mit geballten Fäusten um.

Dog stützte sich auf Angels Schultern und sah sie mit verschmitztem Gesicht an. Sie wurde das Gefühl nicht los, als würde er sie auslachen.

»Faith wird tun, was ich ihr befohlen habe. Du hast nichts zu befürchten«, sprach er mit tiefer, gespielt väterlich besorgter Stimme.

»Ich hab keine Angst vor euch, klar? Vor keinem von euch!«, rief sie ihm trotzig zu und verschwand in Richtung des Humvees.

»Nicht gerade begeistert von deiner Idee, hm?«, interpretierte Dog die Vorstellung.

»Ob du‘s glaubst oder nicht, sie war die Erste, die zugestimmt hat!«, antwortete Angel, während sie ihrer vor Wut schäumenden Freundin hinterher sah.

»Oh! Da fällt mir was ein!«, rief Dog plötzlich und zerrte seine zurückgewonnene Gefährtin zum Sattelschlepper. Im Inneren führte er sie bis vor den Durchgang zur Fahrerkabine und deutete auf einen Schaukasten an der Wand. In ihm befand sich ein schweres Scharfschützengewehr vom Kaliber .50 BMG in Wüstentarnlackierung, die Angel einst selbst mittels Airbrushverfahren aufgetragen hatte. Sogar der fünfzig Millimeter tiefe Antireflex-Wabenaufsatz der Zieloptik war noch vorhanden. Eine dicke Staubschicht bedeckte die transparente Folie, die den ursprünglichen Glaskasten ersetzte.

Gerührt blickte die sonst so hartgesottene Kommandeurin zu Dog, der stolz die Arme verschränkte.

»Ist das …?«

Nickend bestätigte er, dass es ihr eigenes Gewehr war, das sie bei ihrem letzten Einsatz als Vulture im Sattelschlepper zurückließ, als sie mit den Buggys Jagd auf Butchs Pick-up gemacht hatte. Er versicherte ihr, dass es seitdem nicht berührt worden war. Ehrfürchtig näherte Angel sich der mausgrauen Stahlwand. Kim hatte sich inzwischen dazugesellt und verfolgte gebannt, wie sich ein erwartungsvoller Blick auf dem Gesicht ihrer Freundin formte. Wie ein Kind zu Weihnachten riss sie die Folie von ihren Geschenken und hob ihre ganz persönliche Waffe aus der Verankerung. Das schwere Gewehr nach vier Jahren zum ersten Mal wieder in den Händen zu halten, löste eine Flut von längst vergessenen Gefühlen in ihr aus. Selbst die unzähligen Kerben auf dem Gewehrkolben, mit denen sie ihre Abschüsse gezählt hatte, waren noch deutlich zu erkennen. Für einen Atemzug fühlte sie sich in die Vergangenheit zurückversetzt, in der sie Überfälle vorbereitete und fetter Beute hinterherjagte, doch dann fiel ihr Blick auf Kim und der Moment war so schnell vorbei, wie er gekommen war. Als hätte Angel die Präzisionswaffe nie aus der Hand gelegt, überprüfte sie die Mechanik mit fachmännisch geübten Handgriffen. Trotz fehlender Wartung war das Gewehr in einem exzellenten Zustand. Mit einem dankbaren Gesichtsausdruck küsste sie Dog, schnappte sich etwas Munition von den Fünfzigern und verließ freudestrahlend den Sattelschlepper, um es sofort zu ölen und neu einzuschießen.

Es dauerte eine Stunde bis Butch beide Funksysteme auf dieselbe Frequenz justiert hatte. Mitch erwies sich in der Zwischenzeit als äußerst redselig, was Butch regelmäßig mit den Augen rollen ließ. Sie liefen zusammen von Wagen zu Wagen, arbeiteten gemeinsam wie ein eingespieltes Team an der Elektronik und führten ein sehr einseitiges Gespräch über ihre Vergangenheit. Mitch erzählte seinem neuen Kameraden wider Willen, dass er selbst jahrelang von den Vultures als Sklave gehalten worden war. Mit seiner schmächtigen Statur war er für Schaukämpfe nicht geeignet, dafür besaß er ein außergewöhnliches Talent für elektrische Schaltungen und Fahrzeugtechnik. Trotz seiner Ablehnung gegenüber Gewalt hatte Dog sein Potential erkannt und stellte den leicht untersetzten Freak, wie ihn die Gang abwertend nannte, unter seinen persönlichen Schutz.

Die wieder aufgefüllten Wasserkanister auf der Ladefläche des Humvees zu verstauen, erwies sich unterdessen für Johnny und Victor in der heißen Sonne als schweißtreibende Schwerstarbeit. Dog bot den Rangern an, einen Großteil der Ladung im Truck unterzubringen, doch so viel Vertrauen schenkten sie ihren neuen Verbündeten noch nicht.

Nach zwei Stunden waren endlich alle Arbeiten erledigt und beide Teams versammelten sich zwischen Zugmaschine und Geländewagen. Dog bläute seinen Männern den bevorstehenden Wechsel in der Kommandostruktur ein. Trotz seines legendären Stolzes, und manche sprachen gar von Arroganz, wusste er, wo seine eigenen Schwächen lagen. Schon zu ihrer Zeit als einfache Vulture in seinen Diensten besaß Angel durch ihn große Befehlsgewalt. Er vertraute ihrem Urteil und verstand, dass niemand besser für diesen Job geeignet war. Seine Leute sahen das freilich etwas anders, riskierten jedoch keine Widerrede.

Butch und Mitch verteilten die neu justierten Funkgeräte und kurz darauf brach der Konvoi auf. In der heißen Sonne störte Angel der Platzmangel im Humvee nicht weiter. Sie saß wie schon am Tag zuvor auf der Ladefläche, obwohl Dog ihr angeboten hatte, bei ihm im Sattelschlepper mitzufahren. Sie wollte ihr Team in dieser Situation nicht alleinlassen und er wusste es besser, als seine willensstarke Gefährtin zu etwas zu drängen.

Der Humvee führte die Reise gen Norden an, gefolgt von der rollenden Festung. Die beiden Buggys übernahmen die Nachhut. Trotz der Funkverbindung sprachen sie nicht miteinander. Angel sah hin und wieder unsicher zu Dog herüber, der sich in den Beifahrersitz der Zugmaschine flegelte. Sie war völlig durcheinander.

Zum einen dachte sie an Cassidy, wie sie gefangen im Lager der Sicarii verzweifelt auf Rettung warten musste. Zum anderen weckte das Wiedersehen mit Dog längst vergessene Gefühle in ihr. Sie hatte überhaupt nicht vorgehabt, ihm schon am ersten Tag um den Hals zu fallen!

***

Als die Straße mit zunehmender Abenddämmerung kaum noch zu erkennen war, befahl Angel den Stopp der Kolonne. Butch hatte am Horizont einen breiten Hügel ausgemacht, der sich in der hohen Graslandschaft als einziger, halbwegs sicherer Rastplatz anbot. Ranger und Vultures stiegen aus ihren Wagen und versammelten sich neben der Zugmaschine.

»Das Lager der Sicarii ist nur noch einen Tag entfernt, daher will ich mehr als zwei Wachposten. Freiwillige?«

»Ich werde Wache halten, gemeinsam mit Kim«, antwortete Faith mit amüsierter Stimme. »Sofern sie mir zustimmt.«

»Klar, mit dir in der Nähe krieg ich ohnehin kein Auge zu!«, giftete das rothaarige Temperamentbündel zurück.

Angel seufzte genervt. Zumindest bestand nicht die Gefahr, dass sie sich im Schlaf gegenseitig abstechen würden. Ausdruckslos stellte sich außerdem der junge Vulture zu den beiden Frauen und signalisierte seinen freiwilligen Einsatz.

»Okay, noch einer!«

Angel sah ihr Team fordernd an und Johnny wollte sich auch gerade melden, als Kim ihn kopfschüttelnd zurückhielt.

»Ich bleib auf. Wenn ihr nichts dagegen habt, würde ich mir gerne den Truck näher ansehen!«, rief Victor wie ein kleiner Junge zu Weihnachten, der es kaum erwarten konnte, seine neue Spielkonsole auszuprobieren.

Dog sah aus wie ein getroffener Hund, denn die Vorstellung eines Rangerschnüfflers an Bord seines Babys gefiel ihm absolut nicht. Der Sattelschlepper stellte die Krone der Waffentechnologie der Vultures dar, aber auf der anderen Seite gab es die Gang nur noch auf dem Papier – und selbst das wurde langsam knapp. »Bitte, bedien dich«, knurrte er nickend und erntete daraufhin bitterböse Blicke seiner Untergebenen.

So nah am Gebiet des Feindes wollten sie kein Lagerfeuer riskieren und verzehrten lediglich einige Stücke Brot. Anschließend bereiteten beide Teams die Schlafsäcke und Felle für das Nachtlager vor. Die Vultures erklärten sich bereit, ihre letzten Trockenfleischreste für Scott zu opfern, der den unerwarteten Alliierten noch immer nicht über den Weg traute und sich kommentarlos der Nachtwache anschloss. Victor konnte es kaum abwarten und verschwand schon Minuten später im Auflieger des Lastzugs.

Butch hatte nicht gelogen, die Ausstattung war beeindruckend. Die Ranger hielten das schwarze Schlachtschiff für eine Art schweres Einsatzfahrzeug zur Einschüchterung etwaiger Verteidiger, doch es war viel mehr.

»Alles klar bei dir?«, fragte Kim, als sie ihren Kopf neugierig durch die Tür steckte.

»Das ist der reine Wahnsinn hier! Das Ding ist nicht einfach nur eine Waffe, der Auflieger ist ein komplettes Hauptquartier!«, rief er euphorisch zurück.

Kim kam näher und schaute sich erstaunt um. An den Wänden hingen eine Menge Landkarten. Einige kamen ihr bekannt vor, andere zeigten Gebiete, in denen noch nie ein Ranger gewesen war. In der Mitte des Sattelzuges stand ein mit Nieten am Boden befestigter Holztisch mit Fahrzeug- und Gebäudemodellen zur Einsatzplanung. In zwei großen, metallenen Wandschränken stapelten sich Waffen, Munition und sonstige Ausrüstungsgegenstände. Es gab sogar eine kleine Krankenstation mit Medikamenten, Verbandszeug und ausklappbarem Operationstisch.

»Nicht schlecht. Hätte nicht gedacht, dass die Bastarde mit so viel Hirn ans Werk gehen«, brummte sie.

Noch im selben Moment bereute sie ihren Satz, als sie den unauffälligen Vulture mit der Narbe im Gesicht in der Tür bemerkte. Kim seufzte grimmig und wollte sich fast bei ihm entschuldigen. Er schlich sich an ihr vorbei, schnappte sich sein schwarzes Sturmgewehr aus dem Wandschrank und verließ den Auflieger. Wenn der Junge Kim gehörte hatte, ließ er sich nichts anmerken, dennoch fühlte sie sich einmal mehr schuldig.

»Ich komm ja schon«, nörgelte sie, nahm ihr Gewehr unter den Arm und ging zur Tür. Bevor sie aus dem Anhänger heraustrat, schleuderte sie Victor einen eiskalten Blick entgegen, der sich leise über ihr Gespür für Fettnäpfchen amüsierte.

Faith stand gut zwanzig Meter vom Lagerplatz entfernt. Man

konnte die dunkelhäutige Amazone bei Nacht kaum noch erkennen. Der junge Vulture gesellte sich zu ihr und ließ Kim beim Sattelschlepper zurück. Für einen Moment schloss sie die Augen, atmete tief ein und schlenderte anschließend zum gegenüberliegenden Teil der Raststätte. Sie setzte sich auf einen umgestürzten, abgestorbenen Baum und zückte ihr Fernglas. Warum ließ sie Johnny doch gleich schlafen? Ach ja, damit er die schwarze Nymphomanin tagsüber von ihr fernhielt! Was machte sie nur so besonders? Jeder der Vultures erschien ihr suspekt, aber diese Frau trieb sie durch ihre pure Anwesenheit in den Wahnsinn. Es konnte nicht an ihrem Geschlecht liegen, Angel stellte ja auch kein Problem dar. Sie biss sich auf die Unterlippe. Cassidy, sie musste sich auf Cassidy konzentrieren. Sobald die Rettungsaktion geglückt war, würde die unheimliche Widersacherin aus ihrem Leben verschwinden!

Plötzlich zuckte Kim zusammen, als sich eine Hand auf ihre Schulter legte. Reflexartig ließ sie sich zu Boden fallen und riss ihr handliches Gewehr herum.

»Nicht schlecht«, säuselte Faith anerkennend.

»Was willst du?«, rief ihr Kim erbost entgegen.

Faith antwortete nicht, sondern half ihr auf die Beine und setzte sich anschließend ebenfalls auf den knorrigen Baumstamm. »Ich will wissen, ob ich mich morgen eher vor den Sicarii oder vor dir in acht nehmen muss.« Ihre gesangvolle Stimme war verschwunden, sie wirkte auf einmal angespannt und unentschlossen.

Kim suchte seit ihrer ersten Begegnung erfolglos nach einer Antwort und hätte um ein Haar beschämt ihr Haupt gesenkt.

»Du scheinst keine Probleme mit den anderen zu haben, also muss es an mir liegen. Was ist es?«

»Ich weiß es nicht, okay?«, erwiderte Kim.

»Hab ich vielleicht deinem Mann den Kopf verdreht? Gefielen dir seine Blicke in der Höhle nicht? Oder hast du vielleicht Angst, ich könnte dir in den Rücken fallen?«

»Nein. Das ist es nicht«, erwiderte sie verblüfft, denn das entsprach sogar der Wahrheit. Sie glaubte nicht im Entferntesten daran, dass sie Dogs Befehle je missachten würde. Seine charismatische und zugleich einschüchternde Ausstrahlung zeigte bereits Wirkung.

Faith murmelte eine Bestätigung und schlich wenig überzeugt

zum Lagerplatz zurück. Kim blickte ihr stirnrunzelnd nach. Ihr war bewusst gewesen, wie schwierig eine Zusammenarbeit mit ihren Todfeinden werden musste, die immerhin ihren Vater auf dem Gewissen hatten. Doch niemals hätte sie damit gerechnet, dass sie sich schon vor der eigentlichen Schlacht überfordert fühlen würde. Scott spendete ihr zumindest etwas Trost, indem er sie daran erinnerte, wofür sie das alles über sich ergehen ließ.

13. DER FEIND MEINES FEINDES

Die dunkelhäutige Amazone ging Kim während der Nacht aus dem Weg, um keine weiteren Anfeindungen zu riskieren. Lediglich der junge Vulture suchte noch einmal erfolglos das Gespräch mit ihr. Kim war nicht in Stimmung für Konversationen. Sie patrouillierte in regelmäßigen Abständen um das Lager und konzentrierte sich auf ihre Aufgabe. Erst bei Sonnenaufgang verschwand ihre depressive Laune. Sie atmete tief ein und genoss die befreiende Wärme auf ihrem Gesicht.

»Guten Morgen«, rief Angel gähnend und quälte sich aus ihrem Schlafsack. »Irgendwas passiert heut Nacht? Lebt deine neue Freundin noch?« Sie zwinkerte Kim zu, wurde jedoch sofort wieder ernst, als sie den eisigen Blick ihrer empfindlichen Kameradin entdeckte. »Verzeihung«, murmelte sie und wendete sich sicherheitshalber ihrem Gewehr zu.

»Wie weit ist es eigentlich noch?«, fragte Kim.

»Schwer zu sagen. Wir kennen ja die Landschaft nicht. Ich hoffe, wir sind spätestens heute Abend da.«

Victor kam unterdessen mit zwei großen, dampfenden Tassen auf sie zugelaufen. »Hier, euer Getränk für Mädchen!«, rief er und freute sich immer noch wie ein kleines Kind zu Weihnachten. Die ganze Nacht hatte er kein Auge zugetan, sondern die technischen Spielereien des Sattelschleppers untersucht. »Das Ding kann sogar Kaffee kochen!«

Kim bekam den ersten Pott, aber als er Angel die andere Tasse geben wollte, griff plötzlich eine verschmutzte Pranke danach und stahl sie ihm.

»Danke«, donnerte ihm Dogs Stimme entgegen, so dass sich seine Haare auf dem Rücken furchtsam aufstellten. Er war viel größer und breiter als Victor. Selbst Butch wirkte neben ihm wie ein ganz normaler Mann. Der Hüne trank einen kräftigen Schluck *seines* bitteren Gebräus und reichte Angel den Rest, bevor er sich auf den Weg zum Sattelschlepper machte. Sie blinzelte ihm amüsiert nach, während Victor dem Riesen eingeschüchtert hinterher sah.

»Brr – schmeckt genauso widerlich wie der von Frank«,

schimpfte Kim und schüttelte sich.

Die Teams rollten ihre Schlafsäcke zusammen und verzehrten ein paar Vorräte. Kim teilte ihren Kaffee mit Johnny und kuschelte sich in seine Arme. Sie ließ ihren Blick über den Rastplatz schweifen und schaute verträumt in den Horizont, wo die Morgensonne den ungleichen Konvoi begrüßte, bis sie Faith und ihren attraktiven Advokaten entdeckte, die gemeinsam frühstückten. Neugierig richtete sie sich auf und zückte ihr Fernglas. Die beiden unterhielten sich kaum, sondern starrten auf dem Boden sitzend in die Ferne, als würden sie sehnsüchtig nach etwas Ausschau halten. Vielleicht waren sie ein Paar? Das wäre zumindest eine Erklärung für seine ständigen Versuche, Faith in Schutz zu nehmen.

Vor Müdigkeit seufzend senkte Kim ihren kleinen Feldstecher und kuschelte sich an Johnnys Brust.

»Alles in Ordnung?«, fragte er besorgt. Kim antwortete ihm mit einem Kuss auf die Wange; eine Geste, die Johnny nur zu gut verstand und nicht weiter nachbohrte.

Angel musterte unterdessen auf der anderen Seite des Hügels gemeinsam mit Scott den Horizont in Richtung Brackwood. Seit die Sicarii Cassidy entführt hatten, schien der treue Schäferhund mit jedem Tag trauriger zu werden. Zwei Herrchen innerhalb kurzer Zeit zu verlieren, war zu viel für das Tier. Mit verschlafener Miene warf ihm Angel kleine Stücke Brot zu und aß selbst etwas, bis Scott auf einmal zu knurren begann.

»Pass nur auf, er kann euch nämlich nicht leiden«, sagte sie, ohne den Blick zu wenden. Sie griff nach dem rissigen Lederhalsband und kraulte Cassidys Gefährten am Nacken, bis er sich beruhigt hatte.

Dog näherte sich mit langsamen Schritten, zeigte aber keine Furcht. Er kniete sich vor den Hund und ließ ihn an seiner Hand schnuppern. »Bist du bereit?«, fragte er mit tiefer Stimme.

Angel sah ihm verträumt in die Augen und nickte zuversichtlich. Trotz des Chaos um sie herum fühlte sie sich zum ersten Mal seit Jahren wieder frei und unbefangen. »Und du?«

»Bereit, dir einmal mehr den Hintern zu retten!«

Angel knallte ihm die rechte Handfläche ins Gesicht, bevor sie ihn zum Lagerplatz führte. Faith und ihr Freund waren mittlerweile im Auflieger des Sattelschleppers verschwunden. Kim versuchte halbwegs bequem auf der Rückbank des Humvees Platz zu nehmen, um ein wenig zu schlafen, doch das hatte noch nie so richtig funktioniert.

»Du solltest dich in den Truck legen. Und euer neugieriger Kaffeedieb auch«, bot Dog ihr an, der gemeinsam mit Angel die letzten Schlafsäcke auf der Ladefläche verstaute.

»Ich komm schon klar, danke!«, erwiderte Kim genervt. Dog blickte zu Angel und zuckte ratlos mit den Schultern.

»Da drin schläft es sich viel angenehmer, glaub mir«, flüsterte sie so nah am Fenster, dass nur Kim sie hörte. »Ich brauche dich heute Nacht. Cassidy braucht dich.«

Mit einem trotzigen Stöhnen verließ Kim den Wagen und schnappte sich eine Decke von der Ladefläche. Angel hatte Recht – und genau das störte sie daran! Übermüdet schleppte sie sich zum Auflieger und spähte hinein. Ihr Blick fiel auf Faith und ihren Freund mit dem übertriebenen Beschützerinstinkt, die gemeinsam vor dem Schott zur Fahrerkabine lagen. Man konnte den Innenraum umbauen, um kleine Nischen als Ersatz für richtige Betten zu erhalten. Sie rollte mit den Augen und zwängte sich am Planungstisch vorbei, die Decke über ihre Schulter gelegt.

»Hey«, rief sie kleinlaut. »Wie macht man das?«

Die beiden sahen sich kurz an, zeigten aber keine Gefühlsregung. Faith, die am Gang lag, erhob sich und begann auf der gegenüberliegenden Seite des Aufliegers die Bodenplatten aufzuklappen und einen etwa zwei Meter langen und einen halben Meter breiten Kasten zu errichten. Ein Verrutschen während der Fahrt war dadurch ausgeschlossen und als besonderen Luxusartikel zauberte sie sogar noch eine dünne Schaumstoffmatratze hervor, die bei Gefechten als Splitterschutz des Medizinabteils diente.

Sie wollte sich gerade hinlegen, da steckte Victor den Kopf durch die Tür.

»Hey, ich hab gehört hier gibt's auch noch richtige Betten?«, rief er mit großen Augen, woraufhin Faith triumphierend die Mundwinkel hochzog und eine weitere Schlafgelegenheit errichtete.

Unterdessen erteilte Angel den Fahrzeugbesatzungen vor der Zugmaschine letzte Anweisungen für den Tag.

»Wir wissen nicht, wie gut die feindliche Aufklärung ist, darum müssen wir heute besonders vorsichtig sein. Wir teilen den Konvoi auf. Ein Buggy fährt ein paar Kilometer voraus und einer weit hinter uns. Der Humvee eskortiert den Sattelschlepper. Beide Späher halten permanent Funkkontakt mit uns. Ich will über alles informiert werden, was da draußen vor sich geht, egal wie unbedeutend es euch erscheinen mag, verstanden?«, befahl sie und schritt vor den versammelten Männern auf und ab. Dog teilte seine Leute auf. Lediglich Mitch blieb als Fahrer bei ihm, die anderen bestiegen ihre Buggys.

Bei den Rangern stellte sich schon nach wenigen Kilometern die gewohnte Routine ein. Butch saß wie immer am Steuer, daneben Angel, in Landkarten vertieft. Johnny spielte auf dem Rücksitz mit Scott und versuchte liebevoll, ihn etwas aufzuheitern. Der begeisterte Tierfreund bekam sonst nicht viel Zeit, sich mit den Hunden und Katzen in Silver Valley zu beschäftigen.

Dog lehnte am Seitenfenster der Fahrerkanzel und starrte grimmig auf die vorbeiziehende Landschaft. Sie fuhren auf einer grauen Betonstraße, wahrscheinlich einer ehemaligen Autobahn. Hin und wieder lockerte ein altes Straßenschild die monotone Umgebung auf. Sie zeigten den Weg in längst vergessene Städte. Werbetafeln von Fastfood Ketten wirkten wie Folterinstrumente und schürten den Hunger nach gut gewürzten Speisen und eisgekühlten Getränken.

»Alles klar bei dir?«, fragte Mitch nach fast zwei ereignislosen Stunden, um die bedrückende Stille zu beenden. Dog sah ihn daraufhin sichtlich verdutzt an. Seine Leute stellten ihm nur selten persönliche Fragen. »Entschuldigung«, stammelte der Fahrer und konzentrierte sich auf die Straße, woraufhin Dog seinen Fuß vom Armaturenbrett nahm und sich gerade hinsetzte, bevor er antwortete.

»Schon in Ordnung. Ich hab ehrlich gesagt nicht damit gerechnet, sie je wiederzusehen. Ganz zu schweigen von einer Zusammenarbeit mit ... denen.«

»Halten wir uns an die Vereinbarung?«, fragte sein leicht untersetzter Techniker und blickte ihn dabei unsicher an. Er hatte das perverse Vergnügen an Gewaltexzessen nie verstanden, aber Verrat verabscheute er noch mehr und fürchtete zudem um seinen neuen Freund Butch.

Dog überlegte einen Augenblick. Die Gang bestand hauptsächlich aus Halsabschneidern, die für einen Vorteil alles versprechen würden, doch nach dem Zusammenbruch kämen sie damit nicht mehr weit. Außerdem nahm er nur die besten in sein persönliches Team auf. Insgeheim widerten ihn all jene an, die ihre Menschlichkeit vor dem Eintritt in die Vultures wie einen nutzlos gewordenen Mantel ablegten.

»Wir lassen sie ziehen, wenn das hier vorbei ist«, entschied er mit kräftigem, aufrichtigem Klang in seiner Stimme und schaute wieder geistesabwesend aus dem Fenster.

Mitch genügte die Antwort. Er vertraute Dog und verlagerte seine Konzentration zurück auf die Straße. Man konnte sie in der Tat so nennen. Die breite Fahrbahn gestaltete die Reise sehr angenehm. Kaum ein Schlagloch, dem er ausweichen musste. Seufzend erhob sich Dog auf einmal und schwankte in den hinteren Teil der Fahrerkabine, wo sich ein gepanzerter Durchgang zum Auflieger befand. Er öffnete die Tür und blickte ausdruckslos hinein. Sowohl seine Leute als auch die Ranger schienen fest zu schlafen. Nachdenklich kehrte er auf seinen Platz zurück.

»Hältst du mich für verrückt?«, fragte er gedankenversunken.

Sein Fahrer überlegte einen Moment, ehe er den Kopf drehte und ihn nervös ansah. Derartige Gespräche konnten unter den Vultures rasch mit dem Tod enden, sofern man die falsche Antwort hervorbrachte. Dog peinigte ihn zugleich mit bohrenden Blicken. Er wusste um das Dilemma, in dem Mitch nun steckte, und genoss es auf eine geradezu diabolische Art und Weise.

»Ich … nein«, stammelte sein schüchterner Kamerad zögerlich.

»Ist das alles?«, erwiderte Dog und verzog das Gesicht mit vorgetäuschtem Zorn.

»Ich glaube, du hast dir dieses Zusammentreffen seit vier Jahren gewünscht!«, brach es aus Mitch heraus. Er zuckte innerlich zusammen. Sein Versuch, sich auf die Straße zu konzentrieren, hatte ihn unbewusst laut denken lassen. Nervös schaute er zu Dog, doch der klopfte ihm lediglich anerkennend auf die Schulter.

Angel hielt während der gesamten Reise den Kontakt mit den Buggys aufrecht. Sie wollte sichergehen, dass sie nicht verfolgt wurden oder in eine Falle liefen, aber bis auf die trostlose Steppe meldeten ihre Späher nichts. Trotzdem bestand sie auf ihre strenge Routine und verlangte alle zehn Minuten einen Statusbericht. Hin und wieder passierten sie von hohem Gras überwucherte Hügelketten, die von Bautrupps der Autobahn vor Jahrzehnten durchtrennt worden waren und nun allmählich zusammenwuchsen, ähnlich den Wanderdünen in der Wüste. Mit den Jahren gestalteten sich sogar die Fahrten auf den einst stolzen Lebensadern der Zivilisation immer beschwerlicher. Straßen verschwanden oder unterlagen den Mächten der Natur. Durch den Umweg zu Dog konnten sie nicht dieselbe Strecke wie die Invasoren benutzen und so hoffte Angel auf ein wenig Glück. Selbst die Karte der Vultures war um die rote Markierung herum fast völlig leer und es gab so gut wie keine Anhaltspunkte zur Orientierung. Je näher sie ihrem Ziel kamen, desto häufiger musste sie an Cassidy denken. Angel schwor sich, jeden Sicarii bei lebendigem Leibe zu häuten, wenn ihrer Freundin etwas zugestoßen war. Schließlich hatte sie einen Ruf zu verlieren!

Als sich die Sonne allmählich dem Horizont zuneigte, endete die breite Straße im Nichts und die Reise wurde deutlich beschwerlicher. Ein kaum zu erkennender Feldweg ließ den Konvoi nur langsam vorankommen. Der vorausfahrende Buggy meldete den letzten Markierungspunkt auf der Karte; einen alten Passagierflugzeugfriedhof, der vor ein paar Jahrzehnten noch tausende Menschen am Tag befördert hatte. Nun war es nicht mehr weit und die Anspannung beider Teams steigerte sich. Sie befanden sich jetzt mitten im Feindesland. Wenn Angel die von Hand gekritzelten Zeichnungen richtig einschätze, standen sie knapp zwei Stunden vor ihrem Ziel.

»Vertraust du ihm?«, fragte Butch, nachdem er sich den ganzen Tag zurückgehalten hatte.

Angel schaute gedankenversunken aus dem Seitenfenster in die hereinbrechende Abenddämmerung. Vertraute sie Dog? Er hatte sie nie angelogen, ihr nie bewusst geschadet und seine Versprechen immer gehalten. Doch vier Jahre konnten Menschen sehr verändern. Angel war dafür das beste Beispiel. Am Ende entschied sie, auf ihr Bauchgefühl zu hören, für sie selbst und für Cassidy. Aus den Augenwinkeln heraus nickte sie Butch zu. Er brummte etwas Unverständliches und ließ es darauf beruhen. Angel drehte ihren Kopf und schaute erst ihn und dann Johnny fragend an.

»Haltet ihr mich immer noch für verrückt?«

Butch tat so, als schätzte er den Abstand zum Sattelschlepper im Rückspiegel ein und konzentrierte sich auf die Straße. Das letzte Mal, als ihn der Lastzug mit dem Schädel auf der Motorhaube verfolgt hatte, war sein kleiner Bruder angeschossen und ihr orangefarbenes Familienerbstück beinahe im Kugelhagel des Frontgeschützes zerstört worden. Nun schlief Victor friedlich im Auflieger neben zwei Vultures.

»Das ist keine Frage des Verstandes. Ich halte uns momentan alle für verrückt. Aber du hast uns nie im Stich gelassen, also werden wir es auch nicht tun. Das ist alles, was im Augenblick zählt. Wenn wir wieder in Silver Valley sind, wissen wir, ob die Entscheidung richtig war.«

Johnny brummte zustimmend, ohne sich weiter einmischen zu wollen.

Von nun an vergrößerten sie den Abstand zwischen Frontspäher und Konvoi. Keinesfalls sollten die Sicarii etwas von ihrem bevorstehenden Angriff erfahren. Eine Stunde lang wartete Angel auf die Rückmeldung des Buggys, ließ Butch ein paar Kilometer fahren und wartete erneut. Kurz vor Sonnenuntergang ertönte die befreiende Nachricht aus den Ohrstöpseln, dass die Vultures den feindlichen Stützpunkt gefunden hatten. Sofort beorderte Angel die Späher zurück, um eine Entdeckung bei Tageslicht zu vermeiden.

»Okay Kim, jetzt seid ihr dran! Lokalisiert die Gefangenen und verschafft uns einen Überblick der Sicarii vor Ort!«, befahl sie in der darauffolgenden Lagebesprechung. »Versucht nicht, Kontakt mit unseren Leuten aufzunehmen. Sollten die euch entdecken, könnten sie panisch versuchen auszubrechen und würden die Kerle dadurch warnen!« Anschließend zog sie Kim für einen Moment zur Seite. »Finde sie! Wenn wir die anderen retten können, gut. Aber ich muss die genaue Position von Cassidy erfahren. Verstanden?«, flüsterte sie und reichte ihr etwas Papier für eine Karte.

Faith umarmte ihren Freund, bevor sie den Buggy startklar machte. Kim fiel Johnny um den Hals und drückte ihm zum Abschied ihre beiden Halsketten in die Hand, deren Geräusche sie sonst verraten könnten.

»Pass auf dich auf«, murmelte er besorgt.

»Vielleicht sollte ich mich gefangen nehmen lassen, damit du mich retten kannst?«, antwortete sie mit unschuldig klimpernden Wimpern. Johnny brummte missmutig. Ihm war jedes Mal unwohl dabei, wenn Angel sie auf eine Aufklärungsmission mitten ins Feindesland entsandte.

Faith wartete nicht, bis Kim sicher im Wagen saß, sondern preschte sofort los. Kim wurde in ihren Sitz geschleudert und stieß sich den Kopf am Überrollbügel.

»Pass halt besser auf!«, kommentierte Faith ihre grollende Beschwerde und trat das Gaspedal trotzig bis zum Anschlag durch, so dass der leichte Geländewagen förmlich über die Steppenlandschaft sprang.

Gut zwanzig Minuten jagten sie auf der holprigen Straße entlang, während Kim verzweifelt versuchte, sich irgendwo festzuhalten, um nicht aus dem Fahrzeug zu fliegen.

»Vielleicht sollten wir nicht so einen Lärm machen!«, schrie sie ihrer lebensmüden Fahrerin zu, aber erst als die einbrechende Finsternis ihr die Sicht stahl, drosselte Faith die Geschwindigkeit und deutete auf die schwarzen Silhouetten der von Dog beschriebenen Wohnblöcke am Horizont.

Sie stoppte den agilen Geländewagen in einer kleinen Erdvertiefung, damit er nicht zufällig entdeckt werden würde. Die beiden stiegen aus und überprüften ihre Ausrüstung. Kim unternahm häufig die Aufklärungsmissionen ihres Teams und wusste, was auf sie zukam. Ihr Sturmgewehr ließ sie beim Wagen zurück. Eine zusätzliche, schallgedämpfte Pistole ragte aus einem Halfter an ihrer Hüfte.

Faith schien ebenfalls völlig in ihrem Element zu sein. Kim sah fasziniert zu, wie ein Messer nach dem anderen in den Taschen der Vulture verschwand. Um in der Dunkelheit nicht aufzufallen wie ein glitzernder Weihnachtsbaum, verdeckte sie die funkelnden Klingen mit der schwarzen Lederjacke ihres vernarbten Freundes. Auf eine fachgerechte Kriegsbemalung, die Kim bei nächtlichen Einzelaktionen auftragen musste, konnte Faith dank ihrer Hautfarbe verzichten.

Das hohe Gras bot ihnen beim Anschleichen Schutz in der Nacht, dennoch war Kim nervös. Die Bilder aus Sienna erschienen erneut in ihrem Kopf. Nun sah sie Sicarii hinter jedem Strauch und Stein sitzen. Sie griff nach Faiths Schulter und hockte sich mit dem Finger vor dem Mund auf den Boden.

»Was ist?«

»Hat euch Angel von Sienna erzählt?«, fragte Kim flüsternd.

»Sicher, das wurde von den Typen zerstört.«

»Das ist nicht alles. Sie haben dort auf uns gewartet, außerhalb der Siedlung.«

»Was? Ohne anzugreifen?«

»Ja, nur beobachtet. Die hatten sich ein paar hundert Meter von den Absperrungen entfernt versteckt und sahen uns eine Stunde lang zu, wie wir den Ort untersucht und ... andere Vultures befragt haben«, erklärte Kim, ohne dem letzten Aspekt besonders hervorzuheben.

»Da waren welche von uns? Wo sind die?«

»Sie ... haben es nicht geschafft.«

»Verstehe, ihr habt sie umgelegt!«, giftete Faith.

»Das war ein wenig komplizierter, ist jetzt allerdings auch nicht von Bedeutung. Die Typen hockten vor der Siedlung in schwarze Umhänge gehüllt und waren so gut wie nicht zu erkennen!«

»Dann müssen wir halt mehr Acht geben als ihr!«

»Typisch, aber deine große Klappe wird dir hier nicht helfen!«

»Meine große Klappe? Ihr habt uns doch auf Knien um Hilfe angefleht! Ich wäre ganz woanders, wenn ihr besser auf eure kleine Schlampe aufgepasst hättet!«

Kaum hatte die den Satz beendet, schlug Kim ihr den rechten Ellenbogen ins Gesicht. »Nenn Cassidy noch mal so und dein Freund wird dich nicht wiedererkennen!«

Faith war überrascht von Kims schnellem Angriff und wollte sich gerade zornig zur Wehr setzen, doch dann erstarrte sie auf einmal.

»Cassidy? Eure Freundin heißt Cassidy?«, fragte sie skeptisch. »Etwa so groß wie du? Blonde Haare? Siebzehn Jahre alt?«

»Was wird das?«, grollte Kim vor Wut schäumend.

»Hat sie mal einen Bruder erwähnt?«

In diesem Augenblick erlosch das Feuer in Kims Augen und sie entspannte ihre Faust.

»Ja, hat sie. Sein Name war Caiden, glaube ich.«

»Oh man«, stöhnte Faith und richtete sich auf. »Mein Freund mit der Narbe im Gesicht? Das ist ihr Bruder!«

Kim setzte sich geschockt neben sie ins hohe Gras. Beide waren gleichermaßen überwältigt und wussten nicht recht, wie sie mit der neuen Situation umgehen sollten.

»Wie lange seid ihr denn schon zusammen?«

»Zwei Wochen, er ist ja noch nicht lange bei uns«, antwortete Faith. »Er spricht kaum von etwas anderem als seiner Schwester. Caiden hat sich uns angeschlossen, um sie zu suchen.«

»Wie hat er sich das vorgestellt? Ihr habt sie quer durch die

Wüste gejagt und dann zurückgelassen!«

»Ich hab nicht gesagt, dass es ein guter Plan sei! Er hat immer behauptet er könne fühlen, dass sie noch am Leben sei. Wir hielten das natürlich für Unsinn.«

»Cassidy hat uns dasselbe erzählt. Sie hat sich uns angeschlossen, um ihn aus der Sklaverei zu befreien.«

»Und ... wie ist sie so?«, wollte Faith neugierig wissen. Der Ärger und die Wut waren augenblicklich verflogen. Beide Frauen teilten nun dieselbe Motivation, ihren Auftrag zu erfüllen. Kim überließ ihr sogar das Nachtsichtgerät, da sie die nötigen Entfernungen für ihre Karte im grünen Sichtfeld ohnehin nur schwer einschätzen können würde.

»Sie ist unglaublich, um ehrlich zu sein. Ein Naturtalent. Sie hat Johnny ein paar Mal anständig aufs Kreuz gelegt, und sie ist eine gute Freundin.«

»Genau wie ihr Bruder, wobei der sich mehr als einmal an Dog die Zähne ausgebissen hat«, erwiderte Faith lachend. »Wir sollten uns beeilen. Die anderen müssen erfahren, wen die Typen gefangenhalten.«

Gemeinsam schlichen sie sich näher an das Lager heran. An der Zufahrtsstraße entdeckten sie zwei unbesetzte MG Nester, die nur leicht mit Sandsäcken befestigt worden waren. Etwa zehn Meter dahinter loderte ein Lagerfeuer, über dem ein Wildschwein an einem Drehspieß geröstet wurde und verführerisch duftete. Mehrere Sicarii saßen um das Feuer herum und stopften sich bereits hungrig die Bäuche voll. Der Außenposten war von einem Stacheldrahtzaun umgeben, der ihn vom Rest der Ruinenstadt abtrennte. Dank des Nachtsichtgeräts entdeckte Faith die Patrouillen schon von weitem.

»Wir müssen tiefer hinein«, flüsterte sie. »Von hier aus können wir nichts erkennen.«

»Was ist mit der Kanalisation? Vielleicht kommen wir so unbemerkt an der Absperrung vorbei?«, fragte Kim und untersuchte die Straße hinter dem Zaun nach Zugängen. Faith wartete geduldig und behielt die Wachposten im Auge, doch schon nach einer Minute schüttelte Kim enttäuscht den Kopf. »Vergiss es«, sagte sie. »Die haben die Gullis zugeschüttet.«

Faith nickte und holte ein Taschenmesser mit integrierter Drahtschere hervor. Sie suchten sich eine abseits gelegene Stelle des

Zauns, die von einem Strauch verdeckt wurde. Innerhalb weniger Sekunden entstand ein kleines Loch zum Durchschlüpfen. Faith schlich auf Katzenpfoten voraus und suchte einen unauffälligen Weg zwischen den fünfstöckigen Wohnblöcken. Sobald sie eine geeignete Position ausgemacht hatte, hinter ein paar Mülltonnen, einem Autowrack oder ähnlichem, gab sie Kim ein Handzeichen, damit sie ihre Skizze für Angel erstellen konnte.

Dass Kim jedem Gebäude eine Nummer zuwies, verstand Faith noch. Als sie jedoch einen lasergesteuerten Entfernungsmesser hervorholte, wurde die Vulture neugierig. Bis auf den Sattelschlepper gab es bei der Gang kaum hochentwickelte Technik. Die meisten von ihnen wären ohnehin unfähig, sie einzusetzen. Kim erklärte ihr, wie sie die Entfernungen zwischen allen Gebäuden, an denen sie vorbeikamen, maß, um damit eine genaue Karte für den Artillerie- und Scharfschützeneinsatz erstellen zu können, woraufhin sich Faith sichtlich beeindruckt zeigte.

Zwei Stunden lang krochen sie unbemerkt durch die ehemalige Kleinstadt. Die Sicarii hatten nicht den ganzen Ort besetzt, sondern sich den Teil mit den intaktesten Gebäuden gesucht. Der Rest von Brackwood war eine Ruinenlandschaft auf Bodenniveau, wie die Umgebung von Temple Town, die kaum Schutz vor Angriffen bot.

»Man, das sind verdammt viele«, flüsterte Faith und schob das Nachtsichtgerät auf ihre Stirn. »Ich dachte, euch haben nur eine Handvoll Sicarii angegriffen. Das hier müssen gut fünfzig Mann sein.«

»Angst?«, erwiderte Kim spöttisch.

»Ach was! Wenn die uns nicht mehr als die beiden MGs am Eingang entgegensetzen können, werden wir bei den breiten Straßen und den offenen Häusern mit dem Truck leichtes Spiel haben.«

»Hoffen wir's. Wie weit ist es noch?«

»Drei Blöcke, dann sind wir durch. Ich kann den Zaun erkennen, aber ich seh nichts, was einem Gefängnis ähnelt. Vielleicht wurden die Gefangenen ausgelagert? Vielleicht hat euer Informant gelogen?«

Kim antwortete nicht darauf. Der Gedanke kam ihr bereits vor der Abfahrt aus Eagle Village, doch sie würde jetzt nicht aufgeben. Mürrisch schlichen sie um weitere verfallene Häuser herum, während Schutt und stinkende Müllberge ihnen immer wieder den Weg versperrten. Patrouillen gab es im Inneren der Siedlung kaum, dafür schliefen viele Sicarii in den alten Gebäuden. Am nördlichen Ende der Kleinstadt hockten sie sich niedergeschlagen hinter einen Abfallcontainer.

»Das war's, wir sind komplett durch. Genug Männer um Krieg zu führen, aber keine Gefangenen«, sagte Faith.

»Verdammt«, fluchte Kim. »Sie hat uns angelogen!«

»Wer weiß. Vielleicht haben sie die Leute auch einfach woanders hingeschafft. Die scheinen besser organisiert zu sein, als wir für möglich hielten. Das ist sicher nicht deren einzige Siedlung. Sieht mir eher aus wie ein Versorgungsvorposten.«

»Was ist mit der Lagerhalle da vorn?«

»Die letzte Chance, also sehen wir sie uns an.«

Das ungleiche Paar erhob sich und wollte gerade loslaufen, als hinter ihnen Schutt von der Ruine prasselte. Sie rissen ihre schallgedämpften Pistolen hoch und starrten regungslos in den Himmel. Faith gab Kim ein Handsignal. Sie sollte um die Ecke gehen und nachsehen. Sie selbst blieb in ihrem Mauervorsprung und wartete.

Kim schlich sich an der Wand entlang, bis sie einen Blick auf das nächste Stockwerk werfen konnte. Jemand stand mit dem Rücken zu ihr auf der oberen Etage und schien den Stützpunkt zu beobachten. Sie winkte Faith heran und stieg die Überreste der Treppe hinauf. Lautlos näherte sie sich, bis sie nur noch einen knappen Meter entfernt war.

»Keinen Ton!«, befahl sie leise. »Umdrehen!«

»Nicht schießen!«, flüsterte eine hohe Stimme.

»Jesse? Bist du das etwa?«, fragte Kim erstaunt und senkte sofort ihre Pistole.

»Ja, wer seid ihr?«, erwiderte er mit zitternder Tonlage.

Um nicht noch mehr Aufmerksamkeit zu riskieren, hielt sie dem Jungen ihre Hand hin und stieg mit ihm die Treppe hinunter. Faith hockte sich auf den Boden und sicherte die Umgebung, während Kim Jesse in die Arme nahm und nach den Gefangenen befragte.

»Die sind hier, zwei Blöcke weiter nach Westen! Da ist ein Haus aus Ziegeln mit lauter Säulen! Im Keller darunter haben sie uns eingesperrt!« Seine Stimme wurde zunehmend ruhiger, als er begriff, wer ihn gefunden hatte. »Die Tür lässt sich einen Spalt öffnen und ich konnte mich hindurchzwängen. Cassidy will, dass ich Informationen sammle, damit sie uns hier rausholen kann!«

Kim und Faith atmeten erleichtert auf. Cassidy war am Leben und ihr Mut hatte sie nicht verlassen.

»Kannst du uns irgendwas über den Stützpunkt sagen? Befestigungen, Fahrzeuge, schwere Waffen?«

»Wir sehen von da unten nicht viel, aber ich hab keine Wachtürme oder ähnliches erkennen können. Als wir hier angekommen sind, waren die noch mit dem Aufbau des Zauns beschäftigt! Es gibt ein paar versteckte Maschinengewehre in den Ruinen. Außerdem meinte Cassidy, die hätten Raketenwerfer!«

»Nicht schlecht«, brummte Faith anerkennend. »Wie alt bist du?«

»Zwölf!«, erwiderte der Junge stolz.

»Das wird Dog nicht gefallen«, sagte sie. »Unseren Nachtangriff können wir vergessen. Wenn wir die Siedlung mit dem Truck stürmen, bieten wir ihnen lediglich eine große Zielscheibe.«

»Okay, ich will, dass du zu Cassidy zurückkehrst und ihr sagst, dass wir im Morgengrauen angreifen. Sie soll die Gefangenen für einen schnellen Abzug vorbereiten«, flüsterte Kim. Sie reichte dem euphorisch auf den Hacken wippenden Jungen ihre Pistole, ein Ersatzmagazin und ihr Kampfmesser. Jesse nickte und sah sie freudestrahlend an.

»Ich hab nie daran gezweifelt! Ich wusste, ihr würdet kommen!«

Als Jesse sich abwendete, um den Rückzug anzutreten, erblickte er vor sich den Lauf eines Gewehrs, das direkt auf seinen Kopf gerichtet war.

»So, retten wollt ihr sie, ja?«, knurrte eine Männerstimme. »Aufstehen und umdrehen!«

Kim zog Jesse zurück und hielt ihn fest, während der Junge geistesgegenwärtig die Pistole hinter seinem Rücken versteckte. Der Mann leuchtete sie mit einer Taschenlampe an und grinste gehässig, als er die attraktive Frau erkannte, die ihm unverhofft ins Netz gegangen war. Er holte ein dünnes Seil hervor und fesselte die beiden an eine herausragende Stahlstrebe. Dabei ignorierte er den eingeschüchtert wirkenden Knaben, überprüfte kurz, ob er ansonsten allein war, und begann damit, Kim einer intensiven Leibesvisitation zu unterziehen. Ihre Augen rollten in den Höhlen, während sie nach einem Ausweg suchte. Als der verschwitzt stinkende Sicarii ihre Uniform öffnete und ihre spitzen Brüste eingehend untersuchte, trat sie ihm kurzerhand zwischen die Beine. Für einen Moment keuchte er und stolperte zwei Schritte zurück, schlug ihr dann aber umgehend die Faust in den Bauch.

Kim taumelte keuchend zu Boden. Erbost zog der Wachposten sie an den kurzen Haaren empor und schmetterte ihr seinen Gewehrkolben ins Gesicht. Benommen wischte Kim sich mit der rechten Hand das Blut von den Lippen und warf ihrem Peiniger einen eiskalten Blick zu, ehe sie sich vor Jesse stellte, was den Sicarii sichtlich verwirrte. Lange darüber nachdenken konnte er jedoch nicht. Nur Faiths blitzende Augen waren in der Dunkelheit zu erkennen, als sie ihm die Kehle aufschlitzte, so dass sein Blut über Kims Gesicht bis in das geöffnete Oberteil spritzte, bevor er gurgelnd zusammenbrach.

»Hat ja lange genug gedauert!«, giftete sie und suchte nach einem halbwegs sauberen Tuch, nachdem Faith sie von den Fesseln befreit hatte.

»Hab ich gern getan! Wirf doch mal einen Blick um die Ecke!«

Auf der gegenüberliegenden Seite der Ruine lagen zwei weitere Leichen, die durch Messerstiche in die Brust getötet worden waren.

»Der Typ war nicht allein. Wollte wahrscheinlich in die Büsche verschwinden«, erklärte Faith und säuberte ihr geschwärztes Messer an der Kleidung ihres letzten Opfers, dass sie bevorzugt bei Nachtmissionen einsetzte.

Kim wischte sich das Blut aus ihrem Gesicht und murmelte nun doch ein paar Worte des Dankes. Gemeinsam zogen sie zu dritt die Überreste in die Ruine hinein, damit die Sicarii sie nicht zufällig finden würden. Einen Augenblick lang beobachteten sie, ob ihr kleiner Zwischenfall für Aufregung in dem Stützpunkt gesorgt hatte. Niemand schien Notiz davon genommen zu haben und so schickte Kim den Jungen wie geplant zurück zu Cassidy. Anschließend holte sie ihren Papierfetzen hervor und zeichnete die Position der Gefangenen ein.

»Wer war das?«, fragte Faith beiläufig.

»Der Sohn eines unserer Ranger, der bei – bei eurem versteckten Lager vor Silver Valley getötet wurde«, brummte Kim.

»Ach, das Lager, was ihr nie gefunden habt?«

»Wie meinst du das? Wir haben die gesamte Höhle ausgeräuchert!«, zischte Kim.

»Glaubt ihr das? Na, dann hat unser Plan ja funktioniert.«

»Wovon redest du? Wir haben an dem Tag zwanzig von euren Leuten erwischt!«

»Nur die, die wir nicht mehr brauchen konnten oder Sklaven, deren angebliche Aufnahmeprüfung die Verteidigung von ein paar wertlosen Kisten gewesen ist. Das echte Depot liegt ganz woanders und ist nach wie vor gut gefüllt«, spottete Faith.

»Wo? Wo ist das richtige Lager?«

Fast hätte Kim sie angeschrien, aber im selben Moment bemerkte sie eine weitere Patrouille auf ihre Position zukommen. Beide Frauen drückten sich mit dem Rücken an die Wand und verschmolzen mit der Dunkelheit. Der Sicarii schlurfte schlaftrunken an ihnen vorbei, stellte sich vor einen der Büsche am Rand der Umzäunung und öffnete die Hose. Kim rollte mit den Augen und zog ihre schallgedämpfte Pistole, doch Faith hielt sie zurück. Nach einer Minute trat der Mann unbehelligt den Rückzug an und legte sich in einer abbruchreifen Ruine schlafen.

»Die Sache ist noch nicht gegessen!«, versicherte ihr Kim. »Aber erstmal müssen wir hier raus.«

Faith schnitt eine weitere Öffnung in den Maschendrahtzaun. Nach ein paar Minuten hatten sie unbemerkt den parkenden Buggy erreicht und kehrten zum Sattelschlepper zurück.

14. INVASION

Als die beiden eine halbe Stunde später am Lagerplatz eintrafen, erwartete Angel sie bereits ungeduldig vor dem Humvee. An Kims Gesicht konnte sie zweifelsfrei erkennen, dass die Mission ein Erfolg war. Erleichtert fiel sie ihr in die Arme und fragte sofort nach Cassidy.

»Sie ist wohlauf und hat mit Jesses Hilfe die Planung zur Flucht begonnen. Die Gefangenen werden unter minimaler Bewachung in einem vergitterten Keller unterhalb von Gebäude neun festgehalten«, berichtete Kim erschöpft und reichte Angel ihre Zeichnung. »Aber wir haben ein Problem. Laut dem Jungen verfügen die Sicarii über einige Raketenwerfer und die Stadt ist übersät mit Maschinengewehrstellungen.«

Angel studierte den Plan einen Augenblick lang und nickte anerkennend. Kim hatte ein Talent für Landschaftsmalerei. Sogar eine strategische Karte wurde in ihren Händen zu einem Kunstwerk.

»Also kein Sturmangriff mit dem Truck«, fasste sie enttäuscht zusammen. »Mit ein paar Wachen habe ich gerechnet, aber die Typen scheinen sich ja auf einen richtigen Krieg vorzubereiten. Hast du Cassidy gesagt, dass wir stattdessen mit den ersten Sonnenstrahlen kommen und sie bewaffnet?«

Kim nickte bestätigend, setzte sich zu Faith auf die Stoßstange des Humvees und starrte sie mit großen Guckaugen an. Angel ließ von der Karte ab und verschränkte misstrauisch die Arme.

»Ihr scheint euch da draußen ja erstaunlich nahegekommen zu sein«, murmelte sie etwas überrascht. Ohne ihre Neugier zu befriedigen, führten die beiden Angel zum Sattelschlepper, wo sich die Besatzung auf den ursprünglich geplanten Nachtangriff vorbereitete. Faith fiel ihrem Freund um den Hals, der gerade an der Werkbank Ersatzmagazine füllte, und drehte seinen Stuhl herum.

»Darf ich vorstellen!«, rief Kim, so dass sie auch wirklich jeder hören konnte und deutete mit beiden Händen auf den jungen Vulture. »Cassidys Bruder, Caiden!«

Die Verwirrung stand ihm deutlich ins Gesicht geschrieben. Seine Kameraden ließen von ihrer Arbeit ab und tauschen überraschte Blicke miteinander aus. Es dauerte einen Moment, bis sie verstanden, was Kim damit sagen wollte.

»Deine Schülerin ist seine Schwester?«, fragte Dog ungläubig.

Nachdem Kim ihr noch einmal bestätigend zugenickt hatte, blickte sie den Hünen triumphierend an. Nun blieb ihm keine Wahl mehr.

Dog klopfte seinem perplexen Teammitglied ermutigend auf die Schulter. »Meinen Glückwunsch, Junge!«, sprach er beinahe väterlich. Immerhin hatte niemand bei den Vultures wirklich an das Überleben seiner Schwester geglaubt. Anschließend wendete er sich Angel zu, die immer noch die Karte von Brackwood in den Händen hielt. »Ihr habt es gehört!«, schmetterte er durch den Auflieger. »Ab jetzt geht es nicht mehr um Rache! Da draußen ist eine von uns! Und wir werden sie nicht im Stich lassen!«

Den Rangern war mittlerweile bewusst geworden, dass diese Vultures nicht dem üblichen, stereotypischen Bild der chaotischen Gang entsprachen, aber einen solchen Zusammenhalt hatten sie nicht erwartet. Caiden war außerordentlich beliebt, da er sich binnen weniger Wochen aus dem Nichts hochgekämpft und seine Loyalität mehrfach bewiesen hatte. Als seine Schwester genoss Cassidy nun denselben Stellenwert und das Himmelfahrtskommando verwandelte sich in eine persönlich motivierte Rettungsmission. Die euphorische Stimmung wurde erst unterbrochen, als Angel den Planungstisch ausklappte und Kims strategisches Gemälde präsentierte. Ein beeindrucktes Raunen ging durch die Reihen der Vultures.

Sie erklärte beiden Teams, dass ein nächtlicher Sturmangriff mit dem Sattelschlepper nicht mehr in Frage käme, und plante stattdessen eine zweigeteilte, abgesessene Bodenoffensive mit Artillerieunterstützung. Victor war die präzisen Entfernungsangaben auf Kims Karten gewohnt und bestätigte die Stadttauglichkeit des Mörsers. Dank des hohen Steigwinkels war die Infanterieartillerie für solche Unternehmen geradezu prädestiniert. Er erklärte den Vultures, wie sie seine Hilfe anfordern könnten, indem sie ihm die Kennzahl eines Gebäudes oder das Gebiet zwischen mehreren Objekten durchgaben. Anhand der Zeichnung war es ihm möglich, relativ genaue Artillerieschläge zu liefern. Zu seinem Bedauern hatte Eagle Village jedoch nur Geschosse mit Aufschlagzünder gebunkert.

Ganz unbedarft war Dogs Team aber auch nicht. In weiser Voraussicht hatten sie alle Rauch- und Splittergranaten aus der Vulturefestung mitgenommen, da sie von zahlenmäßig überlegenen Gegnern ausgegangen waren. Den Vultures gefiel der neue Plan des schnellen Zugriffs und raschen Abzugs. So gingen sie am liebsten vor.

Nach Beendigung der Einsatzplanung hielt eine ermutigende Aufbruchsstimmung Einzug. Aus dem Hintergrund verfolgte Angel, wie sich ihr aus der Not zusammengeschweißtes Kommandoteam gegenseitig mit Granaten und Munition versorgte, strategische Absprachen getroffen wurden und erste Freundschaften entstanden. Sogar Scott beteiligte sich rege an den Vorbereitungen und trieb die Männer durch sein Bellen an. Insgeheim dankte Angel den Sicarii für das gemeinsame Feindbild. Ohne die unbekannten Angreifer aus dem Norden hätten Ranger und Vultures vermutlich noch viele Jahre einen aussichtslosen Stellungskrieg geführt.

Eine Stunde vor den ersten Sonnenstrahlen setzte sich der Konvoi in Bewegung, diesmal mit dem Sattelschlepper vorneweg. Die drei Geländewagen folgten der mächtigen STELLA wie Jungtiere im Gänsemarsch, um bei Tagesanbruch weniger aufzufallen. Eine unheimliche Ruhe lag in der Luft. Niemand wusste wirklich, wie die Sicarii auf einen Angriff reagieren würden und die clever platzierten Verteidigungsstellungen deuteten auf einen erfahrenen Gegner hin.

Eine knappe Stunde später, als die Morgendämmerung einsetzte, flegelte sich Dog mit geschlossenen Augen in den Beifahrersitz des Trucks. In seinen Armen lag ein leichtes, sauber poliertes Maschinengewehr.

»Du hattest Recht«, murmelte er und durchbrach damit die beinahe einschläfernde Monotonie. Sein Fahrer drehte überrascht den Kopf und wartete auf weitere Erklärungen. »Ich habe wirklich vier Jahre lang auf diesen Tag gewartet!«

Nun öffnete er die Augen und begann herzhaft zu lachen. Mitch musste zunächst nur schmunzeln, doch schon kurz darauf lachte auch er aus vollem Hals. Gemeinsam zückten sie schließlich zwei Rauchgranaten und schleuderten sie aus den Fenstern. Gleichzeitig betätigte Dog einen großen, gelben Schalter im Cockpit, wodurch ein Leuchtgeschoss vom Dach des Aufliegers über die feindlichen

Linien hinweg katapultiert wurde.

»Feuer frei, Caiden!«, rief er in sein Funkgerät, woraufhin das rotierende Vulkangeschütz über der Fahrerkabine mit ohrenbetäubendem Dröhnen aufblitzte.

Der Truck befand sich nur noch knapp fünfzig Meter vor dem Wachposten an der Einfahrt zur Stadt und hielt frontal auf das dahinter liegende Lagerfeuer zu. Mitch und Dog lachten noch immer, während sie die Nebelwerferanlage aktivierten und binnen kurzer Zeit die gesamte Zufahrt verhüllten. Das zusätzliche Leuchtgeschoss hatte gleich zwei Effekte: Zum einen wies es den Angreifern den Weg und offenbarte verschanzte Sicarii, zum anderen reflektierte der Nebel das grelle Licht und baute so eine undurchsichtige Schutzwand für die Geländewagen auf. Der heulende Sattelschlepper raste unterdessen frontal auf die Feuerstelle zu und erwischte dabei die völlig überrumpelten Wachposten mit der schweren Bugschürze, die die Zugmaschine vor Beschädigungen bei Rammmanövern bewahrte. Ihr Blut spritzte durch das Schutzgitter der zweigeteilten Frontscheibe, woraufhin Mitch angewidert das Gesicht verzog und den einzigen funktionierenden Scheibenwischer auf der Fahrerseite einschaltete.

Der Humvee schoss zusammen mit den Buggys hinter dem Truck hervor. Victor stand am MG und eröffnete sofort das Feuer. Gleichzeitig verfolgten die leichten Abfangjäger die Hals über Kopf davonsprintenden Verteidiger. Ein weiterer Sicarii wurde kurz vor der ersten Hauswand von den Felgenmessern zerfetzt, bevor die wenigen Überlebenden in den heruntergekommenen Häusern Zuflucht fanden.

»Los, los, los!«, rief Angel in ihr Funkgerät und startete damit die Bodenoffensive. Gemeinsam mit Butch, Kim und Johnny verließ sie den Humvee und rannte zum nächstgelegenen Gebäude auf der westlichen Seite der Zufahrtsstraße. Einige Sicarii verschanzten sich in dem Wohnblock dahinter.

Ganz nach Monroes Ausbildung legte sich Kim auf den Boden, bevor sie um die Ecke spähte. Nur dadurch hatte sie genügend Zeit, ihren Kopf zurückzuziehen, ehe der feindliche Kugelhagel ihr einschlug.

»Butch! Direkt voraus, zweiter Stock!«, rief sie.

Die anderen ließen ihn vorbei. Butch hockte sich an die Ecke der Mauer und stellte sein Maschinengewehr auf. Unterdessen schleuderte Angel eine Rauchgranate in die Gasse zwischen den Gebäuden. Zwanzig Sekunden später rollte Butch sich einmal um die eigene Achse, legte ein Sperrfeuer in die angegebene Richtung und ermöglichte Kim damit die Überquerung der Straße. Sie riss die Sicherungsstifte aus ihren beiden Splittergranaten, hielt sie einen Wimpernschlag lang fest und schleuderte sie anschließend gezielt in den zweiten Stock. Die überraschten Sicarii hatten keine Möglichkeit mehr, den Sprengsätzen zu entkommen, und wurden von der Explosion aus den zerborstenen Fenstern katapultiert. Mit einer Geste rief Kim ihr Team zu sich und übernahm die Führung.

Eine Überprüfung der Ruine ergab, dass sie noch betreten werden konnte und im Erdgeschoss Schutz vor Heckenschützen bot. Zusammen mit Johnny säuberte Kim routiniert die Räume, indem sie ihren massigen Freund die verbliebenen Türen eintreten ließ. Anschließend blieb er direkt am Eingang stehen, um den Überblick zu behalten, während sie selbst jeden Winkel der Wohnungen überprüfte. Angel und Butch sicherten unterdessen den Flur und die Aufgänge zu den oberen Etagen.

***

In der Zwischenzeit versammelte Dog sein Team an der Ostseite des Stadteingangs.

»Faith, du gehst voraus! Mitch, du passt auf Victor auf! Connor, Taylor, ihr deckt uns den Rücken! Los!«

Faith hatte sich für diesen Einsatz eine Maschinenpistole der Ranger geliehen. Normalerweise verabscheute sie automatische Waffen wegen ihrer Größe und Ungenauigkeit, doch das batteriebetriebene Reflexvisier und die höhere Reichweite überzeugten sie letztendlich. Gebückt lief sie zum ersten Gebäude der Ostseite, einem ehemaligen Einkaufsmarkt. Die Schaufenster waren vor vielen Jahren zerstört worden und man konnte die gesamte Stadt durch die Fensterrahmen beobachten. Lediglich die Betonsäulen, von denen das Dach gehalten wurde, boten etwas Schutz. Sie schlich von einem Pfahl zum nächsten und winkte ihr Team heran. Dabei tauchten zwei Sicarii hinter den umgestürzten Regalen auf und rannten in Richtung Westen aus dem Laden heraus. Angel stand unter Feuer und hatte sie angelockt. Faith zögerte nicht lange, sondern schoss den beiden Männern in den Rücken, bevor sie ihren Weg fortsetzte.

Nördlich des Supermarkts erhoben sich drei alte Wohnblöcke. Ursprünglich gab es fünf Stockwerke, doch im Laufe der Jahre war das Dachgeschoss in sich zusammengefallen. Faith wartete einen Augenblick, suchte mit geschultem Blick jede Öffnung einzeln ab und entdeckte ein Schützenpaar der Sicarii, die sich hinter einem Mauervorsprung versteckten.

»Caiden!«, rief sie. »Zweite Etage, drittes Fenster von rechts.«

Sie wich zurück, um ihren Freund durchzulassen. Sein russisches Sturmgewehr mit vierfacher Zieloptik eignete sich besser für Präzisionsangriffe. Cassidys jagderfahrener Bruder spähte um die Ecke, legte an und feuerte. Nach zwei gut gezielten Schüssen war der Weg frei. Faith rannte zum nächsten Gebäude. Als nichts passierte, rief sie ihr Team zu sich, doch darauf hatten die Schützen der oberen Etage nur gewartet.

»RAKETE!«, schrie Dog, zerrte Caiden auf den Boden und warf sich über ihn. Sekundenbruchteile später schlug das Geschoss in den Supermarkt ein und zerstörte die äußere Tragesäule. Gesteinsbrocken und Schutt flogen wie Schrapnellladungen durch die Luft und rissen einen der Vultures mit sich. Unter schwerem Feuer stürmten die anderen auf das nächste Gebäude zu und brachten sich in Sicherheit.

»Faith, Taylor, Granate! Caiden, Feuerschutz nach Süden!«, befahl Dog, zwängte sich an seinen Leuten vorbei und spähte um die Ecke. Sofort empfing ihn ein Kugelhagel aus dem gegenüberliegenden Wohnblock. »Victor, Null-Eins-Acht, Ostseite! Schalt sie aus!«, schrie er in sein Funkgerät.

Faith schleuderte zusammen mit ihrem Kameraden ihre Handgranaten in die oberste Etage des ersten Mehrfamilienhauses. Die Wucht der Detonationen riss die heruntergekommenen Fensterrahmen aus ihren Verankerungen und ließ tausende von Glassplittern auf den Boden regnen.

»In Deckung!«, rief Dog seinen Leuten zu. Wenige Sekunden später schlug Victors Geschoss kurz vor dem Haus gegenüber ein. Erst die zweite Explosion traf und das obere Stockwerk stürzte krachend in sich zusammen. Dog riskierte einen Blick und war äußerst beeindruckt.

»Ziel zerstört, gute Arbeit!«, hustete er durch den aufgewirbelten Staub.

***

Kim und Johnny verschanzten sich an zwei Fenstern ihres Wohnblocks und behielten die Straße vor sich im Auge. Angel schlich zum darauffolgenden Gebäude hinüber und checkte die Öffnungen im Beton. Es war nichts zu sehen und sie rief ihre Leute zu sich. Erneut übernahm Kim die Vorhut und spähte um den nächsten Vorsprung. Kaum hatte sie den Kopf herausgestreckt, empfing sie der Kugelhagel eines MG-Nests. Ihr Gewehr fiel zu Boden, während sie sich von der Wand wegrollte und die Hände über ihrem Gesicht zusammenfaltete. Angel zückte zwei Granaten und warf sie blind um die Ecke. Drei Sekunden später vernahm sie die dumpfen Explosionen. Kim wollte nach dem Ergebnis sehen, doch Angel hielt sie zurück. Sie zog einen kleinen Schminkspiegel aus ihrer Hosentasche und sah damit nach dem schießwütigen Verteidiger. Die Stellung war völlig zerstört worden und sie winkte ihren Leuten bestätigend zu. Kim schnappte sich ihr Gewehr und übernahm gemeinsam mit Johnny die Führung.

Das Erdgeschoss des Wohnblocks war größtenteils eingestürzt und so mussten sie an der Außenwand entlang schleichen. Die Ranger konnten hören, wie Victors Mörserfeuer auf der anderen Seite der Siedlung einschlug. Die Staubwolke des zusammengekrachten Obergeschosses war bis zur Westseite des Stützpunkts zu sehen. An der nächsten Ecke hockten sie sich erneut auf den Boden und ließen Angel mit ihrem Spiegel die Lage prüfen, erkannten aber nichts. Auch im darauffolgenden Haus schien niemand auf sie zu warten.

»Viel zu ruhig«, murmelte Kim besorgt. »Wo stecken die alle?«

An der darauffolgenden Kreuzung verlief eine Straße ins Zentrum der Siedlung. Angel konnte in ihrem Klappspiegel keine Bedrohungen erkennen und schickte ihre Leute voraus, bis plötzlich ein Kugelhagel direkt neben ihnen den feinkörnigen Wüstenstaub aufwirbelte. Ein getarntes Maschinengewehr im dritten Stock des gegenüberliegenden Wohnblocks hatte sie aufs Korn genommen.

»Weg hier! Los!«, rief Johnny und schoss zurück. Das Team rannte zur rettenden Mauer des Nachbargebäudes und versuchte dem Schützen aus dem Weg zu gehen, doch auch in der Stadtmitte verschanzten sich Sicarii in einem betonüberdachten Erdloch. Sie saßen fest! Eine in den Boden gegrabene Treppe zum Kellergeschoss stellte ihre einzige Deckung dar.

»Victor, Zentrum Null-Zwei-Sechs, Feuer!«, schrie Angel in ihr Funkgerät. »Kim, Johnny, das MG! Butch, Sperrfeuer!«

Johnny zückte eine Splittergranate, aber als er sie gerade werfen wollte, trafen ihn mehrere Schüsse in Rücken und Beine. Der Sicherungsstift seiner Handgranate rollte neben ihm zu Boden. Angel stürzte sich auf den scharfen Sprengkörper und schleuderte ihn im letzten Moment davon. Noch mitten im Flug explodierte die Granate und regnete als Metallsplitter auf sie herab. Reflexartig vergrub sie ihren Kopf unter den Armen und schlug die Hände auf ihrem Nacken zusammen, während Kim versuchte, Johnny aus der Schusslinie zu ziehen, doch er war viel zu schwer.

»Victor verdammt! Feuer!«, brüllte Angel wütend. Bevor sie ihr Headset losgelassen hatte, detonierte das erste Geschoss neben der Sicariistellung und zerfetzte einen der Schützen an seinem Maschinengewehr.

»Noch mal! Noch mal!«

Die zweite Granate explodierte direkt auf dem Bunkerdach und schaltete die Verteidiger endgültig aus.

»Ziel zerstört, Volltreffer«, rief sie erleichtert und wischte sich den aufgewirbelten Schmutz von der Stirn. »Wie geht's ihm?«

»Die Weste hat das meiste abgehalten aber seine Beine wurden getroffen!«, erwiderte Kim panisch. »Wir müssen ihn hier rausbringen!«

»Verdammt«, fluchte Angel haareraufend. »Wenn wir die Stadt nicht gesichert bekommen, gehen wir alle drauf!«

»Passt schon!«, keuchte Johnny. »Ich lauf eh nicht so gern!«

»Das gibt's ja nicht. Der Dicke blutet wie ein Schwein und kriegt den Mund trotzdem nicht voll!«, rief Butch beim Absichern der Hausecke, hinter der sie nach wie vor eine Maschinengewehrstellung am Vormarsch hinderte.

»Ich bleib bei ihm!«, sagte Kim energisch und riss einen frischen Wundverband mit den Zähnen auf.

»Ich komm schon allein zurecht. Angel hat Recht, wenn ihr die Lage nicht unter Kontrolle bringt, macht mein Zustand keinen Unterschied mehr!«

»Die Diskussion führt zu nichts. Ich brauch dich bei mir Kim! Butch, du beschäftigst das MG!«, entschied Angel und sprach damit das letzte Wort.

Der Mechaniker nickte ihr gehorsam zu und schleuderte eine Rauchgranate um die Ecke. Als Antwort schickte der Sicarii nun in unregelmäßigen Abständen kurze Feuerstöße in ihre Richtung. Dem Team gingen die Optionen aus und hier festzusitzen würde schon bald den Feind anlocken.

»Victor, Kreuzung Null-Drei-Sieben, das Gebäude südwestlich. Kannst du mehrere Etagen davon einstürzen lassen?«, erkundigte sich Angel. Sie betrachtete den fünfstöckigen Wohnblock und überlegte, ob die Bausubstanz nicht doch zu stabil wäre.

»Negativ. So viele Granaten haben wir nicht mehr«, bestätigte der Sprengstoffexperte kurz darauf ihre Befürchtung.

Die letzte Möglichkeit war nach oben über eine verrostete Feuerleiter auszuweichen. Der marode Fluchtweg bewegte sich aber keinen Millimeter, weswegen Butch den beiden Frauen per Räuberleiter in die zweite Etage hinaufhelfen musste.

Dort angekommen änderten sie die übliche Taktik des Türeneintretens und schlichen stattdessen auf Katzenpfoten durch die Flure in den dritten Stock, wo der Maschinengewehrschütze nach wie vor Butch aufs Korn nahm. Angel hielt Kim vor der Tür zur feindlichen Stellung zurück und untersuchte sie genauer. Ein hauchdünner Draht verband den Türknauf der Innenseite mit einer Splittergranate an der Wand und drohte jeden übermütigen Zugriff in einer blutigen Niederlage enden zu lassen. Hier kamen sie nicht weiter, weswegen Angel den Aufstieg zur vierten Etage befahl. Lautlos näherten sie sich der Wohnung über dem Schützen und öffneten die Fenster. Nun konnte Kim endlich einmal ihre Hobbybergsteigerei im Kampfeinsatz unter Beweis stellen. Mit wenigen Handgriffen baute sie ihren Gürtel zu einer Abseilvorrichtung um und verband sie mit einem schwarzen Nylonseil aus Angels Rucksack. Angel wickelte sich das andere Ende um die Hüfte und ließ Kim mit gezückter Pistole kopfüber an der Betonwand hinunterstapfen. Sie wartete, bis der Sicarii nachzuladen begann, ehe sie sich ruckartig einen halben Meter weit absinken ließ und direkt vor seinem verdutzten Gesicht wie aus dem Nichts auftauchte. Nach zwei gezielten Schüssen in Kopf und Brust brach der feindliche Schütze leblos zusammen. Anschließend drehte Kim sich um hundertachtzig Grad herum und krachte mit etwas Schwung durch die Fensterreste in die Wohnung hinein. Nachdem sie die Sprengfalle entschärft hatte, traf sie sich mit Angel unterhalb der Feuerleiter und sah ein letztes Mal nach Johnny, den Butch unterdessen im Kellereingang versorgt hatte.

»Lauf uns nicht davon, Dicker!«, rief er seinem Kameraden mit einem Schulterklopfen zu.

***

Faith schlich auf der anderen Seite des Lagers an den Resten des soeben zerstörten Gebäudes entlang. Victor schien alle Gegner erwischt zu haben. Nichts regte sich. Andererseits könnte auch der Gefechtslärm im Westen die Aufmerksamkeit der verbliebenen Verteidiger auf sich ziehen. Sie winkte ihr Team heran und spähte am Boden um die nächste Ecke.

»Da ist eine Stellung, direkt an der Hauptstraße«, berichtete sie. Von ihrer Position aus war das MG-Nest nicht zu erreichen und so führte sie die Gruppe um den nördlichsten Wohnblock herum. Am darauffolgenden Wegpunkt angekommen holte Faith eine Rauchgranate hervor und schleuderte sie vor sich auf die angrenzende Nebenstraße.

»Ihr geht hinten lang und nehmt sie in die Zange. Caiden und ich bleiben hier und lenken das Feuer auf uns, verstanden?«, befahl Dog und entsicherte sein leichtes MG.

Die Vultures gingen in Position und warteten, bis sich die beiden Schützen nur noch für ihren Anführer interessierten. Die zwei Maschinengewehre in hundert Metern Entfernung zertrümmerten zusehends die schützende Hausecke, während Faith ihre Männer über die Straße führte. Der Rauch nahm den Angreifern vollständig die Sicht und sie erreichten unbemerkt die andere Seite.

»Alles klar bei euch?«, rief Dog in sein Funkgerät.

»Nichts passiert, wir gehen in Position«, antwortete Faiths Stimme knisternd. Plötzlich erschienen zwei blutüberströmte Sicarii hinter Caiden, die aus dem zerstörten Haus entkommen sein mussten. Sie schossen wild und ungezielt durch die Gegend, da sie im dichten Rauch und mit ihren blutunterlaufenden Augen kaum etwas sehen konnten. Dog heulte auf, ließ von seinem Gewehr ab und griff sich reflexartig an den Hals, bevor Caiden die beiden mit gezielten Feuerstößen ausschaltete.

»Dog. Dog! Bist du okay?«, rief er hektisch und suchte nach der

Einschusswunde. »Dog!«

***

Kim übernahm erneut die Vorhut und schlich sich am nächsten Gebäude vorbei. In ihrem Gesicht hatte sich die Mischung aus schwarzer Tarnfarbe und Johnnys Blut zu einer verkrusteten Schicht verbunden, die zunehmend juckte. Ihre Hände zitterten unkontrolliert, wie jedes Mal, wenn ihrem Freund etwas zugestoßen war. Ständiges kratzen an ihren Wangen und der Stirn verschlimmerte die Tortur zusätzlich.

»Sieht okay aus«, keuchte sie an der Ecke des letzten Wohnblocks. Dahinter lag die alte Bibliothek, unter der sich das Gefängnis befinden soll. »Ist nicht mehr weit. Ich geh rüber, gebt mir Deckung!«

Sie stürmte über die Hauptstraße auf die umgestürzten Ziegelsäulen zu. Nichts passierte, niemand schoss auf sie.

»Klar!«, schallte ihre knisternde Stimme aus Angels Funkgerät, die ihre Anspannung mit größerwerdender Sorge verfolgte. Lange durfte der Einsatz nicht mehr dauern.

Butch ging voraus und Angel folgte ihm mit wenigen Metern Abstand. Sekunden später erreichten sie das Backsteinhaus und verschanzten sich hinter den Ziersäulen. Nur noch ein paar Schritte trennten sie von ihrem Ziel und ihr Puls raste. Hinter dem Haus konnte man eine Grube erkennen, einen unterirdischen Kellerzugang. Angel gab Kim und Butch Handzeichen. Die beiden sollten die Umgebung sichern. Sie schulterte ihr Scharfschützengewehr, zog ihre Pistole und lief gebückt zu der Öffnung. Im Inneren erkannte sie eine vergitterte Tür, doch dahinter war alles dunkel, also zückte sie ihre Taschenlampe und leuchtete hinein.

»Cassidy?«, flüsterte sie mit angelegter Waffe.

Sie musste kein zweites Mal nach ihrer Schülerin rufen. Nachdem der Angriff begonnen hatte, führte Cassidy die Gefangenen in die tiefer gelegenen Kellergewölbe, um vor Querschlägern oder feindlicher Artillerie sicher zu sein, aber nun kam sie freudestrahlend zur Tür gelaufen. Victor hatte Angel vor ihrem Aufbruch mit ein paar kleinen Sprengladungen für Türschlösser versorgt. Sie klebte sie an das Gitter und wies die Dorfbewohner an, zurückzutreten. Mit einer Lunte löste sie die Explosion aus und die Tür sprang auf. Cassidy kam ihr als Erste entgegengelaufen und fiel ihr in die Arme.

»Ich hab's gewusst! Ich hab immer gewusst, dass ihr kommt!«

»Wir lassen niemanden zurück!«, erwiderte Angel. »Wie geht's den Gefangenen?«

»Den Umständen entsprechend, wir sind ja noch nicht lange hier. Jesse hat uns zudem die ganze Zeit mit Informationen versorgt.«

Stolz präsentierte sich der Junge vor seiner Freundin und lief ein wenig rot an, als ihm Angel anerkennend auf die Schulter klopfte.

»Jetzt lass uns von hier verschwinden!«, drängte sie und wendete sich den anderen Gefangenen zu. »Also gut Leute! Wir sind hier, um euch rauszuholen. Bleibt ruhig und folgt Cassidys Anweisungen, dann kommt ihr alle lebendig nach Hause!«

»Ich soll sie führen?«

»Ja, sie … brauchen jemanden, dem sie vertrauen können. Glaub mir.«

Angel wich dem verdutzten Blick ihrer Schülerin aus und beorderte Butch und Kim zu sich. Anschließend informierte sie Dog über den Erfolg, bekam jedoch keine Antwort vom Vulture-Team.

***

Caiden zog seinen Anführer gerade um die Hausecke herum in Sicherheit, als er stöhnend wieder zu sich kam.

»Verdammt!«, keuchte Dog. »Was war das denn?«

»Victor hat nicht alle erwischt. Zwei kamen von hinten. Du bist am Hals getroffen worden«, antwortete Caiden, holte das Verbandszeug hervor und reichte ihm eine Kompresse.

»Nur ein Streifschuss. Tut aber höllisch weh – verdammt!«, ächzte der Hüne, als er die Wunde mit den Fingern untersuchte.

»Dog, wir sind in Position!«, hörten sie Faiths verzerrte Stimme.

»Dog hat's erwischt, ich übernehme! Haltet euch bereit!«, rief Caiden in sein Funkgerät und klemmte sich hinter das Maschinengewehr. Er folgte dem Plan und errichtete ein Sperrfeuer, um seiner Freundin die nötige Ablenkung zu verschaffen. Es klappte. Beide Sicarii feuerten ausschließlich auf ihn. Eine Kugel nach der anderen schlug direkt vor Caiden im Boden ein und wirbelte Unmengen von Staub und Schutt auf. Im letzten Moment flüchtete er sich hinter den Mauervorsprung.

»Faith, die haben sich eingeschossen! Jetzt wäre ein günstiger Zeitpunkt!«, rief er und drückte sich schutzsuchend gegen die Hauswand. Noch einmal rollte er sich vor die Ecke und zog am Abzug, doch bevor seine Kugeln eintrafen, explodierte die Stellung bereits.

»Ziel zerstört!«, meldete Faith. »Was ist mit dem Alten?«

»Ach! Der hat wiedermal maßlos übertrieben! Fahrt mit dem Plan fort!«, befahl Dog mürrisch. »Los, gib mir mein Gewehr!«

***

»Kim, Butch, wir haben sie! Kommt rüber und gebt uns Deckung!«, rief Angel. Die beiden rannten sofort los, doch noch bevor sie die Grube erreicht hatten, schlugen bereits neue Kugeln auf dem Boden hinter ihnen ein, woraufhin sie schutzsuchend in den Keller hinabrutschten.

»Die kriegen Verstärkung! Da kommen Fahrzeuge aus dem Westen! Drei, vier – Angel verdammt, das sind zu viele!«, rief Butch. Er klemmte sich hinter sein Maschinengewehr und errichtete ein Sperrfeuer.

Angel kroch die Treppe hinauf und sah sich um. Er hatte Recht. Mehrere Geländewagen und Pick-ups, gefolgt von zwei Mannschaftstransportern, kamen auf der nordwestlichen Zufahrtsstraße direkt auf sie zugerollt und deckten sie bereits mit einem ungezielten Kugelhagel ein. Reflexartig ließ Angel sich in die Kelleröffnung fallen, um nicht getroffen zu werden.

»Dog! Dog die kriegen Verstärkung! Mindestens zehn Fahrzeuge aus Westen! Hol STELLA!«, rief sie in ihr Funkgerät.

»Die machen Kleinholz aus dem Laster!«, knisterte seine Antwort.

»Wir haben keine Wahl! Holt den Truck oder wir sind alle tot!«

***

Faith schleuderte eine Rauchgranate in die Mitte der Siedlung und befahl ihren Leuten, sich zum Sattelschlepper zurückzuziehen, doch schon auf halbem Weg zischten die ersten Geschosse an ihnen vorbei. Sie drehte ihren Kopf herum und sah, wie die Sicarii Angels Team einkreisten. Die Angreifer fegten mit ihren leichtgepanzerten Geländewagen über die Zäune hinweg und deckten das Gefangenenlager mit ihren Geschützen ein.

»Beeilt euch!«, rief sie ihren Männer zu. »Dog! Ich versuch sie abzulenken! Holt mich mit dem Laster im Zentrum ab!«

Faith rannte wieder zurück in Richtung des Zielpunktes, während ihr Team den Weg zum Sattelschlepper fortsetzte. Auf gut sechzig Meter kam sie an den Keller heran, hockte sich in eine der Ruinen und zückte zwei blitzende Wurfmesser. Die Sicarii waren gerade dabei ihre Fahrzeuge zu verlassen und dahinter Deckung zu suchen, wobei sie sich kaum bewegten. Die umliegende Häuserbesatzung schloss sich den frischen Truppen an und die meisten hatten ihr den Rücken zugedreht. Faith atmete tief ein und konzentrierte sich.

Ein kurzes Zischen, ein Rauschen in der Luft und zwei Nachzügler heulten getroffen auf. Ehe die Angreifer Faith bemerkten, hob sie ihre Maschinenpistole und jagte das restliche Magazin in deren Richtung. Ein aufmerksamer Pick-up-Bordschütze hatte sie jedoch entdeckt und erwiderte umgehend das Feuer. Im letzten Augenblick konnte sie sich mit einem gewagten Sprung in die Ruine abseits der Straße retten.

»Es hat geklappt, sie kommen auf mich zu! Wo bleibt ihr!«, rief sie in ihr Mikrofon und suchte reflexartig Deckung, während sich die schützende Betonwand hinter ihr im Kugelhagel aufzulösen begann. Faith erhielt keine Antwort. Sie lud ein neues Magazin nach und verließ für einen kurzen Moment ihre Stellung. Ein weiterer Sicarii ging zu Boden, bevor die Angreifer sie erneut hinter die Mauer zwangen. Faith zückte ihre letzte Handgranate und schleuderte sie über die Ruine hinweg. Ein paar Sekunden später explodierte der Sprengsatz, doch die Sicarii waren rechtzeitig in Deckung gegangen und der Detonation ausgewichen.

»Caiden! Jetzt wäre der richtige Augenblick, um mich zu retten!«, rief sie, als sie die Fußstapfen der Angreifer bereits im Schutt vor ihrer Stellung hören konnte. Im selben Moment vernahm sie das vertraute Dröhnen von STELLAs Vulkangeschütz. Ein Buggy fegte an der Lagerhalle vorbei und riss einen der Sicarii mit sich, die übrigen fielen dem Kugelhagel zum Opfer. Kurz darauf bog auch der schwarze Truck um die Ecke.

»Faith! Komm raus!«, kratzte Caidens Stimme in ihrem Funkgerät. Sie rannte auf den Laster zu und sprang in die offene Seitentür des Aufliegers. Das Schlachtschiff setzte seine wilde Fahrt in Richtung Gefängnis ungehindert fort. Eskortiert von dem einzelnen Buggy schlugen seine mächtigen Kanonen eine Schneise durch die überraschten Angreifer.

»Rakete!«, schallte Mitchs Stimme aus den Ohrstöpseln, aber der Buggy konnte dem Angriff nicht mehr ausweichen, explodierte und wurde von der Straße geschleudert. Das Geschoss kam aus dem oberen Stockwerk eines der umliegenden Häuser. Es dauerte nur einen Augenblick, bis die Geschütze des Lasters das halbe Gebäude eingeebnet hatten, doch der Buggy war verloren.

Ungeachtet der Verluste raste Mitch auf die gegnerischen Fahrzeuge zu, die einen Kreis um das Gefängnis bildeten. Die Sicarii flüchteten vor dem herannahenden Ungetüm, aber nur wenige schafften es, sich mit beherzten Sprüngen in einen Graben abseits der Straße oder in ein angrenzendes Gebäude zu retten. Das sechsläufige Frontgeschütz des Sattelschleppers konnte mehrere tausend Schuss pro Minute auf kurze Distanz abgeben, wodurch die modifizierten Vehikel und ihre Insassen buchstäblich zersägt wurden, während das ohrenbetäubende Dröhnen den feindlichen Besatzungen das Blut in den Adern gefrieren ließ.

»Angel, wir sind da! Evakuiert die Leute und dann nichts wie weg hier!«, rief Dog und feuerte eine Salve Rauchgranaten aus den Nebelwerfern auf dem Dach, die einst auf einem Panzer ihren Dienst getan hatten.

STELLA stoppte schnaufend wie ein wütendes Urzeitmonster vor der roten Backsteinbibliothek und schüchterte die Sicarii für einen Augenblick dermaßen ein, dass genug Zeit zum Verladen der Gefangenen blieb. Caiden sprang heraus, hockte sich auf den Boden und deckte mit seinem russischen Sturmgewehr den Abzug der Geiseln, während Faith sich hinter das Frontgeschütz klemmte. Butch gesellte sich dazu und stellte sein Maschinengewehr neben dem Truck auf. Kim lief zur Fahrerkabine und schlug gegen die stählerne Fensterverkleidung.

»Dog! Wir müssen Johnny holen! Er liegt verwundet auf der Westseite der Stadt!«

Die Tür öffnete sich und der Hüne rutschte vom Beifahrersitz, um ihr Platz zu machen.

»Zeig uns wo!«, rief Mitch ihr zu, woraufhin Kim sich glücklich nickend in die Kabine hineinzog.

Wie Angel ihr befohlen hatte, trieb Cassidy die Gefangenen an und sicherte ihren Abzug. Als sie jedoch selbst aus dem Keller heraustrat, traute sie ihren Augen nicht. Das Wüstenschlachtschiff! Dieses Monster hätte vor vier Wochen beinahe ihr Ende bedeutet und nun liefen die Geiseln direkt darauf zu! Die Geschütze, die einst Victor verletzt hatten, feuerten aus allen Rohren, doch nicht auf sie. Sie deckten ihre Flucht! Nun fielen ihr Angels Worte wieder ein: Vertrauen! Sie hatte ihre Schülerin ja gewarnt. Pflichtbewusst drehte sie sich also um und trieb die Leute erneut an, bis plötzlich ein Kugelhagel die Säulen der Bibliothek durchschlug und sie die herumfliegenden Steinsplitter auf den Boden zwangen. Ein Angriffstrupp der Sicarii hatte sich um das massive Gebäude geschlichen und schoss sich auf sie ein. Cassidy verschanzte sich hinter den noch stehenden Stützen und erwiderte das Feuer.

»Angel!«, rief sie in Richtung Sattelschlepper, aber die hatte sich zu weit entfernt und lag mit ihrem Scharfschützengewehr unter dem Truck. Ohne Funkgerät hatte Cassidy keine Chance, sie zu erreichen. »Ich brauch hier Hilfe!«, schrie sie, doch im Lärm des Gefechts hörte sie niemand. Ihre Waffe klickte – leer! Panisch suchte sie das Ersatzmagazin, da brachen die Sicarii an der Hausecke plötzlich zusammen. Cassidy ging erneut in die Hocke, wechselte das Magazin und drehte sich zum Laster um. Schon wieder traute sie ihren Augen nicht. Ihr eigener Bruder hatte ihr gerade das Leben gerettet!

»Beweg dich! Wir müssen hier weg!«, rief Caiden ihr zu, so als wären sie nie getrennt gewesen. Nur sein aufgehellter Blick verriet die Freude über das Wiedersehen.

Cassidy erwachte aus ihrer Trance und schleuderte ihre letzten Kugeln auf die Angreifer. Ein weiterer Sicarii ging zu Boden, bevor sie den Rückzug antrat und in den Sattelschlepper hineinsprang. Caiden fing seine Schwester auf, zog sie ins Innere, schloss die gepanzerte Tür und stolperte zum Frontgeschütz um Faith abzulösen.

»Da vorne links! Genau hier, anhalten!«, rief Kim Mitch zu und stieg aus der Fahrerkabine.

»Na sieh einer an, mein Taxi ist da«, keuchte Johnny grinsend.

»Auf geht's, Dicker«, brummte Butch und griff ihm gemeinsam mit Kim und Cassidy unter die Arme. Zu dritt schleppten die Ranger den schweren Mann zum Sattelschlepper, wo ihnen die befreiten Dorfbewohner zur Hand gingen.

»Alle drin, los Mitch! Los! Los! Los!«, schmetterte Faith in ihr Mikrofon.

Der Fahrer drückte das Gaspedal bis auf das Bodenblech durch, doch im selben Moment schlugen Schüsse in die Fahrerkabine ein und zerstörten die Frontscheibe hinter der Stahlverkleidung. Dutzende Glassplitter bohrten sich in Mitchs Gesicht. Er heulte auf und riss im Affekt das Steuer herum.

»Hände weg!«, brüllte Dog. »Bleib auf dem Gas! Bleib auf dem Gas!«

Instinktiv folgte Mitch dem Befehl und riss die Arme hoch. Dog griff ins Lenkrad und steuerte den Sattelschlepper durch mehrere Sicariifahrzeuge hindurch, die von der stabilen Stahlschürze des Ungetüms wie Spielbälle zur Seite geschleudert wurden. Wie aus dem Nichts kam eine weitere Rakete frontal auf sie zu und verfehlte das Führerhaus nur um wenige Zentimeter.

»Caiden! Komm hoch hier!«, rief Dog in sein Funkgerät. Einen Augenblick später stürzte der junge Vulture herein und zog Mitch vom Fahrersitz herunter.

»Du fährst!«, befahl Dog, lehnte sich aus der Fahrerkabine und eröffnete grollend das Feuer aus seinem Maschinengewehr.

***

Inzwischen wurde Johnny von Kim und Cassidy notdürftig verarztet. Sein Blutdruck war gefährlich gesunken und seine Augen rollten ziellos in den Höhlen. Untersuchungen, die in Silver Valley vorsorglich bei allen Rangern durchgeführt wurden, besagten, dass Angel dieselbe Blutgruppe besaß, doch während einer Schlacht war ein solches Unterfangen äußerst riskant.

»Angel! Er überlebt das nicht!«, klagte Kim verzweifelt. »Wir müssen das sofort machen!« Auch wenn sie Johnny hin und wieder ins Schienbein trat, ihn als Trainingspuppe missbrauchte und generell gerne Witze über seine Figur riss, so konnte sie sich doch ein Leben ohne ihn nicht mehr vorstellen.

»Faith«, rief Angel in Richtung der Geschützkanzeln. »Habt ihr

Schläuche für eine Bluttransfusion?«

Die Amazone nickte und stolperte zu einem Regal an der Wand. Der Sattelschlepper war permanent feindlichem Feuer ausgesetzt und schwankte wie ein Hochseedampfer.

***

Caiden starrte seinen Boss erstaunt an. Noch nie hatte er den Truck fahren dürfen; nicht mal zu Trainingszwecken.

»Mach schon!«, rief Dog erneut. Caiden schwang sich auf den Fahrersitz und klammerte sich eingeschüchtert an das große Lenkrad.

»Da vorne links, dann immer geradeaus bis zum Stadtausgang.«

Die Einschläge ließen langsam nach und die Sicariiverstärkung blieb aufgrund der vielen ausgeschalteten Fahrzeuge hinter ihnen zurück. Caiden nahm die scharfe Kurve vor dem Ausgang dennoch zu schnell und das Schlachtschiff drohte nach steuerbord umzukippen. Im letzten Augenblick griff Dog ins Lenkrad und wendete die Katastrophe ab, sagte aber nichts sondern öffnete erneut die Beifahrertür und suchte nach Verfolgern. Niemand feuerte mehr auf sie. Das rauchende rechte Seitengeschütz schwieg ebenfalls.

»Angel, wir sind gleich beim Ausgang. Holt euren Humvee und dann nichts wie weg hier!«

Caiden stoppte den Sattelschlepper wenige Meter neben Victor, der bereits alles für die Abfahrt vorbereitet hatte. Die Sicarii waren viel zu beschäftigt gewesen, um ihn noch als Bedrohung wahrzunehmen. Butch sprang aus dem Auflieger und rief seinen Bruder zu sich. Er startete den Wagen, Victor warf den Mörser auf die Ladefläche und kletterte in den Geschützturm. Der Motor heulte auf und Butch hetzte aus der Stadt heraus. Der Truck folgte ihnen mit Höchstgeschwindigkeit in südlicher Richtung und deckte mit einer letzten Salve aus den Nebelwerfern den Abzug.

15. HEIMKEHR

Eine halbe Stunde später stand die Sonne bereits hoch am Himmel und offenbarte die Spuren der Schlacht. Hunderte metallisch glänzende Einschusslöcher zierten den schwarzlackierten Sattelschlepper, Blut klebte am Boden der Fahrerkabine und vermischte sich mit den Glassplittern der Frontscheibe, deren restliche Fragmente dank der Kunststoffversiegelung noch im Rahmen hingen, anstatt vollständig zu zersplittern.

Dog tastete seinen Hals ab. Die Wunde war klein, aber hörte nicht auf zu bluten. Caiden hockte angespannt hinter dem Lenkrad und konzentrierte sich darauf, das schwere Schlachtschiff auf Kurs zu halten. Der Humvee fuhr zwei Wagenlängen vor ihnen. Caiden vergrößerte den Abstand zum Geländewagen, der permanent Staub durch die zerstörten Frontscheiben ins Führerhaus schleuderte. Wegen des gesplitterten Glases konnte er ohnehin kaum etwas erkennen.

»Ich seh mal nach Mitch«, keuchte Dog. Unter Schmerzen stand er auf und stolperte zum gepanzerten Durchgang. Seine Stiefel knirschten auf dem mit Glassplittern übersäten Boden.

Nachdem er die Schleuse passiert hatte, fielen seine Augen auf Angel. Sie saß auf der Werkbank und war durch einen transparenten Kunststoffschlauch mit Johnny verbunden. Er lag am Boden und kämpfte darum, bei Bewusstsein zu bleiben. Kim hockte neben ihm und kühlte seine verschwitzte Stirn mit einem feuchten Leinentuch. Cassidy kümmerte sich um Jesses Mutter, die am Arm getroffen worden war. Mitch lag in einem der Bettgestelle. Ein blutgetränkter Verband verdeckte sein Gesicht. Faith versorgte die ehemaligen Gefangenen mit Wasser. Die kleine Gruppe kauerte etwas verunsichert im hinteren Teil des Sattelschleppers. Einige flüsterten untereinander, doch die meisten starrten nur apathisch auf den Boden. Jesse beschäftigte sich mit Scott, der seine Depressionen völlig verloren hatte.

Als Dog hereingehumpelt kam, sprang Angel schockiert durch sein blutiges Gesicht von der Werkbank herunter und wollte gerade auf ihn zulaufen, ehe Kim sie im letzten Moment zurückhielt und an die Bluttransfusion erinnerte. Er schwankte lächelnd auf sie zu und drückte seine Gefährtin fest an die Brust.

»Wir haben es geschafft«, sagte er und wollte sich neben sie setzen, rutschte aber geschwächt ab und stürzte zu Boden, wobei sein Kopf hart an die Tischkante prallte. Wütend schlug er nach der unfreundlichen Werkbank.

Cassidy kam sofort herübergelaufen und untersuchte ihn.

»Faith! Das Verbandszeug!« Die beiden kannten sich erst seit einer halben Stunde, arbeiteten jedoch bereits jetzt wie ein eingespieltes Team. Faith holte den Verbandskasten und reichte Cassidy, wonach sie verlangte. »Streifschuss am Hals, die Schlagader wurde verletzt. Nur ein kleines Loch aber es blutet stark«, diagnostizierte sie.

Faith drückte eine Kompresse auf die Wunde während Cassidy den Verband anlegte.

»Wie lange ist das her?«

»Anderthalb Stunden«, antwortete Faith ruhig.

Cassidy rollte mit den Augen und holte eine Spritze aus dem Kasten, zog die Sicherheitskappe mit den Zähnen ab und injizierte sie Dog. »Das sollte helfen. Angel, pass auf, dass er nicht einschläft«, wies sie ihre Ausbilderin autoritätsbewusst an. »Setzten wir ihn auf den Drehstuhl.«

Cassidy wirkte äußerst selbstbewusst, als sie die Menschen verarztete. Jahrelang hatte sie von ihrem Bruder gelernt, ernste Verletzungen zu kurieren und Stevens Hilfe ließ sie ihre Fähigkeiten noch weiter ausbauen. Faith versuchte Dog beim Aufstehen zu helfen, doch er war viel zu schwer. Zwei Männer der befreiten Gefangenen sprangen sofort auf und griffen ihm unter die Arme.

»Danke Jungs!«, stöhnte er und verzog das Gesicht.

Cassidy wischte sich das Blut von den Händen, setzte sich neben Angel und sah sie mit großen Augen an. »Willst du mir nicht langsam mal erklären, was hier vorgeht?«

Faith trat nach getaner Arbeit stumm den Rückzug ins Cockpit an. Angel atmete einmal tief ein und ordnete ihre Gedanken, ehe sie antwortete.

»Ich ... musste improvisieren.«

Cassidys Augen wurden immer größer und sie verschränkte provokativ die Arme, als würde sie auf weitere Erklärungen warten.

»Wir brauchten mehr Leute, um dich ... um euch rauszuholen.«

Cassidy schwieg weiterhin, aber ihre bohrenden Blicke wurden für Angel unerträglich.

»Jetzt schau mich nicht so an! Es hat doch geklappt, oder nicht?«

»Dieses Ding wollte uns vor vier Wochen umlegen«, erwiderte Cassidy. »Da bin ich verständlicherweise neugierig, wieso wir auf einmal mitten drin sitzen.«

»Na los Schatz, erzähl ihr die Geschichte«, forderte Dog belustigt.

Angel brummte ihm eine unverständliche Antwort zu. Sie erinnerte Cassidy daran, wie ihr eigenes Nomadencamp vor dreizehn Jahren überfallen worden war und sie zur Sklavin wurde. Sie erzählte von der langen Zeit der Erniedrigungen, der Vergewaltigungen und des täglichen Kampfes ums Überleben. Angel ließ es sich nicht nehmen, detailreich zu schildern, wie sie einen Vulture nach dem anderen zum Krüppel geschlagen hatte und wie Dog versuchte, sie zu seinem Eigentum zu erklären und kurz darauf in die Gang aufnahm.

Er richtete sich stolz in seinem Stuhl auf, als Angel davon berichtete, wie sie ihre Stärken vereint hatten und die Welt um sie herum im Chaos versank. Angel vermied bewusst Wörter wie *Liebe* oder *Zuneigung*, denn von solchen Gefühlsduseleien hielten beide nichts.

Die ehemaligen Gefangenen erwachten nacheinander aus ihrer Trance und lauschten Angels Ausführungen wie einem spannenden Märchen. Viele kannten die Geschichte bereits, aber von Angel höchstpersönlich bekam man sie nur selten zu hören.

Schließlich kam sie zu jenem schicksalhaften Tag, an dem der Angriff auf Butch und Victor beinahe ihr Tod gewesen wäre. Cassidy kannte den Rest ihrer Vergangenheit und Angel übersprang die Jahre in Silver Valley. Sie erzählte den Männern und Frauen von ihren Erlebnissen mit Cassidy, dem ersten Zusammentreffen mit den Sicarii, der verfluchten Militärbasis und der Schlacht in Eagle Village. Sie ließ ihr Funkgerät eingeschaltet, so dass auch die anderen mithören konnten.

»Da standen wir nun. Ein Fahrzeug zerstört, kaum noch Munition und die Vorräte erschöpft. Unsere Optionen waren, nach Silver Valley zurückzukehren, um Verstärkung zu holen und euch eine Woche lang im Stich zu lassen, oder ...« Angel sah zu Dog herüber, der sich auf diesen Teil besonders gefreut hatte. »... oder ein Risiko einzugehen und einen alten Freund um Hilfe zu bitten. Warum sagst du ihr nicht, wieso du mir geholfen hast?« Sie sah Dog an und verschränkte die Arme.

»Die Bezahlung war gut«, antwortete er schulterzuckend und spürte, wie unangenehm ihm die plötzliche Aufmerksamkeit wurde.

»Was hat sie dir denn angeboten?«, fragte Cassidy.

Diese Frage beantwortete keiner von beiden, was wiederum Antwort genug war.

»Was habt ihr nun vor?«, fragte Cassidy, nachdem sie ein Blick in die Runde auf den Boden der Tatsachen zurückgeholt hatte. »Wechselt ihr die Seiten?«

Angel schaute Dog unschlüssig an und war froh, die Frage nicht selbst stellen zu müssen. Sie war sich sicher, dass er ihr Versprechen nicht ausnutzen würde und wusste, dass er kaum zu den Vultures zurückkehren konnte. Aber sie selbst hatte sechs Monate gebraucht, um sich zu ändern, und durfte weder von ihm noch seinen Leuten dasselbe innerhalb weniger Tage verlangen.

»Ich weiß nicht«, murmelte er zögerlich. »Ich kann mir nicht vorstellen, von heute auf morgen ein anständiges Leben zu führen.«

Johnny ging es inzwischen etwas besser und er lehnte an der Wand des Aufliegers. Kim legte ihre Arme um ihn und hörte den Ausführungen Angels und Dogs aufmerksam zu, nachdem sie die Bluttransfusion gekappt hatte.

»Ich denke nicht, dass unser Leben demnächst besonders anständig sein wird. Diese Typen sind keine einfachen Psychopaten. Sie kämpfen mit militärischer Präzision und planen jeden Schritt drei Mal im Voraus. Nach dem, was da heute auf uns zugerollt kam, bereiten die eine Invasion vor. Zuerst auf eure Festung – und dann auf uns«, philosophierte Angel, nicht ohne eine gewisse Euphorie über die zu erwartenden Schlachten zu verspüren. Im Grunde ihres Herzens hatte sie die wilden Gefechte im Dienste der Ranger vermisst und die waghalsige Rettungsaktion, der Monroe niemals zugestimmt hätte, mit jeder Faser genossen. »Willst du Eric warnen?«

»Ach, scheiß drauf. Er würde sowieso nicht auf mich hören«, erwiderte Dog. Er mochte es sich selbst noch nicht eingestehen, aber insgeheim wusste auch er, dass eine Rückkehr zu den Vultures ausgeschlossen war.

»Wie viel Zeit haben wir?«, fragte Kim bedrückt.

»Kommt darauf an, wie lange Eric durchhält. Zwei Wochen?«, spekulierte Angel und sah Dog fragend an.

»Weniger. Er hat kaum noch Leute und keine Sklaven mehr, um die Mauern zu reparieren. Kümmert euch lieber um eure eigenen Siedlungen.«

»Dann fahren wir auf direktem Weg nach Silver Valley. Ich hoffe nur, dass Frank noch einen Reserveplan hat. Mit unserer derzeitigen Ausrüstung werden wir nicht weit kommen.«

Kim starrte Dog zweifelnd an. Er musste von dem Versteck wissen. Warum schwieg er? Vielleicht gefiel ihm der Gedanke, Silver Valley zerstört zu sehen? Sollte sie etwas sagen? Nein. Noch nicht. Monroe war zwei Tagesreisen entfernt und momentan brauchten sie die Vultures, um heil nach Hause zu kommen.

Die Märchenstunde war vorbei und die Bewohner von Eagle Village widmeten sich wieder ihren eigenen Gesprächsthemen. Viele fragten besorgt nach ihren Angehörigen und wirkten äußerst niedergeschlagen, als Angel ihnen darauf keine Antwort geben konnte. Die Anwesenheit der Vultures schien sie weniger zu beunruhigen. Paul hatte in Zusammenarbeit mit Monroe hervorragende Verteidigungsanlagen aufstellen lassen und Gangüberfälle gehörten seit Jahren der Vergangenheit an, wodurch das alte Feindbild verblasst war.

Die monotone Reise im rumpelnden Auflieger wirkte unglaublich einschläfernd, und ehe sie sich versah, fielen Cassidy die Augen zu. Sie träumte von ihrer Familie, ihrem Bruder. Zum ersten Mal seit dem Überfall sah sie ihn nicht mehr in Ketten, sondern in schwarzer Lederkleidung, wie er aus dem Fenster des furchteinflößenden Sattelschleppers heraus gezielt Jagd auf Menschen machte. Als sie vor Schreck erwachte, hockte Jesse direkt vor ihr und musterte Cassidy mit neugierigen Augen.

»Willst du nicht mal nach deinem Bruder sehen?«, fragte er unbekümmert.

Sie blinzelte ihn ermattet an und suchte nach ihrer Feldflasche. Cassidys Blick fiel auf die schwere Eisentür, die den Auflieger von der Fahrerkabine trennte. Vier Wochen lang hatte sie ihr Leben danach ausgerichtet, ihren Bruder wiederzusehen. Nun war er nur ein paar Meter entfernt und sie traute sich nicht, mit ihm zu sprechen.

»Angst vor seiner Freundin?«, bohrte Jesse nach. Cassidy verschluckte sich beinahe und schaute ihn verdutzt an. »Die schwarze Frau ist mit Sicherheit seine Freundin. Sie sitzt seit Stunden neben ihm im Cockpit und führt wahrscheinlich gerade dasselbe Gespräch mit ihm.«

»Dann bist du also jetzt *mein* Freund?«, fragte Cassidy.

»Nein, dafür bist du mir ein bisschen zu alt«, antwortete er trocken wie ein Nachrichtensprecher. Sie blickte den Knaben sprachlos an. Er schien auf jede Frage eine Antwort zu haben, die ihr den Wind aus den Segeln nahm. »Guck mich nicht so an. Geh zu ihm! Du bist doch ein Ranger geworden, um ihn zu finden. Er wurde zum Vulture, um nach dir zu suchen. Nun seid ihr wieder zusammen und traut euch nicht, miteinander zu reden? Man, ich hoffe ich werde nie so alt wie ihr!«

Jesse schaute sie zum ersten Mal direkt an, so als wollte er sie verscheuchen. Er hatte Recht, es führte kein Weg daran vorbei. Cassidy stand auf und stolperte in Richtung Fahrerkabine. Die Tür bestand aus massivem Stahl und sah aus wie die Schotten auf einem Schiff; absolut kugelsicher. Sie zog an dem kalten Eisengriff – ohne Erfolg. Vielleicht war sie von innen versperrt?

»Kräftig ziehen!«, rief Dog ihr plötzlich zu. »Die klemmt manchmal!«

Cassidy zuckte zusammen, als hätte man sie beim Ladendiebstahl erwischt. Gemeinsam mit Angel verfolgte Dog amüsiert das Schauspiel. Cassidy lief rot an, aber nun gab es kein zurück mehr. Sie stemmte sich mit ihrem linken Fuß gegen die Wand und zog mit aller Kraft an der Eisentür. Einen Moment lang bewegte sich wieder nichts, doch dann sprang sie urplötzlich auf. Erschrocken ließ sie den Griff los und stürzte rückwärts zu Boden. Als sie sich gerade grummelnd aufrichten wollte, erschien Faith in der Tür und half ihr auf die Beine, bevor sie den Weg freimachte und in den hinteren Teil des Aufliegers schlenderte.

Warmer Fahrtwind rauschte durch das Loch, das einst die Frontscheibe gewesen war. Die Stahlplattenverkleidung der Scheiben hing hochgeklappt an einem Scharnier in der Decke und Cassidy konnte vorausfahrenden Humvee bereits von der Schleusentür aus erkennen. Ihr Bruder saß gelangweilt am Steuer des Trucks und ließ einen Arm aus dem Seitenfenster baumeln.

»Stör ich?«, fragte sie vorsichtig.

Caiden nahm schlagartig Haltung an. »Nein! Setz dich doch«, erwiderte er unsicher und deutete auf den leeren Beifahrersitz.

Cassidy schloss die Tür und nahm neben ihrem Bruder Platz. Für einen Moment schaute sie fasziniert aus dem Fenster hinaus. In einem so großen Fahrzeug hatte sie ja noch nie gesessen.

»So, du bist also eine Rangerin geworden, um mich aus der Sklaverei zu befreien«, begann Caiden, um die bedrückende Stille zu beenden. Cassidy drehte den Kopf zu ihm und nickte. »Haben sie dich gut behandelt?«

Cassidy spielte geistesabwesend an ihrer goldenen Halskette und überlegte dabei, wie sie auf die Entwicklung ihres älteren Bruders reagieren sollte. Der Traum über seinen Aufstieg zum Mörder und Vergewaltiger steckte ihr noch in den Knochen und nun sah sie ihn leibhaftig vor sich, blutverschmiert und in der schwarzen Lederkleidung der Vultures. Selbst das Gewehr aus ihrer Phantasie lag auf dem Armaturenbrett.

»Wieso bist du einer von denen?«, erwiderte sie vorwurfsvoll. »Es ist gerade mal einen Monat her, dass diese Schweine unsere Mutter umgebracht haben! Unser ganzes Dorf wurde von ihnen abgeschlachtet und zwei Tage später hätten sie mich um ein Haar auch noch erwischt!«

Ihr Bruder seufzte nachdenklich und kratzte sich am Kinn. Die letzte Rasur war eine Woche her und die langen Bartstoppeln juckten wie verrückt auf der schmutzigen Haut.

»Es war die einzige Möglichkeit, zu überleben«, antwortete er auf der Suche nach einer Rechtfertigung. Nach der suchte er bereits seit seinem Beitritt, für den Tag, an dem er seine Schwester wiedersehen würde. »Du hast ja keine Ahnung, wie die ihre Sklaven behandeln.«

»Dann klär mich auf. Sag mir, warum mein eigener Bruder nun zu der Gang gehört, die unser ganzes Leben ausgelöscht hat!«, warf sie ihm wütend entgegen. Angel hatte sie ja gewarnt. Sogar Monroe hatte Bedenken geäußert, dass ihr Bruder möglicherweise zwangsrekrutiert werden könnte. Diese Angst verfolgte Cassidy, seit sie in Silver Valley Klarheit über die Situation in den Wastelands erlangte, und doch hatte sie sich bis zuletzt gegen die Vorstellung gewehrt. Nun fühlte sie sich, als hätte sie die wichtigste

Schlacht ihres Lebens verloren, und das zerriss ihr das Herz.

»Willst du mich gar nicht nach Dad fragen?«, begann Caiden sich erneut zu verteidigen.

Nein, wollte sie nicht. Natürlich drängte sich die Frage auf. Quälend hämmerte sie in ihrem Kopf, doch sie fürchtete sich vor der Antwort. Ihr Vater war nicht bei ihnen, also lag sein Schicksal auf der Hand. Cassidy blickte wieder zum Fenster heraus und versuchte vergeblich, ihrer Gefühlswelt Herrin zu werden.

»Sie haben ihn umgebracht, drei Tage, nachdem wir in der Festung ankamen.«

Cassidy kauerte sich im Beifahrersitz zusammen und starrte teilnahmslos auf den Horizont. Sie schloss die Augen und spürte, wie sich die Tränen darin sammelten.

»Er ist von der Befestigungsmauer in einen Schrotthaufen gestürzt und hat sich dabei den rechten Unterschenkel aufgerissen. Eine medizinische Versorgung für Sklaven gibt es nicht. Stattdessen haben sie ihn erschossen.«

In ihren Augenwinkeln konnte Cassidy erkennen, wie sehr Caiden der Tod ihres Vaters mitgenommen hatte.

»Sie haben nicht mal versucht, ihm zu helfen!«, rief er wütend und schlug mit seinen Händen auf das Lenkrad ein. »Die haben ihn einfach abgeknallt und über die Mauer geworfen!«

Der Sattelschlepper schwankte auf der Straße hin und her. Aus dem Auflieger drangen Geräusche herumfliegender Kanister und Patronenhülsen, gemischt mit erbosten Flüchen, die zweifelsohne an den Fahrer gerichtet waren.

»Hey Caiden, alles klar da vorne?«, fragte eine besorgte Frauenstimme über Funk.

»Ja, nichts passiert«, erwiderte er mürrisch und brachte den Truck wieder auf Kurs.

Überrascht stellte Cassidy fest, dass die Neuigkeiten bis auf ihre Tränen kaum eine Gefühlsreaktion in ihr auslösten. Sie hatte damit gerechnet. »Die haben also Mom *und* Dad gekillt«, sagte sie mit verschnupfter Nase. »Das erklärt noch weniger, warum du plötzlich dazugehörst.«

Ihr Bruder wischte sich den Schweiß von der Stirn und sah seine Schwester mit einem eiskalten Blick an. »Ich bin auf die beiden Typen losgegangen und hab sie beinahe getötet, bevor mich die anderen Schwachköpfe aufhalten konnten«, dabei zeigte er auf die Narbe an seinem linken Auge. »Die hab ich bekommen, als mich zehn von ihnen zusammengeschlagen haben! Sie hätten mich umgebracht, und mir war das völlig egal, bis Dog dazwischen ging. Du kennst ihn nicht, er ist kein Vulture, wie du sie dir vorstellst. Er hat die beiden ausgelacht, weil sie sich von einem Bauern überwältigen ließen. Dann machte er mir ein Angebot: Entweder ich bleibe ein Sklave und erledige meine Aufgaben – oder ich schließe mich ihm an. *Ihm*, nicht dem Rest von den Versagern! Das waren seine Worte, auch wenn ich sie zu dem Zeitpunkt nicht verstanden hab. Aber Dad und ich hatten einen Deal. Die Vultures lassen Frauen nicht einfach so entkommen. Die Überzeugung, dass du noch am Leben warst, hat uns Kraft gegeben. Wir waren uns einig, dass wir bei der ersten Gelegenheit die Suche nach dir aufnehmen würden. Ich ließ mich also zu Dog führen und teilte ihm meine Entscheidung mit. Er hat mich ihrem Anführer vorgestellt, Eric. Ein Warlord, wie er im Buche steht, ein Sadist. Er hat sogar meine Bedingung akzeptiert.«

»Was für eine Bedingung? Was hast du verlangt?«

»Die Leben der Mörder unseres Vaters«, erwiderte Caiden und sah seine Schwester mit demselben Gesichtsausdruck an, den er zuvor in ihrem Traum aufgesetzt hatte. »Sie fingen an zu lachen, obwohl ich es todernst gemeint hab. Eric hat mir auf die Schultern geklopft und gesagt, sie würden ganz mir gehören. Mein erster Befehl lautete, sie über die Mauer werfen zu lassen, so wie die beiden es mit Dad getan hatten. Den halben Tag lang schmorten sie neben ihm in der Sonne, durchbohrt von rostigen Eisenstangen und solchem Schrott. Sie haben vor Schmerz geschrien und um Hilfe gewinselt. Mit der Zeit haben sie sogar geweint und nach ihren Müttern gerufen. Die anderen Vultures standen auf der Brüstung und haben gelacht.«

»Du auch?«, fragte Cassidy vorsichtig.

»Anfangs, ja. Für eine Weile hab ich das Gefühl der Anerkennung durch die Gang wirklich genossen. Ich hab mich stark gefühlt, so stark wie noch nie zuvor! Das hab ich in unserem weltfremden Dorf immer vermisst, doch mit der Zeit hat es mich angewidert, sie so zu sehen.«

Cassidy wandte sich von ihm ab und starrte wieder zum Fenster raus. »Und wie viele Siedlungen hast du inzwischen zerstört?«

»Keine einzige«, sagte Caiden. »Zwei Tage nach der Aktion

bekamen wir die ersten Meldungen von Angriffen auf unsere Lager. Der Krieg mit den Sicarii hatte begonnen. Seitdem bin ich mit Dogs Team unterwegs, und der hat schon lange keine Dörfer mehr überfallen.«

»Butch, such uns einen Rastplatz! Die Leute brauchen eine Pause und es wird bald dunkel«, schallte Angels Stimme aus den Ohrstöpseln.

Cassidy stand auf und schwankte in Richtung der Stahltür.

»Ich muss mich um die Verwundeten kümmern«, murmelte sie und drückte sich mit aller Kraft gegen das Schott. Von dieser Seite öffnete sich der Durchgang viel leichter und um ein Haar wäre sie kopfüber in den Auflieger gestürzt. Caiden ließ seine Schwester ziehen und vergrößerte den Abstand zum Humvee.

»Alles klar mit dir?«, fragte Angel, als Cassidy sich neben ihr fallenließ.

»Ja, ich denke schon. Ich muss mich noch an den Gedanken gewöhnen, dass mein eigener Bruder zu *denen* gehört.«

Angel wusste genau, was Caiden bis zum heutigen Tag durchgemacht hatte, konnte aber auch den Schock ihrer Schülerin verstehen. »Glaub mir, ihm blieb gar keine andere Wahl«, flüsterte sie Cassidy zu. »Du hast gehört, was Dog gesagt hat. Die meisten Sklaven sind bereits tot. Caiden dagegen ist wieder mit dir zusammen. Verurteile ihn nicht zu streng. Manchmal zählt das Ergebnis mehr als der Weg dorthin.«

Cassidy legte ihren Kopf auf Angels Schulter und schloss die Augen, bis sich das Rumpeln des Sattelschleppers verstärkte. Dog stolperte in Richtung Fahrerkabine, während sie die Straße verließen.

»Was ist denn jetzt wieder?«, fragte er durch die offene Tür hindurch.

»Der Humvee ist abgebogen. Sag den Leuten wir, halten gleich an!«, rief Caiden ihm zu.

Kurz darauf öffneten sich die Türen und die Menschen traten zum ersten Mal seit zehn Stunden ins Freie. Sie streckten sich und spazierten um den schnaufenden Sattelzug herum. Butch kam auf Angel zugelaufen und flüsterte ihr etwas ins Ohr, doch als Cassidy näher kam, verstummte er plötzlich.

»Wir ... sind wieder zu Hause«, erklärte sie zögerlich.

»Ich weiß nicht, ob das so gut ist, aber euer Dorf ist einfach der beste Rastplatz weit und breit«, seufzte Butch schuldbewusst. Aufgrund von Dogs Behauptungen über den Rückzug der Vultures in ihre Festung hatte er sich gegen eine erneute Durchquerung von Black Forrest entschieden und war südlich daran vorbeigefahren – direkt durch das verwaiste Vultureterritorium.

»Vielleicht können Caiden und du hier Frieden schließen«, schlug Angel vor.

Cassidy überlegte einen Moment und schlurfte zum Hang, an dem sie sich einst mit Stan vor den Scavengern versteckt hatte. Sie wollte nicht hier sein. Die Bilder der zerstörten Hütten und verbrannten Leichen schmerzten, doch sie musste es hinter sich lassen, oder die Geister der Vergangenheit würden sie bis in alle Ewigkeit verfolgen. Das war eine der Lehren, die sie in Silver Valley immer wieder zu hören bekommen hatte.

»Ich halte Wache«, rief sie Angel entschlossen zu.

»Ganz sicher?«

»Ja. Und sorg dafür, dass Dog mir Caiden zuteilt. Wir klären das, hier und jetzt.«

»Okay, du bist der Boss!«

Angel lächelte stolz und bestieg den Auflieger, um Dog zu informieren. Butch verschwand in Richtung Humvee und bereitete die Schlafsäcke vor. Victor sammelte bereits gemeinsam mit einigen befreiten Männern Holz für die Lagerfeuer. Kim stand am Abhang über der Dorfruine und suchte den Horizont mit ihrem Fernglas ab.

»Hey Cassidy, hast du ‘ne Ahnung, wo wir hier was zu beißen kriegen?«

»Caiden meinte früher mal, dass es um diese Jahreszeit ein paar Kilometer südlich ein Wasserloch gibt. Da solltet ihr fündig werden«, rief sie zurück.

Kim nickte bestätigend, winkte Butch zu sich und fuhr mit dem Humvee davon.

Noch eine Stunde bis Sonnenuntergang. Die Dorfbewohner unterhielten sich leise über die verbrannte Siedlung. Gerüchte, dass es Cassidys Heimat wäre, machten die Runde. Dog und Victor überprüften den alten Brunnen. Die Vultures hatten ihn nicht völlig zerstört, sondern nur jeden Schrott, den sie finden konnten, hineingeworfen. Nach ein paar Minuten gaben sie jedoch enttäuscht auf. Rost und Fäkalien verseuchten das spärliche Wasser.

Cassidy wechselte den Verband von Jesses Mutter. Der Sattelschlepper war für Gangverhältnisse hervorragend ausgestattet und bot eine Vielzahl unterschiedlicher Binden, Kompressen, Schmerzmittel und sonstiger Arznei. Dog hatte persönlich dafür gesorgt, wenn auch nicht ganz uneigennützig, denn er kämpfte gerne an vorderster Front und wurde dementsprechend oft verletzt.

»Danke«, flüsterte die von der Fahrt erschöpfte Frau.

»Kein Problem. Ist doch nur ein Verband.«

»Das meine ich nicht. Wärst du uns nicht zu Hilfe gekommen, hätten deine Freunde wahrscheinlich nie so ein Himmelfahrtskommando riskiert.«

Jesses Mutter wirkte unglaublich niedergeschlagen. Ihr ganzes Leben hatte sich in Luft aufgelöst. Erst verlor sie ihren Mann an die Vultures und nun ihre Heimat an die Sicarii. Insgeheim bewunderte sie Cassidy, die sich nach dem Verlust ihrer Familie nicht unterkriegen ließ und ihr Schicksal selbst in die Hand genommen hatte, anstatt sich im vermeintlich sicheren Silver Valley niederzulassen.

Cassidy wusste nicht, wie sie reagieren sollte. Jesses Mutter hatte Recht. Angel war gekommen, um *sie* zu retten, nicht wegen den anderen Verschleppten. Sekundärziele hatte sie die Menschen genannt. Ihren strategischen Lehrstunden zufolge hätte Angel sich ohne Cassidys Entführung Zeit für die Analyse der Schlacht von Eagle Village gelassen und wäre anschließend sofort nach Silver Valley zurückgekehrt, um mit General Monroe den neuen Krieg zu planen. Ihre Rettungsaktion war rein persönlicher Natur gewesen.
»Das sollte bis nach Hause reichen«, sagte sie, zog den Verband fest und verließ den Auflieger in Richtung der untergehenden Abendsonne.

Es war unheimlich, wie vertraut ihr alles vorkam. Direkt vor ihren Augen durchsuchten Vultures die Überreste ihrer Heimat und kramten in ihrer Vergangenheit. Dog hatte gerade einen halbverkohlten Teddybär entdeckt, der einst ihrem Bruder gehörte und den er ihr vor sehr vielen Jahren geschenkt hatte, als er seiner Meinung nach zu alt für Plüschtiere geworden war.

Cassidy wandte sich von den Ruinen ab und lief in den verdorrten Wald hinein. Sie folgte dem Weg, den sie vor gut einem Monat genommen hatte, und rannte quer durch das trockene Gestrüpp, als würde sie verfolgt werden. Nur fünf Minuten später erreichte sie die rettende Schlucht. Noch immer sah man deutlich, wo sie hinunter gerutscht war. Kleine Steine, die sie mit sich gerissen hatte, und umgeknickte Wurzeln, die aus der Wand ragten, verrieten die Position.

Sie setzte sich an den Rand der Spalte, zupfte sich die Holzsplitter aus ihren blonden Haaren, die sich wieder darin verfangen hatten. Dann suchte sie den Horizont ab. Der zweite Wald am Ende der Erdspalte war nicht zu erkennen. Spiegelungen im heißen Wüstensand ließen das Bild verschwimmen. Eine halbe Stunde starrte sie in die Ferne, und erst als die Sonne unterging, vernahm sie Schritte hinter sich.

»Alles klar bei dir?« Angel setzte sich abgekämpft neben ihre Schülerin und musterte neugierig die Schlucht. »Du musst ganz schön weit gelaufen sein. Ich kann den anderen Wald kaum erkennen.«

Cassidy schniefte leise, lehnte sich an Angels Schulter und genoss die stille Geborgenheit, dir ihr sehr gefehlt hatte. Das richtige Verhalten bei Gefangennahmen stand normalerweise auf dem Trainingsplan eines jeden Rangers, war jedoch aus Zeitmangel bei Cassidy übergangen worden. Angel nahm sich daher fest vor, während ihres ohnehin eingeplanten Urlaubs ein Gespräch über Traumabewältigungen mit ihr zu führen.

Stumm verfolgten sie, wie die blutrote Sonne hinter dem Horizont verschwand. Binnen weniger Minuten fiel die Temperatur rapide und Angel schlug Cassidy vor, den Heimweg anzutreten.

Zwei Lagerfeuer knisterten bereits einladend neben der arg mitgenommenen STELLA, die nach der Schlacht von Brackwood dringend eine Generalüberholung benötigte. Kim und Butch hatten Erfolg bei der Jagd und zerlegten zwei Tiere, die wie Rehe aussahen. Scott lief bellend um sie herum und konnte es kaum abwarten. Tagelang hatte er sich mit Brot und Zwieback begnügen müssen, doch heute erwartete ihn ein Festmahl. Faith überraschte die Anwesenden mit einem atemberaubenden Panflötenspiel, das ihre enigmatisierende Ausstrahlung im flackernden Lagerfeuerlicht noch verstärkte und ihr Publikum in Trance versetzte. Dog und Victor bauten zwei Grillgestelle über den Flammen auf und rösteten unterdessen die Fleischstücke. Ein verführerischer Duft hing in der Luft, der die Menschen magisch anzog. Jesse bekam das erste Stück, gefolgt von den Verwundeten, die zu Kräften kommen mussten. Es gab genug für alle, lediglich das Wasser wurde knapp und bedurfte strenger Rationierung. Der im Sattelschlepper eingebaute Fünfhundert-Liter-Tank war fast leer.

Zwei Stunden später stand der Vollmond hoch am Himmel. In den wolkenlosen Steppennächten reflektierte sich das helle Licht auf den endlosen Sanddünen und verwandelte die Erde in eine zauberhaft anmutende Landschaft. Der feine Wüstenstaub glänzte wie tausend Edelsteine und man konnte viel weiter sehen als bei Tage. Die meisten schliefen bereits tief und fest. Caiden hatte den Befehl zur Nachtwache erhalten und widerwillig akzeptiert. Nachdem er den ganzen Tag lang fahren musste, war er völlig übermüdet und kämpfte auf dem Abhang vor seinem ehemaligen Dorf mit der überwältigenden Erschöpfung. Er zuckte zusammen, als er seine Schwester hinter sich bemerkte.

»Hier. Ich hab gehört das soll munter machen«, flüsterte sie und reichte ihm einen Becher heißen Kaffee. Ihr Bruder brummte bestätigend und hielt die Tasse mit beiden Händen fest. Er blickte hinab auf den verstaubten Scheiterhaufen, den zerstörten Brunnen und die verbrannten Hütten.

»Hat außer dir jemand überlebt?«, fragte er, nachdem Cassidy sich zu ihm gesetzt hatte. Sie wechselten sich mit dem bitteren Gebräu ab. So wirklich schmeckte es keinem von beiden.

»Stan. Er war auf der Jagd, als es passiert ist.«

»Und? Hat er diesmal was erlegt?«, erwiderte Caiden mit einem schadenfrohen Unterton.

»Wie man's nimmt. Er hat sechs Scavenger in unser Dorf geführt und im darauffolgenden Gefecht sein Gewehr liegengelassen«, antwortete Cassidy leise lachend. Der alte Mann war wirklich nicht der beste Jäger. Häufig durchstreifte er tagelang die Steppe ohne den geringsten Erfolg. Aber er gab nie auf und rettete sich damit selbst das Leben.

»Die Scavenger aus dieser Gegend gibt's nicht mehr«, murmelte Caiden beiläufig. »Eric war überzeugt, dass die uns den Krieg erklärt hätten, woraufhin wir ihre Lager aufgeraucht haben.«

Cassidy schlürfte das heiße Gebräu vorsichtig aus dem Becher, wobei sie permanent mit dem bitteren Geschmack kämpfte, doch der Sieg rückte mit jedem Schluck ein Stück weiter weg. Dabei fiel ihr auf, wie nebensächlich ihr Bruder über die Auslöschung ganzer Banden sprach, und wie wenig sie deren Schicksal selbst berührte.

»Wer ist eigentlich deine neue Freundin?«, fragte sie stattdessen.

»Faith? Das weiß niemand so genau. Angeblich soll sie mitten in der Nacht in Erics Quartier geschlichen sein, hat ihm eins ihrer vielen Messer an die Kehle gehalten und freundlich darum gebeten, aufgenommen zu werden. Sie ließ ihm wohl keinen großen Verhandlungsspielraum.«

»Und wie seid ihr zusammengekommen?«

»Sie gehörte schon vor mir zu Dogs persönlichem Team. Wir sind häufig gemeinsam auf Aufklärungsmissionen gegangen. Den Rest kannst du dir denken, stundenlang allein im hohen Gras, mitten in der Nacht ...«

»Ja ja, schon gut!«, flüsterte Cassidy. »Scheint eine weitverbreitete Krankheit zu sein.«

»Hast du etwa wen gefunden?«, fragte Caiden.

»Nein. Jesse meint, ich wäre zu alt für ihn.«

»Jesse?«

»Der kleine Junge.«

»Der ...« Caiden drehte sich zum Rastplatz um. »Der ist doch keine zehn Jahre alt!«

Cassidy musste im Angesicht seiner Verwunderung plötzlich losprusten, hielt sich aber sofort die Hand vor den Mund und sah sich schuldbewusst um. Zum Glück hatte wohl niemand von ihrem Gefühlsausbruch Notiz genommen.

»Nein. Ich hab drei Wochen lang trainiert und gelernt, um auf die Suche nach dir gehen zu können.«

Caiden senkte beschämt den Kopf. Er fühlte sich schuldig. Eigentlich wollte er alle Gefahren auf sich nehmen, um seine kleine Schwester zu retten, stattdessen schien sie von einem Abenteuer ins nächste geschlittert zu sein. Zumindest hatten sich ihre gemeinsamen Ausflüge in die Steppe als fruchtbarer Nährboden für das Rangertraining erwiesen.

»Hat William den Angriff überlebt?«, fragte Cassidy und versuchte es so beiläufig wie möglich klingen zu lassen. Eine wirkliche Beziehung hatte es zwischen ihnen nie gegeben. Zum einen wollte der sieben Jahre ältere Jäger seine Freundschaft mit Caiden nicht für ein Mädchen riskieren, zum anderen nahm ihr Bruder kein Blatt vor den Mund, wenn er klarstellte, dass jedwede Kränkung seiner Schwester äußerst gesundheitsgefährdend sein würde.

Caiden wusste natürlich von ihrer Schwäche für den talentierten Fährtenleser, der sie beide mehr als einmal vor dem Hungertod bewahrt hatte. Umso schwerer fiel es ihm zu sagen, dass William zu einer Gruppe Sklaven gehört hatte, die als Verstärkung zu den nördlichsten Vulturelagern entsandt und damit zu den ersten Opfern der Sicarii geworden waren. Cassidy starrte bedrückt auf den braunen Boden ihrer Kaffeetasse. Sie hatte genau dieses Schicksal erwartet und doch fühlte sie sich, als wäre gerade ein kleiner Teil ihres jungen Herzens gestorben.

»Sag mir nur eins: Wollt ihr euch uns anschließen, oder fallt ihr uns bei der erstbesten Gelegenheit in den Rücken?«, fragte sie ernst. In Gedanken versunken blickte Caiden seiner Schwester tief in ihre saphirblauen Augen.

»Dog hält sein Wort. Er hat es immer getan.«

»Und du?«

Nun wechselte der verträumte Blick in einen beleidigten Gesichtsausdruck. Hatte sie wirklich gerade seine Loyalität *ihr* gegenüber in Frage gestellt? Erst ein sarkastisches Schmunzeln auf ihren spröden Lippen löste die Situation im letzten Moment friedlich. Gemeinsam umarmten sie sich über den Ruinen ihres Dorfes, mit dem Mond als stummen Zeugen ihrer glücklichen Wiedervereinigung, an die vor kurzem noch niemand zu glauben gewagt hatte.

***

»Tja, ich denke, nun hast du keine Wahl mehr«, flüsterte Angel triumphierend. Sie lag zusammen mit Dog neben dem Anhänger des Sattelschleppers und sah den beiden Geschwistern aufmerksam zu. Als er nicht sofort antwortete, stieß sie ihm den linken Ellenbogen in die Rippen.

»Ja doch! Ja verdammt, ich bin dabei! Hör auf, mich zu schlagen!«, stöhnte Dog zurück. Er hatte ohnehin kaum schlafen können und drehte sich zu Angel um. »Wo wir schon mal darüber reden, ich hab Eric seine letzten Zigarren geklaut, bevor wir losgefahren sind. Eigentlich wollte ich sie an meine Leute verteilen, ehe wir in unser finales Gefecht ziehen, aber das hast du mir ja gründlich verdorben.«

Angel dachte einen Augenblick über seine Worte nach. Tabakprodukte waren gut zwanzig Jahre nach dem Zusammenbruch sehr selten geworden. Monroe kaute manchmal wochenlang auf demselben Glimmstängel herum, bis er sich erlaubte, sie wirklich zu rauchen. Auch Dog musste unvermittelt an den *qualmenden General* denken, wie Frank in der Steppe scherzhaft genannt wurde. Insgeheim führte er mit Eric einen Privatkrieg um die letzten Tabakvorräte der Wastelands und Angel hielt die Zigarrenschachtel seines Erzfeindes für ein würdiges Einstandsgeschenk, da er sich sonst weder Laster noch Luxus gönnte.

»Und was ist mit deinen Leuten?«, fragte Angel.

Dog schnaufte einmal kräftig durch die Nase. »Taylor hätte Probleme gemacht«, sagte er. »Der hat euch gehasst, seit ihm diese vorlaute Göre in den Schwanz gebissen hat.«

»Sharon?«

»Kann sein. Die mit der Brille.«

Angel lachte zurückhaltend, als sie sich an Sharons äußerst kurze Zeit in den Fängen der Vultures erinnerte. »Und der Rest?«

»Connor und sein Kumpel aus dem zerstörten Buggy werden uns fehlen«, fuhr Dog fort. »Die beiden waren Ex-Militärs und echte Profis. Wenn Mitch nicht die Frontscheibe in die Fresse bekommen hätte, würde er bestimmt schon Freudentänze aufführen. Bei Faith bin ich mir noch nicht sicher.«

»Wie ist sie eigentlich zu euch gekommen?«, fragte Angel. Frauen bei den Vultures hatten schließlich Seltenheitswert.

»Sie hat Eric ein Messer an die Eier gehalten und gesagt, sie will mitmachen«, antwortete Dog. Dabei blickte er sie so ungläubig an, wie seine Worte für sie klangen. »Faith ist aggressiv, vielseitig und bislang absolut loyal. Außerdem hat sie was mit Caiden am Laufen, aber wo ihre Motivation liegt, ist mir bis heute ein Rätsel.«

Angel gab sich mit seinen Auskünften zufrieden und drehte sich zum Schlafen um. Dog dachte noch eine Weile an seine verlorenen Männer und folgte dann ihrem Beispiel.

Die restliche Nacht verlief angenehm ruhig. Keine zufälligen Sprengungen, keine Überfälle oder sonstigen Störungen. Cassidy schickte ihren Bruder ins Bett und lief ihre Runden gemeinsam mit Scott, bis Kim sie nach ein paar Stunden ablöste.

***

Am frühen Morgen trieben Angel und Dog die Leute zur Eile an, da sich Johnnys und Mitchs Zustand stark verschlechtert hatte. Kim überredete sie, ohne Pause bis nach Silver Valley durchzufahren. Das war eine Strecke, für die man normalerweise zwei Tage benötigte. Es gab für jeden einen Becher Wasser. Die Reste des Fleisches vom Abend wurden verteilt und bereits eine halbe Stunde nach Sonnenaufgang setzte sich der Konvoi in Bewegung.

Caiden saß erneut am Steuer des Sattelschleppers mit Cassidy auf dem Beifahrersitz. Jetzt, wo sie sich mit ihrem Bruder ausgesprochen hatte, konnte sie die Aussicht genauso wie seine Gegenwart genießen. Sie unterhielten sich ausgelassen über die Abenteuer des letzten Monats. Caiden war besonders neugierig, was Silver Valley anging. Bei den Vultures gab es nur Gerüchte von dem magischen Juwel der Wastelands. Angeblich war es eine uneinnehmbare Festung voller Reichtümer, unbegrenztem Wasservorkommen und eigenständiger Stromversorgung. Cassidy ließ es sich nicht nehmen, über die verdrehten Ansichten der Gang zu lachen. Trotz der offensichtlich vorhandenen Spione glich der Nachrichtenfluss eher einer Märchenerzählung als einem Tatsachenbericht.

Angel hockte mit angezogenen Beinen auf dem Beifahrersitz des Humvees. Stundenlang schaute sie nachdenklich aus dem Fenster, bis Butch seine Neugier nicht mehr zügeln konnte.

»Nun sag schon, was ist?«, platzte es aus ihm heraus.

Überrascht drehte Angel den Kopf herum und blickte ihn an, als ob die Antwort offensichtlich sei. »Hast du vielleicht eine Idee, wie ich das alles Frank beibringen soll?«

»Du meinst, dass du mehreren Vultures die Absolution erteilt hast und sie einfach so mit in unsere Enklave führen willst?«

»Zum Beispiel!«, erwiderte sie mit ratlos erhobenen Händen.

»Wie ich Monroe kenne, wird er deinem Urteil vertrauen. Ich denke, er wird sich über die Verstärkung freuen.«

»Was ihn weniger begeistern dürfte, ist, dass wir keinerlei Ausrüstung gefunden haben. Der Truck ist gut ausgestattet, aber die Munition für die Geschütze ist fast erschöpft«, rief Victor von der Rückbank.

Angel antwortete nicht. Erneut blickte sie aus dem Fenster und ließ die Landschaft an sich vorbeiziehen. *Ausrüstung*, das war ihr Auftrag gewesen. Und sie war daran gescheitert. Ihr Blick fiel in den Rückspiegel, in dem sich das mächtige Wüstenschlachtschiff auftürmte. Oder vielleicht doch nicht?

***

Die Heimreise verlief angenehm zügig. Bereits kurz nach Mittag erreichten sie Temple Town und entschieden sich trotz der Eile, für fünfzehn Minuten Pause zu machen. Die Toiletteneinrichtung des Sattelschleppers, eine eingebaute Baustellenlatrine zwischen Auflieger und Zugmaschine, war hoffnungslos überlastet. Die meisten Passagiere sprangen wie vom Blitz getroffen aus dem Anhänger und stürmten auf die nächstbeste Ruine zu. Größtenteils erfolglos versuchte Cassidy die Menschen davon abzubringen, die Schützengräben für ihre Notdurft zu benutzen.

Faith streckte sich unterdessen in der Nachmittagssonne und ging ein paar Schritte durch die zerstörte Stadt. Dieser Ort wurde auf jeder Vulturekarte mit einem roten Punkt markiert, den erfahrene Gangmitglieder mieden. Sie fühlte sich unwohl und konnte es kaum abwarten, die Reise fortzusetzen.

»Hey. Kann ich kurz mit dir reden?«, rief Kim ihr zu.

Geschmeidig drehte sich Faith um. Das grelle Sonnenlicht spiegelte sich in unzähligen Klingen und Wurfmessern.

»Wieso habt ihr Angel nichts von dem echten Versteck gesagt?«

Faith hockte sich auf den Boden und spielte mit ihren Händen im feinen Wüstensand. »Weil deine Angel davon weiß«, säuselte sie, ohne Kim dabei aus den Augenwinkeln zu verlieren. Ihr schockierter Gesichtsausdruck wirkte wie Balsam auf Faiths erschöpfte Seele. »Sie wusste es von dem Moment an, wo sie das Schlachtfeld untersucht hat. Wir konnten euch die ganze Zeit beobachten, als ihr unser ach so geheimes Waffenlager auseinandergenommen habt. Während ihr Amateure euch über den geschenkten Sieg gefreut habt, hat sie sich die Toten genauer angesehen. Es hat nicht lange gedauert, bis ihr klar wurde, dass nur Sklaven und alte Männer vor ihr lagen. Ich erinnere mich sogar an dich. Angel hat immer noch kein eigenes Fernglas. Sie lässt sich heute wie damals deins geben.« Faith lachte leise. »Ich weiß nicht, ob sie uns gesehen hat, aber ich glaube nicht.« Sie stand auf und musterte blinzelnd Kims Augen. »Wenn du also wissen willst, warum das

Thema nicht zur Debatte steht, dann frag deine heldenhafte Anführerin doch einfach selbst!«

Mit diesen Worten schlenderte sie zurück zum Sattelschlepper. Kim war verwirrt und fassungslos. Sie erinnerte sich ebenfalls an jenen schicksalhaften Tag und Angel hatte sich tatsächlich ihr Fernglas geliehen. Das tat sie andauernd! Warum hatte sie ihr nichts gesagt?

Das Martinshorn des Trucks ertönte und riss Kim aus ihren Gedanken. Sie bestieg den Auflieger und setzte sich zu Johnny. Den verständnislosen Gesichtsausdruck sah er bei seiner Freundin nicht oft, denn sie war für gewöhnlich nicht so leicht aus der Fassung zu bringen. Besorgt fragte er nach dem Grund für ihr Unbehagen.

»Ich weiß nicht«, flüsterte sie abwesend. »Heut Abend sind wir da, dann geht's dir wieder besser.«

Kim legte die Arme um ihn und gab ihm einen Kuss auf die Stirn. Kurz darauf setzte sich der Konvoi in Bewegung. Johnny wollte ihr helfen, wusste aber, dass es hoffnungslos wäre, sie auszufragen. Seine Beine schmerzten stark und er entschied sich, vorerst zu schweigen.

16. UNTER VERDACHT

Die Sonne leuchtete grell am Horizont, als der kleine Konvoi an den Wracks der einstigen Verfolger vor Silver Valley vorbeifuhr. Wehmütig musterte Dog die Überreste, an die er sich nur zu gut erinnerte. Seine Späher hatten sich plötzlich selbst von der Straße katapultiert und den Angriff eines langsamen, vollbeladenen Pick-ups gemeldet, den er sich zu Kriegszeiten nicht entgehen lassen wollte, zumal er ja eine halbe Armee mit sich führte. Faith meinte anschließend zu ihm, dass sie nie vergessen würde, wie sehr er an jenem Tag geflucht hätte, als die Ranger einen Wagen nach dem anderen ausschalteten. Wenn er damals gewusst hätte, dass Angel sterbend auf der Rückbank lag, wäre der Angriff niemals abgebrochen worden.

»Silver Valley, Ranger-Team Eins«, rief Angel zögernd in ihr Funkgerät, noch immer unsicher, wie sie Monroe die unerwartete Wendung erklären sollte. »Ich wiederhole, Silver Valley, hier ist Angel. Frank, bitte kommen.«

Statisches Rauschen war seit einer Stunde die einzige Antwort. Vielleicht waren sie zu weit entfernt? Butch drosselte vorsichtshalber das Tempo. Das letzte Mal, als der Truck die Ranger verfolgt hatte, eilte ihnen ein Dutzend Wagen aus Silver Valley zu Hilfe, doch diesmal passierte nichts dergleichen. Keine Staubwolken am Horizont, keine Fahrzeuge, die mit blitzenden Geschützen zu ihrer vermeintlichen Rettung nahten. Die Besatzung des Humvees sah sich ratlos an.

»Sicarii?«, fragte Victor vorsichtig.

»Niemals. Selbst wenn sie die Siedlung direkt angreifen würden, wären sie mehrere Tage hinter uns«, antwortete Angel und untersuchte das Funkgerät auf eventuelle Schäden, bis es aus heiterem Himmel zu knistern begann.

»Team Eins, Silver Valley. Angel? Seid ihr das? Werdet ihr wieder angegriffen?«, kratzte es aus dem Lautsprecher.

»Negativ. Ich wiederhole, negativ, wir werden nicht verfolgt! Der Sattelschlepper gehört zu uns. Autorisierungscode: Obsidian.«

»Was für ein Code ist das denn?«, fragte Victor neugierig.

»Er bedeutet, dass ich die Wahrheit sage und nicht mit einer

Waffe am Kopf dazu gezwungen werde«, erklärte Angel. »Andernfalls würde Frank die Verteidigung hochfahren und den Sattelzug zerstören lassen, sobald wir das Tor passiert hätten.«

»Was ist bei euch los? Wir haben Großalarm ausgelöst!«, knisterte Monroes Stimme erneut.

Angel rieb sich frustriert über die Stirn. Sie hatte immer noch keine passende Antwort gefunden. »Wir haben vier Überläufer dabei«, sagte sie. »Der Truck gehört jetzt uns.« Sie wusste, dass Dog ihr niemals zustimmen würde, aber ihr fiel einfach keine bessere Erklärung ein, die sie Monroe am Funkgerät geben könnte.

»Verstanden. Wie ist euer Status?«

»Zwei Schwerverletzte und eine Menge erschöpfter Flüchtlinge aus Eagle Village. Steven soll seine Leute zusammentrommeln.«

»Roger. Willkommen zu Hause!«

Angel lehnte sich in ihrem Sitz zurück. »Viel zu leicht.«

Zwei Minuten später überquerten sie den kleinen Hügel vor der Siedlung. Im Licht der Abendsonne erstrahlte Silver Valley wieder wie eine glitzernde Oase, ein funkelndes Juwel inmitten der lebensfeindlichen Steppe. Die Felder hinter dem Dorf waren abgeerntet worden, nur die Tiere standen noch auf der Weide. Man konnte erkennen, wie die Menschen sich am Eingang versammelten und gespannt auf die Neuankömmlinge warteten. Kurz darauf passierte der Konvoi die heruntergeklappte Zugbrücke. Dog beugte sich in der Fahrerkabine des Sattelschleppers über das Armaturenbrett und schaute neugierig nach draußen. Jahrelang hatte er davon geträumt, diesen Ort einzunehmen, niederzubrennen und die Einwohner als Sklaven in seine Festung zu schleifen. Nun musste er sich ihnen notgedrungen anschließen. Allein die Vorstellung ließ ihn auf einmal lachen.

»Was ist?«, fragte Cassidy vom Beifahrersitz aus. »Nicht gut genug für euch?«

»Ich hab mir immer vorgestellt, hier als Eroberer einzuziehen und nicht als einer von euch.«

Cassidy schwieg vorsichtshalber, denn noch waren sie keine Ranger. Angel hatte sechs Monate Schwerstarbeit leisten müssen, bevor man ihr annähernd vertraute. Sie blickte ihren Bruder besorgt an und fürchtete, dass ihn dasselbe Schicksal treffen könnte.

Die Fahrzeuge hielten zwischen Tankstelle und Lazarettbaracke. Steven kam ihnen mit einer stabilen Tragbahre und zwei Helfern entgegengelaufen. Kim sprang aus dem Wagen und trug den übergewichtigen Johnny gemeinsam mit Faith und ein paar Bewohnern von Eagle Village in Richtung Krankenstation.

»Hier rauf! Legt ihn hier hin!«, rief der dunkelhäutige Arzt und breitete die Trage aus. Neugierig flüsternd beobachteten die Dorfbewohner, wie der schwerverletzte Ranger davongetragen wurde. Kim sah ihm wehmütig nach, wollte aber zunächst sichergehen, dass Mitch dieselbe Versorgung bekam.

Ein Raunen ging durch die versammelten Menschen, als Dog aus dem Sattelschlepper heraustrat. Mitch lag mit blutigem Gesicht in seinen Armen, während er die Gegend einen Moment lang musterte.

»Einen Arzt!«, schmetterte er der Menge entgegen.

Cassidy kam hinter ihm hervor und führte ihn zum Lazarett. Er musste sich bücken, um durch die tiefe Tür zu kommen.

»Was ist mit ihm?«, fragte Steven, den selbst die Größe und das Aussehen des Hünen mitten in seinem Reich nicht einschüchtern konnten. Seine Assistenten hingegen erstarrten für einen Moment.

»Er hatte eine Auseinandersetzung mit unserer Frontscheibe. Helft ihm!«, donnerte Dog den Pflegern entgegen und Steven winkte ihn zu einer freien Liege. Nachdem ihm Cassidy bestätigt hatte, dass keine weiteren Notfälle auf ihn warteten, zitierte er seine Helfer heran und begann Mitchs Verband zu lösen.

»Wir sollten uns auch mal deinen Hals ansehen«, sagte Cassidy zu Dog.

»Das hat Zeit«, antwortete er mürrisch und verließ das Lazarett.

Nicht eine Sekunde zu früh, denn im selben Moment richteten die Wachen von Silver Valley ihre Gewehre auf die Vultures. Dog schritt an ihnen vorbei und stellte sich demonstrativ vor seine Leute. »Was soll der Mist?«, fragte er Angel. »Ich dachte, du hättest denen Bescheid gegeben.«

»Ihr lebt doch noch, oder?«, flüsterte sie zurück.

»Die Waffen weg!«, rief eine grimmige Stimme aus der Menge heraus. Sie gehörte zu Monroe, der sich einen Weg durch die versammelten Menschen bahnte. Sein versteinerter Blick ließ keinen Zweifel daran, dass er es ernst meinte. »Ich sag es nicht noch einmal. Runter mit euren Waffen!«

Bevor sie den Befehl bestätigte, näherte sich Angel dem General und beugte sich über seine Schulter.

»Was soll das, Frank? Ich hab doch gesagt, dass sie zu uns gehören!«, zischte sie ihm zu.

»Wir können bei der derzeitigen Lage kein Risiko eingehen«, antwortete er ernst, aber ebenfalls im Flüsterton, um ihre Autorität nicht unnötig zu untergraben. »Wenn du ihnen helfen willst, dann sag ihnen, sie sollen ihre Waffen abgeben.«

Angel zögerte einen Moment, dann drehte sie sich um und nickte Dog zu. Er griff nach seinem Maschinengewehr, hob den Gurt über den Kopf und reichte es Cassidy, die unter dem Gewicht fast in die Knie ging. Auch Caiden und Faith gaben widerwillig ihre Gewehre ab, wobei sich die Amazone ein paar Minuten Zeit ließ, um all ihre Messer abzulegen. Kim war sich sicher, dass sie trotzdem noch genügend Stichwerkzeuge für eine Gefängnisrevolte bei sich trug, sagte aber nichts.

Zum Schluss holte Faith eine kleine Holzschachtel hervor und übergab sie Dog. Demonstrativ schritt er trotz der vielen Gewehrläufe, die auf ihn gerichtet waren, auf Monroe zu. Die Dorfbewohner wichen eingeschüchtert zurück, nur Monroe bewegte sich keinen Millimeter.

»Mit besten Grüßen von Eric«, brummte der fast zwei Köpfe größere Hüne und drückte ihm die kunstvoll verzierte Schachtel in die Hand.

Monroe schaute Angel misstrauisch an, erkannte aber an ihrem Gesichtsausdruck, dass ihm zumindest keine körperliche Gefahr drohte. Vorsichtig öffnete er den Deckel und traute seinen Augen nicht. Zwölf handgedrehte Zigarren feinster Qualität schienen ihn für seine übertriebene Wachsamkeit förmlich auszulachen. Da er es sich nicht leisten konnte, während einer Krise das Gesicht zu verlieren, bedankte er sich höflich mit einem Handschlag und ließ die Vultures anschließend zu einer vergitterten Baracke führen, die er als provisorisches Gefängnis auserkoren hatte.

Dog warf Angel einen vorwurfsvollen Blick zu, behielt aber jeglichen Kommentar für sich. Voller Sorge verfolgte Cassidy, wie ihr Bruder abgeführt wurde und hoffte, dass Monroe ihn sofort freilassen würde, nachdem Angel Gelegenheit bekommen hatte, mit ihm zu reden. Nur Faith schien das Ganze völlig kaltzulassen. Stolz, unbeugsam und mit einem Anflug von Neugier betrat sie die heruntergekommene Wellblechbaracke, als würde sie in eine frischrenovierte Villa einziehen.

Die Menge konnte ihre Helden nun endlich begrüßen. Sie reichten ihnen Wasserbecher und versorgten die befreiten Nachbarn aus Eagle Village mit dem Nötigsten. Nachdem alle den Sattelschlepper verlassen hatten, fuhr Butch ihn auf Befehl des Generals zu den Feldern im hinteren Teil des Lagers, um die Einfahrt nicht zu versperren.

Angel folgte unterdessen Monroe in die Tankstelle, vermied dabei aber jedes Anzeichen von Kritik. Cassidy versuchte mit ihrem Bruder zu sprechen, doch die Wachposten vor der Baracke ließen niemanden hinein. Als sie ihre Verwandtschaft mit einem der Gefangenen zur Sprache brachte, standen die Männer kurz davor, sie ebenfalls einzusperren, woraufhin sich Cassidy entschied, es nicht zu übertreiben und zum Lazarett zurückkehrte.

»Wie geht's dir?«, fragte sie Johnny.

»Sieht schlimmer aus, als es ist«, antwortete Kim für ihn. »Die Kugeln sind durch die Beine durchgeflogen und in drei Wochen wird er wieder laufen können.«

»Wir haben keine drei Wochen!«, erwiderte Johnny erbost über seine eigene Unvorsichtigkeit, die ihn nun ans Bett fesselte.

Cassidy lehnte nachdenklich den Kopf gegen die Lazarettwand. Er hatte Recht. Die Sicarii würden sicher schon bald ihren Angriff auf Silver Valley starten.

»Was ist mit Mitch?«, fragte sie Steven. Der Arzt war gemeinsam mit einer Krankenpflegerin damit beschäftigt, die unzähligen Glassplitter aus seinem Gesicht zu entfernen. Er hatte seinen ungewöhnlichen Patienten narkotisiert, um störungsfrei arbeiten zu können.

»Schwer zu sagen«, murmelte er geistesabwesend. »Schön wird er nicht mehr, aber zumindest ein Auge ist unbeschädigt.«

Cassidy verließ die Baracke, um nach Angel zu sehen. Sie spazierte entspannt auf die Tankstelle zu und erwartete, dass man sie wie gewohnt passieren lassen würde. Diesmal versperrten ihr die Wachen jedoch den Weg.

»Was zum Teufel war das, Frank?«, hörte sie Angels Stimme aus dem Inneren. Sie klang sehr erregt. Immerhin hatte der General das von ihr gegebene Versprechen auf Asyl und gute Behandlung gebrochen.

***

»Ich sagte, was zum Teufel war das?«, schrie sie wütend und schleuderte dabei das Schachbrett vom Tisch. Damit sandte sie ein deutliches Signal. Noch nie hatte einer von ihnen das Ritual des unvollendeten Spiels verletzt.

»Ich habe dich verstanden!«, antwortete Monroe gereizt. »Und ich habe dir meine Gründe genannt. Sie sind der Feind. Anders als du sind sie nicht verwundet zurückgelassen worden. Sie sind freiwillig hier und könnten jederzeit einen Angriff durchführen. Dieses Risiko kann ich nicht eingehen!«

»Und was ist mit meinem Wort? Zählt das nichts mehr? Oder das einer von ihnen Cassidys Bruder ist?«

***

Die Wachen vor der Tankstelle hörten genau wie Cassidy das lautstarke Gespräch und schauten sie nun merkwürdig an. Plötzlich fühlte sie sich völlig fehl am Platze, klimperte unschuldig mit ihren blauen Augen und trat eiligst den Rückzug an.

Butch und Victor räumten unterdessen zusammen mit einigen Dorfbewohnern den Sattelschlepper aus. Viel Munition war nicht mehr übrig, dafür jede Menge leere Nahrungsbehälter und Wasserflaschen. Als sie Cassidy bemerkten, hoben sie die Köpfe und legten eine Pause ein.

»Wie sieht's aus?«, fragte Butch erschöpft.

»Sie streiten sich.«

»Das wird schon«, versuchte Victor sie aufzubauen. »Monroe weiß, was er tut.«

Cassidy teilte die Zuversicht der beiden Brüder nicht, sah aber keine andere Option, als abzuwarten. Ihr Vertrauen gehörte Angel und sie hoffte, dass ihre Freundin die Situation zu retten vermochte, bevor die Sicarii angreifen würden.

Mit gesenktem Haupt hielt sie auf die Farm zu, wo die Arbeiter wieder ihrem Tagwerk nachgingen. Die meisten trieben gerade das Vieh in die Ställe. Man konnte die Pferde, Rinder und Schweine nachts nicht im Freien stehenlassen. Sie würden nur unnötig Raubtiere aus der Steppe anlocken. In den Anfangszeiten der Siedlung geschah es häufiger, dass wilde Tiere Minen und Sprengfallen auslösten und so regelmäßig einen Großalarm verursachten.

»Hey, habt ihr Stan gesehen?«, rief Cassidy zwei Arbeitern auf dem Feld zu, die gerade einen Strohballen zusammenknüpften.

»Der arbeitet hier nicht mehr, der ist auf der Jagd«, erwiderten die beiden.

Cassidy stutzte für einen Moment. Niemals hätte sie damit gerechnet, dass Stan sich so schnell wieder vor das Dorf trauen würde. Sie ging weiter bis zur Felswand und setzte sich auf den Stein, auf dem Angel ihr ihre Vergangenheit gebeichtet hatte.

Die Welt um sie herum schien sich täglich zu ändern. Vor gut einem Monat lebte sie glücklich in ihrer abgeschiedenen Siedlung. Vor zwei Wochen waren fast alle tot, die ihr etwas bedeutet hatten, und sie fand eine neue Familie. Anschließend wurde sie von einem Wolfsrudel durch eine unterirdische Basis gejagt und endete beinahe als Sklavin für eine noch brutalere Gang als die Vultures. Sie seufzte und versuchte sich damit zu trösten, dass sie zumindest ihren Bruder gefunden hatte. Dabei fiel ihr Blick auf die provisorische Gefängnisbaracke, die eigentlich als Vorratsspeicher diente und deswegen rundum vergittert war.

Wie sollte es nun weitergehen? Wie lange würde Monroe sie von Caiden trennen, nach allem, was er und seine Kameraden für Silver Valley getan hatten? Schließlich entschied Cassidy, dass sie allein keine Antworten finden würde und als die Dämmerung hereinbrach, kehrte sie ins Lager zurück.

Butch und Victor hatten ihre Arbeit beendet und saßen an einer der Feuerstellen. Sie labten sich an den kühlen Wasservorräten der Siedlung und genossen professionell zubereitetes Schweinefleisch. Monroe gestattete ihrem Team freien Zugang zu den Gewürzvorräten. Kinder spielten zwischen den Baracken und sogar Jesse war dabei. Er wälzte sich gemeinsam mit Scott am Boden und wirkte wie ein Kind seines Alters. Cassidy zwinkerte ihm zu und schlenderte in Richtung Tankstelle.

»Darf ich immer noch nicht rein?«, fragte sie höflich. Als die Wachen abermals mit dem Kopf schüttelten, kehrte sie schmollend zum Lagerfeuer zurück.

Anthony reichte ihr ein großes Schweinesteak und einen Kanten des frischen Weizenbrots. Sie setzte sich neben Butch und ließ sich seine Wasserflasche reichen. Cassidy kaute minutenlang auf demselben Stück Fleisch herum und wirkte wie in Trance. Die beiden Brüder schienen sich an der Situation nicht zu stören. Sie standen loyal zu Monroe und vertrauten seinem Urteil voll und ganz. Ihre jahrelange, erbitterte Feindschaft mit den Vultures begrenzte ihr Mitleid auf ein Minimum, doch Cassidy fühlte sich schuldig. Caiden und seine Kameraden hatten ihre Leben riskiert, um sie zu retten. Als Dank bekamen sie mehrere Tage alte Brotreste und streng rationiertes Wasser. Sie schluckte den letzten Bissen herunter, erhob sich und klopfte Anthony auf die Schulter.

»Ich brauche drei Stück gewürztes Fleisch und frisches Brot ... bitte«, bat sie leise, so dass die anderen Bewohner sie nicht hören konnte.

»Drei …? Oh, ich verstehe!«, antwortete der dicke Koch und begann ebenfalls zu flüstern. »Monroe weiß davon nichts, oder?«

Cassidy schüttelte mit dem Kopf und sah den Mann mit dem verzweifeltsten Gesichtsausdruck an, den sie hervorzaubern konnte.

»Spar dir deinen Hundeblick!«, lachte Anthony. »Die haben auch einen Kumpel von mir rausgeholt. Der hat mir alles erzählt.«

Er kramte eine alte Backform zwischen seinem Geschirr hervor, legte seine drei größten Filetstücke, ein Bund Möhren und ein ganzes, frisches Brot hinein. Anschließend verschloss er den Topf, drückte Cassidy einen vollen Wasserkanister in die Hand und marschierte in Richtung Gefangenenbaracke.

Schon aus der Ferne vernahmen sie Faiths betörendes Panflötensolo und für einen Augenblick vermutete Cassidy, dass sie die Wachen zur Fluchtvorbereitung einschläfern wollte. Die müden Wärter hoben sofort die Arme und versuchten vergeblich, dem Koch Monroes Befehle zu erklären.

»Platz da! Sonst gibt's für euch nur noch Hundefutter!«, schmetterte er ihnen entgegen. Der dunkelhäutige Dickwanst war zweifelsohne einer der einflussreichsten und gleichzeitig beliebtesten Bewohner von Silver Valley. Die beiden Ranger sahen sich einander an und zuckten mit den Schultern. Faith hatte ihr Lied unterbrochen, um das Schauspiel an einem der vergitterten Fenster zu beobachten. Von da aus lachte sie die eingeschüchterten Wachen unverhohlen aus.

»Na schön«, sagte einer von ihnen. »Aber wir bringen es rein. Kein Kontakt mit dem Gefangenen, klar?«

Anthony nickte mürrisch und drückte ihm die Backform in die Hände. Cassidy stellte den Wasserkanister auf die Eingangsstufe und kehrte mit dem Koch zu den Lagerfeuern zurück. Sie bedankte sich bei ihm und versprach, sich irgendwann zu revanchieren.

Kim, die eine Essenspause von ihrer Krankenpflege einlegte und ebenfalls an den Feuerstellen saß, begrüßte Cassidys Courage außerordentlich. Sie vertraute Faith noch lange nicht, doch die Vultures hatten ihr Wort gehalten und sollten ihrer Meinung nach wenigstens anständig behandelt werden. Obwohl Butch und Victor Monroes Entscheidung befürworteten, zeigten sie durchaus Verständnis für das eigenmächtige Vorgehen ihrer jungen Rekrutin, das immerhin an Befehlsverletzung grenzte.

Zehn Minuten später war es endlich so weit. Angel trat mit zerzausten Haaren aus der Tankstelle heraus und gesellte sich desillusioniert zu ihren Freunden ans Lagerfeuer. Ihr lateinamerikanisches Antlitz strahlte große Niedergeschlagenheit und unbändige Wut zugleich aus.

»Jaguar Bay wurde zerstört«, sagte sie. »Völlig vernichtet. Die letzten Brieftauben trugen Berichte über eine unaufhaltsame Sicariiarmee, die das Dorf vor zwei Tagen im Morgengrauen angegriffen und buchstäblich dem Erdboden gleichgemacht hat. Die Aussagen der Zettel sind etwas wage, aber wir gehen davon aus, dass sie über eine Art Artillerie und Minenräumgeräte verfügen. Die Nachrichten sprechen von gewaltigen Reifenspuren, viel breiter als die von unseren Fahrzeugen.«

»Weiß Johnny schon bescheid?«, fragte Butch vorsichtig.

»Nein. Ich hab keine Ahnung wie wir ihm das beibringen sollen.« Angel rieb sich deprimiert den Schweiß aus ihren Augenhöhlen, ehe sie fortfuhr. »Das ist noch nicht alles. Die Sicarii, die uns in Brackwood überrascht haben, können unmöglich hinter dem Angriff auf Jaguar Bay stecken. Das bedeutet, es gibt einen zweiten Angriffstrupp. Frank und ich gehen davon aus, dass sie sich vereinen, die Festung der Vultures ignorieren und Silver Valley direkt angreifen werden. Unser Überfall auf ihren Vorposten wird ihnen gezeigt haben, dass wir die größere Bedrohung darstellen. Außerdem werden sie eine theoretische Allianz zwischen den Vultures und uns unbedingt verhindern wollen.«

»Das gibt's doch nicht!«, erwiderte Victor und sprang vom Tisch auf. »Ich dachte, das sind irgendwelche Psychopaten?

»Tja«, sagte Angel. »Wir haben sie gewaltig unterschätzt. Wahrscheinlich war das Teil ihres Plans.«

»Und was machen wir nun?«, fragte Victor. »Womit sollen wir uns verteidigen? Da ist ja nicht mehr viel!«

Angel senkte niedergeschlagen ihr Haupt und schwieg. Auch sein Bruder wusste keine Antwort. Nur Kim sah ihre Freundin mit bohrenden Blicken an.

»Was ist mit dem geheimen Waffenlager der Vultures?«, platzte es aus ihr heraus.

Angel starrte sie wie versteinert an. Butch und Victor setzten einen fragenden Gesichtsausdruck auf, zuckten mit den Schultern und warteten auf eine Erklärung. Auch Cassidy hob neugierig den Kopf.

»Mitkommen«, befahl Angel kurzerhand und führte Kim vom Lagerfeuer fort zu den Wasserfässern, die momentan niemand benutzte.

»Was weißt du darüber? Und woher?«, fragte sie mit einem todernsten Blick, der Kim innerlich erschaudern ließ. Urplötzlich stiegen in Vergessenheit geratene Vorurteile und Misstrauen in ihr auf.

»Es stimmt also?«, erwiderte sie. »Und du hast es die ganze Zeit gewusst!«

Angel wendete sich ab und holte tief Luft, bevor sie eine Antwort hervorbrachte. »Es war eine Vermutung. Ich habe nichts gesagt, weil es die Moral der gesamten Truppe in den Keller gezogen hätte«, versuchte sie sich selbst zu verteidigen. »Aber ich habe absolut niemandem davon erzählt! Also woher weißt du von der Sache?«

»Faith hat in Brackwood Andeutungen darüber gemacht und mir in Temple Town bestätigt, dass du Kenntnis vom echten *geheimen* Lager hast. Sie haben uns beobachtet. Sie haben *dich* beobachtet!«, klärte Kim sie auf.

Angel biss die Zähne zusammen und ballte ihre Fäuste, bevor sie gemeinsam mit Kim auf die Tür der Gefängnisbaracke zustürmte.

»Hier darf keiner rein, nicht mal ihr! Tut uns leid!«, riefen ihr die beiden Wachposten eingeschüchtert zu.

»Ihr lasst mich durch, oder ich mach Kleinholz aus euch«, erwiderte Angel wütend. Die Männer spürten, dass sie nicht zu Scherzen aufgelegt war, und gingen folgsam beiseite. Sie trat kurzerhand die Tür ein und stürmte auf Dog zu. Sie griff nach seinem Hals und zog ihn am Kehlkopf hoch.

»WO IST ES?«, schrie sie ihn an.

»Was ...?«

»DAS LAGER! WO IST ES?«, wiederholte sie ihre Frage.

Nun verstand er und es schien ihn sogar zu amüsieren, denn er grinste trotz der Strangulation bis über beide Ohren. Angel war überhaupt nicht zu Lachen zu Mute. Sie riss an Dogs Lederjacke und zerrte ihn zur Tür hinaus. Die Wachen staunten nicht schlecht, als der riesige Mann auf einmal neben ihnen auftauchte. Von Angel abgeführt, ließen sie ihn jedoch kommentarlos ziehen und zuckten lediglich mit den Schultern. Allmählich stellte sich die von Monroe befohlene Isolationshaft als ziemlich ineffektiv heraus.

Monroe rieb sich kurz darauf genervt das Gesicht als die drei seine Tankstelle stürmten. »Was wird das denn jetzt?«, fragte er. Wie üblich kaute er auf einer kleinen Zigarre, trat vor und wartete mit verschränkten Armen auf eine Erklärung.

»Da ist unsere Lösung«, erwiderte Angel und schlug die große Karte in der Mitte des Raumes auf. »Zeig es uns. Zeig uns, wo das verdammte Lager ist!«

Dog beugte sich über den Tisch und studierte die Zeichnungen für einen Moment. Dann deutete er auf einen Punkt, etwa zwanzig Kilometer neben einem roten X, das einen vorangegangenen Angriff markierte.

»Was ist da?«, fragte Frank ungläubig.

»Das echte Waffenlager«, antwortete Dog grinsend. »Das, was ihr angegriffen habt, war eine Attrappe.«

Monroe fixierte Angel mit den Augen. »Ist das wahr?«, fragte er und ließ es absichtlich wie eine Schuldzuweisung klingen. »Und du hast davon gewusst?«

Angel pfiff in Richtung Tür und rief nach den beiden Wachen, die Dog zurück zur Gefängnisbaracke eskortieren sollten. Sie wartete, bis nur noch Kim und Monroe in Hörweite waren.

»Ich hab schon damals vermutet, dass die Verteidigung fast ausschließlich aus Sklaven bestanden hat. Und nebenbei war das Lager als Vorbereitung für einen Überfall auf Silver Valley äußerst dürftig bestückt.«

»Warum hast du mir nichts davon gesagt?«, fragte Monroe verärgert.

»Du vertraust mir doch auch nicht!«, erwiderte Angel trotzig. »Außerdem hätte das nur die Moral unserer Leute zerstört, da ich bis eben keine Ahnung hatte, wo das echte Depot zu finden ist. Wir brauchten den Sieg als Vergeltung für Ethan.«

»Wie wär's, wenn ihr beide die Schuldzuweisungen auf später verschiebt?«, sagte Kim. »Wir sollten uns die Waffen unter den Nagel reißen, bevor wir sie nicht mehr gebrauchen können.«

»Sie hat Recht. Wir haben noch zwei Tage. Morgen früh fahren wir los und holen uns das Zeug«, entschied Monroe. »Ich werde die Operation anführen.«

Angel hob überrascht den Kopf und suchte in Monroes Augen nach einer Erklärung. Kim hielt sich still im Hintergrund.

»Du hast mich verstanden«, sagte er. »Abmarsch um null-fünfhundert. Sag deinen Leuten Bescheid.«

»Jawohl, Sir!«, erwiderte Angel, drehte sich auf den Hacken um und verließ im Gleichschritt die Tankstelle. Frank sah ihr mit eiskalten Augen nach und schien in Gedanken zu versinken.

Kim atmete deprimiert aus und legte einen Arm um die Schultern ihres Adoptivonkels. »Was wird das, wenn's fertig ist?«, flüsterte sie ihm ins Ohr.

Monroe blickte mit väterlicher Sorge auf sie herab. Von allen Rangern vertraute er Kim am meisten. Selbst Angel hatte ihren Einfluss nie übertreffen können, doch seine Entscheidung stand fest.

»Vertraust du ihnen?«, fragte er und verlangte damit indirekt eine Loyalitätsentscheidung.

Kim zog ihren Arm zurück und starrte auf die neue Markierung der Karte. Faith hatte ihr freiwillig davon erzählt, jedoch mit einem Unterton, der wie Gift auf einer Klinge wirkte. Momentan befanden sich die Vultures in einer Position, in der sie einfach mitspielen mussten, um zu überleben. Sobald der Krieg gegen die Sicarii vorbei war, würde die Gang wahrscheinlich erneut Jagd auf die Ranger machen. Kim schüttelte mit dem Kopf, verließ die Tankstelle und kehrte ins Lazarett zurück.

Die schwerste Aufgabe des Tages lag noch vor ihr: Johnny über das Schicksal seines Heimatdorfes aufzuklären. Sie setzte sich an seine Liege und küsste seine Stirn, während ihr die Tränen auf den Wangen entlangrannen. Kim hatte noch nie Talent dafür gehabt, ihre Gefühle vor anderen zu verstecken, geschweige denn ihren Freunden. Als Johnny die Niedergeschlagenheit in ihrem Blick erkannte, wusste er, dass etwas Schreckliches passiert sein musste.

Sie fand nicht die Kraft, es in ihren eigenen Worten auszudrücken, also zitierte sie mit bebender Stimme aus dem Spähbericht, den Angel am Lagerfeuer verlesen hatte.

Johnny sah sie mit gläsernen Augen an und blickte durch Kim hindurch. Es brauchte ein paar Minuten, bis er die traurige Nachricht verarbeitet hatte, doch dann rief er lautstark nach Steven.

»Ich muss in zwei Tagen wieder auf den Beinen sein«, forderte er, woraufhin der Arzt vehement mit dem Kopf schüttelte.

»Völlig unmöglich! Es dauert noch mindestens eine Woche, bevor du ans Aufstehen denken kannst!«

»Blödsinn!«, rief Johnny ihm entgegen und zeigte auf den Bericht in Kims zitternden Händen. »Da steht, dass mein ganzes Dorf von diesen Schweinen abgeschlachtet wurde. Wenn die hier auftauchen, will ich ihnen den Arsch aufreißen können!«

Kim sah ihn entsetzt an, denn die Meldung war ausdrücklich als geheim eingestuft worden. Zur Vermeidung einer Panik sollte vorerst niemand etwas davon erfahren. Sie stand auf und trat nah an den schockierten Arzt heran. In flüsternden Worten erklärte sie ihm die Situation und schwor Steven darauf ein, die Lage für sich zu behalten. Als Leiter der Krankenstation hätte Monroe ihn ohnehin früher als die normalen Bewohner informiert, doch sie ging lieber auf Nummer sicher.

Steven nickte bestürzt, überlegte einen Moment und entschied, dass Johnny im Falle eines Angriffs eine einmalige, überhöhte Medikamentendosis und stabile Beinschienen bekommen könnte, die ihn für einige Stunden begrenzt einsatzfähig machen würde. Er erklärte ebenfalls die Nebenwirkungen, die unter anderem eine deutlich längere Genesungszeit bedeuteten, aber das war Johnny völlig egal. Er bedankte sich bei Steven und lehnte sich niedergeschlagen zurück. Kim rannen nach wie vor die Tränen übers Gesicht. Stumm legte sie sich zu ihm auf die Krankenliege.

***

Angel weihte währenddessen Butch und Victor in die neuen Befehle ein, die daraufhin mit der Vorbereitung ihres Pick-ups begannen. Der angeschlagene Humvee befand sich in der Werkstatt und wurde generalüberholt. Die Brüder, die eigentlich immer loyal zu Monroe gestanden hatten, sahen sich nun in einem Interessenkonflikt gefangen. Sie hatten Angel zu dem gemacht, was sie heute war und ihr als erste das Vertrauen geschenkt. Im Gegenzug hatte ihre Anführerin sie nie enttäuscht und ihnen mehr als ein Dutzend Mal das Leben gerettet. Die beiden wechselten kaum ein Wort, während sie an dem orangefarbenen Transporter arbeiteten, doch am Ende entschieden sie einstimmig, dass in diesem Fall ihre Loyalität bei Angel lag, denn sie war es, nicht Monroe, die in der Steppe ihren Rücken deckte. Außerdem hatte das gesamte Team die Entscheidungen, die zum aktuellen Dilemma führten, gemeinsam getragen und war demnach für die Situation mitverantwortlich. Sie drückte die beiden Männer fest an ihre Brust und fühlte, wie ihre anfängliche Unsicherheit dem gewohnten Vertrauensverhältnis wich.

Nach Einbruch der Dunkelheit trat Kim mit der Bitte an Steven heran, die Nacht im Lazarett verbringen zu dürfen. Kommentarlos nickte er und ließ sie ihr Bettzeug holen. Womit er nicht gerechnet hatte war, dass nacheinander zuerst Butch und Victor, dann Angel und sogar Cassidy in der Krankenstation auftauchten und ihre Liegen um Johnnys Krankenbett herum aufklappten. Gemeinsam stellten sie den schwerverletzten Mitch in ihre Mitte. Nach Stevens Aussage hatte er während der Schlacht von Brackwood ein Augenlicht verloren. Er lag noch immer bewusstlos auf seiner gepolsterten Holzpritsche. Der Arzt war zu Tränen gerührt und dachte nicht im Traum daran, ihnen zu widersprechen. Monroe, der ursprünglich Johnny sein Beileid ausdrücken wollte, stand in der Tür und senkte beim Anblick seiner Ranger bewegt den Kopf, konnte sich aber nicht dazu überwinden, das Lazarett zu betreten.

***

Der nächste Morgen begann für Angels Team sehr früh, denn Monroe wollte bereits vor Sonnenaufgang verschwunden sein. Pünktlich um fünf Uhr versammelte sich die Gruppe auf dem Parkplatz und schaute nicht schlecht, als der General in seiner selten genutzten Kampfmontur auftauchte. Er trug eine vernickelte, halbautomatische Pistole, eine Kevlarweste, ein kleines Fernglas und einen kompletten Utensiliengürtel. Es war seine private Ausrüstung, die er seit dem Ende der Zivilisation aufbewahrt hatte.

Bevor er den Befehl zur Abfahrt erteilte, musterte er seine Leute einen Moment lang. Sie wirkten niedergeschlagen und erschöpft. Er überlegte, ob er eine motivierende Ansprache halten sollte, entschied aber, dass die Beute des heutigen Tages Anreiz genug wäre. Auch spürte er die tadelnden Blicke der Ranger für seine harten Entscheidungen des Vortages. Zwei Wachen führten Dog herbei, der an den Händen gefesselt auf die Rückbank des Pick-ups gesetzt wurde. Der General beanspruchte standesgemäß den Beifahrersitz. Angel und Kim nahmen Dog in die Mitte, während Cassidy sich mit Victor auf der Ladefläche festhielt. Zusammen mit einem Jeep und einem weiteren Kleintransporter verließen sie Silver Valley im frühen Morgengrauen.

Die ereignislose Fahrt dauerte nur drei Stunden, zerrte aber stark an ihren Kräften. Besonders schnell kamen sie auch nicht voran, denn schon nach vierzig Kilometern ließ Dog den kleinen Konvoi die Autobahn verlassen und quer durch die Steppe fahren. Steine, Gestrüpp und ständige Unebenheiten gestalteten die Reise zur Tortur für Mensch und Maschine. Als die Sonne bereits hoch am Himmel stand, hielten sie endlich an und gönnten sich eine Pause.

Vor ihnen lag ein altes Kohlebergwerk. Die verrotteten Gebäude und der eingestürzte Förderturm ließen keinen Zweifel daran, dass es schon vor Jahrzehnten aufgegeben worden war. In der Ferne knarrte eine verrostete Tür im sanften Steppenwind. Halb verweste Kadaver in Gangkleidung übersäten den Boden. Die Ranger hatten sie nicht begraben, sondern bewusst als Warnung zurückgelassen. Während der Fahrt spürten sie die sengende Hitze kaum, doch im Stand brannte die erbarmungslose Wüstensonne auf sie herab.

»Also, wo ist es?«, fragte Monroe und ließ sich eine Wasserflasche von der Ladefläche reichen.

Die angebliche Attrappe des geheimen Vulturedepots hatte sich in einem der stillgelegten, unterirdischen Katakomben befunden. An für sich ein hervorragendes Versteck, weshalb auch niemand Zweifel am Wahrheitsgehalt der Meldung gehegt hatte. Dog betrachtete einen Moment die Umgebung. Inzwischen waren einige Monate vergangen und die Steppe veränderte sich ständig. Sanddünen wanderten, Steine wurden durch die Temperaturschwankungen gesprengt und zerfielen, Tiere zerstörten die Vegetation auf der Suche nach Nahrung. Er verlangte nach einem Kompass und drehte sich in Richtung Norden.

»Da müssen wir lang, etwa zehn Kilometer geradeaus und dann an der Hügelkette vorbei. Auf der anderen Seite befindet sich ein verschütteter Bergwerkstollen. Darin haben wir die echte Ausrüstung eingelagert.«

Monroe nickte ihm blinzelnd zu und befahl die Weiterfahrt. Die Hügel, die Dog beschrieben hatte, erschwerten das Vorankommen ungemein. Erst nach einer Stunde erreichten sie den mit Holzbalken verstärkten und durch Gestrüpp getarnten Tunnel. Monroe wies Angels Team an, die Umgebung zu sichern; sie selbst blieb bei ihm. Die übrigen Ranger öffneten die Höhle.

Vor ihnen lag eine dunkle Röhre, abgestützt von verwitterten Baumstämmen. Daran hingen zwei Petroleumlampen, die Angel mit einem Feuerzeug entzündete. Als sich die Dunkelheit verzog, erkannte man ein paar Regale an den Wänden sowie eine alte Holztruhe mit verrostetem Zahlenschloss. Nach gut zehn Metern endeten die Schienen der antiken Grubenbahn bereits an einer Wand aus Geröll und großen Steinen, die vor Jahren von der Decke gestürzt waren. In den Regalen lagen vier Kalaschnikows, ein Fernglas und einige passende Ersatzmagazine. Das Schloss an der Truhe war offen und in ihr befand sich etwas Munition für verschiedene Waffen.

»Ganz toll«, sagte Monroe und sah Angel vorwurfsvoll an. »Jetzt können wir in den Krieg ziehen.«

Dog zwängte sich an den beiden vorbei und ging auf die Geröllwand zu. Die Wachen zielten sofort auf ihn, doch Angel hielt sie zurück. Der Hüne begann die größeren Steine aus dem Weg zu rollen und bahnte sich mit den Füßen einen Weg durch die Gesteinslawine.

»Hilft mir hier vielleicht mal jemand?«

Monroe nickte den Rangern zu und schon nach wenigen Minuten offenbarte sich eine Holzverkleidung, an die die Gesteinsbrocken gestapelt worden waren. Dog trat zwei Mal kräftig dagegen und die dünne Wand fiel zu Boden. Er sprang gemeinsam mit seinen Bewachern einen Schritt zurück, um einem eventuellen neuen Einsturz zu entgehen, rief dann aber Angel mit den Lampen heran.

Als sich das Licht in dem Tunnel ausbreitete, erschien ein zufriedenes Lächeln auf ihren Lippen. Drei Dutzend Gewehre unterschiedlichster Art standen fein säuberlich aufgereiht in einem Regal und waren, geschützt durch eine Kunststoffplane, in hervorragendem Zustand. Eine Kiste voller Claymore-Antipersonenminen, vier russische Raketenwerfer und ein schweres Maschinengewehr samt Munition. Die Höhle war gefüllt mit Schätzen, die das Herz jedes Soldaten höher schlagen ließen. Sogar ein paar Diesel- und Wassertanks lagerten in der Dunkelheit.

»Okay Leute, holt den Laster«, befahl Monroe. »Angel, wir werden deine Jungs brauchen, besonders Victor, damit er die Minen und Raketen verlädt.«

Sie nickte bestätigend und griff nach ihrem Funkgerät. »Butch, Victor, ich hab hier ein paar Spielzeuge für euch«, rief sie. »Kim, Cassidy, ihr übernehmt die Sicherung.«

»Verstanden.«

Zwei Stunden waren die Männer damit beschäftigt, ihre Wagen zu beladen. Dog erklärte sich sogar bereit, ihnen zu helfen. Anfangs schaute er nur zu, doch nach dreißig Minuten wurde ihm so langweilig, dass er einfach mit anpackte. Außerdem mussten ihm die Ranger dafür die Fesseln abnehmen, die nach dem heißen Vormittag ungeheuer schmerzten. Nur gut die Hälfte des Lagers passte auf die Transporter. Ein Dutzend Gewehre und gut zweitausend Schuss Munition ließen sie zurück. Monroe wollte den Rest nach der Verteidigung von Silver Valley holen.

Zur Nachmittagszeit trat der Konvoi endlich die Heimfahrt an. Der Dank des Generals an Dog bestand darin, dass er nicht mehr gefesselt wurde und sich am Wasser frei bedienen durfte. Es herrschte heitere Stimmung. Cassidy und Dog unterhielten sich ausgelassen über ihren Bruder. Er bestätigte Caidens Geschichte und erzählte ihr ein paar Details seines Werdegangs. Butch und Victor überlegten, wie sie Johnny helfen könnten, und baten Monroe bereits um eine Rettungsaktion für etwaige Kriegsgefangene aus Jaguar Bay.

Angel blieb als Einzige die gesamte Fahrt lang still. Der Vertrauensbruch bei der Verhaftung von Dog und seinen Leuten war eine Sache, aber der Entzug ihres Kommandos wirkte wie ein Schlag ins Gesicht. Sie entschied sich jedoch, die Schlacht abzuwarten, ehe sie Monroe damit konfrontierte.

***

Am frühen Abend erreichten die drei Wagen endlich Silver Valley. Die Meldung über das echte Lager hatte sich herumgesprochen und das halbe Dorf kam angelaufen, um zu sehen, ob das Gerücht der Wahrheit entsprach. Monroe wartete nicht lange, sondern ließ die Ladung im Waffendepot verstauen. Hoffnung keimte auf. Er sah es in den Augen seiner Leute. Inzwischen hatte sich das Schicksal der anderen Enklaven wie ein Lauffeuer verbreitet und viele befürchteten, dass selbst die starken Verteidigungsanlagen von Silver Valley den Ansturm der geheimnisvollen Sicarii nicht abwehren konnten.

Drei Stunden später wurden die Tische für das Abendessen gedeckt. Monroe hatte befohlen, dass jeder, der nicht für eine unverzichtbare Aufgabe eingeteilt worden war, daran teilnahm. Anthony bekam die Anweisung, an nichts zu sparen. Auch die letzten Vorräte des Brausepulvers wurden an die Kinder verteilt. Viele Einwohner sahen die Entscheidung zunächst als eine Art Henkersmahlzeit, doch die Aussicht auf so ein seltenes Festessen ließ sie derartige Gedanken rasch wieder verdrängen.

Kurz darauf war das Mahl in vollem Gange. Fast dreihundert Dorfbewohner zwängten sich an die Tische zwischen den Baracken. Eine Schlange von dreißig Mann stand vor dem Grill und wartete begierig auf Nachschub. Anthony hatte so viel Spaß wie noch nie. Er musste nichts rationieren und konnte jeden Sonderwunsch erfüllen. Schlechtes Omen hin oder her, die Leute machten regen Gebrauch davon. Auch den Vultures wurde gestattet, am Abendessen teilzunehmen. Sie saßen in einer Reihe mit Angels Team, das sich bereit erklärt hatte, die Aufsicht zu übernehmen.

Sie redeten kaum miteinander. Die kleine Gruppe wusste am besten, was auf sie zukam. Sie verstanden wie niemand sonst in Silver Valley, wie real die Gefahr der Zerstörung war und wie wichtig diese letzte, große Mahlzeit sein könnte. Faith zeigte als einzige Interesse an der Umgebung. Neugierig fragte sie Cassidy über die mythenbehaftete Siedlung aus. Es wäre schließlich ihre neue Heimat und aus der Gefängnisbaracke könne man nicht viel sehen. Da auch Caiden halbwegs interessiert zuhörte, erklärte seine Schwester bereitwillig und stolz, wie die Enklave strukturiert sei und wo sich die wichtigen Einrichtungen befanden.

Als die Dämmerung hereinbrach, bat Monroe um die Aufmerksamkeit seiner Leute. Er hatte sie absichtlich zusammengerufen, um sie auf den kommenden Tag vorzubereiten.

»Darf ich um etwas Ruhe bitten!«, rief er in die Menge. Die Gespräche verstummten schlagartig. Jeder Bewohner von Silver Valley hatte auf diesen Moment gewartet; auf die vielleicht letzte Rede ihres Generals.

»Wie ihr alle wisst, steht ein Angriff der Armee, die Sienna, Eagle Village und Jaguar Bay zerstört hat, unmittelbar bevor. Ich habe euch nie etwas vorgemacht und ich werde damit auch jetzt nicht anfangen. Heute Abend, kurz nachdem wir mit der neuen Ausrüstung zurückgekehrt sind, traf einer unserer Späher ein und hat bestätigt, dass sich die beiden Kampfgruppen der Sicarii wie erwartet zusammengeschlossen haben und auf uns zurollen. Sie werden im Morgengrauen in Silver Valley eintreffen.« Der General pausierte seinen Monolog. Nun hatte er die Aufmerksamkeit aller Dorfbewohner. Ein Raunen ging durch die Menge und flüsternde Stimmen prophezeiten bereits das Ende der Freien Enklaven. »Ich weiß, dass viele von euch die Angreifer für wilde Barbaren halten, doch das sind sie nicht!«, fuhr Monroe fort. »Ein Haufen Verrückter hätte die Verteidigungsanlagen der anderen Siedlungen niemals überwinden können. Auch hätte eine Bande unorganisierter Fanatiker niemals die Vultures in die Knie zwingen können. Noch nie standen wir vor einer Herausforderung wie dieser. General Petersons letzter Befehl war es, den Fortbestand von Silver Valley zu sichern. Und ich habe nicht vor ihn zu enttäuschen! Wir haben den Feind unterschätzt und dafür bezahlt. Diesen Fehler werden wir nicht wiederholen. Zehn Jahre lang hat jeder Einzelne von euch hart für diese Gemeinschaft gearbeitet. Zehn Jahre lang mussten wir um unseren Platz in der Welt kämpfen. Am morgigen Tag erwartet uns die größte Schlacht seit dem Ende der Zivilisation. Zum ersten Mal seit zwei Jahrzehnten werden wir wieder Geschichte schreiben und ich habe vor, aus dieser Geschichte als Sieger hervorzugehen!«

Nun gab es kein Halten mehr. Die Menge erhob sich von den Bänken und jubelte Monroe euphorisiert zu. Auch die Vultures standen auf, schwiegen jedoch.

Angel sah Frank vorwurfsvoll an. Solch eine Rede hatte sie erwartet, doch das änderte nichts an seinem Vertrauensbruch. Sie verließ den Tisch und entfernte sich in Richtung Parkplatz. Cassidys gute Stimmung verschwand, als sie ihre Ausbilderin davongehen sah, und sie sich entschied, ihr zu folgen.

Angel hielt auf die Werkstatt zu, wo der generalüberholte Humvee beinahe wieder im alten Glanz schimmerte. Sie ließ den Wagen an und checkte den Motor. Der Treibstofftank war voll und Butch hatte auf ihre Anweisung hin sogar Öl und Bremsflüssigkeit nachgefüllt.

»Probleme?«, fragte Cassidy.

Die Fensterverkleidung aus Stahlplatten war hochgeklappt worden und durch die schmalen Sichtschlitze hatte Angel sie nicht bemerkt. Sie zuckte zusammen und stieg mürrisch aus. »Wie kommst du darauf?«

»Wir bereiten uns auf die größte Schlacht der Geschichte vor und du lässt den Wagen volltanken?« Cassidy spitzte die Lippen und faltete ihre Hände hinter dem Rücken zusammen, um möglichst unschuldig zu wirken.

»Ich hab dir wohl zuviel beigebracht«, sagte Angel. Sie setzte sich neben den Wagen auf einen Stapel alter Reifen und suchte für einen Augenblick nach den richtigen Worten. »Ich werde Silver Valley verlassen, wenn das hier vorbei ist.«

Cassidy machte ein erstauntes Gesicht und hockte sich vor ihre Freundin. »Ich hab doch gewusst, dass bei euch was nicht stimmt«, sagte sie. »Erklärst du mir auch warum?«

»Frank vertraut mir nicht mehr. Er hat deinen Bruder und die anderen einfach weggeschlossen, trotz ihrer Hilfe. Er hat mir das Kommando über mein eigenes Team entzogen, weil ich mit Dog zusammengearbeitet habe. Vielleicht glaubt er sogar, dass ich sie nur hierhergebracht habe, um die momentane Schwäche auszunutzen und Silver Valley im Namen der Vultures nach dem Angriff der Sicarii zu übernehmen. Würde mich nicht wundern, wenn er bereits Späher in die Umgebung geschickt hat, um nach Vulturetruppen zu suchen, die nur auf meinen Befehl warten.«

Cassidy überlegte, was sie darauf antworten sollte. Die Logik war verblüffend. Wie Angel selbst zugab, hatte sie jahrelang versucht, diesen Ort einzunehmen und war mehrfach gescheitert.

»Der Plan an sich ist gut. Könnte wirklich von mir sein, aber Frank müsste es besser wissen.«

»Ich vertrau dir«, rutschte es Cassidy plötzlich heraus. Sie wusste nicht, was sie sonst sagen sollte. Es war einfach ein Gefühl, das in ihr einen uneingeschränkten Glauben an Angels Aufrichtigkeit auslöste. Sie war durch die Hölle gegangen, um Cassidy zu befreien.

Angel lächelte glücklich und schloss sie in ihre Arme. »Das ist mir wichtiger, als du dir vorstellen kannst.«

»Nimmst du mich mit?«

»Bist du sicher, dass du das willst? Die anderen Enklaven wurden zerstört. Wir werden vielleicht monatelang kein anständiges Bett finden, geschweige denn vernünftige Nahrung.«

»Weil die letzten vier Wochen ja auch in völliger Harmonie verlaufen sind? Ich weiß nur, dass du während dieser Zeit die einzige Konstante warst, auf die ich mich verlassen konnte. Wenn du gehst, dann kommen Caiden und ich mit dir!«, entschied Cassidy.

»Er weiß doch gar nichts davon?«

»Ist ja nicht so, als hätte er eine Wahl, oder?«

Angel grinste beim Gedanken daran, wie sie vor Monroes Augen verschwinden würden. Gemeinsam bereiteten die beiden den Humvee auf eine lange Reise ins Ungewisse vor.

17. EXODUS

Auf seiner Zigarre kauend beobachtete General Monroe zwei Stunden später die Schlange von hochmotivierten Zivilisten vor dem Waffenlager, wo ihnen die Ranger Gewehre, Pistolen und Munition aushändigten. Seit Jahren bereitete er die Siedlung regelmäßig auf einen Angriff vor, zwar eigentlich ausgehend von den Vultures, aber welchen Unterschied machte das schon.

»Wir brauchen einen Plan B«, sagte er, als Angel in seinem Augenwinkel auftauchte. Sie fror in ihrem dünnen Top und rieb sich die Gänsehaut von den Armen. Bei der Beladung des Humvees hatte sie geschwitzt und ihre Lederjacke in den Wagen geschleudert. Dort lag sie immer noch.

»Was habt ihr denn vorgehabt, falls wir gewonnen hätten?«, fragte sie.

Mit etwas Galgenhumor in der Stimme drehte Monroe sich zu ihr um. »Diese Möglichkeit haben wir eigentlich nie in Betracht gezogen«, erwiderte er. Zweifelsohne eine Anspielung auf das Überlaufen der halben Kommandoebene der Vultures. Angels eiskalter Blick ließ ihn jedoch weitere Scherze vermeiden. »Victor hat kurz vor deinem Seitenwechsel einen Abschnitt der nördlichen Palisade als Notausgang präpariert. Die Mauer lässt sich so präzise sprengen, dass eine künstliche Brücke entsteht. Die alte Umgehungsstraße dahinter führt ein paar Kilometer weit nach Norden und mündet irgendwann auf die Autobahn.«

»Und was hätte uns an der Verfolgung gehindert?«

Monroe behielt den Augenkontakt mit Angel bei, während er nachdenklich an seinem Kinn rieb und überlegte, ob jetzt der richtige Zeitpunkt wäre, sie in das letzte Geheimnis von Silver Valley einzuweihen. Ohne wirklich eine Wahl zu haben, führte er sie zur Tankstelle und befahl den Wachen, niemanden hineinzulassen, nicht einmal Kim, was Angel umso neugieriger machte.

»Andy war immer bewusst, dass unser Treibstofflager die Gangs wie Kakerlaken anziehen würde«, philosophierte Monroe auf seiner Zigarre nuschelnd, während er die Wandhalterungen einer der Landkarten löste. Dahinter verbarg sich eine kleine Fernbedienung mit einem numerischen Tastenpad. »Wenn eine Evakuierung Erfolg haben soll, dann muss der Angreifer zuvor so stark geschwächt werden, dass eine Verfolgung unmöglich wird. Unter deinen Füßen sind acht Sprengladungen versteckt, die hiermit gleichzeitig gezündet werden können und anschließend das Treibstofflager, die Tankstelle und alles im Umkreis von einhundert Metern einebnen.«

Ehrfürchtig ließ Angel ihre Fingerspitzen über die berührungsempfindliche Oberfläche gleiten. Sofort leuchtete das Touchpad in einem hellen Blauton auf und erwartete die Codeeingabe. Mit einem Schmunzeln verfolgte Monroe, wie Angel die Fernbedienung vor Schreck beinahe fallen ließ. Derart hochentwickelte Technik funktionierte gut zwanzig Jahre nach dem globalen Untergang nur noch in Ausnahmefällen.

»Der Code ist 8-5-2-7«, sagte Monroe leise, bevor er sie wieder an sich nahm und hinter der Karte versteckte. »Niemand weiß davon. Nicht mal Kim. Sie würde mit dem Wissen keine Nacht mehr schlafen können und wahrscheinlich in den Viehstall umziehen.«

Auch Angel fühlte sich ausgesprochen unwohl. Sie stand auf einer gigantischen Bombe, die ihrem Verständnis nach jederzeit hochgehen konnte. Plötzlich schoss ihr die Frage durch den Kopf, warum Monroe sie gerade jetzt darüber informierte.

Er ging zum Kartentisch in der Mitte des Raumes. »Sollten wir scheitern, sind die Sprengladungen die einzige Chance für unsere Verbündeten und jeden, dem die Flucht aus Silver Valley gelingt. Sie waren nie als taktische Option gedacht, sondern nur als absolute Notlösung. Die Zündung ist meine Aufgabe, aber falls ich es nicht schaffe ...«

Monroe musste den Satz nicht vervollständigen, Angel verstand ihn vollkommen. Sehnsüchtig blickte sie zum Versteck hinter der Landkarte und versuchte sich auszumalen, wie viele Sicarii sie damit ausschalten könnte. Fast beneidete sie Monroe um das Privileg, diese Bastarde zur Hölle schicken zu dürfen.

»Nun geh und ruf dein Team zusammen. Wir sollten eure Erfahrungen im Kampf gegen die Sicarii nutzen und ihnen das Kommando der wichtigsten Stellungen übertragen.«

Dein Team – seine Worte klangen wie aus einer anderen Zeit. Angel hatte sich erstaunlich schnell mit dem Vertrauensbruch abgefunden und freute sich auf die bevorstehende Freiheit, aber vielleicht nagten ja doch Schuldgefühle an Monroe, die er vor der

Schlacht loswerden wollte.

Nickend verließ sie die Tankstelle und schlenderte an der Palisade entlang, wo Butch und Victor die Hälfte der Claymores versteckten und mit unscheinbaren Zündschnüren verbanden. Sie vergruben sie einen halben Meter tief in der Erde, damit sie bei eventuellen Durchbrüchen oder aufgrund von feindlichem Beschuss nicht einfach durchtrennt werden konnten. Den Rest hatten sie in der Siedlung verteilt, um die Baracken als vorletzte Option sprengen zu können, in denen die Sicarii mit Sicherheit Deckung suchen würden.

Cassidy hatte sich unterdessen freiwillig für den Lazarettumzug gemeldet. Sie stapelte gerade die letzten Medikamente auf den orangefarbenen Pick-up, den Butch ihr für den Transport überlassen hatte. Die Aussicht auf ein Wiedersehen mit ihren Entführern sorgte bei ihr für großes Unbehagen. Sie lenkte sich durch Arbeit ab und hoffte, irgendwann einfach todmüde ins Bett zu fallen.

Nach einer halben Stunde versammelte sich Angels Team vor dem Kartentisch der Tankstelle. Nur Kim verspätete sich etwas, da Johnnys alter Rollstuhl dringend eine Ölung nötig hatte und sie den schweren Mann auf seinen quietschenden Rädern kaum vorwärts bekam.

Als Monroe sich von seinem Schreibtisch erhob, kehrte schlagartig Ruhe ein. Nachdenklich schritt er auf den Planungstisch zu und musterte dabei die Augen seiner Elite. Die Müdigkeit stand ihnen ins Gesicht geschrieben, ebenso wie das beklemmende Gefühl des Ausgeliefertseins. Sie konnten nur warten, bis der Feind endlich angreifen würde. Eine Offensive kam schon längst nicht mehr in Frage. Nachdem die zahlreichen Berichte über die Sicarii deren Ruf als wilde Barbaren im Stile der Vultures widerlegt hatten und ihre strategische Finesse zum Vorschein getreten war, plante Monroe einen Verteidigungsschild aus Scharfschützen, die sich im östlichen Teil von Silver Valley unsichtbar verschanzen sollten, um ungestört die Kommandostruktur des Gegners erkennen und ausschalten zu können. Angel gefiel der Plan, gezielt Jagd auf die Angreifer machen zu dürfen.

Kim meldete sich freiwillig für das Kommando über die Palisadenverteidigungstruppen, wogegen Monroe sofort sein Veto einzulegen versuchte. Auch Johnny missfiel der Gedanke, seine Freundin an vorderster Front zu wissen, doch nach ein paar Minuten hatte sie die Patriarchen mit Angels Hilfe überzeugt. Sie verlangten vom gesamten Dorf ihr Leben aufs Spiel zu setzen, da musste den Männern und Frauen wenigstens ein Mitglied der Kommandoebene den Rücken stärken.

Cassidy verzog kurz darauf enttäuscht das Gesicht, als Angel auf ihre Versetzung zum Lazarettschutz bei den Feldern bestand, wo sie gegebenenfalls Steven zur Hand gehen sollte. In Wirklichkeit fürchtete sie eine Wiederholung der Ereignisse von Eagle Village und wollte ihre Schülerin in Sicherheit wissen, um sich ganz auf die Jagd konzentrieren zu können.

Butch erklärte sich bereit, für Johnny den Chauffeur zu spielen, so dass er sich am Heckgeschütz seines Pick-ups für die Zerstörung von Jaguar Bay rächen konnte. Victor übernahm mit einem selbstverständlichen Nicken die Verantwortung für die Sprengsätze und den Mörser.

Damit war die Besprechung beendet und Monroe schickte seinen Führungsstab auf ihre Quartiere. Nur Angel bat er, einen Moment länger zu verweilen. Etwas widerwillig machte die todmüde Frau auf der Türschwelle kehrt und schwankte absichtlich torkelnd zurück zum Kartentisch. Sie stützte sich mit ihren Fäusten auf dem Holzfurnier ab und blickte ihn so vorwurfsvoll wie bei ihrer Rückkehr an.

»Ich weiß, dass wir momentan nicht das beste Verhältnis zueinander haben«, begann er bewusst vorsichtig und verschränkte die Arme in militärischer Haltung hinter seinem Rücken. Angel wirkte, als hätte Monroe gerade einen schlechten Scherz gemacht, woraufhin er seine Hände entmutigt fallen ließ. »Was hätte ich denn deiner Meinung nach tun sollen? Gerademal einen Tag vor eurer Rückkehr erfuhr ich von der Kriegserklärung gegen uns! Sienna völlig zerstört, Eagle Village auf der Flucht und plötzlich stehst du mit dem Fliegenden Holländer in der Tür!«

Angel löste grimmig ihre Fäuste und lehnte sich über den Tisch, als wolle sie Monroe etwas zuflüstern. »Vertrauen!«

»Du stellst dir das alles so einfach vor!«, rief er und riss die Hände gen Himmel. »Du musst dich nur um ein Team von sechs Leuten sorgen. Was glaubst du, wär hier los gewesen, wenn auf einmal wildfremde Vultures frei im Lager herumspaziert wären?«

Angel hörte seine Argumente nicht zum ersten Mal und konnte sie durchaus nachvollziehen. Was sie wirklich zur Weißglut getrieben hatte, war, dass Monroe diese Entscheidung ohne sie getroffen hatte und sie dadurch vor ihren Freunden ins Messer laufen ließ.

»Und nun haben unsere wertvollen, mündigen Bürger ihren Willen bekommen«, erwiderte sie. »Und selbst wenn morgen die Hölle losbricht, können wir zumindest sicher sein, dass die bösen Vultures die Situation nicht ausnutzen werden!«

»Jetzt ist nicht die Zeit für deinen verdammten Zynismus!«, grollte Monroe und schlug zornig auf die Tischplatte.

»Ich hab Himmel und Erde in Bewegung gesetzt, um dieser Siedlung eine Chance zu verschaffen, nachdem deine verfluchte Basis uns fast alle umgebracht hat!« Mit diesen Worten schleuderte sie ihm Matthews silberne Erkennungsmarke auf den Kartentisch. »Mein ganzes Team hat sein Leben für dich riskiert!«, giftete Angel weiter, so dass sie wahrscheinlich halb Silver Valley in der nächtlichen Stille hören konnte. »Das gilt auch für Prinzessin Kimberley, die übrigens als erste mit meinem Plan einverstanden war!«

Monroe wendete sich ruppig von ihr ab und kramte in einer Schublade seines Schreibtischs. Als er sich wieder umdrehte, verschwand sein zorniges Gesicht und er wirkte erneut wie ein disziplinierter Oberbefehlshaber.

»Ich hatte nie den Verdacht, dass *du* uns verraten könntest«, sagte er nachdenklich. »Aber wenn du dich irrst, werden wir alle den Preis dafür zahlen müssen.« Für einen kurzen Augenblick senkte Monroe den Kopf, doch dann warf er Angel einen kleinen Schlüssel zu. »Versuchs mal hiermit«, sagte er wie ein schlechter Verlierer. »Sonst muss ich bald die Türschlösser rationieren.«

Damit hatte Angel nicht gerechnet. Trotz des faden Mondlichts, das durch ein zersplittertes Fenster hereinfiel, konnte sie seinen besorgten Gesichtsausdruck erkennen. Er vertraute ihr, aber nicht ihrer Gefühlswelt. Ließ sie sich von ihrem Herzen in die Irre führen? Wollte sie die Vultures unbedingt wieder als ihre Verbündeten betrachten? Sehnte sie sich dermaßen in eine Zeit ohne Regeln zurück?

Nein. Ihre Entscheidung stand genauso fest wie ihre entschlossene Miene, mit der sie die Tankstelle verließ und schnurstracks zur Gefängnisbaracke sprintete.

Den nervösen Wärtern schlotterten die Knie, als sie Angel ein zweites Mal auf sich zustürmen sahen. Erst als sie den beiden den Schlüssel präsentierte, atmeten sie erleichtert auf. Drinnen angekommen weckte sie Caiden und Faith mit dem Finger vor dem Mund, erklärte kurz die Lage und wies ihnen den Weg zu Cassidys Quartier. Kaum war sie mit Dog allein – Mitch schlief noch immer auf ärztliche Anweisung im Lazarett – ließ sie ihre Uniform zu Boden fallen und schlüpfte unter seine flickenübersäte Gefängnisdecke.

***

Jeder kennt das Gefühl, wenn man in Erwartung eines großen Ereignisses, wie beispielsweise dem eigenen Geburtstag, nicht einschlafen kann. Die meisten Kinder wälzen sich stundenlang im Bett und kommen einfach nicht zur Ruhe. Wird die Aussicht jedoch zur Gewohnheit, wie der jährlich wiederkehrende Geburtstag, so verringert sich die Aufregung in jedem Jahr ein wenig, bis man irgendwann völlig gleichgültig einschläft. Dasselbe geschah mit Cassidy in den vergangenen dreißig Tagen. Der ständige Kampf ums nackte Überleben und die Gefahr als permanenter Begleiter auf den langen, riskanten Reisen durch die Steppe stumpften sie ab. Vielleicht war es aber auch einfach nur die Erschöpfung, die sie die Alarmsirene ignorieren ließ, die Monroe vor seiner Tankstelle per Hand bediente.

Erst eine kalte Dusche aus ihrem Zahnputzbecher riss Cassidy aus ihrem tiefen Schlaf. Ihr Bruder hatte sich nicht dazu durchringen können, sie mitten in der Nacht aufzuwecken und über den Sinneswandel des Generals zu unterrichten. Entsprechend fassungslos rieb sie sich die verschlafenen Augen, bis Caiden ihr versicherte, dass sie nicht träumen würde und sie während des Anziehens auf den neuesten Stand brachte.

Angel sah die Sache natürlich völlig anders und hatte im provisorischen Gefängnis keine Hemmungen gezeigt, Dog durch eine schmerzhafte Druckmassage aus seinen zerbrochenen Welteroberungsträumen zu reißen. Das selbstgefällige Grinsen auf seinen Lippen, das er den Wachen im Morgengrauen vor der Gefängnisbaracke entgegenwarf, während er seinen Gürtel festschnallte, zeugte allerdings von Angels erfolgreicher Wiedergutmachung. Stolz schritt er mit ihr zusammen zur Tankstelle, wo Monroe und der Rest des Teams bereits warteten.

»Wenigstens sind sie pünktlich«, brummte der General den beiden zu und deutete auf den Hügel vor der Siedlung. Zwei leichtbewaffnete feindliche Spähbuggys fuhren auf der Anhöhe mit laut heulenden Motoren im Kreis und wirbelten dabei Unmengen von Wüstenstaub auf. Zweifelsohne folgte ihnen die davon verschleierte Sicariiarmee in geringem Abstand. Einmal mehr hatten sie ihre Strategie geändert und nutzten die Furcht vor ihrem gewaltigen Heer, anstatt auf das Überraschungsmoment zu setzen.

Eingeschüchtert wichen die Dorfbewohner vor der Waffenausgabe zurück, als sich Angels Team zusammen mit den Vultures näherte. Während Caiden und Dog nur müde über die Reaktion mit den Schultern zucken konnten, bot Faith ihnen ein Schauspiel, mit dem sie auf jedem Jahrmarkt die Hauptattraktion gewesen wäre. Gefühlte zehn Minuten lang ließ sie ein funkelndes Messer nach dem anderen in ihr braunes Lederkorsett und die daran befestigten Holster gleiten. Wie schon beim ersten Zusammentreffen mit den Rangern fielen viele, meist männliche Dorfbewohner in eine seltsame Trance, als sie die grazile Amazone bei ihrer nicht ganz ungefährlichen Vorführung beobachteten.

Ein lautes Räuspern des Generals brachte die Menge wieder zur Besinnung und ließ sie auf ihre einstudierten Positionen gehen. Ein letztes Mal drückte er Kim an sich, bevor sie ihre Ranger an die Palisade führte. Angel wünschte ihrem Team wie immer eine gute Jagd, begleitete Cassidy in Richtung des Lazaretts und füllte auf dem Weg ihre Sandsocke. Viele Gebäude in Silver Valley erfüllten sowohl zivile als auch militärische Zwecke. In diesem Fall hatte sich die Scharfschützin eine Stellung auf dem zehn Meter hohen Windrad ausgesucht. Die permanente Bewegung dürfte die Augen der feindlichen Späher verwirren und der Hochstand ihr gleichzeitig eine perfekte Feuerposition verschaffen. Ein paar alte Decken und Kisten sorgten für zusätzliche Tarnung und der Wabenaufsatz vor der Linse würde verräterische Reflexionen selbst bei direktem Sonnenlicht verhindern. Sollte sie dennoch entdeckt werden, lag ein Seil für einen schnellen Abstieg bereit. Außerdem hatte sie schon vor drei Jahren kleine Markierungen aus Felsen oder unscheinbar wirkenden Holzplanken als Entfernungsindikatoren rund um Silver Valley verteilt, was das Zielen bei Windstille zu einem Kinderspiel machte. Nur die gefährliche Höhe verdarb ihr den

Spaß an der Sache und sie hoffte inständig, keinen Gebrauch von dem aufgerauten Tau machen zu müssen.

Eine Viertelstunde später zogen die lauten Aufklärer unvermittelt ab und überließen die Siedlung einer unheimlichen Stille, die wie ein schweres Leichentuch auf dem Dorf lastete. Besonders die Frontverteidiger spürten die in der Steppe lauernde Bedrohung, die wie ein Damoklesschwert an einem seidenen Faden über ihren Köpfen schwebte. Wie erwartet verströmte Kim dank ihrer optimistischen Art große Zuversicht. Die Männer und Frauen lehnten möglichst entspannt an den Holzplanken, reichten Feldflaschen durch die Schützengräben und tauschten Gerüchte über den nahezu unbekannten Feind aus.

An der Ostgrenze der Siedlung kratzte Angel mit einem abgebrochenen Ast an ihrem Scharfschützengewehr und knurrte gereizt, als der festsitzende Dreck im Kampf gegen das Holzstäbchen als Sieger hervorging. Am liebsten hätte sie Dog dafür in den Hintern getreten, ihre Lieblingswaffe derart verdreckt in den Schrank gehängt zu haben. Beinahe gelangweilt starrte sie anschließend in den Himmel, als würde sie auf ein Zeichen des Angriffs warten.

Das Leben eines Scharfschützen der Wastelands war von Entbehrungen gezeichnet. Tagsüber heizte sich die Luft unter der Tarnung extrem auf, nachts fror man sich die Finger ab. Zum Glück hatte sich die erfahrene Kämpferin eine große Wasserflasche samt Trinkschlauch bereitgestellt, um die Qualen zu lindern. Derweil kreiste ein einzelner Vogel über Silver Valley. Wahrscheinlich konnte er die Armee schon sehen und freute sich auf das bevorstehende Festmahl – aber das würde Angel ihm gehörig vermiesen. In der festen Überzeugung, dass Monroe sicher nichts gegen eine Zielübung einzuwenden hatte, legte sie an und justierte ihre Zieloptik. Doch was sie erblickte, ließ sie für einen Moment an ihren Augen zweifeln. Das war überhaupt kein Vogel, das war eine militärische Aufklärungsdrohne!

***

Unterdessen schlurfte Cassidy mit einem enttäuschten Gesichtsausdruck vor dem provisorischen Lazarett auf und ab. Ihr treues, aber dank Angel zur Nutzlosigkeit verdammtes Gewehr lehnte an einer Schulbank, auf der Jesse gierig seine warme Suppe auslöffelte und dabei laut aufstoßen musste.

»Pass auf was du sagst!«, tadelte sie ihn im Scherz.

Mit rot angelaufenem Gesicht erhob sich der Junge und gesellte sich zu Cassidy, die betrübt in Richtung Nordwesten blickte.

»Ich versteh gar nicht, wieso du so sauer bist. Ich jedenfalls kann mir was Besseres vorstellen, als den Typen erneut gegenüberzustehen!«

Seine Freunde hatten sich ja auch alle abmarschbereit im gelben Schulbus verbarrikadiert, während ihr Team an vorderster Front ihr Leben riskierte, dachte Cassidy im Stillen. Andererseits hatten ihm die Sicariiwachen in Brackwood eine Zukunft als Kohleschürfer prophezeit, daher zeigte sie durchaus Verständnis für Jesses erhöhtes Sicherheitsbedürfnis.

»Diesmal sind wir vorbereitet, haben die Vultures auf unserer Seite und Monroe als Kommandeur. Die werden uns nicht noch einmal überraschen«, versuchte sie ihn zu beruhigen, obwohl sie die ganze Zeit nervös mit dem Kruzifix ihrer goldenen Halskette spielte und daher nicht sehr überzeugt wirkte.

»Ja schon«, sagte er und schwankte unbehaglich von einem Fuß auf den anderen. »Das wissen die aber auch.«

Cassidy blickte in seine tiefen, braunen Augen und erkannte eher einen vom Leben gezeichneten Mann, als einen Jungen, der nicht mal einen Bartflaum vorweisen konnte.

Der attraktive Krankenpfleger Marcus war unterdessen ein Lichtblick ihres Reservistendaseins. Es kam ihr etwas seltsam vor, den großen Frauenschwarm zu beschützen, wo sie doch am liebsten von ihm auf einem weißen Ross gerettet worden wäre; ganz wie in ihren Märchenbüchern. Zu ihrer Erleichterung reagierte er äußerst verständnisvoll auf die von ihr überbrachten Befehle, sein zur mobilen Krankenstation umgebautes Wohnmobil auf eine schnelle Evakuierung vorzubereiten. Cassidy kam nicht umhin sich zu fragen, wie weit sein Gehorsam ihr gegenüber gehen würde. Als sie im Angesicht derart sündhafter Gedanken gerade knallrot anlief, erhob sich plötzlich ein gewaltiger Feuerball über der westlichen Palisade, dessen heiße Druckwelle sogar noch mitten auf dem Feld spürbar war. Ein Dutzend Artilleriegranaten schlugen im Umkreis der Mauer ein.

***

Kim hatte sich mit ihren Leuten schutzsuchend auf dem Boden zusammengerollt. Sie konnten nichts weiter tun, als das Bombardement abzuwarten und zu hoffen, dass sie die tiefen Schützengräben vor den Detonationen bewahren würden. Schon in den ersten Sekunden der Schlacht verloren einige der Zivilisten die Nerven, kreischten panikartig um Hilfe oder flüchteten Hals über Kopf aus ihren Stellungen. Ein derartiges Artilleriefeuer hatten nur die wenigsten von ihnen je miterlebt.

»Sie kommen!«, ertönte Angels Stimme aus den Funkgeräten. »Zwanzig Fahrzeuge! Halten direkt auf die Palisade zu!«

Ungläubig erhoben sich die Frontsoldaten zurück in ihre Schießscharten und verfolgten die dreihundert Meter breite Front an Pick-ups, Buggys, Quads und Motorädern, die geradewegs auf sie zuhielt. Auch Monroe wirkte für einen Moment verwirrt. Das Minenfeld würde die Angreifer bereits weit vor der Befestigung mit Leichtigkeit aufhalten können.

Auf einmal wendeten die Wagen jedoch wie in einem ferngesteuerten Ballett und jagten parallel an der Mauer entlang. Die Bordschützen eröffneten das Feuer, obwohl sie auf diese Entfernung höchstens Zufallstreffer landen konnten. Das hielt die Verteidiger freilich nicht davon ab, sich aus allen Rohren zu revanchieren.

»FEUER EINSTELLEN! STELLT DAS FEUER EIN!«, schrie Kim so laut es ihre Lungen zuließen, aber weniger als die Hälfte ihrer Leute hörte sie im tosenden Lärm der Schlacht.

»Angel, behalt deine Augen auf dem Hügel! Der echte Angriff steht uns noch bevor!«, ertönte Monroes Stimme aus den Ohrstöpseln.

Angel war endlich einmal wieder seiner Meinung, doch der aufgewirbelte Staub erschwerte ihre Aufgabe ungemein. Beinahe hätte sie die beiden schwergepanzerten Ungetüme übersehen, die kurz darauf am Horizont auftauchten. Es waren große Zugmaschinen, an deren Front eine Winde aus Eisenketten rotierte, die wiederum Unmengen an Wüstensand vor sich herschleuderte. Sofort meldete Angel die neue Angriffswelle und klassifizierte sie erfahrungsgemäß als Minenräumpanzer, doch die Frontverteidiger hatten keine Chance, die herannahenden Maschinen auszuschalten. Sie sahen sie ja noch nicht einmal.

Stattdessen führte Dog ein Team aus Raketenschützen auf das Dach der Tankstelle und wartete, bis die Laster in Schussweite kamen. Die vielen kleinen Detonationen, ausgelöst durch die Minenräumvorrichtungen, reichten ihnen als Zielmarkierung. Gleichzeitig feuerten die Verteidiger sechs Raketen ab und trafen beide Fahrzeuge. Nach einem Direkttreffer im Führerhaus explodierte das linke Ungetüm und rollte gefahrlos im Minenfeld aus. Ein Feuerball am Heck des zweiten Lasters warf die Maschine aus der Bahn, bis sie sich mehrfach überschlug und unkontrolliert gegen die Mauer krachte. Im letzten Moment konnten sich die Abwehrtruppen in den Schützengraben retten, bevor sich die Baumstämme nach innen bogen und ihre Stellungen zerstörten.

Angel wollte den Teilerfolg gerade über Funk verkünden, da erkannte sie eine weitere Staubwolke nur hundert Meter vor der Palisade. Ein gigantischer Kipplaster hatte seine Minenräumwelle erst kurz vor dem Verteidigungsgürtel gesenkt, um sich nicht schon vorher zu verraten. Sie versuchte die Verteidiger zu warnen, doch es war bereits zu spät. Der riesige Truck brachte die versteckten Sprengsätze wie harmlose Knallfrösche zur Explosion. Anschließend bohrte sich die rotierende Stahlkettenwinde in den zwei Meter breiten Graben vor der Festung, hob das träge Monster wie einen wütenden Dinosaurier über die Spalte und ließ ihn laut krachend auf die Palisade hinabstürzen. Die Holzplanken brachen unter dem tonnenschweren Laster wie Streichhölzer und zischten als tödliche Splittergeschosse durch die Verteidigungslinien. Ein ganzer Zug von Verteidigern konnte sich nicht mehr rechtzeitig in Sicherheit bringen und wurde von dem haushohen Stahlmonster wie Ungeziefer zerquetscht. Das plötzlich einsetzende Pfeifen der feindlichen Artillerie ließ den Großteil der Überlebenden panisch das Weite suchen, doch diesmal zielten die Schützen nicht auf die Palisade selbst, sondern gut fünfzig Meter dahinter. Die flüchtenden Männer und Frauen wurden von den Granaten zu Boden geschleudert und kurz darauf unter den einstürzenden Baracken in einem tödlichen Feuersturm begraben.

Kim blickte fassungslos an den zersplitterten Resten der Mauer vorbei und sah sich dem Ansturm der gesamten Sicariiarmee ausgesetzt, die nun den Spuren des gigantischen Kipplasters durch das Minenfeld folgte und ihn jeden Moment als Belagerungsturm erstürmen würde.

»Wir können die Stellung nicht länger halten!«, schrie sie im Lärm der Schlacht in ihr Mikrofon. Ihren eigenen Leuten rief sie zu, die Verwundeten zu bergen und dann einen geordneten Rückzug hinter dem Kommandobunker entlang anzutreten. Als sie die Überlebenden gerade aus der heißen Zone führen wollte, vernahm sie unter dem Kipplaster einen röchelnden Hilferuf.

»Stan! Stan verdammt, wir holen dich da raus!«, versicherte sie dem eingeklemmten Jäger. »Los, hebt den Pfahl hoch, damit ich ihn rausziehen kann!«

Nur zwei ihrer Männer fanden noch den Mut, ihr im Angesicht der herannahenden Armee zur Seite zu stehen, und stemmten sich mit aller Kraft gegen das Mauerstück, aber sogar mit Kims Unterstützung bewegte sich das Gerüst keinen Millimeter. Plötzlich zischten Gewehrkugeln über sie hinweg, die einen der Ranger von oben in den Kopf trafen und tot zu Boden stürzen ließen. Kim erwiderte das Feuer, doch die Vorhut der Sicarii auf dem Dach des Lasters zwang sie sofort zurück in Deckung. Ihr verbleibender Kamerad wollte gerade eine Granate hinauf schleudern, da fiel einer der Angreifer leblos vor ihre Füße. Polternd rollten die beiden anderen von der Ladefläche herunter.

Kim traute ihren Augen kaum. Faith rannte wie der Teufel durch das verrauchte Niemandsland zwischen Palisade und Baracken. Zusammen mit Caiden hatte sie die feindlichen Kämpfer ausgeschaltet. Während ihm das Pärchen Deckung gab, ließ Dog sich in den Schützengraben hineinrutschen und stemmte sich mit aller Kraft unter den Baumstamm, der Stan zu zerquetschen drohte. Gemeinsam mit dem überlebenden Ranger gelang es ihm, das zerbrochene Palisadenstück lange genug anzuheben, bis Kim den glücklosen Jäger aus seiner Todesfalle befreit hatte.

»Bringt eure Verwundeten raus! Wir lenken sie ab!«, befahl der Hüne und dachte gar nicht daran, Kim zu Wort kommen zu lassen.

Dog führte seine Leute zurück zu den brennenden Baracken, wo Mitch bereits auf sie wartete. Er lag mit dem alten Maschinengewehr aus dem geheimen Lager auf dem Boden und deckte den zum Belagerungsturm umfunktionierten Kipplaster mit funkenschlagendem Sperrfeuer ein. Die anderen Vultures verteilten sich zwischen den einstürzenden Behausungen und erschufen durch ständige Positionsänderungen die Illusion eines ganzen Gefechtszuges.

***

Angel hatte unterdessen bereits ihr drittes Magazin verschossen und würde ihre Patronen bald manuell laden müssen. Die Sicarii machten es ihr wirklich nicht leicht, Führungskräfte zu identifizieren. Die Staubwolke hatte sich aufgrund der gewaltigen Explosionen zu einem mittleren Sandsturm entwickelt, weshalb sie den ihr unterstellten Scharfschützenteams befahl, die Angreifer nach eigenem Ermessen aufs Korn zu nehmen. Mit einem wohligen Kribbeln in der Magengegend hatte sie Dogs Rettungsaktion mitverfolgt, insbesondere weil Angel vier weitere Sicarii ausschalten konnte, die sie ansonsten während der Flucht von hinten erwischt hätten. Er schuldete ihr mal wieder sein Leben und das würde sie ihm später ausführlich aufs Brot schmieren.

Generell verlief die Schlacht bisher im Großen und Ganzen erwartungsgemäß, auch wenn Monroe das angesichts der hohen Verluste bestimmt anders sah. Nachdem Kim die heiße Zone evakuiert hatte, setzte der General seinen eigentlichen Plan in Gang. Er befahl Victor, das Gebiet außerhalb der Palisade mit Mörsergranaten einzudecken, während Angels Scharfschützen das Feuer auf übermütige Sicarii konzentrieren sollten, die über die Schützengräben hinweg in die Siedlung vordringen wollten. Mit jeder Minute versammelten sich mehr und mehr von ihnen in den Gräben, die bald zusammengequetscht wie Sardinen in einer Dose auf den Einmarschbefehl warteten. Sie konnten nur hoffen, dass die Verdrahtung der ferngezündeten Minen trotz der durchbrochenen Palisade funktionierte.

»Dog, es ist so weit! Schaff deine Leute da raus, wir sprengen die Front!«, befahl Angel, als es fast unmöglich schien, die Angreifer noch länger einzupferchen.

***

»Wir ziehen uns zurück! Zum Feld! Los, zurück! Zurück!«, rief Dog entlang der zerstörten Baracken. Zusammen mit den Rangern, die sich ihnen todesmutig angeschlossen hatten, schlugen sich die erschöpften Vultures durch die verbrannte Siedlung in Sicherheit. Die starke Rauchentwicklung ließ sie unentwegt husten und ständig die Orientierung verlieren. Überall um sie herum zischten und knallten einschlagende Kugeln und Querschläger. Leichenteile der Artillerieschläge lagen verstreut zwischen den Ruinen und bildeten gefährliche Stolperfallen. Einige der zuvor geflüchteten Frontverteidiger lebten noch und riefen verzweifelt um Hilfe. Die Hitze der brennenden Betten und Holzvertäfelungen machte den Vultures ungeheuer zu schaffen und ließ sie beinahe das Bewusstsein verlieren.

Erst nachdem sich der beißende Nebel um Caiden herum lichtete, stellte er fest, dass er mit Faith weit vom Kurs abgekommen und mitten in Victors Stellung hineingestolpert war.

»Hier Kim, Rückzug abgeschlossen!«, rauschte es aus ihren Funkgeräten.

»Angel, bestätige.«

»Victor, Monroe, grünes Licht! Ich wiederhole, grünes Licht!«

Caiden legte sich in die Mulde hinein und nahm vereinzelte Sicarii unter Feuer, die in der zerstörten Siedlung ebenfalls die Orientierung verloren hatten, doch anstatt ihn zu unterstützen schlich sich Faith lautlos hinter den Sprengstoffexperten, der gerade seine Schalttafeln entsicherte.

»Caiden ...«, flüsterte sie zögerlich. »… es tut mir leid.«

Mit fragenden Blicken drehte sich Cassidys Bruder zu ihr um und traute seinen Augen nicht.

»Lauf! Bring deine Schwester hier raus und vergiss, dass du mich je gekannt hast!«

Für den Bruchteil einer Sekunde klang es, als stünde sie kurz davor in Tränen auszubrechen, doch dann zückte sie mit entschlossener Miene ihre zwei längsten Kampfdolche.

»Nein! – Nicht!«, rief Caiden und hielt ihr die Hände entgegen.

Seine aufgerissenen Augen und der panische Gesichtsausdruck verwirrten Victor. Er wollte sich gerade umdrehen, da rammte Faith ihm die funkelnden Klingen in den Rücken. Victor heulte auf, als sie den Stahl in seinen Eingeweiden drehte, bis er kurz darauf leblos zusammensackte. Caiden griff nach seinem Gewehr, stolperte kopflos aus der Mulde heraus und floh in Richtung des Feldes.

»Lauf, törichter Dummkopf. Lauf!«, säuselte Faith wehmütig. Anschließend kniete sie sich auf den Boden und untersuchte die Sprengtafel.

»Victor, verdammt! Die stürmen die Siedlung! Wo bleiben

meine Sprengsätze?«, donnerte Monroes Stimme aus dem Ohrstöpsel des toten Rangers. Einen Augenblick lang wartete Faith, ob Caiden dem General antworten würde; doch das Funkgerät schwieg. Sie säuberte ihre Messer an Victors Kleidung, ließ sie zurück in ihr Lederkorsett gleiten und legte anschließend gleichgültig den Schalter für das Evakuierungstor um.

»Verflucht nochmal, das war der falsche Knopf!«, hörte sie Angel rufen.

Faith rollte sich aus der Artilleriestellung heraus, um nicht von ihr entdeckt zu werden. Anschließend verschwand sie spurlos im Rauch der verbrannten Siedlung.

»Victor ist tot! Wir müssen hier raus!«, schallte Caidens Stimme aus den Funkgeräten.

***

Der Schock über die plötzliche Wendung erwischte Monroe wie eine eiskalte Dusche, doch er konnte sich jetzt keine Schwäche erlauben. Sofort befahl er seinen Leuten, den Kommandobunker zu räumen und durch den Hinterausgang die Evakuierung zum Sammelplatz anzutreten. Bevor er sich selbst auf den Weg machte, riss er die Karte von der Wand und steckte die Fernbedienung für die unterirdischen Sprengsätze ein. Der Blick aus den vergitterten Fenstern hinaus zur Palisade ließ sein Gesicht versteinern. Nun ging es nicht mehr um Sieg oder Niederlage, sondern ums nackte Überleben.

»Rückzug aller Truppen zum Feld! Wir bauen eine finale Verteidigungslinie am westlichen Bewässerungsgraben auf, bis der Konvoi abmarschbereit ist!«

Kaum hatte er seinen Funkspruch abgesetzt, drangen die ersten Sicarii durch die Vordertür in sein ehemaliges Kommandozentrum ein. Als letzte Amtshandlung hatte er jedoch eine kleine Sprengladung in seinem Schreibtisch aktiviert, damit die Unterlagen über die anderen Enklaven, Evakuierungspunkte, Fluchtrouten und Kontakte dem Feind unter keinen Umständen in die Hände fielen. Die Angreifer beendeten ihre Verfolgung umgehend, als sie das Kartenmaterial an den Wänden erblickten, und sicherten zunächst den Kommandobunker. Im selben Moment erschütterte eine Explosion das Innere der Tankstelle und schleuderte die letzten

Fensterreste hinaus auf die Straße. Mit seinem geliebten Schachbrett unter dem Arm und voller Genugtuung in den Augen verfolgte Monroe sein Werk der Zerstörung, bevor er den Rangern in Richtung Feld folgte.

***

Noch immer perplex, dass Faith ihr inzwischen zwei Mal das Leben gerettet hatte, trieb Kim die kleine Schar Flüchtlinge in einem weiten Bogen hinter dem Hauptquartier entlang. Viele der Verwundeten kamen nur langsam voran oder mussten getragen werden, weshalb sie gerade erst den Übungsplatz erreichte, als die Nachricht von Victors Tod über sie hereinbrach. Auch wenn Monroe bis zum letzten Augenblick auf Kim warten würde, lief ihren Leuten nun die Zeit davon.

Ohne Vorwarnung zischten plötzlich feindliche Kugeln heran. Kim dirigierte die Verletzten hinter eine zentimeterdicke Kletterwand aus Holz, die auf mittlere Entfernungen zumindest etwas Schutz bieten sollte, und erwiderte zusammen mit dem ihr verbliebenen Ranger das Feuer. Die Sicarii hatten die Zugbrücke heruntergelassen und ihre Fahrzeuge zur Unterstützung herbeigerufen. Ein Buggy stellte ihnen bereits nach.

»Verdammt. Schafft die Leute hier weg! Beeilung!«, rief Kim in Richtung des Klettergerüsts und hoffte, dass ihre Männer sie trotz des Lärms hören konnten. Dem Ranger erteilte sie den Befehl, ihr für einen Augenblick Deckung zu geben.

Gedeckt durch das Sperrfeuer richtete sie sich auf und schleuderte ihre beiden Granaten auf den knapp vierzig Meter entfernten Buggy. Der Bordschütze wendete seine ganze Aufmerksamkeit sofort Kim zu und durchsiebte dabei die Kletterwand wie einen Käselaib. Im selben Moment explodierten die Sprengsätze und katapultierten die Besatzung aus ihrem Fahrzeug.

»Los jetzt, zum Feld! Los! Los! Los!«

Gemeinsam stürmte sie mit dem Ranger über das Trainingsgelände und traf nach nur einhundert Metern auf die Verwundeten, die es rechtzeitig aus der Gefahrenzone heraus geschafft hatten. Den Sicarii war der Verlust ihres Buggyteams derweil nicht entgangen. Eine Salve Mörsergranaten schlug im Übungsgelände ein, gefolgt von zwei graubraunen Pick-ups, die von der Palisade aus herangeprescht kamen.

Kim wollte ihren Leuten mehr Zeit verschaffen und erwiderte das Feuer. Noch während sie sich eine gute Deckung suchte, detonierte ein Geschoss direkt neben den Verwundeten und schmetterte sie zu Boden. Auch Kim wurde von der Explosion nicht verschont. Als sie benommen aufstand, hatten die Sicarii sie bereits umstellt und zwangen sie mit Fußtritten zurück auf den Boden.

»Einsacken!«, rief einer von ihnen.

Plötzlich prasselte eine Welle aus Sand auf Kim zu, die sie sofort ihre Arme vor dem Gesicht verschränken ließ. Anschließend traute sie ihren Augen kaum. Scott tauchte aus der Staubwolke auf und katapultierte sich zähnefletschend über sie hinweg.

»Steh auf, verdammt! Los!«, schallte Johnnys Stimme aus dem sandfarbenen Nebel. Er saß am Heckgeschütz des orangefarbenen Pick-ups und beschäftigte die verwirrten Angreifer mit einem undurchdringlichen Sperrfeuer, die zusätzlich noch mit der schier tollwütigen Bestie zu kämpfen hatten. Scott konzentrierte sich nicht auf einen einzelnen Sicarii, sondern fiel gezielt jeden an, der sich Kim zu nähern wagte.

Butch stieß die Beifahrertür mit den Füßen auf und setzte sich anschließend in das Fenster der Fahrerseite, von wo aus er Kim mit einem silbernen Revolver über das Dach hinweg deckte. Sie stand auf und zog sich mit letzter Kraft in den Pick-up hinein. Nachdem Scott erfolgreich auf die Ladefläche gehechtet war, schwang sich Butch zurück auf den Fahrersitz und hetzte mit durchdrehenden Reifen davon, deren aufgewirbelter Dreck den Verfolgern binnen weniger Sekunden die Sicht raubte und sie blind in ihre Richtung feuern ließ.

Mit einem lauten Kreischen riss Kim einen glänzenden Granatsplitter aus ihrem rechten Oberschenkel und sackte erschöpft auf dem Beifahrersitz zusammen. Gleich mehrere Sicariifahrzeuge jagten sie durch das zerfurchte Gelände und zwangen Butch zu riskanten Ausweichmanövern.

Das rettende Feld lag schon fast in Reichweite, da heulte Johnny von einem Querschläger getroffen auf und stürzte von der Ladefläche. Völlig selbstlos sprang Scott ihm hinterher und verteidigte seinen kampfunfähigen Kameraden, bis ihn feindliche Jeeps umstellten und jaulend zum Rückzug zwangen.

»Wir können nicht länger warten!«, ertönte Angels erbarmungslose Stimme aus dem Lautsprecher, doch Kim wollte davon nichts hören.

Zunächst kam es auch Butch nicht in den Sinn, seinen Freund im Stich zu lassen, aber noch während er beidrehte wuchteten die Sicarii Johnny bereits auf einen Transporter und schafften ihn hinter die unerreichbaren, feindlichen Linien.

***

Trotz der starken Rauchentwicklung konnte Angel Victors Leiche in der Artilleriestellung erkennen. Sein einst strahlend gelbes Schwerbehindertenarmband klebte nun blutgetränkt an seiner Uniform. Das traurige Bild zeriss ihr das Herz, doch für Kummer blieb ihr jetzt keine Zeit. Mit geschlossenen Augen und verkrampften Händen seilte sie sich von ihrer Stellung ab und befahl den anderen Scharfschützen, sich zurückzuziehen. Im selben Moment erreichte Caiden keuchend das Feld.

»Was ist da vorne passiert? Wo ist Faith?«, fragte sie mit festem Griff an seinen Schultern. Caiden schüttelte fassungslos den Kopf. Er stand unter Schock und war außerstande, eine klare Antwort zu formulieren, daher schickte Angel ihn zum Lazarett, wo er mit seiner Schwester den Humvee startklar machen sollte. Sie selbst rannte zum Bewässerungsgraben, in dem Monroes Truppen den Sicarii noch immer erbitterten Widerstand leisteten.

»Status?«, rief sie ihm zu und rutschte in die Stellung hinein.

»Ohne die Claymores haben wir es mit der ganzen Armee zu tun, wenigstens vierhundert Mann und dazu etwa dreißig Fahrzeuge.«

Sofort schnappte Angel sich die Jagdflinte eines gefallenen Rangers und schleuderte die verbleibenden Kugeln durch die verrauchte Barackensiedlung. Die Angreifer hatten ein paar schwere Maschinengewehre in den Defensivstellungen aufgebaut und lichteten zusehends die Linien der Verteidiger. Erste Gefangenentransporter stießen bereits in die Siedlung vor.

Monroe holte die blau leuchtende Fernbedienung hervor und blickte Angel an, als würde er sie um ihre Zustimmung bitten. Ein entschlossenes Nicken seiner engsten Vertrauten ließ ihn mit der Codeeingabe beginnen.

»Was zum Teufel wird das?«, rief Dog den beiden zu, der sich zusammen mit Mitch an der letzten Verteidigungslinie beteiligte. Ohne ihm zu antworten, ergriff Angel die Hand ihres Generals, betätigte gemeinsam mit ihm den Auslöser und schloss die Augen.

Nichts passierte. Keine Explosion, kein Feuerball und keine Druckwelle, die ihnen die Flucht ermöglicht hätte. Entsetzt überprüfte Monroe die Fernbedienung. Der Code war korrekt und das Gerät funktionierte ordnungsgemäß, bis auf die blinkende Reichweitenanzeige. Die Sprengsätze waren unter dicken Stahlbetonschichten versteckt und das Signal erreichte sie nicht mehr!

»Toll! Es blinkt!«, rief Dog. »Können wir uns jetzt wieder auf die Evakuierung konzentrieren?«

»Damit lassen sich die Tanklager unterhalb der Siedlung sprengen, aber wir sind zu weit weg«, erklärte Monroe mürrisch, woraufhin Dog seine Überraschung kaum verbergen konnte. Ein derart destruktives Verhalten war bei den Rangern äußerst selten und er fand durchaus Gefallen an dem Plan. »Wir müssen näher an die Ladungen heran. Ansonsten reißen die uns den gesamten Konvoi auseinander.« Monroe ließ keine Zweifel offen, als er auf den schwarzen Sattelschlepper zeigte.

»Oh nein! Wenn einer STELLA befehligt, dann bin ich das! Mitch, fahr die Maschinen hoch!«, befahl Dog, wandte sich anschließend wieder Monroe zu und tippte ihm mit dem Zeigefinger auf die Brust. »Wir bringen dich nah genug ran und du sorgst dafür, dass wir unser Mädchen nicht umsonst durch die Hölle schicken!«

»Ich brauche drei Freiwillige für die Geschütze«, schmetterte Monroe den Graben entlang. Er hätte auch einfach eine zufällige Auswahl treffen können, denn alle Ranger meldeten sich gleichzeitig. »Archer, Schmidt und Turner, an die Kanonen. Der Rest von euch eskortiert den Konvoi. Angel ist von jetzt an euer General!«

»Das ist glatter Selbstmord!«, protestierte sie, bekam aber im selben Moment das Schachbrett in die Hand gedrückt.

»Du hast deine Befehle. Versuch es zur Abwechslung mal mit Gehorsam!«

Angel wusste sich nicht anders zu helfen, als zum ersten und letzten Mal vor Monroe zu salutieren. Anschließend trat sie unter schwerem Feuer den Rückzug an. Auf dem Weg traf ihr Blick noch einmal auf Dog, der gerade Mitch in das Cockpit des

Schlachtschiffs hineinhalf. Sie bekam das ungute Gefühl, ihn nie wiederzusehen. Aber nun war sie, eine ehemalige Vulture, die sich jahrelang gewünscht hatte, Silver Valley in Flammen aufgehen zu sehen, die Oberbefehlshaberin für über dreihundert Menschen, die sich auf ihre Führung verließen. Cassidy erwartete ihre Ausbilderin bereits mit laufendem Motor an der Spitze des Evakuierungskonvois, als Butchs orangefarbener Pick-up schnaufend neben ihnen stoppte.

»Die Schweine haben Johnny! Sie haben ihn …«, rief Kim schmerzverzerrt im Beifahrerfenster.

Butch wirkte ebenso mitgenommen, aber die angeborene Zielstrebigkeit ließ ihn Victors Verlust für den Moment verdrängen. »Wie sollen wir der ganzen Armee entkommen? Die reißen uns den Arsch auf, sobald wir das Tor passiert haben!«, rief er Angel zu.

Ihr Blick fiel auf den schwarzen Sattelschlepper, der gerade seine Motoren startete. Die sechs Achsen des Schlachtschiffs wirbelten eine Unmenge an Staub auf, die Mitch durch die wiederbewaffneten Nebelwerfer noch unterstützte. Aus Sicht der Sicarii musste die mächtige STELLA mit ihren grellen Scheinwerfern wie ein wütender Dämon wirken, der sich aus den Flammen der Hölle auf die todgeweihten Sünder stürzte. Das rotierende Vulkangeschütz machte kurzen Prozess mit den feindlichen Kleinfahrzeugen, die anschließend von der massiven Stahlschürze am Bug der Zugmaschine wie Spielzeugautos von der Straße geschleudert wurden.

Aus der Ferne betrachtet schien der Truck seinen Feinden haushoch überlegen zu sein, aber es hatte seine Gründe, warum Dog sich vor fünf Wochen zum Rückzug entschloss. Trotz der gewaltigen Verteidigungsanlagen blieb STELLA ein ziviles Transportfahrzeug. Die Reifen waren die größte Schwachstelle und auch die Stahlplatten an den Seiten konnten einem Dauerbeschuss nicht ewig standhalten.

»Aufsitzen!«, befahl Angel und schlug zum Nachdruck auf die Motorhaube, als sich das schwarze Ungetüm der Tankstelle näherte.

Cassidy steuerte den schweren Humvee nervös über das holprige Feld. Ihre jugendlichen Beine hatten durch das Geschaukel ernste Schwierigkeiten, den Kontakt zu den Pedalen nicht zu verlieren.

***

Der Sattelschlepper stürmte unterdessen nahezu ungehindert durch die zerstörte Barackensiedlung.

»Noch dreihundert Meter!«, echote Dogs Stimme aus dem Cockpit.

Die Sicarii hatten den Ablenkungsversuch mittlerweile durchschaut und erste Buggys fuhren in Richtung Feld, um den Evakuierungskonvoi zu stoppen. Schnaufend durchbrach das haushohe Schlachtschiff eine provisorisch aufgebaute Straßensperre vor der Tankstelle. Die Stahlschürze am Bug wurde dabei so stark verformt, dass sie abriss und als tödliches Geschoss auf die Angreifer zuwirbelte. Nun war die Front dem feindlichen Beschuss nahezu schutzlos ausgeliefert. Schwarzer Qualm aus dem Motor nebelte Mitchs Sichtfeld dermaßen ein, dass er zum Teil nach Gefühl fahren musste. Von allen Richtungen prasselten Kugeln scheppernd auf die Stahlpanzerung, das Vulkangeschütz am Bug hatte bereits keine Munition mehr und die Fünfziger an den Seiten drohten heiß zu laufen.

»Wir sind da! Jetzt oder nie!«

***

»Egal was passiert, niemand hält an!«, befahl Angel über Funk, als Cassidy gerade rumpelnd die Behelfsbrücke überquerte. Anschließend kletterte sie in den Geschützturm des Humvees. Mit großer Genugtuung verfolgte sie die Spur der Zerstörung, die der Sattelschlepper zwischen den Sicarii hinterließ. Aber sie bemerkte auch die schwarze Rauchwolke, die das Ungetüm umgab und dessen schlechten Zustand verdeutlichte.

Da schoss plötzlich eine Feuersäule am Heck des Trucks aus dem Boden. Dann eine Zweite, eine Dritte – die Erde unter der Tankstelle brach auf wie bei einem Erdbeben. Gigantische Stichflammen verschlangen Angreifer und Siedlung gleichermaßen. General Francis Monroe hatte den Höllenschlund geöffnet, aus dem eine allesverzehrende Feuerwalze kreischend nach Nahrung gierte. Die Sicarii suchten panisch Deckung hinter Betontrümmern oder Fahrzeugen, doch Monroes bittere Rache verschonte niemanden. Die Invasionstruppen in der Nähe der Tankstelle ereilte das zweifelhafte Glück, sofort getötet zu werden. Alle anderen, die das Schlachtfeld bereits nach Sklaven durchkämmten, wälzten sich nun schreiend auf der verbrannten Erde.

***

Mitch steckte den Kopf aus dem Seitenfenster, um wenigstens ein Stück weit sehen zu können.

Die rettende Zugbrücke lag fast in Reichweite, als Dog sich schwankend der Panzertür zum Auflieger näherte. Plötzlich schleuderte ihn eine starke Kursänderung in den Gang zum Anhänger hinein. Er wollte sich gerade bei seinem Piloten beschweren, da durchbrach eine Rakete die Backbordpanzerung und detonierte direkt hinter dem Fahrersitz. Im letzten Moment riss der Hüne das Stahlschott in die Verankerung, bevor die Druckwelle das Cockpit zerfetzte.

***

Erschüttert musste Angel mit ansehen, wie das Führerhaus des mächtigen Schlachtschiffs in Flammen aufging und der Sattelschlepper von der Straße geschleudert wurde. Als der Auflieger zur Seite kippte und ins Minenfeld schlitterte, detonierten unzählige versteckte Sprengkörper und rissen den schwarzen Metallsarg förmlich auseinander, aus dessen externen Dieseltanks fauchende Stichflammen gen Himmel schossen.

Die Passagiere des Evakuierungskonvois starrten gebannt durch die vergitterten Fenster auf das Schauspiel am Horizont, doch niemand sagte etwas; der Funk blieb völlig still. Angel rutschte zurück auf den Beifahrersitz und vergrub stumm ihr Gesicht zwischen den Händen.

»Wohin nun?«, fragte Cassidy vorsichtig.

Angel hob einen Augenblick später den Kopf und blickte sie mit versteinerter Miene an. Sie war der neue General und trug nun die Verantwortung. Nicht nur für den Geleitzug, sondern für alle Enklaven, einschließlich der Überlebenden von Eagle Village und der Verschleppten. Niemals zuvor hatte sich das hölzerne Schachspiel so schwer angefühlt. Auf einmal verstand sie, warum es Frank so wichtig gewesen war, dass dieses unscheinbare Spielzeug nicht zerstört wurde. Es war ein Stück Heimat, die sie nun mit sich nahm und das ihr Kraft für die Zukunft geben sollte.

»Wir fahren nach Jaguar Bay«, befahl sie. »Dort schließen wir uns mit Paul zusammen und planen unseren Gegenschlag.«

Die Sicarii hatten die Schlacht gewonnen, doch Monroe ließ sie einen Preis zahlen, der sie für Wochen, vielleicht Monate lähmen würde. Nun lag es an ihr, den Krieg zu gewinnen.

FORTGESETZT IN
»DIE ENDZEIT CHRONIKEN - REVELATIONS«

Weiter geht's in
»Die Endzeit Chroniken – Revelations«

ISBN-10: 1481201301
ISBN-13: 978-1481201308
Covergestaltung:
Stefanie Fischer - www.sfischer.at
Cover Art:
©Andy Dean/Fotolia.com
©siart/Fotolia.com
Font: Gersan Borge A

*»Die Schlacht um Silver Valley ist verloren,
doch der Krieg gegen die Sicarii hat gerade erst begonnen!«*

Das ist Angels Überzeugung, als sie den Exodus-Konvoi aus den Trümmern in eine ungewisse Zukunft führt. Die Verluste sind hoch: Viele der Ranger haben bei der Verteidigung ihrer Heimat ihr Leben gelassen, gingen in Gefangenschaft oder sind verschollen. In ihrem Andenken will Angel bittere Rache nehmen.

Unzählige Fragen verlangen nach einer Antwort: Woher wussten die Sicarii von den Freien Enklaven und ihren Verteidigungsanlagen? Wie konnten sie Eagle Village, Jaguar Bay und am Ende Silver Valley innerhalb von zwei Wochen zerstören? Gehörte die militärische Aufklärungsdrohne wirklich zu ihnen? Woher kannte Jade Angels Namen? Warum haben die Sicarii ihren Feldzug gegen die Vultures abgebrochen?

Ein schwerer Verdacht lastet auf Angel: Es muss Verräter in den eigenen Reihen geben, die für Victors Tod und den unaufhaltsamen Vormarsch der Sicarii verantwortlich sind. Und dieselben Verräter könnten sich noch immer als schwarze Schafe unter den Flüchtlingen verstecken.

Cassidy plagen unterdessen ganz andere Sorgen. Ihr Bruder Caiden ist seit der Flucht aus Silver Valley wie ausgewechselt. Körperlich unversehrt bedrückt ihn der Verlust seiner Freundin Faith scheinbar so sehr, dass er nicht mal mit seiner Schwester darüber zu reden vermag. Wann immer sie das Thema anstößt, zieht er sich schweigend zurück. Cassidy weiß, dass ständiges Nachbohren nur einen gegenteiligen Effekt bewirken würde, doch irgendwann muss sie ihn zur Rede stellen.

Kim ist zerrissen zwischen Verzweiflung und Wut. Die Sicarii haben das Werk ihres Vaters an einem einzigen Tag zerstört und nun sogar Johnny in ihrer Gewalt. Am liebsten würde sie den gesamten Konvoi in Richtung Brackwood fahren lassen, um ihn zu befreien. Butch ist verdächtig still geworden und hat den Pick-up seit der Flucht aus Silver Valley nicht mehr verlassen. Er ahnt, dass Victors Tod kein Zufall war. Und er hat einen Verdacht.

Allen Überlebenden stellt sich dieselbe Frage: Wer sind die Sicarii? Wo kommen sie her? Doch es gibt jemanden, der es wissen sollte: Sharon. Die junge, ewig zerstreut wirkende Studentin mit ihren zierlichen Brillengläsern. Vor drei Jahren wäre sie auf der Flucht vor den Sicarii beinahe in der Wüste verendet, hätte Angel nicht ihr Lagerfeuer entdeckt. Nun ist es an der Zeit, dass sie ihr Schweigen bricht …

Alle Endzeit Chroniken gibt es auf Amazon.de
und in ausgewählten eBook-Shops.

ÜBER DEN AUTOR

Carsten Fischer, Jahrgang 1980, lebt und arbeitet in der Hansestadt Rostock. Er hat ursprünglich eine Ausbildung zum IT-Techniker absolviert, sich dann aber mit dem Schreiben seinen Traum erfüllt.

Printed in Poland
by Amazon Fulfillment
Poland Sp. z o.o., Wrocław

70162221R00211